A IMAGÍSTICA
DE SHAKESPEARE

July, 1934.

The 18th arch
Old Clopton Bridge
Stratford-on-Avon

The black line shows approximately the movement of the current, with the eddy in front.

See p. 98

A IMAGÍSTICA DE SHAKESPEARE

E O QUE ELA NOS REVELA

Caroline F. E. Spurgeon

Tradução
BARBARA HELIODORA

Revisão da tradução
ANÍBAL MARI

And thus do we of wisdom and of reach,
With windlasses and with assays of bias,
By indirections find directions out.
HAMLET, 2. 1. 64.

Martins Fontes
São Paulo 2006

*Esta obra foi publicada originalmente em inglês com o título
SHAKESPEARE'S IMAGERY por The Press of Syndicate
of the University of Cambridge, Inglaterra.*
Copyright © Cambridge University Press, 1935.
*Copyright © 2006, Livraria Martins Fontes Editora Ltda.,
São Paulo, para a presente edição.*

Este livro e nenhuma de suas partes podem ser reproduzidos sem autorização expressa de
Cambridge University Press, e da Martins Fontes Editora para a tradução.

1ª edição 2006

Tradução
BARBARA HELIODORA

Revisão da tradução
Aníbal Mari
Acompanhamento editorial
Luzia Aparecida dos Santos
Preparação do original
Lilian Jenkino
Revisões gráficas
Maria Regina Ribeiro Machado
Helena Guimarães Bittencourt
Dinarte Zorzanelli da Silva
Produção gráfica
Geraldo Alves
Paginação
Moacir Katsumi Matsusaki

Dados Internacionais de Catalogação na Publicação (CIP)
(Câmara Brasileira do Livro, SP, Brasil)

Spurgeon, Caroline F. E., 1869-1942.
  A imagística de Shakespeare e o que ela nos revela / Caroline F. E. Spurgeon ; tradução Barbara Heliodora ; revisão da tradução Aníbal Mari. – São Paulo : Martins Fontes, 2006.

  Título original: Shakespeare's imagery : and what it tells us.
  ISBN 85-336-2253-8

  1. Figuras de linguagem 2. Literatura – História e crítica 3. Shakespeare, William, 1564-1616 – Crítica e interpretação 4. Shakespeare, William, 1564-1616 – Estilo literário 5. Shakespeare, William, 1564-1616 – Linguagem 6. Simbolismo na literatura I. Título.

06-1151   CDD-822.33

Índices para catálogo sistemático:
1. Shakespeare, William : Crítica e interpretação   822.33

Todos os direitos desta edição para a língua portuguesa reservados à
Livraria Martins Fontes Editora Ltda.
*Rua Conselheiro Ramalho, 330 01325-000 São Paulo SP Brasil
Tel. (11) 3241.3677 Fax (11) 3101.1042
e-mail: info@martinsfontes.com.br http://www.martinsfontes.com.br*

Dedicado
à memória de
LUCRETIA PERRY OSBORN
e
AOS OUTROS BONS AMIGOS QUE TENHO NOS ESTADOS UNIDOS
cuja ajuda, eficiente e generosa,
possibilitou que eu começasse
a escrever este livro

ÍNDICE

Agradecimentos XI
Prefácio XIII

PARTE I

A REVELAÇÃO DO HOMEM

CAPÍTULO I | O objetivo e o método explicados 3

CAPÍTULO II | As imagens de Shakespeare comparadas com as de Bacon e Marlowe 11

CAPÍTULO III | Imagens de Shakespeare comparadas com as de outros dramaturgos 27

CAPÍTULO IV | Os temas das imagens de Shakespeare 39

CAPÍTULO V | Os sentidos de Shakespeare 52

CAPÍTULO VI | Os gostos e os interesses de Shakespeare 80
(i) A vida ao ar livre 80

CAPÍTULO VII | Os gostos e os interesses de Shakespeare (continuação) 105
(ii) Vida doméstica e outros interesses 105

CAPÍTULO VIII | Evidências do pensamento de Shakespeare nas
imagens 137

CAPÍTULO IX | Evidências do pensamento de Shakespeare nas
imagens (continuação) 158

CAPÍTULO X | Associação de idéias 176

CAPÍTULO XI | Shakespeare, o homem 190

PARTE II
**A FUNÇÃO DA IMAGÍSTICA COMO PANO DE FUNDO
E INDICAÇÃO DE TOM NA ARTE DE SHAKESPEARE**

CAPÍTULO XII | Temas principais nas peças históricas 201

CAPÍTULO XIII | Temas principais nas comédias 243

CAPÍTULO XIV | Temas principais nos romances 273

CAPÍTULO XV | Temas principais nas tragédias 290

Apêndices 333
Índice remissivo 365
Gráficos 399

ILUSTRAÇÕES

GRAVURA

O décimo oitavo arco, da velha ponte Clopton, Stratford-on-Avon
(A partir de um desenho a lápis da autora)   Frontispício

GRÁFICOS

GRÁFICO I | Incidência e temas das imagens em cinco peças de Shakespeare 401

GRÁFICO II | Incidência e temas das imagens de Marlowe... 403

GRÁFICO III | Incidência e temas das imagens de Bacon...... 404

GRÁFICO IV | Imagens do cotidiano em Shakespeare e em cinco dramaturgos contemporâneos......... 405

GRÁFICO V | Incidência e temas das imagens de Shakespeare .. 407

GRÁFICO VI | Imagens dominantes em *Rei João* e *Henrique VIII* 409

GRÁFICO VII | Imagens dominantes em *Hamlet* e *Tróilo e Créssida* 413

AGRADECIMENTOS

Gostaria de agradecer à gentil permissão do Conselho da British Academy para usar parte de uma conferência, "Shakespeare's Iterative Imagery", proferida diante daquele colegiado em maio de 1931. Desejo igualmente agradecer à Shakespeare Association por permissão semelhante em relação à conferência "Leading Motives in the Imagery of Shakespeare's Tragedies", apresentada em 1930. Sou grata também ao editor da *Review of English Studies* pela permissão para reproduzir parte de meu artigo "The Use of Imagery by Shakespeare and Bacon", publicado naquele periódico em outubro de 1933, e por permitir-me fazer uso da contagem de linhas nas peças de Shakespeare por *Mr.* Hart, publicada na *Review of English Studies* em janeiro de 1932, p. 21.

Ao longo de todo este trabalho tenho deparado com tanta bondade e me tem sido oferecido tanto auxílio que se torna difícil, em uma breve nota, expressar de forma suficiente a minha profunda gratidão.

Desejo, no entanto, registrar especificamente o encorajamento e o substancial auxílio financeiro que me foram dados, através dos bons ofícios da falecida *Mrs.* Henry Fairfield Osborn, por um grupo de amigos e incentivadores norte-americanos, na época em que eu fizera pouco mais do que um rascunho preliminar de minhas idéias e escrevera um ou dois estudos a respeito. Essa generosa doação permitiu-me tirar um ano de licença de meu trabalho em Londres e dedicar-me integralmente à pesquisa deste assunto. Tornou possível, também, que eu obtivesse o essencial auxílio de uma secretária.

Ao Conselho do Bedford College, em Londres, desejo expressar minha mais calorosa gratidão por ter me concedido repetidas licenças de minhas atividades como professora, para que eu pudesse trabalhar nesta pesquisa.

Para com minhas duas secretárias, *Miss* M. A. Cullis e *Miss* Agnes Latham, tenho uma profunda dívida de gratidão. Se os fatos neste livro são acurados e as estatísticas confiáveis, como creio que sejam, isso se deve em larga medida ao trabalho paciente e cuidadoso delas na separação, verificação, contagem, classificação e remissão recíproca de meu catálogo de fichas das imagens de Shakespeare e seus contemporâneos.

Sou também devedora de *Miss* Lois Latham por sua exemplar cópia e organização de alguns de meus gráficos.

Sou particularmente grata a meu amigo professor Henry Fairfield Osborn por seu aguçado interesse e aprovação deste pequeno trabalho em seus primeiríssimos estágios, pois ele me deu confiança para continuar com o projeto, fortalecendo minhas esperanças de que ele viesse a merecer ser feito.

Nos últimos estágios de meu trabalho o entusiasmo, interesse e encorajamento de meu amigo *Mr.* A. W. Pollard foram de indizível auxílio e apoio para mim, assim como o foram sua experiência e seus sábios conselhos. Por tudo isso sinto-me profundamente grata.

O que devo a minha amiga, a decana Virginia Gildersleeve, do Barnard College em Nova York, desde a concepção deste livro até a leitura final das provas, não será possível, dentro destes limites formais, descrever ou reconhecer de modo adequado.

PREFÁCIO

O estudo que se segue é uma tentativa de apontar várias direções nas quais o exame detalhado das imagens de Shakespeare parece-me trazer nova luz sobre o poeta e sua obra.

Esta é apenas uma seleção muito limitada das literalmente dezenas de direções que poderiam ser escolhidas, ao longo das quais creio existir trabalho fascinante e gratificante para estudiosos dos anos que estão por vir.

A riqueza e as possibilidades do material com que venho trabalhando são tão grandes que me vi forçada a limitar muito estritamente os pontos que serão tocados neste livro, que é, segundo espero e tenciono, apenas o primeiro de três estudos que planejei a respeito de vários aspectos do assunto.

O primeiro estudo trata principalmente de sugestões quanto à luz projetada pelas imagens (1) sobre a personalidade, o temperamento e o pensamento de Shakespeare, (2) sobre os temas e os personagens das peças. Os outros livros tratarão principalmente de questões de autoria, investigada à luz destas evidências recém-coletadas, bem como do pano de fundo da mente de Shakespeare e as origens de suas imagens.

O material no qual todos eles serão igualmente baseados é o conjunto das imagens de Shakespeare, bem como – para fins de comparação – as imagens de um grande número de peças de seus contemporâneos. Essas eu venho colecionando gradativamente, separando e classificando, durante os últimos sete ou oito anos. Quando terminar algumas das deduções que delas tirei, espero eventualmente publicar o material, para que outros estudiosos possam verificá-lo ou talvez até ampliá-lo, a fim de que possa vir a ser o ponto de partida de novas pesquisas de várias naturezas.

Empenhei-me nesta tarefa por parecer-me que poderia fornecer um novo método de se encarar Shakespeare; e creio que encontrei, por feliz acaso, esse método, até aqui não experimentado, que está rendendo resultados interessantes e importantes.

Ele nos permite chegar mais perto do próprio Shakespeare, de sua mente, seus gostos, suas experiências, seu pensamento mais profundo do que qualquer outro método que já conheci para estudá-lo. Ele ilumina a partir de um novo ângulo a visão imaginativa e pictórica de Shakespeare, suas idéias a respeito de suas próprias peças e os personagens que existem nelas, parecendo-me servir como um perfeito farol nos céus no que tange à incômoda questão da autoria.

As imagens de Shakespeare têm sido, é claro, constantemente pinçadas e investigadas, a fim de ilustrar um ou outro aspecto do pensamento ou da mente do poeta; porém a novidade do procedimento que estou descrevendo é que *todas* as suas imagens estão reunidas, categorizadas e examinadas em uma base sistemática, as boas com as ruins, as desagradáveis com as agradáveis, as poéticas com as não-poéticas.

Elas não foram selecionadas para provar ou ilustrar nenhuma idéia ou tese preconcebida, mas foram estudadas, em seu todo ou em grupos, com mente perfeitamente aberta, a fim de verificar que informações forneciam, com o resultado chegando muitas vezes como total surpresa para a investigadora.

Parece até desnecessário dizer que as imagens formam, quando assim coletadas, um mundo todo seu, pois espelham a mais rica experiência e a mais profunda e altaneira imaginação conhecida pelo homem. Lidar adequadamente com elas exigiria imensos poderes, bem como toda uma vida de estudo e experiência, pois os problemas aos quais dão lugar e a luz que projetam sobre a substância e a técnica literárias são tão profundos e tão brilhantes quanto a mente da qual elas se originam.

Ninguém pode estudar Shakespeare detidamente durante anos sem ficar reduzido à condição da mais completa humildade, e tenho plena consciência de minha ousadia em aventurar-me a nem sequer tocar no assunto, pois bem sei que posso apenas arranhar a superfície do que é possível encontrar e revelar no tesouro ainda não mapeado deste material rico e variado. Minha desculpa é a de que até o presente momento ninguém ainda tentou reuni-lo ou examiná-lo de forma séria e sistemática. Como a mim parece que ele abre todo um novo e esclarecedor panorama de investigação, se o que eu aqui disser levar outros – mais bem preparados – a estudar novos aspectos e colher mais resultados deste vasto campo quase que jamais arado, minha ousadia terá sido justificada.

Caroline F. E. Spurgeon

Alciston, Sussex
Julho de 1934

As citações de Shakespeare foram extraídas de *The Larger Temple Shakespeare* editada por Israel Gollancz, em doze volumes (J. M. Dent, 1899). Nesta edição brasileira foram mantidas as referências ao original. As formas reduzidas dos títulos das peças são as seguintes:

Trabalhos de amor perdidos	T.A.P.
Os dois cavalheiros de Verona	D.C.V.
A comédia dos erros	C.E.
Romeu e Julieta	R&J
1ª parte de Henrique VI	1H.VI
2ª parte de Henrique VI	2H.VI
3ª parte de Henrique VI	3H.VI
Ricardo III	R.III
Ricardo II	R.II
Tito Andrônico	Tito
O mercador de Veneza	M.V.
O rei João	R.J.
Sonho de uma noite de verão	S.N.V.
Bom é o que bem acaba	B.B.A.
A megera domada	M.D.
1ª parte de Henrique IV	1H.IV
2ª parte de Henrique IV	2H.IV
As alegres comadres de Windsor	A.C.W.
Henrique V	H.V
Muito barulho por nada	M.B.N.
Como quiserem	C.Q.
Noite de reis	N.R.
Júlio César	J.C.
Hamlet	Ham.
Tróilo e Créssida	T&C
Otelo	Ote.
Medida por medida	M.p.M.
Macbeth	McB.
Rei Lear	R.L.
Tímon de Atenas	T.A.
Péricles	Pér.
Antônio e Cleópatra	A&C
Coriolano	Cor.
Cimbelino	Cim.
Conto de inverno	C.I.
A tempestade	Tem.
Henrique VIII	H.VIII
Vênus e Adônis	V&A
O rapto de Lucrécia	Luc.

PARTE I
A REVELAÇÃO DO HOMEM

Cada segredo da alma de um escritor, cada experiência de sua vida, cada qualidade de seu pensamento fica claramente escrita em sua obra, porém são necessários críticos para explicar uma coisa e biógrafos para discorrer sobre a outra.

Virgínia Woolf, *Orlando*, pp. 189-90
(The Hogarth Press, 1928).

A verdadeira revelação de um escritor (como de um artista) chega-nos por um modo bem mais sutil do que pela... autobiografia; e aparece apesar de todos os esforços para escapar dela;... Pois o que o escritor efetivamente comunica é seu temperamento, sua personalidade orgânica, com suas preferências e aversões, seu andamento e ritmo e impacto e equilíbrio, sua rapidez ou seu langor... o que ele faz do mesmo modo, esteja ele expressando vorazmente suas próprias preocupações ou a de outros.

Vernon Lee, *The Handling of Words*, p. 109.

O autor em sua obra deve ser como Deus no universo, presente em toda parte, visível em nenhuma.

Flaubert (*Correspondance*, 1852, vol. II, p. 155).

CAPÍTULO I (Introdutório)
O OBJETIVO E O MÉTODO EXPLICADOS

> *Sei que estou falando de tema banal e surrado – a saber, figuras de linguagem. Porém o banal do qual fugimos por ser banal é por vezes mais brilhante que o novo arrivista, se nos dermos ao trabalho de espanar a poeira.*
>
> *Convention and Revolt in Poetry*, John Livingston Lowes.

Quando Polônio instrui seu criado Reinaldo sobre qual é o melhor caminho para descobrir que tipo de vida seu filho estaria levando em Paris, ele sugere vários meios tortuosos de extrair informações dos amigos de Laertes, tais como insinuar que ele joga ou bebe, e notar como eles reagem a essas alusões, e assim, pelo uso criterioso de tais métodos indiretos, descobrir a verdade.

Ele ilustra sua intenção por meio de uma metáfora tirada do *bowls*[1], um jogo no qual Shakespeare estava interessado e no qual o curioso fato de o jogador não mirar diretamente o alvo, mas lançar a bola em curva, confiando que a propensão oblíqua da bola a levasse de volta para o alvo, muito o atraía.

Assim, diz caracteristicamente Polônio, nós, homens sábios e capazes, agimos por meios sinuosos

▼

1. Jogo semelhante ao boliche, porém jogado na grama, ao ar livre. (N. da T.)

e com tentames oblíquos e
Por meios indiretos encontramos as direções.[2]

Essas linhas descrevem tão exatamente o que me proponho tentar fazer neste livro, que "tentames oblíquos" poderia bem servir-lhe de título, fossem tais termos de mais fácil compreensão para os leitores modernos. Ademais, arrisco dizer que do mesmo modo pelo qual Shakespeare seria atraído pelos aspectos sutis do jogo, e pela medida de habilidade e cálculo necessários para transformar um arremesso oblíquo em golpe certeiro, também assim ele teria interesse no funcionamento de método semelhante na esfera da literatura e da psicologia.

A primeira parte de meu tema fica contida nos comentários das duas notáveis escritoras citadas no início deste capítulo. Creio ser profundamente verdadeiro que a real revelação da personalidade, do temperamento e da qualidade da mente de um escritor deva ser encontrada em suas obras, seja ele dramaturgo ou romancista, esteja ele descrevendo os pensamentos de outros ou anotando diretamente os seus próprios.

No caso do poeta, sugiro que seja principalmente por meio de suas imagens que ele, até certo ponto inconscientemente, "se entregue". Ele pode ser, e no caso de Shakespeare o é, quase que integralmente objetivo em seus personagens dramáticos, seus pontos de vista e suas opiniões, mas mesmo assim, como o homem que, sob tensão emocional, não demonstra o mínimo sinal dela no olhar ou na expressão facial mas a revela por meio de alguma tensão muscular, o poeta, sem o saber, deixa a descoberto seus gostos e desgostos, observações e interesses, associações de idéias, atitudes mentais e crenças mais profundas, em suas imagens e através delas, os retratos verbais que desenha a fim de iluminar algo completamente diferente nas falas e nos pensamentos de seus personagens.

▼

2. Em todos os trechos citados, já que para os objetivos do livro o sentido literal das palavras é primordial, não haverá tentativa de preservar o verso ou o tom poético. (N. da T.)

A imagística que ele usa instintivamente, portanto, é uma revelação, em grande parte inconsciente, que tem lugar em momentos de sentimentos exacerbados, do equipamento de sua mente, dos canais de seus pensamentos, da qualidade das coisas, dos objetos e incidentes que ele observa e lembra e, talvez mais significativo do que tudo, daqueles que ele não observa e não lembra.

Minha experiência tem sido a de que isso funciona de modo mais confiável no drama do que na poesia pura, porque em um poema o escritor está buscando mais definida e conscientemente tais imagens; enquanto no drama, e em particular em drama escrito tão em brasa quanto o elisabetano, as imagens se precipitam da boca dos personagens no calor do sentimento ou da paixão do escritor, à medida que vão surgindo de forma natural em sua mente.

Quanto maior e mais rica a obra, mais valiosas e sugestivas tornam-se as imagens, de modo que no caso de Shakespeare creio ser difícil superestimar a dimensão do que possa ser descoberto por meio de um exame sistemático delas. Foi essa convicção que me levou a reunir e classificar todas as suas imagens, a fim de ter de forma ordenada e facilmente acessível o material no qual viria a basear minhas deduções e conclusões.

Uso o termo "imagem" aqui como a única palavra à minha disposição para cobrir todas as espécies de símiles, bem como todos os tipos daquilo que é na verdade um símile compactado – a metáfora. Sugiro que dispamos nossas mentes da lembrança de que o termo carregue em si apenas imagens visuais, e pensemos nele, para os fins em vista, como conotativo de todo e qualquer quadro imaginativo ou outra experiência, desenhado de todo e qualquer modo, que possa ter ocorrido ao poeta, não só por meio de seus sentidos, mas também através de sua mente e emoções, e que ele usa, em forma de símile ou metáfora, no sentido mais amplo desses termos, para fins de analogia.

Esse quadro pode ser extenso a ponto de ocupar boa parte de uma cena, como acontece com o símbolo do jardim malcuidado em *Ricardo II*; ou pode ser sugerido por uma única palavra:

A *maturidade* é tudo.

R.L., 5. 2. 11

Pode ser uma simples analogia tirada de coisas do cotidiano:

Tem., 2. 1. 288   Aceitarão sugestão como um gato bebe leite,

ou uma delicada fantasia do mundo da imaginação:

R&J, 2. 6. 18
> Um amante pode cavalgar a teia de aranha
> Que paira no sensual ar do verão
> E não cair; tão leve é a vaidade.

Pode tomar a forma de uma personificação plenamente desenhada
T&C, 3. 3. 165 – o tempo, o anfitrião da moda, a receber e despedir-se de seus convidados; ou pode ser-nos provocada por um verbo vívido,

McB., 2. 2. 42   Glamis assassinou o sono;

e pode ser toda espécie de metáfora – Lady Macbeth instando seu senhor a "aparafusar sua coragem ao ponto em que fique firme", Duncan, após a agitada febre da vida, dormindo bem, Donalbain temendo as "adagas dos sorrisos dos homens", e Macbeth vadeando em sangue, ou "saciando-se de horrores" na ceia.

Seria muito fácil, para qualquer um, dedicar todo um volume à tentativa de chegar à definição de uma única imagem, elaborando, delineando, ilustrando e discutindo o que seja uma metáfora e qual a filosofia que reside por trás dela.

Não me proponho, no entanto, fazê-lo. Em primeiro lugar, a metáfora é assunto de significação tão profunda que exige pena mais capaz que a minha para tratar dela adequadamente. Pois inclino-me a pensar que a analogia – a semelhança entre coisas diferentes – que é o fato subjacente à possibilidade e à realidade da metáfora, traz dentro de si o segredo do universo. O simples fato de sementes que germinam ou folhas que caem serem na realidade uma outra expressão dos processos que vemos operar na vida e na morte humanas me faz fremir, como deve fazê-lo a outros, com a sensação de estar na presença de um grande mistério que, pudéssemos nós chegar a compreendê-lo, explicaria a vida e a morte.

O poeta sabe disso por intuição, se não racionalmente; e ele é poeta em grande parte graças ao poder que tem, maior que o de outros homens, de perceber semelhanças ocultas, e por meio de suas palavras, como diz Shelley, desvelar "a permanente analogia das coisas por imagens que participam da vida da verdade". É por isso que a grande metáfora na grande poesia nos comove e perturba de um modo que seria impossível explicar pelo puramente racional e lógico. Ela nos perturba por tocar ou despertar algo em nós, que penso termos de chamar de espiritual, que fica nas raízes de nosso ser. Pois, como bem sabe o poeta, como também o sabem o vidente e o profeta, é só por meio dessas analogias ocultas que se pode dar às maiores verdades, de outro modo inexprimíveis, forma e contorno capazes de serem apreendidos pela mente humana.

Mas estou sendo arrastada para mais longe do que desejo ir aqui, pois temos todos de concordar com *Mr.* Middleton Murry quando ele diz que "a investigação da metáfora é curiosamente semelhante à investigação de qualquer dos dados primários do consciente: não se pode persistir nela até muito longe sem ser conduzido aos limites da insanidade".

Não tivesse *Mr.* Murry escrito seu pequeno, percuciente e gratificante ensaio sobre a "Metáfora"[3], eu poderia ser tentada a dizer mais, porém nesse memorável ensaio ele parece haver reunido tudo o que se possa dizer de proveitoso sobre o assunto. Ele ressalta que a metáfora parece em parte originar-se no impulso forte e constante do poeta para criar vida, ou transferir vida de seu próprio espírito, como diz Coleridge, para coisas aparentemente inertes. Ele chama a atenção para o modo pelo qual a percepção sensual e a intuição espiritual são ambas necessárias ao grande poeta, bem como para o fato de "sua constante acumulação de vívidas percepções sensoriais fornecer o mais poderoso meio pelo qual ele articula suas intuições espirituais". Ele mostra como o assunto enfocado desperta, por exemplo, na imaginação de Shakespeare "um quadro, meio visível, meio espiritual" que dá motivo à imagística que ele cria para expressá-la e adorná-la.

▼

3. Em *Countries of the Mind*, Oxford University Press, 1931.

Todas essas verdades, assim como outras, veremos ilustradas, em detalhe, na obra de Shakespeare.

Outra razão pela qual não desejo alongar-me na questão da definição é que estou agora primordialmente interessada no conteúdo, mais do que na forma, das imagens, o que de fato torna desnecessário entrarmos em qualquer discussão de classificações formais. Para o meu objetivo no momento não preciso, portanto, analisar nem fazer distinções entre as várias espécies de imagens: a implícita, a decorativa, a amplificadora, e assim por diante; ou insistir nas diferenças entre metáfora, símile, personificação, metonímia, sinédoque e outras tais.

Esse interessantíssimo assunto já foi tratado em parte por bom número de escritores, e qualquer estudo detalhado do desenvolvimento da arte de Shakespeare através de suas imagens envolve considerações detalhadas desse tipo, o mesmo se dando com qualquer investigação a respeito de seu estilo. Porém, se tomado a sério no que concerne às imagens de Shakespeare, o assunto exigiria pelo menos um livro – se não uma pequena biblioteca – só para si.

Finalmente, creio que qualquer discussão elaborada sobre definição seria na verdade inútil aqui, porque, por mais que se pudesse discuti-la, bem poucos haveriam de concordar sobre o que constitui uma imagem, e menos ainda sobre o que constitui uma imagem poética[4].

Porém, como diz sabiamente Burke, "embora homem algum possa traçar uma linha demarcatória entre os limites da noite e do dia, mesmo assim a luz e a escuridão permanecerão, de modo geral, toleravelmente distinguíveis", e assim creio que para maior praticidade, e certamente para os objetivos do presente estudo, todos sabemos razoavelmente bem o que queremos dizer por uma imagem. Sabemos que, *grosso modo*, ela é, como já disse, um pequeno quadro verbal usado por um poeta ou prosador para iluminar, esclarecer e

▼

4. Muito já tem sido escrito sobre esses pontos, e nenhum dos escritores chega a concordar inteiramente com o outro. Remeto os interessados a três livros em particular: *Poetic Imagery*, de H. W. Wells, Columbia University Press, 1924; *The World of Imagery*, de Stephen J. Brown, S. J., Kegan Paul, 1927, especialmente caps. II e VI; e *Intensifying Similes in English*, de T. H. Svartengren, Lund, 1918, em particular a Introdução.

embelezar seu pensamento. É uma descrição ou idéia que, por comparação ou analogia – verbalizada ou compreendida – com outra coisa, transmite-nos, por meio das emoções e associações que provoca, algo da "inteireza", da profundidade e da riqueza da maneira pela qual o escritor vê, concebe ou sente o que nos está narrando.

A imagem, assim, empresta qualidade, cria atmosfera e transmite emoção de um modo que nenhuma descrição, por mais clara e exata que seja, jamais pode fazer.

Quando, por exemplo, ouvimos que a alegria, o espírito e o encanto de um jovem são tais que, se ele fala e brinca, até mesmo

> orelhas idosas *fazem gazeta* diante de suas histórias,   *T.A.P., 2. 1. 74*

e essas duas palavras metafóricas evocam um mundo de associações e emoções, e nos oferecem o retrato de homens graves e idosos se afastando de seus pensamentos sérios ou de seus trabalhos pelo encantamento do alegre matraquear de um jovem atraente e irresponsável, os velhos cedendo à tentação de se afastarem da rotina de seus deveres pelo divertimento e pela falta de preocupação, do mesmo modo que um menino é tentado a deixar de lado suas lições pelo jogo do brilho do sol em uma tarde de verão. Temos igual consciência de uma série de leves sentimentos de culpa por seguir descaminhos, mas também de uma atmosfera de ousadia e descontração, com tudo isso parecendo salientar e acentuar a força do atrativo que causou essa perturbação.

Novamente, quando um soldado descreve uma inesperada derrota na batalha dizendo, a respeito das armas do exército inimigo, que elas

> como raios vinham e iam;   *3H.VI, 2. 1. 129*

e, sobre as do seu lado,

> As dos nossos soldados, como o lento vôo da coruja,   *2. 1. 130*
> Ou como um debulhador preguiçoso com um mangual,
> Caíam delicadamente, como se golpeassem seus amigos,

nesses três retratos, o do golpe cintilante e mortal do raio, e os dois outros de movimentos de cima para baixo, particularmente suaves e silenciosos, temos todo o necessário para uma evocação integral do que aconteceu e vemos, por um lado, o ataque rápido e irresistível do aço penetrante que reluz e, do outro, a ação morna, destituída de coragem ou eficácia, dos homens derrotados.

Do mesmo modo, quando ouvimos falar de um grupo de pessoas, cujas faces

Tito, 3. 1. 125
>estão manchadas, como campos ainda não secos,
>Com o limo lamacento deixado nele por uma enchente;

o quadro novamente transmite não só determinados fatos e qualidades, mas também uma atmosfera específica, e temos consciência da natureza perturbadora e implacável da inundação, bem como de suas conseqüências encharcadas e enlameadas, particularmente deprimentes e destruidoras. Nada poderia descrever mais integralmente a condição dos rostos daqueles que haviam sido completamente avassalados por calamidade repentina e aterradora do que o fato de nem sequer pensarem em limpar as marcas das lágrimas de suas faces, e efetivamente, neste caso, a principal vítima não tem nem mãos para fazê-lo.

Porém tais quadros fazem mais que nos dar uma rápida luz no todo – pano de fundo, atmosfera, aparência, emoção – do incidente descrito; eles nos dizem também que quem os escreveu muito provavelmente já vira e se solidarizara com meninos fugindo das aulas, se contraíra diante da violência do raio e caminhara pelo campo à noite, sendo suficientemente observador e interessado em aves para notar e registrar as características peculiares do vôo de uma coruja pequena, e que observara um trabalhador desocupado ou cansado na época da debulha, bem como, com toda probabilidade, a certa altura tenha vivido perto de um rio onde, mais de uma vez, vira os campos cobertos com o limo e a lama que ele deixa, nas margens, depois das enchentes na primavera.

É neste último aspecto das imagens que estou primordialmente interessada, isto é, em sua substância, e no que nos diz essa substância ou conteúdo, sendo desse ponto de vista que as uso como documentos, primeiro para que nos revelem o próprio homem, e depois para que nos tragam nova luz sobre cada peça individual.

CAPÍTULO II

AS IMAGENS DE SHAKESPEARE COMPARADAS COM AS DE BACON E MARLOWE

Como já expliquei, creio que podemos tirar do material das imagens de um poeta informações específicas sobre sua personalidade.

Trabalhando nessa linha de pensamento, sugiro que seja justificado pressupor que, no conjunto de sua obra, o poeta terá a tendência de extrair uma considerável percentagem de suas imagens dos objetos que ele melhor conhece, ou a respeito dos quais mais pensa, ou dos incidentes, dentre as miríades que vivenciou, aos quais se mostrou mais sensível, e que, portanto, permaneceram em seu campo de conhecimento. Pois, como já observou Bergson melhor do que ninguém, a memória não é um depósito, é uma máquina seletiva – um crivo –, e o fato de nosso instrumento de memória selecionar determinadas coisas ou aspectos mostra que estes nos oferecem certos atrativos, uma certa concordância com nossos temperamentos. Ela pode, porém, também funcionar no modo oposto, fazendo-nos lembrar de determinadas coisas por nos serem particularmente repugnantes.

A melhor maneira de deixar claro esse reflexo da personalidade nas imagens é a da comparação entre diferentes poetas. Antes de descrever e classificar o tema da totalidade das imagens de Shakespeare, e tirar delas certas inferências, irei por isso mesmo exemplificar alguns pontos encontrados na análise detalhada que fiz de cerca de uma dúzia de escritores seus contemporâneos.

Se, sem tal comparação, eu iniciasse o estudo das figuras literárias de Shakespeare, o leitor poderia suspeitar que o seu tema seria tão-somente o material comum aos escritores elisabetanos, desconfiando de minhas conclusões a respeito de suas peculiaridades pessoais. Meu levantamento mostra que, totalmente à parte do estilo ou método de formação das imagens (que seria um estudo em si mesmo), cada autor tem um certo âmbito de imagens que lhe são características e uma tendência marcante e constante para usar um número muito maior de uma ou duas espécies. Assim, para oferecer o tipo mais simples de exemplo, no caso de Shakespeare, a natureza (especialmente o tempo, as plantas e a jardinagem), os animais (particularmente as aves) e o que chamamos de cotidiano ou doméstico, o corpo saudável ou doente, a vida entre quatro paredes, o fogo, a luz, o alimento e seu preparo ocupam um fácil primeiro lugar; ao passo que, em Marlowe, imagens tiradas de livros, principalmente os clássicos, e do Sol, da Lua, dos planetas e do céu são em número muito maior do que todas as outras. (Ver e comparar Gráficos I e II.) De fato, essa preocupação imaginativa com as alturas estonteantes e os vastos espaços do universo é, ao lado de magnífico ímpeto e aspiração que levam sempre para grandes alturas, a nota dominante da mente de Marlowe. Ele parece sentir-se mais à vontade nas cortes estreladas dos céus do que nos campos verdes da terra e gostar mais de observar os movimentos dos meteoros e planetas do que de estudar os rostos dos homens.

Não importa o que esteja descrevendo, os quadros que Marlowe desenha tendem a compartilhar dessa qualidade celestial e magnífica; seja no caso de soldados a caminho da batalha,

1 Tamb., 2. 3. 620
    E ao marcharmos com nossas armaduras que brilham como o sol
    Expulsaremos as estrelas do Céu;

ou a beleza do rosto de uma mulher

Dr. Faustus,
l. 1341
          mais bela que o ar da noite
          Vestida na beleza de mil estrelas;

as emoções conflitantes de um coração de mulher, quando

> como um planeta, movendo-se de vários modos *Hero and*
> Num mesmo instante, ela pobre alma tenta *Leander, l. 361*
> Amar, não amar de todo, e em toda parte
> Luta por resistir aos movimentos de seu coração;

ou a natureza do homem, e de sua alma combativa e ambiciosa, identificada com a força vital do universo,

> sempre a mover-se como as esferas inquietas *1 Tamb., 2. 6. 876*

que

> fazem-nos cansar e nunca descansar. *2. 6. 879*

Mesmo quando a imagem é de algo bem diverso dos céus, Marlowe naturalmente a veste com luz celestial e radiosa e lhe transmite algum toque dessa tremenda força para o alto.

Se acaso se trata de um soldado a gabar-se de futuras vitórias, e o quadro é de guerra, ela toma a seguinte forma:

> Persistirei em ser o terror do mundo, *2 Tamb., 4. 1.*
> Fazendo os meteoros (que, quais homens armados, *3875*
> São vistos marchando nas torres do Céu)
> Cavalgarem em justas pelo firmamento,
> E partirem suas lanças em chama no ar;

e se sua amante morre, é porque

> Zeus amoroso levou... [a ela] ... daqui *2. 3. 3075*
> E a fez imponente Rainha do céu;

e se ele ordena que a artilharia atire, o faz assim:

> com o canhão partam a estrutura do céu, *2. 3. 3072*
> Malhem o brilhante palácio do Sol
> E façam tremer todo o firmamento estrelado.

Com Shakespeare o caso é totalmente diverso. Seus pés estão sempre bem plantados nesta "boa estrutura, a terra", seus olhos sempre focados na vida cotidiana ao redor, e nada lhe escapa do vôo de um pássaro, do desenvolvimento de uma flor, das tarefas de uma dona de casa ou das emoções escritas no rosto humano.

E é por isso que sua poesia maior e mais comovente, assim como a mais vívida, é muitas vezes expressa por meio das mais simples e domésticas metáforas:

A&C, 4. 14. 35
    a longa tarefa do dia está acabada,
  E nós temos de dormir;

McB., 3. 3. 47
  Cubra com um véu o delicado olho do dia patético;

Soneto XC
  Não dê à noite ventosa um amanhã chuvoso;

McB., 3. 2. 22
    Duncan está em seu túmulo;
  Depois da febre inquieta da vida, ele dorme bem;

Cim., 5. 5. 263
    Pende aí como um fruto, minh'alma,
  Até que morra a árvore;

A&C, 5. 2. 308
      Paz, paz!
  Não vê meu bebê no meu seio
  Que amamenta a ama para embalá-lo?

e ele alça vôo até o sublime, não diretamente em um só salto, como Marlowe com sua radiância gélida e lunar, mas indiretamente, através dos caminhos empoeirados da vida, aquecido e enriquecido pela experiência humana, encharcado na atmosfera doméstica desta terra verde.

Assim, ao examinarmos suas imagens individualmente, podemos ver o quão diferentes foram esses dois homens, em mente, temperamento e visão das coisas. Vemos, entre muitos outros aspectos, que Shakespeare era um observador intensamente interessado em coisas e eventos concretos do dia-a-dia, especialmente na vida ao ar livre no campo e na rotina doméstica da casa, e que seus sentidos eram anormalmente aguçados e reativos; já para Marlowe, as coisas concretas tinham pouco interesse; na verdade ele mal as via, vivendo quase integralmente em um mundo de idéias, de modo que suas emoções eram estimuladas quase exclusivamente pelo *pensamento*, enquanto as de Shakespeare eram estimuladas pelas *sensações*.

Devo confessar que satisfiz em grande parte minha curiosidade na escolha do outro escritor para a comparação com Shakespeare, nessa questão dos usos gerais da imagística como um todo – Francis Bacon. Shakespeare e Bacon foram os dois maiores homens de seu tempo, e a afirmação de que Bacon seja na realidade Shakespeare e tenha escrito suas peças ainda é defendida como séria e bem fundamentada por um grande número de pessoas. É natural, portanto, que qualquer um fique ansioso por indagar "O que nos diz um exame de suas imagens?". BACON

Para fins do atual estudo analisei todos os *Ensaios*, *Advancement of Learning*, *Henrique VII* e a primeira parte de *New Atlantis*, de Bacon, com o mesmo método que apliquei às peças de Shakespeare, comparando as imagens obtidas com as que encontrei no conjunto da obra shakespeariana.

Constatamos, desde logo, que a proporção de temas para suas imagens é completamente diversa. Com Shakespeare as imagens da natureza são sempre as mais freqüentes, em particular as referentes às coisas que crescem em jardim ou pomar: árvores, plantas, flores e frutas; e ao tempo: o céu, as nuvens, a chuva, o brilho do sol e as estações. Seguem-se, em freqüência, imagens de animais e, dessas, em particular imagens de pássaros. Com Bacon (ver Gráfico III), a natureza cai nitidamente para um segundo lugar, enquanto as imagens de animais são notavelmente poucas. Em Bacon elas são, em sua maioria, tiradas de assuntos que podemos reunir com o título de "Vida Doméstica", isto é, tudo o que se refere à casa e ao cotidiano dentro de casa, como por exemplo luz e fogo, mobiliário, tapeçaria, tecidos, bordados, roupas, jóias, casamento, nascimento, morte, pais, filhos e relações humanas de modo geral.

A razão de o grupo "Vida Doméstica" de imagens de Bacon ser tão grande é que ele inclui muitas imagens tiradas da luz e da escuridão, o contraste entre luz natural e artificial, e outros efeitos de "luz", que aparecem de forma recorrente em seus escritos.

Assim, só no primeiro ensaio de Bacon, encontramos estas três imagens de luz: (1) "Essa mesma verdade é uma luz do dia nua e aberta, que não mostra mascaradas e pantomimas, ou os triunfos do mundo, com a metade da pompa e delicadeza com que o faz a luz das velas." (2) "A primeira criatura de Deus, nas obras dos dias, foi a luz dos sentidos; a última foi a luz da razão; e sua obra de sabá, desde então, é a iluminação de seu espírito. Primeiro ele lançou seu sopro sobre o rosto da matéria, ou caos; depois lançou seu sopro sobre o rosto do homem; e ele ainda continuou a soprar e instilou a luz no rosto dos seus eleitos." Mesmo quando a imagem é, na verdade, de outra coisa, é o seu aspecto "luz" que atrai Bacon, como nesta imagem (no Ensaio I) de pedras preciosas: (3) "A verdade possa talvez chegar ao preço de uma pérola, que se vê melhor durante o dia; mas não subirá até o preço de um diamante ou de outras gemas, que se mostram melhor sob luzes variadas."

Ao pensar em atividade mental, quase sempre alguma figura de luz parece ocorrer-lhe, como quando (no Livro I do *Advancement of Learning*) ele salienta que os estudiosos, com seus "pontos e sutilezas verbais", desagregaram a solidariedade das ciências, e indaga: "Pois não seria melhor que um homem, em uma bela sala, acendesse uma grande luz, ou um lustre com muitos braços de luz, do que andar por aí examinando cada canto com uma pequena vela?" E ele continua a desenvolver o símile mostrando que o método dos estudiosos, ao sofismar e discutir cada ponto, gera "uma questão tão depressa quanto resolve outra, do mesmo modo que, na comparação anterior, quando se leva a luz para um canto, se escurece todo o resto".

Adv. of L. II
Para Bacon, a luz na verdade representa tudo o que há de bom, iluminação de toda espécie, tanto mental quanto espiritual: verdade, virtude, conhecimento, compreensão, razão e até mesmo a essência do próprio Deus, "o Pai da iluminação ou das luzes". A luz, para ele, é julgamento claro e isento ("luz seca", não obscurecida por névoas ou umidade), sendo também o ato da amizade, "que traz a luz do dia para a compreensão".

Não é de surpreender, portanto, que suas imagens tomadas à luz sejam, em geral, muito bonitas e, para Bacon, excepcionalmente marcadas pela emoção. Assim é, por exemplo, aquela em que o governador da Nova Atlântida, ao descrever para estranhos as atividades dos irmãos da Casa de Salamon ("que é o farol deste Reino"), conte como alguns deles são destacados para velejar até países distantes e trazer de volta relatos do progresso e do cultivo em todas as artes e ciências: "assim", diz ele, "vêem que nós comerciamos, não por ouro, prata e jóias; nem por sedas ou especiarias; nem por nenhuma outra mercadoria sólida, mas só pela primeira criatura de Deus, que foi a *luz*; para ter a *luz* (digo eu) do desenvolvimento de todas as partes do mundo"... Esses aventureiros, acrescentou, "nós chamamos de Mercadores da Luz".

Shakespeare não mostra nenhum sinal desse grande interesse pela luz, nem pela associação quase passional que Bacon faz da luz com o intelecto, muito embora em *Romeu e Julieta* encontremos uma bela imagem "contínua", sempre recorrente, reveladora de que Shakespeare, naquele momento, concebe o amor, imaginativamente, como luz em um mundo escuro.

Assim como Bacon parece ver a natureza humana, e refletir sobre ela, em termos de luz e sombra, Shakespeare parece pensar mais fácil e naturalmente em termos de jardinagem. Ele visualiza os seres humanos como sendo plantas e árvores, sufocados por ervas daninhas, ou bem podados e preparados e dando frutos maduros, de perfume doce como o da rosa ou nocivo como o de uma erva daninha (pp. 80-5). Assim como Shakespeare, na boca de Iago, reflete que nossos corpos são jardins e nossas vontades jardineiros, de modo que tudo o que é plantado ou semeado em nossas próprias naturezas depende inteiramente do poder e autoridade de nossas vontades, é característico em Bacon, no mesmo clima de reflexão, retratar os relacionamentos dos homens em termos de luz, como quando escreve no Ensaio *Da inveja*: "As pessoas de valor e mérito são mais invejadas quando sua fortuna continua por muito tempo. Pois a essa altura, embora suas virtudes continuem as mesmas, já não ostentam mais o mesmo brilho: novos homens aparecem para escurecê-las." Do mesmo modo, ao falar das vantagens da adversidade sobre a prosperidade como campo de treino para a natureza

Ote., 1. 3. 323

Ensaio 5.
Da Adversidade

humana, ele o ilustra da seguinte forma: "Vemos nas costuras e nos bordados que é mais agradável termos um trabalho vívido sobre um tecido triste e solene, que termos um trabalho escuro e melancólico sobre um tecido claro."

Próximo da luz e da escuridão, vemos Bacon, em comum com muitos elisabetanos, buscando suas imagens no corpo e em ações corporais. Nisso ele se assemelha a Shakespeare; mas de novo diverge notavelmente dele na quantidade e no âmbito de suas imagens bíblicas, que são muito numerosas, e vêm, a esse respeito, logo a seguir das da luz e do corpo. A mente de Bacon é saturada de histórias e frases bíblicas de um modo tal que não há evidência em Shakespeare, e existe em sua obra o que talvez pudéssemos chamar de piedade sentimental e fraseado piedoso, inusitados entre pensadores de seu tempo e completamente alheios a Shakespeare. As comparações e referências bíblicas de Shakespeare – bem raras – são praticamente todas buscadas em personagens e incidentes muito conhecidos, familiares a todo e qualquer aluno de um curso secundário: Adão e Eva, Caim e Abel, Salomão, Jó e Daniel, Herodes, Judas e Pilatos, a queda de Lúcifer, a serpente no Jardim, o Dilúvio e o Mar Vermelho.

Já a mente de Bacon, podemos perceber, está inteiramente à vontade com todas as histórias bíblicas, do Antigo e do Novo Testamento, movendo-se ali com naturalidade, buscando fácil e rapidamente, para ilustração, tanto os incidentes mais sabidos quanto os menos conhecidos, muitas vezes visualizados e ponderados, tornados assim vívidos e familiares para a sua imaginação.

Ensaio 3

Dessa maneira, quando fala contra a propagação da religião por meio de guerras ou da opressão da consciência humana por meio de perseguições sanguinárias, ele diz que colocar a espada na mão de uma pessoa conduz à subversão de todo governo, que é a ordem de Deus. "Pois isso", afirma ele, "não passa de bater a primeira tábua contra a segunda", e compreendemos que a menção da lei de Deus colocou imediatamente à sua frente a figura de Moisés no deserto com as duas tábuas de pedra nas mãos, uma contendo os deveres do homem para com Deus, a outra, os deveres do homem para com o homem.

Detalhes da história bíblica são obviamente familiares para Bacon, e ele os usa constantemente como ilustração, por vezes de forma um tanto estranha, porém sempre apropriada. Assim, no mesmo ensaio (III, *Da unidade da religião*) ele descreve duas unidades falsas, uma com base na ignorância, a outra "com peças juntadas sobre uma admissão direta de contrários em pontos fundamentais", e continua, "Pois a verdade e a mentira em tais coisas são como o ferro e o barro aos pés da imagem de Nabucodonosor, que podem separar, porém não incorporam".

Um exame detalhado das diferenças dentro dos vários grupos de imagens tirados do mesmo assunto traz alguns resultados interessantes; e aqui posso apenas indicar um ou dois.

Um grupo que revela diferenças definitivas entre Bacon e Shakespeare é o das imagens com base na astronomia. Ambos os escritores têm interesse no assunto, ambos têm um número considerável de referências astronômicas; e a imaginação de ambos está presa ao velho sistema ptolomaico, que tão bem corresponde ao testemunho de nossos sentidos. Creio ser possível que o mito de Faetonte a conduzir seus cavalos pelo céu, tão caro à mente poética elisabetana, foi em grande parte responsável pela relutância dos poetas em abrir mão da concepção de um sol girando em torno de uma terra fixa; e não apenas o Sol, mas os também planetas e as estrelas, girando em esferas concêntricas cujo centro era a Terra.

Esta última idéia, em particular, incendeia a imaginação de Shakespeare, e suas referências ao movimento das estrelas em suas órbitas, principalmente em termos de imagens, são muitíssimas. Bacon não se refere a isso; porém, por outro lado, é atraído em particular pelo conceito do *primum mobile*, a imensa décima esfera exterior, que segundo Ptolomeu comunicava seu movimento a todas as esferas inferiores, como é descrito em detalhe por Milton em conhecida passagem do *Paraíso perdido* (Livro III, 481-3). Embora Bacon não fosse poeta, ainda assim a idéia o atraía, como a Milton, e ao que parece não chegou a ser substituída pelas descobertas que estavam ocorrendo em sua época, desses "novos aurigas que conduzem o mundo por aí", como ele chama Copérnico e Galileu. Ele compara a organização e a ação dos governantes de um Estado terreno com a dos céus, e escreve: "Pois os movimentos das maiores pessoas de um governo devem ser como os movimentos dos planetas sob o *primum mobile* (segundo a antiga opinião), nos quais todos eles são carregados rapidamente pelo movimento mais alto, e suavemente por seu próprio movimento" (Ensaio XV). E ele assemelha as ações da superstição, que "têm sido a confusão de muitos Estados", com a introdução de "um novo *primum mobile*, que viola todas as esferas do Governo" (Ensaio XVII). Shakespeare não menciona sequer uma só vez o *primum mobile*, porém a concepção das estrelas movendo-se em suas órbitas, e afastando-se delas apenas como sinal ou resultado de grande perturbação ou desastre (ao que Bacon nunca se refere), parece ser a mais constante das idéias astronômicas na mente de Shakespeare. Assim, o rei em *Hamlet* afirma que sua rainha é

Ham., 4. 7. 14
> tão ligada à minha vida e à minha alma
> Que, assim como uma estrela só se move dentro da própria órbita,
> Nada posso fazer que não seja através dela.

E Antônio, quando tudo está perdido, declara que "suas boas estrelas", que haviam sido seus "antigos guias",

A&C, 3. 13. 145
> Deixaram vazias suas órbitas e atiraram seus fogos
> No abismo do inferno.

Oberon, relembrando a Puck o espetáculo outrora visto, a beleza da sereia cantando em cima das costas de um golfinho, diz

S.N.V., 2. 1. 152
> Que o rude mar ficou cortês com sua canção
> E certas estrelas saltaram de suas esferas
> Para ouvir a música da donzela do mar.

Polônio lembra Ofélia de que

Ham., 2. 2. 141
> Lorde Hamlet é um príncipe, fora de sua estrela [órbita],

e a mesma idéia forma uma imagem "contínua" ao longo de *Bom é o que bem acaba*, a fim de ilustrar a insuperável diferença de posição entre Helena e Bertram. Ela é resumida logo no início da peça pela própria Helena:

> Seria o mesmo   *B.B.A., 1. 1. 92*
> Se eu amasse uma estrela particularmente brilhante
> E pensasse em casar-me com ela, tão acima de mim está ele:
> Na sua brilhante auréola e luz colateral
> Devo achar meu conforto, não em sua esfera.

A vivacidade e a realidade da velha concepção ptolomaica na imaginação de Shakespeare ficam bem ilustradas pelo grito de agonia de Cleópatra no desespero de sua dor quando Antônio é carregado morto para o monumento, e ela, ansiando pela escuridão, exclama: "Oh Sol, queima a grande esfera em que te moves." Ela está descrevendo o giro do Sol em torno da Terra pelo movimento de uma esfera sólida na qual ele está fixado. Supondo ser consumida tal esfera, como deseja Cleópatra, o Sol teria de perambular no espaço sem fim, e a Terra, como conseqüência, mergulharia na escuridão. Esse é um exemplo da imaginação do escritor sendo tomada de surpresa, e traindo a si mesma; pois numa passagem mais prosaica, quando Ulisses está fazendo um pronunciamento definitivo a respeito da ordem no céu, Shakespeare mostra que sua *razão* já apreendeu integralmente a nova verdade de que o "glorioso planeta Sol" está

A&C, 4. 15. 9

> Em nobre eminência entronizado em sua esfera   *T&C, 1. 3. 89*
> Em meio aos outros.

Suas imagens da natureza são outro grupo que revela caráter muito diverso. Bacon não só busca muito menos imagens na natureza do que o faz Shakespeare, como as suas são de tipo diferente: elas são mais gerais, tratando de áreas maiores de terra, sua topografia, colinas e vales, bosques e florestas; e revelam pouca observação direta de suas *aparências*. Em geral o interesse de Bacon, diferentemente do de Shakespeare, parece voltar-se mais para os processos práticos da agricultura que para os da jardinagem, e suas reflexões são muitas vezes, e de forma marcante, concebidas do ponto de vista do dono da terra, que pondera como preservá-la e melhorá-la;

como na imagem que se segue, na qual sugere que, em um país que aspire à grandeza, deve-se tomar cuidado para que a nobreza e a fidalguia não se multipliquem depressa demais, a expensas do povo comum, que é a espinha dorsal da terra; "assim", acrescenta, "como se pode ver nos arvoredos; quem deixar as raízes ficarem muito grossas jamais terá um solo limpo, mas touceiras e matagal. Do mesmo modo nos países, se os fidalgos forem muitos, os comuns serão vis". "Dinheiro é como esterco, que não é bom a não ser que seja espalhado" é comentário particularmente característico de Bacon, que mostra o cuidado prático do fazendeiro com a terra, bem como o interesse do lorde Chanceler em economia e finanças, porém é improvável que Shakespeare o houvesse escrito, já que seus interesses voltam-se para direções totalmente diferentes.

Ensaio 29. Dos reinos e Estados

Ensaio 15. Das sedições e perturbações

A diferença entre as imagens de mar dos dois escritores é exatamente o oposto da diferença que existe entre suas imagens da natureza; as de Shakespeare são as mais gerais, as de Bacon, as mais concretas e particulares. As imagens de mar de Shakespeare são (i) principalmente de tempestades e naufrágios. *Mr.* Wilson Knight demonstrou recentemente como são constantes a idéia e o simbolismo de "tempestade" no pensamento de Shakespeare, para quem os movimentos de um mar cruel, selvagem, impiedoso são com freqüência símbolo de paixões e emoções humanas.

McB., 4. 2. 18

"Mas cruéis são os tempos", diz Ross a Lady Macduff,

> quando acolhemos rumores
> Do que tememos, porém não sabemos o que tememos,
> E boiamos em um mar violento e selvagem
> De cá para lá a cada movimento.

"Meus intentos", exclama Romeu, ao entrar no túmulo de Julieta,

R&J, 5. 3. 37

> são selvagens e desatinados
> Muito mais ferozes e inexoráveis
> Que tigres famintos ou o mar que ruge.

Jamais encontrei uma tal analogia em Bacon.

Na imaginação de Shakespeare o homem é um "vaso frágil"[1] na "viagem incerta da vida", e cada ser humano lançado neste mundo é como um barco frágil posto para flutuar no grande e tempestuoso oceano de suas próprias paixões; "teu corpo é o barco", diz o velho Capuleto a Julieta, *T.A., 5. 1. 204*

R&J, 3. 5. 134

> Que navega neste mar salgado; os ventos, teus suspiros:
> Que furiosos com tuas lágrimas, e elas com eles,
> Sem calma repentina hão de emborcar
> Teu corpo batido pela tempestade.

Esse símbolo bastante óbvio é constante em Shakespeare; encontrei apenas uma vez em Bacon pensamento semelhante, embora não idêntico, quando no Ensaio V ele fala da "resolução cristã que navega no fraco barco da carne através das ondas do mundo".

As outras imagens mais constantes de mar em Shakespeare são (ii) a cheia e vazante das marés, (iii) a ação das correntezas, (iv) a maré que invade por uma brecha, (v) um navio sendo despedaçado contra rochas, e (vi) o tamanho, a profundidade e a capacidade do oceano (em geral assemelhados ao amor). Os últimos três jamais encontrei em Bacon. Porém a grande e constante diferença entre as imagens do mar dos dois escritores é que as de Shakespeare dizem respeito principalmente ao caráter geral, à qualidade ou ao aspecto do mar, em geral durante uma tempestade, *tais como um homem da terra seca os pudesse ver*, enquanto as de Bacon são pequenos retratos vívidos de episódios ou incidentes no mar, *tais como os vivenciaria um homem a bordo de um navio ou barco*. Sua mente prática e científica se interessa pelo equilíbrio das embarcações na água, e ele gosta muito da imagem de "lastro": "É preciso que haja alguns conselheiros do centro para manter as coisas firmes; pois, sem tal lastro, o navio irá jogar demais" (Ensaio VI). Shakespeare não usa a palavra "lastro" nem uma só vez.

O navio sobrecarregado é também um dos favoritos de Bacon: "Quando os príncipes... se tornam integrantes de um partido, e in-

▼

1. No sentido náutico. (N. da T.)

clinam-se para um lado, isso é o mesmo que uma embarcação desequilibrada pela desigualdade do peso em um dos lados" (Ensaio XV). Essa idéia jamais ocorre em Shakespeare.

Um acidente no qual parte da tripulação ou dos passageiros de um navio em uma tempestade foge vergonhosamente, deixando a nave a seu próprio destino, enquanto eles se salvam no escaler do navio, jamais é encontrada em Shakespeare, porém ocorre repetidamente à mente de Bacon, como quando ele descreve a espécie mais inferior de político ambicioso, "que jamais se importa, em qualquer tempestade, com o que possa advir à nave do Estado, desde que eles se possam salvar no escaler de sua própria fortuna" (*Advancement of Learning*, I). Ou novamente quando descreve as ações de John Morton, arcebispo de Canterbury, e suas relações com Ricardo III e o duque de Buckingham, dizendo que o arcebispo incitou secretamente Buckingham a se revoltar contra o Rei Ricardo, e continua: "Porém depois de o duque se ter engajado, pensando que o bispo seria seu principal piloto na tempestade, este se enfurnou no escaler e fugiu para além-mar" (*Henrique VII*, ed. Lumby, Pitt Press Series, p. 182).

As imagens de esportes e jogos são outra indicação segura dos gostos e da individualidade de um escritor. Shakespeare as tem em quantidade, principalmente vindas da falcoaria, do uso do arco e flecha, da caçada de veados, do apanhar passarinhos e peixes com armadilhas, e na parte de jogos principalmente relativas ao boliche, futebol e tênis, sendo que as tiradas do boliche, que ele claramente conhecia bem e de que gostava muito, são cerca de três vezes mais freqüentes do que as de qualquer outro jogo.

Em todas as obras de Bacon que examinei, só encontrei três imagens de "jogos", uma de cada: tênis, *skittles* e *bowls*[2], de modo que não há indicação de qual seria o seu jogo preferido, se é que o tinha. Suas imagens de "esporte" são relativamente poucas, e ele as busca em arco e flecha, falcoaria, pescaria, apanhar passarinhos, lutas e remo, nessa ordem.

▼

2. Duas variantes de boliche da época. (N. da T.)

As diferenças entre as suas atitudes em relação a animais merecem ser notadas. A atitude de Shakespeare, tal como configurada em suas imagens, é única entre as dos dramaturgos de seu tempo, pois ele demonstra uma solidariedade e uma compreensão para com o ponto de vista do animal e seu sofrimento de que mais ninguém em sua época nem sequer chega perto. Isso se nota em particular nos casos dos cavalos e dos pássaros, os dois que ele mais ama (pp. 98-101). Suas imagens de pássaros são notáveis pela intensidade de sentimento para com o passarinho engaiolado, preso em linha com visgo ou em armadilhas, o que lhe provoca piedade e solidariedade apaixonadas (pp. 98-9).

Desse sentimento de solidariedade para com o pássaro preso não há um único traço em Bacon, cujas imagens de pássaro vêm da poda de suas asas, da fuga desordenada, do vôo da cotovia e do falcão, e da ação das aves de rapina. Suas imagens de montaria preocupam-se exclusivamente com a necessidade e eficácia do freio, da rédea e das esporas, e de cavalos "bem adestrados" que sabem quando "parar e virar".

Além dessas diferenças marcantes, nas idéias e representação de certos grupos de imagens usados tanto por Shakespeare quanto por Bacon, encontramos algumas imagens exclusivas deste último que não só não encontram contrapartida em Shakespeare, como são, em sua essência, o exato oposto das visões ou convicções de Shakespeare. Esse tipo de diferença, inconsciente ou acidentalmente traído por meio de imagens individuais ou acumuladas, é a mais sutil e irrefutável prova de individualidade na autoria que se possa encontrar. Tal é a visão de Bacon do tempo que, diz ele, repetidamente, "parece ter a natureza de um rio ou corrente, que arrasta para nós o que é leve e cheio de ar e afunda e afoga o que pesa e é sólido". Fica claro que Bacon, *Adv. of L. I, ver também Preface to the Great Instauration* nessa analogia artificial e um tanto forçada, argumenta que o tempo, longe de revelar a verdade, a confunde e obscurece, transmitindo-nos apenas o que é popular e superficial, mas afogando o que é substancial e profundo. Shakespeare, por outro lado, com grande consistência pensa na função do tempo em termos perfeitamente opostos (ver Cap. IX, p. 161), e o descreve como o que separa o importante do trivial, como revelador e desembaraçador da verdade, cuja glória é "tirar a máscara da mentira e trazer a verdade para a luz" (*Luc.* 940).

Outra reveladora diferença de opinião, mas que não posso desenvolver aqui, se mostra em suas várias atitudes em relação à guerra. Bacon, comparado a Shakespeare, tem bem poucas imagens de "guerra", acreditando que ela seja tão necessária ao Estado quanto o exercício saudável para o corpo de um homem (Ensaio XXIX, ll. 259-64). Shakespeare odeia a guerra e a condena por intermédio da boca de Tímon como "guerra afrontosa, bestial, de cérebro louco", porém indício ainda mais seguro de sua visão é ele a simbolizar e associar, constantemente, a ruído intenso e apavorante, com os gemidos de homens morrendo, com "trombetas que zurram, e tambores mal-humorados e barulhentos, clamores do inferno". Ele fala também da "guerra que ruge", da "ríspida e turbulenta língua da Guerra", e a qualquer um que tenha consciência do quanto ele odeia todos os sons ríspidos, discordantes e agudos, isso é mais do que indicativo de seus sentimentos.

Eu poderia citar muitos outros exemplos de diferenças significativas entre os dois escritores, porém o espaço não o permite. Espero já ter dito o bastante, no entanto, para provar minha idéia, que é a seguinte: além das muitas e marcantes diferenças em dons e temperamento facilmente vistas no conteúdo e no teor de seus escritos, só a partir de um estudo de suas imagens outras diferenças notáveis aparecem. Vemos, ao examiná-las, que os escritores desses dois conjuntos de obras encaravam o mundo de diferentes pontos de vista, tinham tido experiências diferentes e estavam interessados – e familiarizados – com espectros diversos da vida cotidiana, de modo que, mesmo quando interessados em um mesmo assunto (como a astronomia), aspectos diferentes dele é que apelavam para suas imaginações. Vemos que seus gostos em esportes e jogos eram diferentes, e que suas atitudes em relação a animais eram muito diferentes, e que, além do mais, quanto a determinados assuntos abstratos (tais como a ação do tempo), abraçavam visões diametralmente opostas.

Todos esses fatos apontam para uma mesma direção, e todos parecem apoiar a visão de que temos aqui, por trás desses dois conjuntos de obras, não apenas uma mente, mas duas, extremamente individuais e inteiramente diversas.

CAPÍTULO III

IMAGENS DE SHAKESPEARE COMPARADAS COM AS DE OUTROS DRAMATURGOS

Abandonando essa comparação geral de dois escritores específicos, com a qual demonstrei como certas características gerais de cada escritor são refletidas em sua imagística geral, passarei agora a fazer exame mais detalhado dos assuntos de determinados grupos ou seções de imagens tais como aparecem em Shakespeare e em alguns dramaturgos de sua época. Isso, creio, irá mostrar que tal análise ilumina os gostos e as experiências individuais de cada escritor.

Para ilustrá-lo, elaborei um gráfico (Gráfico IV) da proporção e distribuição do grupo de imagens reunido como "vida cotidiana" (para as notas sobre a classificação das imagens, ver Apêndice V, p. 349) encontradas em cinco peças de Shakespeare, e nas de cinco outros dramaturgos elisabetanos, Marlowe, Ben Jonson, Chapman, Dekker e Massinger (para a lista dessas peças ver p. 349, Apêndice V, Nota sobre o Gráfico IV). Consideremos esse conjunto de peças por um momento, a fim de verificarmos se, ao serem observadas com um pouco mais de atenção, será possível fazer alguma coisa com elas no sentido da revelação de caráter e personalidade.

Para começar, torna-se claro que há considerável variação entre os dramaturgos, no que tange tanto à quantidade quanto à proporção no uso desses diferentes tipos de imagens.

Em Shakespeare, o maior número de imagens dentro desse grupo vem do "esporte", sendo ele o único dos seis para quem esse assunto aparece em primeiro lugar (ver nota no Gráfico IV), o que enfatiza seu amor pelo campo, pela vida e pelas ocupações ao ar livre. Ele apresenta mais imagens ligadas ao cavalgar, ao apanhar pássaros e à falcoaria do que a qualquer outra forma de esporte ao ar livre, e em todas elas há indícios de experiência pessoal. Suas imagens do uso de arco e flecha são também relativamente numerosas e, quando lidas, dão a impressão de que ele os sabia manejar. Seus símiles de pesca, por outro lado, são muito corriqueiros, pouco mais que os significados metafóricos usuais de "*angle*"[1] e "*bait*"[2], sem revelar nenhum sinal de conhecimento ou interesse pessoal. Tudo isso é característico não só de suas cinco peças aqui analisadas, como de toda a sua obra e, acredito eu, de sua experiência e seus interesses (pp. 92-4).

Vale a pena dar uma olhada nas imagens de esportes dos seis dramaturgos em conjunto (ver Gráfico IV). Marlowe tem bem poucas, e elas não apresentam nenhum indício de experiência pessoal. Ben Jonson tem muitas: caça, pesca e apanhar pássaros vêm em primeiro lugar, porém há poucos indícios de conhecimento direto nelas, a não ser pelo vívido toque da perseguição de uma lebre no campo nevado. Suas imagens de esgrima, no entanto, dão a sensação de que ele já havia usado floretes pessoalmente. Chapman também tem muitas: cavalgar, caçar, arco e flecha e pesca são as primeiras, porém só nas de arco e flecha parece haver indício claro de conhecimento pessoal. Dekker é o escritor desse grupo cuja proporção de imagens de esportes mais se aproxima da de Shakespeare. Elas são notáveis principalmente em função do grande número – quase metade do total – que ele tira da pesca, que fica óbvio se tratar de seu esporte favorito, tamanha a facilidade e a constância com que discorre sobre preparar a isca, manobrar a linha e o anzol, o irritante hábito do peixe de beliscar a isca sem engolir o anzol, puxar o peixe para a praia ou prendê-lo na rede. As relativamente poucas imagens de esporte de Massinger são das

▼

1. "Pescar" ou "tentar atingir indiretamente". (N. da T.)
2. "Isca" ou "engodo", mas também "provocar" ou "atormentar". (N. da T.)

mais convencionais – a caça de aves selvagens, a falcoaria e a caça em geral – e não revelam praticamente nenhum sinal de conhecimento ou observação diretos; deve-se notar, no entanto, que ele é o único dos seis que cria imagens a partir de brigas de galo e de corridas de cavalos.

Grosso modo, deduzimos deste grupo de imagens que Shakespeare estava acostumado a cavalgar, que tinha conhecimento direto tanto de falcoaria quanto do uso de armadilhas para pegar passarinhos, além de uma clara experiência com o uso de arco e flecha. Vemos que nem Marlowe nem Massinger tinham o menor interesse por esporte ao ar livre. Notamos que tanto Ben Jonson como Chapman tinham considerável vocabulário esportivo, que estava em moda como nos informa Master Stephen[3], mesmo não sendo nenhum dos dois realmente esportistas[4], porém Jonson em algum momento gostou de esgrima, enquanto Chapman sabia muito bem manejar um arco. E fica claro que Dekker gostava mais de pescar do que de qualquer outro passatempo.

Há, no entanto, um aspecto dessas imagens no qual Shakespeare fica praticamente sozinho, o da evidência de sua solidariedade para com o animal caçado ou apanhado em armadilha, bem como em sua compreensão e sensibilidade a respeito do cavalo, seus movimentos e suas reações. Ele é o único a sugerir que a persuasão bondosa pode conseguir mais que o uso da espora, e que, se o cavaleiro dá rédea a um bom cavalo e "o deixa correr, ele não tropeça"; ele é o único a pensar do ponto de vista do "pobre passarinho" que teme a rede e a linha com visgo, o alçapão e a armadilha, do falcão

C.I., 1. 2. 94
2. 3. 51

▼

3. *Stephen*: "... se um homem não tem habilidade em falcoaria e caça hoje em dia, não dou por ele uma palha. São mais estudadas que o grego ou o latim". *Every Man in His Humour*, 1, i.
4. Depois de eu ter escrito isto, fiquei interessada ao encontrar, na seção de "Caça" em *Shakespeare's England* (II, 335-8), uma longa citação de Ben Jonson, em *The Sad Shepherd*, descrevendo uma caça ao veado e cheia de termos de esporte, que *Mr.* Fortescue (o autor) rasga em pedaços por oferecer clara evidência de que Jonson não sabia nada de comportamento na floresta e deve ter copiado todas as palavras de um livro sobre esportes.

engaiolado, do urso acorrentado ao poste. Em todas as imagens de esporte nas peças dos cinco outros autores selecionados, uma única vez sentimos um vislumbre de solidariedade com a vítima ferida ou enredada, que ocorre na alusão de Dekker à "pobre truta-salmoneja... agora na rede".

The Honest Whore, II. 5. 2

Quanto a jogos, que são incluídos neste grupo, é característico que Dekker tenha quase duas vezes mais imagens de jogos do que qualquer dos outros, inclusive cinco de boliche (*bowls*), todas revelando claro conhecimento do jogo. Acontece que Shakespeare só tem duas imagens de jogos nessas cinco peças, embora saibamos pelo número total de imagens de jogos que ele também tinha intimidade com o boliche (ver pp. 103-4).

O maior número seguinte de imagens usadas por Shakespeare nesta pequena seção é tirado de "classes". Nesse grande grupo de tipos de homens e mulheres, vemos desde logo refletido o amor de Shakespeare pela humanidade, sua observação, a rapidez com que seu olhar capta o inusitado (pp. 133-5). Vemos também sua marcante solidariedade para com quem está por baixo (p. 133), já que quase a metade dessas imagens é buscada nos pobres e oprimidos, nos prisioneiros, idiotas e loucos, nos ciganos, mendigos, mascates e escravos. Até mesmo neste pequeno punhado, encontrado em apenas cinco peças, sentimos a solidariedade do escritor para com "o pobre e alquebrado falido", com o tratamento desumano dos loucos, com o idiota da aldeia e com os "pobres prisioneiros em seus contorcidos grilhões". A esse respeito – o número de suas imagens buscadas nos pobres e a amplitude de sua solidariedade – ele difere de todos os outros escritores analisados. Em verdade constitui considerável revelação de caráter isolarmos esse pequeno grupo de "classes e tipos" nos seis dramaturgos e os estudarmos. Ben Jonson e Chapman – a não ser por um certo número de referências convencionais a escravos – não apresentam quase nenhuma imagem sobre os pobres ou humilhados, estando interessados principalmente em tipos urbanos razoavelmente abastados, que importam a Shakespeare relativamente pouco: cortesãos, mercadores, edis, damas elegantes da cidade, jogadores, um político, um versejador, um puritano, um carregador, um verdureiro ambulante, um cozinheiro, um alfaiate e assim por diante. Em Jonson, o grupo "classes" vem em primeiro lugar, sendo ele o único dos seis autores com quem isso ocorre. Como Shakespeare, embora de modo mais formal e artificial, ele é – como descobrimos por suas peças – intensamente interessado em tipos humanos, interesse refletido nos pequenos e vívidos esboços de suas imagens tiradas dos "humores" de seu tempo, por meio dos quais podemos ouvir os tons afetados das aias e a fala entediante dos policiais, ou vislumbrar a dama do interior "sempre na retaguarda da moda" e a mulher do chapeleiro enfeitada com seu espartilho bordado e velada com cambraia fumacenta. *Cynthia's Revels, 4. 1*

E.M.I.H.H. 1. 2

Chapman também, embora nele o grupo não ocupe o primeiro lugar, dá-nos muitos instantâneos de "personagens" da cidade, tais como a dama citadina e seu marido ciumento, ou a aia discreta. *Byron's Consp. 2. 1*

All Fools, 2. 1

As imagens de Dekker tiradas de tipos da vida contemporânea são, como as de Shakespeare, mais variadas, e qualquer um que conheça *Gull's Hornbook* não fica surpreso com o grande número delas, nem com a vivacidade e o humor com os quais ele destaca suas características: o juiz de paz que fala de mil assuntos sem nenhuma objetividade, o acre suor do domador de ursos, o exausto padeiro no dia em que tem de acender o forno, o boticário enganador e o jogador desonesto que "não ganha a princípio". Dekker não tem, nem de longe, a mesma proporção de imagens de pobres e trapaceiros que tem Shakespeare, porém só em suas imagens, dentre esses outros cinco escritores, pude sentir alguma coisa semelhante à solidariedade de Shakespeare em relação aos pobres e infelizes. Ele mostra um toque de compreensão a respeito dos maus-tratos dos loucos, *The Honest Whore, I. 5. 1*

II. 4. 2
II. 4. 3
II. 2. 1
II. 3. 1

Lutar com loucos não doma a loucura, *II. 3. 1*

e, em bela e conhecida passagem no final da primeira parte de *The Honest Whore*, soa uma solidariedade clara e terna em relação ao prisioneiro e ao mendigo:

The Honest Whore,
I. 5. 2

Paciência, milorde! Ora, é a alma da paz;
. . . .
A liberdade perpétua do prisioneiro,
Suas alamedas e pomares; é a liberdade do escravo,
... É a música do mendigo, que assim canta
Embora seus corpos mendiguem, suas almas são reis.

Massinger tem certa predileção por buscar imagens em pajens e cavalariços; afora isso suas referências a tipos humanos são, *grosso modo*, positivamente mais livrescas e menos resultado de observação direta que as de qualquer dos outros, com a possível exceção de Marlowe. Assim, ele tem várias sobre escravos: "os queimados escravos das galés", "*bond-slaves*"[5], "escravo de um Mouro", além de buscá-las em cativos, piratas, gigantes e pigmeus, num selvagem, num canibal, e assim por diante.

O pequeníssimo grupo da espécie em Marlowe é extraordinariamente característico. As imagens ou são gerais e um tanto vagas, mas imaginativas e poéticas, como no caso das estrelas comparadas a peregrinos em viagem, ou "parai, vós relógios dos elementos", que pode conotar a idéia de sentinelas[6]; ou um tanto livrescas – "ninfas e pastores", o pastor saltitando "por ver a primavera pintada", "um sofista ousado e agudo". Em toda a sua obra encontro apenas quatro imagens tiradas direta e vividamente de tipos da vida pululante e variada da humanidade das ruas em volta dele: um frade descalço se abaixando, um puritano tímido, um traje "como o de um cura" e um "*dapper jack*" ou jovem dândi.

2 Tamb. 3. 2
Ed. II, l. 2050
Hero and Leander, II. 233
Ed. II, 2. 2
Hero and Leander, I. 197

Jew of Malta, 2, l. 786
Ed. II, l. 2390
ll. 769, 709

Para voltar às imagens de Shakespeare nesse grupo da "vida cotidiana" – suas imagens de "ofícios e construção" vêm, em número, logo após "esporte" e "classes", e dentre elas o maior número é buscado na carpintaria (pp. 118-9), e depois disso as de construção, imagens simples de construções em si e de fundações. A seguir vêm suas imagens de guerra, e na seleção dessas não encontrei nada que

▼

5. Significa, em última análise, apenas "escravo", mas faz referência ao documento de sua compra ou condenação. (N. da T.)
6. Em inglês, *watch/watchmen*. (N. da T.)

indicasse conhecimento direto de guerra ou luta. Elas pertencem, em sua maioria, ao repertório comum e usual de imagens de guerra elisabetanas, a explosão da pólvora e o fogo, o tiro do canhão, o coice da arma de fogo, o talho de espada ou adaga, a ação dos "ferros que machucam", punhaladas e dardos, um cerco, um acampamento, uma barricada, uma bandeira. A mais vívida e especial das imagens desse pequeno grupo talvez seja "a pólvora no polvarinho de um soldado sem competência", que pega fogo graças à sua própria ignorância, sendo ele então mutilado por sua própria defesa. R&J, 3. 3. 130

"Substâncias" são as seguintes em número, e imediatamente, mesmo em seleção tão pequena, temos ampla indicação da extrema sensibilidade de Shakespeare ao tato e à textura (pp. 76-7). Desse pequeno grupo de dezessete imagens, apenas três são tomadas da *aparência* de uma substância ("seus inocentes braços de alabastro", "pálido como o chumbo", "cor mudada" do mármore) e não por sua sensação tátil. Isso me parece significativo se comparado, por exemplo, com Marlowe ou Ben Jonson.

A fragilidade do vidro, a suavidade da plumagem do pombo, a viscosidade glutinosa do sangue, a resistência do couro, a qualidade absorvente da esponja, a lisa inteireza do mármore, a palidez do chumbo, a firmeza do aço, o peso do chumbo são as qualidades das substâncias que se fazem notar por Shakespeare e que lhe vêm mais prontamente à mente. Muitas dessas, é claro, são lugar-comum na imagística elisabetana (vidro, plumagem, esponja, mármore, chumbo), porém jamais usadas por qualquer dos outros escritores de forma tão exclusiva pela sensação que provocam ao toque, enquanto a brancura do mármore, a palidez do chumbo, o brilho do aço ou do sílex, a transparência do vidro, o calor da plumagem, até o aspecto da esponja ("Oh, ele parecia um pouco com uma esponja com aquela jaqueta amarela toda furadinha, me parece", diz Ben Jonson em *Every Man Out of His Humour, 2. 1*) são as qualidades que marcam os outros dramaturgos mais que a Shakespeare.

Marlowe, em comparação com Shakespeare, e na verdade até mesmo comparado com esses outros dramaturgos, tem um número total muito pequeno de imagens da "vida cotidiana", e é o único no qual "substâncias" formam o maior grupo dentro delas. Isso indica amor aos metais e ao brilho, pois as imagens são em grande parte tiradas da visão – não do toque – de bronze, ouro, douração, prata, aço e cristal, da aparência de fontes argênteas e ouro líquido, do duro brilho do aço, da clara transparência do cristal.

Em Ben Jonson, quatro grupos são muito próximos uns dos outros: classes, esportes, ofícios e substâncias (os dois primeiros já examinados). Suas imagens de "ofícios" são numerosas, sobretudo em função da quantidade que ele busca na construção e atividades complementares, tais como pintar, vitrificar, colar, envernizar, pregar, e na qualidade das madeiras. Podemos alegar com justiça que alguns traços do aprendizado de Jonson no ofício de seu padrasto pedreiro podem ser encontrados aí, pois de construção há toda espécie de conhecimento direto, do ponto de vista do artesão. Isso transparece em descrições como um "sujeito de bom madeiramento, ele daria uma boa coluna, se alguém houvesse pensado nele, quando a casa estava em construção", ou em símiles tirados da firmeza de uma parede, de um furo para se pregar algo que abala toda a estrutura, de uma pilha de tijolos desabando toda de uma vez, de novas construções nascendo de velhas ruínas, de pináculos, pilastras, e assim por diante.

E, como Marlowe, ele tem muitas imagens de "substâncias", a maior parte por sua aparência, seu brilho, clareza, reflexos, lustro, e ele ama os metais, especialmente ouro, prata, estanho e mercúrio.

Suas imagens de guerra não são particularmente numerosas (em comparação com Chapman, Dekker e Massinger), e, embora saibamos que ele serviu em Flandres por algum tempo, há poucos indícios nelas de conhecimento direto ou observação.

Em Chapman, por outro lado, "guerra e armas" são de longe o tópico favorito, e nele como em Dekker esse item encabeça toda a lista do grupo. Chapman gosta particularmente de certos termos guerreiros como "insígnia" e "refém", bem como de imagens buscadas em armaduras, escudos e broquéis, o tiro de canhão e seus efeitos, em explosivos, incêndios de cargas de pólvora em navios ou em terra, em cercos e na defesa de fortes. Como Dekker e Massinger ele gosta de usar símiles guerreiros para o amor, e grande proporção das imagens de guerra de todos esses três escritores, e em especial de Massinger, referem-se à virtude sitiada, a assaltos ao forte das virgens e às setas dos olhos das mulheres. A não ser pelos símiles amor-guerra em *Bom é o que bem acaba*, Shakespeare apresenta número surpreendentemente baixo dessa imagem específica e favorita dos elisabetanos.

Chapman, vez por outra, cria um quadro de guerra que parece uma observação direta, como em

> ... (como uma peça assassina, abrindo trilhas em exércitos, o primeiro homem de uma fileira, a fileira inteira caindo), *Bussy d'Ambois, 3. 1*

e cai com tamanha facilidade no linguajar dos soldados que, de modo geral, tais imagens comprovam a passagem em um de seus poemas em que fica sugerido que, como Jonson, ele tenha servido algum tempo nos Países Baixos.

Dekker também, em seu alto número de imagens de guerra, gosta muito da ação dos explosivos, e é possível aventar alguma experiência pessoal no ser "explodido por suas próprias minas" – embora na realidade isso pareça ter sido o resultado usual do método elisabetano de preparar minas – na qualidade do fogo-fátuo, e do enxofre, "que quanto mais socado, mais confunde". Suas imagens de guerra têm, *grosso modo*, alguma sugestão de conhecimento direto, reforçada, sob esse aspecto, por algumas imagens "tópicas", tais como a luta dos piratas de Dunquerque, os "países baixos do inferno negro", o tiroteio de Finnsbury e assim por diante.

Dekker se parece com Shakespeare na quantidade de imagens de textura e sensação das substâncias, porém ele também tem considerável número relacionado com a aparência delas, sendo que compartilha plenamente do deleite dos elisabetanos com o brilho e os reflexos dos metais.

Vale a pena notar que, em seu grupo de "ofícios", Dekker é o único do grupo a buscar imagens do ofício do sapateiro, e isso não só em *The Shoemaker's Holiday*, quando está de acordo com os que os usam, mas também em outros lugares. Assim Matheo, em *The*

The Honest Whore, I. 1. 1

Honest Whore, diz "se o duque tiver tanto *mettle*⁷ nele quanto há na sovela de um sapateiro", e Bellafront, na mesma peça, acusa Roger de estar pronto a jurar qualquer coisa

I. 3. 2

Como se sua alma fosse feita de couro de sapato.

Isso comprova o testemunho que *The Shoemaker's Holiday* e outras peças nos dão do conhecimento direto de Dekker sobre o trabalho diário na loja de um sapateiro.

Já vimos que Dekker, único entre os cinco outros dramaturgos, demonstra em suas imagens algo da solidariedade de Shakespeare para com os pobres e oprimidos, em particular para com os prisioneiros. Há uma característica encontrada em outro grupo de imagens completamente diferente – o de pássaros – que posso mencionar rapidamente, já que dá ênfase a esse ponto. Trata-se do número surpreendentemente grande de imagens que ele cria a partir de "asas": flutuar ou voar com asas, ser transportado pelas rápidas asas do vento, fugir usando "pés alados", o bater de asas rápidas etc. Há onze imagens dessas só em *Old Fortunatus*, além de muitas em outras peças. Será fantasioso imaginar que esse deleite em vôo veloz, alto, sem cadeias, indicasse a reação do que uma natureza como a dele deveria ter suportado em longos anos em uma prisão elisabetana? Sabemos que ele foi preso por dívidas mais de uma vez, e por um longo período, e sabemos pelo que diz seu ensaio "The Misery of a Prison and a Prisoner" o quão amargamente ele sofreu.

A relação em sua mente entre "asas" e encarceramento parece transparecer em símiles como

II. 1. 2

Creio que ela é pobre; e para mais cortar suas asas
Seu marido nesta hora está na prisão.

Seja como for, não se pode contestar que, depois das imagens de Shakespeare, as de Dekker no grupo de "vida diária" parecem as

▼

7. A palavra quer dizer "temperamento" ou "bravura", mas o som é o mesmo de *metal*, "metal", o que cria a ambigüidade intraduzível. (N. da T.)

mais vivas e humanas, mais marcadas pela personalidade e pela experiência direta do que as de qualquer dos outros dramaturgos aqui analisados. Em particular, além dos exemplos já notados, seus pequenos toques de comparação com coisas do cotidiano, tais como

Ele é mais frio que a casa de campo de um cidatino em janeiro,	*The Honest Whore*, I. 4. 4
Elas [as moedas] tintilam em meu bolso como os sinos de St. Mary [Overy,	*The Shoemaker's Holiday*, 3. 1
Como minha senhora fala igual a uma *cart-wheel*[8] nova,	3. 4

têm um toque de sensação e vivência pessoais que só Shakespeare supera.

Se as imagens da "vida diária" de Dekker são, depois das de Shakespeare, as mais pessoais e vívidas, as de Massinger são as mais entediantes e gerais.

Há de fato bem pouco de individual a ser notado a respeito dele, a não ser pelo fato de seu grupo maior ser o de imagens de ofícios e profissões. Isso se deve principalmente a seu gosto pelos símiles de construção e a um claro interesse por maquinaria. As imagens de construção são positivamente mais gerais e menos informadas que as de Ben Jonson, e são calcadas principalmente em construção sobre alicerces seguros ou inseguros, escoras de torres caindo, ou destruição de um edifício. As de maquinaria, no entanto, demonstram um toque de conhecimento e observação reais, como as da engrenagem,

Sendo as rodas maiores que movem as menores,	*The Roman Actor*, 3. 2

ou as da ação e movimento de um guindaste,

Um arrivista, esticado o mais alto que pode,	*The Fatal Dowry*, 3. 1

▼
8. *Cart-wheel* é uma roda de carro, uma "rodinha" (fogo de artifício) e também uma moeda de ouro da época de Elisabeth. (N. da T.)

The Great Duke
of Florence, 2. 3

      Tal é o homem que carrega
   O vai-e-vem e o balanço da corte.

  Há muito mais que poderia ser notado e constitui parte da história que essas imagens contam de características pessoais, de gostos e vivências inconscientemente reveladas em cada escritor.

  Lembrem-se de que, com uma única exceção (as imagens de "asas" de Dekker), tudo o que eu disse se refere apenas a um pequeno grupo, e que, se a isso fosse acrescida a análise das imagens reunidas sob os títulos de natureza ou animais, erudição ou domésticas, a história poderia ser muito ampliada e enriquecida. Já disse, no entanto, o bastante para ilustrar meu argumento e para mostrar a espécie de modo pelo qual se pode, de forma legítima, creio eu, tirar conclusões de testemunhos dessa natureza.

CAPÍTULO IV

OS TEMAS DAS IMAGENS DE SHAKESPEARE

*Já que coisas que se movem captam o olhar muito mais
Que o que não se move.*

T&C, 3. 3. 183

Acredito que essa pequena incursão pelos escritos de contemporâneos de Shakespeare ajudou a corroborar minha sugestão de que a imagística de um poeta revela suas idiossincrasias, e não apenas o que estava em voga em seu tempo. Vamos olhar agora, com mais detalhe, para todo o corpo das imagens de Shakespeare. Com auxílio do gráfico (nº V) podemos ver minha classificação geral de seus temas e as proporções dos vários campos de interesse utilizados. Por si só, uma reflexão a respeito dessas proporções projeta em si luz sobre sua mente e seus interesses.

A diferença entre referências e imagens, neste contexto, precisa ser enfatizada. Todos nós sabemos que listas das referências de Shakespeare a várias coisas – lei, livros didáticos e erudição, Bíblia, religião, e assim por diante – já foram feitas por entusiastas que desejam provar a partir delas que em determinado momento ele foi auxiliar de advogado ou professor, protestante ou católico.

Meras referências, no entanto, são coisa muito diversa de imagens; e nenhuma computação apenas de imagens, que eu saiba, jamais foi feita antes. Um escritor refere-se a alguma coisa em clima inteiramente diverso e com impulso poético inteiramente diverso daquele que produz um símile ou uma metáfora que, por certo no caso de Shakespeare, normalmente aparece com grande espontaneidade e sob a pressão de um sentimento intensificado. Se um poeta, então, recorre continuamente a determinadas classes de coisas, a determinadas qualidades das coisas e a determinados aspectos da vida, para suas ilustrações, temos bons motivos, sugiro, para afirmar que tais qualidades e aspectos o interessam e o atraem de forma particular.

O maior volume de metáforas e símiles de Shakespeare vem das coisas mais simples da vida cotidiana, que ele viu e observou. Naturalmente há outros, de fatos aprendidos em livros ou dos quais ouviu falar: um leão adulando sua presa, um tigre retesando seus tendões, a neve no alto monte Tauro, o olhar do basilisco ou o guincho da mandrágora; alguns são puramente fantasiosos e imaginativos, tais como um espírito feito com os calcanhares de Atalanta, ou um homem colhendo honra brilhante da lua pálida, mas o total deles é curiosamente pequeno entre a massa que é sem dúvida derivada da observação direta pelos sentidos.

O corpo principal de suas imagens incide, como já disse, praticamente em dois grupos, o da natureza e o da vida e dos hábitos domésticos. (Ver Gráfico V.)

A natureza, a vida no campo, o tempo e suas mudanças, as estações, o sol, a aurora e o ocaso, as nuvens, a chuva e o vento, a luz do sol e a sombra; o jardim, as flores, as árvores, o crescimento e o perecimento, a poda e o enxerto, o esterco e a capina; o mar e os navios, o rio e seu leito, ervas e relvas, lagos e água, animais, pássaros e insetos, esporte e jogos, em particular a prática de apanhar passarinhos em armadilhas, a caça e a falcoaria; são essas as coisas das quais ele se ocupa e que permanecem em sua mente.

A vida dentro de casa vem a seguir, em particular as ocupações e a rotina entre quatro paredes, comer, beber e cozinhar, o trabalho na cozinha, lavar e enxugar, pó, sujeira, ferrugem e manchas, o corpo e seus movimentos, o sono e os sonhos, roupas e tecidos, remendos e consertos, atividades artesanais corriqueiras, o aspecto tátil das substâncias, lisas, suaves ou grudentas, fogo, velas e lâmpadas, doenças e remédios, pais e filhos, nascimento, morte e casamento.

Além disso, há um número substancial tirado de classes e tipos de homens, reis, cortesãos e soldados, mendigos, ladrões, prisioneiros, criados, e assim por diante, e um número menor de imagens clássicas, ainda um pouco menor de guerra, armas, canhões e explosivos, e cerca de metade disso da lei e da música. Há pequenos números tirados da arte em geral (pintura, escultura etc.) e um número igualmente pequeno do teatro, das ciências naturais, de provérbios e ditos populares.

O único grande bloco restante pode ser agrupado em imaginativo e fantasioso, cuja grande maioria são personificações, principalmente de condições, qualidades e emoções.

As mais notáveis omissões nesse espectro de imagens, pode-se notar de imediato, são as da vida e das cenas urbanas: tavernas, lojas, ruas, mercados, préstitos e multidões, das quais quase não há nenhuma imagem. Referências literárias, que não sejam clássicas ou da Bíblia, explorações, viagens e aventuras em outros países, bem como o que se poderia chamar de filosófico ou reflexivo: de cada tipo desses o número é realmente muito pequeno.

De todas as imagens na primeira seção, a natureza e a vida ao ar livre, de longe o maior número é dedicado a um aspecto da natureza, que se poderia chamar de ponto de vista do jardineiro[1], que revela íntimo conhecimento e observação do crescer, propagar, enxertar, podar, estercar, capinar, amadurecer e apodrecer. Devemos notar que as imagens de Shakespeare de agricultura, do plantio, safras e colheitas são não só mais superficiais e gerais, como também em muito menor número se comparadas com as do cultivo do jardim.

Depois do jardim, o maior número de imagens da natureza refere-se ao tempo e suas variações, ao aspecto dos céus e seu prenúncio, às mudanças de estações, às geadas que queimam, às nuvens, à primavera, às chuvaradas, ao brilho do sol, ao vento e à tempestade,

▼

1. No gráfico, os blocos de "coisas que crescem" e "jardinagem" deveriam, para este objetivo, ser agrupados.

todas refletindo o conhecimento prático e a observação do homem do campo, bem como os aspectos particulares da natureza que mais atraem e deleitam o poeta.

Ele anota, com amorosa precisão, o som dos diferentes ventos em nossa ilha, "o tirânico respirar do norte" que, "sacudindo nossos botões, os impede de crescer", o "vento sul", que, "por seu oco assobio nas folhas",

1H.IV, 5. 1. 6   Prenuncia uma tempestade e um dia tumultuado,

3H.VI, 1. 4. 145 "o vento em fúria" que "espalha constantes chuvaradas", e o silêncio do vento antes da chuva, "quando a fúria vai, a chuva começa".

Ele se diverte com as delicadas mudanças da luz, em particular
Tem., 5. 1. 65 na aurora, "quando a manhã se imiscui na noite, derretendo a escu-
3H.VI, 2. 5. 2 ridão", e "as nuvens que se extinguem lutam com a luz que cresce", deleita-se com os efeitos cambiantes do clima na primavera, com o
R.L., 4. 3. 19 "brilho do sol e a chuva ao mesmo tempo", e gosta tanto do jogo rápido de sol e sombra que, quando busca uma comparação para a mais requintada das experiências humanas, a do amor na juventu-
D.C.V., 1. 3. 85 de, não encontra nada mais lindo na natureza que "a glória incerta de um dia de abril".

A seção mais numerosa depois dessa, enquadrada em "natureza", é a do mar, dos navios e da navegação. Os aspectos que me chamam a atenção quanto a tais imagens são que, *grosso modo*, elas são muito mais gerais que as outras da natureza, e os assuntos que sobretudo o interessam são os que poderiam ser notados por qualquer cidadão de terra firme: tempestade, naufrágios e costas rochosas, a ilimitada e inatingível profundidade do oceano, a cheia e a baixa das marés, a precipitação da maré invadindo a praia ou cobrindo baixios lamacentos. Embora sejam geralmente as imagens de um homem que vive em terra, algumas são tiradas das manobras de um navio e mostram que ele tinha algum conhecimento da linguagem técnica e da arte do marinheiro, como fica suficientemente provado pela abertura de *A tempestade*. Toques como

R.J., 4. 2. 23   como um vento que ronda em uma vela,
          Faz o curso do pensamento debater-se,

ou

                                                como ervas diante   *Cor., 2. 2. 108*
De um navio navegando, assim lhe obedeciam os homens
E caíam sob a sua quilha,

parecem fundamentados em experiência marítima, embora pudessem, também, ser igualmente verdadeiros a respeito da navegação de um bote em um rio.

    Uma vívida impressão auditiva, em particular, deve ter nascido de uma vivência pessoal,

                                         provocou um barulho   *H.VIII, 4. 1. 71*
Como o que fazem os cabos das velas no mar em forte tempestade,
Tão alto e com tantas melodias,

que aparece em um trecho de *Henrique VIII* geralmente tido como não sendo de Shakespeare, mas que eu tendo a acreditar que seja todo ou em parte dele.

    Minha impressão, após um cuidadoso estudo de suas imagens do mar, é a de que ele teve pouca, se é que teve alguma, experiência de estar no mar, e que seu conhecimento do mar e de navios pode ter sido obtido em livros (Hakluyt, Strachey e outros), em conversas e do fato de ter vivido em um grande porto marítimo.

    Não lhe seria possível deixar de ver, todos os dias, os navios pelo rio que era, naquela época, a principal artéria de comunicação e transporte de Londres; e em uma época na qual andava alto o orgulho nacional com as aventuras de nossos navegadores e aventureiros, ele não poderia deixar de conhecer e conversar com os marinheiros que podiam ser encontrados em qualquer rua ou taverna da cidade.

    Do vasto grupo dos animais, o ponto a ser mais notado é o grande número derivado de pássaros. Se omitirmos o corpo humano, suas partes, movimentos e sentidos, as imagens de Shakespeare que vêm de pássaros são de longe o maior grupo encontrado em qualquer classe individual de objetos.

    Seu conhecimento íntimo da vida e dos hábitos dos pássaros e sua grande solidariedade para com eles provavelmente já foram mencionados várias vezes, porém duvido que se tenha notado que o aspecto especial da vida dos pássaros, que especialmente o atrai, sejam *seus movimentos*.

Não são primordialmente os cantos, as formas, as cores, ou os hábitos; mas o *vôo*, assim como os movimentos rápidos e precisos dos pássaros quando estão livres; seus agitados movimentos de luta, quando presos; o alto vôo das águias e dos falcões, o "mergulho fatal" do milhafre, os gansos selvagens voando juntos ou "separados", "espalhados pelos ventos e pelas grandes rajadas de tempestade", "retardados pelo forte sopro do norte", os açores emplumados que "abrem asas com o vento", o vôo rápido da andorinha, o vôo confiante do falcão, "dominando com arrogância", a águia faminta, "sacudindo as asas" ou alvoroçando o pombal, o peru se inchando e se exibindo "debaixo de suas penas arrepiadas", o pavão abrindo a cauda, passeando de cima para baixo, "uma passada, uma pausa", o pulo leve como o de uma fada do passarinho na urze, a minúscula cambaxirra lutando com a coruja para proteger sua ninhada, a pomba apavorada bicando o falcão, "o recém-capturado pardal" logo "retomando seu fôlego", a galinhola lutando na armadilha, o passarinho preso em uma gaiola ou por um fio de seda, dando pequenos saltos quando no dedo de sua dona, o galo fazendo pose "para cima e para baixo", a galinha da Barbária se exibindo, a ventoinha correndo "junto ao chão", o mergulhador espiando através de uma onda, o cisne inutilmente nadando contra a maré. Todos esses e muitos mais são os movimentos rápidos, graciosos, característicos da vida dos pássaros que atraem Shakespeare de modo supremo, que ele conhece intimamente e registra com amorosa exatidão.

Das imagens agrupadas sob "vida diária dentro de casa", de longe o maior segmento é o tirado do corpo e seus movimentos. Na verdade, quadros tirados do corpo e das ações corporais formam o segmento individual mais numeroso de todas as imagens de Shakespeare (ver Gráfico V), além de seu grandíssimo número de "personificações", dois grupos, aliás, que é sempre difícil separar com clareza. Certos tipos de imagem corporal pertencem ao acervo comum da imagística elisabetana, em particular quanto a partes do corpo: rosto, olho, língua, etc.; e determinadas ações, tais como carregar um peso às costas, cair de um lugar alto, trilhar um caminho, escalar, nadar, e assim por diante. Porém, mesmo levando-se isto em consideração, a proporção de imagens corporais em Shakespeare em relação às demais é consideravelmente maior do que as de qualquer dos dramaturgos examinados. Ben Jonson é o que chega mais perto em número, mas é significativo que nas suas cinco peças examinadas não haja imagem de ação corporal rápida, a não ser por duas de dança, que não transmitem sensação de beleza ou de rapidez de movimento. Nenhum outro dramaturgo chega perto de Shakespeare em número ou na vivacidade de suas imagens extraídas de ação rápida e ágil, como pular, saltar, mergulhar, correr, escorregar, galgar e dançar.

Esse marcante deleite no movimento rápido e ágil do corpo nos leva a supor que haveria experiência por trás dele, e que o próprio Shakespeare seria tão ágil de corpo quanto de mente, de modo que a famosa descrição de Fuller dos combates de inteligência e espírito com Ben Jonson poderiam ser verdadeiros também sobre encontros físicos, não só com o desajeitado Jonson, mas com outros companheiros.

Se assim for, as lembranças de Jonson quando ouvia os "passos de coturno" de Shakespeare "sacudir o palco" não seriam apenas linguagem figurativa, e haveria mais razão para acreditarmos que Aubrey tivera informações diretas do filho do companheiro de palco de Shakespeare, ao afirmar que "ele era um homem bonitão e bem formado" e que, quando John Davies de Hereford pinçou "espírito, coragem, boa forma, *good parts*[2]" como características do ator "W.S.", ele escolheu seus epítetos com cuidado.

Quanto mais estudamos os grupos que constituem a maior parte das imagens de Shakespeare, mais claro fica que existe uma qualidade ou característica em todas elas que o atrai avassaladora-

▼

2. O termo é ambíguo: tanto seriam boas suas várias partes do corpo, como ele teria bons papéis. (N. da T.)

mente ao longo de toda a obra, e essa qualidade é o *movimento*: a natureza e os objetos naturais movendo-se.

Em outras palavras, é a vida das coisas que o atrai, o estimula e o encanta, mais do que a beleza da cor ou forma, ou até mesmo o significado.

O amor de Shakespeare pelo movimento é um bom exemplo de como um estudo do tema de suas imagens pode iluminar sua técnica poética, pois creio que ele nos dá a pista para um dos segredos de seu estilo mágico. E assim ele nos leva a notar o quão constantemente na descrição é o aspecto do movimento ou da vida que ele capta e retrata; de modo que muitas de suas linhas mais memoráveis e incomparáveis são carregadas dessa qualidade, muitas vezes transmitida por uma única palavra. Quantos epítetos, por exemplo, têm os poetas usado para a lua – pálida, prateada, aquosa, inconstante, frutífera, e assim por diante –, porém terá sua qualidade particular de movimento em relação ao nosso planeta, o de ela vir e ir, jamais sido tão magicamente captada quanto Shakespeare o faz em uma palavra?

A&C, 4. 15. 67

   E não resta mais nada de notável
   Sob a lua *que nos visita*[3].

Seu uso de verbos de movimento é todo um estudo em si, e uma de suas mais destacadas características é o modo pelo qual ele introduz verbos de movimento em relação a coisas que não se movem, ou antes, que são abstrações e não podem ter movimento físico, com isso dando vida à frase inteira:

1H.IV, 3. 2. 50

   Eu *roubei* toda a cortesia do céu,
   E *me vesti* com tamanha humildade
   Que *arranquei* fidelidade do coração dos homens.

McB., 3. 1. 112

   Tão cansado de desastres, *batido* pela fortuna.

R.J., 2. 1. 466

   Nunca fui tão *golpeado* por palavras.

▼

3. No original, *the visiting moon*. (N. da T.)

> Como ele parecia *mergulhar* em seus corações. *R.II, 1. 4. 25*

Assim, a todo momento, ele dota objetos inanimados e imóveis com uma sensação de vida:

> aquela praia pálida, de rosto branco, *R.J., 2. 1. 23*
> Cujo pé *repele* de volta as marés oceânicas que rugem.

E quando os objetos estão em movimento, atribuindo-lhes sentimentos e ações humanos, ele cria uma sensação de atividade:

> Onde as bandeiras norueguesas *caçoam* do céu *McB., 1. 2. 49*
> E *abanando* esfriam nossa gente.

Esse "dar vida a coisas sem vida", como diz Aristóteles, é, pode-se dizer, o método comum da poesia, porém nenhum poeta antes ou depois fez uso tão constante e variado da idéia quanto Shakespeare.

Seu amor ao movimento pode ser visto não só em imagens diretas a partir dele, mas também no aspecto da cor que mais o atrai, em seu interesse pelo jogo das emoções no rosto humano (p. 58), dando conta, também, de seu especial deleite em palavras como "espiar" e "entrever", expressando ação rápida, delicada e inquieta. Creio que boa parte da arte peculiar a Shakespeare consiste nessas rápidas e constantes substituições de efeitos, principalmente no que concerne à vida e ao movimento; no recurso a uma classe de coisas para fornecer a impressão necessitada por outra.

Esse é o método da maior parte de suas imagens mais pessoais e características, imagens que carregam em si seu carimbo e não poderiam ter sido criadas por mais ninguém.

Apresentarei aqui apenas três exemplos: um de movimento de uma personalidade humana, um de movimento na natureza, e um do mundo animal, todos tirados da peça na qual é farta essa imagística pessoal do poeta, *Antônio e Cleópatra*. Quando o mensageiro está descrevendo para César as incursões dos piratas e seu efeito sobre as pessoas que vivem perto da costa – que estão tomadas de pânico e intimidadas, enquanto seus jovens se rebelam, já que nenhuma nave é lançada ao mar sem ser imediatamente capturada –,

Shakespeare o expressa em três versos de compacta vivacidade, ao retratar toda a região como uma personalidade humana que vai ficando branca de medo, os jovens enrubescendo de raiva, enquanto para o movimento da nave ele usa seu verbo favorito "espiar", uma ação humana, para transmitir o movimento rápido, de flecha, de um objeto que deseja escapar sem ser visto:

A&C, 1. 4. 51

> às bordas marítimas
> Falta o sangue ao pensar nisso, a juventude rubra se revolta:
> Nave alguma pode espiar para fora, pois tão logo
> É vista, é tomada.

Ou quando, um pouco antes, César reflete sobre a instabilidade da fama e da aprovação populares, como o homem que comanda só é desejado como líder até obter a liderança, ou como um favorito do povo que perdeu popularidade recupera seu valor quando se vai. Shakespeare transfere toda a idéia para uma imagem do movimento de água que sobe e desce, delicadamente detalhado, com o conjunto sugerido por duas palavras na segunda parte de sua enunciação.

1. 4. 43

> E o homem *vazante*, nunca amado até não merecer amor,
> Torna-se mais precioso ao *faltar*.

"Esse corpo comum", continua ele,

> Como um junco[4] vagabundo junto à corrente
> Vai e volta, lacaio da maré cambiante,
> Para apodrecer com o movimento.

Que quadro ela evoca de uma espécie determinada de movimento, exatamente análogo à ação instável e desinformada da multidão! Que força reside em termos como "vagabundo", "lacaio"[5],

▼

4. A palavra *flag*, usada no original, tanto quer dizer "junco" quanto "bandeira", ambigüidade que enriquece a imagem. (N. da T.)
5. Em inglês, *lackey* é transformado em verbo, que em uma palavra significa "fazer-se de lacaio". (N. da T.)

"vai e volta", "cambiante" a transmitir a idéia de subserviência gratuita a um alternado ir-e-vir sob pressão da maré, e que não leva a nada a não ser à auto-aniquilação!

De modo que, quando Cleópatra descreve a intensa vitalidade de Antônio e sua pura alegria de viver, é novamente por uma espécie particular de movimento que ela nos transmite a idéia:

> seus deleites *A&C, 5. 2. 88*
> Eram como golfinhos; mostravam seu dorso
> Acima do elemento no qual viviam.

É possível que Shakespeare jamais tenha visto golfinhos brincando, porém qualquer um que tenha observado, como a escritora, o espetáculo de um grupo de jovens botos a mergulhar e saltar no meio do oceano sabe que por instinto, se não por observação direta, ele acertou no movimento específico que, entre todos os outros, melhor expressa a pura liberdade da alegria de vida animal e seu exuberante prazer na brincadeira.

Pensando em algumas das grandes passagens de Shakespeare veremos com que constância essa mesma característica se mantém.

Assim toda a idéia, na nobre fala de Ulisses sobre a ordem, é transmitida através do movimento, da ordenada translação dos planetas em suas órbitas até os terremotos e maremotos que se seguem a qualquer alteração dela. *T&C, 1. 3. 83-136* Em sua outra grande fala, na qual responde à magoada indagação de Aquiles: "O quê, meus feitos foram esquecidos?", *3. 3. 145-69* novamente o esquecimento em que se afundam as boas ações é visto em uma série de movimentos rápidos: homens perseguindo uns aos outros ao longo de um caminho tão estreito que, se os da frente tropeçam, os outros inevitavelmente os atropelam, deixando-os para trás; uma maré que derruba um quebra-mar; um cavalo caído em batalha, ultrapassado e pisoteado; um anfitrião que simultaneamente saúda e se despede de seus convidados.

Henrique V incita seus soldados à luta citando as ações específicas do tigre e do galgo; as reflexões de Faulconbridge sobre mercadorias são traduzidas para o rolar enviesado da bola, as de Pórtia sobre a misericórdia para o movimento da "suave chuva", e as de *H.V, 3. 1* *R.J., 2. 1. 572-84* *M.V., 4. 1. 184* *Tem., 4. 1. 148*

Próspero sobre a vida e a realidade para as idas e vindas, a formação e a dissolução das nuvens do céu.

De fato, quase parece que um movimento predominante, que penetra e vitaliza toda a passagem, seja em parte o segredo de muitos dos efeitos mágicos de Shakespeare.

Pensem no monólogo de Macbeth antes do assassinato, e em como seu desejo de ação e seu recuo, sua ambição e seu temor são transmitidos por meio das ações do cavalgar; e reflitam sobre o papel desempenhado e o efeito produzido por vários modos de andar em seu último e amargo sumário da vida. Olhem para o lindo solilóquio de Henrique VI no campo de Towton e reparem como a batalha e sua fortuna cambiante são expressas pelos movimentos do balanço para a frente e para trás, tais como são vistos nos sucessivos retratos da aurora triunfando sobre a noite, o poderoso mar combatendo com o vento e os dois lutadores combatendo "peito a peito". Acima de tudo, estudem a descrição de Cleópatra em sua galera e comparem-na com seu original no *Plutarco*, de North, e vejam o que Shakespeare acrescentou: movimento, os elementos fazendo reverências diante da beleza da grande rainha.

Essa excessiva suscetibilidade ao movimento, essa absorção apaixonada na vida das coisas, Shakespeare compartilha com dois outros grandes poetas ingleses. Como Keats, ele parece ser particularmente sensível ao movimento do jogo de luz e sombra, às nuvens que passam e a como os ventos se movem. Ficamos sabendo disso a respeito de Keats, afora qualquer evidência em sua poesia, lendo as notas de Joseph Severn a respeito de seu amigo quando este fazia uma viagem de recreio. Severn nos fala do embevecimento que era para Keats olhar a passagem do vento sobre um campo de relva ou de trigo, e de ficar de tal modo encantado diante da visão do vento a correr sobre um campo de aveia ou cevada, que foi quase impossível atraí-lo para outro lugar[6]. Estou certa de que essas notas de Severn sobre Keats poderiam ter sido igualmente escritas a respeito de Shakespeare,

▼

6. Ver *Life and Letters of Joseph Severn*, de William Sharp, 1892, p. 211; e também *John Keats*, de Amy Lowell, vol. I, pp. 96-7.

houvesse este, por um feliz acaso para nós, tido um amigo artista que escrevesse um diário; e tal semelhança é apenas mais uma ilustração do parentesco poético e espiritual dos dois poetas.

Como Wordsworth também, mas de modo diverso, de forma menos consciente e reflexiva, mas intuitiva e espontânea, Shakespeare parece encontrar no movimento a verdadeira essência da própria vida[7], e, houvesse ele chegado alguma vez a formular tais pensamentos, teria concordado, creio eu, com Wordsworth quando este afirma que o mais alto princípio que podemos conceber é

> um movimento e um espírito que impulsionam
> Todas as coisas pensantes, todo objeto de todo pensamento,
> E que rolam através de todas as coisas.

---

7. Ver o maravilhoso e sugestivo artigo sobre "Wordsworth's Prelude", de Helen Darbishire, no *The Nineteenth Century* de maio de 1926, em que é analisado o uso da palavra *motion* por Wordsworth. Pode ser frutífera a comparação detalhada com o uso que Shakespeare faz da mesma palavra.

CAPÍTULO V

OS SENTIDOS DE SHAKESPEARE

Pour écrire en poète, pour peindre, il ne suffit pas d'avoir pensé, il faut avoir vu.

Le Sentiment de la Nature, V. de Laprade.

VISÃO   Em qualquer análise, realizada por intermédio de sua poesia, da qualidade e das características dos sentidos de um escritor, é possível até certo ponto distinguir e avaliar seus sentidos de tato, olfato, audição e paladar, porém o sentido da visão é de tal modo abrangente – sendo como é o portão pelo qual parcela tão grande da vida chega até o poeta, e o registro, a descrição e a interpretação do que é visto dependendo tão completamente das faculdades da mente e da imaginação – que chegar a tratar desse sentido de forma satisfatória é quase o mesmo que tratar do homem como um todo e da totalidade de sua obra.

    Tudo o que me proponho fazer aqui, portanto, é indicar alguns aspectos particulares das coisas vistas que mais atraem Shakespeare e são por ele registradas mais completa e vividamente – pois dificilmente seria necessário dizer que a visão de Shakespeare deve ter sido rápida e penetrante para além do nível do homem comum, e que sua memória de coisas vistas era extraordinariamente vívida e retentiva.

Já notamos seu amor pelo movimento, e que seria isso, acima de tudo o mais, que sua visão mais prontamente registraria e lembraria. A seguir podemos notar um ou dois pontos sobre o senso de cor de Shakespeare e o seu uso da cor. É curioso ser pequeno o número de suas imagens que usam cores, isto é, imagens que se agrupem primordialmente sob esse título em particular. Isso se dá em parte porque seu interesse pela cor não se deve principalmente a seu valor enquanto cor, como no caso de um artista, mas antes em como ela aparece em determinado objeto, e pela emoção que por isso poderá provocar ou transmitir.

É provável que aí resida a explicação para o fato de que o que ele nota em relação à cor, e o atrai acima de qualquer outro aspecto, são *mudanças* e *contrastes*. Seu deleite com cores fugidias e cambiantes é outra manifestação de seu deleite pelo movimento e pela vida, e seria de esperar que isso pudesse ser encontrado em todas as suas descrições da natureza, porém tal não é o caso. Ele o nota quase que exclusivamente em apenas dois fenômenos, que aparentemente não têm nenhuma relação um com o outro, mas que ele continuamente liga: a cor que rapidamente aparece e desaparece no rosto humano, com as emoções que isso denota, e a glória das cores cambiantes do sol nascente.

O intenso interesse de Shakespeare pelo rosto humano jamais foi, parece-me, adequadamente notado: seus franzidos e rugas, sorrisos e lágrimas, o tom e a forma do nariz, a tensão das narinas, o olho, sua cor e caráter, "inundado com o riso", brilhante, reluzente de sol, rápido, alegre, fogoso, enevoado, escurecido, sem lustro, pesado, vazio, pudico, sóbrio, fundo ou cheio de desprezo; a beleza peculiar da pálpebra, o que trai o mastigar de um lábio inferior, a covinha no queixo de uma criança, e, acima de tudo, o modo pelo qual ele a todo momento nos faz ver as emoções de seus personagens pelas mudanças que se sucedem na cor de seus rostos.

Tudo isso ele transmite por meio de toda espécie de metáfora que em cada caso traz em si a atmosfera particular da emoção que dá motivo à mudança, tornando perfeitamente desnecessário, na maioria das vezes, que se mencione qualquer *cor* específica. Assim

H.V, 2. 2. 71	vemos os traidores com "rostos de papel" ao vislumbrarem os docu-
R.II, 3. 3. 62	mentos que o rei lhes entrega, o corado do rosto de Ricardo indo e vindo, e empalidecendo de raiva quando a dura franqueza das palavras de Gaunt expulsa

2. 1. 118

> o sangue real
> Com fúria de sua residência nativa;

percebemos como devem ter ficado corados os rostos dos soldados na "noite de farras", quando Antônio promete que ele há de

A&C, 3. 13. 190

> forçar
> O vinho a espiar através de suas cicatrizes;

vemos Bassânio, mudo de emoção diante da entrega de Pórtia, com a cor inundando seu rosto quando gagueja,

M.V., 3. 2. 176

> Senhora, privou-me de todas as palavras
> Só meu sangue lhe fala em minhas veias;

McB., 5. 3. 16 e sentimos com Macbeth o horror e o medo que dominam o criado que, com "faces de linho" e "rosto de leite", entra correndo para dar notícia de desastre.

C.I., 4. 4. 1-161 Se examinarmos as primeiras linhas de apenas uma cena – a imortal festa da tosa dos carneiros –, podemos notar como a vida e as emoções são continuamente transmitidas por tais toques da cor aparecendo e desaparecendo nos rostos de quem fala: Perdita, encabulada, enrubesce quando "toda enfeitada como uma deusa" encontra Florisel, ou enrubesce ainda mais quando seu pai a repreende por não fazer o papel de anfitriã, relembrando sua velha mulher em tais ocasiões, a quem vemos através de seus olhos, recebendo e servindo a todos, enrubescida pelo calor da cozinha e por repetidos golezinhos de um cordial,

4. 4. 60

> seu rosto em fogo
> Com o trabalho e o que tomava para apagá-lo;

o semblante jovial dos convidados "rubros de alegria", a cor clara e limpa de Florisel que expressa saúde e juventude, e a cor rapidamente cambiante das faces delicadamente claras da moça quando ela ouve dizer seu amado:

> Ele lhe diz algo *C.I., 4. 4. 159*
> Que faz seu sangue alertar-se; verdade, ela é
> A rainha da coalhada e do creme.

O interesse na coloração cambiante do rosto e nas emoções nisso implícitas é um dos aspectos marcantes do primeiro poema de Shakespeare, e uma espécie de permanente sinfonia de cores, nele, é tocada pelo rubor envergonhado de Adônis, ou por seu rosto "pálido como cinzas de ira", e pelo tom ruborizado de Vênus, "vermelho e quente como brasas de um fogo em chamas", ou com emoção tão repentinamente branca que Adônis a julga morta, e *V&A, 76* *35*

> Bate em seu rosto, até o bater o tornar rubro. *468*

Nós o vemos a observá-la de modo sub-reptício e relutante, com o rosto começando a iluminar-se

> Assim como a brasa que morre revive com o vento; *338*

e notamos

> a luta do conflito de seu colorido, *345*
> Como o branco e o rubro destruíam um ao outro.

Aí, como em outras passagens, Shakespeare usa das mais requintadas e delicadas metáforas para transmitir a rara beleza e a rápida mudança da cor induzida pela emoção, como nos dois exemplos a seguir, que mesmo correlatos são bem diferentes no efeito que causam, o primeiro transmitindo a mudança, o segundo o contraste, porém ambos igualmente pintando o resultado do repentino domínio do medo em um rosto de mulher.

O primeiro é o temor de Vênus quando pensa nos perigos da caça ao javali:

> ao que uma repentina palidez, *589*
> *Qual cambraia estendida sobre a rosa enrubescida,*
> Usurpa seu rosto;

Luc., 257   o segundo é o de Lucrécia, temendo más notícias:

> Oh, como seu medo fez surgir sua cor!
> *Primeiro vermelha como rosas que pousamos sobre cambraia,*
> *Depois branca como a cambraia, removidas as rosas.*

Shakespeare tem tamanha consciência da mudança reveladora da cor de um rosto, como se fora bandeira de sinalização de várias emoções, medo, raiva, surpresa, prazer, e de tal modo vívida e constantemente ele a descreve, seja diretamente, seja por meio de alguma imagem, que não posso deixar de supor que ele, assim como Ricardo II, fosse claro e enrubescesse com facilidade, sendo possível que na juventude ele houvesse sofrido em função da facilidade com a qual, sob a pressão do sentimento, traísse suas emoções pelo rubor ou pela palidez.

Os versos que abrem *Vênus e Adônis* exemplificam a curiosa e constante associação que faz Shakespeare da cor ou expressão do rosto com o efeito da aurora, que ocorre novamente, de forma mais trabalhada, no octogésimo primeiro verso do poema, quando Vênus, ao restabelecer-se do desmaio que tanto alarmara Adônis, levanta suavemente as pálpebras e

> A noite de tristeza agora tornou-se dia:
> Suas duas janelas azuis ela fracamente levanta,
> Como o belo sol quando, em sua nova pompa,
> Saúda a manhã, e revive a terra inteira:
>   E como o sol brilhante glorifica o céu,
>   Assim seu rosto fica iluminado com seus olhos.

Essa associação de idéias é tão freqüente que seria cansativo citar muitos exemplos, embora possa talvez citar duas ou três expressões de espécies variadas. Como acontece na primeira linha de *Vênus e Adônis*, por exemplo, o poeta constantemente pensa no sol como um rosto:

Tito, 2. 4. 31   Porém suas faces parecem rubras como o rosto de Titã
   A enrubescer ao dar de encontro com uma nuvem.

> Como o sol começa a espiar sangrento *1H.IV, 5. 1. 1*
> Por cima da colina arrepiada: o dia empalidece
> Ante o seu destempero.

O sol também é constantemente descrito como um *olho*, talvez do modo mais pitoresco – embora um pouco fantasioso – no *Soneto* CXXXII, quando ele e a estrela do entardecer são assemelhados pelo poeta aos olhos de sua amante:

> E em verdade não cai o sol do céu
> Melhor às faces cinzentas do leste,
> Nem a grande estrela que aparece à noite
> Traz sequer metade de tal glória ao sóbrio oeste,
> Quanto esses dois olhos enlutados ao seu rosto.

Essas duas idéias são unidas em uma só no delicioso trigésimo terceiro soneto, tão pleno de beleza radiosa quanto a própria aurora:

> Muitas manhãs gloriosas eu já vi
> Bajularem os topos das montanhas com olho soberano,
> Beijando com rosto dourado o verde dos campos,
> Dourando os rios pálidos com alquimia celestial.

Temos aí uma sensação inundada de cor que é rara em Shakespeare, combinando seu amor do contraste ("dourado" e "verde") com seu encantado deleite com a mudança, e um bom exemplo, na quarta linha, de seu mágico poder para retratar tal mudança sem dar nome a nenhuma cor específica.

É precisamente um espetáculo de beleza cambiante – sobre o mar, em lugar do campo – que Oberon diz a Puck já ter observado tantas vezes:

> Mesmo até o portão do leste, rubro como o fogo, *S.N.V, 3. 2. 391*
> Abrindo-se para Netuno com belos raios abençoados,
> Transforme em ouro amarelo suas verdes correntes salgadas.

Fica realmente claro que o espetáculo do sol nascente parece sempre inspirar e deleitar Shakespeare de forma peculiar. Ele o liga à juventude e ao vigor, à força, ao esplendor, à boa disposição e à renovação de vida. A visão do sol poente, por outro lado, o deprime; vê nele não a glória de sua cor, ou o descanso e a tranqüilidade ou a promessa de um novo dia, mas o fim das coisas, a velhice, tempestades por vir, tristeza, perigos e a chegada da noite (*J.C.*, 5. 3. 60; *R.II*, 2. 4. 21; *R.III*, 2. 3. 34; *R&J*, 3. 5. 127). Tal atitude ele resume de forma concisa no sétimo soneto, em que retrata os homens adorando o sol quando ele "levanta sua cabeça abrasadora" e sobe aos céus. O sol, diz ele, parece conservar a forte juventude na meia-idade, mas quando, "como a idade enfraquecida, ele desaba do dia", os observadores desviam seus olhos dos raios horizontais que, ao se pôr, ele lança na direção deles. O grande gosto de Shakespeare pelo quadro da cor cambiante, embora não se restrinja apenas ao rosto humano ou ao nascer do sol, é raramente encontrado em relação a qualquer outra coisa, e a famosa exclamação de Macbeth – "tornando o verde vermelho" – fica quase que isolada, formando o uso mais emocionante e dramático de mudança de cor jamais feito por Shakespeare ou por qualquer outro dramaturgo.

    O outro interesse principal de cor em Shakespeare é o do contraste; e todas as suas imagens de cor definidas e simples são dessa espécie, particularmente as de preto e branco, e vermelho e branco, tais como a da impaciência de Ricardo para ver a rosa branca tingida "no sangue morno do coração de Henrique"; a afirmação de Salarino de que há mais diferença entre a carne de Shylock e Jéssica "do que entre âmbar-negro e marfim"; a da caça ao javali,

> Cuja boca espumante, toda pintada de vermelho,
> Como leite e sangue sendo misturados para se juntarem,

e assim por diante.

    O agudo senso de contraste de cores de Shakespeare é muitas vezes ligado à emoção ou ao tema dominante, e por isso percorre toda uma peça; como o pensamento da conspurcação da pureza de Desdêmona e a oposição entre sua cor e a do Mouro, que se expressa em preto e branco ao longo de todo o *Otelo*. Ela é mantida diante de nós pelo uso debochado por Iago de "negro carneiro macho" e "branca cordeira", ou pelo jogo verbal que ele cria:

> Se ela for preta, e mesmo assim for esperta, *Ote., 2. 1. 133*
> Encontrará um branco que combinará com seu pretume;

no sumário que o duque faz do caráter de Otelo "muito mais claro *1. 3. 291*
do que preto"; na invocação de Otelo da "preta vingança", ou sua *3. 3. 447*
atormentada explosão,

> Seu nome, que era tão fresco *3. 3. 386*
> Quanto o rosto de Diana, está agora imundo e preto
> Como meu próprio rosto;

e a ênfase na pureza e brancura de Desdêmona,

> aquela sua pele mais branca que neve *5. 2. 4*
> E lisa como o monumental alabastro;

> Oh moça de má estrela! *5. 2. 272*
> Pálida como sua camisa!

e o contraste com Otelo, como no grito de Emília,

> Oh, e mais anjo ela, *5. 2. 130*
> E você mais diabo negro!

Em *Romeu e Julieta*, também, encontramos o simbolismo geral de luz e escuridão reforçado por toques de tanto preto e branco quanto vermelho e branco, o primeiro destacando a qualidade ímpar de cada amante aos olhos do outro, o segundo salientando o horror e a tragédia do destino da juventude na peça. Romeu, que, como diz Mercúcio, foi em seu primeiro amor "apunhalado com o *R&J, 2. 4. 13*
olho preto de uma donzela branca", iria descobrir que Rosaline, que ele antes julgara um cisne, era apenas um corvo, de modo que *1. 2. 89*
ao deparar com Julieta ele exclama:

> Assim se mostra uma pomba de neve andando com corvos, *1. 5. 49*
> Como aquela dama aparece entre suas companheiras.

Julieta, por seu turno, com imaginação mais refinada e linguagem requintada, declara que Romeu irá

R&J, 3. 2. 18
> pousar sobre as asas da noite
> Mais branco do que neve fresca no dorso de um corvo.

Assim também o horror da morte desnecessária de Teobaldo é ressaltado pela fantasmagórica descrição de seu cadáver pela ama,

3. 2. 55
> Pálido, pálido como cinzas, todo lambuzado de sangue,

e nossos temores por Julieta, repetidamente provocados, são por três vezes enfatizados, de forma sutil, por toques de cor. Primeiro *3. 5. 59* quando cada amante nota a palidez do outro, e Romeu declara: "A tristeza seca bebe o nosso sangue"; a seguir quando o Frei descreve o efeito que terá a poção,

4. 1. 99
> As rosas em seus lábios irão desbotar-se
> Em cinzas pálidas;

e finalmente quando Romeu, julgando-a já morta, exclama

5. 3. 94
> o estandarte de sua beleza
> Ainda é rubro em seus lábios e rosto,
> E a bandeira pálida da morte ainda não avançou até eles.

E serão os toques de verde na peça puro acaso? Fico imaginando. Tomamos clara consciência deles em comparação com o pano *3. 5. 222* de fundo de luz e escuridão: o olho rápido e verde de Páris descrito pela ama, e o contraste, mais tarde, quando Julieta, em sua angús-*4. 3. 42* tia, pensa em seu outro amor, "o sangrento Teobaldo, ainda verde *2. 2. 8* na terra"; o verde "libré vestal" da lua; a grosseira descrição, por Ca-*3. 5. 157* puleto, do rosto pálido de Julieta, "lixo de anemia"[1] e o único toque *5. 1. 46* efetivo de cor, "potes verdes de barro", que se destaca contra o pano de fundo escuro, mofado, desarrumado desse vivo retrato da loja do boticário.

▼

1. No original, *green-sickness*, "doença-verde". (N. da T.)

Shakespeare é tão sensível à cor e à tonalidade da carne, e aos contrastes dos vários tons que são chamados "brancos"[2], quanto à coloração cambiante do rosto. Em seus primeiros poemas esse interesse particular na cor é, como a coloração cambiante do rosto, muito marcante, e ele fica a todo momento enfatizando e ilustrando o quanto é clara a pele de uma mulher

> Ensinando aos lençóis um tom mais branco que o branco. *V&A, 398*

O total da sexagésima primeira estrofe de *Vênus e Adônis*, por exemplo, é um jogo com vários tons de branco e uma série de imagens para expressá-los, de modo que, quando Vênus toma Adônis pela mão, esta é

> Um lírio aprisionado em uma prisão de neve, *362*
> Ou marfim em uma tira de alabastro,

enquanto os amantes juntos se apresentam "como duas pombas de prata que se beijam"[3]. *366*

Na descrição de Lucrécia, também, ele joga constantemente com o quanto ela é branca e clara, usando, entre outras coisas, marfim, alabastro, neve, lírios, prata, cera e cambraia para dar a sensação dos vários tons do fato; a mais bela imagem de contraste, creio, sendo a de sua "linda/clara mão"

> Na colcha verde; cujo branco perfeito *Luc., 394*
> A fazia parecer uma margarida na relva.

Esse encanto com o contraste das cores é, assim como a alegria de Shakespeare em relação às cores cambiantes, apenas uma parte de um sentimento maior e mais profundo, neste caso uma consciência permanente dos contrastes estranhos, trágicos, estonteantes ou belos que compõem a vida humana.

▼

2. Assim como na verdade ele o é aos vários tons do preto: "lustroso como ébano", "preto de carvão como o âmbar-negro", etc.
3. Que "tocam os bicos". (N. da T.)

É esse sentimento, infelizmente compartilhado por bem poucos de seus comentaristas, que contribui em grande parte para fazê-lo o supremo dramaturgo que é. A imaginação que se regozija com a beleza da mão de uma mulher sobre uma colcha verde, ou com a neve sobre o dorso de um corvo, é a mesma que exclama com a voz de Hamlet: "Que obra de arte é um homem!", que insere a cena do Porteiro em *Macbeth* ou a requintada canção do menino depois da cena da prisão em *Medida por medida*.

Seu contraste de cores amplia muito, de maneiras a princípio despercebidas por nós, a beleza de suas peças. Assim, em *Sonho de uma noite de verão*, o inusitado número de cores vivas que encontramos, livremente contrastadas, não só na canção de amor de Tisbe ou na fala de Flute para Píramos, mas ao longo da peça toda, aplicadas a frutas, flores, pássaros, e olhos ou lábios de donzelas, realçam a beleza da peça do mesmo modo que o faz o raio de luz sobre uma jóia. Há nela, como poderíamos esperar, muito verde, entremeado com branco e prata, roxo, vermelho e ouro, e particularmente nas imagens, do modo sutil e característico de Shakespeare, tais contrastes são a toda hora evocados mais por sugestão do que pelo uso do nome em pelo menos uma das cores; e desse modo temos nelas jóias de descrição tais como

S.N.V., 1. 1. 185   Quando o trigo está verde, quando os *botões de pilriteiro* aparecem,

ou

2. 1. 11   Vêem-se em seus casacos manchas;
Essas são *rubis*,

ou

2. 1. 107   *geadas de cabelos grisalhos*
Caem no colo fresco da rosa rubra.

Essa aguda consciência dos contrastes se expressa continuamente e de todos os modos. Um dos exemplos mais perfeitos dela no que tange à cor, que inclui e sugere o contraste mais profundo e sutil, é o solilóquio de Iachimo ao observar Imogênia inconsciente. Ele pinta, em uma série de imagens, um requintado retrato da moça adormecida, enquanto a vê à luz bruxuleante da vela, delicadamente emoldurada pelo quarto perfumado, dando-nos ou sugerindo-nos as cores de brancos e vermelhos, azul-celeste, amarelo-pálido e carmesim, com um pano de fundo de ricas tapeçarias e outros adornos.

> Ó Citera, *Cim., 2. 2. 14*
> Como combinas bem com tua cama! Fresco lírio,
> Mais alvo que os lençóis! Oh! Se eu pudesse tocar-te!
> Um beijo, somente um beijo! Rubis incomparáveis,
> .... a chama da vela
> Inclina-se para ela e tenta espiar por baixo de suas pálpebras
> Para ver as luzes não fechadas, agora acobertadas
> Sob essas janelas, brancas e azuis-celestes, revestidas
> Pela própria tinta azul do céu. ....
>
> .... Em seu seio esquerdo *2. 2. 37*
> Uma verruga de cinco pintas, como as gotas carmesins
> Embaixo de uma prímula.

E o tempo todo, enquanto ouvimos e olhamos, nos é impingido o estranho, misterioso, assustador contraste entre o frescor e a delicadeza dos sentidos que permitem a um homem gozar e descrever a beleza, e a sujeira e repugnância de sua mente e intenções.

Sentimos, ao longo de todo o uso da cor por Shakespeare, que ele está mais interessado em tonalidade, contraste, caráter e emoção do que na cor em si. Ele por certo nos oferece muitos grupos lindos de cor, em particular nos *Sonetos*: violeta, negro, prata, branco e verde (XII), amarelo, poente, cinzas, fogo, noite negra (LXXIII), violeta, roxo, lírio, rosas, vermelho e branco (XCIX), ou em suas descrições de flores: a cesta de Marina cheia de

> os amarelos, azuis, *Pér., 4. 1. 15*
> As violetas roxas e as margaridas douradas,

ela espalha sobre o verde; os

> tufos de esmeraldas, flores roxas, azuis e brancas *A.C.W., 5. 5. 73*

	das fadas nas *Alegres comadres*, ou nas margaridas pintadas, violetas
T.A.P., 5. 2. 897	azuis, cartaminas e botões de flor-de-cuco da canção da primavera.
C.I., 4. 4. 116-28	É, no entanto, significativo que na mais linda e famosa de todas as enumerações, quando Perdita, na festa da tosa dos carneiros, suspira por flores da primavera para dar a seus convidados, passagem que nos parece verdadeiro delírio de tons e beleza variados, *nem uma só cor é chamada pelo nome*. "Violetas *foscas*", "prímulas *pálidas*", "primaveras *ousadas*"; com o auxílio desses epítetos de tom e caráter quase perfeitos, nós mesmos suprimos o roxo fosco, o limão pálido e o amarelo rico que vemos enquanto Perdita nos enfeitiça com suas palavras de eterno encantamento.
AUDIÇÃO	Quanto à audição, é pouca a necessidade de se apresentar provas muito detalhadas da sensibilidade do ouvido de Shakespeare ou de seu real conhecimento musical, teórico ou técnico. Todas as suas peças dão amplo testemunho disso (ver *Shakespeare's England*, II, cap. xvii, 2), e suas imagens vindas da música são por demais numerosas e familiares para serem mais que mencionadas aqui. O mais apressado dos leitores é forçado a notar sua vivacidade, enquanto o estudioso confirma a exatidão que lhe é peculiar (ver *Shakespeare and Music*, de Edward W. Naylor, 1896).
Ham., 3. 2. 75	Ele usa com analogia particularmente penetrante o tocar a flauta ou a viola, como, na conhecida metáfora de Hamlet sobre o homem facilmente levado pela emoção, uma flauta na qual "o dedo da fortuna" aperta a nota que quiser, ou sua satírica conversa com
3. 2. 372	Rosancranz e Guildenstern sobre a flauta doce; e as características do Boato por certo nunca foram retratadas tão vívida e acuradamente quanto na sua descrição como uma flauta
2H.IV, Prólogo, 15	Tocada por suposições, ciúmes, conjeturas, E tão fácil e simples de tocar

que

a multidão *sempre discordante e mutável*
Pode tocá-la.

De que forma perfeita esses adjetivos transmitem o som peculiar produzido por um executante inábil, porém ávido!

Entre muitas outras imagens notáveis tiradas da música que trazem nova luz ao assunto tratado, além de provarem a habilidade musical e técnica de Shakespeare, estão a promessa de Iago de soltar a cravelha na viola e com isso destruir a requintada afinação da música da alegria de Otelo; a perfeita analogia (certamente shakespeariana?) usada por Péricles entre amor lícito e paixão sem lei, e respectivamente o domínio correto e o toque desordenado da viola; e a reflexão de Ricardo II sobre o ritmo quebrado na "música da vida humana". *Ote., 2. 1. 201* *Pér., 1. 1. 81* *R.II, 5. 5. 42*

Independentemente dos indícios do conhecimento geral de música de Shakespeare, suas inúmeras referências à música e ao papel que ela desempenha na vida, consolando, renovando, encorajando, deslumbrando, acalmando[4], os seus toques certeiros na descrição do som de determinados instrumentos – a melancolia do alaúde de um amante, "o vil guincho do pífaro de pescoço duro", o "zurro apavorante" da trombeta, o ronco de uma gaita de foles, uma criança a tocar a flauta doce – e as opiniões de seus personagens a respeito daqueles que não são musicais[5], apresento a idéia de que temos aí clara evidência de uma repulsa pessoal pela desarmonia e aspereza, e grande suscetibilidade não só em relação a "doces árias" como também a toda espécie de som. *1H.IV, 1. 2. 81* *M.V., 2. 5. 30* *R.II, 1. 3. 135* *1H.IV, 1. 2. 82* *Tem., 3. 3. 97-8* *S.N.V., 5. 1. 122*

Por exemplo, com certeza ninguém que não fosse pessoalmente muito sensível ao tom e ao timbre da voz humana poderia ter criado um número tão grande de personagens que compartilham tal peculiaridade quanto o fez Shakespeare.

Entre eles encontramos personalidades tão diferentes quanto Cleópatra (*A&C*, 1. 1. 32, 3. 3. 15, 5. 2. 83), Tróilo (*T&C*, 1. 1. 54, 2. 2. 98), Emília (*Ote.*, 5. 2. 119), Trínculo (*Tem.*, 2. 2. 90), Julieta (*R&J*, 2. 2. 58), Mortimer (*1H.IV*, 3. 1. 208), Quince (*S.N.V.*,

▼

4. *Tem.*, 5. 1. 58, 3. 2. 147-8; *C.Q.*, 5. 4. 185-6; *Pass. Pil.*, VIII, 5-6; *Ote.*, 4. 1. 197; *2H.IV*, 3. 1. 14; *Tem.*, 1. 2. 391; *S.N.V.*, 2. 1. 152, etc.
5. *M.V.*, 5. 1. 83; *J.C.*, 1. 2. 204-10.

4. 2. 12), Gertrude (*Ham.*, 3. 4. 39), Edmund (*R.L.*, 5. 3. 143), Calibã (*Tem.*, 3. 2. 146), Romeu (*R&J*, 2. 2. 167), *Sir* Andrew Aguecheek (*N.R.*, 2. 3. 54), Henrique V (*H.V*, 4. 1. 315), Teobaldo (*R&J*, 1. 5. 55), Otelo (*Ote.*, 5. 1. 28), Belário (*Cim.*, 4. 2. 105), Fluellen (*H.V*, 4. 1. 65, 81-2), Poins (*1H.IV*, 2. 2. 52), e o menino em Henrique V (4. 4. 68). O duque reconhece Lúcio, Lourenço reconhece Pórcia e Frei Lourenço reconhece Frei João pela voz; Egeu fica arrasado quando o filho não reconhece sua voz, Adônis conhece e teme a "harmonia enganadora" da língua de Vênus, que "enfeitiça como as canções da sereia sensual", e Ferdinand confessa a Miranda que ele por várias vezes foi vítima da voz de uma mulher.

Bassânio e Shylock notam e reprovam a voz alta de Graciano, "muito selvagem, muito rude, e ousada", enquanto Bassânio, falando dos enganos dos ornamentos, chega a ponto de dizer que, na lei, se um pleito maculado e corrupto for "arrazoado por voz graciosa", ela obscurece a aparência do mal. O cego Gloucester lembra-se bem dos "tiques" da voz de Lear, como o próprio Lear conhece e gosta da voz de Cordélia, "sempre suave, gentil e baixa, coisa excelente em uma mulher".

Notamos, além do mais, a constante e requintada discriminação da qualidade das vozes, expressa em grande parte por meio de imagens, assim como a diferença entre o som "prata-doce" das "línguas dos amantes à noite" e a voz imperial de Antônio "tão dotada quanto a sintonia das estrelas", o tom do chamado áspero e rouco da arrasada Lucrécia e a fala suave de sua criada, o estridente refrão do taverneiro, o "tom preocupado" de Scroop e as "tonalidades rudes" e a "garganta de guerra" de Coriolano, que ele diz será transformada

> em uma flauta
> Fina como um eunuco, ou a voz virgem
> Que embala o sono do bebê,

o "ávido grito" da mãe defendendo seu filho e a "pequena flauta" de Viola, como "o órgão da donzela agudo e firme" que Olívia coloca em primeiro lugar como indício do direito a sangue nobre, e que ela jura preferir ouvir

Antes que a música das esferas. *N.R., 3. 1. 116*

Além da prova incontestável oferecida pelo fato de Shakespeare ser capaz de escrever poesia, podemos ter certeza, creio eu, a partir de outras fontes, de seu "refinamento de ouvido" e de sua delicada suscetibilidade quanto a tom, ritmo e timbre. E parece igualmente certo que desde a juventude lhe desagradavam as falas dos "mal-educados, grosseiros, mal-humorados e ríspidos de voz", assim como o repeliam as discussões barulhentas e desabridas, sentindo como Lépido, ao insistir que Antônio e César debatessem suas diferenças com gentileza e não falando alto, de modo que "cometessem assassinato com palavras que curam". Em poucas palavras, fica claro que Shakespeare admirava mais aqueles que falavam "baixo e lentamente", "com língua suave e lenta". *R.II, 5. 5. 45* *V&A, 134* *A&C, 2. 2. 19* *2H.IV, 2. 3. 26*

Depois da voz humana, há três classes de sons que parecem interessar Shakespeare de modo particular: o eco e a reverberação, o dobre do sino de finados (ambos comentados mais adiante; ver pp. 306-7 e Apêndice VIII) e o canto dos pássaros. *Luc. 1220; M.D., Prólogo, 1, 114*

Para quem é tão sensível aos sons, e também amante dos pássaros, o canto deles, o "canto selvagem" que "pesa em todo galho", é notado com menor freqüência do que seria de esperar. *Soneto CII*

Ele fez, no entanto, e em particular nos *Sonetos*, muitas descrições requintadas e famosas de seu canto e sua atmosfera emocional, revelando observação minuciosa e precisa: "a cotovia ao nascer do dia", o rouxinol que *XXIX*

> no início do verão canta,
> Mas pára sua flauta quando crescem dias mais maduros,

CII

o canto de amor do tordo papo-roxo, o grito da coruja noturna, o pipilar da garrincha e o "canto lúgubre" do corvo, "o galo, que é a trombeta da manhã", o pássaro do verão *D.C.V, 2. 1. 19-20* *R.II, 3. 3. 183* *2H.VI, 3. 2. 40* *Ham., 1. 1. 150*

> Que sempre canta nas ancas do inverno
> O raiar do dia,

2H.IV, 4. 4. 91

Soneto LXXIII os "coros nus, em ruínas, onde há pouco cantavam doces passari-
XCVII nhos", e a morna alegria dos cantos dos passarinhos quando o inverno se aproxima.

Esses exemplos até bastam para provar como ele notava e amava o som e os cantos das aves, porém mesmo assim não é aqui, como vimos (p. 43), que reside seu principal interesse; na verdade é outro aspecto da vida dos pássaros que o atraiu e deleitou de modo supremo.

A impressão geral que se tira ao observar as imagens de som de Shakespeare, afora seu deleite geral na música e sua extrema sensibilidade em relação à voz humana, é o fato de ele associar a mais pura emoção e a mais espiritual condição conhecida pelo homem com a música e sua harmonia, o mais perfeito quadro terreno que ele pode conceber é a quietude silenciosa de um dia de verão, e seu quadro de paz na morte é um estado no qual

Tito, 1. 1. 155
>   não há tempestades,
>   Nem ruído, mas silêncio e sono eterno.

Sua atitude em relação à quietude e ao silêncio ao longo de toda a sua obra deve ser notada, e não podemos deixar de imaginar que o conselho da condessa de Rousillon teria sido o do próprio Shakespeare:

B.B.A., 1. 1. 72
>   seja advertida por silêncio,
>   Jamais repreendida por falar.

Será que algum outro escritor pintaria um marido a saudar a mulher que ama como "Meu gracioso silêncio", e quantos deles teriam a delicadeza de percepção para compreender, como Shakespeare faz com Cláudio, que "o silêncio é o mais perfeito arauto da alegria"?

Cor., 2. 1. 184

M.B.N., 2. 1. 309

Não há dúvida de que ele pensa em um amor humano feliz como música, "a verdadeira concórdia de sons bem afinados":

Soneto VIII
>   Veja como uma corda, doce marido de outra,
>   Tocam-se uma à outra por ordenação mútua;
>   Semelhantes ao pai, ao filho e à mãe feliz,
>   Que, todos juntos, cantam uma nota agradável,

enquanto na nobre descrição de Biron é integralmente por meio de um som encantador-de-ouvido que ele transmite a qualidade fascinante e mágica do amor:

> tão doce e musical *T.A.P., 4. 3. 341*
> Quanto o brilhante alaúde de Apolo, encordoado com seu cabelo.
> Quando o Amor fala, a voz de todos os deuses
> Deixa o céu entorpecido com a harmonia,

e o mais lindo cenário que Shakespeare pode conceber para os grandes amantes de todos os tempos é uma noite enluarada de verão

> Quando o doce vento beijava delicadamente as árvores *M.V., 5. 1. 2*
> *E elas não faziam nenhum barulho.*

Quando sua imaginação está mais aguçada, e nas raras ocasiões em que seus personagens falam de coisas do mais profundo significado, ele tende naturalmente para a analogia com a música, e as palavras gloriosas que descrevem a "harmonia em almas imortais" podem ser platônicas em sua origem, mas são por certo shakespearianas em convicção e sentimento imaginativos. *5. 1. 54-65*

Assim também em sua última peça, como indicarei mais tarde (p. 282), as emoções cambiantes e o movimento do enredo são expressos principalmente por meio do som, quando Próspero no final invoca o auxílio de "música celeste" para resolver o que é discordante, e somos informados de modo explícito no Epílogo que o agente da libertação e da harmonia é a oração,

> Que penetra tanto, que assalta *Tem., Epílogo, 17*
> A própria misericórdia e redime todas as faltas.

Por outro lado, as coisas que Shakespeare odeia, ou deseja que seus personagens nos informem que odeiam, são de forma constante concebidas em termos de discórdia e clamor.

Há certas coisas a respeito das quais não pode haver dúvida de que o próprio Shakespeare as tema e odeie, e uma dessas é a perturbação da ordem social, pois a organização da sociedade humana – as leis que ligam homem e homem – parece a ele, como mais tarde a Burke, ter significado místico, ser idêntica a uma lei superior e compartilhar da mesma natureza do misterioso agente por meio do qual a ordem do céu, das estrelas, dos planetas e do próprio sol é determinada.

T&C, 1. 3. 85

É natural mas significativo, portanto, que em sua mais apaixonada exposição do assunto, a grande fala de Ulisses, ele, no auge de sua emoção, captasse a significação musical de "hierarquia" para salientar que intervalos, sucessão e posição são tão essenciais ao universo e à ordenação da sociedade humana quanto a criação da música, e que, se eles forem ignorados, em um caso como no outro, o resultado só pode ser o caos:

1. 3. 83-129

1. 3. 109-10
    Suprimi a hierarquia, desafinai somente esta corda
    E escutai que dissonância

T.A., 5. 1. 177

A guerra – "guerra contumaz, bestial, concebida pelo homem"[6] – era por certo algo de que Shakespeare não gostava, e vale a pena notar que a ação da guerra é associada em sua mente, de maneira clara, principalmente com barulho, esteja ele transmitindo repulsa a ela ou o prazer que possam ter nela seus personagens. (*R.III*, 4. 4. 152; *T&C*, 1. 1. 92, 5. 2. 173; *R.J.*, 5. 2. 164-9; *Ote.*, 3. 3. 356; *M.D.*, 1. 2. 204-7, etc.) Os que gostam da guerra e da vida de soldado pensam nisso em termos de som e da associação particular que o som traz consigo; assim Faulconbridge ordena que os canhões que atacam sejam voltados para Angiers,

R.J., 2. 1. 383

Até que seus clamores que dão temor às almas tenham destruído
                                                    [com seu barulho
As quebradiças costelas da cidade desdenhosa,

e Otelo, dizendo adeus às

                                                  grandes guerras
Que transfromam a ambição numa virtude!

▼

6. Aqui é usado *man-brained*; porém em outras edições, como a Arden, o termo é *mad-brained*, de "cérebro louco". (N. da T.)

exclama,

> Oh, adeus, *Ote., 3. 3. 350*
> Adeus relinchante corcel e aguda trombeta,
> Encorajante tambor e pífaro ensurdecedor!
> Adeus, bandeira real e toda beleza,
> Orgulho, pompa e aparato das guerras gloriosas!
> E vós, instrumentos de guerra, cujas rudes gargantas
> Imitam os clamores terríveis do imortal Júpiter,
> Adeus!

É igualmente marcante a freqüência com que é o som que Shakespeare apresenta como algo abominável. Assim Ricardo II, tomando medidas para manter a paz, pensa na guerra somente como um barulho hediondo, e descreve a paz como um infante no berço, suavemente adormecido, que, se

> despertado com tambores desafinados e turbulentos, *R.II, 1. 3. 134*
> Com o apavorante zurro de trompas que ressoam ásperas,
> E o ríspido choque de iradas armas de ferro,

possa ser assustado em seu "quieto recinto".

> O ruído da batalha voava pelo ar, *J.C., 2. 2. 22*

diz Calpúrnia, descrevendo seu sonho aterrorizante,

> Cavalos relinchavam e homens morrendo gemiam,

e Blanche, implorando para que a guerra não seja renovada no dia de seu casamento, indaga:

> O quê, deve a nossa festa ser feita de homens chacinados? *R.J., 3. 1. 302*
> Devem trompas zurrando e barulho de tambores malcriados[7],
> Clamores do inferno, ser a medida de nossa pompa?

▼

7. Não havia necessidade de Shakespeare ter estado em nenhuma batalha para ouvir esses ruídos, pois Hentzner (em 1598) comenta o quanto os ingleses gostavam "de grandes barulhos que enchem os ouvidos, assim como tiros de canhão, tambores e o toque de sinos". (Para este último, ver Apêndice VIII.)

Clamores do inferno – assim poderia bem escrever um poeta hoje em dia, enquanto atura os horrores dos ásperos ruídos de qualquer cidade moderna; porém há trezentos anos, quando os ruídos produzidos pelo homem devem ter sido relativamente insignificantes (a não ser pelo toque dos sinos; ver Apêndice VIII), torna-se mais notável que tal aspecto particular de desconforto físico haveria de ser selecionado como imagem do auge da dor. Ao tempo de Shakespeare e antes disso, o inferno era de modo geral concebido como um local de tormento, muito quente ou muito frio, ou então como muito escuro (os três principais desconfortos da vida na Europa medieval), mas raramente o tormento é retratado como local de muito barulho.

No entanto, essa é a concepção constante e recorrente no pensamento de Shakespeare; o inferno é "uma era de discórdia e luta contínua"; uivos, rugidos e pragas são seus acompanhamentos. "Demônio imundo", grita Anne para Gloucester,

1H.VI, 5. 5. 63
R&J, 3. 3. 47
3. 2. 44

R.III, 4. 4. 75
1. 2. 51

> fizeste da terra feliz o teu inferno,
> Encheste-o com gritos de maldição e profundos clamores;

1. 4. 58 o sonho do inferno de Clarence é o de um lugar onde "uma legião de demônios fétidos" o cercava e uivava "gritos tão hediondos" em seus ouvidos que com o barulho ele despertou tremendo, e a música, ao som da qual os demônios no inferno, e só eles, dançam, é na realidade um som de discórdia ríspida e terrível.

Ficamos justificados, então, ao concluir que, assim como na imaginação de Shakespeare o céu é uma surda quietude com "toques de doce harmonia" e o inferno um lugar de luta barulhenta, discórdia e clamor, ele amava muito uma e odiava a outra.

OLFATO

Fica claro que Shakespeare tem um senso de olfato muito agudo e é particularmente sensível ao mau cheiro; os dois que ele nomeia em particular, e dos quais não gosta, são o cheiro da humanidade não lavada e o de cadáveres em decomposição, ambos bastante comuns na Londres elisabetana, vitimada pela peste. Coriolano, em suas palavras de supremo desprezo pela multidão volúvel, expressa essa aversão quando exclama,

> Vil corja de cães, cujo hálito detesto   *Cor., 3. 3. 120*
> Tanto quanto o fedor de pântanos podres, e cujo afeto prezo
> Tanto quanto os esqueletos dos mortos insepultos
> Que corrompem o ar.

A repugnância de Coriolano pela "multidão malcheirosa" e seu *3. 1. 66* "hálito fedorento", o temor de Casca pelo "mau ar" da multidão, o *J.C., 1. 2. 243-51* retrato realista que faz Henrique V dos corpos mortos de seus soldados, "cujo cheiro há de gerar uma peste na França", ou a terrível *H.V, 4. 3. 103* apóstrofe à Morte que faz Constance, "Fedentina odorífera!", só *R.J., 3. 4. 26* poderiam ter sido imaginados por alguém pessoalmente sensível a tais odores; porém, se precisássemos de mais prova dos sentimentos pessoais de Shakespeare, poderíamos encontrá-la no fato de ele expressar o auge da repugnância e do horror por meio de cheiros repelentes, e que para sua imaginação o pecado e as más ações sempre têm mau cheiro.

Temos clara consciência disso em *Hamlet*, com sua idéia subjacente de um tumor nojento, de podridão e corrupção, ofensas que são "podres" e fedem aos céus; em *Júlio César*, quando Antônio, jurando vingança, declara o assassinato de César um "ato sujo" que

> há de cheirar acima da terra   *J.C., 3. 1. 274*
> Com a carniça de homens, gemendo por enterro;

em *Rei João*, onde ouvimos a ira do rei ser descrita como um tumor que arrebenta em "imunda corrupção", e onde Salisbury, revoltado *R.J., 4. 2. 79-81* por encontrar morto o jovem Artur, grita horrorizado,

> Venham comigo, todos vocês cujas almas abominam   *4. 3. 111*
> Os sabores imundos do matadouro;
> Pois estou sufocado com este cheiro de pecado.

Encontramos toques semelhantes em outras peças, e é possível que em lugar algum seja maior a espantosa qualidade dessa rápida transferência de sentimento do plano moral para o físico que no grito de Políxenes de que, se for verdadeiro o que Leontes pensa dele, então que o "frescor de sua reputação" se transforme em

C.I., 1. 2. 421

        Um sabor que possa tocar a mais insensível narina
        Quando eu chegue, sendo minha chegada repudiada,
        Não, também odiada, mais do que a maior infecção
        De que jamais se falou ou escreveu!

Ote., 3. 3. 232

    Porém é principalmente em *Otelo* que tomamos consciência do imundo e horrível cheiro do mal, onde Iago comete a vilania de sugerir ao Mouro que "se pode cheirar... uma vontade mais que sórdida" no próprio fato de Desdêmona preferir casar com um homem negro, e onde o horror do contraste entre a compleição clara de Desdêmona e o que ele acredita serem seus atos é vividamente expresso por Otelo única e exclusivamente por meio do cheiro. Ele lamenta,

4. 2. 67

                Oh erva daninha,
     Que é tão linda e clara e tem cheiro tão doce
     Que o sentido dói por você, quem dera nunca tivesse nascido!

e, ao responder à patética pergunta dela,

        Ai, ai, que pecado cometi na ignorância?

ele dá ampla definição do seu caráter na exclamação agoniada:

             O que cometeu!
        O céu tapa o nariz para ele.

Soneto CXVIII

A.C.W., 3. 2. 66

McB., 1. 6

Soneto LIV

    A julgar pelas suas imagens, Shakespeare parece ser mais sensível ao horror dos maus cheiros do que aos atrativos das fragrâncias. Naturalmente ele ama "o doce cheiro de diferentes flores" e também os doces aromas da primavera, que liga ao brilho da juventude que "cheira a março e abril". Suscetível ao ar agradável, no qual "o hálito do céu cheira namorando", ele nota a doçura da violeta, da madressilva silvestre, da rosa adamascada; porém é sugestivo que na mais sustentada e requintada apreciação da rosa o que mais o atraia seja o fato de, diferentemente das outras flores, as rosas mesmo fanadas jamais terem mau cheiro, pois

De suas doces mortes são feitos os mais doces odores.

O que o repele mais particularmente é uma bela flor "com o cheiro desagradável das ervas daninhas", ou uma flor de doce perfume que se transforma em seu total oposto quando morre. Podemos sentir tal repulsa nas palavras

Soneto LXIX

Lírios que infeccionados cheiram pior que ervas daninhas.

Soneto XCIV

É igualmente significativo que qualquer pessoa tão sensível aos grosseiros cheiros urbanos (a multidão que não toma banho, os cadáveres não enterrados, o fedor do forno de cal próximo ao portão do presídio de Counter), e tão suscetível a delicados perfumes de flores, quase ignore o uso do perfume, que estava em moda. Ele aparece uma vez como imagem de grande encanto, quando a pobre Ofélia devolve os presentes de Hamlet que, diz ela, perderam "seu perfume", já que o doador revelou-se cruel; Autólico vende luvas perfumadas "doces como as rosas adamascadas", que era fragrância muito popular na época, provavelmente também mencionada por Boyet em *Trabalhos de amor perdidos* (5. 2. 296); e há menção a Borachio, como perfumista a "fumigar uma sala mofada", e às mãos de Christopher Sly sendo lavadas em uma bacia de couro cheia de água de rosas; porém, de modo geral, seria possível imaginar que Shakespeare desprezasse ou até mesmo desgostasse de perfume.

Ham., 3. 1. 98

M.B.N., 1. 3. 58

Shakespeare ri dele na imortal descrição que *Mrs*. Quickly faz dos que cortejam *Mrs*. Ford, "carruagem atrás de carruagem, carta atrás de carta, presente atrás de presente; com cheiro tão doce, puro almíscar"; ou do debique dos amigos de Benedick, afirmando que ele se esfrega com civeta; e Falstaff fala com desdém arrasador dos "botões de pilriteiro" que "cheiram como *Bucklersbury in simple time*"[8]. Pode-se imaginar ser possível detectar traço da aversão de Shakespeare pelos perfumes fortes e artificiais que compensavam ou

A.C.W., 2. 2. 66

M.B.N., 3. 2. 49

A.C.W., 3. 3. 72

▼

---

8. Ou seja, a rua dos herboristas na época do simple, uma erva medicinal muito popular. (N. da T.)

encobriam os maus cheiros no pungente grito de Lear, enlouquecido por seus mais terríveis e revoltantes pensamentos, "Dê-me uma onça de civeta, bom boticário, para adoçar minha imaginação".

R.L., 4. 6. 132

TATO   A seguir, consideremos o tato. Como já vimos (pp. 32-3), Shakespeare gosta, como a maioria dos dramaturgos elisabetanos, de símiles baseados na textura das substâncias: sílex, ferro, aço, cera, esponja, e assim por diante; porém basta comparar – em sua maior parte – as imagens muito óbvias dos outros com as dele para constatar o quão sensível e delicadamente criterioso Shakespeare é em questões de tato.

Há uma substância em particular à qual ele é marcadamente sensível, que é a textura da pele. Ele a observa com muito detalhe, como o faz com o cambiante colorido do rosto. Descreve a pele de Desdêmona "suave como o monumental alabastro", as mãos de Perdita, "suaves como as plumas de uma pomba", a "lisa e úmida mão" de Vênus, a de Créssida "ante cujo suave aperto a pluma do filhote de cisne é áspera", as mãos "suaves como flores" das aias de Cleópatra, um "cenho de veludo", um "lábio suave de rubi", a aspereza da palma do lavrador. (Note-se a sensibilidade de Iachimo diante da textura do rosto e da mão de Imogênia, *Cim.*, 1. 6. 99-107.) Ele tem muita consciência e reage sempre à sensação e à qualidade de várias substâncias: a lisura do gelo e do óleo, a fria dureza da pedra, a viscosidade do sangue e do limo, a superfície suave e aveludada do musgo, a peculiar rugosidade da casca de árvore, a maleabilidade da cera quando aquecida, a lisa impenetrabilidade do mármore, e a sensação agradável e suave da chuva.

Ote., 5. 2. 5
C.I., 4. 4. 368
V&A, 143
T&C, 1. 1. 57
A&C, 2. 2. 213
T.A.P, 3. 1. 197
N.R., 1. 4. 32
T&C, 1. 1. 59

R.J., 4. 2. 13
1H.IV, 1. 3. 7
Tito, 3. 1. 45
McB., 5. 2. 16
Ote., 5. 2. 148
Cim., 4. 2. 228
S.N.V., 4. 1. 48
2H.IV, 4. 3. 136

M.p.M., 3. 1. 236
Tito, 3. 1. 16
M.V., 4. 1. 185

Não é de surpreender, portanto, que alguns de seus símiles mais vívidos e impactantes sejam buscados no tato e nas substâncias.

Muito curiosa é a fala de morte de Enobarbo, na qual ele interpela a lua e lhe implora que seja testemunha do profundo arrependimento por ter abandonado seu amo. Todo o símile é tirado de uma vívida e plena consciência das qualidades das várias substâncias e do impacto de uma sobre a outra, úmida, dura, suave, seca, pulverizada; e no entanto poderia alguma coisa transmitir de forma mais pungente a dor sem esperanças, o remorso abjeto e o fim da vida e do ser?

> Ó soberana senhora da verdadeira melancolia,   *A&C, 4. 9. 12*
> Aperte sobre mim a esponja com a umidade venenosa da noite,
> .... atire o meu coração
> Contra o sílex e a dureza da minha falta;
> Que, seca com a dor, se dissolverá em pó,
> E acabará com todos os pensamentos sórdidos.

E assim também, observando Falstaff, não poderemos *senti-lo* manipulando a cera até fazê-la alcançar o grau certo de maleabilidade, quando ele comenta, complacente, para Shallow, "já o venho amolecendo entre o indicador e o polegar, e em breve selo tudo com ele"? *2H.IV, 4. 3. 136* E não é a satisfação de Angus por Macbeth estar colhendo o pagamento por seus feitos expressa no que é por certo um dos retratos mais terríveis e assombrosos numa peça já repleta deles, terrível em função da substância *sugerida por sua textura*, porém não nomeada?

> Agora ele sente   *McB., 5. 2. 16*
> Seus assassinatos encobertos grudando em suas mãos.

No que tange ao paladar, há provas constantes, ao longo de todas as imagens, do gosto delicado e criterioso de Shakespeare, em particular se comparado com seus contemporâneos e suas imagens rotineiras de banquetes, de excessos que empanturram, de apetite empanzinado ou exacerbado, do gosto de mel e especiarias. Shakespeare deixa transparecer a toda hora sua apreciação dos sabores e da necessidade do tempero. "Não havia tempero picante nas falas para tornar o assunto saboroso", diz Hamlet aos atores, quando descreve – totalmente em termos de comida e gosto – a fala que se lembra de *Ham.,* ter ouvido de um deles, e a impressão que deixou nele e nos outros; *2. 2. 452-68* "não agradou os milhões; era caviar para o povo". Lady Macbeth coloca a necessidade que tem o sabor do sal na comida no mesmo plano da necessidade que o corpo tem de sono, quando diz ao marido:

PALADAR

> Falta-lhe o tempero de todas as naturezas, o sono,   *McB., 3. 5. 141*

enquanto Pândaro não hesita em ver a relação do tempero com a comida no mesmo nível de todas as melhores qualidades herdadas ou adquiridas em relação à personalidade do homem. "Você não tem critério? Não tem olhos?", exclama ele a Créssida, quando ela sugere ser Aquiles homem melhor que Tróilo; "Não são berço, beleza, boa forma, discurso, virilidade, delicadeza, virtude, juventude, liberalidade e outras tais as especiarias e o sal que temperam o homem?". E Bassânio chega ao ponto de indagar

T&C, 1. 2. 262

> Na lei, que pleito maculado e corrupto
> Não vem temperado com voz graciosa
> Que lhe obscurece o aspecto mau?

M.V., 3. 2. 75

revelando não só o quão suscetível ele, como seu criador, é à fala suave e gentil, mas também o valor que empresta ao tempero e seu efeito na atração e, na verdade, no preparo da comida essencialmente boa.

Shakespeare é particularmente vulnerável à sensação de repulsa ou de anestesia do paladar quando se come muito de uma mesma coisa, por melhor que seja:

> o mel mais doce
> É repugnante em sua própria delícia,
> E ao ser provado confunde o apetite.

R&J, 2. 6. 11

E é óbvio que ele tem consciência do efeito suavizante, equilibrador ou complementar dos molhos e condimentos adequados à comida, não hesitando em comparar tal fato a coisas da mais alta importância:

> E o poder terreno então se mostra mais próximo ao de Deus
> Quando a misericórdia tempera a justiça,

M.V., 4. 1. 196

diz Pórcia, encerrando sua grande fala.

Os gostos alimentares de Shakespeare, seu aperfeiçoamento e variações, serão examinados mais tarde (pp. 110-1). É interessante notar que assim como no olfato seu sentimento mais forte é reservado não para odores doces e fragrâncias, mas para maus cheiros, que lhe causam arrepios de antipatia; assim também nesta questão do paladar, o asco em relação à comida engordurada, suja, mal preparada e mal servida, além do sentimento de repulsa que lhe provoca, nos marcam mais que sua incontestável apreciação do que é delicado e bom. Isso provavelmente se deve ao fato de ele ter tido, de modo geral, mais oportunidade de experimentar a primeira do que o último.

CAPÍTULO VI
OS GOSTOS E OS INTERESSES DE SHAKESPEARE

(i) A vida ao ar livre

Já fizemos uma análise geral (no Capítulo III) dos temas das imagens de Shakespeare. A partir daquele levantamento torna-se claro quais são seus principais interesses. Seria cansativo dedicar muito tempo a cada um deles, porém agora darei alguns exemplos do modo pelo qual os fatos podem ser examinados em detalhe.

Vimos que um interesse, acima de todos os outros, destaca-se na imagística de Shakespeare. Trata-se da vida no campo e de seus vários aspectos: os ventos, o tempo e as estações, o céu e as nuvens, pássaros e animais. Uma ocupação, apresentada do ponto de vista de um jardineiro, mais que qualquer outra, parece ser a que lhe ocorre mais naturalmente; observar, preservar, tratar e cuidar das coisas que crescem, muito particularmente das flores e das frutas. Em todas as suas peças ele parece pensar na vida e nas ações humanas com mais facilidade e presteza do ponto de vista de um jardineiro. Essa tendência para pensar em questões humanas como plantas e árvores que crescem tem sua expressão mais plena e detalhada na cena central de jardinagem de *Ricardo II* (3. 4), mas está sempre presente no pensamento e na imaginação de Shakespeare, de modo que quase todos os seus personagens compartilham dela.

Assim, quando Albermarle, irado, resume os defeitos e desumanidade de Goneril tanto no caráter quanto na ação, ele espontaneamente a vê como um galho de árvore e diz:

> Ela que por si mesma se separa e desgalha *R.L., 4. 2. 34*
> De sua seiva essencial, por força há de secar
> E acabar tendo uso mortífero.

Do mesmo modo Malcolm exclama:

> Macbeth *McB., 4. 3. 237*
> Está maduro para ser sacudido,

enquanto Julieta, ao dar boa noite a Romeu, espera que

> Este botão de amor, no hálito amadurecedor do verão, *R&J, 2. 2. 121*
> Possa revelar-se uma linda flor no nosso próximo encontro.

Em momentos de tensão e emoção essa tendência da mente de Shakespeare fica muito marcante, e ele deixa entrever a constância com que visualiza o ser humano como as árvores e plantas que ele tanto apreciava no jardim ou no pomar. E por isso o momento mais comovente de *Cimbelino* aparece quando Imogênia, no final, atira-se nos braços de Póstumo, e este, baixando os olhos para ela, sussurra:

> Pende aí como fruta, minha alma, *Cim., 5. 5. 263*
> Até que morra a árvore!

As exclamações de Otelo, em dois momentos de suprema agonia, também são características. Primeiro, quando finalmente persuadido da culpa de Desdêmona, ele lhe grita:

> Ó tu, erva daninha, *Ote., 4. 2. 67*
> Que és tão bela e clara e tens cheiro tão doce
> Que o sentido dói diante de ti, quem dera não tivesse tu jamais
> [nascido!

e depois mais tarde, quando olhando para ela na cama, adormecida, ele monologa:

Ote., 5. 2. 13

> Quando tiver colhido a rosa,
> Não posso dar a ela crescimento vital de novo,
> Tem de fenecer: vou cheirá-la na árvore.

Shakespeare tem um interesse particular pelos processos de crescimento e perecimento, e, como diz no décimo quinto soneto ("Quando penso em tudo quanto cresce"), na semelhança entre homens e plantas no progresso doloroso e pleno de lutas e tropeços rumo à perfeição, onde permanecem apenas por um momento e logo começam a decair.

Ele fica reiteradamente impressionado, como devem ficar todos os jardineiros, com a vitalidade e a força das sementes, em particular as das ervas daninhas, e com o seu poder, se não forem impedidas, de proliferar e matar tudo em volta, e tem consciência freqüente de força e poder semelhantes às ervas daninhas nos defeitos do caráter humano, de modo que, ao descrever o orgulho de Aquiles, a seguinte linguagem lhe vem com naturalidade:

T&C, 1. 3. 316

> o orgulho semeado
> Que cresceu até esta maturidade
> No viçoso Aquiles tem de ser ou podado agora
> Ou, espalhando-se, vai gerar uma sementeira de males semelhantes,
> Para ficar maior que nós todos.

Ele tem grande número de imagens tiradas de enxerto – que era uma técnica recente em seu tempo –, ficando claro seu grande interesse por suas possibilidades e seus resultados, o que o leva a indagar-se, com Políxenes (*C.I.*, 4. 4. 79-97), se, visto que tais maravilhas de controle e melhoramento podem ser alcançadas pelo cruzamento científico nas plantas e flores, por que não também na raça humana?

Como todos os jardineiros ingleses, ele tem aguda consciência dos efeitos desastrosos dos ventos da primavera e das geadas sobre botões e flores. Citar muitos exemplos disso parece supérfluo, pois essas imagens aparecem em alguns de seus versos mais famosos, como, por exemplo:

> Os ventos rudes sacodem os queridos botões de maio, *Soneto XVIII*

e

> Abalam sua fama como os redemoinhos sacodem os lindos botões. *M.D., 5. 2. 140*

> Biron é como a geada invejosa que quebra *T.A.P., 1. 1. 100*
> E morde os bebês primogênitos da primavera,

e sobre Julieta a morte pousa

> como geada fora de hora *R&J, 4. 5. 2*
> Sobre a flor mais doce de todo o campo.

Doenças de plantas – em particular o cancro na rosa – também ele vê com o olhar de um jardineiro e ressente a destruição de sua beleza. Em sua imaginação a doença afeta e danifica a planta continuamente, tal qual as paixões maléficas ou as repressões destroem o ser humano. O ciúme é o "cancro que engole a tenra primavera do *V&A, 656* Amor", e Gloucester pede à sua duquesa para

> Banir o cancro dos pensamentos ambiciosos, *2H.VI, 1. 2. 18*

Próspero refere-se a Fernando como

> um tanto marcado *Tem., 1. 2. 415*
> Pela dor, que é o cancro da beleza,

e Viola deixa que

> o engano, como um verme no botão, *N.R., 2. 4. 113*
> Se alimente de sua face adamascada.

As esperanças e os desesperos do jardineiro são enunciados em detalhe por lorde Bardolfo, quando pressionado a dizer se o lado dos rebeldes é forte o bastante para ter esperanças de sucesso. Ele é muito cauteloso e faz notar, com um símile de jardineiro, o quanto pode ser enganadora até mesmo o que parece boa base para esperança:

2H.IV, 1. 3. 37
Numa ação como a destes instantes, se a esperança de uma causa
Que está no começo parecesse com aquela que uma primavera
[precoce
Possa inspirar pelos brutos nascentes; a esperança de que produzam
[frutos
Oferece menos garantia do que o temor de
Vê-los mordidos pelas geadas.

Pode-se argumentar que tais símiles de jardinagem fossem acervo elisabetano comum, e é verdade que alguns deles – a fruta madura sendo sacudida para cair da árvore, os espinhos da rosa, a capacidade para grudar do carrapicho e os enxertos – são comuns e até mesmo favoritos de outros dramaturgos elisabetanos. Pode-se, portanto, descontar o significado peculiar e pessoal de algumas das imagens usadas por Shakespeare. Por outro lado, nada ressalta tanto seu conhecimento detalhado e amoroso das coisas que crescem quanto uma comparação de suas imagens de jardinagem com as de seus contemporâneos.

Em primeiro lugar, ele as tem em número muito maior – proporcionalmente – que os outros; a idéia ou concepção é muito mais constante no caso dele; e, em segundo lugar, ele revela um conhecimento muito mais íntimo do cultivo e do cuidado com as plantas. Não encontro praticamente nenhum sinal de conhecimento ou vivência de jardinagem nas imagens dos outros escritores, nada do tipo da repreensão do Condestável ao Delfim, ao dizer-lhe que Henrique V não é o rapaz irresponsável e superficial que ele julga ser, mas sim um grande rei

terrível na constância de sua determinação,

e que as vaidades e humores que ele nota são

H.V, 2. 4. 37
apenas o exterior do Bruto romano
Que cobre a discrição sob um manto de loucura,
Como os jardineiros cobrem com esterco as raízes
Mais precoces e mais delicadas.

Os símiles dos outros dramaturgos são principalmente os de espécie mais óbvia: "arrancar raízes", "plantar", "cortar", "semear", "despontar", "capinar", "desgalhar", "podar", com ocasional exibição de verdadeira ignorância, como neste exemplo de Beaumont e Fletcher:

> Em quem estavas engastada
> Como estão as rosas nas ervas daninhas.

Valentinian, 5. 6

As rosas não costumam crescer entre ervas daninhas.

A única exceção a esse uso muito geral e superficial de símiles de jardinagem sem verdadeiro conhecimento é Bacon, que realmente apreciava jardins e tinha interesse particular em questões de solo; assim o vemos escrever que o estudo da filosofia não é ocioso, pois todas as profissões dele se beneficiam. "Pois, se você quiser fazer uma árvore dar mais frutos do que costuma dar, não há nada que deva fazer com os galhos, pois revolver a terra e acrescentar novo humo às raízes é que hão de poder fazê-lo." Ou então, como diz mais adiante: "Mesmo assim, revolver um pouco a terra em torno das raízes desta ciência... como fizemos com o resto..."

Adv. of L., II

ibid. II

Não encontrei, em toda a minha pesquisa sobre os outros dramaturgos, nem uma só imagem de geadas ou ventos cortantes destruindo botões, tão comuns em Shakespeare, e nem sequer o mínimo traço do amor e do cuidado com as plantas, tão característico dele. A diferença de sentimentos entre Shakespeare e Marlowe a esse respeito, por exemplo, fica bem demonstrada na explosão do velho Capuleto ao ver Julieta morta, que já foi citada antes:

> A morte pousa nela como geada fora de hora
> Sobre a flor mais doce de todo o campo,

e a descrição de Don Mathias sobre Abigail tornando-se freira:

> Uma bela jovem que mal tem quatorze anos,
> A flor mais doce do campo de Citérea
> Colhida dos prazeres da terra frutífera,
> E estranhamente metamorfoseada em freira!

Jew of Malta, 621-4

O RIO

D.C.V., 2. 7. 25
Luc., 1667
Cor., 5. 4. 49

Outro dos principais interesses da mente de Shakespeare era o rio. O homem que passou a meninice às margens do Avon jamais esqueceu sua aparência em bom ou mau tempo, no inverno ou no verão. Ele perambulou junto ao rio quando este estava calmo, quando a corrente deslizava "com delicado murmúrio", se debruçou sobre a ponte Clopton para observar "a maré rugindo com violência", girando e criando redemoinhos junto aos arcos, viu muitas vezes enchentes do rio, aspecto este que, mais do que qualquer outro, ficou marcado para sempre em sua memória.

Sabemos que o Avon era, como hoje, dado regularmente a grandes cheias, tanto no inverno quanto no verão. Diz-nos Leland que *Sir* Hugh Clopton construiu sua famosa ponte no final do século XV porque, até então, "só existia uma pobre ponte de madeira sem passarela para pedestres, razão pela qual muita gente pobre e outros se recusavam a ir a Stratford quando o Avon estava cheio; ou, se por ali passavam, era pondo a vida em perigo"[1]; sabemos que em julho de 1588, no verão úmido e tempestuoso da Armada, a ponte de pedra, relativamente nova, foi quebrada em ambas as extremidades pela inundação, deixando presos na parte central três homens que a cruzavam naquele momento; e que nessa ocasião a água "subiu uma jarda por hora das oito às quatro"[2]. Não pode haver dúvida de que o rio inundado, inchado e rugindo, transbordando e arrastando tudo à sua frente, era uma das vistas – provavelmente periódica – que na meninice causaram impressão mais indelével na imaginação de Shakespeare.

Ote., 1. 3. 55

R.II, 3. 2. 106

R.J., 5. 4. 52
Tito, 3. 1. 125

Três quadros dessa visão em particular ele usa com freqüência como símile: a força irresistível de um rio transbordante que não admite que nada o pare, mas "engole e devora" tudo o que encontra, e tem sua força aumentada por qualquer bloqueio ou interferência; a chuva pesada em "dia tempestuoso fora de estação", que acompanha a inundação e a agrava; e a aparência da pradaria após a "inundação, acalmada e esvaziada", malcheirosa e "manchada ... com lodo lamacento".

▼

1. Leland, *Itinerary*, ed. Toulmin Smith, II, 48.
2. Memorando no Registro de Welford.

Encontrei cinqüenta e nove imagens de rio em Shakespeare, incluindo sete imagens de andar na água, que estou certa sejam aplicadas a rios, embora apenas quatro o deixem tão claro quanto na fala de Macbeth:

> Estou em sangue *McB., 3. 4. 136*
> Tão afundado que, se não vadeasse mais,
> *Voltar seria tão tedioso quanto continuar.*

Dessas cinqüenta e nove, vinte e seis são aspectos diversos de um rio inundado. Oito são de rios que transbordam, como:

> um rio orgulhoso espiando por cima de seus limites *R.J., 3. 1. 23*

> uma corrente suave *Luc., 1118*
> Que, sendo impedida, transborda das margens que a limitam;

onze falam do ímpeto, da força e da natureza inelutável da ira da inundação, quando os rios selvagens afogam suas praias e "incham" com "raiva", e em particular da fúria destruidora das "águas interrompidas", "irritadas com ... os empecilhos", que então "impacientemente" ficam "raivosas" *V&A, 331 / R.II, 3. 2. 106 / R.J., 2. 1. 335*

> e subjugam *Cor., 3. 1. 249*
> O que costumavam aturar.³

Cinco são de referência geral a uma inundação pelas águas, ou afirmações como "nenhuma inundação é minorada pelas chuvas", e duas são retratos vívidos do rio após a inundação, recolhido mais uma vez aos limites de suas margens, deixando atrás de si sua marca nos prados que havia submergido. *Luc., 1677 / R.J., 5. 4. 52 / Tito, 3. 1. 125*

Seu interesse na imagem é em grande parte psicológico, pois vê no quadro de um rio dominando suas margens analogia perfeita com o resultado da tensão ou da precipitação das emoções no homem, como quando Brabâncio, desatinado ao saber que Desdêmona o abandonou por Otelo, exclama para o duque:

▼

3. *Overbear*, "subjugar", e *bear*, "aturar", fortalecem a idéia pela sonoridade. (N. da T.)

Ote., 1. 3. 55
                    minha dor particular
                    Tem natureza tão de eclusa arrebentada
                    Que ela engole e submerge outras tristezas,
                    E permanece sempre igual.

Esse é, portanto, um dos símiles mais característicos de Shakespeare, e ele o usa nada menos que dezenove vezes, em cinco das quais é definitivamente assemelhado à rebelião ou insubordinação, como quando Scroop, falando do levante de Bolingbroke, compara o estado das coisas com

R.II, 3. 2. 106
                              um dia tempestuoso fora de época,
                    Que força os rios prateados a inundarem suas margens,
                    Como se o mundo todo se dissolvesse em lágrimas,
                    Assim transborda acima de tudo o limite
                    A cólera de Bolingbroke.

    Esse grande número de símiles de rios não é usual em outros dramaturgos elisabetanos, sendo esse interesse marcante pelas inundações de rios bastante peculiar de Shakespeare. As imagens de rio de Peele, Greene, Heywood e Kyd são poucas e insignificantes ("regato", "fonte", "torrente" etc.). Lily (em duas peças) não tem nenhuma, e Marlowe, muito caracteristicamente, em toda a sua obra só tem imagens de oceanos, nunca de rios. Dekker, apesar de pescador, e criador de quadros vívidos, só tem umas poucas imagens de rio, gerais e rotineiras, a de uma corrente ou rio congelado (três vezes em duas peças), "margens de cristal", "regato dourado", e assim por diante. As de Massinger são igualmente gerais e sem cor: "torrentes", "rios de cristal" afluindo umas nos outros, um riacho, um córrego que deságua em um rio, "uma corrente silenciosa sombreada pela noite e deslizando suavemente".

    As de Ben Jonson são mais numerosas (dezessete em cinco peças), porém, com uma única exceção (um curioso símile, que parece ser do esgoto da cidade correndo para o Tâmisa e infectando suas águas "prateadas", no Epílogo de *Every Man Out of His Humour*),
E.M.O.H.H., 2. 1 são todas de natureza ligeira e geral, sem demonstrar nenhum indício de observação direta. Encontramos, por exemplo, um curso

d'água, uma torrente que carrega tudo à sua frente, um regato – "a ser carregado para cá e para lá, com a corrente de seu humor" –, um rio correndo para o "oceano sem limites", e um "rio puro e alegre", *E.M.O.H.H., 4. 2*

E.M.O.H.H., 5. 1

    Que sempre se move, mas permanece o mesmo.   *E.M.O.H.H., 2. 2*

Beaumont e Fletcher, em meio a um número de imagens comuns de rio – "córrego murmurante", "torrentes", e assim por diante –, têm três imagens bastante notáveis de um rio inundado, claramente tomadas da observação direta. Uma delas é de uma ponte podre que se parte na corrente do rio "quando ele está inchado e alto"; a outra é de uma corrente, alimentada pelo "sul molhado", que afoga "o trigo maduro e as ervas daninhas", e a terceira, de um "transbordamento desatinado" que carrega consigo "uma montanha dourada", derrubando pontes, quebrando pinheiros de raízes fortes, arrastando aldeias inteiras em suas costas, e deixando arrasados

Valentinian, 5. 4

Faithful Shepherdess, 3. 8

    Cidades poderosas, torres, castelos, palácios.   *Philaster, 5. 3*

Desse grupo de escritores, afora Shakespeare, as imagens de rio de Chapman são de longe as mais amplas e interessantes. Mas oferecem quadros muito diversos daqueles pintados por Shakespeare. Chapman escreve sobre o curso sinuoso de "um rio astuto" que serpenteia pelo campo aberto, deslizando "por ali ardilosamente", os "riachinhos" que bebem dos córregos enquanto estes correm para o oceano, das "correntes rasas"

Byron's Consp., 3. 1.; 1. 1

    Que se fazem tantos céus à vista,   *5. 1*

os ribeiros

    que correm debaixo dos vales e cedem   *Byron's Trag., 5. 1*
Às mínimas elevações,

mas, quando as torrentes chegam, ficam inchados e loucos, e sobre as

    negras torrentes, que trazem tudo abaixo,   *Byron's Consp., 2. 1*
Cuja fúria domina, com o dorso de espuma
Carregado com gado e feixes de trigo.

Todos esses quadros são vívidos, alguns são belos, porém Shakespeare jamais pinta qualquer coisa como eles. Ele não ficou marcado pelo prejuízo trazido pelo rio inundado, a quebrar pontes, arrancando árvores, arrastando em sua torrente plantações e gado; nem por rios que correm sinuosos para o mar, sendo alimentados e inchados por riachos tributários, nem pelo requintado reflexo do céu na água rasa e clara, interessando-se quase que exclusivamente pela *vida* da própria corrente, seu curso e movimento, pela violência com que, como uma coisa viva, ela se ressente de empecilhos, "se atrita" e fica "indignada", incha, ruge, transborda de seus limites, afoga suas margens e inunda os campos vizinhos. Essa é uma espécie de resumo formado por suas principais imagens, e nenhum outro dramaturgo dá ênfase a esses mesmos pontos.

Eu tenho tanta certeza quanto possa ter que esses muitos quadros desenhados por Shakespeare do movimento e comportamento de um rio inundado são todos lembranças de infância do Avon em Stratford. Isso, creio, fica mais claro ainda quando ele compara o movimento das águas com as emoções e paixões humanas.

Tive tal convicção confirmada de modo interessante durante recente visita a Stratford, quando conheci o capitão William Jaggard, dono da antiga loja de livros e gravuras na rua Sheep, descendente do William Jaggard que, em 1599 e 1612, imprimiu e publicou o *The Passionate Pilgrim*, e de cuja prensa saiu, em 1623, o "Primeiro Fólio".

Eu disse ao capitão Jaggard que estava muito ansiosa por ver a cheia do rio, e particularmente por ficar na velha ponte Clopton para observar o movimento da corrente, como Shakespeare com freqüência a mencionava. "Ah, sim!", disse ele, "e deve ficar perto do décimo oitavo arco[4] da ponte (o mais próximo ao lado que leva a Londres), pois, quando o rio inunda, a força da corrente debaixo

▼

4. A ponte de pedra de *Sir* Hugh Clopton, construída em torno de 1490, é formada por dezoito arcos, dos quais hoje quatorze são visíveis, porque quatro deles sustentam o caminho de acesso vindo da cidade, que outrora foi pântano, e estão totalmente cobertos hoje, debaixo da passagem para pedestres.

dos arcos vizinhos, combinada com a forma curva da margem contra a qual ela é impelida, produz efeito muito curioso. Tenho ficado muitas vezes ali, observado a água sendo forçada sob o estreito arco Tudor, para a margem direita num ângulo que produz um redemoinho, de modo que a água é então forçada de volta pelo arco na mesma rapidez e na direção exatamente oposta àquela de onde veio." "Por vezes", acrescentou, "mal conseguia acreditar em meus próprios olhos ao ver gravetos ou palhas, que eu acabara de ver rodopiar para baixo sob o arco, sendo trazidos de volta com a mesma rapidez contra o peso da inundação."

Ao dizê-lo, o capitão Jaggard estava na outra extremidade da loja, procurando no meio de pilhas de livros e papéis algumas gravuras que queria me mostrar, e sua voz, vindo assim um tanto abafada daquela distância, deu-me um susto e uma curiosa sensação, como se fosse uma voz vinda dos mortos.

Pois ali estava um stratfordiano de hoje em dia a descrever-me, em prosa, exatamente o que um homem de Stratford anotara em verso há quase trezentos e cinqüenta anos.

> Como a violenta maré que ruge através do arco *Luc., 1667-73*
> Corre mais que o olho que observa sua pressa,
> Mas, presa em remoinho, solta orgulhosa
> De volta para o estreito que a forçou a correr
> E após partir raivosa, irada retorna;
>   Assim seus suspiros e tristezas, qual um serrote[5]
>   Para diante e para trás a mesma dor impelem.

Na mesma hora pedi ao capitão Jaggard que escrevesse tudo o que me havia dito, o que ele bondosamente fez, e a seguir perguntei-lhe: "Será que pode conseguir para mim uma cópia dos poemas de Shakespeare?", ao que ele, rindo, respondeu: "Penso que talvez seja possível", e voltou trazendo-me um volume. Eu encontrei a citação acima e mostrei-a a ele. Não havia reparado nela antes e ficou muito interessado.

▼

5. *Make a saw*, expressão idiomática para "vão e voltam". (N. da T.)

Mais tarde fui à margem do rio e fiquei olhando-o quando passava embaixo do décimo oitavo arco. O rio naquele dia estava perfeitamente calmo e liso, porém, mesmo assim, prestando muita atenção, pude com facilidade acompanhar o movimento característico da corrente, mesmo estando lento e delicado. Aconteceu que um bom punhado de relva passou boiando nele sob o arco, num ângulo agudo com a margem, como no desenho (frontispício), depois girou em torno do redemoinho, e a seguir voltou, por debaixo do arco, para a direção da qual acabava de vir. Há uma espécie de ponta ou protuberância na margem, logo abaixo do arco, que produz o redemoinho e ajuda a mandar a água de volta de novo (ver o desenho). Só porque, quando o vi, tudo estava muito suave, esse movimento pouco usual e nada natural tornava-se ainda mais curioso e marcante do que seria diante da fúria da inundação. Porém não resta dúvida de que aquele foi o local exato onde Shakespeare deve ter parado, quando menino, e esse o fenômeno que ele notou e descreveu com a maior precisão. Anos atrás, antes de eu conhecer os hábitos de Shakespeare tão bem quanto conheço agora, eu sempre julgara – um descuido – provável que a imagem se referisse à corrente sob um dos arcos da velha Ponte de Londres que, nos dizem os livros, era muito rápida, a ponto de em alguns momentos tornar-se feito dos mais difíceis passar de barco por ali; porém, o conhecimento maior de seus hábitos e métodos convenceu-me de que Stratford seria o local onde procurar o original da imagem, com o resultado que acabo de descrever.

    Quanto a esportes praticados no rio, como nadar e pescar, fica claro que, ao menos na meninice, Shakespeare nadou bem e com prazer, e provavelmente, com seus colegas de escola, muitas vezes mergulhou para defrontar com as iradas águas do Avon, como fez Cássio certa vez com César no Tibre. Só quem fosse pessoalmente um nadador experimentado poderia escrever,

McB., 1. 2. 7   Era dúbia a situação;
                Como dois nadadores exaustos, que se agarram um ao outro
                E sufocam sua arte;

ou

> Qual nadador sem prática que mergulha *Luc., 1098*
> E com esforço demasiado se afoga por falta de competência,

para apresentar apenas dois dentre seus vários símiles de natação. Suas inúmeras imagens vívidas de vadear na água, mergulhar, afundar, seus retratos de juncos e outras ervas de rio a se mover com a corrente ou caindo debaixo de algum barco também devem, com certeza, ser resultado de experiência e observação pessoais.

No entanto, embora gostasse do rio e dos esportes nele praticados, ele nunca foi pescador, e parece ter tido pouco conhecimento de tal arte. Encontro vinte e quatro imagens de pesca em Shakespeare[6] – ou seja, pouco mais da metade das de falcoaria ou de apanhar pássaros, e consideravelmente menos que as tiradas da caça ou do uso do arco e flecha. Dessas vinte e quatro, sete são simples uso metafórico da palavra "pescar", como em

> ganhou ele *1H.IV, 4. 3. 83*
> Os corações de todos os que quis pescar;

e oito são usos igualmente óbvios da palavra "isca". Não há indício em nenhuma delas de intimidade com pesca ou com iscas. Quanto às restantes, ele se refere à truta sendo pega com a mão ou presa por cócegas, ao "filhote de bordalo" sendo "isca para o velho lúcio", à *2H.IV, 3. 2. 350*
facilidade com que se engana o "tolo gobião", à natureza desconfia- *M.V., 1. 1. 102*
da das carpas,

> Sua isca de mentira pega esta carpa de verdade, *Ham., 2. 1. 63*

e a única alusão metafórica que parece indicar experiência pessoal no manuseio do caniço surge quando Leontes, tendo mandado Hermíone e Políxenes sozinhos para o jardim, comenta:

▼

---

6. Vinte e cinco, se incluirmos a imagem bastante obscura de *Macbeth*, 1. 7. 1-7, basicamente a de um pescador manuseando uma rede ou tresmalho à beira da água.

C.I., 1. 2. 180

> agora estou pescando,
> Embora vocês não percebam como estou dando linha.

Quando temos consciência de o quão vívidas e específicas são as imagens que Shakespeare cria a partir de coisas que ele conhece bem, podemos supor com segurança que ele tinha pouco conhecimento pessoal da pesca como esporte.

É possível que o fato de ele ter preferência particular pelo movimento rápido e ágil, e, embora observador agudo, não ser de natureza meditativa, possa em parte explicar sua falta de interesse na pescaria.

Depois do rio, a atividade externa mais constante na mente de Shakespeare é a de vários tipos de caça. Quanto ao popular esporte da caça ao veado, não creio que gostasse dele. Seu *conhecimento* não precisa de demonstrações da minha parte. Já foi profusamente comprovado por Madden (para mencionar apenas um livro), em seu conhecido *The Diary of Master William Silence*. As imagens de Shakespeare pululam com termos técnicos e esportivos, colhidos não em livros mas em observação pessoal e acurada, e há constantes referências e descrições de esporte ao longo de suas peças. Na floresta de Arden o cervo ferido procura o riacho, no parque do rei de Navarra as princesas fazem mira cuidadosa – para matar e não ferir –, na floresta no norte da Inglaterra os guardas, armados com bestas, discutem sobre os melhores esconderijos e sobre a melhor maneira de atirar, e a "discórdia musical" dos cães e trompas reboam pela floresta fora de Atenas como na mata perto de Roma. E na maior parte dessas descrições e referências, postas na boca de outros, sentimos fortemente o prazer e a alegria da caça, o que levou vários comentaristas de Shakespeare a supor que ele próprio a amava. Porém – e aqui reside todo o sentido destas investigações –, se examinarmos apenas suas *imagens*, obteremos um quadro completamente diverso. Este novo quadro é o de um homem extremamente sensível, cuja simpatia apenas raramente fica com os caçadores, mas quase sempre com o animal caçado ou atingido (como em *1H.VI*, 4. 2. 45; *J.C.*, 3. 1. 204-10), e nos dá consciência a todo momento, se reunirmos esses símiles em um grupo, não do alegre abandono do desportista, mas dos "cães cruéis e assassinos" a perseguir o veado "furioso e desesperado", "caçado até cair". Isso é tão claro que, de trinta e nove imagens de caça, só me foi possível encontrar uma vez a caça retratada como passatempo alegre e feliz, ou descrita do ponto de vista do desportista. Essa única vez aparece quando a imagem é deliberadamente usada pelo arauto inglês para estimular os cidadãos de Angiers, encorajando-os a abrir suas portas para João e seu exército triunfante. Diz-lhes ele que

N.R., 1. 1. 22
1H.VI, 4. 2. 50
A&C, 4. 1. 7

> qual alegre bando de caçadores chegam
> Nossos vigorosos ingleses, todos com mãos púrpuras,
> Manchadas na encarniçada morte de seus inimigos.

R.J., 2. 1. 321

Porém tal imagem, em tom e atitude, é única na obra de Shakespeare. De suas imagens de caça, *grosso modo*, deduzimos ser claro que ele viu em várias ocasiões a caça ao veado e deleitou-se com o clamor de trompas e cães, mas, mesmo sabendo tudo a respeito de levar os veados até as redes ("*into a toil*") e atirar neles com bestas, é pouco provável que ele tivesse muita experiência de caça só com cães. Não há dúvida de que tenha visto um cervo acuado, cercado por cães latindo, manchados com o sangue de sua presa, porém pessoalmente ele mostra bem pouco entusiasmo por esse esporte.

O que ele gostava era de observar os veados, sem ser visto por eles, em sua floresta nativa, como deve ter feito muitas vezes em Arden, na área florestal do condado de Warwick, "batendo" os chifres um no outro, correndo rápidos "pela terra" ou pastando em "doce relva do vale". Ele observara a corça buscando o filhote, que "ainda mama",

B.B.A., 1. 3. 57
T.A.P., 5. 2. 309
V&A, 236
C.Q., 2. 7. 128

> Apressando-se para alimentar seu filhote escondido em alguma
> [moita,

V&A, 876

como vira e sentira com

> o pobre veado assustado, que pára e olha
> Resolvendo loucamente para que lado fugir,

Luc., 1149

o "cabrito montês de pés ágeis cansado com a perseguição", e o veado mortalmente ferido, "perdendo-se no parque, tentando escon-

V&A, 561
Tito, 3. 1. 88

	der-se". Da floresta ele conhecia os segredos e, sendo homem à von-
Luc., 580	tade nela, teria desdenhado "vergar o arco"

Para atingir uma pobre corça temporã;

C.E., 2. 1. 100   conhecia o "veado indócil" que

pula a cerca
E vai comer fora de casa,

1H.VI, 4. 2. 49	seria capaz de relatar as qualidades do veado "malandro" ou sem va-
Cor., 1. 1. 162	lor, conhecia os hábitos do "cão que corre ao contrário mas fareja
C.E., 4. 2. 39	bem as marcas das patas", e o fato de que

H.V, 2. 4. 69	cães covardes

Gastam mais a boca quando o que parecem ameaçar
Corre bem longe à frente deles.

Ele de fato gostava de observar os cães quase tanto quanto de observar os veados, conhecendo todas as suas capacidades e defeitos,

N.R., 2. 5. 124
3H.VI, 3. 2. 14
Ham., 3. 2. 353;
4. 5. 109
Ote., 2. 1. 311
Tem., 1. 2. 80

"mantendo" ou "recuperando" o vento em uma pista quente ou fria, gritando uma "pista falsa", ou, em sua ânsia, correndo mais que os outros cães e tendo de ser controlado, a fim de ser "surrado por querer se sobressair".

Esses são os tipos de imagens que ele, por assim dizer, deixa cair pelo caminho, em número considerável (vinte e uma de veados[7], quinze de cães), e de longe o maior número de seus símiles de caça e conhecimento de florestas ocupa-se dos hábitos e comportamento

▼

7. Vale a pena notar que, com uma exceção – a comparação de Antônio com o cervo que, no inverno, pasta nas cascas das árvores (a dieta de cascas de árvores é tirada do *Plutarco* traduzido por North, porém Shakespeare acrescenta o símile do cervo, *A&C*, 1. 4. 65) –, todas as imagens sobre os hábitos dos veados são das primeiras peças (e dos dois poemas), sendo *Como quiserem* (1599) a última peça em que uma delas ocorre. Os símiles de cães e caça, por outro lado, ocorrem principalmente nas peças mais tardias. Não posso sugerir nenhuma explicação para isso, porque, embora o conhecimento a respeito dos veados deva ter sido adquirido na meninice, é quase certo que o de cães e caça também o foi, e, de qualquer modo, Shakespeare jamais se esquece de suas primeiras impressões.

dos veados e da sôfrega aptidão dos cães de caça, mais que da caça em si. Suas imagens de caça ou morte, relativamente poucas, são introduzidas, parecem-me, de forma mais consciente e retórica. É o caso da invocação de Antônio a César morto,

> Aqui foste acuado, bravo coração; *J.C., 3. 1. 204*
> Aqui caíste, e aqui se postam teus caçadores,
> Marcados por tua matança e rubros com o teu Letes;

e a descrição que faz Talbot de seus soldados como

> Um pequeno rebanho de temerosos veados ingleses, *1H.VI, 4. 2. 46*
> Estonteados com os ganidos de um canil de vira-latas franceses!

aos quais suplica que

> Ataquem os cães sangrentos com cabeças de aço
> E façam os covardes ficarem longe, acuados.

Ele por certo atirava bem, e é possível que tenha pessoalmente, em menino, com sua besta,

> muitas vezes acertado uma corça *Tito, 2. 1. 93*
> E a carregado bem debaixo do nariz do guarda,

deleitando-se muito pelo menos com a última parte; mas é difícil acreditar que alguém que tão claramente relutava em ferir um animal ("ferir não, a piedade não me deixaria fazê-lo"), e odiava de tal modo *T.A.P., 4. 1. 27* pensar no sofrimento deles, pudesse divertir-se muito caçando.

Imaginaria, a partir de suas imagens, que ele tivesse muito mais conhecimento do esporte típico da área dos Cotswold de correr a cavalo e caçar lebres, de modo geral, do que da caça ao veado (parte de seu conhecimento de veados, cães e artes da floresta). A conhecida descrição em *Vênus e Adônis* (673-708) da lebre perseguida que recua e cruza o caminho a fim de fazer os cães perderem a pista confundindo o faro é suficiente para provar que ele conhecia muito bem o assunto; mas aí também pode-se notar que a intensidade de seus sentimentos fica com a vítima, muito mais do que com o divertimento da caçada. Há em sua obra uma quantidade de imagens tomadas da lebre, sua timidez e seus movimentos rápidos; ele nos dá o quadro de

3H.VI, 2. 5. 129

um par de galgos
Tendo à vista a apavorada lebre que foge –

porém só em uma delas encontramos transmitida uma sensação de prazer no esporte, que acontece quando Escaro, crendo vencido o inimigo, grita como um menino a Antônio:

A&C, 4. 7. 12

Vamos marcar-lhes os dorsos
E agarrá-los, como pegamos lebres, por trás:
É divertido apanhar um fugitivo.

Outro esporte da meninice que o marcou profundamente foi o de fazer armadilhas diversas para passarinhos. Suas imagens de pássaros são notáveis pela intensa emoção e solidariedade que revelam pelo passarinho capturado por alçapão, visgo ou rede, o que para Shakespeare simboliza o nível mais agudo de terror e agonia que qualquer criatura viva possa suportar. Como se pode ver quando Cláudio, em suas orações, compreende estar tão desesperadamente maculado e envolvido com os resultados de seu crime, que não ousa sequer rezar por perdão, e exclama:

Ham., 3. 3. 67

Oh condição maldita! Oh peito negro como a morte!
Oh alma presa em visgo, que ao lutar para libertar-se
Fica mais presa!

Do mesmo modo, na mais comovente cena de *Macbeth*, quando Lady Macduff e seu filhinho se dão conta da iminência do perigo, ela compara seu menino a um pobre passarinho correndo perigo de "rede", "visgo", "alçapão" ou "armadilha". E do mesmo modo Otelo quando, no fim, em agonia compreende como foi iludido, usa a mesma metáfora para exprimir o tratamento dele por Iago, ao pedir que Cássio

McB., 4. 2. 34

Ote., 5. 2. 302

pergunte àquele semidemônio
Por que assim prendeu em armadilha minha alma e meu corpo?

E também Lucrécia escapou da brutalidade de Tarquínio,

> Enrolada e confundida em mil temores, *Luc., 456*
> Como passarinho recém-morto ela jaz trêmula.

Dessa solidariedade com o pássaro capturado não encontro nenhum traço em outros escritores elisabetanos, na verdade nem sequer encontro imagem do assunto em lugar nenhum a não ser em Marlowe, que, de modo muito superficial, assim descreve Hero nos braços de Leandro:

> Como um passarinho, que torcemos em nossas mãos, *Hero and Leader,*
> Mergulha para fora, e muitas vezes bate as asas, *2. 289*
> Ela lutou tremendo.

Que diferença há entre isso e a apaixonada emoção de solidariedade com o passarinho que percebemos em

> O passarinho que o visgo prendeu ao arbusto *3H.VI, 5. 6. 13*
> Com asas trêmulas desconfia de todos os arbustos,

ou o horror da sensação dos ramos com visgo na cena da morte de Beaufort, quando se lembra dos assassinatos de Gloucester,

> Ele não tem olhos, a poeira os cegou. *2H.VI, 3. 3. 14*
> Penteiem-lhe o cabelo; vejam, vejam, está em pé,
> Como galhos com visgo, preparados para pegar a minha alma alada.

Resumindo, a intensa solidariedade de Shakespeare para com os sentimentos dos animais é a todo momento ilustrada em seus símiles, e mais particularmente na afeição e no amor que sente pelos passarinhos, bem como no seu horror diante do sofrimento deles quando são presos por visgo ou alçapão. Porém essa solidariedade é ainda mais notável se escolhermos algo de apelo bem menos óbvio que o do passarinho capturado, e nos voltarmos para o que ele diz a respeito de caracóis, e para o quanto isso revela da qualidade memorável que ele tem: a capacidade para penetrar num outro ser e nos sentimentos de outras criaturas.

Ele se concentra nas qualidades e características dos caracóis com tal precisão que, como Keats comentou a respeito, "ele não deixou nada a ser dito sobre coisa alguma". A maioria das pessoas, se indagada repentinamente a respeito do principal atributo de uma lesma ou caracol, responderia "seu andar lento". Mas não Shakespeare, que lhe atribui apenas o segundo lugar. O caracol lhe parece exemplo de um dos mais delicados e sensíveis organismos da natureza; é o "sentimento do amor" apenas que

T.A.P., 4. 3. 336
       é mais suave e sensível
   Do que os tenros chifres do caracol.

O símile de maravilhosa sensibilidade em *Vênus e Adônis*, que descreve essa peculiaridade, revela também, incidentalmente, a aguda apreciação do poeta do ponto de vista de outra pessoa, ao descrever os sentimentos do

V&A, 1033
    caracol, cujos tenros chifres, sendo atingidos,
 Recolhem-se para trás, para sua caverna de concha, em dor,
 E lá, sufocados, ficam parados na sombra,
 Temendo por muito tempo depois se arrastar para fora de novo.

Notem como ele dá mais ênfase ao sofrimento mental que à dor física, mesmo em um caracol, e lembrem-se de como ele aplica adequadamente a mesma sensação, anos mais tarde, ao descrever Aufídio:

Cor., 4. 6. 43
    Que, ao saber do banimento de Márcio,
 Novamente investe os chifres contra o mundo;
 Que estavam na concha desde que Márcio defendeu Roma,
 Sem sequer uma vez espiar para fora.

Tivéssemos nós nada além desses três símiles para guiar-nos, e nos daríamos conta de que seu autor tinha a apreensão mais requintada e sensível das emoções dos outros, não só dos homens como dos mais humildes animais. Como sabemos, porque ele próprio nos diz, que Keats tomou parte na vida de um pardal quando ele veio e bicou no cascalho diante de sua janela, assim também por certo sabemos, porque Shakespeare nos diz, mesmo que de modo diverso, que ele tomou parte na vida do caracol e seus sentimentos quando, por inadvertência, tocou um deles num caminho de seu jardim.

O amor de Shakespeare por cavalos e por cavalgar não pode passar sem ser notado. Também aqui ele difere de seus contemporâneos que, embora criem imagens a partir de cavalos e cavalgadas, não exibem nada do conhecimento terno e íntimo do cavalo e seus sentimentos, ou da estreita solidariedade entre cavalo e cavaleiro que se encontra em Shakespeare. Os outros se preocupam mais com o caráter de tipos diversos de cavalos, uma velha égua, um garanhão, um ginete brincalhão, um corredor vigoroso, um pangaré manso, o cavalo de tração, o puxador de moinhos, o jovem potro; e o uso de rédea, bridão e espora. Jamais encontramos, com eles, pequenos toques de amor e simpatia como transmitem estas duas imagens de Shakespeare:

> Fiel como o mais fiel cavalo, que jamais se cansa; *S.N.V., 3. 1. 98*

> Ou, como um bravo cavalo caído na primeira fila, *T&C, 3. 3. 161*
> Jaz servindo de pavimento à retaguarda abjeta;
> Atropelado e pisoteado.

Nem um só de seus contemporâneos poderia ter escrito o diálogo dos carreteiros no pátio da estalagem em Rochester, com suas queixas sobre a má qualidade da comida de Cut[8], ou sua preocupação em afrouxar ou estofar sua sela, a fim de torná-la mais confortável para "o pobre cavalo... arranhado demais na cernelha". *1H.IV, 2. 1. 5*

Shakespeare pensa no cavalo cansado e na resistência dele sem queixas, "embora a paciência seja uma égua cansada, ela continua a *H.V, 2. 1. 24* caminhar", e é o único, entre todos os escritores de seu tempo, a ter consciência da crueldade e tolice do uso indevido da espora – "como esporeias tolamente um cavalo que avança", grita o ansioso *R.II, 4. 1. 72* Fitzwater para Surrey, que o está provocando para um julgamento por combate –, e em *Contos de inverno* ele nota o quanto a persuasão bondosa é melhor que o castigo,

▼

8. A égua. (N. da T.)

C.I., 1. 2. 94

                você pode nos cavalgar
                Com um beijo suave mil *furlongs*[9] antes
                Que com a espora corramos um acre.

No que tange a outras atividades ao ar livre, em comum com a maioria dos escritores elisabetanos, Shakespeare demonstra conhecimento do manejo de arco e flecha, e são muitas as imagens que aí ele colhe, não só gerais a respeito de fazer mira ou acertar com a flecha de Cupido, mas pequenos quadros que sugerem experiência pessoal, como por exemplo a aceitação por parte de Bassânio da oferta de ajuda que lhe faz Antônio no início do *Mercador de Veneza* (1. 1. 141):

        Em meu tempo de escola, quando perdia uma flecha,
        Atirava sua companheira de igual vôo
        Na mesma direção, porém com mais atenção,
        Para encontrar a outra; e por arriscar as duas
        Muitas vezes encontrei ambas.

E acrescenta: "devo-lhe muito" e "o que devo está perdido", porém, se lhe agrada atirar uma outra flecha na mesma direção em que lançou a primeira, creio que, se eu mirar com cuidado, ou encontro ambas

        Ou trago de volta o segundo risco.

Em outras palavras, Bassânio quer que Antônio acredite ser esta uma das poucas ocasiões em que vale a pena mandar dinheiro bom para ajudar o mau.

De *bear-baiting*[10], igualmente, Shakespeare cria uma série de imagens; isso, curiosamente, é pouco usual entre os dramaturgos elisabetanos; em minhas buscas, na verdade, nunca encontrei uma única imagem a não ser em Shakespeare. Seu mais vívido e eficaz uso dela aparece no grito desesperado de Macbeth no final:

▼

    9. Um quinto de milha. (N. da T.)
   10. Atividade popular na época, na qual um urso era acorrentado a uma estaca para lutar com vários cães à sua volta. (N. da T.)

> Amarraram-me a uma estaca; não posso fugir,   *McB., 5. 7. 1*
> Mas, qual um urso, tenho de lutar até o fim.

Gloucester, quando perseguido, apanhado, amarrado e torturado, logo antes de ter os olhos furados, tem a mesma sensação de desamparo, e, quando insistem que diga por que mandou Lear para Dover, responde:

> Estou atado à estaca, e tenho de lutar até o fim.   *R.L., 3. 7. 54*

Há descrição mais ampla desse esporte no vívido retrato que Richard Crookback[11] faz de seu pai York, cercado pelos inimigos:

> Pareceu-me comportar-se em meio às tropas   *3H.VI, 2. 1. 13*
> ... qual um urso, todo cercado por cães,
> Que, tendo mordiscado alguns e os feito chorar,
> O resto se afasta e fica latindo para ele.

Devemos notar que, em todos os símiles de *bear-baiting* em Shakespeare, ele é sempre solidário com o urso, salientando sempre sua bravura e o horror de sua posição.

De todos os jogos e exercícios que Shakespeare menciona – tênis, futebol, boliche, esgrima, justa, luta livre – não pode haver dúvida de que o boliche é o único que ele jogava e do que gostava pessoalmente. Ele tem dezenove imagens de boliche (além de outras referências, como as em *Cimb.* 2. 1. 1-8; 50-1), ou seja, mais do triplo das tiradas de qualquer outro jogo, sendo que em todas elas ele exibe conhecimento íntimo do jogo e do modo peculiar por que correm as bolas. Embora saibamos que o jogo de boliche fosse popular ao tempo de Shakespeare (ver a queixa de Gosson em seu *School of Abuse*, 1579, e o de Stowe em seu *Survey*), mesmo assim a imagem não pode ser catalogada como lugar-comum para escritores elisabetanos. No exame da obra de onze outros dramaturgos, quarenta e nove peças ao todo, encontramos, com exceção de Dekker[12],

▼

11. O futuro Ricardo III. (N. da T.)
12. Dekker, como Shakespeare, era claramente jogador de boliche e cria cinco imagens do jogo em três peças.

apenas uma imagem do boliche em Ben Jonson[13], que não revela nenhum conhecimento mais específico do jogo. Por isso, o interesse de Shakespeare nele é inusitado, e é uma característica pessoal.

Suas imagens incluem o longo monólogo metafórico no qual o mundo é visto como uma bola e *commodity*[14] como a força que determina o viés no qual a bola corre, imagem sugerida à rainha de Ricardo II, "para empurrar para longe o pesado pensamento da dor", três imagens difíceis e um tanto forçadas em *Tróilo e Créssida* (1. 3. 13; 4. 5. 8-9; 168-70), e adequadas e criteriosas como o comentário de Petruchio sobre o comportamento de Catarina:

R.J., 2. 1. 574-86
R.II, 3. 4. 1-5

M.D., 4. 5. 24

        Avante! Avante! Assim deve correr a bola,
        E não de modo infeliz contra o viés,

ou a descrição que faz Menênio de sua tendência, por seu zelo, para elogiar demais Coriolano,

Cor., 5. 2. 20

        Como uma bola sobre um chão traiçoeiro,
        Tenho tropeçado para além da jogada,

e outras muito citadas, tais como a da página de rosto deste livro (*Ham.*, 2. 1. 64), o resumo de Gloucester da condição de Lear, "o rei cai do viés da natureza", ou a conhecida exclamação de Hamlet: "sim, aí é que há o desvio"[15].

R.L., 1. 2. 119
Ham., 3. 1. 65

▼

13. A imagem aparece em *Every Man in His Humour*, 3. 2, onde o camponês compara as "trêmulas" lágrimas de Sórdido com "as bolas do mestre Vigário no gramado".
14. O termo, no caso, significa corrupção, ganância. (N. da T.)
15. Em português a expressão correspondente é "sim, aí é que está o problema". (N. da T.)

CAPÍTULO VII

OS GOSTOS E OS INTERESSES DE SHAKESPEARE
(continuação)

(ii) Vida doméstica e outros interesses

As imagens de Shakespeare inspiradas na vida doméstica, que são muito numerosas, refletem da maneira mais notável e interessante o modo de vida e as atividades numa cozinha simples, ou, como diríamos hoje, campestre, na qual devemos supor que, quando dentro de casa, ele tenha passado boa parte de sua meninice. Nada ali passou-lhe sem ser notado, e algumas coisas que implicam desagrado, em particular no que diz respeito ao sentido do olfato, são lembradas de forma muito vívida.

Entre essas um "forno fechado" é notado de modo particular, com a violência das chamas, a fumaça e as cinzas que dele resultam. É seu atributo semelhante ao do rio que transbordou e depois secou que o atrai, ou seja, a vida que existe nele, bem como a semelhança entre o fogo e as paixões humanas que, quando reprimidas, tornam-se ferozes e indisciplinadas.

  Arde com mais calor   *V&A, 331*
  o forno que é fechado
  O mesmo se dirá do pesar que se cala.
  Liberdade em falar do amor o fogo abranda

  A dor oculta, como um forno fechado   *Tito, 2. 4. 36*
  Queima e calcina o coração onde se encontra.

A lâmpada que fumega e queima mal, com pouco óleo, o pavio seco, e que por isso cheira mal, o pedacinho de vela, que apaga quando mais é necessário, são outras inconveniências domésticas que deixaram profunda impressão em Shakespeare.

Pode-se pensar que o fogo mal ventilado, a vela derretida e a lâmpada seca formassem um acervo comum de imagens do período elisabetano. Isso, no entanto, não é verdade, pois, na busca que fiz nos meus outros doze autores, nem uma só vez encontrei qualquer alusão a um "forno abafado" ou a uma lâmpada que queima mal. Ben Jonson fala das "chamas ferozes de um forno ... cuja ventilação foi tapada". Chapman refere-se uma vez a uma lâmpada que se apaga:

Byron's Trag., 3. 1

A lâmpada de toda autoridade se apaga,
E toda a chama dos príncipes está extinta,

e também à fumaça de um fogo numa manhã de inverno (ver a seguir). Massinger uma vez refere-se a fazer uso do

Duke of Milan,
5. 1

Conselho de nossos criados, que acabado o óleo...
Como pavios que ofendem, nós pisamos para apagar.

Além desses não encontro nada minimamente análogo à constante consciência de Shakespeare quanto à inconveniência e ao desconforto de lâmpadas ou fogo mal alimentados ou malcuidados. Os outros dramaturgos têm muitas imagens de "fogo": cinzas, brasas, fagulhas e chamas que se esfriam, que crescem e que têm brilhos repentinos, porém só uma vez fora de Shakespeare encontrei retrato tão vívido de verdadeira experiência de vida doméstica como este de Chapman:

All Fools, 1. 1

De fato, tal amor é como fogo fumacento
Em manhã fria; embora o fogo seja alegre,
Mesmo assim a fumaça é amarga e atrapalha,
Seria melhor perder o fogo que achar a fumaça:
Seguidor, tal como é a fumaça ao fogo,
É o ciúme em relação ao amor.

E, de modo característico, as imagens de "lâmpada" de Marlowe são todas aplicadas a planetas nos céus, como:

Apolo, Cíntia e as lâmpadas incessantes
Que olhavam delicadamente para esta terra asquerosa,
Não brilham mais agora para baixo.

Certas imagens "domésticas" são comuns a todos os dramaturgos elisabetanos, tais como as de "espelho", balanças e pesagem, fechaduras, chaves e cofres, relógios, pó, ferrugem, manchas e lavagem. Porém em nenhuma de suas obras, a não ser nas de Shakespeare, encontramos essa consciência aguda e constante do que devem ter sido os mais que comuns desconfortos de uma casa pequena no século XVI, ligados às deficiências da luz e ao fogo com fumaça, de modo que se justifica afirmar que tais coisas foram sentidas por ele com maior agudeza que por seus companheiros.

Na verdade, no que me toca, foi sua insistência nesse fato que evidenciou inicialmente para mim o que deve ter sido o constante desconforto por que passava a gente humilde antes da invenção dos fósforos. Pois a dificuldade e a incerteza de criar luz com pederneira e aço transformava em inconveniência realmente séria o apagar de uma lâmpada ou o fim de uma vela.

Além das imagens de "luz" e "fogo", Shakespeare tem um número bastante grande extraído do trabalho diário e das ocupações da mulher na cozinha e na sala de estar: lavar vidros e facas, copos e louças quebrados, lavar o chão, passar pano, espanar, varrer, tirar manchas e marcas, preparar comida, tricotar, remendar, transformar e refazer roupas (ver pp. 117-8 a seguir). Notáveis entre essas são as analogias tiradas dos vários processos de lavar: pôr de molho, esfregar, torcer, passar esponja ou pano e pendurar para secar ao sol, as constantes referências a nódoas e a vestimentas manchadas, coisas "lambuzadas" ou "sujas", em particular o "brilho" de um tecido novo sujo ou manchado. Vários objetos encontrados na cozinha são fonte favorita de imagens: panos de prato, foles, peneira, balde para carvão, balança e a ação de pesar, uma jarra cheia de *sack* (xerez) ou qualquer outra bebida; de fato vidros e garrafas de toda espécie, mas em particular aquelas cheias até a borda ou transbordando; como quando a rainha, em *Hamlet*, sem dar nome a nenhum objeto, com tamanha precisão descreve o desastrado resultado que todos nós já obtivemos ao tentar, com o maior cuidado, carregar uma jarra ou bacia cheias demais:

Ham., 4. 5. 19
> Tão cheia de ciúme natural é a culpa,
> Que se derrama só por medo de ser derramada.

Essa cozinha cotidiana é, logo depois do pomar e do jardim, a atmosfera na qual a mente de Shakespeare se move com mais facilidade e o ambiente concreto do qual ele com maior presteza seleciona objetos para comparação ou analogia, quando o olho da memória recai sobre eles.

Basta passarmos por alguns para vermos um quadro se formando aos poucos:

H.V, 4. 2. 41
> Suas cortinas rasgadas ficam soltas,
> E nosso ar as sacode com desprezo ao passar.

M.B.N., 5. 1. 3
> seus conselhos
> ... caem nos meus ouvidos com tão pouco proveito
> Quanto água em peneira.

A&C, 1. 1. 9
> E transformou-se no fole e no leque
> Que esfriam a luxúria de uma cigana.

Tem., 2. 2. 20
> Aquela nuvem preta ... parece imundo e imenso odre que quer despejar seu líquido.

C.Q., 3. 4. 23
> Ele me parece tão côncavo quanto caneca de tampa.

Cim., 1. 6. 47
> A luxúria insensível,
> Esse desejo saciado, mas sempre insatisfeito, esse tonel
> Que se esvazia à medida que se vai enchendo.

V&A, 767
> O cancro imundo da ferrugem destrói o tesouro oculto.

R.II, 2. 1. 294
> Espane o pó que oculta o ouro de nosso cetro.

Cor., 2. 3. 124
> O pó no passado antigo não é varrido.

McB., 2. 2. 38
> Sono ... o banho do trabalho árduo.

Pare de torcer as mãos; calma! Sente-se,	*Ham., 3. 4. 34*
E deixe que eu torça seu coração; pois o farei,	
Se ele for feito de matéria penetrável.	

Deixastes que o tempo cave o duplo benefício dessa oportunidade.	*N.R., 3. 2. 24*

Estendi meu cérebro ao sol e o sequei…?	*A.C.W., 5. 5. 139*

É monstruoso o trabalho, quando lavo o meu cérebro	*A&C, 2. 7. 102*
E ele fica mais imundo.	

Como se poderá limpar essa mancha que me foi imposta?	*Luc., 1701*

Minha lâmpada [olhos] que se extingue despede ainda agonizantes	*C.E., 5. 1. 315*
[resplendores.	

Minha lâmpada sem óleo e minha luz gasta pelo tempo	*R.II, 1. 3. 221*
Serão extintas com a idade na noite sem fim;	
Minha polegada de vela terá queimado e acabado,	
E a morte cega não me deixará rever meu filho.	

Estes olhos, como lâmpadas cujo óleo que queima se gastou,	*1H.VI, 2. 5. 8*
Vão se apagando, como se chegando a seu extremo.	

Vil e sem lustro como a luz fumacenta	*Cim., 1. 6. 109*
Alimentada por fedorenta vela de sebo.	

O quadro composto quando se reúne certo número de imagens semelhantes de outros autores, tiradas da vida doméstica, é muito diverso, e transmite a idéia de uma casa maior, de maior imponência. Assim, em Dekker, se tomarmos aleatoriamente um grupo de imagens, encontramos "espelho brilhante, portais da cor do rubi, abrir as janelas, tigela dourada, malas, coadores, cortinas de seda amarela, caixilhos e batentes de chumbo ou latão, pias comuns, espelhos"; em Massinger, "fechaduras, ferrugem, coisas lavadas, chaves, armários pesados, espada enferrujada, almofadas baixas, despensas, espelhos"; em Chapman, "mancha, vidro transparente, pia, fechadura, banquinho para os pés, portas abertas, ferrugem, espelho, abrir todas as portas, abrir portões, trancar portas, espelho, espalhar palha no assoalho de um cômodo, nossas salas de recepção cuidadas como nossas cocheiras, grandes jarras jamais esvaziadas, pedaço opaco de lambris, ferrugem, pequenos pontos de mancha nos lados dos copos, duas escadas, a mais baixa e a mais alta, peneirar, coar, travesseiros brancos, chave, fechadura, um contrapeso que faz a porta fechar".

Quanto ao interesse de Shakespeare por comida, e em particular sua preparação e cozimento, temos amplos exemplos em suas imagens, e, se estudarmos em ordem aproximadamente cronológica os grupos de suas imagens de comida, teremos alguma luz quanto ao aperfeiçoamento, experiência e gostos do próprio Shakespeare a respeito.

Examinemos as que tratam de comida, sabor e cozimento. Em suas primeiras obras, até 1594 ou 1595, as imagens de comida, que aparecem muitas vezes, são as mais óbvias, elementares e de natureza geral; nos *Sonetos*, *Lucrécia*, *Trabalhos de amor perdidos* e em *Os dois cavalheiros de Verona*, elas são quase que totalmente restritas aos mais simples estados de fome, inanição, escassez, apetite, jejum, festa, gula, regurgitar, empanturrar, freqüentes como no *Soneto* LXXV. A frase possivelmente proverbial "refeições agitadas produzem más digestões", em *A comédia dos erros* (1592), no entanto, deveria ser notada. Dois dos três símiles de comida em *Sonho de uma noite de verão* são de natureza geral característica do primeiro período; um trata de jejum:

C.E., 5. 1. 74

S.N.V., 1. 1. 222

        devemos fazer nossa visão ficar faminta
        Da comida dos amantes até amanhã à meia-noite;

o outro, da infeliz experiência do jovem depois de comer muitas coisas boas:

2. 2. 137

        uma saturação das coisas mais doces
        Traz ao estômago a mais profunda repugnância.

Há algumas exceções nas primeiras obras a essas imagens generalizadas de fome e fartura, e cinco delas parecem remeter a expe-

riências pessoais. Elas são a comparação chula, de Mercúcio, da
Ama com uma torta de lebre mofada servida na Quaresma, a refle- R&J, 2. 4. 134
xão de Demétrio sobre o fato de a comida, natural e agradável
quando estamos com saúde, ser repugnante na doença, a afirmação S.N.V., 4. 1. 178
de que as coisas doces se tornam ácidas ou amargas na digestão e a Luc., 867; R.II,
referência a uma substância sendo misturada com "segundos", no 1. 3. 236
Soneto CXXV. Podemos supor que a referência seria à farinha de má
qualidade, não purificada ou não peneirada, pois Shakespeare se interessa
por isso, assim como por bom pão, pela boa qualidade das
coisas e por serem assadas corretamente (*T&C*, 1. 1. 14-26, 5. 1. 5;
1H.IV, 2. 4. 480, 3. 3. 77; *B.B.A.*, 4. 5. 1; *M.D.*, 5. 1. 137, 1. 1. 109).
O uso mais vívido de farinha não peneirada como símile aparece no
apelo de Menênio a favor de Coriolano, que diz:

> é mal escolado Cor., 3. 1. 321
> Em linguagem refinada; farinha e farelo, juntos,
> Ele atira sem distinção.

Na hora de escrever *O mercador de Veneza* e *Bom é o que bem acaba*,
no entanto (1594-96), começamos a encontrar referências mais
concretas e individuais à comida, com algumas indicações por parte
do autor sobre o que gosta ou não gosta. Assim, ele repara que o tempero
é útil para disfarçar o gosto da carne um tanto passada, toca com M.V., 3. 2. 75
discernimento no assunto saladas e ervas que ficam bem nelas, entre B.B.A., 4. 5. 17
as quais não se inclui a manjerona doce, pensa mal das "peras secas 1. 1. 169
francesas", por serem "secas de comer", demonstra conhecer pudim A.C.W., 4. 5. 101
de leite e torta de maçã, ama a doce noz da avelã, odeia açafrão e pão M.D., 4. 3. 81;
ou bolo mal assados e massudos, e tem horror a comida gordurosa. 4. 3. 89
Este último aspecto poderíamos deduzir da descrição que faz Drô- 2. 1. 257
mio da ajudante de cozinha, que é "toda gordura", porém é nas *Ale-* B.B.A., 4. 5. 1
gres comadres de Windsor que pela primeira vez encontramos um símile C.E., 3. 2. 95
que o torna claro, quando Falstaff, ao descrever seu horror ao calor
e o sufocante mau cheiro da cesta de roupas, declara que estava "mais A.C.W., 3. 5. 118
que meio cozido em gordura, como um prato holandês".

Em 1599, quando já estava com trinta e cinco anos, é provável
que Shakespeare tenha sofrido de azia como resultado de acidez, e se M.B.N., 2. 1. 3

dá conta de que comida rançosa necessita de um bom estômago para
digeri-la, e também que o gosto pela comida se altera com a idade, e
é a essa altura que temos as primeiras indicações de sua enorme sensibilidade quanto à arrumação e higiene da mesa, e de sua ojeriza por
comida mal guardada e mal servida, de que ficaremos tão cônscios alguns anos mais tarde, especialmente em *Tróilo e Créssida*.

  O número de símiles de comida e sabor em *Como quiserem*
(1599) é notável, e é consonante com o gosto cultivado e melindroso de Touchstone que ele compartilhe da sensibilidade de seu criador quanto ao cozimento, sabor e apresentação da comida. É natural, portanto, que ele garanta que Corino está danado, "como um
ovo mal cozido só de um lado", ou que diga à deslumbrada Audrey
que, embora a honestidade ligada à beleza é fazer "do mel molho
para o açúcar", mesmo assim gastar honestidade em prostituta vulgar é "servir carne limpa em prato sujo".

  É em *Tróilo e Créssida*, no entanto, que nos damos plena conta
da sensação de repugnância de Shakespeare diante de "relíquias
gordurosas" ou como recua diante de comida suja e mal servida, e
vemos que "boa fruta em prato contaminado", no que lhe importa,
"provavelmente apodrece sem ser provada".

  Seu interesse e sua aguda observação quanto aos processos de
cozimento são marcantes em toda a sua obra, desde *Trabalhos de
amor perdidos* até *Henrique VIII*, como se vê na descrição por Moth
do coelho no espeto, na de Ricardo II sobre a confecção de uma
torta coberta, no conhecimento que tem Paroles de como uma torta é "furtada", ou o desgosto de Grêmio com o fracasso dos bolos
"ambos solados". Ele sabe como esquenta depressa a panela pequena, já observou o processo de enlardear, de lavar o coração de um
carneiro, como fazer molho para antepasto, como cobrir bolo ou
doce com glacê, como coalha repentinamente o leite quente preparado com açúcar e cerveja, e a redução de uma substância a geléia.
Mas é em *Tróilo e Créssida* que percebemos o quanto é íntimo o seu
conhecimento dos diferentes métodos de cozinhar – amassar, assar,
ferver, picar, grelhar, fritar, rechear, enlardear, afervantar e destilar,
que deve ter visto serem executados na própria cozinha de sua casa.

Mais tarde temos evidências de sua compreensão de como sulcar um bife para grelhar, e também de ele ter observado com interesse o estranho fenômeno do leite que transborda ao ferver em uma panela: *Cor., 4. 5. 192*

> Você não sabe
> Que o fogo que faz crescer o líquido até transbordar
> Parecendo aumentá-lo o desperdiça?

H.VIII, 1. 1. 143

Quanto aos hábitos à mesa, Shakespeare parece aceitar como rotineiro o acidente do engasgue quando se come com muita sofreguidão ("Comer comida com muita gana sufoca o que come"), o que nos dá uma visão periférica das maneiras da época; porém sua repugnância em relação a comer em excesso, que provavelmente era ainda mais comum, pode ser vista com clareza em suas muitas imagens de saciedade e suas conseqüências, como na descrição grosseira mas forte do comportamento dos homens em relação às mulheres ou na vívida comparação do arcebispo entre o populacho e "o que come bestialmente", que, tendo comido demais, é forçado como "um cachorro qualquer" a regurgitá-lo; valendo a pena notar que sua primeiríssima distinção entre o amor e a luxúria é "o Amor não se satura, a Luxúria morre como um glutão", e que o adjetivo que Tróilo escolhe no ponto culminante de sua paixão e desilusão para descrever a quebra de jura de Créssida é que foi "mastigada demais". *R.II, 2. 1. 37* *Ote., 3. 4. 104* *2H.IV, 1. 3. 95* *V&A, 803*

Parece justo supor que a extrema sensibilidade de Shakespeare à qualidade, ao cozimento, ao frescor e ao asseio da comida se desenvolveu um pouco tarde – talvez depois da experiência de passadio mais delicado que o de Stratford, à mesa de seus amigos de Londres. Até cerca dos trinta anos, temos poucas indicações dela, e suas referências a fome, apetite e fartar-se são as que poderiam ser feitas por qualquer rapaz saudável. Depois dos trinta anos, aparecem exemplos crescentes de requinte, de digestão delicada (*M.B.N.*, 1. 1. 48, 1. 1. 119, 2. 1. 276, 2. 3. 239), ou de repugnância quanto ao excesso de comida, de aversão a comida gordurosa e "petiscos untuosos" que culminam na estranha peça de *Tróilo e Créssida*, provavelmente escrita quando tinha trinta e oito ou trinta *T&C., 5. 2. 157; Ote., 3. 4. 104 T.A., 4. 3. 195* e nove anos, período durante o qual ele parece ter sofrido com alguma profunda perturbação, choque e repulsa em relação à natureza, tanto emocional e moral quanto espiritual, que ele traduziu em termos de apetite físico e repulsa a ele. Ouvimos o eco disso em *Otelo* e em *Medida por medida* (*Ote.*, 3. 4. 104, 2. 1. 235, 1. 3. 354; *M.p.M.*, 2. 2. 165, 1. 4. 40, 1. 2. 125), como também em *Antônio e Cleópatra*, embora me pareça que o grito de Antônio, quando se crê traído,

A&C, 3. 13. 116

    Encontrei-a como um petisco frio na
    Bandeja de César morto,

e mais tarde,

4. 12. 25

    essa falsa alma do Egito! Fatal encanto, ...
    Como uma cigana, no ata e desata[1]
    Me enganou,

jamais atinja a penetrante nota de apaixonada rebelião e repulsa que soa no amargo grito de Tróilo, que começa:

T&C, 5. 2. 153

    Créssida é minha, amarrada com os liames do céu,

e termina com:

    Os fragmentos, restos, os pedacinhos e relíquias gordurosas
    De sua jura por demais mastigada, estão ligados a Diomedes.

Depois de *Antônio e Cleópatra* não temos mais símiles de revolta contra o apetite físico, e na verdade bem poucas imagens de comida.

Algumas das imagens de Shakespeare sobre cozinhar ou preparar comida são extraordinariamente adequadas e vívidas, deixando-nos quadros inesquecíveis: Falstaff que

▼

1. O termo usado é *fast and loose*, um complicado jogo no qual um cinto é amarrado em vários nós e um jogador pode fazê-los ficar firmes (*fast*) ou soltá-los todos (*loose*). (N. da T.)

> morre de suar,
> Engordurando a magra terra quando vai andando;

1H.IV, 2. 2. 112

Grúmio, mandado na frente para acender o fogo, e exausto com as loucuras de Petruchio, resmungando:

> Agora, se eu não fosse uma panelinha, que esquenta logo, meus próprios lábios poderiam gelar meus dentes, ... antes que eu conseguisse um fogo para me derreter;

M.D., 4. 1. 5

Aquiles, que "rega sua arrogância com sua própria banha"; o relato de Horácio sobre a aparência dos soldados em guarda quando viram o Fantasma:

T&C, 2. 3. 187
Ham., 1. 2. 204

> destilados
> Quase em geléia com o ato do medo;

a maldosa descrição que faz Falstaff do velho Shallow, "como um rabanete bifurcado, com uma cabeça entalhada de forma fantástica com uma faca"; os rudes termos de Moth para Armado, "com seus braços cruzados sobre seu colete de barriga magra, como um coelho no espeto"; e a descrição que faz Alexandre de Ájax, como "um homem no qual a natureza de tal modo entulhou os humores, que sua bravura foi amassada em tolice, sua tolice coberta com o molho do critério".

2H.IV, 3. 2. 328

T.A.P., 3. 1. 18

T&C, 1. 2. 22

Em todo lugar Shakespeare deixa evidenciado, como é de esperar, um paladar que sabe discriminar, como no *Soneto* CXVIII, que se desenvolve sobre suas metáforas favoritas de comida e náusea, e começa com uma descrição do que, para o leitor moderno, soa curiosamente como um coquetel:

> para tornar mais agudos nossos apetites,
> Com componentes ansiosos provocamos nosso paladar,

e continua asseverando à que foi infiel que,

> estando cheio de sua doçura nunca satisfeita,
> Adaptei aos molhos amargos minhas refeições.

Os temperos simples, sal e açúcar, são constantes como símiles; ocasionalmente encontramos vinagre, pimenta, mostarda, condimentos, açafrão e noz-moscada, sendo possível notar que a idéia dos molhos como corretivo, contraste, complemento ou digestivo da comida lhe ocorre com naturalidade. "Teu espírito", diz Mercúcio, "é molho muito picante", "E ele não é servido com um ganso doce?", responde Romeu. "Tolice com molho de critério", "loas com molho de mentiras", "hei de cobri-la com um molho de palavras amargas", carne "com molho de censura" e

> a rudeza é um molho para seu bom espírito,
> Que dá aos homens o estômago para digerir suas palavras
> Com melhor apetite,

são exemplos dessa idéia subjacente. Sabemos que molhos contrastantes eram mais comuns na Inglaterra elisabetana, como continuam a ser na Europa continental, que em nosso país hoje em dia, que se regozija com seu único e insosso condimento, a "manteiga derretida".

Os gostos pessoais de Shakespeare, na medida em que podemos percebê-los, já foram indicados. É possível resumi-los dizendo que ele parece não gostar de coisas passadas ou sem gosto, de biscoitos secos, peras secas, queijo seco passado, carne bolorenta ou estragada, pão mal assado e massudo, comida encharcada ou gordurenta, ovo cozido com descaso ou pernil por demais tostado; que ele aprecia salada verde e o gosto picante das ervas, a doce polpa das nozes, o gosto de mel, pão bem assado e cascudo, e considera um bom bife com batatas fritas um luxo. Se acrescentarmos a isso o que todos já sabemos, que o leite desnatado lhe parecia bebida insatisfatória, enquanto bolos com cerveja lhe sabiam bem, que jinjibirra e licor lhe pareciam oferecer maior conforto que mingau frio, será apenas mais uma prova de que ele compartilhava dos gostos e fraquezas de nossa humanidade comum e sofredora.

Shakespeare também reparava nas mulheres que cosiam e remendavam à sua volta, e temos clara evidência de sua observação e interesse nos trabalhos de agulha graças às muitas imagens que ele

elabora a partir deles e de coisas que lhe são peculiares, tais como *T.A.P., 5. 2. 613*
agulha de passar fita, fio de seda, uma torcida de seda podre, "ima- *M.B.N., 5. 1. 25*
terial" meada de seda emaranhada ou inútil borra de seda, feita em
novelo ou não. O tamanho ínfimo do buraco da agulha é usado *Cor., 5. 6. 95*
com eficiência por Tersites quando ele declara – apesar de Aquiles – *T&C, 5. 1. 30*
que Ájax não tem espírito (inteligência) "bastante para entupir o *R.J., 5. 4. 11*
buraco da agulha de Helena, por quem ele vem lutar", enquanto a *T&C, 2. 1. 82*
agudeza de sua ponta empresta vida à asseveração de Imogênia de
que ela deveria ter olhado Póstumo dar adeus em seu navio

> até que a distância *Cim., 1. 3. 18*
> o fizesse parecer tão fino quanto minha agulha.

Ele mostra conhecimento de tricotar, remendar, recortar roupas velhas, transformar um casaco velho em um colete novo, enfeitar, debruar, forrar e fazer pontos leves e soltos, ou seja, alinhavar. Seus homens conhecem tudo isso tanto quanto suas mulheres, na verdade uma das mais detalhadas dessas metáforas é a usada pelo solteiro Benedict, depois de uma altercação com Don Pedro, na qual tinham estado duelando, e Don Pedro andou citando velhas peças. Benedict o deixa dizendo: "Não caçoe mais de mim. Sua conversa às vezes é adornada com tecido de má qualidade e usado, e muito mal costurado; antes de exibir mais dessas antiguidades, examine a si mesmo e veja se elas não se aplicam a você", que ele ainda reveste assim:

> O corpo do seu discurso é por vezes guardado [adornado] com frag- *M.B.N., 1. 1. 285*
> mentos, e as guardas [ornamentos] são mal e mal alinhavadas neles:
> antes de debochar de velhos ditados, examine sua consciência,

mostrando conhecimento sobre como se enfeita uma roupa e o modo pelo qual a costureira ou o alfaiate o fazem, o que é um tanto raro. Ele observou muitas vezes a arte de fazer tricô, e o usa em metáforas com grande precisão, como quando Próspero reflete, com complacência, que seus "inimigos estão tricotados em suas perturba- *Tem., 3. 3. 89*
ções", ou Macbeth em "O sono que tricota a meada embaraçada da *McB., 2. 2. 36*
preocupação", que cria o maravilhoso quadro de se tricotar a substância fofa, solta e penetrante de fios de seda emaranhados, reduzindo

assim o seu volume e transformando sua textura em algo firme e de
claro acabamento. Seus quadros de cerzir e remendar ("qualquer
coisa cerzida não passa de remendada") revelam a mesma intimidade com essa arte doméstica, como quando Menênio, compreenden-
do a seriedade da ruptura entre Coriolano e o povo, declara "isto
tem de ser remendado com tecido de qualquer cor", e o fato de o re-
mendo de um pequeno furo, se não for muito bem feito, chamar
mais atenção para o lugar rasgado é habilidosamente usado por
Pembroke quando ele, perspicaz, lembra o Rei João que desculpar
um erro muitas vezes torna "o erro pior pela desculpa":

> Como remendos postos em rasgão pequenino
> Desacreditam mais ao esconder a falha
> Do que o fez a falha antes de ser remendada.

Há poucas referências a trabalhos mais requintados. Deve-se a Oví-
dio a menção do mostruário de pontos de bordado de Filomel. No
entanto, as palavras de Tímon, "coberto e dourado por vossas adu-
lações", sem dúvida sugerem alguma espécie de bordado.

Shakespeare demonstra, como seria de esperar, conhecimentos
de uma série de profissões ou ofícios e de seus processos, e os usa
muitas e muitas vezes para seus símiles – o ferreiro dando forma ao
ferro em brasa na forja, o açougueiro no matadouro, o oleiro preparando o barro e girando-o na roda, o alfaiate cortando segundo o
molde, o tecelão no tear, o luveiro, o impressor, o soldador e o tintureiro. Porém poucos leitores, creio, adivinhariam logo qual o ofício com o qual ele parece ter mais familiaridade, e em termos do
qual ele pensa com maior freqüência e facilidade. É a carpintaria –
o trabalho do carpinteiro da aldeia, que inclui operações como ta-
noar ou construir carros e rodas. O número de imagens de Shakespeare relativas a aparafusar, pregar, rebitar, cingir barris com arcos
metálicos, a ação das cunhas, a tendência da madeira para encolher
ou empenar, e de modo geral a carpintaria e a marcenaria, é notável, assim como o número das que tratam de ferramentas específicas: o martelo, a marreta, o serrote, a lima, a verruma ou o torno,
além da afiação de facas e outros implementos na pedra de amolar.

Muitas dessas imagens de carpintaria são bem vívidas, e demonstram conhecimento íntimo da ação ou do material como quando Jacques dissuade Touchstone de ser casado por *Sir* Oliver "debaixo de um arbusto, como um mendigo", dizendo-lhe "vá para a igreja e arranje um bom padre que lhe possa dizer o que é o casamento: esse sujeito só os juntará como eles juntam lambris; depois um de vocês se mostrará um painel encolhido, e como madeira verde vai empenar e empenar". Ele conhece com precisão os resultados do encaixe e o quanto é importante para o sucesso de determinado trabalho que a madeira esteja perfeitamente seca e bem amadurecida. *C.Q., 3. 3. 82*

A ação das cunhas propicia alguns símiles notáveis, como quando Tróilo diz ao distraído Pândaro que, quando ele está sentado à mesa de Príamo e Créssida lhe vem ao pensamento, parece-lhe que seu coração, "como se cunhado por um suspiro, se partisse em dois". Ou quando ocorre a Ulisses impingir considerável desprestígio a Aquiles mandando Ájax atender ao desafio de Heitor, medida radical a ser tomada em situação intolerável, o desmedido orgulho e insolência de Aquiles, ele resume tudo perfeitamente na frase de carpinteiro "Cunhas rijas racham nós duros". *T&C, 1. 1. 34*

1. 3. 316

Circundar um barril com tiras de metal é uma imagem favorita de Shakespeare para a vívida expressão de várias idéias como pregar, fortalecer e abraçar. São dessa natureza as imagens da firme união de duas pessoas no famoso conselho de Polônio a respeito dos amigos comprovados: "Prenda-os à sua alma com aros de aço", ou no sincero voto de César a Antônio: "se eu soubesse que aro nos seguraria com firmeza". Intensidade reforçada é transmitida no conselho de Lady Percy a Northumberland de que, se os nobres forem bem-sucedidos, ele deveria juntar-se *Ham., 1. 3. 62* *A&C, 2. 2. 115*

a eles, com aro de aço,
Para tornar mais forte a força, *2H.IV, 2. 3. 53*

ou no grito de Leonato, quando aparecem novas provas da culpa de Hero:

Confirmado! Confirmado! Ficou mais forte
O que antes estava preso com aros de ferro! *M.B.N., 4. 1. 151*

e o sentimento de segurar bem perto uma pessoa fica vivamente retratado na ameaça de Políxenes a Perdita: "se jamais daqui por diante ... cercares mais seu corpo com o aro metálico dos teus abraços".
  É provável que muitas das imagens de pregos sejam proverbiais:
"tão justo ... quanto o prego em seu buraco", ou "como um prego,
pela força, expele um outro"; porém as que têm como base o parafuso ou o rebite são particularmente individuais e vívidas, e quando
Iachimo, olhando Imogênia dormindo em sua cama, indaga:

Cim., 2. 2. 43

Por que anotar isto que está rebitado,
Aparafusado, em minha memória?

sentimos que isso foi escrito por alguém que conhecia a satisfação
dos toques finais de colocar corretamente um parafuso. Assim também quando o duque, pensando em Viola, diz a Olívia que conhece o instrumento que o aparafusou para longe de seu lugar correto
junto a ele, em favor dela, e Lady Macbeth insta seu marido a "aparafusar" sua "coragem ao máximo", temos a mesma sensação do conhecimento do uso de determinada ferramenta. A idéia geral de
algo "fora de junta e de esquadro" encontramos tanto em *Hamlet*
quanto em *Macbeth*, e arrombar² fechaduras e trancas aparece duas
vezes em *Cimbelino*; é possível que o primeiro caso sugira a Iachimo
a imagem de aparafusar citada anteriormente.
  O buraco pequeno mas fundo feito pelo carpinteiro com a verruma serve para Shakespeare como imagem de espaço muito circuns-
crito, como quando Menênio diz aos cidadãos que seus direitos a
voto (ou liberdades políticas) estão "confinados ao buraco de uma
verruma", ou um local infinitamente pequeno para se esconderem,
assim como Donalbain, depois do assassinato de Duncan, sussurra a
Malcolm que seria melhor os dois saírem rapidamente do lugar onde

nosso destino,
Oculto em buraco de verruma, pode escapar e nos apanhar.

▼

2. No original, *picking*, "arrombar" não por força, mas possivelmente com algum
tipo de gazua. (N. da T.)

E uma das mais conhecidas reflexões filosóficas de Shakespeare tem a forma de um símile de carpintaria grosseira, usado com exatidão e óbvio conhecimento do assunto. Trata-se do comentário que faz Hamlet a Horácio que

> Há uma divindade que dá forma a nossos objetivos *Ham., 5. 2. 10*
> Por mais grosseiramente que os cortemos,

que sabemos aplicar-se especificamente a cortar e dar forma aos espetos para lã, que Shakespeare, dada a profissão de seu pai, sem dúvida conhecia muito bem. (Ver a nota de Steevens no *Shakespeare* em Boswell de Malone, vol. VII, p. 487.)

O estudo das imagens de Shakespeare sobre doença e remédios revela que ao longo de toda a sua vida ele teve claro interesse no tratamento das doenças e no efeito dos remédios no corpo, mas que esse interesse tornou-se mais forte na meia-idade.

Parece também ser possível rastrear certa mudança de atitude em relação à doença no tom das imagens. As primeiras são, em geral, superficiais, e remédios tão simples quanto pomadas para ferimento dolorido, purgação ou sangria são usados constantemente como símiles de modo um tanto distanciado e óbvio, como quando Warwick, ao receber a má notícia da fuga de Eduardo de York, vira-se para o rei e diz:

> Mas partamos daqui, meu soberano, para providenciar *3H.VI, 4. 6. 87*
> Uma pomada para qualquer ferida que possa aparecer,

ou quando Henrique, perplexo porque o povo transfere sua fidelidade para Eduardo, diz, muito patético:

> Minha piedade foi o ungüento dos ferimentos deles. *4. 8. 41*

Mais tarde, quando os sentimentos dramáticos e possivelmente pessoais se tornam mais intensos, e parece que uma dor amarga fora vivenciada, esse mesmo tipo de imagem, que aqui era tão modesto e comum, é usado de forma tão vívida que dói, para expressar a mais torturante agonia, quando Tróilo, "enlouquecido pelo amor de Créssida", esbarrando em um Pândaro objetivo e indiferente, exclama:

T&C, 1. 1. 61	em lugar de azeite e ungüento, Pões em cada uma das feridas que o amor me faz A faca que as abre.

Não creio ser por demais fantasioso sugerir que o desenvolvimento dos sentimentos de Shakespeare sobre a indisposição e a doença reflete-se em seus símiles. Se examinarmos, por exemplo, aqueles retirados da peste, notaremos que muitos dos seus símiles iniciais nos causam choque em função de sua extraordinária falta de sensibilidade e até mesmo de bom gosto. Quando refletimos sobre os trágicos horrores que devem ter sido as constantes epidemias, o uso de tais experiências por Biron como um símile de chiste nos surpreende e ofende.

Porém temos de nos lembrar que Biron era um rapaz de coração leve "cheio de galhofa", muito precisado do treinamento disciplinar que lhe impõe Rosaline, de visitar os doentes e usar sua alegria para animá-los, de modo que sua solidariedade e sentimentos para com os outros pudessem ser desenvolvidos. Donde a comparação que faz de seus três colegas "doentes de amor" com homens infectados com a peste, apanhada nos olhos de suas amadas, que deveriam ter a frase "Que o Senhor tenha piedade" escrita neles, e sua asseveração de que já viu "o sinal do Senhor" [marcas da peste] nas moças também, estarem em sintonia com seu caráter inteligente, alegre, mas um tanto superficial, de piadista irrefletido, "cheio de comparações e zombarias ferinas".

Seja como for, vale a pena notar, mesmo que se trate de pura coincidência, que todas as imagens de Shakespeare extraídas da peste, até o ano de 1600, são leves e, com uma única exceção, revelam certa falta de sensibilidade; depois de 1600 todas elas são sérias e usadas de modo que enfatizem a gravidade e o horror da moléstia. Assim, Speed, rindo-se, assegura a Valentine que sabe estar apaixonado pelas "marcas especiais", uma das quais é ele perambular sozinho, "como alguém que tivesse a peste"; Beatrice afirma que Benedick "é mais fácil de apanhar do que a peste, e quem o apanha fica logo louco"; Olívia, assustada com a própria paixonite repentina por Viola, reflete que "é assim tão depressa que se pega a peste"; po-

T.A.P., 5. 2. 846

5. 2. 419

5. 2. 847

D.C.V., 2. 1. 20

M.B.N., 1. 1. 84

N.R., 1. 5. 305

rém uma impressão do sentimento real da ameaça e horror da infecção é implícita no grito de amor à primeira vista do duque, que nos dá o que pode parecer em parte uma contradição, mas que é metáfora plena de encanto e poesia sobre esse assunto:

> Oh, quando meus olhos viram Olívia pela primeira vez,   *N.R., 1. 1. 19*
> Pareceu-me que ela purgava o ar de pestilência!

Porém, depois de *Noite de reis* (c. 1600), as imagens da peste têm tom diverso e são utilizadas em contexto mais grave. Antônio, em seu apaixonado monólogo sobre o corpo de César morto, dá-nos o que parece ser rápida visão dos horrores das ruas de Londres no tempo da peste, ao clamar:

> ... este feito imundo vai cheirar sobre a terra   *J.C., 3. 1. 274*
> Com homens putrefatos, implorando enterro;

Ulisses declara que Aquiles está tão

> infeccionado pelo orgulho que os sintomas mortais do mal   *T&C, 2. 3. 179*
> Gritam: "Não tem cura";

Lear, no auge de sua fúria e repulsa, chama Goneril de "ferida de *R.L., 2. 4. 227* peste"; Escaro, a fim de fazer Enobarbo compreender o quão totalmente derrotados eles estão, diz-lhe que a luta, do lado deles, é "como a doença das marcas, na qual a morte é garantida"; o tribuno *A&C, 3. 10. 9* Bruto, no momento de seus mais intensos sentimentos contra Coriolano, quando estão tentando incitar o povo a matá-lo, o retrata como marcado pela peste e grita "vamos persegui-lo até sua casa" e

> arrancá-lo de lá;   *Cor., 3. 1. 309*
> Para que sua infecção, sendo contagiosa,
> Não se espalhe mais;

e o clímax da amarga e letal acusação de Cranmer pelo bispo Gardiner é ser aquele "uma pestilência que infecta a terra".   *H.VIII, 5. 1. 45*

Já notamos que o desgosto de Shakespeare com relação a comer demais, e muitos de seus primeiros símiles, refletem sua crença curiosamente moderna de que nós mesmos é que acarretamos má saúde com um estilo de vida desregrado e, em particular, por comer demais, tendo a seguir a tendência para culpar por isso um destino cruel; ou, como diz Edmund, "quando estamos passando mal de fortuna – muitas vezes pelo excesso de nosso próprio comportamento –, culpamos por nossos desastres o sol, a lua e as estrelas". De modo que podemos, creio eu, aceitar a descrição da Inglaterra feita pelo arcebispo de York:

R.L., 1. 2. 129

2H.IV, 4. 1. 54
       estamos todos doentes,
E em conseqüência de nossas horas de excessos e de loucuras,
Apanhamos uma febre ardente
Que necessita de uma sangria;

e o remédio que ele prescreve:

  Que as mentes sórdidas façam dieta de felicidade
  E purguem os humores que começam a obstruir
  Em suas veias o livre curso da vida,

como se expressando razoavelmente a idéia que tinha o próprio Shakespeare sobre a causa e a cura dos males do homem de saúde comum. (Cf. também *V&A*, 803; *B.B.A.*, 3. 1. 17; *2H.IV*, 1. 3. 87; *McB.*, 5. 3. 50; *M.V.*, 1. 2. 5; *S.N.V.*, 2. 2. 137; *N.R.*, 1. 1. 1.) Ao longo de todas as imagens em *2H.IV* dessa espécie, principalmente as que nascem da idéia de que o reino está "doente com golpes civis", a atitude geralmente encontrada é a do "destempero" de o corpo ser coisa pela qual somos nós mesmos responsáveis, provocada por uma vida de excessos e insensata, e que o excesso numa direção ou noutra deve ser evitado, tanto a fome quanto a glutonaria, pois, como adverte Nerissa com sabedoria, "não é felicidade pequena estar sentada no meio"³. Podemos, portanto, arriscar dizer que o conselho dado por Norfolk a Buckingham seria o do próprio Shakespeare:

M.V., 1. 2. 5-8

H.VIII, 1. 1. 124
  Peça a Deus por temperança; é o único recurso
  Que a sua doença requer.

▼

3. No original, *mean*, que é usado em dois sentidos: "mesquinho" e "médio". (N. da T.)

Mas à altura da passagem do século, em *Hamlet*, encontramos nas imagens de "doença" um sentimento de horror, repulsa e até mesmo desamparo não presentes anteriormente (a não ser por um toque dos dois primeiros na amarga moralização de Jacques e na resposta do duque em *C.Q.*, 2. 7. 58-61 e 67-9); e o sentido geral de corrupção interior e invisível, do homem sucumbindo sem salvação diante de uma "doença nojenta" e mortal, é muito forte. Isso *Ham.*, 4. 1. 19 vem acompanhado pela impressão de que para males tão terríveis o remédio tem de ser drástico, pois

> os males desesperados 4. 3. 9
> São aliviados com remédios desesperados
> Ou, então, não têm alívio.

e qualquer coisa menor que isso não passa de botar

> pele e película no local ulcerado, 3. 4. 147
> Enquanto a vil corrupção, minando tudo por dentro,
> Infecta o que não é visto.

Essa será, como veremos mais tarde, a tendência simbólica geral de tais imagens na peça, e Hamlet e os outros pagam o preço exigido para a limpeza necessária do "corpo imundo do mundo infectado". *C.Q.*, 2. 7. 60

Mas o uso desses quadros simbólicos por Shakespeare revela aqui, incidentalmente, uma conceituação mais grave da doença e um horror peculiar aos tumores, úlceras, abscessos, cânceres e seus congêneres, jamais encontrado antes ou depois. Temos, no entanto, um eco disso na terrível descrição que faz Lear de Goneril, em sua agonia de raiva e desilusão:

> tu és um furúnculo, *R.L.*, 2. 4. 226
> ... um carbúnculo engastado
> No meu sangue corrupto;

e encontramos em *Coriolano* uma reafirmação da necessidade de remédio drástico para a doença grave, com a opinião de que as medidas preventivas e disciplinares, sugeridas em *2H.IV*, poderiam ser não só inúteis como também, em casos de grande gravidade, danosas:

Cor., 3. 1. 220

                    esses meios calmos,
Que parecem remédios prudentes, são muito venenosos
Quando a doença é violenta.

T&C, 1. 1. 53

2. 1. 30

Cor., 1. 1. 168

    Em *Tróilo e Créssida* e em *Coriolano*, nos quais as imagens de "doença⁴" são numerosas, embora sejam por vezes dolorosas, como na descrição por Tróilo da "úlcera aberta de meu coração", jamais são tão sérias quanto em *Hamlet*, e o sentido do aspecto repugnante de certos males corporais é tocado com mais leveza, como quando Tersites deseja fazer de Ájax "a mais nojenta casca de ferida da Grécia", ou quando Coriolano diz com desprezo aos cidadãos que, ao esfregarem "a pobre coceira" de suas opiniões, eles se tornam cascas de ferida.

    O interesse de Shakespeare na composição e ação das drogas, curativas ou nocivas, como em teorias médicas, pode ser visto com facilidade em muitas de suas peças: *Bom é o que bem acaba*, *Cimbelino* ou *Romeu e Julieta*. Nessas imagens também encontramos indicações disso desde muito cedo, como quando Tarquínio garante a Lucrécia que

Luc., 530

        Por vezes se combina a droga venenosa
        Com outra inofensiva; assim, sendo aplicada,
        Passa a ter seu veneno efeito salutar,

o que parece significar que uma pequena quantidade de veneno pode ser usada de forma medicinal, junto com outros componentes, com bons efeitos. Assim ressalta Northumberland, em *2H.IV* 1. 1. 137, a ação curativa do veneno em certas circunstâncias, comparando-a ao efeito estimulante de más notícias para um homem doente.

    Várias teorias e fatos médicos são utilizados para imagens, como aquela conhecida que afirma que problemas mentais expulsam a dor física, e

▼

4. *Sickness*, no original, pode referir-se tanto a "moléstia" quanto a "enjôo", mal-estar por se comer demais. (N. da T.)

> A menor mal é sentida, onde se fixa a moléstia maior *R.L., 3. 4. 8*

ou que a dor maior cura a menor:

> Grandes sofrimentos, vejo, são remédio para os menores; *Cim., 4. 2. 243*

os bons efeitos dos contra-irritantes:

> Leve alguma nova infecção ao teu olho *R&J, 1. 2. 50*
> E o veneno imundo da velha morre;

e o princípio da inoculação, o qual, tivesse Shakespeare chegado a conhecê-lo, é descrito ainda melhor que a purgação quando ele escreve:

> Como, para evitar uma doença ausente, *Soneto CXVIII*
> Se doente não se está, um purga se adoece.

Quanto a teorias e conhecimentos médicos gerais, tais como a crença nos "humores" e nos espíritos vitais nas artérias, e assim por diante, Shakespeare era, naturalmente, um homem de seu tempo, e sua visão já foi examinada por especialistas. Há uma imagem, no entanto, que poderia ser possivelmente interpretada como sinal de uma compreensão muito adiantada, e que ocorre quando Rosalind declara: "o Amor é apenas uma loucura; e, lhes digo, merece tanto *C.Q., 3. 2. 411* uma casa escura e um chicote quanto o merecem os loucos". Será que ela aceita a atitude corrente de que os loucos devem ser assim tratados, ou existe alguma sugestão subjacente que, se o tratamento correto para os loucos é o escuro e o chicote, então esse seria certamente o indicado para os amantes, pois ambos são igualmente irresponsáveis e sem culpa, e portanto nem um nem outro deveria ser tratado assim com essa dureza?

Seja como for, Shakespeare estava muito adiante de seu tempo em questões como a da relação de uma vida equilibrada com a saúde e sua aversão a excessos de comida e bebida, o que pode ser visto com clareza até mesmo em suas imagens.

A sensível compreensão da influência da mente sobre o corpo é o que, no entanto, o coloca mais próximo das opiniões especializadas modernas, o que transparece tanto nas primeiras obras quanto nas mais tardias. Assim, toda a história da causa e desenvolvimento da loucura em um cérebro por demais pressionado pela exasperação e angústia é rascunhada em *A comédia dos erros*, quinze anos antes de ser desenhada de corpo inteiro em *Rei Lear*; até um detalhe, tão trágico na história do velho rei, quando o sono dolorosamente necessitado que poderia ter sido "bálsamo" para seus "tendões partidos" lhe é negado, é salientado pela Abadessa quando ela diz:

R.L., 3. 6. 101

C.E., 5. 1. 83

Ser perturbado nas refeições, nos prazeres, no repouso reparador
[da vida,
É o bastante para tornar louco um homem ou um animal.

Porém, à parte os grandes quadros da mente agindo sobre o corpo em peças como *Rei Lear* e *Macbeth*, o conhecimento detalhado de como essa interação se opera é vislumbrado em toques inesperados nas imagens, como quando Lucrécia lamenta:

Luc., 1116

Ver o ungüento faz a ferida doer mais,

R&J, 1. 1. 201

ou quando Romeu aponta os maus efeitos sobre um homem doente de se insistir para que ele faça seu testamento. Shakespeare deve ter gostado muito de conversar com seu genro, Dr. John Hall, e trocado impressões sobre esses assuntos que tanto o interessavam, quando passeavam pelo jardim nas tardes de verão.

Por último, entre os interesses de Shakespeare que me proponho examinar, coloquei o que chamei de classes e tipos de pessoas. Sem dúvida, é totalmente desnecessário buscar o testemunho das imagens para provar que Shakespeare se interessava por vários tipos de seres humanos, porém esse intenso interesse é ilustrado na imagística de forma tão marcante que não posso deixá-lo passar em branco.

Para começar, um tipo específico: crianças. O interesse e a observação de Shakespeare em relação a crianças e natureza infantil, desde seu tempo de bebês, são notáveis, e os muitos quadros que desenha delas em suas imagens, em apenas uma ou duas linhas, são amplamente suficientes para evidenciar o quão intensas eram sua solidariedade e compreensão.

O recém-nascido saudável em seu berço, dormindo o sono profundo da "despreocupação da primeira infância", embalado dia e noite, "o infante caprichoso aquietado com o colo", "ainda não fora dos panos dos cueiros", a canção da ama que agrada o bebê, o acalanto que o faz dormir, seus ternos cuidados, o malcriado "bebê impertinente", que arranha e bate na ama, que choraminga e urra, os suaves tendões do bebê recém-nascido, a fragilidade dos infantes, "sem artes" e "sem prática", sua total ausência de pensamento, sua delicada graça, tudo isso e muito mais ele usa para comparações e ilustrações.

Os muitos quadros de mãe e filho são bem conhecidos, tal como o da "mãe de há muito separada de seu filho" que

> Brinca como tola entre risos e lágrimas,

a mãe vendo seu bebê morrer, o curioso retrato da mulher que enraiveceu o marido e o instigou a bater nela, e, "quando ele vai bater, levanta seu bebê", a fim de proteger-se e aparar o golpe, além da espantosamente vívida cena (no *Soneto* CXLIII), que por certo ele testemunhou exatamente como a descreveu, da mãe pousando o bebê para poder agarrar uma galinha que fugiu, e a criança negligenciada, chorando e perseguindo a mãe, que está totalmente concentrada em perseguir a criatura de penas "que foge diante de seus olhos".

Sem dúvida, os dois usos mais dramáticos do conhecimento íntimo de Shakespeare de mães e filhos são as terríveis palavras de Lady Macbeth e a maravilhosa imagem de Cleópatra na singela pergunta com a qual interrompe as lamentações de Charmian, diante da serpente que segura junto ao seio.

Os muitos quadros de crianças com seus pais dão a impressão de que os filhos eram um pouco mimados e os pais, infantis e complacentes, muito como os de hoje em dia; em qualquer transatlântico ou grande hotel ainda podemos ver

> crianças desenfreadas que se tornaram
> Teimosas demais com suas mães;

as crianças "sem regras" que

R.II, 3. 4. 29   fazem seu pai
                                                        Curvar-se de opressão;

T.A.P., 5. 1. 65   o pai impaciente que, cansado de argumentar, diz ao filho que vá chicotear seu peão[5]; e, se chicotear ainda fosse o corretivo em moda, teríamos agora, como então, "pais indulgentes" que

M.p.M., 1. 3. 23   atam feixes de varas ameaçadoras
E as suspendem sob os olhos dos filhos
Mais para aterrorizá-los do que para usá-las; com o tempo essas varas
Inspiram mais riso que temor.

T.A.P., 5. 1. 736
Luc., 1094
D.C.V., 3. 1. 124
S.N.V., 4. 1. 172
M.B.N., 3. 2. 6

     Temos muitos toques vívidos, aqui e ali, da natureza impressionável, rápida, inquieta, da criança, "caprichosa", "saltitante e vaidosa", "tola", "teimosa", "travessa", querendo tudo o que possa encontrar, encantada com "enfeites inúteis", impaciente e deleitada por suas roupas novas; é uma coisa cruel mas fascinante, diz efetivamente Don Pedro, "mostrar a uma criança seu casaco novo e proibi-la de usá-lo"; e Julieta, esperando ansiosa por Romeu, não poderia descrever melhor a lenta passagem do tempo do que quando declara:

R&J, 3. 2. 28   tão tedioso é este dia
Quanto é a noite anterior a alguma festa
Para uma criança que tem roupas novas
E não as pode usar.

     O interesse especial de Shakespeare pelos meninos pequenos fica claro o suficiente dados os esboços diminutos, mas extraordinariamente vívidos, de meninos quando aparecem por breves momentos como personagens em suas peças, nas quais se assemelham a pequenas aquarelas delicadas mas de colorido brilhante, delineadas quase sempre em contraste com o tenebroso pano de fundo da

McB., 4. 2. 30-63   tragédia. Assim é com o jovem Macduff, a cobrir sua mãe de perguntas, o "galante e precoce" Mamílio, a fazer jogos de palavras

▼

5. Forma atenuada para a ameaça de castigo corporal. (N. da T.)

com as aias de sua mãe, porém tornando-se totalmente infantil em seu apetite por uma boa história, o pequeno e robusto Márcio, a correr atrás da borboleta com persistência e aliviando nela seu mau humor, Robin, que tem dotes para cortesão, e William, que, como espera sua mãe, promete ser um erudito, ou os dois pequenos príncipes, diferentes em tudo, o mais velho sério e pensativo, o menor travesso, mimado e de língua afiada, porém, quando quer, cheio de diplomacia,

C.I., 2. 1. 1
Cor., 1. 3. 60-9
A.C.W., 3. 2. 8;
4. 1. 80

> Ousado, rápido, engenhoso, precoce, capaz.

R.III, 3. 1. 155

Esse deleite na natureza dos meninos fica também evidenciado nas muitas imagens que Shakespeare pinta a partir dela, e nas pequenas vinhetas que ele nos dá a todo momento do menino em sua vida quotidiana e seus jogos, todas de grande interesse. Nós os vislumbramos em seus jogos, dando tiros quase sempre ineficazes com alguma arma velha, correndo para uma "*muss*"[6] ou escalada, mexendo em ninhos de passarinhos, perseguindo "borboletas do verão", aprendendo a nadar, e jogando futebol ou *push-pin*[7], indo relutantes à escola "com aspecto triste", e correndo para longe dos livros com alegria, quando, no final do dia escolar,

H.V, 4. 1. 204
A&C, 3. 13. 91
M.B.N., 2. 1. 223;
R&J, 2. 5. 74
Cor., 4. 6. 94
H.VIII, 3. 2. 358
C.E., 2. 1. 82;
Ham., 3. 3. 93
R.L., 1. 4. 88
R&J, 2. 2. 157-8

> Cada um corre para sua casa ou local de brincadeiras.

2H.IV, 4. 2. 105

Nós nos solidarizamos com o menino que suspira porque "perdeu seu A.B.C.", bem como com o que é espancado até que

D.C.V., 2. 1. 21

> fique com cara de choro
> E comece a gemer em altos berros, pedindo misericórdia,

A&C, 3. 13. 100

e com o que faz gazeta e consegue fugir para colher amoras por um dia. Vemos meninos descuidados, chacoteadores, implicantes, gaia-

1H.IV, 2. 4. 435
R.III, 4. 2. 29
1H.IV, 3. 2. 66
J.C., 5. 1. 61
S.N.V., 1. 1. 240

▼

6. Brincadeira da época, na qual todos os meninos corriam para caírem juntos e formarem uma pilha. (N. da T.)
7. Brincadeira em que pequenos pinos de madeira eram jogados para cobrir outros. (N. da T.)

M.p.M., 1. 3. 29
R.L., 4. 1. 38

tos e petulantes, assim como o menino cruel e maldoso que tortura e mata moscas por divertimento.

O retrato completo e perfeito da mentalidade do jovem feliz e sem responsabilidades, com sua total falta de perspectiva, vivendo apenas na alegria do momento, encontramos na descrição que faz Políxenes de si mesmo e de Leontes:

C.I., 1. 2. 63

Duas crianças que não imaginavam que pudesse haver no mundo
Outra coisa a não ser um amanhã semelhante ao hoje,
Acreditando que seriam crianças para sempre.

Encontramos também imagens, pequenos rascunhos largados pelo caminho, que mostram o quanto Shakespeare conhecia e se solidarizava com os vários aspectos da natureza dos meninos, como quando César, deplorando a auto-indulgência de Antônio, declara que ele está se comportando exatamente como um menino que sabe que o que faz está errado e

A&C, 1. 4. 30

merece ser repreendido,
Como repreendemos os meninos que, já maduros pelo discernimento,
Empenham sua experiência em favor de um prazer fugaz,
E assim se rebelam contra a razão,

ou quando Antônio, em dois versos, resume toda a essência do menino empenhado e resoluto que pretende ser bem-sucedido,

4. 4. 26

Esta alvorada, como o espírito de um jovem
Que ainda será digno de nota, começa cedo.

Shakespeare dá-nos, é claro, muitos retratos e descrições de meninos mais velhos, o pajem devotado e pronto a servir, ou o jovem sempre na moda, caprichoso e afetado. Embora não haja imagens para ilustrar isso, vale a pena notar aqui quantas vezes ele os associa à inconstância e à mutabilidade, em particular no amor ou na afeição.

C.Q., 3. 2. 421

O sumário feito por Rosalinda do "rapaz lunático ... mutável ... orgulhoso, fantástico, frívolo, superficial, inconstante", o co-

mentário do Bobo de que "é louco quem confia em lobo domado, *R.L., 3. 6. 20*
saúde de cavalo e amor de menino", e o amargo desapontamento de
Lúcio quando acredita que Imogênia lhe falhou:

> O rapaz me desdenha, *Cim., 5. 5. 105*
> me deixa, faz pouco de mim! Curtas são as alegrias
> Daqueles que acreditam na fidelidade das moças e dos rapazes,

todos esses exemplos nos mostram prontamente esse aspecto ou qualidade que aflora quando Shakespeare está pensando no menino encantador, atraente e alegre, adolescente, que é como Rosalinda e Fidele parecem ser.

Ao passar das crianças para os adultos, nos damos conta de que a massa de figuras variadas, bem delineadas e vívidas, que entrevemos na imagística de Shakespeare, é tirada de todos os tipos e classes da sociedade elisabetana, o que nos ilumina vários aspectos colaterais dos costumes da época, além de iluminar acidentalmente, por vezes, as próprias simpatias de Shakespeare.

Nesse comovente espelho de imagens, luzindo de cor e vida, captamos vislumbres, como se através da seteira de um castelo, de um bando rico e misturado passando diante de nós em seus trapos ou tecidos feitos em casa, ou em seus trajes alegres e lindos; a reflexão cambiante, mutável e momentânea da gente do mundo de Shakespeare tal como ele a via; peregrinos e eremitas; mendigos, ladrões e prisioneiros; piratas, marinheiros e criados; pastores, trabalhadores braçais e gente do campo; professores e alunos; arautos, embaixadores, mensageiros, funcionários do Estado, espiões, traidores e rebeldes; burgueses, cortesãos, reis e príncipes.

Misturados entre eles estão os membros de profissões e ofícios definidos, funileiros e alfaiates, taverneiros e cavalariços, assim como grupos de seres humanos em seu hábitat e em suas relações domésticas do dia-a-dia, amas e bebês, mulheres e crianças, mães, amantes, pais e estudantes. Assim, vamos encontrar símiles calcados em toda espécie e tipo de pessoa, mas, como seria de esperar, Shakespeare tem carinho especial pelos mais humildes e menos respeitáveis: mendigos, ladrões, prisioneiros e criados.

Sentimos sua simpatia pelos "mendigos tolos" que, postos no pelourinho, se consolam da própria ignomínia, pensando

> Que muitos outros a suportaram e a suportarão,
> Neste pensamento encontrando um certo consolo;

ou pelo mendigo falido que chora o seu caso

> com face magra, encovada, sem cor,
> Olhar pesado, cenho franzido e andar sem forças;

e encontramos pequenas vinhetas da mendiga carregando seu filhinho ao ombro; o "pobre esmoler" que "descompõe os ricos"; o que no dia de finados fala "choramingando"; ou o que é ignorado pelo sovina que passa por ele na rua sem lhe dar sequer "uma boa palavra ou um olhar".

Há uma grande quantidade de imagens de ladrões, larápios e batedores de carteiras, e podemos vislumbrá-los, desde sujeitos aborrecidos, "andando por aí sem serem vistos" de noite, "em assassinatos e sevícias", até "companheiros depravados", que,

> parados em caminhos estreitos,
> Batem nos guardas e roubam os que passam;

e quando apanhados e desesperados,

> sem ter esperanças de vida,
> Lançam ofensas contra os oficiais.

A simpatia de Shakespeare parece estar com os prisioneiros, assim como com os mendigos; nós o ouvimos falar sobre a "prisão poluída", o carcereiro que é uma "ignorância insensível, estéril", e podemos ver o pobre prisioneiro em seus "grilhões contorcidos" "com os cabelos crescidos demais, como um selvagem", a imaginar como suas

> vãs e fracas unhas
> Poderão abrir passagem através dos flancos de pedra

dos muros de sua prisão; e finalmente os "desgraçados" que "duran- *D.C.V., 4. 2. 132*
te a noite" "esperam a execução pela manhã".

Vemos também lampejos de reflexão, por assim dizer, nas imagens dos exércitos de servidores de uma grande casa, empregados domésticos prontos a servir a vontade de seu senhor conforme lhe dê vontade de "determinar seu serviço"; damo-nos conta da utilida- *H.VIII, 2. 4. 115*
de desses serviçais na execução do simples estratagema baconiano para provocar assassinato ou violência negando ao mesmo tempo qualquer responsabilidade pelo ato (exatamente o comportamento de Henrique IV com Exton, *R.II*, 5. 4; 5. 6. 30-42):

> Como fazem esses amos ardilosos, *J.C., 2. 1. 175*
> Que excitam seus servidores a atos de fúria
> E fingem, depois, repreendê-los.

Entrevemos, nesse espelho vivo, o serviçal que é um "criado pálido *M.V., 3. 2. 103*
e qualquer", o lacaio que sua o dia todo desde o nascer até o pôr- *H.V., 4. 1. 281*
do-sol e a noite inteira "dorme no Elísio", o "moleque piolhento" *H.VIII, 5. 3. 139*
que espera "à porta do quarto", o senhor que é livre para "cuspir e *H.V., 3. 5. 51-2*
livrar-se de seu catarro" em cima de seu "humilde vassalo", e o elegante camareiro, vestindo a camisa esquentada em seu amo, en- *T.A., 4. 3. 221*
quanto o pajem corre segundo suas ordens.

Assim, ao longo do caminho, através dessas janelas laterais da mente de Shakespeare, vislumbramos "dois ciganos em um cavalo", *C.Q., 5. 3. 14*
"ambos no mesmo tom", a mulher da manteiga marchando em sua *3. 2. 100*
égua até o mercado e o estafeta a galope, reparamos o passo deter- *T.A.P., 4. 3. 185*
minado do homem que faz a colheita

> cuja tarefa é ceifar *Cor., 1. 3. 39*
> Tudo, ou perder o emprego,

encontramos o "poderoso guarda" abrindo caminho para o rei, e os *H.V, 5 Pról. 12*
peregrinos cansados com "fracos passos" ajudados por companhei- *D.C.V., 2. 7. 9-10*
ros de estrada, quando a "conversa dos romeiros⁸ encurta sua pere- *Luc., 790*

▼

---

8. No original, *palmer*, um romeiro especial, que carrega consigo uma palma. (N. da T.)

grinação", enquanto anos antes do nascimento de Autóico entrevemos a "esperteza do mascate" que

T.A.P., 5. 2. 317

vende seus produtos
Em velórios e festas, reuniões, mercados, feiras.

R&J, 2. 4. 92

Na aldeia paramos e vemos o "bobo da aldeia babando", "rondando de cima para baixo para esconder seu brinquedo em um buraco", os "camponeses sem valor" regateando por suas mulheres ("por riqueza, e não por amor perfeito")

1H.IV, 5. 5. 53

Como os negociantes por bois, carneiros ou cavalos;

N.R., 3. 2. 78
R.II, 5. 1. 31

o pedante que "mantém uma escola na igreja" e o aluno que aceita "com timidez a correção", beijando a vara; o pregador com uma "tediosa homilia", cansando os seus paroquianos e nem sequer gritando "Tenha paciência, boa gente", e o clérigo analfabeto que diz "Amém" a todo e qualquer hino.

C.Q., 3. 2. 158
Soneto LXXXV
V&A, 655
R.L., 4. 6. 174

Na cidade e na corte, damos com o "amargo informante", "espião que gera baixezas", o "político safado" que parece "ver as coisas" que não vê, e o cortesão vira-casaca,

M.B.N., 3. 1. 9

favoritos,
Criados pelos príncipes que opõem o próprio orgulho
Ao poder que os criou.

Nas ruas de Londres encontramos os burgueses ricos e corpulentos, de andar vaidoso e digno, olhando sem expressão e sem ver acima das cabeças dos menos importantes, os

M.V., 1. 1. 12

pequenos negociantes
Que os cumprimentam, fazendo reverência;

2. 9. 93
Soneto XLV
S.N.V., 2. 1. 10

o alegre e brilhante embaixador ou "abre-alas montado" de algum grande nobre, os mensageiros a correr por terem sido encarregados de alguma tarefa e os belos cavalheiros da guarda pessoal do monarca, alegres e brilhantes em seus casacos dourados, servindo sem parar sua grande rainha.

CAPÍTULO VIII
EVIDÊNCIAS DO PENSAMENTO DE SHAKESPEARE NAS IMAGENS

Shakespeare parece até que pensa por metáforas.
Shakespeare, na série English Men of
Letters, de Walter Raleigh, p. 224.

Os que seguiram até aqui meu raciocínio, espero, hão de concordar que tenho base para crer que um estudo da imagística de Shakespeare ilumina seu equipamento físico e suas características – em poucas palavras, a sua personalidade. Sugiro, no entanto, que podemos ir ainda além disso e obter visões bem claras de alguns dos pensamentos mais profundos da mente de Shakespeare, por meio desse método oblíquo, o estudo de sua imagística.

Se, por exemplo, olharmos com cuidado os quadros provocados em sua mente por determinadas abstrações, por emoções como Amor, Ódio e Medo, conceitos como os de Mal e Bem, Tempo e Morte, não podemos deixar de captar ao menos um traço de luz sobre a posição de Shakespeare em relação a eles.

Tomemos o Amor, por exemplo. Vemos desde logo que Shakespeare tem um grande número de imagens apenas convencionais do amor: ele é um fogo, uma fornalha, uma chama e um relâmpago; é uma flecha, um cerco e uma guerra; é um alimento, uma bebida e um banquete; é uma planta, um fruto, uma doença, um fe-

AMOR

rimento, uma febre; é um edifício com fundações fortes ou frágeis, belo e sólido ou em ruínas; é constante como o sol, falso como a água, musical como a lira de Apolo.

Todas essas imagens encontramos numa forma ou noutra em dramaturgos contemporâneos a ele, sendo o fogo, a guerra e o alimento comuns a todos eles. Vários desses escritores têm, por sua vez, algum aspecto especial que mais o atrai; assim, Marlowe tende a ligar o amor à música, Fletcher, ao fogo, Massinger, ao alimento, e assim por diante. Porém há toques, até mesmo nesse largo espectro de imagens, particularmente shakespearianos. Assim, quando Shakespeare vê o amor como alimento, o vê também como uma fome, aspecto que não encontro salientado por nenhum dos outros:

A&C, 2. 2. 240
        Ela, porém,
Quanto mais a fome satisfaz,
Mais a desperta.

Soneto LXXV, ll. 1, 9-10
És para o meu pensar como o pão para a vida,
. . . .

Cp. S.N.V., 1. 1. 222; Soneto LVI, etc.
Por vezes repletos com a festa da sua visão
E dentro em breve morrendo de fome por um olhar.

O caráter agridoce do alimento do amor é enfatizado por Shakespeare como por ninguém mais. Ele é saboroso e amargo, doce e ácido, delicioso e abominável, "um fel que engasga e uma doçura que sustenta". É na verdade uma compreensão inconsciente da duplicidade de sua natureza que provoca as amargas repreensões de Tróilo ao "tempo injurioso" quando este separa amantes,

Cp. C.Q., 4. 3. 102; Soneto CXVIII; T&C, 2. 2. 142 Ote., 1. 3. 354 Luc., 867 R&J, 2. 6. 11 1. 1. 193

T&C, 4. 4. 47
E nos priva com um único beijo esfomeado,
Que tem o gosto amargo de lágrimas.

A distinção muito clara de Shakespeare entre o amor e a lascívia em termos de tal imagem fica, na medida em que me foi possível encontrar, restrita só a ele, que afirma, muito cedo, que

V&A, 803
O Amor não nos farta, a Luxúria morre como um glutão,

e é preciso notar o grande número de imagens de excesso no comer e seus resultados aplicadas à luxúria como distinta do amor (cf. *Luc.*, 703; *Cim.*, 1. 6. 43; *Ote.*, 2. 1. 235, 3. 4. 104, etc.).

Talvez a melhor maneira de ter algum vislumbre da concepção pessoal de Shakespeare seja olhar para algumas de suas imagens completamente diferentes das de seus contemporâneos. Essas parecem-me consistir principalmente de quadros que destacam quatro qualidades ou aspectos do amor: seu caráter caprichoso, incerto e conseqüentemente atraente; sua natureza veloz e arrojada, seu poder de formar e transformar, e sua infinidade.

As qualidades de capricho e incerteza, mais vistas nas primeiras comédias, são transmitidas principalmente por sua semelhança com crianças, com a primavera e com alguma sombra.

O amor é impulsivo, obstinado, indisciplinado, é

> como uma criança *D.C.V., 3. 1. 124*
> Que se impacienta para conseguir tudo aquilo que deseja.

> Como o amor é teimoso e caprichoso! *1. 2. 57*
> Parece com a criança embirrada que arranha a ama
> E, pouco depois, se submete humildemente.

O amor cresce, muda e se desenvolve; é impossível, portanto, a qualquer momento dado, determinar em que ele poderá tornar-se, para ser "certeza sobre a incerteza", pois o "Amor é um bebê", e não se pode "dar crescimento pleno àquilo que ainda cresce". *Soneto CXV*

O amor é um tempo de primavera, chuva e sol, composto de emoções cambiantes, esperança e desespero, lágrimas e sorrisos.

> O amor conforta como o sol depois da chuva; *V&A, 799*

> Abril está em seus olhos: é a primavera do amor, *A&C, 3. 2. 43*
> E essas as chuvas que a trazem,

diz Antônio, vendo a emoção de Otávia ao separar-se de seu irmão; o frescor da "gentil primavera" do amor é contrastado com o "inverno da luxúria"; e Proteu, quando, logo no início de suas perplexidades e problemas, assemelha o amor àquele momento do ano que acreditamos Shakespeare mais ama, suspira

D.C.V., 1. 3. 84
    Oh, como esta primavera de amor se assemelha
    À glória incerta de um dia de abril.

As qualidades intangíveis e fugidias bem como as passageiras do amor são salientadas em comparação com uma sombra,

S.N.V., 1. 1. 143
    momentânea como um som,
    Rápida como uma sombra,

A.C.W., 2. 2. 212 e quando Ford resume sua experiência de amor nos termos do velho emblema, comparando-a com a sombra de um homem que foge dele quando perseguido e o persegue quando ele lhe foge, sem dúvida capta suas principais características.

As imagens do amor célere, que voa alto, têm origem no antigo mito de Cupido e suas asas, porém, como quase sempre acontece com Shakespeare, ele pega uma imagem ou uma idéia surrada, brinca com ela, deleita-se com ela, e finalmente, com algum toque mágico, uma variação de moldura, uma intensificação de sentimento, a recria e transforma completamente. Reparem, por exemplo, como o uso dessa imagem cresce em profundidade e sentimento apenas em *Romeu e Julieta*. Mercúcio e Romeu brincam com a idéia à moda antiga, e Romeu, antes de saber o que é o amor, declara que se sente tão oprimido por aquele que tem uma alma de chumbo. Mercúcio, brincando com ele, responde:

R&J, 1. 4. 17
    Estás apaixonado! Pede emprestadas as asas de Cupido
    E voa com elas acima dos limites comuns,

ao que Romeu responde que está

    por demais ferido pela flecha dele,
    Para que possa voar com suas leves asas.

Mas, depois que ele conhece Julieta, longe de se sentir pesado, descobre que são "as leves asas do amor" que lhe permitem subir o alto muro do pomar,

> Pois limites de pedra não servem de empecilho para o amor. *R&J, 2. 2. 67*

Julieta, em sua impaciência, sofrendo com a urgência e o movimento do amor, que inunda o ser com vida como o sangue que corre por veias jovens, que varre e transforma o mundo inteiro assim como o fazem os raios do sol,

> Quando expulsam as sombras das colinas nubladas, *2. 5. 6*

declara com repentina e plena realização do verdadeiro significado do símbolo:

> Por isso, puxam o carro do amor rápidas pombas, *2. 5. 7-8*
> E Cupido, semelhante ao vento, possui asas.

Finalmente, ainda um outro amante, Tróilo, no momento de sua maior tensão e impaciência, quando andando de um lado para outro à porta de Créssida,

> Qual alma estranha às margens do Estige, *T&C, 3. 2. 9*
> Aguardando barco para a travessia,

volta-se para Pândaro em desespero e na intensidade de seus sentimentos retira a imagem completamente do reino da brincadeira leve ao implorar

> Gentil Pândaro, *3. 2. 13*
> Dos ombros de Cupido arranca as asas matizadas,
> E voa comigo até Créssida!

É essa concepção do amor de vôo rápido, alto, sem resistência que está por trás de toques como o desejo de Hamlet por "asas tão céleres quanto ... os pensamentos de amor" para ele correr à vingança; a exclamação de Imogen: "Oh, por um cavalo com asas!"; a sugestão da rainha de que *Ham., 1. 5. 29* *Cim., 3. 2. 50*

> alada com o fervor de seu amor, ela voou *3. 5. 61*
> Para seu desejado Póstumo;

Ham., 2. 2. 132	a percepção de Polônio do "amor quente, alçando vôo" de Hamlet;
D.C.V., 2. 7. 11	a certeza de Júlia de que "aquela que tem as asas do amor para voar" jamais se cansa; e muitos outros.

A qualidade transformadora do amor, a par de sua capacidade para prensar e dar forma, é por vezes sugerida pelas imagens; na verdade, o *Sonho de uma noite de verão* inteiro não passa de uma fantasia sobre esse assunto, e as reflexões de Helena preparam-nos para o que está por vir quando diz:

S.N.V., 1. 1. 232
> Coisas baixas e vis, que não têm qualidade,
> Podem ser transpostas pelo amor em forma e dignidade.

Porém há um significado sério na asseveração do amante de que o amor ensinou a seu olho

Soneto CXIV
> essa alquimia,
> De fazer de monstros e coisas indigestas
> Querubins tais como os sugeridos por sua doce pessoa,

B.B.A., 1. 3. 137 ou na reflexão da condessa sobre o selo, ou "impressão" da "forte paixão do amor" na juventude, ou na convicção de Hero de que Beatriz não pode amar, porque é de estofo orgulhoso e duro demais
M.B.N., 3. 1. 54 para tomar a "forma" e o "projeto da afeição".

A "infinidade" de certas emoções ou qualidades é repetidamente sugerida pela imagística de Shakespeare, em particular no que tange ao amor e à honra, nenhum dos quais, fica implícito, é capaz de ser delimitado ou pesado por medidas comuns, ou, se poderia dizer, comerciais.

Mas não podemos ter a certeza de que tais posturas não sejam apenas do personagem falando, como na discussão de Tróilo com Heitor, que sustenta que Helena não vale o tremendo sacrifício de vidas troianas e deveria ser devolvida. Tróilo discorda apaixonadamente dessa atitude de bom senso e eminentemente "razoável", declarando que a honra do rei é maior que qualquer "razão", e não pode ser pesada "na balança dos pesos comuns", indagando:

T&C, 2. 2. 28
> Queres então calcular em cifras
> . . . .

E tirar a medida de uma envergadura imensa
Com palmos e polegadas tão pequenos
Quantos temores e as razões? Em nome dos deuses, que vergonha!

Mas, embora fiquemos tentados a pensar que Shakespeare também acreditava que "honra" e "temores e razões" fossem incomensuráveis, e que ele está ao lado de Tróilo e não de Falstaff em seu conceito de honra, essa imagem expressa somente o ponto de vista de Tróilo, e Heitor argumenta, com igual relevância, por seu lado, que

> é louca idolatria
> Fazer o culto maior do que o deus.

T&C, 2. 2. 56

A infinidade do amor, no entanto, é sugerida ou implícita de modo tão constante, e em contextos tão diferentes, que não se pode deixar de acreditar que aqui Shakespeare revela, de maneira inconsciente, sua própria visão intuitiva.

Essa qualidade é apenas sugerida nas imagens do amor em sua relação com o tempo, em que vemos (p. 167, a seguir) que de muitas coisas preciosas – juventude, beleza, força, a própria vida – só o amor não é submetido ao domínio do tempo, antes parece escapar dele e transcendê-lo, pois o infinito não pode ser aprisionado pelo finito.

Em outro ponto, o caráter sem limites e sem tempo do amor é constantemente sugerido pelas imagens, em particular em sua clara comparação e associação com as profundezas inexploradas do mar. As bases para tal comparação ficam definitivamente enunciadas em duas das primeiras obras de Shakespeare:

> O mar tem limites, mas o profundo desejo não os tem.

V&A, 389

> Mil juras, um oceano de lágrimas,
> E protestos de amor infinito
> Garantem-me as boas-vindas do meu Proteu.

D.C.V., 2. 7. 69

Rosalinda brinca com essa idéia:

> Oh prima... se soubesses a quantas braças de amor eu estou mergulhada! Mas é insondável. Minha afeição não tem fundo conhecido, como a baía de Portugal,

C.Q., 4. 1. 2

do mesmo modo que Célia, que enfatiza o desperdício do amor sem limites por um objeto que não o merece e nem a ele corresponde, quando replica:

> Seria melhor dizer que não tem fundo. Assim, quanto mais amor derramares, mais ele fugirá.

Esse pensamento é expresso com a maior seriedade por Helena, quando reconhece que ama em vão:

B.B.A., 1. 3. 207
> Derramei as águas do meu amor num crivo de mil furos,
> Sem contar com as que perderei.

N.R., 1. 1. 11

2. 4. 102

Orsino afirma com confiança que a capacidade do amor "é imensa como o mar", e que especialmente o seu amor, se comparado de modo particular ao de uma mulher, "é faminto como o mar e pode digeri-lo todo". Julieta declara:

R&J, 2. 2. 133
> Minha generosidade é tão ilimitada quanto o mar,
> E tão profundo como este é o meu amor,

Ote., 3. 3. 453

A&C, 1. 1. 17

e ambos "são infinitos". O grande amor de Otelo, quando frustrado, transforma-se em vingança "igual ao mar Pôntico", e nos primeiros versos do maior drama de amor de todos, o mar terreno não é mais suficiente como símbolo da profundidade e da vastidão da paixão que pinta, e Antônio diz a Cleópatra que, se ela quiser conhecer "o limite do amor que posso inspirar", então precisará "descobrir um novo céu, uma nova terra".

ÓDIO

T.A., 4. 3. 6

No todo, há em Shakespeare bem poucas imagens de Ódio, e praticamente nenhuma personificação dele. Shakespeare, desnecessário dizer, retratou em seus dramas a emoção do ódio de forma muito vívida, como por exemplo na parte final de *Tímon de Atenas*, quando, desapontado e desiludido, "enojado com a falta de bondade do homem", Tímon, em sua repentina e amarga reação emocional, acredita estar toda a humanidade totalmente destituída de amor, e portanto podre e sem valor, e por isso maldiz os homens e invoca contra eles a doença, a desordem, a desintegração e a extinção. Aqui, como em outros pontos, na boca de personagens de Shakespeare, o ódio é pintado como uma força muito definida e vívida; porém é significativo que na maior parte das imagens, ao contrário, o ódio parece ser negativo, vazio, inerte, restritivo e contorcido, mais do que uma emoção ativa e penetrante, e em conexão com isso os adjetivos usados são indicativos: como "estéril", "mortal", "bebedor de sangue", "ressentido", "tomado pelo cancro", "mal concebido".

Encontro apenas duas vezes o ódio em imagem definitivamente contrastada com o amor, uma quando o rei repreende Bertram por seu casual desleixo em relação a Helena e por sua jura de amor que chega tarde demais, dizendo:

> Enquanto o ódio vergonhoso dorme a tarde inteira,
> O amor desperta e sente-se aflito vendo o que já não tem vida,

B.B.A., 5. 3. 65

e outra quando Otelo, finalmente convencido da culpa de Desdêmona, exclama:

> Cede, ó amor, tua coroa e trono do coração
> Ao ódio tirânico!

Ote., 3. 3. 448

A verdade é que o oposto do amor na visão de Shakespeare não é o ódio, mas o medo.

O medo, pólo oposto do amor, "de todas as paixões vis, o medo é a mais maldita". As palavras podem não ser de Shakespeare, porém é bem certo que elas expressam seus sentimentos; que a seus olhos o estado do medo é a pior espécie de mal, que conduz a outro tipo de mal e que é, portanto, o que mais se distancia de um estado de amor. Pois, se existe um versículo da Bíblia, cuja verdade e importância Shakespeare – provavelmente sem consciência disso – demonstre a todo momento, é o que diz "o amor perfeito expulsa o medo".

MEDO
1H.IV, 5. 2. 18

Essa oposição fica muito clara nas imagens: o amor é uma chama, um fogo quente; o medo é frio e congela as veias; a bondade e a alegria derretem o "medo frio", pois o amor e o medo não podem subsistir juntos, fato reconhecido até pelas naturezas mais vis:

R&J, 4. 3. 15;
V&A, 891; R.II,
1. 2. 34

H.V, 4 Pról. 45

> Contra o fogo do amor o gelo do medo se dissolve.

Luc., 355

2H.VI, 4. 1. 129   O amor é senhor e soberano, o medo um baixo vassalo:

3. 1. 335
        Deixa que o medo pálido se aloje nas pessoas de baixa extração,
        E não encontre porto em um coração real.

N.R., 5. 1. 145
R.III, 4. 3. 52
        O amor é alado, o medo é chão, "plúmbeo servidor da demora obtusa"; o amor é uma ligação ou entrelaçamento, um cimento forte, o medo é desintegrador e aniquilador;

Ham., 1. 2. 204
                     como liquifeitos de terror,

Soneto CXVI
1H.IV, 4. 3. 11
2H.VI, 3. 1. 335
McB., 4. 1. 85
M.V., 3. 2. 110
Luc., 511
        diz Horácio sobre os soldados apavorados de sentinela em Elsinore; o amor é forte e inabalável; o medo é pálido de rosto e de coração, arrepiado, trêmulo, e assim por diante.

    Já foi destacado[1] que a parte mais terrível de *Macbeth*, "a visão mais profunda e madura do Mal em Shakespeare", é a atmosfera sufocante, desconcertante, sombria, de medo na qual todos se movem; o mistério, a escuridão, a dúvida em todo canto; os terríveis rumores, os assassinatos mais terríveis ainda, tudo tendendo a produzir o estado de medo tenso e irracional que ligamos aos pesadelos.

    A peça *Macbeth*, como um todo, pode ser considerada em certo sentido como uma "imagem" do medo, e creio que ninguém mais a poderia ter escrito exatamente como é, se não acreditasse ser o medo a pior e a mais destrutiva de todas as emoções, constritiva, definhante, paralisante, e portanto o próprio oposto do amor, que é expansivo, fecundo e vitalizante. É certamente sugestivo que só haja duas peças nas quais a palavra "amor" ocorre tão raramente quanto em *Macbeth*, e nenhuma na qual "medo" ocorre tantas vezes; na verdade, ocorre duas ou três vezes mais que na maioria das outras peças.

    A oposição de medo e amor é ressaltada com pungência no clímax da tragédia, na pequena cena (5. 3) que começa com um arrepio de medo, quando de repente Macbeth vê que, apesar de tudo o

▼

1. No interessantíssimo capítulo "Macbeth and the Metaphysic of Evil", em *The Wheel of Fire*, de G. Wilson Knight.

que fez para conquistar o poder e a felicidade, ele está efetivamente privado de tudo o que importa na vida, pois está doente no coração, alquebrado e velho,

> E tudo quanto deve acompanhar a velhice, *McB., 5. 3. 24*
> A honra, o amor, a obediência, o apreço dos amigos,
> Não posso esperar tê-los.

Tarde demais ele compreende que o medo que se espalhou por tudo inevitavelmente expulsou o amor, de modo que, como diz Angus um pouco antes,

> Aqueles que ele comanda só obedecem por disciplina, *5. 2. 19*
> E não por amor,

e tudo o que lhe resta agora é abandonar todo fingimento e perfilar-se com ousadia ao lado do mal, a fim de que, sua coragem não sendo mais solapada pelo segredo e pela duplicidade, ele fique apto a morrer lutando com bravura.

Esse caráter constritivo e enfraquecedor do medo, bem como sua oposição ao amor, são repetidamente salientados nas imagens, e vale a pena examinar um ou dois dos quadros de medo nessa tragédia de medo.

Os dotados de visão do oculto dizem-nos que um dos objetos mais patéticos da natureza é o homem nas garras do medo, e que o podem ver, quando em tal estado, jogando em volta de si uma espécie de jaula de grades lívidas e vibrantes. Seja como for, o certo é que a sensação de constrição, de sufoco, de aprisionamento paralisante é que fica retratada com tanta vivacidade por Macbeth quando ele grita:

> ... estou preso numa cela, num estábulo[2], confinado, amarrado *3. 4. 24*
> Por dúvidas e medos insolentes,

▼

2. No original, *cabin'd, cribb'd*, com os substantivos transformados em verbos, impossível em português. (N. da T.)

e de que forma espantosa é retratado seu estado mental sensibilizado, trêmulo, acovardado, com o uso de uma palavra em sua reação à aparição que lhe ordena ter cuidado com Macduff:

McB., 4. 1. 74
      Tu *adivinhaste* certo o meu medo.

2. 1. 6
O medo de Macbeth é repetido nos outros personagens; Banquo é apanhado nele e o sente como um chumbo pesando sobre si; Lady Macbeth, quando tudo acaba, é destroçada por ele e morre dele; Lady Macduff declara que a fuga de seu marido foi insanidade – estimulada por medos que fizeram dele um traidor, ele não ama nem a mulher nem os filhos

4. 2. 12
      Tudo é medo, nada é amor.

Em surpreendente contraste com o comportamento do homem, ela desenha o quadro da pequenina mãe cambaxirra defendendo seus filhotes contra a coruja. E assim Ross, tentando desculpar Macduff, lembra como é totalmente desmoralizador o efeito do medo do desconhecido,

4. 2. 19
      quando ouvimos rumores
Sobre o que temer, mas não sabemos ainda o que devemos temer,

e o retrata como homem batido de todos os lados que, desamparado, flutua "em um mar selvagem e violento".

Em outra peça podemos notar, numa imagem curiosa, a clara oposição do amor e do medo, quando Tróilo indaga de Créssida por que ela se impede de completar seu pedido aos deuses, o que teme?

T&C, 3. 2. 70
  Os temores transformam os querubins em demônios. Nunca enxergam bem... Oh, que a minha senhora não tenha medo algum! Em toda comédia de Cupido não se apresenta nenhum monstro;

um modo totalmente shakespeariano de dizer que o medo é uma emoção que cega, destorce, vilifica, e que no amor perfeito não há lugar para ela.

O mal, na imaginação de Shakespeare, é sujo, negro e sórdido, uma mácula, uma mancha, uma marca; e é possível citar cerca de sessenta exemplos disso, bem como número igual dos inversos ou antes mais óbvios usos de sem mácula, nem mancha, e assim por diante. Esse constante hábito de sua imaginação dá motivo por vezes a vívidos toques de descrição, como quando Lucrécia, estudando a aparência modesta e bela de Sínon em um quadro de Tróia, recusa-se a acreditar que

> A astúcia rampante e a perfídia lançassem... *Luc., 1517*
> ... pecado infernal sobre formas tão santas.

Isso aumenta o realismo de afirmações como a ardilosa manobra de Gloucester ao transferir para os cidadãos a responsabilidade de sua aceitação do trono:

> Mas, se a negra calúnia ou a censura de rosto repugnante *R.III, 3. 7. 231*
> Vierem após o que me impondes,
> A violência que me fazeis me salvaria
> De todas as censuras e manchas de ignomínia que poderiam resultar;

e empresta surpreendente pungência ao torturado grito da rainha quando ela não pode mais suportar as acusações de seu filho:

> Ó Hamlet, não digas mais nada! *Ham., 3. 4. 88*
> Viras meus olhos para o fundo de minha alma.
> Lá estou vendo manchas tão negras e tão profundas
> Que nunca poderão ser apagadas!

É em *Otelo* que a repugnância ao pecado e ao mal é provocada em nós com maior consistência, por ser imaginada como porca, negra, manchada e imunda.

Iago mantém viva tal repugnância tanto quanto qualquer outro, pois ele tem plena consciência da sordidez de seus atos e, na verdade, vangloria-se deles. Ao planejar sua diabólica manipulação de Desdêmona e Cássio, brincando com a piedade dela e conquistando a gratidão dele, reflete:

> Quando os demônios querem criar os mais negros pecados, *Ote., 2. 3. 356*
> Eles acenam primeiro com formas angelicais,
> Como estou agora fazendo.

Ote., 2. 3. 365   Assim, transformarei a virtude dela em piche;

e ao torturar Otelo, parecendo minimizar o que ele sugeriu como o pecado de Cássio, ele indaga se "coisas imundas" não poderão por vezes penetrar em um palácio, assim como "apreensões impuras" no mais puro seio.

A marca e o pretume do mal são a todo momento sugeridos ao longo da peça, como o são constantemente em Shakespeare, e a idéia é ressaltada com grande vivacidade em quadros como o do patético lamento de Otelo:

5. 1. 36;
1. 3. 65;
1. 3. 117;
1. 2. 62, etc.

3. 3. 386   O nome dela, que era puro
Como o rosto de Diana, está agora embaciado e negro
Como o meu próprio rosto,

ou seu esboço destituído de suspeitas – no qual fica concentrada toda a ironia dramática da tragédia – de Iago como "um homem honesto", que

5. 2. 148   tem horror à lama
Que adere às ações imundas.

Shakespeare pensa no mal também como uma doença, uma infecção, um machucado ou uma úlcera. Isso fica muito claro ao longo de *Macbeth* e *Hamlet* (como o fica também a idéia de "sujeira", ver pp. 296-9, 311), porém nesses casos trata-se apenas da concentração e intensificação de um quadro que Shakespeare traz sempre consigo.

Ao longo de todas as perturbações, assassinatos e maus feitos que abundam nas peças históricas, o quadro da "infecção dos tempos", do destempero no corpo do reino, cheio de "nefastas doenças", é constante.

R.J., 5. 2. 2
2H.IV, 3. 1. 38-43

Também a idéia de que um mal leva a outro está sempre presente em Shakespeare:

Pér., 1. 1. 137   Bem sei que um pecado provoca outro;
O assassinato está tão perto da luxúria, quanto a chama da fumaça.

Esse conceito é repetidamente transmitido por intermédio da imagem da infecção, como na descrição que faz Salisbury do estado da Inglaterra em *Rei João* (5. 2. 20-3).

Desenvolvimento mais sutil da mesma idéia, de que a qualidade do mal de se espalhar e contagiar com rapidez seja tão grande que até mesmo as mais perfeitas naturezas poderão ser manchadas ou degradadas por serem ligadas a ele, encontramos na conhecida imagem de *Hamlet* a respeito do "pingo de mal" – corrupto porém compreensível – que significa claramente que uma mínima mistura do que é sórdido pode com facilidade penetrar toda uma substância e transformá-la no que é o inferior. *Ham., 1. 4. 36*

É inegável que o remédio precipitadamente buscado pelos que sofrem de um mal talvez possa fazer ainda mais mal que o primeiro mal, e muitos se sentem tentados a considerar isso como verdade em relação a medidas como a "esmola governamental" na Inglaterra ou a "proibição" nos Estados Unidos, o que é retratado com aptidão por Salisbury, também em *Rei João*, quando declara:

> não estou contente de viver num tempo mau, em que é preciso *R.J., 5. 2. 12*
> Buscar remédio para uma revolta desprezível,
> E cicatrizar a gangrena inveterada de uma ferida
> Fazendo muitas outras.

O conceito do mal como tumor ou úlcera também é constante, como quando Lear volta-se contra Goneril, chamando-a "uma pústula, uma ferida de peste, um carbúnculo engastado" em seu "sangue corrompido". Ele está igualmente por trás de muitas das metáforas que tratam do pecado, tais como a repreensão que faz o duque a Jacques, ao declarar que irá *R.L., 2. 4. 226*

> Limpar o corpo do mundo infectado, *C.Q., 2. 7. 64-9*

a advertência de Ricardo a Northumberland de que o pecado imundo está "virando abcesso", ou a descrição dos temores e ira de João, sua paixão que "está tão madura que por força tem de estourar", "E quando estourar", diz Pembroke, *R.II, 5. 1. 57*

R.J., 4. 2. 79
        temo que jorre dali
    A imunda corrupção da morte de uma doce criança.

  O cheiro que embrulha o estômago do mal é o resultado natural de ele ser concebido como sujeira e doença imunda, e *grosso modo*, talvez, é através dessa sensação que Shakespeare apresenta de forma mais vívida seus quadros do horror dele.
  Já dei (pp. 72-5) vários exemplos disso ao discutir seu aguçado olfato, mas no intuito de tornar completa a apresentação de seu conceito do mal torna-se necessário repetir aqui alguns deles.
  O horror do pecado tal como é transmitido por meio de seu

4. 3. 111
mau cheiro pode ser notado de modo particular em *Otelo* e *Rei João*. O clímax da revolta dos nobres contra o mal de João (e o que foi virtualmente o assassinato de Artur) é expresso por Salisbury com espantosa vivacidade como pura revolta física contra um cheiro repugnante, quando exclama:

    Partam comigo, todos cuja alma abomina
    Os sabores sujos de um matadouro,
    Pois eu sufoco com o cheiro do pecado.

  O cheiro mau do pecado em *Otelo* é mantido diante de nós a todo momento, como o são a porcaria e a sujeira. Quando Iago afirma a Otelo, ainda como tentativa, que, ao optar por casar-se com ele – um homem negro –, Desdêmona já evidenciara gosto pervertido e antinatural, ele exclama:

Ote., 3. 3. 232
    Pfu! É possível cheirar-se em vontade tão baixa
    Desproporção sórdida, pensamentos antinaturais.

Emília, ao se dar conta do que Iago fez, grita:

5. 2. 190
      Vilania, vilania, vilania!
    Penso nisso: penso: cheirei: oh vilania!

e Otelo deixa à mostra o horror do contraste entre a beleza clara de Desdêmona e o que ele acredita serem seus pecados por meio do cheiro, lamentando:

Ó tu, erva daninha,   *Ote., 4. 2. 67*
Que és tão bela e clara e cheiras tão docemente
Que os sentidos doem por ti, quem dera que jamais houveste nascido!

e respondendo à patética indagação dela,

> Ai, ai, que pecado ignorante cometi?

com um grito angustiado:

> O que cometeu!
> O céu tapa o nariz diante dele.

Essa idéia do mau cheiro dos atos maus está por trás de muitas exclamações e descrições feitas por personagens de Shakespeare:

> Oh, minha ofensa é podre, seu fedor chega aos céus,   *Ham., 3. 3. 36*

clama Cláudio; "corrupção podre", diz Hamlet à sua mãe, "minando tudo por dentro, infectando sem ser vista"; Próspero garante ao irmão ter perdoado sua "pútrida falta" e assim por diante. Por vezes essa idéia empresta grande pungência ao sentido de horror de algum ato em particular, como quando Antônio declara que apunhalar César é um "ato imundo", que *3. 4. 148*

> vai cheirar acima da terra   *J.C., 3. 1. 274*
> Com carniças de homens, chamando por enterro;

ou Políxenes, estarrecido com as imundas suspeitas de Leontes, retrata a si mesmo como um homem emitindo odor de tal modo repugnante que todos fogem diante de sua presença. *C.I., 1. 2. 420*

Pensar no mal como uma mácula ou mancha já evoca a idéia de lavá-las ou apagá-las, que é constante. "Esta nobre paixão", grita Malcolm ao ouvir a condenação e o lamento de Macduff,

> da minha alma   *McB., 4. 3. 115*
> Apagou os negros escrúpulos.

Isso se mescla com a idéia das manchas de sangue após um assassinato, e a imagem óbvia de lavar o sangue de mãos culpadas ocorre *Ham., 3. 3. 43; R.II, 3. 1. 5; 5. 6. 50; R.III, 1. 4. 273, etc.*

McB., 2. 2. 60-3   inúmeras vezes. O grito inesquecível de Macbeth, no qual ele primeiro usa a imagem e depois a inverte, é um grande exemplo de como a pura e simples força da imaginação de Shakespeare o torna capaz de tomar uma idéia perfeitamente comum (comparar como ela aparece em *Muito barulho por nada*, 4. 1. 142-3) e a transformar, num momento de alta tensão, em algo magnífico.

O grande peso do pecado e do mal é também pensamento constante, e, como a imagem anterior, provavelmente de origem bíblica. Shakespeare o usa de forma mais que vívida para retratar o
R.II, 1. 3. 199   quanto tolhem e oprimem os efeitos da sensação de culpa. "Confesse suas culpas", diz Bolingbroke a Norfolk, e

> Como tem de ir para muito longe, não carregue
> O peso opressivo de uma consciência culpada.

R.III, 5. 3. 152   Deixe-nos entrar em seu peito, Ricardo,

gritam os fantasmas dos dois jovens príncipes,

> E pesá-lo para a ruína, a vergonha e a morte!

Tamanho é o peso do pecado, ou da sensação do pecado, que chega a ser retratado como tendo um efeito físico:

R.II, 1. 2. 50   Que os pecados de Mowbray pesem tanto em seu peito,
                Que possam quebrar as costas de seu cavalo que espuma,

clama a duquesa de Gloucester, e Iachimo, ajoelhando-se diante de Póstumo, titubeia:

Cim., 5. 5. 413   ... minha pesada consciência afunda meu joelho.

Os pecados são medidos segundo seu peso:

T&C, 2. 2. 186   persistir
             Em errar não atenua o erro,
             Antes o torna muito mais pesado,

afirma Heitor, e o duque diz a Julieta que seu pecado foi de "espécie *M.p.M., 2. 3. 28*
mais pesada" do que o de Cláudio.

Outro aspecto do mal que sempre interessou Shakespeare de modo particular, e parecia-lhe ser o aspecto mais perigoso, era seu poder de se disfarçar como bem –

> Os diabos tentam mais rápido, parecendo espíritos de luz. *T.A.P., 4. 3. 256*

Essa qualidade é retratada por ele principalmente em termos de roupagens e pinturas, sendo mais freqüente nas primeiras obras:

> Escondendo o pecado vil nas dobras da majestade, *Luc., 93*
>
> Adornar o vício como arauto da virtude, *C.E., 3. 2. 12*
>
> Pintando até ficar tão liso seu vício com aspecto de virtude, *R.III, 3. 5. 29*
>
> Meu chão negro de pecado não pintarei *Luc., 1074*
> Para esconder a verdade.

O mal como erva daninha é conseqüência natural das imagens correntes do jardim malcuidado que perpassam as peças históricas, onde aparecem a todo momento, e muito pensamento penetrante é transmitido nessas peças, como em outras, por meio de tal imagem. Assim somos levados a constatar o fato, por exemplo, de que é a natureza mais rica que tem maior capacidade para o mal – como para o bem – na observação que faz Henrique IV sobre o príncipe Hal:

> Mais sujeito às ervas daninhas é o solo mais rico, *2H.IV, 4. 4. 54*

que o ócio e a mente vazia são terreno fértil para a maldade, como na exclamação de Antônio:

> Oh, nós produzimos ervas daninhas *A&C, 1. 2. 110*
> Quando nossas mentes ágeis estão paradas,

que a indulgência para com o pecado amplia seu crescimento com estarrecedora velocidade, na exortação de Hamlet à sua mãe:

Ham., 3. 4. 151

> E não espalhe adubo nas ervas daninhas,
> Para fazer com que se multipliquem mais,

e que uma qualidade má em um membro de qualquer comunidade é verdadeiro perigo para o resto, na reflexão de Ulisses:

T&C, 1. 3. 316

> a semente do orgulho,
> Que cresceu e amadureceu
> No coração viscoso de Aquiles, tem agora de ser ceifada,
> Ou, caindo no solo, há de gerar uma ninhada de mal igual,
> Maior do que nós todos.

Essas idéias se tornam muito claras em função da constante analogia com os hábitos e características do crescimento das ervas daninhas.

As personificações do mal notam-se principalmente por sua tendência de tomar a forma de animais, mais do que de pessoas: os cães, em primeiro lugar, usados com os mais surpreendentes efeitos, como quando Hamlet retrata a culpa do rei "saindo do canil[3]" quanto este assiste à comédia, ou quando ele vê os temores de João seguindo, como um cão, "os passos do erro". Por vezes temos a imagem de outros animais, como quando Henrique V visualiza, por meio de um cavalo que dispara, a impossibilidade de impedir soldados inflamados pela guerra de cometer atos violentos e destrutivos, e indaga:

Ham., 3. 2. 86

R.J., 4. 2. 57

H.V, 3. 3. 22

> Que rédea pode segurar a maldade licenciosa
> Quando ela faz sua feroz carreira colina abaixo?

E por vezes só o tipo de animal é indicado, como quando Lucrécia, em sua vívida descrição da paixão dos homens, sugere feras de rapina:

Luc., 1249

> Nos homens, como em bosque emaranhado, restam
> Males que moram em cavernas onde dormem obscuros.

Assim, nessas descrições como um todo, vemos o mal como algo corrupto, horrível e repugnante, que é, em relação ao mundo, como a imundície e a doença são para o corpo ou a proliferação das

▼

3. *Unkenneling*, novamente a transformação do substantivo em verbo. (N. da T.)

ervas daninhas para um jardim; é uma condição, um tumor que, se se quiser alcançar a fertilidade e a saúde, tem de ser eliminado a qualquer preço. Porém ele não carrega mais consigo nenhuma "sensação de pecado" do que experimentaria um jardineiro olhando para um jardim desordenado e emaranhado, ou um médico tratando um corpo envenenado. Se acrescentarmos o que essas descrições nos dizem ao magistral resumo feito por Bradley sobre a apresentação do mal por Shakespeare tal como este fica revelado nas tragédias, verificamos que elas o apóiam e reforçam.

O prof. Bradley ressalta que nas tragédias o mal se exibe como algo alheio à ordem total e última do mundo, ordem essa que, apesar de tudo, parece a princípio produzi-lo, depois lutar com ele, e finalmente, com grande perda e desperdício para si mesma, expulsá-lo. Argumenta ele, portanto, que essa ordem última, ou poder, que é oposta ao mal, que é perturbada pelo mal e reage contra ele, tem de ser semelhante ao bem e é de fato uma ordem "moral".

Nos quadros de sujeira e repugnância, e mais particularmente nos de mal-estar e doença, vemos esse mesmo conceito de algo produzido pelo corpo, que é na verdade e em certo sentido parte dele, contra o que, ao mesmo tempo, para sobreviver, ele tem de combater e lutar; em cuja "luta intestina", como a chama Bradley com aptidão, ele expele não só o veneno ou a podridão que o está matando, mas também uma parte preciosa de sua própria substância. Nisso consiste a tragédia, "não há tragédia na expulsão do mal; a tragédia é que isso implica o desperdício do bem"[4].

As ervas daninhas que proliferam em campo ou jardim transmitem, de forma ligeiramente diferenciada, a mesma idéia; elas são produzidas pela terra e fazem parte dela tanto quanto o trigo e as flores, porém em seu caso o desperdício inevitável de força vital consiste não no ato de serem arrancadas ou expelidas, mas antes na própria permissão para que floresçam, desse modo empobrecendo e – se não foram controladas – arruinando o solo.

▼

4. *Shakespearian Tragedy*, de A. C. Bradley, 1904, p. 37.

CAPÍTULO IX

EVIDÊNCIAS DO PENSAMENTO DE SHAKESPEARE NAS IMAGENS
(*continuação*)

Os pontos de vista de Shakespeare sobre a bondade são menos fáceis de se desprender de suas imagens do que sua atitude geral em relação ao mal. Isto é, ele tem menos retratos de bondade, e em quase todos ela é mostrada em sua relação com o mal.

Uma coisa fica clara, tanto nas peças quanto nas imagens: ele tem, a todo momento, consciência da estranha mistura de bem e mal em nossa vida e existência, da presença necessária de ambos para compor o tecido tal como o conhecemos, pois

B.B.A., 4. 3. 75   A teia de nossa vida é feita de fio misturado, bem e mal juntos.

Não apenas isso, mas efetivamente um produz ou faz nascer o outro, e bondade excessiva pode até facilitar que o mal floresça e escape da punição, como quando York, o "pai leal de um filho traidor", é retratado como um rio puro e prateado, do qual Aumerle

R.II, 5. 3. 62   através de passagens lamacentas
Interrompeu a corrente e corrompeu a si mesmo,

diz Bolingbroke a York:

5. 3. 64   Seu excesso de bem converte-se em mal,
E sua bondade abundante perdoará
Essa mácula mortal em seu filho desencaminhado,

ao que York responde, com amargura:

> Minha virtude será caftina de seu vício. *R.II, 5. 3. 67*

Por outro lado, fica claro que o mal continuamente provoca o aparecimento do bem, a aflição produz paciência e outras virtudes, a guerra e o perigo são clarinadas conclamando a coragem e a resistência, como Harry, o rei, percebe claramente quando, antes de Agincourt, ele faz a ronda de seu acampamento e reflete sobre a "alma do bem em coisas más". *H.V, 4. 1. 4*

O contágio do bem (e o fato de uma boa ação levar a outra) é sentido de forma muito aguda em Shakespeare, embora ele não insista tanto nisso quanto na "infecção" do mal, e pode não ser totalmente casual o fato de que aparentemente as mulheres têm mais consciência de um e os homens do outro:

> ... uma boa ação morrendo sem língua *C.I., 1. 2. 92*
> Chacina mil que a seguiriam,

insiste Hermíone, tentando estimular Leontes a dizer-lhe alguma coisa agradável. O grande alcance dos efeitos da bondade raramente foram tão bem retratados quanto por Pórcia quando ela vê a luz da sala que inunda seu jardim no momento mais escuro que antecede a aurora, e voltando-se para Nerissa diz:

> Como pode jogar seus raios até tão longe aquela velinha! *M.V., 5. 1. 90*
> Assim brilha uma boa ação num mundo mau.

Hermíone enfatiza o valor das palavras bondosas, e esse é um pensamento característico de Shakespeare que torna a ocorrer em uma cena que leva muitas outras marcas de sua autoria, quando Henrique VIII, ao que parece reagindo à esperança de Wolsey de que ele "junte em uma canga" seus "atos bons" e suas "boas palavras", responde:

> Novamente, você disse bem; *H.VIII, 3. 2. 152*
> E dizer bem é uma espécie de boa ação.

A capacidade da bondade para atiçar o fogo e reverberar está mais presente na mente de Shakespeare e em suas peças mais tardias; a "infecção" do mal, nas iniciais. A primeira é discutida de forma mais longa na interessante conversa entre Ulisses e Aquiles, quando Ulisses, estimulado pelo que vinha lendo, salienta que qualquer bem em nós só existe em virtude de seu efeito sobre os outros, pois o homem só o possui por reflexo,

T&C, 3. 3. 100
>Assim como quando suas virtudes brilham sobre outros,
>Aquecem-nos, e eles devolvem novamente esse calor
>Ao primeiro doador.

O conceito da qualidade "frutífera" da bondade, bem como a compreensão, associada a ele, de que o único valor de nossas boas qualidades reside no ponto até o qual elas afetam, influenciam ou deleitam os outros, está muito presente na mente de Shakespeare em determinado período, provavelmente de 1602 a 1605, e ele o cristaliza e preserva, segundo seu hábito, numa sucessão de quadros vívidos. "Homem algum", diz Ulisses, "é senhor de qualquer coisa"

>Até comunicar suas partes aos outros

e só as vê

3. 3. 119
>configuradas no aplauso
>Que lhes é estendido; que, como um arco, reverbera
>Sua voz novamente; ou como um portão de aço,
>Voltado para o sol, recebe e retorna
>Sua figura e seu calor.

O duque expressa sua opinião nas primeiras palavras de *Medida por medida*:

M.p.M., 1. 1. 33
>O céu faz conosco como nós fazemos com as tochas,
>Não as acendemos só por elas mesmas.

E Tímon, em sua entusiástica resposta ao desejo expresso por seus amigos de que ele deveria usá-los, declara que, se amigos não se ajudarem uns aos outros, eles "pareceriam doces instrumentos pendurados em caixas, que guardam seu som para si mesmos".

T.A., 1. 2. 98

Ainda mais um pensamento de Shakespeare acerca da bondade, tal como é expressa em suas imagens, pode ser notado aqui. Vimos que ele retrata o mal como algo imundo, como uma doença e um veneno, porém ele é um veneno para uma natureza sadia ou ao que é, no todo, um estado de coisas saudável. Por outro lado, como podemos ver por meio de outras imagens, há circunstâncias nas quais a bondade também pode ser um veneno e parecer imunda e vil, ou seja, em relação ao homem vicioso. Em outras palavras, Shakespeare apreendeu intuitivamente a antiga doutrina platônica de que a alma é capaz de perceber a beleza apenas na medida em que ela também é bela, e que, como conseqüência, a alma degradada não gosta e chega mesmo a refugar diante da beleza e da bondade.

Se, como afirma Ruskin[1], toda a ciência da estética fica, em sua maior profundidade, resumida na passagem de *Fausto* em que Mefistófeles descreve o canto dos anjos como "discórdia" e "tintilar imundo", poderíamos nós afirmar que, do mesmo modo, a verdade de o amor da bondade depender inteiramente da saúde e da pureza do espírito fica resumida no comentário que Wolsey faz a Surrey:

> Toda bondade *H.VIII, 3. 2. 282*
> É veneno para o teu estômago,

ou na amarga repreensão de Albany a Goneril:

> A sabedoria e a bondade aos vis parecem vis: *R.L., 4. 2. 38*
> A imundície saboreia apenas a si mesma.

Passando agora para o conceito que faz Shakespeare do Tempo, constatamos que uma das mais importantes funções do tempo é revelar ou desemaranhar a verdade. Seu ofício é

> Comer os erros gerados pela opinião; *Luc., 937*

sua glória,

▼

1. *Aratra Pentelici*, Lecture I, par. 12.

Luc., 940　　　　　　Desmascarar a falsidade e trazer à luz a verdade.

É ele que endireita e resolve os problemas e as complexidades da vida, tanto na comédia como na tragédia. Cordélia, ouvindo com repugnância as declarações falsas da irmã, contenta-se em esperar até que

R.L., 1. 1. 283　　　　O tempo desvende o que o ardil escondeu em suas dobras,

enquanto Viola, correndo os olhos pelos problemas de seu pequeno mundo, onde todos parecem estar resolvidos a amar a pessoa errada, suspira em desespero:

N.R., 2. 2. 41　　　　Oh tempo! Tu tens de desemaranhar tudo isso, não eu;
　　　　　　　　　　　É nó muito difícil para eu desatar!

Pensa-se no tempo, às vezes, como em uma fruta que está amadurecendo:

1H.VI, 2. 4. 99　　　Ficasse o tempo que cresce uma vez maduro por minha vontade;

1H.IV, 1. 3. 294　　　Quando o tempo estiver maduro, o que será logo,

M.V., 2. 8. 40　　　　Mas espere o próprio amadurecimento do tempo,

e ambas as idéias, a do revelador da verdade e a do fruto que amadurece, aparecem combinadas na prece desesperada de Isabela, quando o duque afirma não acreditar nas acusações que ela faz contra Ângelo:

M.p.M., 5. 1. 116　　Concedei-me a resignação e, quando o tempo estiver amadurecido,
　　　　　　　　　　　desvende o mal que está aqui embuçado.

O tempo também é retratado como o sol, que faz amadurecer. "A árvore real", diz Gloucester a respeito de Eduardo,

R.III, 3. 7. 167　　　　　　　　　　　deixou-nos fruto real,
　　　　　　　　　Que, amadurecido pelas fugidias horas do tempo,
　　　　　　　　　será bem digno do trono da soberania.

Intimamente ligada a esse poder que dá vida e alimenta, aparece a imagem do tempo como ama, criadora e geradora tanto do bem quanto do mal.

> O tempo está prenhe de novidades e, de minuto a minuto, *A&C, 3. 7. 81*
> Dá à luz mais alguma,

grita Canídio, à véspera da derrota, tendo ouvido notícias contraditórias e decisões preocupantes;

> O tempo é a ama e a criadora de todo bem, *D.C.V., 3. 1. 243*

declara Proteu, esperançoso; e do mesmo modo por certo Iago afirma: "Há muitos acontecimentos no útero do tempo, que serão paridos"; Lennox fala de profecias de *Ote., 1. 3. 378*

> acontecimentos confusos *McB., 2. 3. 62*
> Recém-chocados pelos tempos dolorosos,

na noite terrível do assassinato de Duncan; e o filho, olhando o rosto do pai que ele matou, sem saber, na batalha, grita:

> Oh tempos pesados, que geram tais eventos! *3H.VI, 2. 5. 63. Ver também Tito, 4. 3. 30*

Essa concepção do papel do tempo em provocar o nascimento e o amadurecimento de sementes ou germes é plenamente desenvolvida e aplicada de forma interessante por Warwick em relação ao desenvolvimento do caráter, quando ele discute com Henrique IV os primeiros indícios da falsidade de Northumberland:

> um homem pode profetizar, *2H.IV, 3. 1. 82-6, também 75-9*
> Quase infalivelmente, as principais probabilidades de coisas
> Ainda por nascer, que em suas sementes
> E fracas origens jazem quais tesouros enterrados.
> Tais coisas o tempo choca e faz nascer.

De modo que o tempo, como Janus, tem dois rostos; se ele é destruidor, é também o veículo, a condição necessária pela qual eventos, qualidades, projetos, idéias e pensamentos adquirem uma existência real e material.

T&C, 1. 3. 312

Tenho uma idéia novinha em meu cérebro,

diz Ulisses a Nestor:

Conceda-me tempo para dar-lhe forma,

isto é, transformá-la em realidade, para fora da mente ou do espírito, em alguma forma definida e tangível.

Isso é característico do pensamento shakespeariano que encontramos a toda hora. Agamenon, queixando-se de que, durante os longos sete anos do cerco de Tróia, todos os planos projetados na mente dos que faziam o cerco, quando transformados em ação, perderam o rumo, descreve assim tal infortúnio:

1. 3. 13

Já que em todas as ações passadas
Cuja recordação nos foi transmitida, não se
Encontrou uma cuja execução não se ache
Mutilada e deformada, que haja correspondido à finalidade
E àquela figura incorpórea do pensamento
Que a desenhou de antemão.

Do mesmo modo, o nascimento da poesia tem lugar

S.N.V., 5. 1. 14

como a imaginação dá corpo
À forma de coisas desconhecidas, a pena do poeta
As transforma em figuras.

Por vezes, como aqui, a imaginação, o gênio humano e o tempo – pois a operação do gênio necessita de tempo – parecem compartilhar a função *configurativa* ou materializadora; por vezes são só a imaginação e o tempo, como quando Hamlet declara que tem mais

Ham., 3. 1. 126

ofensas à sua disposição do que "pensamentos em que colocá-las, imaginação para dar-lhes forma, ou tempo no qual torná-las ações".

Por outro lado, o tempo é o único fator quando Falstaff grita:

2H.IV, 3. 2. 352

"Deixe que o tempo o configure, e tudo acaba aí" ao refletir, um tanto exasperado, sobre o que o tempo fez ao tolo e cabeça-oca Shallow, e resolve beneficiar-se, em futuro próximo, das "terras e gado" que o seu conhecido conquistou imerecidamente.

As duas características do tempo que se impingem com maior freqüência na consciência de Shakespeare, no entanto, são a variação de seu andamento e – sem dúvida a mais importante – seu poder destruidor.

A variação da velocidade do tempo, que depende totalmente do estado emocional dos que o vivenciam, é tema que atrai Shakespeare ao longo de toda a sua obra, desde as maldições retóricas de Lucrécia sobre Tarquínio, quando ela invoca o tempo para que

> Dá-lhe tempo de ver quão lento flui o tempo *Luc., 990*
> Em tempos de aflição, e quão rápido e curto
> Seu tempo da loucura e seu tempo do prazer,

até a apaixonada invectiva de Tróilo quando Créssida lhe é arrancada e ele denuncia o "tempo injurioso" que, com a pressa de um ladrão,

> Entulha-se com seus ricos roubos. *T&C, 4. 4. 42*

Como explica espirituosamente Rosalind a Orlando, "O tempo viaja a passos diversos com pessoas diversas". Para os que amam e têm de separar-se, ele se move com a velocidade de um raio; ele tem "pés rápidos" e é "sem descanso" para quem fica vendo a juventude e a beleza se acabando; e está em "pressa contínua" para o amante que teme mudanças; ele galopa com o ladrão a caminho da forca, e os que são velhos descobrem que em seus

C.Q., 3. 2. 317
S.N.V., 3. 2. 200;
T&C, 4. 2. 11
Luc., 991-2; V&A,
23, 842
Soneto XIX, V
Soneto CXXIII
C.Q., 3. 2. 336

> mais rápidos decretos *B.B.A., 5. 3. 40*
> O pé inaudível e sem ruído do Tempo

"desliza antes"² que eles "os possam efetivar". Por outro lado, para amantes separados que sonham com a reunião, ele "anda de mule-

M.B.N., 2. 1. 361;
C.Q., 3. 2. 313

▼

2. No original *steal*, que tanto pode significar "deslizar" quanto "roubar", sem equivalente literal em português. (N. da T.)

tas"; aos que sofrem ele "parece longo"; enquanto para o ocioso e o indolente, que o "despacham" "descuidadamente", para os que ficam de vigília e para o homem que espera recompensa de reis, as horas se arrastam vagarosamente.

Porém seja seu passo rápido ou lento, o tempo tem uma característica constante: ele destrói. Injurioso, cambiante, dissipador, devorador, estragador e ladrão, ele consome cidades, derruba prédios imponentes, engole a juventude, "alimenta-se das raridades da verdade da natureza" e devora boas ações tão depressa quanto são feitas, rouba minutos e horas, estraga e saqueia a beleza,

E nada existe que seu alfanje não ceife.

Esse, pelo menos, é um estado de alma – e o mais constante – no qual Shakespeare vê o tempo, e, como muitos de seus quadros de morte, essa é uma concepção totalmente medieval que ele tem diante de si, a do "cormorão" devorador, o "tirano sanguinolento", o onipotente ceifador com seu alfanje. É nessa figura que Ulisses pensa quando declara que

beleza, o espírito,
a alta estirpe, o vigor do corpo, os serviços meritórios,
O amor, a amizade, a caridade são todos sujeitos
À inveja e às calúnias do tempo.

Mas novamente, como em sua visão da morte, creio que em tudo isso Shakespeare estava apenas oferecendo a suas platéias e leitores a imagem (figura) à qual ele e eles costumavam ser apresentados. Se observarmos mais de perto, no entanto, encontraremos pistas das concepções pessoais de Shakespeare, tanto nos *Sonetos* quanto na grande peça que é *Tróilo e Créssida*, cuja filosofia fica centrada em torno do poder e das limitações do tempo.

Em alguns dos *Sonetos* (C, CVIII, CXVI, CXXIII), o dito poder do tempo é questionado ou atacado, por *Lucrécia* ele é situado numa esfera definitivamente humilde: "tu, lacaio incessante da eternidade", e em um soneto somos claramente informados de que, apesar da tirania do tempo e sua "miríade de acidentes", que

> Se esgueiram entre juras e mudam os decretos dos reis,   *Soneto CXV*

há um poder incomensuravelmente maior que ele, pois é de valor inestimado³, eterno, inabalável e inalterável. Tal poder é o amor; não o amor

> Que se altera quando encontra alteração,   *CXVI*

mas um "marco eternamente erguido"

> Que encara as tempestades e nunca se abala.

Tudo parece ficar sob o domínio do tempo – juventude, beleza, força, a própria vida⁴ – a não ser o amor, que pertence a outra esfera e independe do tempo:

> ... o amor eterno, do amor em traje novo,   *CVIII*
> Nunca pesa os estragos e o pó do tempo
> Nem dá lugar às rugas necessárias,
> Mas faz da velhice para sempre seu pajem;

> O amor não é bobo do Tempo, embora venha a sua   *CXVI*
> curva foice atingir faces e lábios rubros.

Pode-se argumentar que tudo isso seja meramente retórico, um clímax apropriado para uma série de ardentes poemas de amor, porém quando encontramos o poeta, em seu quadragésimo ano, escrevendo um drama trágico, pleno do mais profundo pensamento e experiência, inflamado com emoções apaixonadas, que corporifica, como tema central, a percepção de que a infinidade do amor fiel fica fora de seu elemento – não pode de fato continuar a existir – dentro dos limites de um tempo finito, tendemos a crer que a experiência e as reflexões de Tróilo são muito proximamente semelhantes às de seu criador.

▼

3. O termo em inglês é *unplumbed*, ou seja, "não medido pelo prumo". (N. da T.)
4. "Porém o pensamento é escravo da vida, e a vida o bobo do tempo", exclama Hotspur ferido (*1H.IV*, 5. 4. 81).

O conceito de tempo está sempre presente junto a Shakespeare em *Tróilo e Créssida*, e as constantes imagens de tempo são inusitadas e magníficas, até mesmo para ele, de tal modo que vemos ser apresentada a nós, pelos vários personagens da peça, uma série dos mais variados e inesquecíveis aspectos do tempo a serem encontrados em toda a sua obra.

Temos a linda figura de Créssida quando ela jura o seu amor:

T&C,
3. 2. 189-93

> Quando o tempo for velho e houver esquecido de si mesmo,

4. 5. 166-71

uma reminiscência de Whitney, porém valendo por si, como poesia, todo o seu grande livro; a saudação de Agamenon a Heitor, quando, varrendo para longe de si tanto passado quanto futuro, ele oferece amizade e boas-vindas presentes e imediatas; a concepção de Heitor do tempo como juiz:

4. 5. 224-6

> O fim coroa tudo,
> E o velho árbitro comum, o Tempo,
> Um dia o concluirá;

3. 3. 145-74

A tremenda fala de Ulisses, que corporifica, em imagens que se sucedem com rapidez e se desmancham uma na outra, sua cínica visão do tempo como destruidor, como o que esquece e como o que – curiosamente – chamaríamos de "servidor do tempo"[5]; o esmoler com

3. 3. 145

> uma mochila nas costas,
> Na qual deposita esmolas para o esquecimento,

o "monstro de enorme ingratidão"; a pressa para os que desejam promoção com o tempo, varrendo tudo o que fica à sua frente, "como uma maré que avançou", atropelando os mais adiantados que caíram durante a corrida; o "anfitrião da moda",

▼

5. *Time-server* significa "vira-casaca", por "servir os tempos", ou seja, mudar de posição segundo possa render melhor o momento para seu ganho pessoal. (N. da T.)

> Que aperta ligeiramente a mão do convidado que sai,   *T&C, 3. 3. 165*
> E com os braços abertos, como se fosse voar,
> Agarra o que chega,

todas elas dando ênfase às qualidades instáveis, cambiantes, implacáveis e destrutivas do tempo. Acima de tudo temos os quadros criados por Tróilo: a noite bruxa que

> foge dos braços dos apaixonados   *4. 2. 11-4*
> Com asas mais rápidas do que o pensamento,

o intrometido bruto e sem coração que

> Impede a despedida, precipita bruscamente   *4. 4. 34*
> Todos os prazos,

o matador que estrangula as juras do amor "no próprio berço de nosso alento onde são gerados", e o ladrão que empilha

> esses adeuses, numerosos como as estrelas no céu,   *4. 4. 44*
> arruma-os "num vago adeus".

É claro que não é só através da imagística que encontramos, nessa peça, o conceito de tempo de Shakespeare. Nas falas diretas dos personagens também encontramos idéias semelhantes. Assim, por meio de sua invectiva, acima de tudo, podemos sentir o que Tróilo não consegue perdoar ao tempo: o fato de ele ferir, mudar, diminuir e até destruir o amor. Desde o início ele tem semiconsciência de que deve ser assim, duvida da permanência do amor em um mundo cambiante, mas reconhece a qualidade suprema de sua própria experiência:

> jamais a imaginação de um jovem fantasiou   *5. 2. 164*
> Com alma tão eterna e fixa.

Dessa aparente contradição emerge a concepção, e até a filosofia, implícitas na realidade do amor como algo maior, mais espiritual, mais delicado, e no entanto mais duradouro que o próprio tempo, e precisamente por isso "incapaz de corporificação contínua e concreta no difícil fluxo dos acontecimentos"⁶.

O amor aparentemente é morto pelo tempo, só porque ele transcende o tempo; e sua essência espiritual e infinita não pode ser confinada nas limitações de um mundo material e finito:

T&C, 3. 2. 160
> ser sábio e amar
> Excede o poder humano; reside com os deuses no alto⁷.

O caminho fica, desse modo, aberto à possibilidade de uma condição ou uma conscientização para além do temporal, na qual o amor pode sobreviver em uma realidade sem tempo.

MORTE
Encontramos em Shakespeare mais de cinqüenta imagens e personificações da morte, e é impossível estudá-las todas sem obter alguma pista sobre sua própria atitude em relação a ela.

Existe, é claro, muitas discussões e reflexões conhecidas e intensamente estimulantes sobre a morte em sua obra, em particular em *Hamlet*, em *Medida por medida* e em *Tímon de Atenas*, três peças intimamente relacionadas, mas todas são estrita conseqüência da situação dramática ou da visão do personagem que fala.

A obsessão de Hamlet com a morte e sua revolta contra o horror físico dela, seus temores e dúvidas quanto à morte da mente e sua percepção final de que a morte, não a vida, é a "felicidade"; os argumentos do duque para provar que o melhor da vida é o sono e a morte não mais do que isso; o natural horror de Cláudio pelo desconhecido; a certeza de Tímon de que para ele o "nada" da morte é libertação e realização, tudo isso e muito mais o próprio Shakespeare pode ter sentido e acreditado, mas não podemos saber com certeza.

▼

6. Esta frase é citada da bela exposição a respeito da filosofia de *Tróilo e Créssida* feita por *Mr.* G. Wilson Knight (*The Wheel of Fire*, 1930, p. 74), em que esse e outros temas são longamente comentados, à qual eu devo esta idéia e que recomendo a todos os leitores interessados.
7. Ver também o capítulo de *The Wheel of Fire* sobre *Tímon de Atenas*, peça que constitui depoimento infalível sobre o fato de o amor, quando não ligado a sabedoria prática, prudência e cautela, é, no mundo concreto, em meio a uma humanidade imperfeita, condenado ao fracasso, "pois a generosidade, que faz deuses, continua a macular os homens".

O que sabemos é que, quando ele pensava na morte, um certo conjunto de quadros coriscavam em sua mente, e para esses quadros podemos olhar junto com ele e, em virtude de seu próprio gênio, podemos vê-los quase tão vivamente quanto ele.

Tais quadros revelam uma imaginação muito sensível que compreende na íntegra que "os covardes morrem muitas vezes antes de morrer", e que a sensação da morte "está principalmente na apreensão", uma imaginação que mesmo assim se retrai intensamente ante seu lado físico e seus horrores, e que nesse clima vê a morte como "um monstro de carniça", uma "carcaça podre" em andrajos ou "um fedor odorífero". *J.C., 2. 2. 32*
M.p.M., 3. 1. 78
Cim., 5. 3. 70
R.J., 3. 4. 33;
2. 1. 456
3. 4. 26

Esse lado de Shakespeare tem aguda consciência da cobiça e do caráter destrutivo da morte, em particular na guerra e em acidentes trágicos, como em *Rei João* e *Romeu e Julieta*, e a retrata como um guerreiro com mandíbula de aço "roendo como um rato[8] a carne dos homens", um esqueleto a banquetear-se com milhares de soldados, o "monstro de carniça", um ser orgulhoso e poderoso, que para fornecer comida em seus banquetes abate reis, rainhas e príncipes "com um golpe". Para a imaginação de Romeu, o túmulo é o "ventre da morte" atulhado de comida. "Estômago detestável", grita ele,
2. 1. 352
5. 2. 176;
3. 4. 33
Ham., 5. 2. 367

> tu, ventre de morte
> Fartado com o mais precioso petisco da terra,
> Forço assim a abrir-se sua goela podre,
> Que apesar disso encherei com mais comida.

R&J, 5. 3. 45

Vista assim, como a destruidora precoce da juventude, por acidente ou batalha, a morte é assustadora e de repugnante aspecto, um

> Tirano de mau aspecto, feio, mesquinho, magro,...
> Um fantasma de triste esgar.

V&A, 931

Fica sugerido por vezes, no entanto, que não vemos a morte como realmente é, mas como um mímico ou ator:

▼

8. Impossível, em português, usar a concisão de *mousing*, quando a figura do rato é transformada na ação de agir como ele. (N. da T.)

1H.VI, 4. 7. 18   Tu, morte grotesca, que aqui ris de nós para debochar-nos;

um bicho-papão mascarado para assustar crianças, como quando o mensageiro, após a batalha de Shrewsbury, grita:

2H.IV, 1. 1. 66
        morte odienta que pões tua mais feia máscara
Para assustar o nosso lado.

No entanto não podemos sentir que algo das próprias esperanças ou experiências de Shakespeare é expresso nas palavras de Northumberland em peça anterior,

R.II, 2. 1. 270
        mesmo através das órbitas vazias da morte
Vejo a vida espreitando.

Quando a morte ceifa a juventude e a beleza, ela é por vezes concebida como amante, principalmente no caso de Julieta:

R&J, 4. 5. 38
    A morte é o meu genro, a morte é o meu herdeiro;
Casou-se com a minha filha,

exclama o velho Capuleto; Romeu, olhando Julieta no monumento, declara que a morte, que sugou o mel de seu hálito, ainda não tocou sua beleza. Será porque, indaga ele,

5. 3. 103
        a morte sem substância está apaixonada,
E que o monstro esquálido e abominável te retém
Aqui para sua amante?[9]

A&C, 1. 2. 145; 5. 2. 315   Enobarbo e Charmiana falam ambos da morte como amante de Cleópatra. "Agora vanglorias-te, morte", grita Charmiana,

                de jazer em tua posse
        Uma incomparável mulher;

▼

9. O fato de a palavra *death* em si não ser definida por gênero em inglês é que permite a imagem. (N. da T.)

Antônio resolve que em sua próxima luta há de fazer a morte amá- *A&C, 3. 13. 192*
lo, e a própria Cleópatra, ao morrer, compara o golpe da morte com

> o beliscão de um amante,   *5. 2. 295*
> Que dói, mas é desejado.

Constance, em sua horripilante imagem, a saúda como marido e *R.J., 3. 4. 25*
amante; enquanto Cláudio em desespero, Lear em seu frenesi, e   *M.p.M., 3. 1. 84*
Antônio em sua determinação resolvem, cada um deles, saudar a *R.L., 4. 6. 203*
morte com coragem e alegria, como um noivo correndo para en-   *A&C, 4. 14. 99*
contrar sua noiva.

O poder da morte, e o desamparo do homem quando em suas garras, são mantidos diante de nós a todo momento, e Shakespeare nos mostra a morte como um lutador, um cavaleiro numa justa, um antagonista com quem lutamos em um jogo perdido e que podemos, *C.Q., 2. 6. 10*
no máximo, manter um pouco "a um braço de distância"; um cão a *R.III, 4. 1. 40;*
perseguir-nos junto aos calcanhares, um caçador, um apanhador de *B.B.A., 3. 4. 15*
aves e um arqueiro, com arco de ébano; um sargento aterrorizante,
"rígido em suas prisões"; um soldado, fazendo cerco à mente, a es- *1H.IV, 5. 4. 107*
petá-la e feri-la; um rei que tem sua corte dentro dos próprios limi- *Pér., 1. 1. 40*
tes da coroa de um rei mortal; um bobo, debicando e rindo da *V&A, 948*
pompa com que ele brinda a vaidade de um monarca, enquanto, *Ham., 5. 2. 339*
no momento em que quiser, com um pequeno alfinete fura a mu- *R.II, 3. 2. 160-70*
ralha do castelo e o reclama para si; e a própria vida é vista como o
bobo ou o otário da morte, que sempre tenta, em vão, fugir dela, *M.p.M., 3. 1. 11*
enquanto é sempre e irresistivelmente puxado para ela.

Esses são, na maioria, aspectos da morte vistos em circunstâncias especiais, aquela que, terrível e faminta, se alimenta da guerra, o violador da juventude, da beleza e da força, que debochando brinca não só com reis e príncipes e os domina, mas também até com a própria vida; e compreendemos que aqui Shakespeare está apenas apresentando à sua platéia a figura do nefasto porém meio cômico esqueleto com o qual ela ficou familiarizada graças aos chistes e às figurações medievais.

Será que podemos ousar conjeturar, a partir dessas e muitas outras imagens, as idéias de Shakespeare sobre a morte? Acredito que sim.

Até mesmo uma vista de olhos nos quadros que ele nos dá da vida oferece-nos pistas sobre o seu oposto. Assim, a vida é uma viagem, incerta e cercada de baixios e misérias, uma jornada, uma peregrinação; a morte é o fim da jornada, por vezes um naufrágio, jamais um porto ou um abrigo. A vida é uma febre, um sonho; a morte é o médico seguro, um sono; a vida é apenas uma respiração, a morte, o espelho que o prova para nós; a vida é uma luz, uma vela, uma lâmpada, um fogo, uma fagulha; a morte é a extinção de todos eles. A vida é uma flor de primavera, a morte, uma geada; a vida é uma prisão, a morte, uma libertação; a vida é um fio, um nó, a morte é o fio cortado, apodrecido ou quebrado, e o nó desfeito.

De modo geral, parece que Shakespeare não se rebela contra a morte, mas a aceita como um processo natural, uma dívida que temos para com Deus, o cancelamento do vínculo da vida; ele pensa nela a todo momento como o fim de tudo o que conhecemos, que por vezes chega de forma abrupta e rude, como a geada precoce numa flor, um inverno que mata, um machado golpeando uma árvore, ou mais gradativamente, como um cancro ou um amadurecimento que passa do ponto; mas, *grosso modo*, com maior freqüência, apesar dos questionamentos de Hamlet e do desespero de Cláudio, um fim totalmente pacífico, misericordioso e tranqüilizador.

1H.IV, 5. 1. 126; 1. 3. 185
2H.IV, 3. 2. 247
R.III, 3. 2. 80
Cim., 5. 4. 27
R&J, 4. 5. 28
H.VIII, 3. 2. 177
R&J, 2. 3. 30

R.III, 4. 4. 2

R&J, 4. 1. 101
3H.VI, 5. 2. 16

A&C, 4. 14. 46
4. 15. 85

Com maior constância ele a vê como um sono[10] quando "a longa tarefa do dia está acabada", ou uma janela que se fecha, excluindo a luz do sol, um véu negro, muitas vezes uma nuvem sobre o sol[11], ou, como já disse, o extinguir da luz, uma tocha ou vela já queimadas, uma lâmpada gasta e a chegada da noite, quando

5. 2. 193

> o dia brilhante acabou
> E agora vamos para o escuro.

Cim., 5. 4. 7

Ela é a chave que abre os grilhões dos problemas e das doenças que nos prendem firmemente a este mundo, é a que fecha e dá

▼

10. *A&C*, 4. 14. 35; *M.p.M.*, 3. 1. 17; *McB.*, 3. 2. 23, 2. 2. 38, 2. 3. 81; *Soneto LXXIII*; *Cim.*, 2. 2. 31; *2H.IV*, 4. 5. 35.
11. *3H.VI*, 2. 6. 62; *R.III*, 1. 3. 265, 1. 3. 267; *1H.VI*, 5. 4. 89; *2H.VI*, 3. 2. 54.

fim ao dia; mas não é jamais a chave que abre a porta para uma *R&J, 4. 1. 101*
nova vida.
 Por outro lado, ela é o caminho da liberdade física e intelectual, *Cim., 5. 4. 3-4*
um carcereiro que liberta o prisioneiro para "ampliar seu confina- *A&C, 3. 5. 13*
mento", e o bondoso juiz das misérias dos homens, que "com doce *1H.VI, 2. 5. 29*
libertação os dispensa" delas.
 Uma única vez Shakespeare em sua própria pessoa parece dizer-nos diretamente o que pensa a respeito da morte, o que se dá no grave *Soneto* 146, dedicado à alma do homem. Aí vemos a inversão do quadro medieval, e o ávido banqueteador de carne humana sendo dominado e aniquilado, por sua vez, pelo espírito do homem que se fortaleceu, e aqui Shakespeare nos aponta o caminho da vida e, portanto, a derrota da morte. Esse caminho é a concentração no cultivo da alma ou do espírito, mais do que o do corpo, ou mesmo a expensas do corpo, que não passa de uma "mansão desfalecente" da alma, seu servo e inferior; e então, pela primeira e única vez, encontramos uma nota de esperança e triunfo, notavelmente ausente de todas as outras descrições do homem em sua relação com "o espírito da escuridão":

> Então, alma, vive à custa de teu servo,
> E deixa que ele padeça para agravar tua carga;
> Compra vida eterna vendendo horas de escória;
> Alimenta-te por dentro, sem mais galas externas:
> E a Morte comerás, que dos homens se nutre,
> E morta a Morte, já não haverá mais morrer.

CAPÍTULO X

ASSOCIAÇÃO DE IDÉIAS

A tendência de Shakespeare para evocar todo um grupo de idéias semelhantes por meio de uma única palavra ou idéia é um aspecto muito marcante de seu pensamento e imaginação. Ele deve ter tido clara consciência dessa tendência, e na pessoa de Salarino ele descreve com grande precisão como é inevitável que tal associação ocorra na mente.

M.V., I. 1. 23-34
> Meu vento, esfriando minha sopa,
> Soprar-me-ia para uma febre, quando pensasse
> No mal que um vento forte poderia fazer no mar.
> Não veria correr a areia da ampulheta
> Sem pensar na água rasa dos baixios,
> E ver meu "Andrew" encalhado na areia.
> ... Se fosse à igreja
> E visse o santo edifício de pedra,
> Sem pensar logo nas pedras perigosas,
> Que tocando os lados da minha delicada nau
> Espalhariam todas as suas especiarias pela corrente...

É muito interessante rastrear esses grupos e notar, por exemplo, em suas primeiras obras como nas tardias, como a sua arte se desenvolve, ganhando força e liberdade de expressão.

Em relação a isso os dois poemas são plenos de material, cheios de embriões, por assim dizer, de pensamentos, pontos de vista, imagens e conjuntos de idéias que mais tarde encontraremos elaboradas com maior detalhe nas peças. Assim, estes versos de Lucrécia:

> Que ele tenha *tempo* para ansiar por *restos de mendigos*,   *Luc., 985*
> E *tempo* para ver alguém que vive de *esmolas*
> Desdenhar em dar-lhe as *desdenhadas migalhas*

mostram exatamente o mesmo grupo de idéias que mais tarde serão reunidas novamente em uma personificação um tanto curiosa porém muito vívida do tempo na grande fala de Ulisses em *Tróilo e Créssida*. Lá veremos o tempo como um mendigo, com

> uma mochila nas costas   *T&C, 3. 3. 145*
> Na qual deposita esmolas para o esquecimento,
> ....
> Essas migalhas são boas ações passadas, devoradas
> Tão depressa quanto são feitas.

Embora o pensamento completo das duas passagens seja bastante diverso, podemos verificar que, sem dúvida, quando Shakespeare escreveu a cena mais tardia, a conexão entre tempo e um mendigo, migalhas e esmolas, estava dormente em sua imaginação havia pelo menos cinco anos (1594-99).

    Outro exemplo, que também ilustra o desenvolvimento e crescimento da facilidade da arte, é o grupo de idéias que formam um conjunto em torno da andorinha-de-casa. Shakespeare só menciona duas vezes a andorinha-de-casa (*house-martin*, também chamada *martlet*) e seus hábitos na construção de ninhos. A primeira vez é quando Aragão vem fazer a corte e escolher a arca, e durante suas longas reflexões preliminares introduz um tanto pomposamente o símile da andorinha-de-casa, que

> Constrói o ninho da intempérie, sobre a parede exterior,   *M.V., 2. 9. 29*
> no meio e no próprio caminho dos perigos,

como exemplo da estupidez da "multidão tola" que opta pelo exibicionismo, e que

M.V., 2. 9. 27

        só entende aquilo que lhe mostram os olhos ofuscantes,
        Que não penetra no interior das coisas,

e fazendo notar que ele, Aragão, não será assim estúpido, e sim evitará o ouro "que todos os homens desejam", e escolherá a prata que lhe dará "tudo quanto ele merece"; a cena inteira é uma apresentação irônica do engano das aparências.

    Nossas mentes voam logo para uma outra cena em Shakespeare, cujo objetivo não é outro senão dar ênfase à ironia do engano das aparências, delineado em poucas linhas pela mão de um mestre, com pungente força dramática. Novamente encontramos a andorinha-da-casa, só que em vez de ela ser arrastada para o corpo do texto como um símile, a cena inteira é construída em torno do pássaro e de sua peculiar escolha de local para construir o ninho. Falo, é claro, do momento em que Duncan e seus nobres chegam ao castelo de Macbeth, onde ele irá enfrentar seu destino, e aprecia a beleza do lugar e a suave doçura do ar, enquanto Banquo salienta que

McB., 1. 6. 4

        A andorinha que assombra os templos, comprova,
        Por seu amoroso trabalho de pedreiro, que o hálito dos céus
        Dá perfume cortejador aqui: não há ponta nem friso,
        Contraforte, nem mirante, que esse pássaro
        Não tenha feito seu leito suspenso e berço de procriação.

Podemos notar, além da idéia principal subjacente, o número de idéias subsidiárias nas duas cenas ou ligadas a elas que são as mesmas, e claramente integradas na mente de Shakespeare com o hábito da andorinha-de-casa de construir seu ninho "na intempérie, sobre a parede exterior"[1].

    Em cada um dos casos um hóspede chega, Aragão ou Duncan, que vai ser "feito de tolo" ou enganado: Aragão encontrando uma cabeça de bobo em lugar da noiva, Duncan sendo sordidamente assassinado por seu vassalo nobre e parente. Uma razão possível para a conexão na mente de Shakespeare entre a andorinha-de-casa e al-

▼

1. Ver nota no Apêndice VI.

guém que é feito de tolo ou enganado seria o fato de que, nos séculos XVI e XVII, *martin*[2] era uma espécie de termo de gíria para "trouxa" e a palavra é usada nesse sentido por Greene e Fletcher (ver o *N.E.D.*)

Em ambas as cenas tenho em mente um homem aspirando à alta dignidade e honraria que aceita o que julga que lhe irá trazê-las, e é desapontado – Aragão, que "pressupõe mérito", e a "alta ambição" de Macbeth. Ambos embarcam em aventura arriscada, e de ambos ouvimos reiteradas expressões de medo do fracasso (seis vezes ao todo, duas de Aragão, uma de Pórtia, uma de Macbeth, duas de Lady Macbeth). A reflexão de Aragão a respeito do homem que presume "envergar dignidade não merecida", e suas palavras,

> Oh, que palácios, títulos e cargos *M.V., 2. 9. 41*
> Não fossem alcançados por corrupção, e a honra limpa
> Fosse comprada pelo mérito de quem a ostenta!

bem poderiam ter sido proferidas por Macbeth, que diz à sua mulher que "comprou opiniões douradas de toda espécie de gente", e que, embora ansiando pelos "títulos e cargos", ainda assim se encolhe diante do "feito horrível" por meio do qual deve conquistá-los. Em ambos os casos, também, as honras são concebidas como vestes a serem usadas, pois Macbeth é constantemente representado de modo simbólico como o que usa roupas que não lhe pertencem.

Há também muitas semelhanças verbais menores, em ambas as cenas e nos trechos ligados à idéia de desilusão; algumas das quais podem valer a pena notar.

Aragão vem cortejar, o ar do castelo de Macbeth "tem cheiro cortejador"; quando Aragão parte, Pórtia solta um suspiro de alívio e exclama: "Assim a vela chamuscou a mariposa"; logo depois da chegada de Duncan, Banquo fala de as velas do céu estarem todas apagadas; e as rimas que desiludem Aragão de modo tão rude discorrem sobre tolos e sombras:

▼

2. O nome inglês do pássaro. (N. da T.)

M.V., 2. 9. 66

> Há aqueles que beijam sombras:
> Esses só têm a felicidade da sombra;
> Há tolos que vivem, eu sei,
> Cobertos de prateado, e este é um deles.

Macbeth, ao ver sua adaga de sombra, declara que seus "olhos fazem de bobo os outros sentidos", enquanto no momento de seu mais doloroso golpe de infortúnio, quando se despedaçam suas esperanças, ele fala em sua amargura de "tolos", "vela", "sombra que anda" e de uma "história contada por um idiota".

Há um outro grupo de idéias, constantemente repetido, que talvez lance alguma luz sobre os pensamentos e as experiências de Shakespeare. Dá para notar como ele associa continuamente o sonho com a realeza e a lisonja, de tal modo que é quase possível deduzir que muitas vezes sonhou ser ele mesmo um rei dos homens, cercado de homenagens e bajulações doces, mas ao acordar descobriu que tudo era imaginação vã e vazia, e que ele, afinal, era apenas Will, o pobre ator.

O rei Henrique, antes de Agincourt, refletindo sobre a dura condição da realeza, ansiosa e insone de tanta responsabilidade, indaga o que têm os reis que falte ao homem comum, a não ser a cerimônia sem valor e a lisonja envenenada, dispensando a grandeza como um "sonho orgulhoso" que "de modo tão sutil brinca com o repouso de um rei". Ricardo II, tentando consolar sua rainha, quando esta o encontra a caminho da Torre, insta para que ela aprenda

R.II, 5. 1. 18

> A julgar nossa posição anterior um sonho feliz;
> Do qual acordamos, e que somente isto
> nos mostra a realidade do que somos.

Quando Políxenes revela-se na cabana do pastor, Perdita insiste para que Florisel a deixe, dizendo:

C.I., 4. 4. 453

>   Este sonho que tive,
> Tendo agora acordado, não bancarei a rainha nem por mais um
>   [minuto.
> Mas irei ordenhar minhas ovelhas e chorar.

A rainha Catarina, em seu julgamento, diz:

>   pensando que   *H.VIII, 2. 4. 70*
> Somos uma rainha, ou que há muito assim sonhamos.

Romeu, em duas ocasiões, quando se sente feliz, refere-se à bajuladora doçura do sonho e tem medo de confiar em sua realidade. Ao deixar Julieta depois da troca das juras de amor, exclama:

> Oh, bendita, bendita noite! Tenho medo,   *R&J, 2. 2. 139*
> Sendo noite, que tudo isto seja apenas um sonho,
> Muito docemente bajulador para ter substância.

E de novo, em Mântua, quando, a ponto de comprar o veneno para si mesmo, diz:

> Se puder confiar na verdade lisonjeira do sono,   *5. 1. 1*
> Meus sonhos são presságio de notícia alegre que já chega;

e conta um sonho que teve, quando

> Sonhei que minha senhora chegou e me encontrou morto   *5. 1. 6*
> ....
> E me insuflou tanta vida com beijos em meus lábios,
> Que eu revivi e era um imperador;

ou o comovente *Soneto* LXXXVII de adeus e abdicação, que termina

> Assim eu te tive, como na bajulação de um sonho;
> No sono um rei, mas ao despertar nada disso.

Há, é claro, vários outros grupos de idéias que reaparecem juntas, porém alguns deles – embora sem dúvida se sigam uns aos outros na mente de Shakespeare – são tão desconexos na aparência que é difícil detectar mais que um fino fio condutor de significação neles. Um desses é o da associação de morte, canhão, globo ocular, órbita de uma caveira (uma coisa vazia), lágrimas, abóbada, boca (por vezes dentes), ventre, e de volta à morte. A associação é de tal modo vívida que toda vez que Shakespeare fala de morte parece ocorrer-lhe imediatamente os vazios na caveira onde outrora haviam estado os olhos:

R.J., 3. 4. 29
E beijarei teus ossos detestáveis [da Morte]!
E porei minhas *pupilas* em tuas *órbitas* ocas,

grita Constança em *Rei João*. Na fala do Delfim a Salisbury sobre a guerra (i.e., *a morte*), vê-se a série inteira: Salisbury foi levado às *lágrimas*, e o Delfim diz:

5. 2. 49
Mas a efusão desse pranto viril,
Desse dilúvio que estoura [canhão?] da tempestade da alma,
Surpreende meus *olhos* e deixa-me mais espantado
Do que se tivesse visto a *abóbada* celeste
Sulcada em toda parte por meteoros ardentes.

Um curioso exemplo inicial dessas idéias interligadas, usadas num contexto totalmente diferente, é a descrição de Pinch na *Comédia dos erros*. O que dá início à linha de pensamento, evidentemente, é o fato de Pinch ser imaginado como uma espécie de retrato da morte, um

C.E., 5. 1. 237-50
vilão faminto de faces magras.
Mera anatomia, um saltimbanco,
Um malabarista puído, um adivinho,
Um desgraçado pobre, *de olhos fundos* e olhar esperto,
Um morto-vivo. Esse escravo pernicioso,
Na verdade, fez-se de exorcista;
E, olhando-me nos *olhos*, tomando-me o pulso,
Teve o desplante, por assim dizer, na minha cara, de
exclamar que eu estava possuído. E então todos
Atiraram-se sobre mim, me amarraram, levaram-me,
E numa *abóbada* escura e úmida de casa
Deixaram-me com meu criado, ambos amarrados juntos;
Até que, roendo com meus *dentes* minhas cordas,
Ganhei minha liberdade...

Olhos, lágrimas e abóbadas são muitas vezes associados; o que explica uma expressão curiosa como a que o mordomo de Tímon usa ao descrever a generosidade e a hospitalidade de seu amo:

> quando nossas *abóbadas choraram*   T.A., 2. 2. 166
> Com derramamento bêbedo de vinho.

E Romeu declara:

> Eu direi que aquele cinza não é o *olho* da manhã   R&J, 3. 5. 19
> . . . .
> Nem que é a cotovia, cujas notas batem
> Na *abóbada* do céu, tão alta, acima de nossas cabeças,

e Iachimo pergunta a Imogênia:

> O quê, estão loucos os homens? A natureza deu-lhes *olhos*   Cim., 1. 6. 32
> Para ver esse arco *abobadado* e a rica colheita
> De mar e terra?

E a rainha em *Henrique VI* diz:

> O mar, lindeza *abobadada*, recusou-se a afogar-me,   2H.VI, 3. 2. 94
> Sabendo que tu querias que me afogasse na praia,
> Com *lágrimas* salgadas como o mar, com tua maldade.

Em *Rei Lear* encontramos a seqüência *línguas* (*boca*), *olhos*, *abóbada* e *morte*, quando o velho rei grita:

> Uivai, uivai, uivai, uivai! Oh, vós sois homens de pedra: R.L., 5. 3. 257
> Tivesse vossas *línguas* e *olhos*, eu os usaria de modo
> Que a *abóbada* celeste se partisse. Ela se foi para sempre!
> Eu sei quando alguém está *morto* ou quando vive.

As palavras de Próspero também mostram a mesma associação: mar (*lágrimas?*), *abóbada*, *guerra* (*morte*), quando afirma:

> eu escureci
> O sol do meio-dia, invoquei os ventos amotinados,   Tem., 5. 1. 41
> E desencadeei ruidosa *guerra*
> entre o verde *mar* e a *abóbada* azulada

Ser *oca* é atributo constante da morte, ressaltado pela associação com órbita, abóbada, boca e útero:

R.II, 3. 2. 160
>pois dentro da coroa oca
>Que circunda as têmporas mortais de um rei
>A Morte mantém sua corte.

R.J., 2. 1. 457
O pensamento da morte, que se alimenta com carniça, fortalece a ligação com *boca*. "Aqui está uma *boca* realmente grande", diz o Bastardo,

>Que cospe morte e montanhas, rochas e mares;

R&J, 5. 3. 45
e Romeu clama: "Detestável *bucho*, útero de morte". Uma combinação curiosa dessa idéia de lugares ocos ao se pensar na morte aparece nas palavras de desafio de Exeter ao Delfim quando diz que o rei inglês lhe envia "desprezo e desafio"...

H.V, 2. 4. 120
>e se Sua Alteza, vosso pai,
>Ao conceder todas as várias exigências, não
>Adoçar o amargo deboche que dirigistes a Sua Majestade,
>Ele vos chamará para que lhe apresenteis uma tão sólida desculpa,
>Que todas as *cavernas* e *entranhas* da França
>Retumbarão vossa ofensa...

Aqui a conexão de idéias parece tão recôndita que é difícil perceber a razão para a ameaça até que nos lembremos como funciona a imaginação de Shakespeare.

O mais claro e notável exemplo que já encontrei dessa tendência para agrupar repetidamente determinada cadeia de idéias em torno de um estímulo particular, emocional ou mental, é um outro grupo de idéias centrado em torno de um animal. A repetição é tão marcante que já foi notada por outros – estou falando do grupo cão, lamber, doce, derreter, inevitavelmente evocado pelo pensamento de amigos falsos ou bajuladores.

Fica bem certo que as coisas que provocam a mais amarga e profunda indignação de Shakespeare são o amor fingido e a afeição adotada para fins egoístas. Ele, que dá valor tão grande – acima de tudo na vida do homem – ao amor devotado e desinteressado, fica quase de estômago embrulhado ao observar bajuladores e parasitas fazendo subservientes mesuras diante dos ricos e poderosos com o único objetivo de arrancar deles algo para si mesmos. Podemos ter toda a certeza, embora sem provas concretas, de que ele foi ferido, direta ou indiretamente, nesse sentido. Ninguém que leia com cuidado suas palavras pode duvidar de que ele viu alguém, cuja amizade prezava, ser enganado por bajuladores agitados, ou sofreu pessoalmente por atos de amigos ou falsos amigos que, para seus próprios fins, buscaram seu amor permanecendo "eles mesmos como pedras".

Cada vez que ocorre a idéia, que o afeta emocionalmente, de falsos amigos ou bajuladores, encontramos um curioso grupo de imagens trabalhadas em torno dela: um cão, talvez um *spaniel*, agradando e lambendo; açúcar-cande, confeitos ou doces, desmanchando ou derretendo. É tão forte a associação dessas idéias na mente de Shakespeare que não importa com qual dos elementos ele comece – cão, ou açúcar, ou derreter-se –, quase sem falta provoca o aparecimento de toda a série.

O exemplo mais simples é o de *Júlio César*, que começa com *desmanchar*. Quando Metelo Cimbero se prostra diante dele, César o impede, dizendo:

> Não seja tolo *J.C., 3. 1. 39*
> De pensar que César tem sangue tão rebelde
> Que *desmanche* sua verdadeira qualidade
> Com o que *derrete* tolos, digo, palavras *doces*,
> *Reverências curvadas até o chão, vil bajulação de spaniel.*
> Teu irmão foi banido por decreto:
> Se tu te curvas e imploras e *bajulas* por ele,
> Eu te afasto como um *vira-lata* para fora do meu caminho.

Em *Hamlet* a imagem começa com *açúcar*. Hamlet diz a Horácio que ele é o homem mais justo que jamais conheceu, e corta o impulso natural do amigo para impedir tal elogio repentino e inesperado, dizendo: "Não, não pense que o bajulo", pois o que teria eu a ganhar de você?

Ham., 3. 2. 64

Por que deveriam os pobres ser bajulados?
Não, deixe a *língua açucarada lamber* a pompa absurda,
E *entortar* as pesadas dobradiças dos joelhos
Onde vantagens possam se seguir à *bajulação*.

Um toque da mesma idéia torna a aparecer quando Hotspur, falando de Bolingbroke antes de ser rei, exclama:

1H.IV, 1. 3. 251

Ora, que quantidade de cortesia *açucarada*
Esse *galgo bajulador* me ofereceu então!

Em *Antônio e Cleópatra* o primeiro elemento da imagem é *cão*, e a idéia subjacente novamente é a falsa lisonja, quando Antônio, julgando-se traído e abandonado por Cleópatra e seus seguidores, grita:

A&C, 4. 12. 20

Os corações
Que me *bajulavam os calcanhares como spaniels*[3], cujos desejos
eu satisfazia, derretem-se, derramam sua *doçura*
No florescente César.

Fragmentos da mesma imagem tornam a aparecer no momento em que o acorde original de "bajuladores" é tocado, como quando Cássio diz a Antônio que suas palavras

J.C., 5. 1. 34

roubam as abelhas de Hybla
E as deixam sem mel,

e Antônio volta-se contra Bruto e Cássio, gritando:

5. 1. 39

Vilões,...
Vocês... *bajulavam*[4] como mastins
E curvavam-se como escravos, beijando os pés de César;
Enquanto o maldito Casca, *qual vira-lata*, por trás
Golpeava César no pescoço. Oh, *bajuladores*!

▼

3. No fólio aparece *panneled*; Hanmer sugeriu *spaniel'd*. A passagem, sendo obscura, já foi emendada de vários modos, mas ninguém parece ter notado que ela não passa de repetição de uma imagem favorita de Shakespeare, e que portanto *spaniel'd* tem de estar certo.
4. Nem sempre é possível corresponder às gradações de sentido do original: *fawn* é um verbo usado muito particularmente para os agrados que fazem os cães. (N. da T.)

Nesse caso começa-se com "doçura" e, com a exceção de "derreter", todo o resto da série se segue.

A explicação para essa curiosa e repetida seqüência de idéias é, julgo eu, muito simples. Era hábito, no período elisabetano, ter cachorros, principalmente *spaniels* e galgos, em volta da mesa, lambendo as mãos dos convivas, bajulando e esmolando pelos doces com os quais eram alimentados, e que, se eram como os de hoje, comiam demais, deixando-os cair meio derretidos pela casa afora. Shakespeare, muito exigente em seus hábitos, detestava esse, como detestava toda sujeira e bagunça, em particular no que se refere a comida.

E com isso acabam unidas em sua mente duas coisas que ele detesta particularmente, uma do mundo físico cotidiano, outra do mundo da mente e das emoções: a bajulação alimentar dos cães, com sua ganância e voracidade, e a bajulação dos amigos insinceros, a curvar-se e lisonjear na esperança do que poderão receber, dando as costas quando pensam que não há mais nada a ser obtido.

Na peça *Tímon de Atenas*, na qual Shakespeare expressou alguns de seus pensamentos mais profundos e mais amargos, constatamos que o assunto de toda a obra é justamente esse, específico, de algo a respeito do que ele tinha sentimentos tão vívidos – um homem traído por amigos falsos e bajuladores.

O que constatamos ser a imagem central, o quadro sempre diante dos olhos de Shakespeare nessa peça? Cães: cães bajulando com festas, comendo, bebendo, lambendo, devorando com "estômagos glutões" a carne de seu senhor; cães se banqueteando com o sangue do animal que acabam de matar; cães recebendo comida negada a homens; cães lambendo os restos; cães sendo enxotados, ignorados ou chutados; um cão sarnento, um cão dormindo, um cão incontrolável, um cão de mendigo.

Até as imprecações de Tímon são coloridas por esse quadro, que está sempre com ele: "Que a destruição finque as presas[5] na humanidade", grita ele, *T.A., 4. 3. 23*

▼

5. Mais um exemplo de substantivo, *fang* (presas), usado como verbo. (N. da T.)

T.A., 4. 3. 540   E que doenças *lambam* seu sangue falso!

e o pensamento de Flávio tem algo da mesma marca. Por que, indaga ele dos criados credores de seu amo arruinado, não apresentaram suas contas

3. 4. 50   Quando seus falsos amos comiam a carne do meu amo?
Então eles podiam sorrir e *fazer mesuras* diante de suas dívidas,
E enfiar os juros em suas *goelas glutonas*.

Essa preocupação constante com a natureza do cão pode ser verificada por qualquer um que folheie a peça; tenho apenas de lembrar aos leitores da grande cena central, da qual creio todas as palavras sejam de Shakespeare, quando Tímon, encontrado por Apemanto na floresta, ataca o cínico e diz que ele é apenas um vagabundo e mendigo que despreza e inveja os que estão em situação melhor que a dele, e que, se já tivesse tido a oportunidade, ele teria farreado com os maiores farristas. E passa então a enunciar sua posição, em uma fala apaixonada.

Ela se abre com "cão" e termina com "bajulou", porém, se não tivéssemos a chave dos grupos anteriores de imagens, só com dificuldade chegaríamos a nos dar conta de que ela também é toda perpassada com a figura de cães lambendo confeitos, e com suas bocas e línguas derretendo o glacê de açúcar de bolos ou doces:

4. 3. 250   Tu [diz Tímon] és um velhaco que a Fortuna
Nunca apertou com favor em seus braços acariciadores; ela te tratou
                                            [como a um *cão*;

e o quadro associativo começa uma vez mais:

Houvesse tu, como nós, desde os cueiros, percorrido
Os *doces* estágios que este breve mundo oferece
Aos que podem suas drogas passivas
Comandar, terias mergulhado
Na baderna geral, *derretido* tua juventude
Em diferentes leitos de luxúria, e jamais aprendido
Os *gélidos* preceitos do respeito, mas seguido

O *açucarado* jogo à tua frente. Porém eu,
Que tinha o mundo como minha *confeitaria*,
As *bocas*, as *línguas*, os olhos e os corações dos homens
À disposição,... Causa-me certo sofrimento suportar tudo isto,
A mim, que só conheci o melhor no mundo.
... Por que haverias tu de odiar os homens?
Eles jamais te *bajularam*... Vai-te embora!

Esse curioso grupo de imagens ilustra, penso, melhor do que qualquer outro, a tendência forte e pessoal de Shakespeare para voltar, sob estímulos emocionais semelhantes, a um quadro ou grupo de idéias associadas, tornando-se óbvio que elas constituem um teste de autoria mais que confiável.

CAPÍTULO XI

SHAKESPEARE, O HOMEM

Ele é um vizinho maravilhosamente bom, verdade, e ótimo jogador de boliche.

T.A.P., 5. 2. 584

À medida que fui colecionando e analisando essas muitas milhares de imagens, e refletindo sobre elas durante os últimos nove ou dez anos, pouco a pouco emergiu diante de meus olhos um retrato muito definido do homem que foi o autor delas todas.

É natural que todo estudioso de Shakespeare forme gradativamente algum retrato – mais ou menos definido que seja – do homem por trás das peças; porém, do mesmo modo, todo estudante tem consciência do perigo e da futilidade de se tentar, ou mesmo permitir-se passivamente fazê-lo, de deduzir da fala dramática de Shakespeare o que ele próprio pensa e sente; pois foi o estudo ao longo dessa linha que levou pessoas diligentes e bem-intencionadas a argumentar e provar que ele foi um católico devoto como Isabella, ou um materialista escarnecedor como Macbeth, enquanto outros preferiram vê-lo antes como o filosófico Edgar quando este afirma que "A maturidade é tudo".

Nessas asserções e através delas, o próprio Shakespeare nos escapa sempre, pela razão, parece, de estar com todos os seus personagens e sentir com todos eles; ele debate e hesita com Hamlet, é todo impulso com Romeu; ele reza para o deus das batalhas com rei Harry, e invectiva contra os céus com Gloucester. Ele era, enfim, como têm de ser todos os homens de grande imaginação, multifacetado, e tinha vários climas emocionais, não sendo rigidamente fixo, como a maioria de nós, que corre ao longo de determinadas trilhas muito usadas, porém quase fluido em sua rápida adaptabilidade e resposta tanto ao que via quanto ao que imaginava. Sua mente, nesse sentido, é claro, era como a de Orsino, "como uma opala", absorvendo e refletindo seu ambiente, seja o concreto, seja o imaginativo. Isso é da natureza do poeta, da qual Keats, em suas cartas, deu-nos, aliás, o resumo mais esclarecedor e vívido jamais escrito. Diz-nos ele, entre outras coisas, como entrou no ser de um pardal ciscando no parapeito de sua janela, e explica que um poeta "não tem Identidade – ele fica continuamente dentro de algum outro corpo, preenchendo-o"[1].

Porém o reconhecimento disso não nos ajuda em nosso desejo humano e natural de conhecer um pouco mais no íntimo o que Shakespeare seria como mero mortal em seus hábitos de vida. Não que queiramos necessária ou unicamente saber, como disse debicando o professor Raleigh, como ele usava seu chapéu; ansiamos pelo conhecimento das pequenas coisas mais significativas que o cercavam, e que conhecemos e amamos naqueles que nos são caros, como o que na vida cotidiana o fazia vibrar de prazer, o que o ofendia e revoltava, quais seriam seus principais gostos e interesses pessoais, e como eles mudaram ou se desenvolveram; o que ele gostava de comer e beber, qual de seus sentidos seria o mais agudo, bem como o que seria sua atitude geral a respeito das coisas universais que nos afetam a todos, como o amor e a morte.

Algumas dessas coisas podemos adivinhar, e pode ser que isso baste que saibamos, como sabemos por ler seus livros que sua mente era muito diversificada, assim como ele era o mais sensato e equilibrado dos homens, que tinha um espírito livre e uma rara capacidade de julgamento, que sua inteligência, seu humor e sua imaginação

▼

1. Carta a Woodhouse, 27 de outubro de 1818.

deram-lhe uma compreensão solidária para com todas as variedades da natureza humana jamais alcançada por outros. Tudo isso e muito mais, é claro, aprendemos indiretamente das peças.

Eu afirmo, no entanto, que podemos acrescentar um pouco a nosso conhecimento detalhado de Shakespeare como pessoa, estudando os dados que nos deixou incidentalmente pelo caminho, por assim dizer, incrustados em suas imagens.

Proponho, portanto, fazer a ousada tentativa, neste capítulo, de anotar algumas de suas características que me impressionam, ou que me foram impingidas após longo estudo a partir desse ângulo em particular. É claro que algumas das características que aponto já foram sugeridas ou supostas neste trabalho. O interesse de seu aparecimento aqui é que elas são confirmadas por evidências jamais examinadas anteriormente de forma sistemática; evidências vindas dos próprios lábios de Shakespeare, medidas em comparação com o mesmo tipo de auto-revelação inconsciente de alguns de seus contemporâneos.

Tudo o que digo, a não ser nos últimos parágrafos, é baseado em fatos ou impressões tiradas das imagens, e para quase todas as características que sugiro as evidências foram examinadas em detalhe em capítulos anteriores deste livro.

A figura de Shakespeare que emerge é a de um homem de físico compacto e bem-feito, provavelmente mais para o leve, extraordinariamente bem coordenado, flexível e ágil, de olhar ligeiro e preciso, que se deleita com movimentos musculares rápidos. Penso que ele tenha tido provavelmente pele clara, com cores frescas, que na juventude vinham e iam com facilidade, revelando seus sentimentos e emoções. Todos os seus sentidos eram anormalmente agudos, em particular – provavelmente – os da audição e do paladar.

Ele era saudável de corpo como de mente[2], limpo e meticuloso em seus hábitos, muito sensível à sujeira e aos maus cheiros. Afora

▼

2. Goethe exibe sua costumeira acuidade ao dizer que, ao ler Shakespeare, "recebemos a impressão de um homem integralmente forte e saudável, tanto em mente quanto em corpo". (*Conversas com Eckermann*, 1828, edição de Bohn, p. 310.)

as muitas provas de tais fatos nas peças, homem algum poderia ter escrito suas imagens de doença, saturação por comida, gula, sujeira e doença se não tivesse naturalmente fortes os sentimentos pela vida saudável, o gosto por ar fresco e "água honesta", ou não fosse pessoalmente limpo, de hábitos morigerados e saudável. *T.A., 1. 2. 58*

De todos os comentários semilendários tardios a respeito de Shakespeare, o único que, para mim, soa como verdade absoluta, e provavelmente não poderia ser escrito a respeito de nenhum de seus companheiros, é a nota que Aubrey rascunhou mas não considerou digna de ser incluída na biografia:

> merece ainda maior admiração porque ele não era dos bons companheiros[3] de Shoreditch, recusava-se a ser devasso, e, quando levado por ordem, isso lhe doía.[4]

Uma das primeiras coisas que notamos no conjunto de suas imagens de "doença"[5] e "comida" é o quanto ele estava à frente de seu tempo, na convicção – manifesta ou implícita – de que provocamos em nós mesmos boa parte de nossos males por vida desregrada e em particular por comer demais.

O físico alerta e a boa disposição são apenas parte da intensa vitalidade de Shakespeare, que o torna um homem de sensibilidade quase inacreditável e de surpreendente capacidade de observação. É provável que fosse tranqüilo e discreto – não gosta de barulho –, porém, ao que parece, não era um sonhador, mas antes prático e atento, sempre absorvendo impressões e movimentos como uma esponja, registrando-os como um filme sensível.

Nele vemos sempre um homem do campo, ou seja, as vistas e os sons da meninice que mais ficaram com ele, e que a metade de uma

▼

3. Isto é, baderneiros. (N. da T.)
4. Note-se que o comentário de John Ward de que Shakespeare morreu em conseqüência de uma bebedeira é, quanto ao conteúdo, mera suposição: "Shakespeare, Drayton e Ben Jonson tiveram um encontro alegre, e *ao que parece* beberam demais, pois Shakespeare morreu de uma febre ali contraída." O itálico é meu.
5. No original, *sickness* traz sempre o sentido de enjôo, de estômago embrulhado. (N. da T.)

vida passada em meio a uma grande cidade jamais o desviou nem por um fio de seu interesse pelo espetáculo do campo inglês para o das ruas, sendo estas últimas, na verdade, relativamente mal notadas por ele. O que ele nota e o deleita são o céu e as nuvens, o passar das estações, o tempo e suas mudanças, a chuva, o vento, o sol e a sombra, e de todas as ocupações ao ar livre a que ele mais ama é andar e passear por seu jardim ou pomar, observando e estudando o vôo e os movimentos das aves selvagens. Essa preocupação constante com as coisas do campo fortalecem a provável verdade do relato de Aubrey: "Era seu hábito voltar ao campo natal uma vez por ano".

Ele era, julgaríamos, um bom cavaleiro e amava cavalos, como em verdade amava a maioria dos animais, com a exceção dos *spaniels* e dos cachorros domésticos. A estes tinha aversão provavelmente porque seu gosto refinado se revoltava contra o jeito sujo com que eles eram mantidos e alimentados à mesa. É quase certo que tenha sido arqueiro hábil (como provavelmente o era a maioria dos jovens de seu tempo) e gostava desse esporte. De todos os jogos, o boliche parece ter sido o que conheceu com mais intimidade e que jogou com mais prazer.

Ele tinha, em resumo, excelente mira, fosse com bola ou flecha, e gostava de exercitá-la. Ele seria, na verdade, bom em toda espécie de esporte e exercício: caminhar, correr, dançar, saltar, pular e nadar. Tinha ouvido excepcional para ritmo, e o que ele parece ter mais notado a respeito de cavalgar seria o tempo e o ritmo dos movimentos do cavalo; laborioso, cansado, andador, trotador ou galopador, o peculiar ritmo do cavalo da mulher do campo indo ao mercado (*C.Q.*, 3. 2. 100), ou os passos desiguais e atrapalhados do jovem potro não adestrado (*S.N.V.*, 5. 1. 119).

Suas mãos eram hábeis e ligeiras, e ele adorava usá-las, em particular na arte da marcenaria, e, contrariando nossa idéia da maioria dos poetas, era um faz-tudo prático, cuidadoso e disponível em casa, do mesmo modo que somos informados de ter sido um "Johannes Factotum" no mundo do palco.

Em seguida ao seu prazer pela vida ao ar livre, ele se interessava, segundo nos informam suas imagens, pelas atividades domésticas e rotina da casa, comer, beber, dormir, o corpo e suas roupas, luz, fogo, velas e lâmpadas, nascimento e morte, doenças e remédios, pais e filhos, enquanto o que mais ficou registrado clara e constantemente em sua mente, depois do jardim e do pomar, é o quadro de uma cozinha em ação, e o trabalho sem fim das mulheres, preparando os alimentos, cozinhando, lavando louça, esfregando, espanando, tricotando, cerzindo e remendando. Percebemos que naquela cozinha ele se divertiu muito, mas também sofreu por muitas coisas, chaminés fumacentas, fornos entupidos, limpeza de velas fedorentas e lâmpadas malcuidadas, assim como comida mal cozida e gordurenta, e carne passada ou mal preparada. De fato, é de sua aguda sensibilidade a essas coisas que vamos a todo momento tomando consciência, a ponto de nos indagarmos como ele sobreviveu à sujeira e aos cheiros da Inglaterra elisabetana.

Quanto ao mais, ao homem interior, cinco palavras resumem a essência de sua qualidade e seu caráter, vistos nas imagens: sensibilidade, equilíbrio, coragem, humor e boa disposição. Vemos, de um lado, a sensibilidade; de outro, o equilíbrio, estabilidade que por vezes até sugere distanciamento. Sua sensibilidade é rápida e excepcional, com profundidade e intensidade raramente encontradas em qualquer ser humano. É esse lado de sua natureza, revelado principalmente nas imagens que falam de esportes e animais, que o capacita a penetrar nos corações de tantos personagens diversos. O outro lado dele, calmo, distante, até mesmo irônico, o mantém firme e equilibrado em meio ao redemoinho de paixões que ele cria. Há uma outra qualidade que se faz notar, naturalmente não encontrada em suas imagens (a não ser por algumas de Falstaff), que precisa ser mencionada, pois é o sal e o sabor de todo seu ser, e que o mantém sempre novo e saudável. É o seu senso de humor. E acima e em torno de todos esses encontramos uma outra característica constante – sua paixão pela saúde, por solidez, limpeza e boa disposição em todas as áreas da existência, física, moral ou espiritual. Nisso, como no humor, toda a sua natureza parece estar embebida. Se se tratasse de alguém que não Shakespeare, eu poderia usar as palavras "pureza" e "santidade", porém para alguém tão firmemente plantado em coisas materiais e concretas quanto ele, termos físicos é que se aplicam mais aos fatos.

Essas, então, são as qualidades que mais se sobressaem na natureza de Shakespeare – sensibilidade, equilíbrio, coragem, humor e boa disposição –, que se harmonizam e complementam umas às outras. Se ele é excepcionalmente sensível, é também inusitadamente corajoso, mental e espiritualmente. Sua intensa sensibilidade, a vivacidade de sua imaginação tornam a coragem ainda mais notável. Em sua concepção da vida ele vê tudo com olhar claro, raramente amargo. Ao olhar o mal, ele não o vê em termos de pecado ou pecador, nem lhe imputa nenhuma culpa, mas sim o encara com preocupação e piedade, como uma condição ou excrescência sórdida e corrupta, produzida pela ordem do mundo, porém estranha a esta, assim como é a doença em relação ao corpo; e que, para que a saúde seja alcançada, precisa ser extirpada a qualquer custo. O que ele mais preza na vida é o amor altruísta, e o que ele instintivamente crê ser o maior dos males é o medo; que, mais do que o dinheiro, é, a seu ver, a origem de todos os males. O medo expulsa o amor, como o amor expulsa o medo. O que mais provoca sua ira é a hipocrisia e a injustiça, o que ele preza de modo supremo é a bondade e a misericórdia.

Em seu caráter, ele é o que só se pode descrever como semelhante a Cristo; ou seja, gentil, bondoso, honesto, corajoso e verdadeiro, com profunda compreensão e solidariedade imediata para com todas as coisas vivas. No entanto, ele não parece ter buscado nenhum tipo de apoio nas formas e promessas da religião convencional, nem jamais demonstra nenhum sinal de esperança ou crença em uma vida depois da morte. Mas revela um interesse apaixonado por esta vida e uma crença fortíssima na importância do modo como ela é vivida em relação a nossos semelhantes, para que possamos colher o máximo do processo amadurecedor da experiência e do amor.

Este último ponto, a nossa relação com os nossos semelhantes, parece-me ser o centro da crença de Shakespeare e a principal fonte de suas ações. Há uma idéia já mencionada (p. 160), que constatamos se repetir em sua obra sob muitas formas, ao longo de toda a sua carreira, e que parece ser, muito simplesmente, a seguinte: se formos apenas nós e para nós, não somos nada; só existimos na medida em que tocamos nossos semelhantes e recebemos deles, de volta, o calor ou a luz que nós mesmos emitimos. Tratar com amizade, apoiar, ajudar, animar e iluminar nossos semelhantes é o objetivo de nossa existência, e, se deixamos de fazê-lo, fracassamos em nosso objetivo e somos como cascas vazias, ocas e sem sentido. Só assim podemos nos realizar e nos tornar, na verdade, aquilo que intencionávamos ser.

Encontramos a primeira sugestão dessa idéia em *Vênus e Adônis*:

> As tochas são feitas para iluminar, as jóias para serem usadas,   *V&A, 163*
> Petiscos para serem provados, o frescor da beleza para uso,
> As ervas por seu cheiro, e plantas com seiva para dar;
> Coisas que crescem para si mesmas são o abuso do crescimento.

Em *Tróilo e Créssida* a mente de Shakespeare está plena dela. Ulisses, mergulhado no livro que está lendo, declara que o autor prova

> Que homem algum é senhor de qualquer coisa,   *T&C, 3. 3. 115*
> Embora nele e dele haja muita consistência,
> Até que comunique suas partes a outros,
> . . . .
>
> Nem sente ele o que tem, a não ser por reflexo;   *3. 3. 99-102*
> Como quando suas virtudes brilhando sobre outros
> Os aquecem, e eles devolvem de novo aquele calor
> A quem primeiro o deu.

Tímon toca na idéia, quando declara que, se amigos não se ajudassem uns aos outros, pareceriam "doces instrumentos pendurados em caixas, que guardam seu som para si".   *T.A., 1. 2. 94-100*

Porém é em *Medida por medida*, estranha peça que contém tanto do mais profundo pensamento shakespeariano, que encontramos a idéia mais integralmente enunciada pelo duque, em sua exortação inicial a Ângelo, durante a qual lhe diz:

M.p.M., I. 1. 33-7
>Os céus fazem conosco como nós com as tochas,
>Que não se acendem só para si; pois, se nossas virtudes
>Não saíssem de nós, seria o mesmo
>Que se as não tivéssemos. Os espíritos não são tão refinados
>Senão para conseqüências refinadas.

É só porque essa idéia é tantas vezes repetida, chegando a nós por meio de tantas vozes diferentes, envolta em tantas imagens diferentes, que afirmo que, ao menos uma vez, podemos supor ser essa a convicção do próprio Shakespeare e em acreditar que aí temos a filosofia à luz da qual ele, por instinto, guiava sua vida e suas ações.

PARTE II
A FUNÇÃO DA IMAGÍSTICA COMO PANO DE FUNDO E INDICAÇÃO DE TOM NA ARTE DE SHAKESPEARE

CAPÍTULO XII

TEMAS PRINCIPAIS NAS PEÇAS HISTÓRICAS

Não há dúvida de que a função mais significativa da imagística como pano de fundo e indicação de tom na arte de Shakespeare é o papel desempenhado pelas imagens *recorrentes* na provocação e sustentação da emoção, na criação de uma atmosfera ou na enfatização de determinado tema.

Por imagem recorrente quero dizer a repetição de uma idéia ou figuração nas imagens usadas em qualquer peça determinada. Assim, em *Romeu e Julieta* a imagem dominante é a luz com seu pano de fundo de sombras, enquanto em *Hamlet* paira sobre toda a peça, seja em palavras seja em quadros feitos de palavras, o conceito de doença, em particular de alguma corrupção oculta que infecta e destrói o corpo saudável.

Essa imagística dentro da imagística, secundária ou simbólica, é característica marcante da arte de Shakespeare, sendo de fato, talvez, seu meio mais pessoal de expressar sua visão imaginativa.

Nas primeiras peças essas imagens dominantes são muitas vezes óbvias e de desenho fixo, como as de guerra e armas, nascidas da "guerra civil de espíritos" em *Trabalhos de amor perdidos*; nas peças mais tardias, e em particular nas grandes tragédias, elas nascem das emoções do tema e são, como em *Macbeth*, sutis, complexas, variadas e intensamente vívidas e reveladoras; ou, como em *Rei Lear*, tão constantes e tão integralmente difundidas que chegam a ser reiteradas, não só nos quadros verbais, como também nas próprias palavras isoladas.

Qualquer leitor, é claro, deve estar ciente de certa imagística simbólica recorrente em Shakespeare, tal como a do crescimento e destruição de uma árvore, que perpassa todas as peças históricas inglesas; estar ciente do efeito imaginativo das imagens de animais em *Rei Lear*, ou dos coriscos de explosões em *Romeu e Julieta*; porém foi apenas nestes últimos anos, durante meu estudo intensivo das imagens de Shakespeare, quando fiz a listagem, a classificação e a contagem de todas as imagens em todas as peças, por três vezes seguidas, que a concretude dos fatos quanto a esses quadros dominantes saltou-me aos olhos.

Descobri, como já disse, que há um determinado espectro de imagens, e *grosso modo* uma certa proporção delas, que aparecem em todas as peças, e que certas categorias familiares, de natureza, animais e o que podemos chamar de "cotidiano" ou "doméstico" são, sem dúvida, as que aparecem com maior freqüência. Porém, além desses agrupamentos normais, constatei, em particular nas tragédias, certos grupos de imagens que, por assim dizer, destacam-se em cada peça em particular e imediatamente atraem a atenção por serem peculiares a tais peças em assunto ou quantidade, ou ambos.

Eles parecem formar a imagem ou imagens que pairam na mente de Shakespeare e são invocadas por aquela determinada peça; pois fica claro que o tema que está tratando provoca o aparecimento, em sua imaginação, de algum quadro ou símbolo que recorre muitas e muitas vezes na forma de símile ou metáfora ao longo de toda a peça. É provável que ele tivesse consciência do que era figurado em sua mente, porém as imagens evocadas são, ao menos nas peças tardias, criação tão inteiramente espontânea e natural que é possível que ele mesmo não se desse conta do quanto, completa e repetidamente, elas revelavam sua visão simbólica.

Tudo leva a crer que esse seu hábito compartilha da natureza da imagística criadora descrita por Coleridge em famosa passagem, na primeira parte da qual ele diz que as imagens "tornam-se provas de gênio original só quando modificadas por alguma paixão predominante; ou por pensamentos e imagens associados despertados por tal paixão". Essa "paixão predominante" é característica marcante das imagens de muitas das grandes passagens de poesia de Shakespeare; assim, como já vimos (pp. 49-50), certos movimentos, como o de precipitar-se, cavalgar, balançar ou curvar-se, são os temas centrais que simbolizam, para ele, o significado ou a emoção de um solilóquio, de uma descrição ou reflexão, sendo, portanto, esses movimentos expressos e reexpressos nas imagens.

A imagística iterativa que se apresenta, não apenas em uma passagem, mas em toda uma peça, é uma espécie de extensão desse impulso criador e modificador, funcionando sobre uma área muito mais ampla e agindo sobre nossa imaginação com efeito cumulativo proporcionalmente maior.

Esse baixo-contínuo de imagística simbólica recorrente é encontrado, até certo ponto, em quase todas as peças de Shakespeare, contribuindo de vários modos para a riqueza e o significado da obra e, em alguns casos, tendo profunda influência em seu efeito sobre nós. Sua função e importância variam muito segundo o tipo de peça e a profundidade de pensamento ou visão imaginativa que a colorem. Nas peças históricas como um todo, o simbolismo contínuo encontrado é de natureza muito elementar e óbvia. Há uma imagem simples que percorre todas as primeiras peças históricas, desde a primeira parte de *Henrique VI* (na qual há apenas alguns toques), e culmina em *Ricardo II*. As duas partes de *Henrique IV* são curiosamente livres de qualquer imagística contínua dessa espécie, enquanto *Rei João* é exemplo muito interessante de simbolismo forte e individual, que nos afeta com muita força, seja pictórica, seja emocionalmente.

Nas comédias, tais imagens dão sua maior contribuição para a criação de atmosfera e pano de fundo, servindo também para enfatizar e ecoar determinadas qualidades das obras. Nas peças tardias, os romances, o simbolismo torna-se, como veremos, mais sutil, ilustrando uma idéia mais do que criando um quadro concreto, enquanto nas tragédias ele está muito intimamente ligado ao tema central, suplementando-o e esclarecendo-o, por vezes com força extraordinária, como em *Hamlet* e *Rei Lear*, ou com rara beleza, como em *Romeu e Julieta* e *Antônio e Cleópatra*.

Examinemos com mais detalhe, primeiro, as peças históricas. Estas, naturalmente, não oferecem campo de interesse tão rico ou variado, em questão de imagem contínua, quanto as grandes tragédias; mesmo assim, é válido analisá-las sob esse aspecto, ao menos como prova de que esse hábito mental é característico de Shakespeare, podendo ser encontrado em sua obra desde o início.

A metáfora contínua e a figuração mais constante na mente de Shakespeare na criação das primeiras peças históricas (de *1 Henrique VI* até e inclusive *Ricardo II*) é a do crescimento visto em jardim ou pomar, com a deterioração, decomposição e destruição provocadas pela ignorância e pelo descuido por parte dos jardineiros e manifestadas por ervas daninhas não cultivadas, pragas, falta de poda e de adubo ou, por outro lado, por poda ou corte irresponsável de boas árvores.

Encontramos pela primeira vez tal imagem contínua na cena do Jardim do Templo em *1 Henrique VI* (2. 4), onde Shakespeare, ao seu estilo, brinca incessantemente com rosas brancas e vermelhas, espinhos, flores, cancros, flores colhidas, plantadas, arrancadas pela raiz, fenecendo, crescendo, amadurecendo, idéias transportadas para a cena seguinte, em que temos o vívido retrato de Mortimer como uma vinha seca, sem substância ou energia, vergando "seus ramos sem seiva até o chão", presa na "flor de sua juventude" em masmorra repugnante, como resultado da tentativa de o "plantarem" como herdeiro legítimo; enquanto Ricardo Plantageneta é descrito como um "doce galho do grande tronco de York".

A metáfora – que provavelmente originou-se de maneira simples das insígnias de York e Lancaster, assim como o significado do nome Plantageneta – obviamente agrada a Shakespeare e, tendo-a usado na primeira parte de *Henrique VI*, retorna a ela na segunda e terceira partes, desenvolve-a consideravelmente em *Ricardo III*, e finalmente faz dela o tema central de *Ricardo II*. Assim, em cena positivamente escrita por ele (*2H.VI*, 3. 1), a rainha Margarida, prevenindo o rei contra o bom duque Humphrey e insistindo na remoção dele, usa pela primeira vez a metáfora do jardim que não é cuidado:

> Agora é primavera, as ervas têm raízes superficiais; 2H.VI, 3. 1. 31
> Ature-as agora, e elas crescerão para cobrir todo o jardim,
> E sufocarão as plantas por falta de cultivo.

Mais tarde, temos a ironia do rei agradecendo aos nobres, que em grande parte apóiam a rainha e fazem tudo para manchar o caráter do duque, pelo cuidado que têm em

> Ceifar os espinhos que incomodariam nosso pé; 3. 1. 67

e York leva adiante o mesmo quadro quando, ao receber más notícias da França, resmunga:

> Assim minhas flores são destruídas em botão, 3. 1. 89
> E as lagartas comem as minhas folhas.

A idéia da casa real como uma árvore, ou como galhos ou mudas de uma árvore, também está presente nessa segunda parte da peça, como quando Warwick descreve os dois filhos de York como "duas 2. 2. 58
lindas mudas desse cepo", ou Suffolk acusa Warwick de ser "enxer- 3. 2. 214
to com muda ruim" e retrata o duque Humphrey como pinheiro altaneiro, que pende "e faz brotar em pendões sua fartura". 2. 3. 45

Em *3 Henrique VI* a metáfora fica mais definida. Warwick jura que ele "plantará Plantageneta, arranque-o pela raiz quem ousar"; e 3H.VI, 1. 1. 48
proclama ao morrer:

> Assim cede o cedro ao fio do machado. 5. 2. 11

Clifford jura que enquanto não *arranca pela raiz* a maldita linha- 1. 3. 32
gem de York, ele vive no inferno; Clarence diz à rainha Margarida que eles *prepararam o machado* para sua *raiz usurpadora* e não se 2. 2. 163-8
irão enquanto não a houverem ceifado de vez; Ricardo lembra Eduardo que Clifford

3H.VI, 2. 6. 47
        não ficou contente em cortar o galho
Ao cortar Rutland quando este botou folhas,
Mas voltou sua faca assassina para a raiz
Da qual aquele frágil cacho com doçura nascera.

Quando o príncipe Eduardo mostra indícios de se tornar um problema, o rei (Eduardo IV) diz: "O quê! Será que espinho tão jovem pode começar a espetar?", e, quando alguns minutos depois ele é apunhalado pelos primos, sua mãe grita: "Que doce planta colheram tão fora de hora!"

5. 5. 13

5. 5. 62

Gloucester, ao nascer, era uma

5. 6. 51
                          massa indigesta e deformada,
Em nada semelhante ao fruto de árvore tão boa;

3. 2. 156 e descreve seu braço encolhido como um "arbusto seco", confiando
3. 2. 126 que nenhum "galho de esperança" possa nascer de Eduardo, e no final saúda o menino seu sobrinho dizendo:

5. 7. 31
      E eu, para testemunhar o amor que tenho pela árvore da qual
                                                            [nasceste,
Dou ao fruto este afetuoso beijo.

Em *Ricardo III* a metáfora é mais desenvolvida, e o número de imagens de árvores e jardins é excepcional, até mesmo para Shakespeare. A casa real é definitivamente concebida como uma árvore, com filhos e parentes como ramos, folhas, flores e frutos, sendo constante a idéia de que tal árvore pode ser plantada, batida por tempestades, enxertada, arrancada pela raiz e secar.

R.III, 3. 7. 167
                 A árvore real deixou-nos frutos reais,

diz Gloucester com hipocrisia, fingindo recusar o convite para assumir ele mesmo a coroa,

        Que, amadurecidos pelas horas do tempo que corre,
        Ocuparão bem o trono da majestade.

Buckingham, referindo-se ao casamento de Eduardo IV, fala do "cepo real [da Inglaterra] sendo enxertado com plantas ignóbeis", e *R.III, 3. 7. 127* declara a Gloucester que o filho de seu irmão jamais reinará,

> Pois plantaremos um outro no trono. *3. 7. 216*

Quando Eduardo IV morre, sua rainha, lamentando-se, indaga:

> Por que crescem os galhos agora que a raiz secou? *2. 2. 41*
> Por que não secam as folhas quando a seiva se foi?

Ela e outros pais cujos filhos Ricardo assassinou, a rainha chama de "velhas plantas secas", e lamenta os principezinhos como "flores que não abriram". *4. 4. 394* *4. 4. 10*

Essa idéia ou quadro de jardim, pomar ou bosque é mantida viva diante de nossos olhos, sobretudo, por pequenas pinceladas. Assim, um dos cidadãos, comentando a dificuldade da situação após a morte de Eduardo, diz, em vívida imagem que revela a observação do homem do campo: "Quando caem as folhas grandes, o inverno está chegando." Rivers aconselha a rainha viúva a pensar no filho: *2. 3. 33*

> E plante suas alegrias no trono do Eduardo que vive; *2. 2. 100*

o pequeno York, ao ouvir que está quase mais alto que o irmão mais velho, não gosta nada da idéia, como seria natural em uma criança, repetindo o que seu tio Gloucester lhe dissera certa noite:

> Ervas pequenas têm graça, grandes ervas daninhas crescem depressa; *2. 4. 13*

acrescentando:

> Por isso, penso que não quero crescer muito depressa,
> Porque as flores doces são lentas e as ervas daninhas apressadas.

A frase claramente impressionou muito o menino, pois mais tarde, com bastante espírito mas pouca sensatez, está a ponto de provocar e irritar o tio, relembrando suas palavras de que "as ervas daninhas crescem rapidamente". E Gloucester leva adiante o mesmo quadro, quando, depois de conversar com o príncipe mais velho e ficar *3. 1. 103* muito marcado pela precoce sabedoria dele, resmunga para si mesmo com significado sinistro:

R.III, 3. 1. 94   Os verões curtos sempre têm primaveras precoces.

Outros exemplos dessa mesma figuração aparecem quando o assassino de Clarence o lembra de que este dera golpe mortal no
1. 4. 221 príncipe Eduardo, "o bravo Plantageneta que brotava galante";
1. 2. 248 quando Gloucester refere a si mesmo como tendo "colhido a juventude dourada" de Eduardo e outra vez compara seu braço encolhido
3. 4. 70 a uma "muda estraçalhada, ressequida"; quando ele diz à rainha
1. 3. 123 ser um "arrancador das ervas daninhas" dos "orgulhosos adversários" de seu marido; e quando ela, pensando nos perigos que cercam um rei, expressa seu pensamento em termos de uma árvore que cresce em local vulnerável, dizendo:

1. 3. 259   Os que se postam ao alto são sacudidos por muitas rajadas.

Assim, a idéia de árvores e galhos, plantas e plantio, amadurecimento e apodrecimento, ervas daninhas e flores "que não se abrem" mas secam, corre como um baixo-contínuo ao longo de toda a peça.

Em *Ricardo II* isso se torna ainda mais marcante. A duquesa de
R.II, 1. 2. 13 Gloucester retrata os filhos de Eduardo III como "sete lindos ramos nascidos de um mesmo tronco". Desses, alguns foram cortados pelo destino, porém um ramo florescente (seu marido)

> Foi derrubado e suas folhas de verão caíram todas
> Pela mão da inveja e pelo machado sangrento de um assassino.

Mais tarde, Gaunt implora amargamente a Ricardo que não o poupe,
2. 1. 134 não hesite em sua maldade "em podar logo uma flor que já secou há muito tempo"; e Ricardo, ao ouvir a notícia da morte de Gaunt, comenta com complacência:

2. 1. 153   O fruto mais maduro cai primeiro, e assim fez ele.

O uso repetido dos verbos plantar, arrancar, colher, secar, aplicados a reis e pares do reino, mostra como o quadro de um jardim está sempre presente na mente de Shakespeare. O próprio Ricardo é uma "linda rosa", e, quando ele passa por sua rainha a caminho da Torre, ela exclama para suas aias:

> Mas, silêncio, vejam, ou antes, não vejam, *R.II, 5. 1. 7*
> Minha linda rosa secando; mas olhem, mirem,
> Para que por piedade se dissolvam em orvalho
> E o renovem com banho de lágrimas do amor verdadeiro.

É interessante notar que, pensando em Ricardo, a metáfora torna a ocorrer a Hotspur quando, mais tarde, ele condena Northumberland por seu papel no destino do infeliz rei:

> Derrubar Ricardo, aquela rosa doce e linda, *1H.IV, 1. 2. 175*
> E plantar esse cancro, esse espinho, Bolingbroke.

O bispo de Carlisle avisa os nobres que, se depuserem Ricardo – o rei que esteve "plantado por tantos anos" – e coroarem Bolingbroke,

> O sangue de ingleses irá adubar o solo. *R.II, 4. 1. 137*

Quando Aumerle, amigo de Ricardo, vai visitar sua mãe depois da deposição, ela lhe pergunta quem são os que agora gozam de favores com Bolingbroke, formulando assim sua pergunta:

> Quais as violetas que agora *5. 2. 46*
> Salpicam o colo verde da primavera recém-chegada?

Ele responde, revelando de que lado fica a sua simpatia:

> Senhora, não sei, e não me importa muito: *5. 2. 48*
> Deus sabe que a mim tanto faz ser ou não ser uma delas.

Nesse momento seu pai, profundamente dedicado ao novo rei, o repreende energicamente, levando adiante a metáfora:

> Pois comporte-se bem nesta nova primavera dos tempos *5. 2. 50*
> Para não ser podado antes de atingir sua plenitude.

E assim o que antes fora somente um baixo-contínuo – em princípio tênue, mais tarde claro e definido – nas primeiras peças históricas, aqui em *Ricardo II* junta força e volume, até tornar-se o tema principal, que é, por assim dizer, reunido, posto em foco e apresentado pictoricamente perto do centro da peça, na curiosa cena do jardim (3. 4), uma espécie de alegoria, diversa de tudo o mais em Shakespeare, inserida deliberadamente ao preço de qualquer semelhança com a natureza, pois nenhum jardineiro humano jamais enunciou nada assim.

A cena explica toda a situação em detalhe, com mão pesada, coisa rara em Shakespeare, e nos mostra todos os horrores sofridos pela Inglaterra durante as guerras civis, abalada e assustada como estava por assassinatos e batalhas, intrigas e traições, pela derrubada e pela imposição de reis, pelo desperdício e mau governo, temas esses absorvidos pela imaginação figurativa do jovem dramaturgo, criado no campo, e apresentados como o saque de um lindo jardim "murado pelo mar", pleno de frutos, flores e ervas medicinais, que a ignorância e a falta de cuidado permitiram proliferar, apodrecer e entrar em decadência; de modo que na primavera, em lugar de tudo estar em ordem, prometendo fartura, todo o país está, como diz o jardineiro-auxiliar,

R.II, 3. 4. 44

cheio de ervas daninhas; as mais belas flores sufocadas,
As árvores frutíferas sem poda, suas sebes arruinadas,
Suas amarras desordenadas, suas ervas saudáveis
Coalhadas de lagartas.

Para um jardineiro de verdade nenhum quadro poderia ser mais angustiante, pois ele sabe que essa situação, resultado cumulativo de contínua negligência, só pode ser corrigida por duros anos de trabalho e despesas, e que todo o terrível mal que foi feito se apresenta desproporcional à pouca atenção competente que teria evitado tamanha deterioração.

O jardineiro descuidado, que "sofre esta desordenada primavera", é por seu turno apresentado como uma árvore que

3. 4. 49

Em si mesmo agora vê caírem as folhas;

e os parasitas do reino – os falsos amigos de Ricardo – como

As ervas daninhas que sua vasta copa abrigava, *R.II, 3. 4. 50*
E ao comê-la pareciam sustentá-la,
Foram arrancadas, com raiz e tudo, por Bolingbroke.

"Que pena", clama o jardineiro-chefe, que Ricardo não "tenha aparado e arrumado sua terra como nós este jardim", mantendo sob controle os membros perturbadores do Estado, que tendem a "orgulhar-se demais em seiva e sangue", aparando-os como são aparadas as árvores frutíferas, das quais os ramos supérfluos devem ser podados a fim de que "os ramos férteis possam viver". *3. 4. 55*

3. 4. 64

Desse modo Shakespeare assemelha a terra que ama com aquele cantinho dela que ele mais conhece e ama, um pomar e um jardim, e retrata sua desolação nos termos singelos que lhe fazem mais pungente apelo e são mais integralmente compreendidos, não só por ele mesmo, como pela grande maioria de seus conterrâneos de agora e de então.

Reuni essa imagística, que por certo é perfeitamente óbvia e há de ser notada – ao menos em parte – pelo mais descuidado dos leitores, principalmente por duas razões.

Em vista do posterior desenvolvimento desse hábito de imagística contínua e dominante, que a meu ver é peculiar a Shakespeare, e do seu papel sutil porém importante nas grandes tragédias e em menor medida nas comédias, é interessante buscar os traços de seu início numa forma tão simples quanto a das primeiras peças históricas. O assunto dessa imagística contínua serve aqui principalmente para ressaltar o lugar ocupado, no amor e na imaginação de Shakespeare, pela atividade campestre familiar de cuidar do jardim e do pomar, tão cara a ele por toda a vida. Nas peças mais tardias, por outro lado, como veremos, a imagem contínua torna-se muitas vezes não só um catálogo do que ele gosta ou não gosta, mas também um meio de esclarecer melhor o modo pelo qual ele encarava o principal ou os principais problemas da peça e sua atitude em relação a eles.

Outro ponto de interesse é a questão da autoria. O fato de essa metáfora do jardim e do pomar ser contínua, de ela ter início em *1 Henrique VI* e ser desenvolvida nas duas partes subseqüentes, parece-me uma das muitas provas de que a mesma mente e imaginação cruzou as cinco peças, e que o autor de *Ricardo III* e *Ricardo II* tem, por isso mesmo, ao menos uma parcela muito grande na autoria de *1, 2 e 3 Henrique VI*.

Não posso desenvolver esse assunto aqui, porém espero apresentar mais tarde, em outro trabalho, provas mais exatas e detalhadas quanto à autoria das peças históricas, em particular no que toca às peças de *Henrique VI* e a de *Henrique VIII*.

Afora a imagem do jardim e do pomar, há outras imagens contínuas subsidiárias a serem encontradas em cada peça em separado.

Parece-me que, até mesmo em *1 Henrique VI*, alguns indícios desse hábito peculiar de Shakespeare podem ser identificados de modo intermitente.

Assim, na primeira cena – o funeral de Henrique V na Abadia de Westminster – somos imediatamente tocados pelo efeito produzido pelo contraste entre a chama da luz ofuscante – cometas, planetas, sol e estrelas – e um pano de fundo de negror e luto, caracterizando o brilho e a glória do rei morto e a pesada tristeza de sua perda. Na primeira linha vibra a nota do luto:

> Que os céus se cubram de negro, que o dia ceda à noite!

seguida pela rápida mobilidade das imagens de cometas a sacudir suas cabeleiras de cristal e a chicotear as estrelas que permitiram a morte de Henrique, de sua espada reluzente a cegar os homens com seus raios, seus braços abertos em envergadura maior que as asas de um dragão, seus olhos flamejantes a jorrar fogo, que

1H.VI, 1. 1. 13 Ofuscavam e faziam recuar os inimigos
Mais que o sol do meio-dia caindo de prumo sobre seus rostos.

A nota do luto vibra então novamente, com o vermelho acrescido a ela:

1. 1. 17 O pranteamos em negro; por que não em sangue?

e a sensação de emoções contrastantes e conflitantes é mantida pela imagem dos enlutados a seguir o caixão de madeira

> Como cativos atados a um carro triunfal. *1H.VI, 1. 1. 22*

A perda de Henrique é tão grande que torna natural que os próprios corpos celestes se preocupem; e Exeter indaga:

> O quê! Havemos de maldizer os planetas pela desgraça *1. 1. 23*
> Que provocou a queda de nossa glória?

Bedford prossegue ordenando que os arautos de capas douradas os conduzam ao altar envolvidos em luto, onde, em vez de ouro, oferecerão suas armas, e termina invocando o espírito do rei morto, implorando-lhe que faça prosperar o reino, combatendo a seu favor, no céu, contra os planetas adversos.

E a última imagem que ele nos dá do grande rei está de acordo com toda a cena:

> Tua alma formará uma remota estrela mais esplendorosa *1. 1. 55*
> Que a de Júlio César ou a brilhante . . . . . .

um grito rudemente interrompido, e os pranteadores trazidos com golpe arrasador do céu para a terra, por uma sucessão de mensageiros que entram correndo com as más novas da perda, com "matança e derrota", da maior parte das vitórias brilhante e duramente conquistadas por Henrique na França.

A imagem dos corpos celestes é levada até a cena 2, que abre com o quadro do planeta Marte e sua órbita incerta ou excêntrica, a brilhar ora sobre os ingleses, ora sobre os franceses, concluindo com a apóstrofe a Joana como

> Brilhante estrela de Vênus, caída na terra. *1. 2. 144*

A cena no Jardim do Templo, como já foi notado (p. 204), é farta de brincadeiras com a imagem contínua de crescimento, amadurecimento e definhamento no estilo característico de Shakespeare.

Há continuidade também nas imagens das cenas de Talbot, com ênfase no modo por que Talbot e seus soldados são cercados, *4. 2. 22* enredados, emaranhados, murados, para além da "liberdade da *4. 2. 24* fuga", "estaqueados e amarrados quais veados em uma paliçada", "presos por um cinto de ferro", "envolvidos com triste destruição", "em um anel de ousada adversidade"; há continuidade na concepção da morte como um inimigo a enfrentar lorde Talbot, "Morte triunfante, marcada com cativeiro", "mente grotesca, que nos insulta aqui com teu escárnio", e no quadro evocado em seu apelo desesperado ao filho morto, pedindo-lhe:

> Desafia a morte, falando-lhe, queira ela ou não!
> Imagina-a um francês e teu inimigo.

Em *2* e *3 Henrique VI*, além dos símbolos já conhecidos de pomar e jardim, aparece a imagem ainda mais óbvia do açougueiro e do abatedouro, que também aparece ligeiramente em *Ricardo III*.

A imagem é usada inicialmente por Henrique, quando, em um longo símile, pinta o desamparo tanto dele mesmo quanto da principal vítima nessa peça, o duque Humphrey, como um novilho sendo levado pelo açougueiro, amarrado, surrado e arrastado para o "sangrento abatedouro", enquanto ele, Henrique,

> Como corre humilhada para cima e para baixo a mãe
> Procurando o caminho por onde foi seu indefeso filhote.

A mesma imagem ocorre com naturalidade a Warwick quando, após o assassinato do duque, a rainha pergunta-lhe se suspeita de Suffolk, e ele responde, cáustico, que, se alguém encontra "um bezerro morto e ainda sangrando" e vê "bem a seu lado um açougueiro com um machado", logo suspeita "que foi este quem fez a matança". York também toca na idéia no final, quando em sua ira declara que seria capaz de despender sua fúria em carneiros e bois. A imagem retorna naturalmente com Dick, o açougueiro da rebelião de Cade, que deve abater o pecado como se fora um boi e cortar a garganta da iniqüidade como a de um novilho, e que é aplaudido pelo líder porque seus inimigos caíram à sua frente "como carneiros e bois" e se comportou como se estivesse em seu próprio abatedouro.

Em *3 Henrique VI*, Clifford, Eduardo e Clarence são todos chamados de "açougueiros", Ricardo é o "açougueiro do diabo", pensa-

se no parlamento como se fora um "matadouro" e no reino como um "abatedouro", Gloucester se vê abrindo seu caminho para a coroa com um machado sangrento, e Henrique, quando Gloucester entra para matá-lo, imagina-se muito a propósito como um carneiro entregando sua garganta à faca do açougueiro. *3H.VI, 1. 1. 71*
5. 4. 78
3. 2. 181
5. 6. 8

Em *2 Henrique VI* não encontramos nenhum outro símbolo recorrente, a não ser no Ato III, em que parece haver uma idéia um tanto contínua de inimigos ou pretendentes à coroa, cujos atos de traição são concebidos como cobras e escorpiões.

A rainha declara que, ao aproximar-se da "cruel costa" da Inglaterra, o vento pareceu avisá-la de que não buscasse "um ninho de escorpiões"; ela compara Gloucester e seu efeito sobre Henrique a uma cobra "com pele brilhante de xadrez" picando a criança que "pela beleza a pensara excelente"; e, quando o rei vira o rosto e responda a suas perguntas chorando a morte de Gloucester, ela o ataca com as iradas palavras: *2H.VI, 3. 2. 86*

3. 1. 228

> Estás, como a víbora, surdo?
> Sê, então, venenoso e mata também tua rainha abandonada.

3. 2. 76

York afirma que ao enviá-lo com um exército para a Irlanda, sendo tropas exatamente o que precisa para seus próprios fins, os nobres estão apenas aquecendo

> a cobra faminta
> Que, acalentada em seus peitos, irá picar-lhes os corações.

3. 1. 343

Salisbury, em longa imagem, compara Suffolk a uma serpente de língua bifurcada, ardilosamente deslizando para o rei, a fim de picá-lo e matá-lo como fizera a Gloucester. Warwick parece ter pensamento igual ao chamá-lo *3. 2. 259*

> Pernicioso sugador de homens adormecidos!

3. 2. 226

e o próprio Suffolk, ao maldizer seus inimigos, deseja que o mínimo toque lhes possa "queimar qual picada de lagarto", e que sua música seja "tão assustadora quanto o sibilo da serpente". *3. 2. 325*

Os inimigos de Henrique são também chamados ocasionalmente de feras, lobos vorazes, que conseguem afastar o pastor (o duque Humphrey) do cordeiro para que a possam devorar, e em *3 Henrique VI* leões, tigres, lobos e ursos tomam integralmente o lugar das serpentes como símbolos de inimigos e pretendentes à coroa.

2H.VI, 2. 2. 73;
3. 1. 191

3H.VI, 1. 1. 242
5. 4. 80
5. 6. 7
2. 5. 74

A rainha Margarida vê o rei como uma "cordeiro trêmulo cercado por lobos", e, quando é finalmente aprisionado, ela chama Eduardo de "o lobo que realizou esta matança". Henrique também, quando Gloucester chega para matá-lo e dispensa os guardas, se vê como um "cordeiro inofensivo" abandonado pelo pastor quando o lobo aparece, e em outro ponto vê as guerras civis como "tempos sangrentos",

> Enquanto leões lutam por suas tocas,
> Pobres cordeiros inofensivos pagam por sua inimizade.

O jovem Rutland, encolhendo-se e fechando os olhos para não ver o golpe assassino de Clifford, ao ser forçado a encarar os assassinos, grita:

1. 3. 12

> Assim olha o leão faminto o desgraçado
> Que treme sob suas garras mortíferas;

e Ricardo, ao perseguir Clifford na batalha, diz a Warwick:

2. 4. 12

> escolhe alguma outra caça;
> Pois eu pessoalmente caçarei este lobo até a morte.

2H.VI, 2. 2. 73
1. 4. 5
1. 4. 111
1. 4. 137
1. 4. 154

York descreve o duque Humphrey como "o pastor do rebanho" e seus próprios seguidores como "cordeiros perseguidos por lobos famintos", e dirige-se a Margarida como "loba da França", apostrofando-a, em famosa passagem, como "coração de tigre envolvido em pele de mulher!", declarando, com justiça, ser ela mais desumana, "dez vezes mais que os tigres da Hircânia". E assim por diante; não preciso dar mais exemplos; é um simbolismo cansativo e muito óbvio.

Há também em *3 Henrique VI* um número inusitadamente alto de imagens de mar e navios maior que em qualquer outra peça.

O rei Henrique, por exemplo, em bela passagem já mencionada,
descreve a batalha de Towton como ondulando qual poderoso mar *3H.VI, 2. 5. 5*

> Forçado pela maré a combater contra o vento.

Gloucester, num símile vívido, a sonhar com a coroa, vê a si mesmo *3. 2. 134*
parado em um promontório a olhar para uma praia distante "que
gostaria de pisar", repreendendo

> o mar que o separa da praia,
> Dizendo que queria secá-lo para ter o que quer,

o mar, nesse caso, simbolizando o rei e todos os seus parentes que
estão entre Gloucester e o trono.

A imagem do navio naufragado está no pensamento do rei
Henrique quando, ao entrar em York, a rainha aponta para a cabeça
do duque de York fincada ao alto dos portões e pergunta: "Tal obje- *2. 2. 4*
to não lhe alegra o coração, meu senhor?", e ele responde: "Sim,
como as rochas alegram os que temem o naufrágio." É peculiar a
esta peça que os vários personagens sejam repetidamente imaginados como navios lutando contra as ondas ou sendo arrastados pelo
vento. Vislumbra-se essa imagem duas vezes em *2 Henrique VI* (3. 2.
411, 4. 9. 31-3), porém é na terceira parte que ela se torna mais per-
ceptível. York, por exemplo, descreve seus soldados derrotados fugindo "como naus diante do vento", e Eduardo retrata o "calmo *3H.VI, 1. 4. 4*
Henrique" sendo conduzido para a batalha pela rainha sanguinária

> Como uma vela inflada por uma brisa violenta, *2. 6. 35*
> Conduz um galeão navegando contra a força das ondas.

A própria Margarida, em momento de rara humildade, diz a Luís
da França que ela

> Tem de recolher suas velas e aprender a servir *3. 3. 5*
> Onde mandam os reis;

e, quando instado por Gloucester a ajoelhar-se diante do rei Eduardo, Warwick declara preferir amputar uma mão e atirá-la no rosto
de Gloucester

3H.VI, 5. 1. 52   A ter tão baixa a vela, a recolhê-la por ti;

ao que responde Eduardo:

> Navegue como puder, tenha vento e maré por amigos,
> porém, quando sua cabeça estiver recém-cortada, esta frase será
> escrita no pó com o seu sangue,

Warwick que rondava com o vento não pode mais rondar.

O ponto culminante dessa figura ocorre em símile excepcional-
5. 4. 2-36 mente elaborado, de trinta e quatro versos, no qual, após Henrique ter sido levado para a Torre, a rainha Margarida compara a situação do exército do rei com uma nau em perigo, perto de rochas e areias movediças, o mastro jogado no mar, o cabo do leme quebrado, a âncora perdida, metade da tripulação afogada, mas com o jovem príncipe, seu piloto, ainda vivo. Warwick ela chama de âncora; Montague o mastro principal; "nossos amigos chacinados o velame"; estes, diz ela, podem ser substituídos, enquanto ela e o príncipe manterão o curso

5. 4. 23   Longe de bancos de areia e rochas que nos ameaçam com desastres.

Eduardo é o mar implacável (ao qual de fato já fora assemelhado em 4. 8. 55); Clarence, uma areia movediça de engano ("o falso, inconstante, perjuro Clarence"); Ricardo, uma "áspera rocha fatal", não se podendo esperar piedade de nenhum dos três irmãos

5. 4. 36   Mais do que de ondas sem dó, areias ou rochas.

Em *Ricardo III* existe um simbolismo animal muito simples, porém bastante contínuo e insistente, sempre centrado em Ricardo, ressaltando as qualidades de impiedosa crueldade de seu caráter tal como este afeta os que entram em contato com ele.

Pelas mulheres suas parentes, que o odeiam e temem, Ricardo é comparado a tudo o que há de mais repugnante no mundo animal;

sua mãe o chama "cão do inferno", "cão que morde com presas en- *R.III, 4. 4. 48*
venenadas", "aranha engarrafada", "sapo corcunda e venenoso", "um *1. 3. 290*
aborto de porco a fuçar, marcado por demônios"; a rainha Elizabeth, *1. 3. 242, 246*
mais tarde, ecoando a mãe dele, o chama de "sapo" e "aranha", cho- *1. 3. 228*
rando suas pobres ovelhinhas atiradas nas entranhas do lobo; e *4. 4. 81*
Anne, em sua primeira e memorável entrevista com ele, exclama: *4. 4. 22*

> Jamais pousou o veneno em sapo mais repulsivo, *1. 2. 148*

e deixa implícito que ele é pior que um animal selvagem, pois

> Não há fera tão feroz que não tenha um toque de piedade. *1. 2. 71*

Outros – Hastings, Richmond, Derby – falam dele como "javali *4. 5. 2; 5. 2. 10*
sumamente sanguinário" e "suíno imundo":

> O maldito, sanguinolento e usurpador javali, *5. 2. 7*

grita Richmond a seus soldados,

> Que devastou vossos campos de verão e vinhas férteis,
> Bebe vosso sangue quente como água e faz seu cocho
> em vossos peitos estripados.

Em *Ricardo II*, embora a metáfora do pomar e do jardim seja a mais contínua, não é de modo algum a única a aparecer de forma recorrente. Um dos aspectos mais notáveis da peça é o modo pelo qual nossa solidariedade é orientada para o rei fraco e vacilante, que na ação é tão egoísta e indolente, mas na fala é tão eloquente. Somos levados a sentir plenamente o seu encanto pessoal e sua dignidade de rei e, se olharmos com cuidado, veremos que isso se realiza, em parte, por meio da metáfora. Se ele é o jardineiro descuidado ou a árvore tombada, é também a "bela rosa" e o sol nascente; e a perda de sua glória é "como uma estrela cadente" que desaba "do fir- *R.II, 2. 4. 19*
mamento na terra desprezível".

Shakespeare concebeu Ricardo como agradável aos olhos, provavelmente seguindo o comentário de Holinshed de que "ele era atraente nas formas e na simpatia"; ele é descrito como claro e corado, empalidecendo com facilidade (2. 1. 118 e 3. 2. 75-9), características que bem podem ser a razão pela qual ele é comparado tanto à rosa quanto – no clima inglês – ao sol. Sua dramática entrada nas muralhas do Castelo de Flint é preparada pela afirmação retórica de Bolingbroke de que ele e o rei deveriam encontrar-se

R.II, 3. 3. 55

> Com não menos terror que os elementos
> De fogo e água, quando em seu choque tonitruante
> Ao se encontrarem rasgam as faces nubladas do céu.

Bolingbroke descreve a aparência de Ricardo com ironia, por certo, mas mesmo assim em termos de grande magnificência:

3. 3. 62-7

> Vejam, vejam, o rei Ricardo aparece em pessoa,
> Tal e qual o sol, rubro de cólera,
> No portal inflamado do oriente.

Isso é reforçado pelo comentário de York, de que os olhos do rei,

> Tão brilhantes como os da águia, irradiam
> Uma imperiosa majestade.

O próprio Ricardo, já antes, em longo e elaboradíssimo símile,

3. 2. 36-53 comparara-se ao "investigador olhar do céu" que, quando

> Incendeia os altos cimos dos pinhos orientais,

deixa a descoberto assassinatos e traições. E assim, argumenta ele,

> quando esse ladrão, esse traidor, Bolingbroke,
> . . . .
> Nos vir ascender a nosso trono, a vosso oriente,
> Suas traições tingirão de púrpura seu rosto,
> e não serão capazes de suportar a luz do dia.

Essa é a visão constante que Ricardo tem de si mesmo, e sua beleza e grandiosidade nos impressionam; de modo que, quando ele finalmente desce das muralhas de Flint para encontrar seu adversário no pátio de baixo, o quadro retórico característico que ele desenha daquela simples descida parece estar de acordo com o esplendor real de seu aparecimento anterior,

> Já vou, já vou para baixo como o brilhante Fáeton
> sem poder controlar seus corcéis sublevados.

R.II, 3. 3. 178

E quando a deposição já é fato consumado, e ele examina seu rosto no espelho que mandou buscar, é esse brilho ofuscante a qualidade que ele mais preza e com mais tristeza perde – "Era esse o rosto", pergunta ele, "que, como o sol, cegava a todos quantos o contemplavam?"

4. 1. 283

> Uma glória frágil brilha neste rosto:
> Tão frágil quanto a glória é o rosto;

e espatifa no chão o espelho.

Há um significado profundo e pungente, então, naquelas que são suas verdadeiras palavras de abdicação, quando o poder e a condição de rei efetivamente passaram para Bolingbroke, e ele transfere para seu sucessor também as qualidades do sol, e chora de amargura e angústia:

> Oh, quem me dera agora ser falso rei de neve,
> De pé diante do sol de Bolingbroke,
> Para derreter-me e desaparecer em gotas d'água!

4. 1. 260

Essa concepção do rei como sol é muito constante em Shakespeare, e traços dela se encontram em muitas das peças históricas, tanto anteriores quanto posteriores a *Ricardo II*, onde é plenamente desenvolvida. A primeira parte de *Henrique VI*, como vimos, começa com o rei sendo comparado ao sol do meio-dia, brilhando violentamente no rosto dos inimigos, ofuscando-os e repelindo-os. Na segunda parte, York gaba-se de incitar a rebelião na Inglaterra que será subjugada quando ele for rei, e descreve-a como a provocação de uma "negra tempestade" de vento, que não há de cessar de soprar "até que o círculo de ouro", em sua cabeça,

2H.VI, 3. 1.
349-54
              Como os gloriosos raios transparentes do sol
              Acalme a fúria.

Em *3 Henrique VI*, Eduardo, olhando a aurora, repentinamente ex-
3H.VI, 2. 1. 25 clama que está ofuscado por "três sóis gloriosos" radiosos e brilhantes no céu – ele mesmo e seus dois irmãos – e insiste para que eles
juntem suas luzes "e reluzam sobre a terra", assim como no céu o sol
brilha sobre o mundo. As conhecidas palavras de Gloucester na
abertura de *Ricardo III* levam avante a mesma imagem.

Ela reaparece nas duas partes de *Henrique IV.* Na parte 1 é interessante confrontar a comparação retórica que Henrique faz de Ricardo, nas muralhas de Flint, ao "sol encabulado e descontente",
com o retrato que ele cria em retrospecto, quando o descreve para o
príncipe Hal. Diz ao filho que ele mesmo, por ser raramente visto,
não podia mover-se

1H.IV, 3. 2. 47   Sem que fosse olhado com curiosidade como um cometa,

enquanto Ricardo fez-se tão comum que os olhos dos homens ficaram "enjoados e embotados", não lhe permitindo atrair

3. 2. 78   esses olhos extraordinários que se fixam
              sobre a majestade semelhante ao sol,
              Quando brilha raramente à vista de seus admiradores;
              Seus súditos o olhavam com olhos sonolentos; deixando cair as
                                                              [pálpebras,
              Dormiam diante dele e apresentaram-lhe essa fisionomia
              Que os homens contrariados têm costume de mostrar aos
                                                                [adversários.

A idéia da "majestade solar" é levada adiante na pessoa do príncipe
Hal, descrito por Vernon como

4. 1. 102   esplêndido como o sol do alto verão,

e o próprio príncipe, quando em solilóquio defende seus atos de es-
tróina, provando ser filho de seu pai ao planejar deliberadamente
suas ações, compara-se ao sol que permite

> nuvens inferiores, contagiantes,   *1H.IV, 1. 2. 208*
> Esconderem do mundo sua beleza,

para que, quando rompa através delas, possa ser mais admirado.
Harry Percy, igualmente, aos olhos de sua mulher, compartilha de alguns dos atributos dos príncipes, quando ela descreve como a honra

> grudava-se nele como o sol   *2H.IV, 2. 3.*
> Na abóbada cinzenta do céu, e por sua luz   *18-21*
> Era levada toda a cavalaria da Inglaterra
> A realizar atos de bravura.

O pensamento do rei como sol leva consigo a idéia dos favoritos de um príncipe a amadurecer à luz de seus raios, como quando o príncipe John, reprovando York por chefiar os rebeldes, salienta que o homem que

> está firme no coração de um monarca,   *4. 2. 11*
> E amadurece à luz do sol de seus favores,

ao se dispor a abusar da confiança do rei, pode causar males inimagináveis "à sombra de uma tal grandeza". Uma vez também, na comédia *Muito barulho por nada*, encontramos essa idéia novamente desenvolvida para ilustrar uma visão por demais comum na Inglaterra do período Tudor: o cortesão elevado pelo monarca ao poder e à grandeza, só para tornar-se, por sua vez, uma ameaça ao trono. Isso é introduzido por Hero em um quadro encantador, quando diz a Margaret para pedir a Beatriz que

> corra para o caramanchão entrelaçado,   *M.B.N., 3. 1. 7-11*
> Onde damas da noite, amadurecidas pelo sol,
> Proíbem o sol de entrar; quais favoritos,
> Tornados vaidosos por príncipes, que investem sua vaidade
> Contra o poder que os criou.

Voltando às peças históricas, temos um toque da mesma imagem de "sol" em *Henrique V*, quando, concebendo-se a si mesmo como o sol, o rei manda sua ameaça ao príncipe francês:

H.V, 1. 2. 275   Quando eu me levantar em meu trono da França,
....
... lá despontarei em glória tão plena
Que hei de ofuscar todos os olhos da França,
Sim, cegar o Delfim só por nos olhar.

Mais tarde, as qualidades especiais do sol, seu poder de gerar nova vida e vigor, lhe são atribuídas em detalhe e com grande efeito, quando ele faz sua ronda, animando e encorajando seus exaustos soldados antes da batalha:

4 Pról. 43   Uma generosidade qual a do sol
Seu olhar liberal doa a todos,
Derretendo o medo frio, de modo que humildes e bem-nascidos
Percebem, se a falta de talento o pode assim definir,
Um pequeno toque de Harry na noite.

Em *Henrique VIII* também a mesma imagem reaparece com muita clareza: os dois reis, Henrique e Francisco, são "sóis de glória", "duas luzes do gênero humano"; Wolsey, em desgraça, pedindo a Cromwell para procurar o rei, jacula

H.VIII, 1. 1. 6

3. 2. 415   Aquele sol, eu peço, jamais se ponha!

e outras imagens na peça só se tornam completamente claras quando essa idéia central do rei como sol é tida em mente. Assim, Buckingham com desprezo se indaga como tal "monte de banha" como Wolsey pode captar os raios do "sol benéfico" e mantê-los longe da terra, e mais tarde, quando ele se afasta de seus pares ao ir para a Torre, retrata a si mesmo como separado da fonte da vida por uma sombra, que é esse mesmo inimigo obstrutor, e suspira:

1.1. 55

1. 1. 224   Eu sou a sombra do pobre Buckingham,
Cuja figura neste instante é coberta pela nuvem
Que escurece meu claro sol.

Mas basta da imagem do "rei-sol", uma das mais persistentes nas peças históricas. Voltando ao estudo das imagens contínuas em

Ricardo II, constatamos que as idéias de nascimento e geração, também da herança de pai para filho, estão muito presentes na mente de Shakespeare nesta peça, e que a recorrência dessas imagens sem dúvida ampliam o conceito de Nêmesis, de causa e efeito, de tragédia como o resultado inevitável de ações feitas e que não pode ser evitado de modo algum.

Gaunt, em sua fala de agonizante, é o primeiro a tocar nessa idéia, como faz em relação a vários temas que tornam a aparecer com freqüência durante a peça, tais como música, jóias, doença e o "sol que se põe" – que simboliza, no que concerne a Ricardo, o final de toda a tragédia. A própria Inglaterra é concebida por Gaunt como

R.II, 2. 1. 12

> Esta ama, esta mãe fecunda de príncipes verdadeiramente reais,
> Temíveis pela sua raça e famosos pelo nascimento;

2. 1. 51

e, quando a rainha, depois da partida de Ricardo para a Irlanda, revela seu medo e sua ansiedade a Bushy e Green, ela os expressa quase que totalmente por meio dessa metáfora específica. Ela está naturalmente deprimida pela separação do rei, porém tal sensação, declara, é algo mais do que isso. Sente dentro de si um peso inexplicável, trabalho de uma angústia que acredita estar a ponto de dar à luz alguma grande dor:

> parece-me
> Que, de novo, certo pesar, ainda por nascer, porém já formado
> [no seio do Destino,
> Está vindo em minha direção.

2. 2. 10

Bushy garante-lhe que tudo não passa de fantasia ou imaginação. Mesmo assim, responde ela, numa dessas passagens de complexo jogo de palavras tão caras ao jovem Shakespeare, deve haver alguma base para o sentimento; ou sua verdadeira dor nasce do nada, ou sua dor imaginária tem origem na realidade; e ela reveste o todo na mesma metáfora que ainda lhe passava pela mente:

> a fantasia deriva sempre
> De algum pesar anterior; a minha não, pois, ou
> bem o nada gerou meu pesar, ou bem este nada que me aflige

2. 2. 34

Corresponde a uma realidade.
Possuo este pesar por antecipação.

De modo que, quando acaba de falar, e Green junta-se correndo a eles, trazendo as más novas que sentia pavor de ouvir, a rainha exclama, naturalmente:

R.II, 2. 2. 62   Então, Green, és a parteira da minha dor.
E Bolingbroke, o terrível herdeiro de meu pesar;
Minha alma já deu à luz um monstro,
E eu, mãe que acaba de ter um filho,
Arquejo debaixo do peso do infortúnio unido ao infortúnio,
Da dor unida à dor.

Toda a estrutura do grande último monólogo de Ricardo é construída sobre a idéia de nascimento e geração. Ele está pensando em como poderia comparar sua prisão com o mundo, que é tão cheio de gente,

5. 5. 4   E aqui não há nenhuma criatura senão eu.

E então ele concebe seu cérebro e sua alma como mãe e pai,

5. 5. 7   Ambos produzem
Uma geração de pensamentos que, por sua vez,
Produzem outros, e estes mesmos pensamentos povoam este
[pequeno mundo,
Semelhante às populações que povoam o mundo,
Pois nenhum deles se encontra satisfeito.

A idéia de herança de pai para filho, constantemente debatida na peça (1. 2. 11, 2. 1. 104, 189-99, 2. 3. 118-36, 3. 3. 103-14 etc.) e repetida na imagística, amplia a sensação do inevitável e predeterminado, bem como as conseqüências ilimitadas da ação. Repetida ênfase é posta sobre filhos ainda não nascidos condenados a sofrer pelos pecados dos pais. "Deus", diz Ricardo a Northumberland,

3. 3. 86   Está convocando nas nuvens para nós
Exércitos de pestilências; e estas hão de atingir
Seus filhos que ainda estão para nascer ou para ser concebidos,

e continua declarando que Bolingbroke

> veio abrir
> O testamento escarlate da guerra sangrenta,

ou seja, a herança que ele tomou para si. E a cena da deposição termina com o canto do clero como em um coro:

> Acabamos de assistir a um doloroso espetáculo. *R.II, 4. 1. 321*
> A desgraça está próxima. Os filhos ainda por nascer
> Sentirão que este dia os punge como um espinho.

Mais tarde, Bolingbroke, ao falar da traição de Aumerle, vê o rio prateado da lealdade de York poluído e enlameado pelo filho, porém o excesso de bondade de York é tamanho que lava a mancha mortal. York, aproveitando a metáfora, responde com amargura:

> ele gasta a minha honra com sua vergonha, *5. 3. 68*
> Como filhos perdulários, o ouro ganho pelos pais.

Não há dúvida de que o todo ressalta e reitera com indiscutível ênfase a idéia que domina não só em *Ricardo II* mas em toda a série das primeiras peças históricas (de *Henrique VI* a *Ricardo II*) – a terrível herança de sangue e luta, de *mal*, no caráter como nos feitos, que é gerada e legada pela guerra civil e tudo o que esta traz consigo:

> Como esta discórdia cria cada dia *3H.VI, 2. 5. 89*
> Acontecimentos cruéis, sanguinários, anárquicos e
> Aberrações contra a natureza!

As imagens de jóias em *Ricardo II* também precisam ser notadas, pois acrescem beleza ao conceito do valor do amor, e em particular do amor à pátria – uma das notas principais da peça –, bem como da honra e devoção dos filhos. Assim, Mowbray garante ao rei que uma reputação sem mácula é o mais puro tesouro que ele pode ter:

> Jóia em cofre dez vezes trancado *R.II, 1. 1. 180*
> É um espírito bravo em peito leal.

Ricardo, quando sozinho na prisão, ouve o som de música, abençoa o coração que lha deu, pois é sinal de amor, e o amor para Ricardo, diz ele,

R.II, 5. 5. 66   É estranho broche neste mundo que odeia tudo.

Ele quer dizer que se trata de coisa preciosíssima mas fora de moda; pois o broche, ornamento grande e valioso, parece ter estado fora de moda no tempo de Shakespeare (comparar com *B.B.A.*, 1. 1. 66).

A montagem de jóias interessa a Shakespeare, e ele cria várias imagens conhecidas a partir da beleza de uma pedra preciosa realçada pelo metal brilhante que lhe serve de base, como quando o príncipe Hal declara que seu comportamento irresponsável na juventude efetivamente irá aumentar o valor de sua posterior mudança de conduta:

1H.IV, 1. 2. 222   como metal brilhante em terra opaca,
                     Minha reforma, reluzindo acima de meus erros,
                     Parecerá melhor e atrairá mais olhares
                     Do que a que não tem moldura brilhante para destacá-la.

O processo oposto é ilustrado quando Richmond denuncia Ricardo III como

R.III, 5. 3. 250   Pedra suja, sem valor, tornada preciosa pelo fundo brilhante
                     Do trono da Inglaterra, onde foi falsamente encastoada.

Há duas imagens desse tipo em *Ricardo II*. Uma quando Gaunt, tentando reconciliar seu filho com a idéia de cansaço e dor de seu longo exílio, diz-lhe que o considere como

R.II, 1. 3. 266   moldura metálica na qual hás de encastoar
                     A jóia preciosa de teu retorno ao lar.

Ao que responde Bolingbroke:

                     Não, antes cada entediante passo que dou
                     Só me lembrará por quanto deste mundo
                     Eu me afasto das jóias que amo.

E um dos versos mais famosos em todo Shakespeare é a imagem que faz Gaunt da própria Inglaterra como jóia rara e amada, cuja beleza é ressaltada pela sorte feliz de sua moldura:

> Esta pedra preciosa fincada em mar de prata.   *R.II, 2. 1. 46*

Além do que já foi notado, não encontro outra imagem contínua na primeira ou na segunda parte de *Henrique IV*. Em *Henrique V*, no entanto, as primeiras palavras do coro, que suspira por uma "musa de fogo" para "ascender ao mais brilhante céu da invenção", parecem dar o tom à atmosfera dominante da primeira e melhor parte da peça, um movimento rápido e que alça vôo; e não é mero acaso, creio, encontrarmos ao longo da peça um número inusitado de imagens de vôos de pássaros, que para nossos antepassados simbolizavam o mais rápido movimento conhecido pelo homem.   HENRIQUE V

O desejo de transmitir de forma adequada à platéia essa combinação particular de velocidade intensa e dignidade, com consciência das limitações de um teatro rude e primitivo, domina o prólogo da abertura. De fato, o urgente apelo para que os espectadores usem sua imaginação e completem com seus pensamentos as imperfeições de atores e palco é o principal tema da vívida e empolgante poesia de todos os cinco prólogos.

A brilhante descrição da esquadra velejando de Southampton para Harfleur começa:

> Assim, com asa imaginária nossa rápida cena voa   *H.V, 3 Pról. 1*
> Em movimento não menos célere
> Que o do pensamento

Mais tarde, quando na viagem de volta o rei está cruzando de Calais para Dover, a platéia é instada a usar seu pensamento com a força ou a velocidade do vôo de um pássaro, a fim de

> Levá-lo embora em seus pensamentos alados   *5 Pról. 8*
> Para o mar.

O próprio Henrique, ao aprontar-se para a França, com a maior pressa possível, recorre ao mesmo símile:

H.V, 1. 2. 304

        que nossas provisões para essas guerras
Sejam logo reunidas, e que se pense em tudo
Que se possa com rapidez razoável acrescentar
Penas às nossas asas.

4. 1. 106

Ele mede a emoção – em altura e profundidade – pela mesma imagem do vôo de um pássaro; embora as afeições do rei, diz ele a seus soldados, sejam "montadas mais alto" que as do povo comum, "no entanto, quando mergulham, elas mergulham com vôo igual"; e, quando argumenta depois com eles quanto à responsabilidade do rei pelo destino de cada indivíduo na batalha, ressalta que aqueles dentre seus soldados que já agiram mal anteriormente – ladrões ou assassinos – recebem o que merecem na guerra, embora possam ter

4. 1. 173

"derrotado a lei e escapado da punição em sua terra, e, mesmo que eles possam correr mais que os homens, não têm asas para fugir de Deus: a guerra é o Seu bedel, a guerra é a Sua vingança".

Finalmente, o comovente pranto do duque de York, quando encontra seu amigo morto no campo de batalha, resume, nas duas últimas palavras, com a magia característica de Shakespeare, toda a força de sua imagem favorita:

4. 6. 15

              Espera, primo Suffolk!
Minha alma fará companhia à tua até o céu;
Espera, doce alma, pela minha, depois voemos lado a lado.

Podemos notar que, apesar de os pássaros não serem mencionados em nenhuma dessas imagens, ainda assim a figura de seu vôo alto e certeiro, veloz e suave, é em cada imagem intensa e vívida.

A pequena cena do Delfim com seu cavalo fogoso (3. 7) aumenta essa sensação de movimento forte e elevado, e vindo no momento em que vem, logo antes da descrição dos "pobres ingleses

4 Pról. 22

condenados", sentados junto a suas fogueiras, pacientes e tristes, magros e pálidos como fantasmas, serve para criar vívido contraste entre eles e os franceses "por demais entusiasmados". O cavalo do Delfim salta da terra como uma bola de tênis ("como se suas entranhas fossem de cabelos"); ele é *"le cheval volant*, o Pégaso", ele "trota no ar", "a terra canta quando ele a toca", "ele é puro ar e fogo", e "quando eu o monto", afirma com orgulho seu dono, "eu vôo, sou um falcão". E no minuto seguinte estamos com "Harry na noite", "andando de sentinela em sentinela, de tenda em tenda", alegrando seus soldados cansados de guerra.

Rei João, do ponto de vista das imagens, distingue-se inteiramente da série das peças sobre York e Lancaster. A proporção dos temas das imagens é marcantemente diversa, e eles me parecem desempenhar como um todo papel muito mais dominante na criação e sustentação de atmosfera que em qualquer outra peça histórica.

REI JOÃO

As imagens em si mesmas são notáveis sob muitos aspectos, e de marcante vivacidade. O símbolo dominante, que supera todos os outros na obra, é o corpo e suas ações. Ele se manifesta de forma completamente diversa e infinitamente mais imaginativa do que em *Coriolano*, em que determinadas funções ou pessoas do Estado são comparadas um tanto cansativa e mecanicamente com várias partes do corpo. Aqui, sente-se, ao contrário, que a imaginação do poeta estava intensa e brilhantemente viva, dançando com fogo e energia como o próprio Philip Faulconbridge, e grande parte do extraordinário vigor e vivacidade das imagens deve-se ao fato de que Shakespeare parece ter pensado mais contínua e definitivamente do que de hábito em certas emoções e em certos temas ressaltados na peça, em termos de uma pessoa com características pessoais de corpo e movimento. Não é possível, em especial numa peça como *Rei João*, na qual a mente de Shakespeare está repleta de símbolo corporal, separar inteiramente imagens de corpo e de ação corporal das de personificação, pois considerável número delas poderia ser igualmente classificado sob este último título. Em tais casos, de modo geral eu coloco a imagem sob "Personificação" quando esse parece ser o aspecto mais marcante, e sob "Corpo" quando o movimento específico parece ser acentuado.

Uma única vez em uma peça de Shakespeare, imagens de natureza e animais não encabeçam, ou quase encabeçam, a lista, ocupando claramente o segundo e o terceiro lugares; sem dúvida, o maior número de imagens em *Rei João* são personificações, reforçadas por um grande grupo sob o rótulo de corpo ou movimento corporal, somando setenta e uma imagens ao todo, sob esses dois títulos (ver Gráfico VI).

Os dois grandes protagonistas, França e Inglaterra, o destino que lhes cabe sob a forma de fortuna, guerra e morte; as emoções e qualidades em jogo no choque de seus desejos em conflito; sofrimento, dor, melancolia, desprazer, espanto, proveito; a sitiada cidade de Angiers, todos esses, bem como outras entidades e abstrações, são vistos por Shakespeare – muitos deles mais de uma vez – como *pessoas*; iradas, orgulhosas, insolentes, abusadas, indignadas, de rosto liso, de mau humor e devassas; pecando, sofrendo, arrependendo-se, beijando, piscando, lutando, resistindo, girando, apressando-se, festejando, bebendo, gabando-se, de cenho cerrado ou sorrindo. Desse ângulo, pode-se ver que Shakespeare pintou uma espécie de iluminura ou glosa marginal decorativa para a peça, uma série de pequeninos quadros alegóricos, dançando com vida e movimento, que, longe de diminuir o vigor da realidade, como por vezes faz a alegoria, amplia dez vezes sua vivacidade e pungência.

R.J., 5. 2. 33
2. 1. 23
5. 2. 24
R.II, 2. 3. 92

Ele vê a Inglaterra, aqui como em outros lugares (cf. *R.II*, 3. 3. 96 e 2. 3. 92), como uma mulher pálida, com os braços de Netuno a envolvê-la, ou ereta com o pé repelindo "o reboar das marés do oceano", a mãe de filhos que, na guerra, são com relutância forçados a "marchar sobre seu seio gentil" e "assustar suas aldeias de rosto pálido".

R.J., 3. 1. 60

A França, por outro lado, aos olhos de Constance, é uma "caftina da Fortuna e do rei João"; fortuna que, ligada à natureza para engrandecer Arthur, foi corrompida, mudou e peca com João, e tomou a França com sua mão de ouro e a levou a "pisotear o belo respeito e a soberania". A cidade sitiada, centro de sua peleja nas primeiras cenas, é concebida como uma *pessoa* – uma mulher – cingida com um cinturão de pedras, cujos cenho, olhos, rostos e seio são mencionados, e a respeito da qual são usados os adjetivos resistente, desdenhosa, piscante e abusada.

2. 1. 38, 215, 225, 384, 410

3. 1. 104

E a guerra é dominante do princípio ao fim, uma força selvagem e impiedosa, um ser poderoso com "vigor para agarrar e cenho cerrado". Pequenos quadros como o dos cães "arrepiados" "rosnando" pelo "osso comido até ficar limpo da majestade", da "alegre tropa de caçadores", "com mãos rubras, tingidas pela tinta da matança de seus inimigos", da "tempestade da guerra" soprada pelo fôlego de Pandulfo ou o fogo da guerra reavivado por ele, de João sendo instado a ir adiante e "brilhar como o deus da guerra", não a esconder-se em seu palácio mas a correr *R.J., 4. 3. 145-50* *2. 1. 321* *5. 1. 17* *5. 2. 83* *5. 1. 54*

> Para enfrentar o desprazer mais longe de suas portas,
> E lutar com ele antes que chegue mais perto,

5. 1. 59

reforçam a consciência do onipresente "espírito indomável da guerra selvagem" que paira sobre toda a peça. *5. 2. 74*

A morte segue os passos da guerra, uma figura terrível e repugnante, tal como vista por Faulconbridge, suas mandíbulas mortas forradas de aço, espadas de soldados servindo-lhe de presas, a banquetear-se e "a roer como ratos a carne dos homens". Ou aparece como o inimigo hábil e sempre vitorioso, como o príncipe Henrique o vê, que, "tendo saqueado as partes externas", dirige seu cerco *2. 1. 352*

> Contra a mente, a qual ele fura e fere
> Com muitas legiões de estranhas fantasias.

5. 7. 17

Para a desatinada Constança, a morte é um "monstro de carniça", a corporificação de tudo o que há de mais abominável e repugnante; no entanto, tal é sua agonia que ela deseja acariciar e saudar a morte como um amante, a ponto de ela ser levada a exclamar:

> Ó morte amável e linda!
> Fedor odorífero! Sã podridão!
> Levanta-te do leito da noite sem fim,
> . . . .
> Vem, range os dentes para mim e acreditarei que sorris,
> Abraçando-te como se fosse tua esposa!

3. 4. 25-35

Vale a pena notar que, embora a fortuna, a guerra e a morte sejam concebidas como pessoas, o rei João, que é o maior inimigo da Inglaterra, é sempre retratado somente como alguma *parte* de um corpo, o que estranhamente parece fazer dele algo particularmente sinistro e terrível. Pandulfo concebe-o como representado pela mão que aperta a de Felipe em um simulacro de amizade, e adverte o rei da França de que ele pode

R.J., 3. 1. 258
>segurar uma serpente pela língua,
> Um leão ferido pela pata mortífera,
> Um tigre afaimado pelo dente com mais segurança
> Do que manter a paz com essa mão que apertas.

Ele vê aquela mão mergulhada em sangue, e diz a Luís que, quando João tiver notícia de sua chegada, se Artur ainda não estiver morto, o rei o matará, e então seu povo irá revoltar-se contra ele,

3. 4. 166
>E beijar os lábios da mudança desconhecida,
> E colher matéria forte de revolta e ira
> Das pontas sangrentas dos dedos de João.

João pensa em si mesmo como um pé, que, por onde pise, encontra Artur como uma serpente em seu caminho; e a imagem mais terrível que assombra a peça, e que na realidade resume todo o seu movimento, aparece quando seus próprios seguidores se revoltam contra ele, como predissera Pandulfo, e, ao pedir o rei que venham à sua presença, Salisbury, em nome de todos raivosamente se recusa a

4. 3. 25
>servir o pé
> Que deixa pegadas de sangue por onde caminha.

No final, também, quando João recebe o que merece, esse mesmo sentimento, de ser ele apenas um fragmento – uma mera contrafação da humanidade –, recebe nova ênfase, desta vez em seu grito amargo de que seu coração está partido e queimado, que todas as mortalhas com as quais sua vida deveria navegar

5. 7. 54
>Foram transformadas em um fio, *um pequeno cabelo*,

e que tudo o que o seu servidor fiel e seu filho estão olhando

5. 7. 57
>não passa de argila
> E molde para uma realeza destruída.

A apresentação do rei João é um bom exemplo de um dos muitos modos pelos quais Shakespeare – por meio da imagística – muitas vezes, sem que nós reconheçamos conscientemente seu método, nos afeta profundamente.

Muito antes de notar, por meio de estatísticas concretas, a inusitada predominância nesta peça de imagens de personificação e ação corporal, eu já tinha uma consciência geral – como devem ter todos os leitores – de um marcante sentimento de vigor, vida e energia que se irradia principalmente de Faulconbridge, e de um avassalador sentimento de repulsa em relação a João, dificilmente justificado pelo texto. Creio hoje que essas duas impressões se devem em parte ao sutil efeito do simbolismo curioso porém muito definido que, numa peça repleta de quadros de seres humanos dançando, lutando, rodopiando, nos permite ver o rei apenas como uma parte de um corpo, às vezes encharcada de sangue humano.

Os leitores dificilmente precisarão ser lembrados do quão extraordinariamente vívidas são muitas das personificações de emoções, como as duas conhecidas descrições de dor feitas por Constança (*R.J.*, 3. 1. 68 e 3. 4. 93), que traz ainda uma vez consigo a mesma atração contraditória em relação à morte:

> A dor enche o quarto de meu filho ausente,
> Deita-se em sua cama, anda comigo para cima e para baixo,
> . . . .
> E então tenho razão para gostar da dor.

A descrição feita por João daquele "espírito mal-humorado, a melancolia" e sua ação no sangue, e "daquele idiota, o riso", quando ele está manipulando Hubert para seus próprios fins, é inusitada e interessante, como o é na verdade toda a fala, com suas cinco vívidas personificações que se seguem quase uma após outra no espaço de dezesseis linhas. Assim também o relato de Faulconbridge da confusão e dispersão dos poucos seguidores de João que ainda restam, quando ficam sabendo que ele cedeu ao papa, é insuperável em sua qualidade de concisão pictórica:

R.J., 3. 3. 31-46

R.J., 5. 1. 35   E desatinado espanto corre para cima e para baixo
Do pequeno número de seus duvidosos amigos[1].

João gosta muito de personificações, mas o mesmo pode-se dizer de muitos dos personagens – Constança, Faulconbridge, Pandulfo e Artur –, e essa tendência generalizada faz com que as coisas mais estranhas sejam visualizadas como pessoas – os canhões com
2. 1. 210
3. 3. 37   suas "entranhas plenas de ira" cuspindo "férrea indignação"; o sino
4. 1. 61   da meia-noite, com "língua de ferro e boca de bronze"; até mesmo o ferro insensível com que Humberto deve arrancar os olhos de Ar-
4. 1. 106-12   tur, e o fogo que o esquenta, o "carvão que queima" que não causa dano e agora está frio, mas que, se revivido, há de "luzir de vergonha" pelo que fez.

Como em *Rei Lear*, em que o símbolo de um corpo rasgado e espatifado é tão vívido que transborda para a linguagem comum – os verbos e adjetivos da peça –, aqui também, a consciência do aspecto de uma pessoa viva, um rosto, um olho, uma testa, uma mão, um dedo, com gestos e ações característicos, é quase contínua, e a descrição assume com naturalidade a forma da qual as frases que se seguem, escolhidas ao acaso, são típicas, podendo facilmente ser
2. 1. 158   duplicadas ou triplicadas. "A *mão covarde* da França"; "não há pala-
2. 1. 464
2. 1. 417   vra dele que não *bata* melhor que qualquer *punho* francês"; "paz e
2. 1. 583   liga *de belo rosto*"; "o *olho* exterior da volúvel França"; "move os *lá-*
4. 2. 53
3. 1. 247   *bios murmurantes* do descontentamento"; "o *gentil sobrecenho* da
3. 4. 38   verdadeira sinceridade"; "Oh, que minha *língua* estivesse na *boca*
5. 1. 49
5. 6. 17   do trovão"; "encarar o *cenho* do horror *que se gaba*"; "o *negro cenho* da noite". Não é, portanto, de surpreender que encontremos quase todos os temas emocionais ou forças de movimento na peça expres-

▼

1. Esse tipo de personificação encontra-se, é claro, em outros escritores elisabetanos; mas nada ressalta mais a suprema qualidade de Shakespeare do que tomar coisas nele que são da natureza do lugar-comum e colocá-las ao lado de outras. Comparem aqui, por exemplo, em Dekker

> Elogios fantásticos andam para cima e para baixo
> Enfeitados com plumas exóticas.
>
> (*Old Fortunatus*, 2. 2.)

sos com inesquecível vivacidade em pequenas vinhetas desse tipo: os motivos egoístas dos dois reis no esboço que faz o Bastardo de

> Aquele cavalheiro de rosto glabro, o titilante Egoísmo[2]; *R.J., 2. 1. 573*

a terrível posição em que Blanche se encontra, recém-casada com o marido em um exército e o tio no outro, na sua espantosa e angustiante descrição, de ser puxada em direções opostas:

> Qual é o lado com o qual tenho de ir? *3. 1. 327*
> Estou com ambos: cada exército tem uma das mãos;
> E em sua fúria, segurando eu a ambos,
> Eles giram se afastando e me desmembram;

a dor de Constança; o horror de Artur diante do ferro em brasa; o atordoamento e a incerteza dos seguidores de João; a própria infidelidade e crueldade de João retratadas nas pontas dos dedos e nas pegadas ensangüentadas; e sua agonia mental e física no final, quando, abandonado, derrotado e morrendo por causa de um virulento veneno que o queima internamente, criando um inferno dentro dele, ele grita, respondendo ao filho que indaga: "Como passa Sua Majestade?" *5. 1. 35*

> Mal: envenenado, morto, abandonado, perdido! *5. 7. 35*
> E nenhum de vocês pede ao inverno que venha
> Para enfiar os dedos gélidos em minha garganta
> … e nem implora que o norte
> Dê a meus lábios ressequidos o beijo de sua brisa
> Para aliviar-me com seu frescor.

Em *Henrique VIII*, tão distante de *Rei João* no tratamento e no espírito, a imagem dominante, muito curiosamente, é novamente a do corpo e das ações corporais (ver Gráfico VI), porém usada de modo diferente e de ângulo diverso do da peça mais antiga. O qua-

▼

2. *Commodity*, do original, pode ser traduzido de vários modos: egoísmo, matéria-prima, vantagem, etc. (N. da T.)

dro contínuo ou símbolo na mente do poeta não é tanto uma pessoa exibindo determinadas emoções e características quanto um mero corpo físico em infindas e variadas ações. Assim, encontro apenas quatro "personificações" na peça, enquanto em *Rei João* contei nada menos que quarenta.

HENRIQUE VIII Como existe um consenso geral da crítica de que a maior parte de *Henrique VIII* não foi escrita por Shakespeare, a questão que imediatamente vem à tona é se há ou não provas na imagística de que apenas um cérebro funcionou ao longo de toda a obra. Para nosso objetivo, no entanto, sugiro que se deixe de lado essa questão e se examine o modo pelo qual o símbolo contínuo funciona no todo.

Há três aspectos da retratação de um corpo na mente de quem escreveu a peça: o corpo inteiro e seus membros; as várias partes, língua, boca, e assim por diante; e – com muito mais constância – ações corporais de praticamente toda natureza: andar, pisar, marchar, correr e saltar; arrastar-se, mancar, cair, carregar, subir e suar; nadar, mergulhar, atirar e espiar; amassar, estrangular, sacudir, tremer, dormir, agitar-se, e – em particular e repetidamente – o retrato do corpo ou das costas curvando-se para a frente em função de uma carga pesada. Exceto por esta última, não vejo nenhuma razão simbólica para o farto uso dessa imagem, a não ser o fato de ela ser uma das favoritas de Shakespeare, em particular o aspecto do movimento corporal, que encontramos nas imagens criadas a partir de vários pontos de vista em *Rei Lear*, *Hamlet*, *Coriolano*, *Rei João* e em menor grau em *Henrique V* e *Tróilo e Créssida*.

A cena de abertura – vívida descrição do torneio no Campo do Tecido Dourado quando Henrique e Francisco se encontram –, com seu quadro de pompa e ação corporais, possivelmente iniciou a imagem na mente do poeta, como o fez na de Buckingham, quando, depois de ouvir as fulgurantes palavras de Norfolk, ele pergunta:

H.VIII, 1. 1. 45 Quem dirigiu tudo isso?
Quero dizer, quem pôs em movimento o corpo e os membros
Desta grande festa?

Norfolk, tentando controlar a ira de Buckingham com o cardeal, diz:

> Espera, meu senhor,   *H.VIII, 1. 1. 129*
> ... para subir colinas íngremes, convém,
> a princípio, caminhar devagar...
> ....
>   Sê prudente;
> ... nós podemos ultrapassar,
> Com uma velocidade violenta, o alvo que desejamos atingir
> E fracassamos por excesso de impulso;

e a total inutilidade do tratado que era o objetivo proclamado do caríssimo encontro do Tecido Dourado fica clara com a espantosa e vívida descrição de um apoio ou meio de locomoção oferecido ao corpo humano quando não há mais capacidade de movimento: os artigos foram ratificados, diz Buckingham, "por tanta utilidade quanto a da muleta para o morto". No final da cena a imagem original reaparece, e a trama contra o rei é concebida como um corpo, de modo que, quando os nobres são presos, Buckingham exclama: *1. 1. 171*

> Esses são os membros da trama: nada mais, espero.   *1. 1. 220*

Durante a leitura, notamos que muitas das mais vívidas imagens na peça são as de movimento do corpo, tais como a descrição por Norfolk de Wolsey a mergulhar na alma do rei para ali espalhar perigos e dúvidas; Cranmer, tentando agradar ao rei e conquistar-lhe as boas graças, com a voz estrangulada em lágrimas e o comentário de Ana de que a deposição de Catarina e seu divórcio da majestade e pompa da soberania   *2. 2. 27*   *5. 1. 156*

> são um sofrimento tão angustioso   *2. 3. 15*
> Como o da alma e do corpo ao se separarem.

Wolsey pensa constantemente em termos de movimento corporal: entre as imagens há as do soldado marchando com o passo igual ao da "fila", um homem arranhado e rasgado por se apressar em um bosque espinhoso, ou atacado por ladrões, amarrado, roubado e solto; e em suas últimas grandes falas, as quais, apesar da queda do ritmo, estou inclinada a acreditar sejam de Shakespeare,   *1. 2. 42*   *1. 2. 75*   *2. 4. 146*

H.VIII, 3. 2. 435, 440, 445 3. 2. 358-61	ele fala de haver *pisado* nos caminhos da glória, vê Cromwell *carregando* a paz na mão direita, insta-o a *atirar fora* a ambição, e retrata a si mesmo sucessivamente como imprudente *nadador* a se aventurar muito além de onde tem pé com o auxílio enganador de uma
3. 2. 223, 371 3. 2. 456	bexiga, um homem *caindo* de cabeça de uma grande altura como um meteoro ou como Lúcifer, e finalmente, de pé, *nu*, à mercê de seus inimigos.

A imagem das costas curvadas ao peso de uma carga ocorre cinco vezes, constituindo um símbolo óbvio e adequado da condição de Wolsey, bem como da pesada carga de impostos. Wolsey queixa-

3. 2. 407   se de que a questão do divórcio foi "o peso que o arrastou para baixo", e após ser dispensado vê-se mesmo como um homem que teve repentinamente levantada de si uma carga insuportável, garantindo a Cromwell que agradece ao rei, que o curou "e destes ombros" re-

3. 2. 381   moveu "uma carga que afundaria uma esquadra",

           uma carga
Pesada demais para um homem que espera ganhar o céu!

A idéia de um homem caindo de grande altura é constante nos casos tanto de Wolsey quanto de Cranmer; e os protestos que fazem diante de seus acusadores são, em cada um dos casos, exatamente os mesmos:

3. 2. 333   Não pressionem demais um homem que cai;...

     . . . .

5. 3. 76   é crueldade
    Sobrecarregar um homem que cai.

A rainha faz uso do mesmo espectro de símiles corporais. Ela fala de linguagem descortês "que rompe os flancos da lealdade", de "bocas ousadas" e "línguas" cuspindo seus deveres, e sua descrição

2. 4. 111-5   do grande cardeal, com a ajuda do rei a caminhar depressa e com facilidade pelos amplos degraus até subir ao alto da escada da fama, é extraordinariamente vívida.

O rei também a usa com muita força ao relatar seus sofrimentos e indagações mentais e emocionais, depois de ouvir o embaixador francês exigir uma "trégua" [um adiamento], a fim de resolver se a princesa Maria era legítima, levantando assim toda a questão do divórcio.

Ele desenha um quadro da palavra "trégua" e seu efeito sobre ele como o de um intruso grosseiro e precipitado adentrando correndo e com muito barulho um lugar tranqüilo e guardado, sacudindo-o e quebrando-o, forçando sua entrada de forma tão implacável que com ele o invadem também, vindos de fora, muitos outros seres não convidados, pressionando e empurrando, tontos e perplexos com a comoção e o lugar no qual se encontram. "Essa trégua", declara ele,

> abalou profundamente *H.VIII, 2. 4. 181*
> Minha consciência até o âmago; penetrou
> Com força destruidora e fez tremer
> A região do meu coração. Forçado assim o acesso,
> Mil reflexões confusas artudiram-me o espírito,
> Debaixo da pressão de uma tal ansiedade.

Um pouco mais tarde, quando conta à corte como buscou conselhos de seus prelados, ele, como Wolsey, descreve a si mesmo como um homem quase insuportavelmente sobrecarregado, gemendo e suando sob seu fardo, quando se volta para o bispo com a indagação:

> milorde de Lincoln; lembra-se *2. 4. 207*
> que opressão me sufocava
> Quando, pela primeira vez, invoquei vosso auxílio?

Quando rastreamos em detalhe essa série de imagens, reconhecemos que se trata de um bom exemplo do hábito peculiar a Shakespeare de conceber situações emocionais ou mentais ao longo de uma peça em um quadro físico que recorre com freqüência, no que poderia ser chamado com mais correção uma "figura móvel"; porque, tendo uma vez, por assim dizer, visualizado o corpo humano em ação, ele continua a vê-lo, como nas "estranhas posturas" de *3. 2. 112-9* Wolsey, em todas as formas de atividade física.

Não serei, no entanto, levada para a questão de autoria, limitando-me a declarar que a imagística de *Henrique VIII* tende a provar diretamente que, além das cenas geralmente aceitas como shakespearianas (1. 1 e 2, 2. 3 e 4, o início de 3.2 e 5.1), todas aquelas em 3. 2 e 5. 3 também são dele, e que ele ainda contribui ao menos com alguns toques para 2. 2³.

Constata-se que, de modo geral, a imagística contínua das peças históricas cumpre uma função um pouco diversa da que o faz seja nas tragédias, seja nas comédias. É, como eu disse, mais simples e de espécie mais óbvia, e, embora, como em *Ricardo II*, a imagística por vezes dê ênfase à idéia principal, ela jamais joga, como em *Hamlet* ou *Macbeth*, luz direta sobre o problema central, porque, com a possível exceção de Falstaff, não há, nas peças históricas, problemas de caráter ou personalidade.

Em duas das peças históricas notamos que o simbolismo das imagens contribui – no método usado nas comédias – muito definitivamente para a criação da atmosfera e qualidade da peça. Assim, em *Henrique V* a sensação de movimento rápido e voltado para o alto é marcantemente enfatizada, e em *Rei João* que, em tratamento, distancia-se de todas as outras peças históricas, a marcante e reiterada imagem "flutuante" ressalta o contraste entre a vida que surge vigorosa na maioria dos personagens da peça e a negação da vida, que é um mal, na pessoa do rei cruel e covarde. Com isso fica mais que exaltada a eficácia imaginativa e poética do tema.

▼

3. Para uma discussão mais ampla da autoria de *Henrique VIII*, ver minha conferência na British Academy sobre Shakespeare em 1931, *Shakespeare's Iterative Imagery*, Oxford University Press, 1931, pp. 22-3.

CAPÍTULO XIII

TEMAS PRINCIPAIS NAS COMÉDIAS

Na medida em que o simbolismo contínuo existe nas comédias, sua função seria, como eu disse, a de fornecer a atmosfera e o pano de fundo, bem como a de enfatizar e reiterar certas qualidades nas peças.

Assim, em *Sonho de uma noite de verão*, sabemos que o que sentimos com mais intensidade é a beleza florestal da sonhadora noite de verão, e é só quando fazemos um exame mais minucioso que compreendemos até certo ponto como essa sensação é ressaltada.

A influência e a presença da lua são sentidas o tempo todo, em grande parte por intermédio das imagens, desde os versos de abertura, quando os nobres amantes contam com impaciência os dias até seu casamento pela minguante e a chegada da lua nova,

      qual arco de prata   *S.N.V., 1. 1. 9*
Recém-retesado no céu,

até o final, quando Puck nos diz que "o lobo cobre a lua de uivos",   *5. 1. 369*
e que essa é, portanto, a hora da noite para as festas das fadas.

Tempo e movimento são ambos medidos pela lua, tanto no caso dos mortais quanto no de Puck e as fadas; os namorados marcam seus encontros para o momento, no dia seguinte,

      Febe observa   *1. 1. 209*
Sua face prateada no espelho da água;

S.N.V., 4. 1. 102	as fadas circundam o globo "mais rapidamente do que a lua em
2. 1. 103	movimento". Ela é a "governante das marés" e controla não só o

tempo, como também os fogosos dardos de amor que, quando bem

2. 1. 161 quer, apaga com seus "castos raios"; ela simboliza o ar estéril do claustro, onde as freiras vivem

1. 1. 73   Entoando hinos pálidos à fria e infrutífera lua;

ela serve, como o sol, como emblema de constância firme; e Hér-
3. 2. 52 mia exclama que acredita ser mais fácil cavar um buraco até o centro da Terra e a luz arrastar-se por ele do que Lisandro deixá-la espontaneamente.

    A palavra *"moon"* ocorre vinte e oito vezes, três vezes e meia mais do que em qualquer outra peça, em parte é claro devido à proeminência do luar, muitas vezes chamado de "lua", como um personagem na comédia dos "vestidos com tecidos grosseiros". "Luar" naturalmente também ocorre com freqüência inusitada: na verdade Shakespeare só menciona o luar oito vezes em toda a sua obra, sendo seis dessas em *Sonho de uma noite de verão*, onde aparece também sua única referência a raios de lua. A única vez que Shakespeare usa "estrelado" é também aqui, quando Oberon diz a Puck
3. 2. 356 para cobrir o "céu estrelado", e a sensação de luz das estrelas, que é
2. 1. 29 constante (as fadas dançam junto ao "cintilante brilho das estrelas";
3. 2. 407 Puck acusa Demétrio de "gabar-se às estrelas"; se o luar faltar, Tisbe
5. 1. 313 encontrará seu amado à luz das estrelas; e assim por diante), é em grande parte devida às muitas comparações com as estrelas que acorrem com naturalidade àqueles que estão olhando para elas, como quando Demétrio garante a Hérmia que, embora ela tenha perfurado o coração dele e seja uma assassina, ela parece

3. 2. 60   tão brilhante, tão clara,
                 Quanto Vênus, lá, em sua esfera bruxuleante,

e Lisandro declara que Helena

3. 2. 187   mais doura a noite
                 Que todos os orbes e olhos em fogo.

Esse cenário enluarado, então, fornece em parte a qualidade de sonho e encantamento da peça, reforçado pela beleza da floresta. Tudo isso foi retirado principalmente de duas fontes, intimamente ligadas e que por vezes se fundem numa só: a alta proporção de imagens poéticas – noventa e cinco de um total de cento e quatorze – consideravelmente maior que em qualquer outra comédia, e o número muito grande de imagens da natureza, incluindo animais e pássaros. Essas Shakespeare sempre apresenta, porém aqui seu número é excepcional, pois, além das listadas sob o título "natureza", há muitas que têm de ser classificadas sob outros títulos, mas que, o tempo todo, pintam quadros campestres à nossa frente. Assim, o "trigo verde" que

> Apodreceu antes que sua juventude criasse barbas, *S.N.V., 2. 1. 95*

que na verdade é uma personificação, traz-nos principalmente à imaginação a visão do campo no final do verão inglês tantas vezes chuvoso, da mesma maneira que a descrição do modo pelo qual

> a primavera, o verão, *2. 1. 111*
> O fértil outono, o irado inverno mudam
> Suas librés costumeiras,

que é classificado em "roupas", na realidade nos apresenta um espetáculo da rápida sucessão das estações em suas vestes multicoloridas.

Até a medida do tempo é feita, não só pela lua, mas também pelo cocoricar do galo, pela "primavera do meio do verão" e o "relâmpago nas colisões da noite", pelo verdejar do trigo e o aparecimento dos botões do pilriteiro; pelo acasalamento das aves; pela capacidade do leviatã de nadar; pela madrugada e a aurora; pela sombra e pelo som. *2. 1. 82*
1. 1. 145

E os pássaros também, cujas canções e sons são ouvidos o tempo todo, como deve acontecer numa peça sobre as florestas inglesas, a pomba, o rouxinol, a gralha, a cotovia – são, como sempre em Shakespeare, usados como medida de toda espécie de atividades e escala de valores: de movimento leve, "pular de modo tão leve *5. 1. 391*

S.N.V., 1. 1. 184   quanto um passarinho de uma urze"; de som doce, "mais musical que a cotovia para o ouvido do pastor", de senso de cor,

3. 2. 141
> A neve do cume do Tauro, que o vento do oriente
> Acaricia com o seu sopro, parece negra como um corvo
> Quando levantas a mão,

ou de fuga louca e desbaratada, como quando os gansos selvagens ou um bando de gralhas avermelhadas,

3. 2. 22
> Levantando vôo e grasnando ao estouro da arma,
> Dispersam-se e varrem loucamente os céus.

Até mesmo na farsa dos artesãos encontramos – como que por acaso – um toque de beleza da natureza atirada pelo caminho, como por exemplo:

3. 1. 96
> De cor como a rosa vermelha na urze triunfante,

e, na peça como um todo, a sucessão de figuras imaginativas cristalizando experiências, emoções e sensações familiares a todos os ingleses amantes da natureza nunca foi superada nem pelo próprio Shakespeare. Todas essas são bem conhecidas, pois ficam inseridas em nossa maior poesia, e uma vintena delas poderia ser nomeada só nesta peça, porém duas serão suficientes neste ponto.

Nós, ingleses, conhecemos bem aquela deliciosa meia-estação do princípio do outono, quando as geadas noturnas bicam as flores do fim do verão, e durante a qual as rosas mais resistentes insistem em florir alegremente; porém foi Shakespeare quem as pintou para sempre em quadro de poeta, com sua requintada mistura de ar cortante e perfumes doces, na descrição que faz a Rainha das Fadas do que foi provavelmente a experiência de muitos jardineiros no final do verão frio e úmido de 1594:

2. 1. 106
> nós vemos
> As estações mudarem: geadas de cabeça grisalha
> Cair no colo fresco da rosa encarnada;
> E sobre a coroa de gelo do hirto e vetusto inverno

Põe, como por troça, uma guirlanda de perfumados botões
[de verão.

A maioria de nós já viu um nascer de sol sobre o mar, porém Shakespeare imortalizou o espetáculo para nós numa orgia de cor e beleza quando observamos, com Oberon,

> Até o próprio portão do oriente, todo vermelho de fogo,   *S.N.V., 3. 2. 391*
> Abrindo-se sobre Netuno com lindos e abençoados raios,
> Transforma em ouro amarelo as salgadas correntes verdes.

Não é de espantar que Keats sublinhasse com freqüência trechos desta peça, por sua pura poesia; a natureza e o luar eram os seus amores, e ele os encontrou aqui reunidos ao alcance de sua mão, como em nenhum outro lugar na literatura, e em rica e alegre abundância. E esses elementos, em grande parte por meio da imagística que vimos analisando, estampam sua marca específica na peça, a qual nos deixa, como já deixou a milhares, pelo espaço de três séculos e meio, espantados e encantados pela beleza e o estranho poder da pena do autor.

Em *Muito barulho por nada* entramos numa atmosfera completamente diversa, alegre, brilhante, espirituosa, nada sentimental, e notamos imediatamente o grande número de imagens vívidas, de som leve e movimento rápido, que aparece nesta peça e sustenta a sua atmosfera: na dança (uma jiga escocesa, uma *measure*[1], um *cinque pace*); na música (o espírito da brincadeira insinua-se pelas cordas de um alaúde, o badalar de um sino); na canção ("em que clave um homem a conquistará, para começar a música?"); no cavalgar, galopar, marchar, em passarinhos tímidos e rápidos (espírito "esquivo e selvagem como o falcão da montanha"), na ação rápida como um relâmpago do cão de caça ("espírito tão veloz quanto a boca do galgo"): essas e outras imagens formam um acompanhamento adequado para a moça alegre e decidida nascida sob uma estrela dançante, em cujos olhos "o desdém e o desprezo passeiam rebrilhando".

MUITO
BARULHO
POR NADA

M.B.N., 2. 1. 74
3. 2. 57
3. 2. 13
1. 1. 185
3. 1. 35

5. 2. 11

3. 1. 51

▼

1. Dança lenta e solene. (N. da T.)

Além dessa nota de alegria, o motivo dominante é a vida inglesa no campo, porém de uma espécie completamente diversa da langorosa atmosfera enluarada da floresta encantada. É um ambiente ativo de trabalho ao ar livre e de esportes, por vezes em conflito com o frio e a tempestade, na maior parte criado de forma indireta por meio da imagística, na qual a idéia mais notável e contínua é a dos esportes campestres de apanhar passarinhos e pescar; ambos os apaixonados são concebidos como passarinhos capturados por fios com visgo, ou peixes que o anzol pegou com a "isca traidora".

Essa atmosfera de esportes ao ar livre não é imaginação, pois as estatísticas a comprovam. É a única vez, em todas as peças de Shakespeare, em que as imagens buscadas nos esportes encabeçam a lista, e são portanto mais numerosas do que tanto as de natureza quanto de animais. Incluem muitas imagens de capturar pássaros em armadilhas, cavalgar e pescar, bem como outras de atirar com arco e flecha, com armas, justas, caçar, esgrimir, construir ninhos de passarinhos e provocar ursos. Outras, tais como lutar, dançar (listadas como Ação Corporal), poderiam ser acrescentadas, com legitimidade.

Em comparação com algumas outras peças, não há muitos símiles de natureza, porém às vezes eles aparecem quase continuamente. Assim, na pequena cena encantadora de pouco mais de cem linhas, no pomar (3. 1), quando Hero e Úrsula preparam sua armadilha para Beatrice, notamos uma série de retratos rurais – o caramanchão de madressilvas entrelaçadas que, amadurecidas pelo sol, mesmo assim o mantêm afastado; a ventoinha correndo junto ao chão, acolchoado por videiras virgens; o prazer de, pescando,

ver o peixe
Cortar com seus remos dourados a corrente prateada;

os jovens falcões selvagens, o cata-vento "soprado por todos os ventos", o "fogo coberto" das ervas daninhas, a fumaça que, de modo tão delicioso, perfuma os jardins ingleses, a "armadilha de visgo" e o passarinho selvagem sendo domado – com todos esses retratos estimulando e sustentando em nós a consciência do cenário de uma vida campestre ativa.

Isso ainda é ampliado pelo uso repetido do tempo e das estações para fins de comparação, como quando Beatrice fere o orgulho de Benedick dizendo-lhe que ele é "mais tedioso do que um grande degelo", ou Don Pedro diz, do "rosto de fevereiro" dele,

M.B.N., 2. 1. 245
5. 4. 41

> Tão cheio de geada, de tempestade e de nuvens,

bem como por toques como a ovelha de Dogberry que não ouve os balidos de seu cordeirinho, o som do cão de Beatrice a latir para um corvo, o "pintinho atrevido" de Don John ou o segredo das raízes da colheita arrancadas, comentada por Conrade. A essas podem ser acrescidas as muitas imagens campestres desenhadas com tamanha facilidade por Benedick, tais como a pobre ave ferida que se arrasta para a moita, a melancólica hospedagem em uma toca de coelho, o escolar que, contentíssimo de encontrar um ninho de passarinhos, inocentemente mostra-o a um companheiro que o rouba, o cachorro que uiva ou o honesto vendedor de gado que vende novilhos. Durante toda a peça, seja qual for a cena, a atmosfera do campo aberto é mantida diante de nós, como quando Don Pedro, ao completar o ritual de pendurar o epitáfio de Hero em seu túmulo na igreja, descreve, em delicada veia clássica, a chegada de uma aurora inglesa:

1. 3. 56

> vejam, o delicado dia,
> Diante das rodas de Febo, já na curva
> Mancha o sonolento leste com pintas de cinzento.

5. 3. 25

Atmosfera apropriada a seu tema e tom também é dada a *As alegres comadres de Windsor* pelo número de imagens alegres de toda espécie, muitas buscadas em esporte, em jogos, navios em ação ou aventura, retratos pitorescos ou cômicos: Falstaff sibilando de calor, refrescando-se no Tâmisa como uma ferradura, ou indagando se deixou seu cérebro ao sol e o secou a ponto de faltar-lhe massa para enfrentar seus atormentadores; a asseveração de Ana Page que, a casar com o Dr. Caio, ela preferiria

AS ALEGRES COMADRES DE WINDSOR

A.C.W., 3. 5. 119
5. 5. 139

> ser enterrada viva
> E que me atirassem nabos, como num boliche, até que morresse!

3. 4. 92

A.C.W., 1. 3. 26 a trapaça de Bardolfo, que parecia um mau cantor pois "não acertava
3. 5. 9 o ritmo", e os safados que atiraram Falstaff no rio "com tão pouco remorso quanto se houvessem afogado os filhotinhos cegos de uma cadela, quinze crias de uma vez". Há também muitas imagens urbanas
3. 3. 73 e tópicas; o cheiro de Bucklersbury (onde ficavam as lojas dos boticá-
3. 3. 81; 3. 5. 5 rios) no verão, o odor dos fornos de cal, o carrinho de mão dos restos
1. 4. 20
2. 1. 65 do açougueiro a serem atirados no Tâmisa, a barba de Slender "como a faca de aparar de um luveiro", a baleia atirada à praia em Windsor, ou um toque delicioso, que traz consigo a essência da juventude e da
3. 2. 66 primavera, tal como a descrição feita pelo Taverneiro do jovem Mestre Fenton: "ele fala como dias de festa e cheira como abril e maio".

OS DOIS CAVALHEIROS DE VERONA

Em *Dois cavalheiros*, igualmente, o grupo de imagens dominante – de tipos e classes de pessoas – dá personalidade à peça. Shakespeare sempre gostou desse tipo de símile, e é em grande parte por meio dele que temos tantos pequenos retratos do povo na Inglaterra elisabetana (ver p. 133). Porém aqui o número deles é notável,

D.C.V., 2. 1. 16 em parte devido à zombeteira resposta de Relâmpago à ingênua indagação de Valentino ("Ora, como é que sabe que estou apaixonado?"), quando ele cita toda uma lista de personagens ou pessoas às quais seu amo se assemelha em algum detalhe que trai sua condição de sofrimento por amor: "você aprendeu ... a cruzar os braços como um descontente; ... a andar sozinho, como alguém que pegou peste; a suspirar, como o escolar que perdeu seu A.B.C.; a chorar, como uma donzela que acaba de enterrar a avó; a jejuar, como quem faz dieta", e assim por diante. Mas, além dessa fala divertida e vívida, esses pequenos "personagens" usados para comparação parecem ser o método favorito de Shakespeare de criar símiles nesta peça, e para tal objetivo ele usa, entre outros, uma criança, um bebê, uma ama, um médico, um mendigo, um peregrino, um falido, um esfarrapado que reza por outros, um soldado, uma etíope morena, um arauto, um senhor poderoso, bem como prisioneiros, escravos, bastardos e mensageiros.

Três de suas imagens de amor exemplificam muito bem seus diferentes modos de as utilizar: a simples afirmação, com uma frase explicativa:

> pois o amor é como uma criança.   *D.C.V., 3. 1. 124*
> Que deseja todas as coisas que pode alcançar;

o pequeno quadro vívido do amor "teimoso" e "tolo",

> Que, como um bebê impertinente, que arranha a ama,   *1. 2. 58*
> E daí a pouco, muito humilde, beija a vara!

e a mais prolongada e mais lenta metáfora do amor retratado como um poderoso senhor que humilha e repreende seu vassalo.   *2. 4. 136*

É provável que não haja nenhuma razão específica para tantas imagens desse tipo, a não ser talvez a de Shakespeare estar escrevendo a peça com muita pressa, e cair nesse hábito. Pois há provas, creio eu, de uma espécie de pressa que raramente encontramos em peças mais tardias, tais como as muitas repetições de imagens: a da comparação feita por Proteu da natureza transitória do amor com uma imagem de cera que se derrete, e pelo duque com uma figura de gelo a derreter-se; as referências feitas tanto por Proteu quanto por Júlia a "asas do Amor" e seu vôo veloz, a comparação da rigidez da natureza de Júlia ao aço, e a do cão Crab a uma "pedrinha de cascalho"; e aos dois usos do camaleão e do *spaniel*.   *2. 4. 200; 3. 2. 6; 2. 6. 42; 2. 7. 11; 1. 1. 140; 2. 3. 10; 2. 1. 169; 2. 4. 23; 3. 1. 270; 4. 2. 14*

Seja como for, o efeito geral das muitas imagens sobre "personagens" na peça é sem dúvida o de dotá-la de cor e ornamentação, variedade e vivacidade.

Em *Noite de reis* os tipos de imagens refletem com sutileza e precisão a peculiar mistura de tons, música, romance, tristeza e beleza entrelaçadas com espírito, comédia rasgada e diálogo cortante e rápido.   NOITE DE REIS

A primeira coisa a notar é que de cem imagens só há quatorze que possam ser chamadas de poéticas, porém essas são de beleza excepcional e muito conhecidas, como o

>   som doce   *N.R., 1. 1. 5*
> Que respira em um canteiro de violetas,
> Roubando e doando aroma!

(que a meu ver não requer emenda); a descrição de Viola de como ela permitiu

	a ocultação, como verme no botão,
N.R., 2. 4. 113	Alimentar-se de sua face adamascada,

    1. 1. 20
    1. 5. 283

    1. 3. 103
    2. 4. 76
    2. 5. 33

    3. 2. 26

    1. 3. 42

    3. 4. 189

    1. 5. 151
    3. 2. 83
    3. 1. 13

    3. 2. 48

O MERCADOR
DE VENEZA

Olívia que purga "o ar de pestilência" e "o falastrão mexerico do ar" que grita seu nome; ou vívidas e inesquecíveis, como o cabelo de *Sir* Andrew, que "pende como fibra de linho na roca", ou a mente do duque que é uma "verdadeira opala"; ou retratos inimitáveis, como o que faz Fabian de Malvólio como "um raro peru" a andar empertigado "sob suas plumas arrepiadas"; ou sua ameaça a *Sir* Toby, que por ter navegado para o norte da opinião de sua senhora irá ficar pendurado lá "como gelo na barba de um holandês".

    Nota-se ainda que esta peça contém, mesmo para uma comédia, um número inusitado (dezesseis) de imagens "tópicas", divertidas, pitorescas, engenhosas e espirituosas, a maioria nos trechos em prosa e em cenas de *Sir* Toby, tais como sua declaração de que "ele é um covarde ... que não bebe à minha sobrinha, até seu cérebro girar sobre a ponta do pé com pião de paróquia"; ou sua instrução a *Sir* Andrew de que o procure "no canto do pomar como um beleguim", a mensagem de Viola de que ficará parada à porta de Olívia "como poste de xerife", a conhecida comparação que faz Maria das rugas no rosto de Malvólio com o "novo mapa", a comparação que o bobo faz entre uma luva de pelica e alguém bem espirituoso, ou a folha de papel de *Sir* Toby "bastante grande para a cama de Ware na Inglaterra"[2]. Essas e muitas mais emprestam uma leveza e um brilho à peça que deve ter encantado as primeiras platéias, mantendo viva a atmosfera de réplicas rápidas e brincadeiras tópicas que são uma das características desta comédia sofisticada e deliciosa.

    Como exemplo de atmosfera, a presença constante da música em *O mercador de Veneza* não pode passar aqui despercebida. Embora não se possa dizer que as imagens propriamente a criem, mes-

▼

2. O pião da paróquia era um pião de chicote, que ficava nas igrejas não se sabe para que uso; o poste do xerife refere-se a um poste que indicava a delegacia local; e a grande cama de Ware, que podia acomodar dez pessoas, está hoje no Museu Victoria and Albert. (N. da T.)

mo assim a atmosfera da peça é muito salientada por elas. Os dois grandes momentos de emoção e romance são apresentados e acompanhados por música, e a doçura de seu som ecoa nessas passagens, de modo que no espaço de quarenta e cinco linhas a vemos mencionada mais vezes do que no conjunto de qualquer outra peça. Embora haja de fato apenas dois símiles baseados nela, a música domina ambas as cenas e origina uma série de quadros nos quais ela é o pensamento central.

M.V., 5. 1. 53-98

Quando Bassânio está a ponto de fazer sua escolha, Pórcia ordena que toquem música,

> Então, se ele perder, terá um fim como o dos cisnes,
> Desaparecendo em música.

3. 2. 44

Mas, se ele ganhar, multiplicam-se então as imagens do que seja a música:

> Assim como a fanfarra quando súditos leais curvam-se
> Ante um monarca recém-coroado

ou

> aqueles doces sons ao amanhecer
> Que deslizam para o ouvido sonhador do noivo
> E o conclamam ao casamento.

E na requintada cena final, quando Lourenço e Jéssica estão à espera da volta de sua ama, "os sons da música" novamente "deslizam para os nossos ouvidos", "para chamá-la ao lar"; Lourenço, apontando para as estrelas, declara

> Não há o mínimo orbe que você veja
> Que em seu movimento não cante como um anjo,

5. 1. 60

e, continuando, ele explica a Jéssica, nas famosas e mágicas palavras, que a música das esferas encontra sua contrapartida harmônica "em almas imortais".

Quando ela comenta que jamais fica alegre quando ouve música doce, ele explica que o motivo é seu "espírito estar atento" comparando com o estranho e mágico poder da música para domar e subjugar instantaneamente coisa tão selvagem quanto uma manada de jovens potros "urrando e relinchando"; não é de espantar, acrescenta ele, que o poeta

M.V., 5. 1. 80
> Imaginava que Orfeu atraísse árvores, pedras e torrentes;
> Já que nada é tão estúpido, duro e cheio de raiva,
> Que a música não mude sua natureza,

e termina asseverando o que é sem dúvida a própria visão de Shakespeare (cf. a desconfiança que tem César de Cássio, "ele não ouve música", "Tais homens ... são ... perigosos), que o homem "que não tem música nele" não merece jamais confiança.

J.C., 1. 2. 204-10
M.V., 5. 1. 83

Só em três das comédias encontramos ligeiros traços de imagística simbólica contínua, usada como nas tragédias, para ilustrar ou sublinhar algum "motivo" principal na ação ou trama da peça, e as três são *Trabalhos de amor perdidos*, *Muito barulho por nada* e *Bom é o que bem acaba*.

TRABALHOS DE AMOR PERDIDOS

Assim, em *Trabalhos de amor perdidos*, afora as imagens de natureza e de animais, a série dominante, como será fácil constatar, é a de guerra e armas, dando ênfase ao principal interesse e causa da diversão da peça, a "guerra civil de espíritos", sendo o todo, nas palavras de Armado, pouco mais do que "um rápido duelo de palavras – aranha aqui, ali, mais rápido e no alvo!". O primeiro tema subjacente do agravamento e posterior dispersão da neblina do falso idealismo à luz da experiência da vida real é apresentado por meio de uma série de brilhantes encontros, quando até o riso "apunhala", a língua é afiada como "o fio invisível da navalha" e dispara farpas para todo lado – as idéias têm asas

T.A.P., 2. 1. 226
5. 1. 58

5. 2. 256

5. 2. 260
> Mais rápidas que flechas, balas, vento, pensamento, coisas velozes,

e as palavras são retratadas o tempo todo como golpes de punhais, flechas, balas atiradas por canhões ou como combatentes de justas, em torneios, com suas lanças. O espírito de Longaville é descrito como espada afiada manejada por vontade por demais obtusa;

2. 1. 49

Moth leva a mensagem de Armado como uma bala saindo de um canhão, Boyet e Biron lutam uma justa direta e alegre entre si, os olhos de Boyet ferem "qual espada de chumbo", enquanto o piadista Biron, no final, em desesperadora capitulação, posta-se defronte de Rosalina e exclama: *T.A.P., 3. 1. 63*

5. 2. 480

> senhora, dispare o dardo de seu espírito contra mim;
> . . . .
> Penetre o seu ágil espírito através de minha ignorância;
> Corte-me em pedaços com sua aguda imaginação.

5. 2. 396

Além dessa "guerra civil" generalizada, testemunhamos também outros tipos de combate, o do pequeno grupo de estudiosos em sua "Academia", que, como o rei um tanto prematuramente garantia nas linhas iniciais da peça, eram "bravos conquistadores" a guerrear contra suas próprias afeições "e o imenso exército dos desejos do mundo"; a guerra dos homens contra as mulheres na causa do amor, chefiada pelo rei quando ele proclama, *1. 1. 8*

> Santo Cupido, então! E, soldados ao campo!

4. 3. 365

e Biron, que acrescenta:

> Avancem suas bandeiras e ataquem-nas, senhores;
> Na confusão, abaixo com elas! Porém lembrem-se
> De no conflito capturarem o sol delas;

a defesa espirituosa feita pelas mulheres, incitadas por Boyet:

> Armem-se, moças, armem-se! Os encontros montados vão
> Contra a sua paz: o Amor se aproxima disfarçado,
> Armado com argumentos; serão surpreendidas:
> Convoquem seus espíritos; firmem suas próprias defesas;

5. 2. 82

e sua vitória final com a imposição de um rígido período de provação a seus prisioneiros.

Evidentemente, tudo isso é um simbolismo contínuo muito óbvio, porém é interessante encontrar na primeira peça de Shakespeare, mesmo em forma tão simples, a tendência que nas grandes tragédias irá tornar-se aspecto tão marcante e desempenhar nelas papel definitivo – sutil porém decisivo – ao expressar a própria concepção que tem o poeta de seu tema, além de intensificar e sustentar as emoções de seu público.

MUITO BARULHO POR NADA

Em *Muito barulho por nada* também encontramos um ligeiro toque da mesma idéia subjacente, a guerra de espírito[3] no amor e as armas que os pseudoguerreiros usam. Benedick queixa-se que o tratamento que lhe dá Beatriz o faz sentir-se como "um alvo humano, com todo um exército atirando" nele, pois "ela fala punhais, e cada palavra apunhala". Margarida diz-lhe que ele tem um espírito "tão rombudo quanto floretes de esgrimistas, que tocam, mas não ferem", o que origina a troca de brincadeiras verbais sobre espadas e escudos. Por mais que Benedick refugue diante dos "caprichos e restos de espírito" que possam ser quebrados nele como punhais, os chistes que seu amigo parte "como os fanfarrões suas lâminas", ele recupera a coragem no final e desafia essas "balas de papel do cérebro" a espantá-lo "da carreira de seu humor", pois "se um homem for derrotado com cérebros, ele não ostentará nada de belo sobre si".

M.B.N., 2. 1. 247

5. 2. 13

2. 3. 237

5. 1. 188
2. 3. 241
5. 4. 102

BOM É O QUE BEM ACABA

Outra pincelada de pensamento simbólico é encontrada em *Bom é o que bem acaba*, embora não seja expressa continuamente em imagens. Helena, na primeira cena, resume sua posição em uma imagem astronômica:

B.B.A., 1. 1. 92

                    Seria o mesmo
Se eu amasse uma estrela particularmente brilhante
E pensasse em casar-me com ela, tão acima de mim está ele:
Na sua brilhante auréola e luz colateral
Devo achar meu conforto, não em sua esfera.

E a idéia – não de ser uma estrela – mas a de haver nascido sob boa ou má estrela, sujeitos portanto à sua influência, sendo, nessa medida, joguete da sorte, percorre grande parte da peça.

Helena refere-se a ela mesma e a Paroles como

▼

---

3. *War of wits*, no original. (N. da T.)

> os que nascem mais pobres,
> Cujas estrelas inferiores nos trancam em desejos,

B.B.A., 1. 1. 191

declara que a receita do pai, como sua herança,

> seria santificada
> Pelas estrelas de mais sorte no céu,

1. 3. 250

e, quando repudiada por Bertram, diz que buscará para sempre com observância estrita

> preencher as lacunas
> Que minha humilde estrela em mim deixou,
> A fim de que possa ficar à altura de minha grande fortuna.

2. 5. 76

Ela diz a Paroles que ele nasceu sob estrela caridosa, regido por Marte retrógrado, e o próprio Paroles, ao despedir-se dos jovens nobres que partem para a guerra, exclama "que Marte os proteja como seus noviços", e confia a Bertram que eles "se movem sob a influência da mais popular das estrelas". Do mesmo modo o bobo de forma pouco galante declara à condessa que, se nascesse ao menos uma boa mulher "para cada estrela em fogo", o mundo ficaria bem. Pode ser puro acaso, mas muitos dos ditos e imagens de Helena ampliam ou estendem a sugestão ou idéia de estrelas e corpos celestes a mover-se no firmamento, como no início de sua famosa fala:

1. 1. 199

2. 1. 48
2. 1. 56

1. 3. 89

> Muitas vezes estão em nós mesmos os remédios
> Que esperamos do céu. O destino celeste
> Nos deixa livres em nossas ações e só retarda
> Nossos desígnios quando nós mesmos permanecemos inertes;

1. 1. 226

na sua afirmação ao rei de que em dois dias ele estará curado, a qual em boa retórica ela expressa assim:

> Antes que duas vezes os cavalos do sol tragam
> A seu fogoso auriga[4] seu círculo natural;

2. 1. 164

▼

---

4. Spurgeon opta por *fiery torcher*, porém a forma geralmente aceita é *fiery coacher*, na referência a Apolo, por haver unanimidade quanto a que "fogoso portador de tocha" seria tautológico. (N. da T.)

e na sua recusa em permanecer sob o teto de Bertram:

B.B.A., 3. 2. 127
>não, não, mesmo que
>O ar do paraíso soprasse na casa.

Tanto *Trabalhos de amor perdidos* quanto *Como quiserem* são notáveis por terem mais imagens do que qualquer outra das comédias, e em ambas as peças elas constituem boa parte da diversão que nos oferecem.

Esse número elevado de imagens não denota, porém, em *Trabalhos de amor perdidos*, como aconteceria na maioria das outras peças, alta percentagem de pura poesia, pois as imagens são usadas para tecer espírito verbal, trocadilhos e sentidos duplos, dos quais a trama é elaborada. Nisso a peça também se assemelha a *Como quiserem*, porém o espírito aqui não é nem de longe tão fácil ou natural, enquanto o elemento poético, romântico está quase totalmente ausente. De modo que, de cento e sessenta e quatro imagens em *Trabalhos de amor perdidos*, encontro apenas onze que são realmente poéticas, às quais poderemos acrescentar outras onze que, embora graciosas e decorativas, são muitas vezes artificiais e forçadas. Assim a peça tem um número excepcional de imagens de natureza, na verdade o mais elevado de todas as comédias – o autor não saíra de Stratford muito tempo antes – mas elas são ou muito tênues e gerais, como

T.A.P., 2. 1. 54
>Espíritos de vida tão breve fenecem enquanto crescem,

ou são fantasiosas e artificiais, cheias de brincadeiras verbais eufuísticas, como todas as sete imagens do sol e da lua, das quais esta é típica:

5. 2. 374
>Seu espírito torna tolas coisas sábias; ao nos saudarmos,
>Com olhos que vêem bem, o olho em fogo do céu,
>Pela luz perdemos a luz.

COMO QUISEREM
Como quiserem cintila de tanto espírito, quase todo em forma de imagens. O diálogo de Célia e Rosalinda é pleno de tropos, como na abertura do Ato I, cena 3, e o divertimento para quem assiste é ficar observando as duas moças pegando habilmente os chistes uma da outra e atirando-os para lá e para cá como se fossem petecas.

A alegre e zombeteira conversa de Rosalinda com Orlando é, de forma semelhante, uma massa de pirotecnia verbal feita de metáforas e símiles, por vezes uma espécie de *set piece*⁵ para divertir a platéia, como a comparação do tempo com um pônei que anda, trota ou galopa, que se estende por vinte e seis linhas, por vezes um chuveiro rápido e brilhante de faíscas, como em sua resposta, "feche as portas ao espírito de uma mulher, e ele fugirá pela janela; feche a janela e ele sairá pelo buraco da fechadura; tape o buraco da fechadura e ele fugirá com a fumaça da chaminé".

C.Q., 3. 2. 317
4. 1. 162

Jacques é um dos grandes criadores de símiles em Shakespeare, e sua longa e formal *set piece* [ária] sobre as sete idades do homem é muito provavelmente a fala mais conhecida de todas as peças. O espírito de Touchstone, também, cintila com símiles, lembrando-nos por vezes de Lyly, por seu prazer no mero som de uma sucessão de comparações, como quando ele responde à indagação de Jacques – "Vai casar-se, bufão?" – com o refrão eufuístico: "Como o boi tem canga, o cavalo o freio, o falcão os guizos, assim o homem tem seus desejos; e como os pombos se tocam os bicos, assim os esposos gostam de mordiscar." Com maior freqüência ele é "veloz e sentencioso" com significado profundo por trás de suas palavras; como quando, caprichosamente intrigado com a tola incompreensão de Audrey, ele representa para Jacques como sua platéia e, na forma de um símile, faz a referência oblíqua, que a platéia maior reconhecia com facilidade, à morte de Marlowe pelo punhal de Ingram Frysar na chamada briga "pela conta" na taverna de Eleanor Bull em Deptford:

3. 3. 77

> Quando os versos de um homem não podem ser compreendidos, nem seu espírito secundado por essa criança precoce, a Inteligência, fere isso um homem mais mortalmente do que uma enorme conta numa sala pequena.

3. 3. 12

A dupla alusão, primeiro, aos fatos conhecidos a respeito da morte de Marlowe e, segundo, a seu famoso verso

▼

---

5. Não há tradução consagrada para o termo em português: seria um trecho verbalmente elaborado que serve de momento de bravura; talvez o melhor seria chamá-lo de "ária". (N. da T.)

Riquezas infinitas num pequeno espaço,

torna o significado da referência uma certeza, que fica também em harmonia com o humor afiadíssimo e sutil de Touchstone.

Esse símile será, talvez, a mais interessante referência "tópica" em toda a obra de Shakespeare, porém a peça inteira é notável pelos chamados símiles "tópicos" – isto é, símiles que se referem a coisas familiares à platéia elisabetana, porém não a nós, ou na verdade em muitos casos a ninguém a não ser à platéia daquela época. Dentre essas referências tópicas está a ameaça de Rosalinda de que ela irá chorar por nada "como Diana na fonte", pela qual é possível que ela queira se referir à fonte erigida em Cheapside em 1596, descrita por Stowe, com a imagem de Diana "com água jorrando de seu seio nu"; ou a descrição feita por Sílvio do carrasco que pede perdão à sua vítima antes de lhe cortar a cabeça; ou a resposta de Orlando à provocadora pergunta de Jacques para saber se ele colheu ou não suas "respostas bonitinhas" em notas encontradas em buquês junto a anéis, "Absolutamente. Estou respondendo no estilo da tapeçaria, na qual estudou as suas perguntas", referindo-se aos familiares quadros pintados em lona usados nas salas, onde muitas vezes apareciam palavras ditas pelos personagens, acima de suas cabeças, ou saindo deles como balões, como se vê em um folheto do século XVIII.

Às vezes essas alusões tópicas jogam uma luz sinistra sobre costumes ou personagens da época, como a descrição que faz Rosalinda da casa escura e do chicoteamento dos loucos, ou a comparação de Célia das juras de um amante com a palavra de um taverneiro, "ambos confirmadores de contas falsas".

Todos esses símiles tópicos parecem soar e ecoar a clave e o tom da peça que, embora transcorra no meio da floresta, onde eles "passam sem cuidados o tempo", é no entanto claramente escrita para agradar a uma platéia urbana altamente sofisticada, que se delicia com os *rounds* de faiscante espírito "feito dos calcanhares de Atalanta"[6],

▼

6. Referência à consagrada velocidade da deusa. (N. da T.)

pulula o tempo todo com sentidos duplos e é rápida como um raio para captar no ar e divertir-se com alusões locais ou tópicas.

Finalmente, como em *Sonho de uma noite de verão*, o número de imagens da natureza é muito alto. De natureza e animais juntas há mais em *Como quiserem* do que em qualquer outra comédia, e elas desempenham seu papel na atmosfera geral. Já se apontou que, embora haja, na peça, uma vívida sensação de vida campestre ao ar livre, há nela bem poucas descrições de natureza, na verdade apenas duas breves passagens, uma do aprisco "cercado por oliveiras" e a outra do carvalho "cujos galhos a velhice cobriu de musgo". Mas, apesar de haver poucas descrições elaboradas, há, como em *Muito barulho por nada*, a presença permanente de pequenos toques que mantêm a todo momento diante da platéia o cenário da natureza, tais como a cena de abertura no pomar, as referências do duque ao vento do inverno, às árvores e aos riachos que correm, a caça ao veado, a choupana do pastor, a canção de Amiens, os versos de Orlando, a refeição à sombra de galhos melancólicos, a fala de pastor de Corin, os monteiros e sua canção e a primorosa "canção boba" no final, que Touchstone considera uma perda de tempo. *C.Q., 5. 3. 16-33*

Porém, uma maneira ainda mais sutil e menos óbvia de intensificar a sensação da vida campestre e ao ar livre é o uso de símiles e metáforas, como no quadro da caminhada por uma floresta cheia de espinhos, nos chistes das moças sobre urzes e carrapichos; no encantador vislumbre, permitido por Sílvio em sua modéstia, da respiga de espigas quebradas no campo da colheita; ou até mesmo em toque tão mínimo quanto a descrição de Célia ao encontrar Orlando "debaixo de uma árvore, como uma bolota de carvalho caída". *1. 3. 11*
3. 5. 100
3. 2. 243

Encontramos um número inusitado de símiles de animais, o mais elevado em qualquer das comédias, que enriquece muito os quadros de vida campestre: a corça procurando seu filhote para dar-lhe comida, a doninha chupando ovos, o galo cocoricando, o ganso selvagem voando, pombos comendo, e vislumbres vívidos de paixão e emoção de animais como os que nos dá Rosalinda, "nunca houve nada tão repentino quanto a luta de dois cervos", "sentirei mais ciúmes de você do que um pombo macho da Barbária sente de sua fêmea". *2. 7. 128*
2. 5. 11; 2. 7. 30
2. 7. 86; 1. 2. 92
5. 2. 33
4. 1. 150

Somos constantemente lembrados dos recantos favoritos de Shakespeare em jardins e pomares nos muitos símiles retirados de enxertos, poda, cata de ervas daninhas, como a brincadeira de Rosalinda com Touchstone sobre "enxerto" com nêsperas; a advertência de Orlando a Adão de que ficando com ele o outro estará podando uma "árvore podre"; a metáfora de Touchstone sobre o amadurecimento e apodrecimento do fruto; ou a sugestão de Jacques de que o duque deveria desembaraçar seu "são juízo dessa opinião que começa a criar raízes"; e seria difícil determinar com que força e com que sutileza nossa sensação de estar ao ar livre, ao vento e ao tempo, é ampliada ou reforçada por comentários como a comparação que faz Adão de sua idade com

> ... um inverno vigoroso
> Coberto de gelo, porém bondoso;

o pedido de Jacques por

> prerrogativa tão ampla quanto a do vento,
> Para soprar em quem quisesse;

a versalhada de Himeneu,

> Você e você ficam muito bem juntos,
> Como o inverno e o mau tempo;

a crítica que Rosalinda faz a Sílvio por correr tolamente atrás de Febe,

> Como sul enevoado, ofegante de vento e chuva,

ou o alegre desafio dela a Orlando, "os homens são abril quando fazem a corte, dezembro quando se casam; as donzelas são maio enquanto são donzelas, porém o céu muda quando são esposas".

No que concerne a *O mercador de Veneza*, já notei, como exemplo de atmosfera, a constante sugestão de música que a perpassa (pp. 252-4). A peça é também notável, como *Sonho de uma noite de verão*, por sua alta incidência de imagens poéticas, oitenta em um total de cento e treze, algumas delas muito belas e entre as mais conhecidas de Shakespeare.

Há pequenos e sensíveis quadros da natureza, como o que faz Antônio a respeito dos pinheiros da montanha "desgastados pelas rajadas do céu", ou "trechos" mais artificiais e elaborados como a imagem dupla de Graciano da "barca embandeirada" deixando sua baía natal comparada ao filho pródigo em seu retorno; belezas altamente imaginativas e decorativas, como quando o "chão do céu" é comparado a um mosaico "coberto de pedacinhos de ouro brilhante"; comparações vívidas e inusitadas como *M.V., 4. 1. 77* *2. 6. 14* *5. 1. 58-9*

> covardes, cujos corações são tão falsos *3. 2. 83*
> Quanto escadas de areia;

ou, mais raro do que tudo em Shakespeare, vários vislumbres detalhados da vida cotidiana de uma cidade. Entre esses, o comportamento dos burgueses ricos e vaidosos nas ruas de Londres; o sentimento do vencedor de uma luta livre ou algum outro feito de força, que, ouvindo os gritos e aplausos do povo, pára *1. 1. 9-14*

> Tonto de espírito, ainda olhando com dúvida *3. 2. 144*
> Se aqueles repiques de louvor são seus ou não,

que Bassânio usa com tamanho efeito para descrever seus sentimentos quando compreende que ganhou Pórcia; ou a descrição maravilhosamente vívida que ele nos dá depois do "deleitado zumbido" da multidão após

> alguma oração belamente dita *3. 2. 179*
> Por um príncipe amado,

pequena vinheta sem dúvida escrita por testemunha ocular do que deve ter acontecido com certa freqüência na Londres elisabetana e em seus arredores, quando a grande rainha fazia uma de suas excursões pelo país.

Bassânio usa o maior número de imagens e Pórcia chega muito perto dele, de modo que juntos eles são responsáveis por quase a metade das imagens na peça. Depois deles, porém muito distante, está o alegre e tagarela Graciano que, embora Bassânio diga que ele "fala uma quantidade infinita de nada", possui imaginação viva e tem espírito divertido que resulta em comparações tão encantadoras tiradas de coisas simples e campestres como sua inesquecível descrição do

M.V., 1. 1. 88
        tipo de homens cujos rostos
Assemelham-se à espuma sobre a superfície de lagos estagnados.

A distribuição das imagens é incomum, muito desigual, variando com o tom e o assunto, e em nenhuma outra peça, creio, é tão marcante essa desigualdade, embora tenhamos um toque disso na *Comédia dos erros*, na qual as únicas três imagens realmente poéticas na peça são empilhadas no final do apelo de Egeu a seu filho, em que a emoção é profundamente provocada. Os mais altos pontos de emoção no *Mercador de Veneza* são a terceira cena das arcas, quando Bassânio faz sua escolha, a cena do julgamento e a preparação para a reunião final dos casais de amantes no jardim enluarado, sendo que as imagens são agrupadas principalmente na primeira e na terceira dessas.

C.E., 5. 1. 307

Vale a pena notar – como indicação da mudança de tom e sentimento – a diferença no número e uso de imagens nas três cenas das arcas. Na primeira (2. 7), que tem 79 linhas, só há quatro imagens, um tanto frígidas e sem emoção, usadas por Marrocos, que um pouco mesquinhamente descreve Veneza como

M.V., 2. 7. 44
      o reino aquoso cuja ambiciosa cabeça
      Cospe no rosto do céu,

2. 7. 47 onde os cortejadores de Pórcia chegam "como sobre um riacho", para vê-la, e que faz um jogo de palavras com uma gema encastoada em
2. 7. 54, 58 ouro e um "anjo em leito de ouro". Na segunda (2. 9), de 84 linhas, encontramos três imagens, duas usadas por Aragão, o ninho da andorinha e a separação do joio do trigo (mérito real e títulos), concluídas com o resumo seco e cáustico que faz Pórcia do acontecido,

E assim a vela chamuscou a mariposa.   *M.V., 2. 9. 79*

Porém, quando, logo depois, o criado chega para anunciar que o mensageiro de Bassânio está às portas, ele o descreve com um dos mais encantadores símiles de primavera em todo Shakespeare:

Um dia de abril jamais chegou tão doce,   *2. 9. 93*

vibrando assim a nota de beleza, romance e verdadeiro amor que soa na grande cena quando Bassânio faz sua escolha feliz (3. 2).

A cena começa em tom baixo, pois Pórcia está controlada; porém, quando chega o momento real da escolha e a tensão emocional cresce, as imagens se sobrepõem apressadamente nas falas dos dois apaixonados, de modo que, em dezoito linhas ditas por Pórcia (3. 2. 44-62), nada menos de sete imagens se sucedem sem interrupção, quando ela ordena que se toque música enquanto a escolha é feita, e se afasta, tensa e excitada, desejando insinuar a resposta, porém recusando-se fielmente a fazê-lo, enquanto Bassânio, em trinta e duas linhas de ansiosa reflexão, deixa sair aos tropeções imagem atrás de imagem, doze delas, cada uma seguindo no encalço da outra, recebendo sua luz da anterior e, por sua vez, desfazendo-se na próxima.   *3. 2. 75-107*

A abertura do quinto ato, tão plena de romance e encantamento, é naturalmente cheia de imagens, embora a ornamentação de início seja feita não por imagens, no sentido técnico, mas pela conhecida e requintada série de retratos diretos tirados de antigos romances e grandes histórias de amor do mundo. É apenas depois que Lourenço e Jéssica se sentam no banco ao luar adormecido, esperando pela música que pediram, que as imagens propriamente ditas começam (linha 54). Então elas vêm em torrente, muito juntas (linhas 54-113), enquanto Lourenço e Jéssica, e mais tarde Pórcia e Nerissa estão, ou pensam estar, sozinhos no jardim ouvindo música; porém, depois que eles se encontram e a música pára e outras pessoas entram também (linha 127), o fulgor do romance desmaia e o tom muda para brincadeiras e comédia leve. Nessa nota a peça acaba, de modo que nas restantes cento e setenta linhas só quatro imagens, salpicadas aqui e ali, ocorrem.

Constatamos portanto que as imagens são principalmente agrupadas em torno de dois pontos altos de emoção. Além disso, temos muitas na cena de abertura em que Antônio, Graciano e Bassânio têm longa conversa, reveladora do clima da peça e das características de cada um deles, uma das quais, no que se refere ao modo de falar dos dois últimos, é o prazer que têm no símile e na metáfora. De modo que 59 imagens – quase a metade do total na peça – estão concentradas em 392 linhas (1. 1; 3. 2. 24-148; 4. 1. 69-77; 5. 1. 53-126), enquanto as restantes 77 estão espalhadas pelas outras 2.162 linhas.

Naturalmente nas cenas em prosa, ou nas semicômicas, tais como a conversa entre Lancelote e Gobo (2. 2), ou as que se ocupam principalmente com assuntos práticos, tais como os preparativos para a partida de Pórcia, há poucas imagens, ou nenhuma; porém é surpreendente que a cena do julgamento, onde temos consciência de grande tensão emocional, as imagens sejam tão poucas. Essa é sem dúvida a cena mais longa da peça – 457 linhas –, porém ao longo dela só aparecem dez imagens. Cinco dessas são de Antônio, usadas sob grande pressão emocional, três delas para expressar *M.V., 4. 1. 71-7* a futilidade da esperança de comover Shylock e duas em descrições *4. 1. 114-6* desesperadas dele mesmo; duas são do duque, duas de Shylock (quando compara Antônio a uma serpente e Pórcia a Daniel); enquanto Pórcia, na sua grande fala de abertura e subseqüente argu- *4. 1. 184-6* mentação e decisão, usa só uma imagem, que talvez seja a mais conhecida de todo Shakespeare.

A verdade é, ao que parece, que a tensão e a profundidade de sentimentos na cena do julgamento são sustentadas principalmente pela própria qualidade da trama, seus temores, dúvidas, suspense e surpresas: primeiro a aparente desesperança da posição de Antônio diante de um Shylock inabalável; depois o aparecimento de Pórcia e a prolongada obstinação de Shylock, seguidos pela rápida e dramática inversão da posição do judeu, de modo que, exceto nos momentos em que Antônio está mais desesperado e deprimido, não há necessidade de imagens, nem como válvula de escape nem como expressão de sentimentos.

Não parece haver nenhum símbolo contínuo nas imagens, embora haja um caso de imagem duas vezes repetida que é a chave de toda a ação. O exemplo ocorre pela primeira vez na cena inicial de negócios entre Antônio e Shylock, conduzida por parte de Antônio com frio desprezo, distanciamento e uma segurança que quase assusta os espectadores e estabelece forte contraste com a emoção ardente porém contida de Shylock, que vem à superfície quando ele detalha suas queixas e finalmente irrompe como um vulcão, quando ele se volta para Antônio e exclama, "O senhor me chama de herege, de cão assassino", *M.V., 1. 3. 111*

                o senhor diz *1. 3. 116*
"Shylock, queremos dinheiro". Diz isso
O senhor, que expeliu seu catarro sobre a minha barba,
E me expulsou a pontapés, como enxotaria de sua porta
Um cão vagabundo.

Essa é uma das cinco imagens apenas em toda uma cena de 181 linhas, e fica claro no modo pelo qual o Judeu remói o assunto (5 vezes em 17 linhas) que ela é a expressão de seus mais profundos sentimentos, e resume simbolicamente em si a verdadeira e única razão para todo o comportamento de Shylock – um amargo rancor em relação ao tratamento de desprezo que vinha recebendo, e seu desejo de vingança. Quando Antônio procura-o mais tarde para pedir misericórdia, ele a repete:

Tu me chamaste de cachorro quando não tinhas causa; *3. 3. 6*
Mas, já que sou cachorro, cuidado com minhas presas;

e provavelmente a imagem continua presente em sua mente quando ele diz ao duque que, se sua casa fosse perturbada por um rato, ele teria toda a liberdade de gastar 10.000 ducados, se assim o quisesse, para mandar envenená-lo. *4. 1. 44*

A ironia e a força do símbolo são enfatizadas pela descrição que Shylock faz da maneira pela qual os cristãos tratam seus cachorros, e pela explosão emocional de Graciano contra ele no tribunal, quando sente que "cachorro execrável" é um insulto bom e delicado demais para ele, e afirma que seu *4. 1. 90-3*

M.V., 4. 1. 133	espírito canino Governou um lobo, enforcado pela morte de um homem e Cuja alma feroz, desprendida da forca, Quando ainda estavas no ventre de tua mãe profana, Introduziu-se em ti. Teus desejos São os de um lobo: sanguinários, famintos e rapaces.
A MEGERA DOMADA	*A megera domada* contém relativamente poucas imagens, mas, ao contrário do que se poderia esperar, uma alta proporção – quase a metade – é poética, contrabalançando a farsa e grosseria da peça com toques de beleza. Essas são em sua maioria devidas a Petruchio, que usa perto de metade de todas as imagens da peça (40 em 92), pois é um rapaz de aguda percepção e observação da natureza que, quando assim o quer, fala com língua de poeta. Algumas ele usa sobre Catarina como ironia:
M.D., 2. 1. 173	Digamos que franze o cenho; eu lhe direi que tem o olhar tão [límpido Quanto a rosa matutina, ainda úmida de orvalho.
2. 1. 255	Catarina é ereta e esbelta como o ramo de avelã, morena como a noz e mais doce que a amêndoa.

Algumas são abertamente farsescas, como quando ele cria uma rapsódia sobre o "rosto celestial" de Vincêncio; ou fanfarronas, como quando jura que, desde que encontre uma mulher rica, não se importa

1. 2. 73, 95	que seja tão furiosa Como o mar Adriático. … embora grite tão alto Quanto um trovão quando rasga as nuvens do outono.

Algumas são mais formais e usadas com objetivos específicos, iluminando sua atitude em relação a Kate e o princípio de sua conduta, como quando ele fala dela como um falcão que tem de passar fome antes de ser domado e treinado, e que requer observação,

> assim como observamos os falcões *M.D., 4. 1. 190*
> Que batem as asas e se debatem e não querem obedecer.

Algumas são pequenos quadros campestres, produzidos ocasionalmente com forte efeito contrastante, como quando ele se volta para Grêmio, descrevendo todos os terríveis ruídos que ouviu, leões rugindo, o mar em fúria, canhões troando no campo, trovão nos céus,

> E você vem me falar da língua de uma mulher, *1. 2. 208*
> Que não é nem metade do barulho que faz
> uma castanha ao estalar no fogo de um lavrador?

Outra nos dá um vislumbre do que sem dúvida era uma visão comum em aldeias campestres, ou na Londres daquele tempo, quando ele pergunta ingenuamente, ao chegar para o casamento vestido como um funileiro em andrajos,

> E por que olha essa amável companhia, *3. 2. 94*
> Como se visse algum monumento estarrecedor,
> Algum cometa ou prodígio raro?

e algumas parecem ser apenas sua fala normal, alegre e imaginativa, como quando responde à pergunta de Hortênsio quanto à "feliz lufada" que o havia soprado até Pádua, com

> Ventos como os que espalham os jovens pelo mundo, *1. 2. 50*
> Para buscar suas fortunas longe de casa.

Sob muitos aspectos, *Medida por medida* é única entre as peças de Shakespeare. Há dois pontos logo notados quando examinamos suas imagens. O primeiro é que encontramos nela, principalmente nas falas do duque, alguns dos símiles mais belos, assim como mais reflexivos, em todo Shakespeare, como na sua exortação a Ângelo no princípio, sua descrição da vida, sua comparação do homem rico ao asno sobrecarregado e descarregado pela morte, bem como muitos dos mais brilhantes e inusitados retratos e personificações de Shakespeare:

MEDIDA POR MEDIDA

M.p.M., 1. 1. 27-44
3. 1. 8, 32
3. 1. 25

M.p.M., 3. 2. 197   calúnia que fere pelas costas
                                 A mais pura virtude,

5. 1. 398   Foi a rápida velocidade de sua morte,
                     Que eu pensava viria com pés mais lentos,
                     Que assassinou meu objetivo.

4. 1. 60   Oh, posição e grandeza, milhões de olhos falsos
                    Ficam grudados em vós.

3. 1. 236   ele, mármore para as lágrimas dela, é lavado por elas, porém não se abranda.

      O segundo ponto notável é que das cento e trinta e seis imagens na peça sinto que só posso classificar dezoito como "poéticas", porque sem dúvida o maior grupo (vinte e sete delas) parece enquadrar-se em outra categoria que só posso chamar de vívida, estranha ou grotesca. É esse que é o aspecto mais notável quanto à qualidade das imagens como um todo. Muitas vezes essas últimas também são poéticas, graças à sua pura força e brilho, como na explosão de Isabel contra o homem e na descrição que faz de sua "essência quebra-
2. 2. 120 diça, como a de um macaco zangado", a fazer

                   truques tão fantásticos diante do alto céu
                Que fazem os anjos chorar;

o que nos atinge desde o início, porém, são as figurações inusitadas que as imagens evocam, com seu toque de crueldade, de grotesco ou com uma vivacidade de tal modo penetrante que dá a qualquer um choque semelhante ao do raio.
      Muitas dessas são personificações, semicômicas, e muito fascinan-
1. 3. 29
2. 4. 175 tes, tais como "a liberdade puxa a justiça pelo nariz", "pedindo à lei
3. 1. 109 que faça mesuras à sua vontade", "fazê-lo morder a justiça no nariz". Outras são marcadas pelo que é, em Shakespeare, um uso inusitadamente vívido de verbos e adjetivos concretos aplicados a abstrações:

2. 4. 176   Engatando o certo e o errado ao apetite,
                  Para que o sigam quando puxa;

Emprestou-lhe nosso terror[7], vestiu-o com nosso amor;   *M.p.M., 1. 1. 20*

um propósito   *1. 3. 4*
Mais grave e enrugado do que os alvos e fins
Da juventude ardente.

Algumas são pequenos quadros com toques ligeiramente cômicos, como

O bebê bate na ama, e completamente invertido   *1. 3. 30*
Se vai todo o decoro;

as penalidades no barbeiro, o bobo da morte, o espantalho e os pais com varas de vidoeiro, e há uma que, embora francamente grotesca, mesmo assim é surpreendentemente vívida – o resumo que Lúcio faz da infeliz posição de Cláudio, "sua cabeça pousa de modo tão precário sobre seus ombros, que uma jovem ordenhadora, estando apaixonada, a poderia derrubar com um suspiro".   *5. 1. 323*
3. 1. 11
2. 1. 1
1. 3. 23
1. 2. 171

Nesta peça como em nenhuma outra, a não ser em *Tróilo e Créssida* e, até certo ponto, em *Hamlet*, Shakespeare parece ter ficado cindido entre um pensamento e uma reflexão idealistas e profundamente perturbados, por um lado, e uma tendência à amargura cínica e a um terrível realismo que se deleita com uma certa violência e até com certa distorção da fala, das figuras e, por vezes, dos incidentes. Assim como um homem com torturante dor de dentes tem certo prazer em morder o dente, aumentando com isso a dor, assim sentimos nessas peças que Shakespeare, cujos mais puros e profundos sentimentos foram de algum modo feridos, tem prazer em magoá-los ainda mais ao expor todos os aspectos abomináveis, revoltantes, estonteantes e grotescos da natureza humana.

Qualquer que tenha sido a experiência que tão profundamente o perturbou nessa época (1602-4?), ela o levou a ponderar longamente a respeito de toda uma gama de pensamentos – as espanto-

▼

7. "Terror" aqui tem o sentido do poder que o duque delegou a seu substituto. (N. da T.)

sas contradições no homem, as estranhas e muitas vezes horríveis transmutações da matéria física, o significado e a natureza da morte, e o que poderia constituir o maior valor da vida; ao mesmo tempo, acompanhando o curso dessas graves reflexões, há ampla evidência de um espírito chocado, desiludido e sofredor, que se refugia em deboche, zombaria e amargura.

De modo que essas duas qualidades, graças às quais as imagens de *Medida por medida* como um todo são notáveis – poesia reflexiva e estranho brilho, com um toque do bizarro –, expressam de modo curioso o caráter peculiar e a atmosfera mental da peça e colaboram para a impressão que nos fica de majestade e sordidez, de gravidade reflexiva e zombeteiro cinismo, das estranhas contradições na vida e ainda mais estranha na natureza humana, com suas falhas inesperadas, suas fraquezas, forças e heroísmos. Tal caráter, apesar da natureza intolerável da trama, contribui muito, ao que me parece, para fazê-la, de todas as peças, a que contém em si mais clara e incontestavelmente a marca da mente e da visão de Shakespeare.

CAPÍTULO XIV
TEMAS PRINCIPAIS NOS ROMANCES

Como já disse, o simbolismo da imagística dos romances é mais sutil e menos concreto do que o das peças anteriores, e tende mais a ilustrar e reiterar idéias do que a nos dar pinturas concretas. Essa tendência é particularmente marcante nas duas últimas peças, *A tempestade* e *Conto de inverno*.

Só *Péricles*, entre os romances, não mostra sinal de algum "motivo" contínuo ou de continuidade de figura e pensamento na imagística, fato suficiente por si só para lançar graves dúvidas sobre sua autoria.

A proporção e os temas das imagens em *Péricles* estão, no entanto, em perfeita harmonia com as outras peças de Shakespeare: embora como um todo elas pareçam um tanto leves e haja uma proporção muito pequena (onze das cento e nove) de imagens poéticas. Certas imagens, mesmo enquadrando-se nas categorias usuais de Shakespeare, são sem graça, gerais, nada interessantes e não-shakespearianas (p. ex., os diamantes em torno de uma coroa, a primavera e o verão, a flor não colhida, "o bosque sendo coberto", tempestade, bola de neve, "cambaxirras bonitinhas", "águia-anjo". Por outro lado, encontramos considerável número de imagens de qualidade marcadamente "shakespeariana". *Pér.*, 2. 4. 52 / 1. 1. 12 / 4. 6. 44 / 1. 4. 9 / 4. 1. 20 / 4. 6. 146 / 4. 3. 22 / 4. 3. 46

Em *Cimbelino* há dois veios principais, um de atmosfera, outro de pensamento, ressaltados pelas imagens. A atmosfera campestre da peça é muito marcante, o que é verdade tanto para as cenas que CIMBELINO se passam em Roma ou no palácio do rei na Grã-Bretanha quanto para as das montanhas de Gales. A atmosfera é em grande parte criada e sustentada pela altíssima proporção de imagens campestres, inusitadamente alta até mesmo para Shakespeare, atingindo cerca de quarenta por cento do número total.

Tomamos consciência principalmente do cenário de árvores, da fragrância das flores e da presença de pássaros, pois são recursos muito utilizados. Há muitas imagens belas e conhecidas e quadros de árvores, e vários personagens são definitivamente concebidos como árvores, ou suas características são simbolizadas por árvores de diferentes espécies, ou pelos ventos que afetam as árvores. Assim Cimbelino, como diz o vidente, é um nobre cedro, seus dois filhos perdidos são ramos cortados, revividos após muitos anos e que, ligados ao velho tronco, tornam a florescer; e Belário, descrevendo como foi súbita sua perda do favor do rei, se afigura dramaticamente como uma árvore frutífera desnudada por ventos ou ladrões; quando Cimbelino o amava, diz ele, e o incluía entre seus mais bravos soldados,

Cim., 5. 5. 453

3. 3. 60

então era eu como uma árvore
Cujos galhos pendiam com frutos; mas certa noite
Uma tempestade, ou um roubo, chame-o do que quiser,
Derrubou meus frutos maduros, tirou até minhas folhas,
E deixou-me nu ao vento.

O caráter dos dois jovens príncipes, bondoso mas por vezes feroz, é pintado por seu orgulhoso pai adotivo em um encantador quadro campestre de vento, de flores e de árvores:

4. 2. 171

eles são suaves
Como o zéfiro curvando a violeta,
Sem lhe agitar a doce corola; e, no entanto, tão violentos,
Quando lhes ferve o sangue real, quanto o mais rude vento
Que, apanhando o cimo do pinheiro da montanha,
Faz com que se incline até o vale.

A intromissão sem tato de Cimbelino na separação dos amantes é igualmente descrita por Imogênia como a ação dos rudes ventos da primavera nos frutos das árvores:

> antes que eu pudesse
> Dar-lhe um beijo de despedida…
> . . . . chega meu pai,
> E, como o sopro tirânico do norte,
> Atirou no chão todas as nossas flores em botão.

Cim., 1. 3. 35

Do mesmo modo todas as características mais notáveis da própria Imogênia tais como observadas pelos dois meninos, dor e paciência, são retratadas como o crescimento do odioso sabugueiro e a frutífera vinha a misturar "seus esporos", e Arvirago, desejando-lhe melhor sorte, exclama:

> Cresce, paciência!
> E deixa que a dor, esse fedorento sabugueiro, liberte
> Sua raiz mortífera da vinha em crescimento!

4. 2. 58

No canto fúnebre, a concepção de que para os mortos todas as diferenças terrenas não são nada é concisamente expressa de forma emblemática,

> Para ti o junco é como o carvalho,

4. 2. 267

e uma das imagens mais vívidas e comoventes em Shakespeare, que resume em si tudo o que podemos querer saber do remorso, do verdadeiro sentimento e (esperamos) da apaixonada devoção de Póstumo, dez palavras que fazem, mais do que qualquer outra coisa na peça inteira, com que ele chegue em peso e valor um pouco mais perto de Imogênia, é novamente o retrato de uma árvore frutífera, quando, com os braços dela atirados em torno dele num êxtase de amor e perdão, ele murmura:

> Pende aí como fruto, minha alma,
> Até que a árvore morra!

5. 5. 263

As flores e suas características específicas são chamadas a ajudar na descrição da clara e delicada beleza de Imogênia pelos dois meninos que a amam, bem como por Iachimo quando lança sobre ela um maldoso olhar lascivo. Ela é bela e perfumada como o lírio, pá-

2. 2. 15
4. 2. 201
4. 2. 221-3

Cim., 2. 2. 38   lida como a prímula, suas veias têm o tom da campânula azul, seu sinal respingado como o centro da prímula, seu hálito tão doce quanto o é a madressilva.

E a peça é cheia de movimento e som das aves, pois, mesmo para Shakespeare, existe nela um número inusitado de símiles de passarinhos. À sua moda característica, eles são usados para toda espécie de objetivos e comparações, pois estão sempre em sua mente e diante de seus olhos. Nós os encontramos como unidades de medida de tamanho,

4. 2. 303
> mas se acaso
> Ainda restar no céu uma gota de piedade tão pequena
> Quanto o olho de uma cambaxirra;

de distância; antes de acenar adeus a Póstumo, exclama Imogênia a Pisânio,

1. 3. 14
> deverias tê-lo feito
> Tão pequeno quanto um corvo, ou menor,

e Belário, fazendo os meninos subirem a montanha, dá-lhes instruções para reflexão,

3. 3. 12
> Quando vocês, lá em cima, me virem como um corvo.

Os pássaros simbolizam liberdade e amplitude de alcance, como quando Belário, tentando em vão reconciliar os jovens príncipes com a tranqüilidade da vida do campo, assegura-lhes que

3. 3. 20
> muitas vezes... encontramos
> O besouro cascudo mais a salvo
> Do que a águia com a amplitude de suas asas.

Eles naturalmente simbolizam rapidez de movimento, tal como a de Imogênia, quando, como sugere a rainha,

3. 5. 61
> alada com o fervor de seu amor, ela voou
> Para seu desejado Póstumo.

Por vezes, o ponto de vista do passarinho é usado como medida de algo desejado, como o é por Arvirago, que assegura a Imogênia que "a noite para a coruja e a manhã para a cotovia" são menos bem-vindas de que a presença dela para ele; ou os hábitos dos passarinhos ajudam a formar o quadro do que pode acontecer na vida humana, como quando Iachimo adverte Póstumo de que "aves estranhas pousam em lagos vizinhos". *Cim., 3. 6. 94*

1. 4. 94

Eles são usados constantemente como meio rápido de caracterização; César imperial é uma "águia principesca", Clóten é um galo cocoricando, os britânicos são corvos que picam os romanos:

5. 5. 473
2. 1. 24
5. 3. 93

> Ei-los que correm como galinhas
> pelo caminho por onde haviam mergulhado como águias,

5. 3. 41

diz Póstumo, descrevendo os soldados na batalha;

> escolhi uma águia
> E evitei um milhafre,

1. 1. 139

responde orgulhosamente Imogênia, quando seu pai lhe diz que poderia ter tido Clóten em lugar de Póstumo; e o próprio Póstumo é descrito por Iachimo, quando conversando com um pequeno grupo de romanos, como "a melhor pena de nossa asa".

1. 6. 186

Os meninos, lamentando sua inexperiência, comparam-se a pássaros ainda não emplumados, que "jamais voaram para além da vista de seus ninhos".

3. 3. 27

"Nossa gaiola", diz Arvirago,

> Transformamos em um coro, como o passarinho preso,
> E cantamos com liberdade nossa servidão.

3. 3. 42

Quando ele encontra Imogênia, que acreditava morta, ele a compara ao fênix da fábula e sussurra: "Só ela é o pássaro da Arábia." Quando lhe dizem que tem de abandonar sua terra, Imogênia concorda e depressa caracteriza em meio verso a pequenez daquele país comparado com o resto do mundo, bem como suas qualidades de conforto e lar,

4. 2. 197

1. 6. 17

Cim., 3. 4. 140 No volume do mundo
Nossa Bretanha parece dele, mas não nele¹;
No meio de um grande lago, um ninho de cisnes.

Por estas e outras imagens similares, então², a atmosfera de uma terra de florestas é criada e sustentada; porém é preciso também detectar na imagística um conjunto completamente diverso de idéias ou interesses na mente do poeta, que persistem ao longo de toda a peça. Esse é o tema da compra e venda, valor e troca, toda espécie de pagamento, dívidas, contas e salários.

É possível que os dois motivos centrais da trama, a aposta e a cobrança do tributo por Roma, possam ter inspirado esse grupo; ou pode ter sido também, por razões que desconhecemos, assunto que estivesse afetando Shakespeare naquele momento³. Inclino-me para este último ponto de vista, porque a idéia me parece estar tão constantemente com ele que por vezes parece arrastada para dentro da peça, até mesmo em lugares onde, enquanto metáfora, ela esteja deslocada e canhestra.

Por exemplo, quando a rainha reflete complacentemente, como sem dúvida muitas outras mulheres já o fizeram, que toda vez que ela irrita o rei, ele, arrependido, torna-se duplamente gentil para com ela em seguida, a fim de fazer as pazes, ela o enuncia deste modo obscuro:

▼

1. A frase *of it, but not in't* nunca foi realmente explicada e é motivo de um grande número de propostas de emenda, nenhuma delas aceita como mais esclarecedora. (N. da T.)
2. Tais como a neblina (3. 2. 81), o orvalho (5. 5. 351), o relâmpago de verão (5. 5. 394), a neve sem sol (2. 5. 13), o parque cercado (3. 1. 19), o gado pastando (5. 4. 2) e a caçada ao veado (2. 2. 74, 3. 4. 112).
3. Parece-me totalmente admissível supor que as imagens de Shakespeare pudessem ser influenciadas por alguma experiência na vida cotidiana que se estivesse impondo à sua atenção. É difícil duvidar, por exemplo, que as imagens de edifícios e construções, em *2H.IV*, 1. 3. 41 e 1. 3. 56, a respeito da elaboração da planta de uma casa e, a seguir, se for muito cara, o corte dos gastos, sejam ligadas a alguma experiência pessoal, quando nos lembramos de que Shakespeare estava ocupado na compra de New Place em 1597, o mesmo ano em que provavelmente escreveu *2H.IV*.

> Nunca lhe faço um mal,   *Cim.*, 1. 1. 104
> Sem que ele o pague como um benefício.
> Paga caro por minhas ofensas;

quando Iachimo inventa a descrição do modo como Imogênia deu-lhe a pulseira, ele acrescenta

> Sua graciosa ação foi venda maior que seu presente,   *2. 4. 102*
> E no entanto enriqueceu-o também;

e quando Imogênia tem a ousadia de dizer ao pai que Póstumo é de valor muito maior do que ela, que ao casar-se com ela não recebe nada em compensação para a parte muito maior que dá, então usa a mesma linguagem convoluta: "ele é", diz Imogênia,

> Um homem que vale qualquer mulher, para comprar-me   *1. 1. 146*
> Paga quase o dobro do meu preço.

Por outro lado, essa metáfora está por vezes em tão perfeita harmonia com o assunto que quase não chegamos a notá-la, como quando Belário lembra aos meninos que Clóten foi "pago" por suas ações, ou quando no canto fúnebre eles cantam   *4. 2. 246*

> Tu, cuja tarefa humana já executaste,   *4. 2. 260*
> Foste para casa e recebeste teu salário.

A idéia do valor relativo dos próprios dois amantes está constantemente na mente de ambos, cada um jurando que o outro perdeu muito com a troca. Póstumo, pondo o anel que Imogênia lhe dá no momento da separação, diz:

> E, vós, minha dulcíssima, minha belíssima,   *1. 1. 118*
> Assim como troquei minha pobre pessoa pela vossa,
> Com infinita perda para vós, também em nossas menores trocas
> continuo ganhando,

e ele prende o bracelete no braço dela.

Imogênia, quando encontra os dois meninos pela primeira vez, deseja que eles fossem seus irmãos, pois assim ela não seria a herdeira de um trono,

Cim., 3. 6. 77

> então o meu preço
> Seria menor e meu peso mais igual
> Ao teu, Póstumo!

Iachimo, falando sobre Póstumo com seus amigos, e dizendo que seu casamento com a filha do rei provavelmente ampliara de modo fictício sua fama por qualidades e proezas, expressa seu pensamento com a mesma metáfora de pesos e valores:

1. 4. 14

> Essa questão de ele casar-se com a filha de seu rei, razão por que ele tem de ser apreciado mais pelo valor dela do que pelo seu próprio, rende-lhe elogios, sem dúvida, muito distantes da verdade.

Quando Póstumo, no final, oferece sua vida aos deuses em troca da de Imogênia, ele brinca muito com o tema de dívidas, valores, peso e troca:

5. 4. 18

> Eu sei [grita ele] que sois mais clementes do que os homens vis
> Que de seus devedores falidos tomam um terço,
> Um sexto, um décimo, deixando-os prosperar de novo
> Graças a seus abatimentos... Não é esse o meu desejo:
> Em troca da vida da querida Imogênia tomai a minha: embora
> Não tenha tanto valor, mesmo assim é uma vida; os senhores a
>   [cunharam:
> Entre homens, nem todas as moedas são pesadas;
> Embora leves, as peças são aceitas pela imagem[4]:
> Tomai antes a minha, sendo vossa; e assim, ó grandes potências,
> Se aceitardes este cálculo, aceitai esta vida
> E cancelai estes frios títulos de dívida[5].

▼

4. Ou seja, pela figura do rei. (N. da T.)
5. O trecho é complexo e motivo de grandes debates; em essência, Póstumo sugere que os que o "cunharam" conhecem seu valor (que, como sempre, ele mesmo afirma ser pequeno). (N. da T.) [A palavra *bonds*, traduzida por "títulos de dívida" – no caso, a dívida da morte de uma pessoa, a ser paga com a morte de outra –, significa também "grilhões". (N. do Ed.)]

Do mesmo modo, quando seus carcereiros voltam a fim de levá-lo para ser enforcado, as falas são novamente sobre o mesmo tema, contas, dívidas e pesos, e o carcereiro oferece estranho consolo ao condenado lembrando-o de que está indo para onde não "será mais chamado para pagamentos, não terá mais medo de contas de taverna", tavernas de onde ele haveria de sair com "bolsa e cérebro vazios, o cérebro mais pesado por estar muito leve, a bolsa muito leve, estando vazia de peso", e assim por diante. *Cim., 5. 4. 159*

De várias maneiras, que por vezes podemos julgar inadequadas, as idéias de compra, pagamento, peso e valor são introduzidas e repisadas. Assim, quando Guidério diz a Imogênia que a ama, ele imediatamente traduz a idéia para termos de peso:

> Eu te amo; já o disse: *4. 2. 16*
> Na mesma quantidade e no mesmo peso
> Com que amo meu pai.

O acerto da aposta, é claro, oferece abertura para várias figuras do gênero; Iachimo sugere a Póstumo que seu anel seja de maior valor do que sua mulher, ao que Póstumo responde, indignado, que seu anel pode ser dado ou vendido, mas que Imogênia não está à venda, é só um dote dos deuses; segue-se então a discussão dos termos da aposta, o valor do acervo de Iachimo comparado ao anel, sua provocação de que Póstumo está "comprando carne de mulher a um milhão a dracma", e o trato final da soma de 10.000 ducados e o anel, o qual Iachimo se precipita a ratificar de forma legal, "a fim de que a barganha não apanhe um resfriado e morra de fome". *1. 4. 75* *1. 4. 142* *1. 4. 175*

Clóten, a ponto de dar uma gorjeta a uma das aias de Imogênia, assusta-nos falando por um instante com a voz de Tímon,

> É o ouro *2. 3. 71*
> Que compra a entrada; muitas vezes o faz;
> ... e é o ouro
> Que faz ser morto o homem honesto e salva o ladrão;
> Não, por vezes enforca o ladrão e o honesto; o que
> Não pode ele fazer e desfazer?

Quando ele finalmente compra seu caminho até a presença dela, é
friamente recebido por Imogênia, que o saúda dizendo

Cim., 2. 3. 91
>O senhor gastou muito sofrimento
>Para só comprar problemas.

A própria Imogênia mais tarde oferece dinheiro aos meninos por sua comida, que é iradamente recusado, e Arvirago exclama, no que é sem dúvida, em clima emocional, a voz de seu criador:

3. 6. 54
>Todo ouro e prata tornem-se antes lixo!
>Pois não são mais estimados, a não ser pelos
>Que adoram deuses sujos.

A TEMPESTADE A imagem dominante de *A tempestade* é, como já disse, algo mais sutil do que até aqui encontramos, na medida em que ela não é expressa por meio de nenhum grupo único de imagens passíveis de ser reunidas com facilidade sob um mesmo rótulo, mas antes por meio da própria ação e do pano de fundo, reforçado por um número de imagens tiradas de muitos grupos, todos ilustrando ou enfatizando uma única sensação. Essa sensação é em si a expressão física bem como o símbolo de todo o tema.

É o sentido de *som* que é assim ressaltado, pois a peça em si é uma perfeita sinfonia de sons, e é por meio do som que seus contrastes e movimentos se expressam, desde a conflitante discórdia do início até a serena harmonia do final.

Ouvimos, quando visitamos pontos diferentes da ilha, o canto dos ventos e o rugir das águas, os gritos de homens que se afogam, a reverberação do trovão; nossos ouvidos são atacados pelos ocos

Tem., 2. 1. 314 urros de feras selvagens fazendo "uma barulheira que assusta o ouvido de um monstro", símios falastrões e serpentes que sibilam, os gritos e canções de Calibã e seus companheiros, as saudações de caçadores e cães, e outros ruídos "estranhos, ocos, confusos" que abalam os nervos; enquanto por outro lado captamos os familiares e tranqüilizadores sons ingleses do pio da coruja, o cocoricar do galo,

3. 2. 144 o latido do cão; ouvimos o murmúrio de "mil instrumentos vibrantes", nos deleitamos com os contrastes de doces canções e melodias, delicadas e encantadoras, com o encanto do tambor e da flauta de Ariel e os sinos de fada das ninfas do mar, e através de tudo isso a recorrente continuidade de trechos de música, "maravilhosamente doces", suaves e solenes, por meio dos quais a mágica mais brutal é levantada, e o todo finalmente resolvido em paz. *Tem., 3. 3. 19*

Essa ênfase no som em *A tempestade* é apenas um dos muitos exemplos do instinto quase sobrenatural de Shakespeare para adivinhar ou selecionar a verdade mais notável e característica. É muito provável que ele tenha ouvido marinheiros a discutir suas experiências em ilhas estranhas dos mares tropicais, enquanto bebiam vinho em alguma taverna junto ao rio, captando aí sugestões que lhe eram suficientes; mas fosse como fosse, ao enfatizar o som ele sem dúvida acertou na verdade, pois ouvi dizer, por alguém que conhece bem uma pequena ilha subtropical semelhante àquela junto à qual o navio de Alonso soçobrou, que a coisa mais notável a respeito dela é a quantidade de ruídos.

Por todo lugar onde se ande, dizem-me, não só a praia, mas também mais para o interior, em meio às árvores, até mesmo em tempo relativamente calmo, o rugir das ondas está sempre em nossos ouvidos, diversificado pelo ríspido farfalhar e bater do vento nas palmeiras, bem como seus suspiros e gemidos por entre os pinheiros; enquanto nas próprias Bermudas, além do mais, o canto do vento através das sebes de oleandro é tão estranho que chega quase a ser alarmante; e todos esses, durante uma tempestade, crescem e formam um misto selvagem de sons e estrondos semelhantes ao do trovão.

Examinando a peça um pouco mais detalhadamente, notamos que nossa audição é constantemente requisitada. A pequena cena de abertura é talvez a representação mais condensada e brilhante de um rumor de ruídos confusos e estrondosos na literatura, por meio do qual podemos, até mesmo na página impressa, visualizar a ação em toda a sua vivacidade. Podemos ouvir o imediato gritando ordens e encorajando seus homens; o agudo assobio do apito do comandante, instado a soprar até perder o fôlego, os passageiros guinchando suas perguntas ou lamentando-se tão alto que gritam mais até do que os elementos e os gritos roucos dos marinheiros, terminando na entoação de orações pontuadas com exclamações de terror e despedida; e cortando e dominando tudo isso, o som do "barulho tempestuoso do trovão" e o rugido do mar enfurecido.

O clamor e alarido dos elementos percorre como um tom de fundo os cinco atos; somos lembrados deles pelas imagens do efeito sobre Miranda do "rugido das águas selvagens" e do grito do náufrago que bate direto em seu coração; pela descrição que faz Próspero da traição de seu irmão em deixá-los à mercê do "mar que rugia para nós";

Tem., 1. 2. 2

1. 2. 149
>   para suspirar
> Aos ventos, cuja piedade, suspirando em resposta,
> Maltratava-nos com ternura;

1. 2. 203 pelo relato de Ariel de suas ações na nau, as chamas, "o fogo e o crepitar dos rugidos sulfúricos", que ele compara a

1. 2. 201
>   os raios de Zeus, os precursores
> Dos terríveis estrondos do trovão;

pelo relato do imediato de como eles despertaram

5. 1. 232
>   com sons estranhos e variados
> De rugidos, de guinchos, uivos, correntes ressoando,
> E mais diversidade de sons, todos horríveis;

e pelo resumo dado por Próspero de sua mágica quando diz:

5. 1. 42
>   invoquei os ventos em motim,
> E entre o verde mar e a abóbada azul
> Desencadeei guerra tonitruante.

Essa consciência do ruído dos elementos em guerra é salientada também pelos repetidos trovões e faíscas de raios nos quais Ariel aparece e desaparece.

A tempestade e o rugido do mar e do vento são também mantidos diante de nós por imagens como a de Ferdinando descrevendo a canção de Ariel,

> Essa música foi deslizando junto a mim nas águas, *Tem., 1. 2. 391*
> Acalmando tanto a fúria delas quanto minha paixão
> Com sua doce melodia;

o modo de Antônio relatar como o sono mágico tomou conta de seus companheiros,

> Eles caíram, como se golpeados pelo trovão; *2. 1. 204*

a certeza de Trínculo de que uma outra tempestade está fermentando, porque "Aquela ... nuvem preta" tem "aspecto de um odre sórdido a ponto de soltar seu licor"; Ariel a se gabar aos "três pecadores" de ser invulnerável; de que mesmo que os elementos com os quais as espadas deles são temperadas, *2. 2. 20*
3. 3. 66

> pudessem *3. 3. 62*
> Ferir os ruidosos ventos, ou com golpes irrisórios
> Cortar as águas que sempre se fecham, nunca conseguiriam
> Tocar numa só pena de minhas asas;

e a confusa lembrança que tem Alonso da acusação de Ariel, que contém em si o movimento e o ritmo da própria tempestade, misturados com as frases da música que, no fim, o salvará deles:

> Oh, é monstruoso, monstruoso! *3. 3. 95*
> Pareceu-me que as ondas falavam e me contavam;
> Os ventos o cantavam para mim; e os órgãos
> Profundos e terríveis do trovão...
> .... relatavam, no baixo, o meu crime.

Nossa audição é ainda requisitada por imagens como a do retrato que faz Próspero de seu irmão traidor, que,

> tendo ambas as chaves *1. 2. 83*
> De oficiais e gabinete, afinou todos os ouvidos do Estado
> Para a melodia que agradava seu ouvido,

Ariel, soltando seus gemidos "tão rápido quanto batem as mós dos moinhos" e tão alto que fazia os lobos uivarem; a queixa de Alonso *1. 2. 281*
2. 1. 106

de que Gonçalo entope seus ouvidos de palavras; ou a ameaça de Próspero a Ariel de prendê-lo a um carvalho até ele ter "gasto doze invernos em uivos", e a Calibã de que o torturará com cãibras e o fará rugir tanto que "as feras tremerão com seu ruído". E durante a peça toda, como a fagulha de um desenho brilhante sobre uma urdidura escura, ouvimos a todo momento trechos de música deliciosa e melodias doces, requintadas, encantadas, alegres e suaves, solenes e estranhas, até que finalmente estas reúnem suas forças quando Próspero abjura a mágica e deliberadamente pede o auxílio de "música celeste" para dissolver as discórdias, encantar os sentidos de seus ouvintes, e consolá-los e restaurá-los à paz e à harmonia⁶.

Tem., 1. 2. 296
1. 2. 371
5. 1. 52

Assim os ventos e as águas que rugem são aquietados, o repicar dos trovões passou, "e como a manhã penetra aos poucos na noite, derretendo a escuridão", os ignorantes seres humanos vêem seus erros à sua verdadeira luz, são perdoados e libertados, de modo que no final eles, como nós, "não estão assustados" e lembram-se apenas de que, apesar de "a ilha ser cheia de ruídos", esses na verdade são apenas

5. 1. 65

3. 2. 142   Sons e doces melodias, que dão deleite e não machucam.

CONTO DE INVERNO

Olhando para as imagens de *Conto de inverno* não encontro nenhum símbolo que ocorra clara e repetidamente, como, por exemplo, vejo em *Rei Lear* ou *Hamlet*; porém, na verdade, parece-me que – como em *A tempestade* – fico consciente de algo mais indireto e sutil, não um quadro, mas uma *idéia*, dominante na mente do poeta e expressa repetidamente através de imagens sob os mais variados aspectos. Pode muito bem ser que eu assim veja porque acabo de ler o maravilhoso e instigante livro de *Sir* James Jeans, *The*

▼

6. Vale a pena notar, quando procuramos traçar o simbolismo mais profundo da peça, o que não é aqui nossa preocupação imediata, que no fim, quando Próspero fala em sua própria pessoa e pede que a platéia o libere, a "música celestial" da peça transforma-se, no Epílogo, em

prece
Tão penetrante, que assalta
A própria misericórdia, e libera todas as faltas.

Mysterious Universe, no qual encontrei o seguinte: "A tendência da física moderna é a de resolver o universo inteiro em ondas, e nada senão ondas." Seja como for, escrevo minhas notas pelo que possam ou não valer.

O pensamento presente de maneira mais constante na mente de Shakespeare nesta peça, ou talvez mais corretamente a idéia em sua imaginação, parece-me ser o fluxo comum da vida em todas as coisas, tanto no homem quanto na natureza, na seiva que corre nas árvores, nos aspectos e características das flores, no resultado do casamento de cepos nobres e baixos, sejam eles rosas ou seres humanos, nas emoções dos passarinhos, animais e homens, no funcionamento do veneno da doença tanto na mente quanto no corpo, no poder curativo, no "remédio" tônico da presença honesta e alegre e, acima de tudo, na unicidade do ritmo e da lei do movimento no corpo humano e nas emoções humanas com os grandes e fundamentais movimentos rítmicos da própria natureza.

Essa analogia entre o humano e o mundo natural, por certo, se encontra em toda a imagística de Shakespeare; de fato, sem essa analogia, a própria imagística não teria sentido nem existência.

A semelhança entre a vida de uma árvore e a de um ser humano revela-se aqui nas raízes de afeição na juventude que se ramificam com a idade, a "seiva" ou essência da vida na reflexão humana, a fonte do veneno em uma raiz podre, como vimos, continuamente trabalhada nas peças históricas; a semelhança da doença de corpo e mente, aqui enfatizada (a "opinião doente" de Leontes, as palavras "medicinais"[7] de Paulina, e assim por diante), é constantemente encontrada em outros lugares, como em *Macbeth* e *Hamlet*, como também a semelhança entre a vida e as emoções dos seres humanos e dos animais, aqui ilustrada pelas crianças quais ovelhas saltando e gritando e o amor constante da pomba rola; porém jamais notei em nenhum outro lugar tamanha insistência – e este é o mais imaginativo dos símiles – na semelhança entre os processos e características humanas e da natureza, ou na unicidade do movimento rítmico e da lei.

C.I., 1. 1. 23
4. 4. 570
2. 3. 88

1. 2. 296
2. 3. 36

1. 2. 67
4. 4. 154

▼

7. No sentido de "curativas". (N. da T.)

A arte do enxerto e o que ela alcança aparece em outras passagens, mas é longamente discutida aqui por Políxenes e Perdita em linguagem que hoje em dia poderíamos aplicar à eugenia:

C.I., 4. 4. 92
                    nós casamos
Um ramo nobre ao mais selvagem cepo,
E fazemos conceber uma casca de espécie mais inferior
De um botão de raça mais nobre;

e flores – margaridas, pimpinelas e prímulas – são dotadas aqui, mais do que em qualquer outro lugar, de características e emoções humanas.

Os grandes movimentos naturais parecem ser modo normal de expressão e comparação; assim, o velho pastor, tentando transmitir a Políxenes a força do amor de Florisel por Perdita e a atração dela por ele, é mais bem-sucedido quando diz:

4. 4. 172
                  pois jamais olhou a lua
Sobre a água, como ele fica parado e lê,
Por assim dizer, os olhos de minha filha.

5. 1. 151 Do mesmo tom é o ardor da saudação de Leontes a Florisel, "Bem-vindo seja aqui, como a primavera o é para a terra"; e igual é a resposta de Florisel à indagação se é casado, quando no desespero de atingir seu desejo ele cita na forma de uma antiga balada o mais improvável evento da natureza:

5. 1. 205
           Não somos, senhor, nem temos probabilidade de o ser;
As estrelas, eu vejo, hão de beijar primeiro os vales.

4. 4. 589 Nesta peça, mais do que em qualquer outra, ficam a enchente e a vazante da emoção requintadamente espelhadas na enchente e vazante do sangue no rosto, obedecendo, como faz, às mesmas leis e reagindo aos mesmos estímulos interiores. "Eu enrubrescerei meu agradecimento", diz Perdita a Camilo; e os muitos outros trechos que nos remetem à flutuação da cor no rosto dela e de Florisel, já notamos antes (pp. 54-5).

Assim também, a imutabilidade das leis da natureza, funcionando do mesmo modo no mundo humano e no natural, está no pensamento do poeta quando ele faz Camilo exclamar:

> poderá do mesmo modo
> Proibir o mar de obedecer à lua

C.I., 1. 2. 426

como esperar afetar por ameaça ou conselho a obstinada vontade humana, com base em crença genuína, embora falsa.

E como a vontade humana pode ser inamovível e imutável como a influência da lua sobre as marés, assim o influxo e o refluxo da energia nessas mesmas marés do mar vêm e voltam como as marés da flutuação da própria emoção humana. Essa então é naturalmente a metáfora que Paulina usa quando, tomada de ira ao ouvir a desconhecida Perdita ser louvada como

> o mais ímpar pedaço de terra...
> Sobre o qual jamais brilhou o sol,

5. 1. 94

volta-se para o inocente cortesão, lembrando-o rispidamente de que em tempos passados, quando suas emoções se exaltaram sobre a amada rainha Hermíone, do mesmo modo havia ele falado e escrito sobre ela:

> "Ela não fora,
> Nem poderia ser igualada"; assim seus versos
> Fluíram outrora com sua beleza; é grave queda
> Dizer que viu outra melhor.

5. 1. 100

Acima de tudo, essa imaginativa idéia central se harmoniza de modo belíssimo e perfeito com o fato de Florisel, no auge de sua emoção e adoração da beleza e da graça natural de Perdita, ver a poesia do movimento do corpo da jovem como parte do fluxo ordenado e rítmico das marés e desejar que ela permaneça para sempre uma parte desse movimento maior, a ponto de exclamar em êxtase:

> quando você dança, eu a quero
> Uma onda do mar, para que para sempre pudesse
> Fazer só isso.

4. 4. 140

CAPÍTULO XV

TEMAS PRINCIPAIS NAS TRAGÉDIAS

Que eu saiba – e isto é muito curioso –, ninguém jamais notou o quanto as imagens recorrentes colaboram para suscitar, desenvolver, sustentar e reiterar as emoções nas tragédias. Trata-se de um papel análogo à ação do tema recorrente ou "*motif*" nas fugas, sonatas ou em alguma ópera de Wagner.

Talvez, no entanto, seja na obra única de outro grande artista, cuja peculiar qualidade elas constantemente me lembram, que possamos encontrar uma analogia mais exata com o funcionamento das imagens de Shakespeare nas tragédias: as ilustrações de Blake para seus livros proféticos. Elas não são, em sua maioria, ilustrações no sentido ordinário do termo, ou seja, a tradução, pelo artista, de algum incidente de uma narrativa num quadro visual; são antes um acompanhamento paralelo das palavras, em um outro meio, por vezes enfatizando ou interpretando simbolicamente certos aspectos do pensamento, por vezes contribuindo apenas com a decoração e a atmosfera, ora grotescas e até mesmo repelentes, vívidas, estranhas, fascinantes, ora desenhadas com beleza quase etérea de forma e cor. Assim, como as projetadas línguas de fogo que iluminam as páginas de *O casamento do céu e do inferno* mostram a forma visual que o pensamento de Blake evocava em sua mente, e simbolizam para nós a pureza, a beleza e a dupla qualidade de vida e perigo que marcavam suas palavras, as imagens contínuas em *Macbeth* ou *Hamlet* revelam o quadro ou a sensação dominante – e para Shakespeare os dois são iguais – em funções dos quais ele vê e sente o principal problema ou tema da peça, dando-nos desta maneira um vislumbre direto do funcionamento interior de sua mente e imaginação.

Em *Romeu e Julieta* a beleza e o ardor do amor jovem são vistos por Shakespeare como a radiante glória do sol e da luz das estrelas em um mundo escuro. A imagem dominante é *luz*, em todas as suas formas e manifestações: o sol, a lua, o relâmpago, o clarão da pólvora e a luz refletida da beleza e do amor; enquanto, por contraste, temos a noite, a escuridão, as nuvens, a chuva, a névoa e a fumaça.

Cada um dos amantes pensa no outro como uma luz; a impressão avassaladora de Romeu quando vê Julieta pela primeira vez, na noite fatal do baile dos Capuleto, está em sua exclamação,

> Oh, ela ensina as tochas a queimar com brilho! *R&J, 1. 5. 45*
> Ela parece pender no rosto da noite
> Como uma rica jóia na orelha de uma etíope.

Para Julieta, Romeu é "dia na noite"; para Romeu, Julieta é o sol que se levanta no oriente, e, quando eles sobem até o êxtase do amor, cada qual por sua vez retrata o outro como uma estrela no céu, irradiando tal brilho que envergonha os próprios corpos celestes. *3. 2. 17* / *2. 2. 3* / *2. 2. 13-22* / *3. 2. 21*

A intensidade de sentimento de ambos os amantes purga até a mais altamente afetada e eufuística idéia de sua artificialidade e a transforma em expressão requintada e apaixonada da rapsódia do amor.

Assim Romeu, brincando com a velha idéia de que duas das mais belas estrelas no céu, por terem alguma tarefa na terra, haviam pedido aos olhos de Julieta que tomassem seus lugares até retornarem, pondera

> Que aconteceria se os olhos dela estivessem no firmamento e as estrelas na cabeça?

E, no caso,

> O brilho de seu rosto envergonharia aquelas estrelas, *2. 2. 19*
> Como a luz do dia faz a uma lâmpada;

e então aparece a torrente de sentimento, a avassaladora compreensão e imortal expressão da glória transformadora do amor:

R&J, 2. 2. 20
seus olhos no céu
Por toda a região dos ares correriam tão brilhantes
Que os pássaros cantariam e pensariam que não fosse noite.

E Julieta, em sua invocação à noite, usando idéia ainda mais extravagante, que nem Cowley ou Cleveland em seus maiores desatinos jamais excederiam, a transmuda na perfeita e natural expressão de uma moça cujo amante, para ela, não só irradia luz mas é, de fato, a própria luz:

3. 2. 21
Dá-me meu Romeu; e, quando ele morrer,
Toma-o e corta-o em pequenas estrelas,
E ele tornará a face do céu tão bela,
Que o mundo inteiro ficará apaixonado pela noite
E não adorará o sol deslumbrante.

O amor é descrito por Romeu, antes de ele saber o que realmente ele é, como

1. 1. 189
fumaça formada pelos vapores dos suspiros;
Purificado, é um fogo brilhando nos olhos dos amantes;

e os mensageiros do amor são descritos por Julieta, quando ela está sofrendo com a demora da ama, como um dos mais requintados efeitos da natureza, vistos especialmente nas colinas inglesas na primavera – o veloz, mágico e transformador poder da luz:

2. 5. 4
os arautos do amor [ela exclama] deveriam ser pensamentos,
Que deslizam dez vezes mais rápidos que os raios do sol,
Quando expulsam as sombras das colinas nubladas.

A qualidade irradiante da beleza do amor é notada por ambos os amantes; por Julieta, em seu primeiro êxtase, quando ela declara que "as próprias belezas" dos amantes são luz suficiente para que possam ver, e, no final, por Romeu, quando, julgando-a morta, ele a olha e exclama:

3. 2. 8

> sua beleza torna
> Este túmulo uma presença festiva cheia de luz.

R&J, 5. 3. 85

Não pode haver dúvida, creio eu, de que Shakespeare via a história, na sua rápida e trágica beleza, como um clarão repentino que quase cega, inesperadamente aceso e, com a mesma rapidez, apagado. Ele, com exata deliberação, comprime a ação de nove meses para a brevidade quase inacreditável de um período de cinco dias; de modo que os amantes se conhecem no domingo, casam-se na segunda, separam-se na madrugada de terça e se reúnem na morte na noite de quinta. A sensação de precipitação e brilho, acompanhada pelo perigo e pela destruição, é ressaltada a todo momento por Julieta, quando ela admite que o compromisso mútuo que assumem

> é muito ousado, impensado, por demais rápido,
> Muito semelhante ao relâmpago, que se extingue
> Antes que se possa dizer "Ele reluz";

2. 2. 118

e por Romeu e o frade, que instintivamente fazem repetido uso da imagem do rápido e destrutivo clarão da pólvora. De fato, o frade, em sua conhecida resposta ao primeiro pedido de Romeu para um casamento imediato, resume todo o movimento da peça de modo sucinto, nas últimas palavras,

3. 3. 103, 132;
5. 1. 63

> Esses deleites violentos têm finais violentos,
> E morrem em pleno triunfo, como o fogo e a pólvora
> Que se consomem ao se beijarem.

2. 6. 9

Até o velho Capuleto, em quem ninguém pensa como uma pessoa poética, embora use muitas imagens – algumas de grande beleza –, leva adiante a idéia da luz representando amor, juventude e beleza, e a do sol nublado para dor e tristeza. Ele promete a Páris que na noite do baile ele há de ver em sua casa

> Estrelas que pisam o chão e tornam claro o céu escuro;

1. 2. 25

e, quando ele encontra Julieta chorando, pensa ele que pela morte do primo Teobaldo, veste seus comentários com semelhantes imagens naturais de luz sufocada na escuridão:

R&J, 3. 5. 127	Quando o sol se põe, o ar respinga orvalho; Mas, no ocaso do filho de meu irmão, Chove de verdade.

Para além dessa imagística mais definitivamente simbólica, constatamos que a luz radiosa, a luz do sol, a luz das estrelas, os raios da lua, o nascer e o pôr-do-sol, o brilho do fogo, um meteoro, velas, tochas, a escuridão que chega depressa, nuvens, névoa, chuva e noite formam um pano de fundo pictórico, ou acompanhamento contínuo para a peça, o que amplia subconscientemente em nós a mesma sensação.

Encontramo-la uma vez mais na descrição que faz o príncipe da atitude das duas casas rivais

1. 1. 83	Que apagam o fogo de sua perniciosa ira Com fontes purpúreas saindo de suas veias;

e mais tarde, na conversa de Benvólio e Montecchio sobre o sol nascente, o orvalho e as nuvens, seguida pela definição do amor por Romeu; as palavras de Capuleto acima citadas; o provérbio rimado de Benvólio sobre o fogo; a conversa de Romeu e Mercúcio sobre tochas, velas, luzes e lâmpadas; as fulgurantes luzes e tochas do baile, quatro vezes ressaltadas; a concepção que Romeu tem de Julieta como um "anjo luminoso"

(margem: 1. 1. 117-8, 130-6; 1. 1. 189-90; 1. 2. 46; 1. 4. 35-45; 1. 5. 28, 45, 88, 126)

2. 2. 27	Tão glorioso nesta noite, ... Quanto um mensageiro alado do céu;

o luar no pomar, o nascente que Frei Lourenço observa de sua cela, o sol que dos céus clareia os suspiros de Romeu, as fascinantes luz e sombra que correm velozes sobre as palavras de Julieta no pomar, o "negro destino" do dia em que Mercúcio é morto, a "fúria de olhos de fogo" que leva Romeu a desafiar Teobaldo, a luta entre eles, na qual entram "como relâmpagos", o poente que Julieta tão ardentemente deseja seja rápido "e traga uma noite nublada imediatamente", o requintado jogo da luz hesitante passando da noite à madrugada, até

(margem: 2. 2; 2. 3. 1-6; 2. 3. 73; 2. 5. 4; 3. 1. 121; 3. 1. 126; 3. 1. 174; 3. 2. 4)

                    o dia jucundo   *R&J, 3. 5. 9*
Pisar nas pontas dos pés a neblina dos cumes das montanhas,

que forma o tema da canção de despedida dos amantes; e, por fim, a angustiada resposta de Romeu a Julieta, salientando o contraste entre a chegada do dia e a imensa tristeza de ambos:

> Mais claro, sempre mais claro! Mais negro, sempre mais negro,   *3. 5. 36*
> nosso infortúnio!

E então, no fim, vemos a escuridão do cemitério, iluminada pela brilhante tocha de Páris, rapidamente apagada; o rival de Romeu com sua tocha, a rapidez da luta e da morte, o mausoléu escuro, que não é uma cova mas uma lanterna iluminada pela beleza de Julieta, o soturno chiste de Romeu sobre o "relâmpago antes da morte", seguido imediatamente pelo suicídio dos amantes "de má estrela", a reunião dos que choram abalados quando o dia nasce, e a "melancólica" paz da manhã encoberta quando   *5. 3*

> O sol, de tristeza, não quer mostrar a cabeça.   *5. 3. 306*

A extraordinária susceptibilidade de Shakespeare à sugestão e sua disponibilidade para tomar emprestado ficam bem exemplificadas por essa imagística contínua. Ele buscou a idéia no último lugar que poderíamos esperar, na dura versalhada de Arthur Brooke; e o germe dela está no verso de realejo no qual Brooke descreve a atitude dos amantes:

> Para cada um o outro é como o sol para o mundo.

Seu sentimento mútuo e a luta entre as famílias são a todo momento mencionados por Brooke como "fogo", ou "chama"; no início, ele fala da rixa entre as famílias como um "poderoso fogo"; as famílias "banhadas no sangue de ferimentos que ardem"; e o príncipe espera poder "apagar as fagulhas que queimam dentro de seus peitos". Essas três imagens são combinadas e unificadas por Shakespeare em dois versos já citados (pp. 293-4).   *1. 1. 83-4*

Outras sugestões também vêm de Brooke, tais como a ênfase na brilhante luz das tochas no baile; a primeira visão que Romeu tem de Julieta, que é um "fogo repentinamente aceso", ou a primeira impressão que tem ela dele, quando ele

> a seus olhos pareceu superar o resto tanto
> Quanto os brilhantes raios de Febo superam o brilho de uma
> [estrela;

e a descrição dele de sua primeira conversa com ela, das

> rápidas fagulhas e a brilhante e furiosa alegria
> ... dos agradáveis olhos de sua beleza, o Amor me fez continuar
> O que de tal modo acendeu fogo em cada parte de mim
> Que vejam! Minha mente derreteu-se, minhas partes exteriores
> [definham,

R&J, 2. 2. 15-22 o que é transmudado por Shakespeare na deliciosa imagem das estrelas que trocam de lugar com os olhos de Julieta.

Mas, embora Shakespeare tenha tomado a idéia de seu original, nem seria necessário dizer que, ao tomá-la, ele transformou uns poucos símiles convencionais e óbvios de pouco valor poético em uma imagem recorrente, contínua e constante, de requintada beleza, construindo um quadro definido e uma atmosfera de brilho repentinamente extinto, que afeta profundamente a imaginação do leitor.

HAMLET

Em *Hamlet*, naturalmente, encontramo-nos em atmosfera completamente diversa. Se olharmos detalhadamente, veremos que isso em parte se deve ao número de imagens de doença, moléstias, ou máculas no corpo, que há na peça (ver Gráfico VII), e descobrimos que a idéia de uma úlcera ou tumor, como descritiva da condição moral doente da Dinamarca, é, no todo, a tônica da peça.

Ham., 3. 4. 43
4. 5. 17

Hamlet fala do pecado de sua mãe como uma pústula na "clara testa de um amor inocente"; ela fala de sua "alma doente", e como em *Rei Lear* a emoção é tão forte e o retrato tão vívido que a metáfora transborda para verbos e adjetivos: o rosto do céu, diz ele a ela,

3. 4. 51
3. 4. 64-5

fica *doente de pensamento* diante de seu feito; seu marido é uma *espiga mofada, secando* seu irmão *saudável*; para ter casado com ele, seu bom senso deveria estar não só *adoentado* como *apopléctico*. Finalmente, no término dessa cena tão terrível (3. 4), ele lhe implora que não se iluda com a crença de que a aparição de seu pai fosse devida à loucura de seu filho, e não à culpa dela, pois isso

Ham., 3. 4. 73, 80

> só cobriria de pele e película o local ulcerado,
> Enquanto a repelente corrupção, minando por dentro,
> Infecta o que não é visto.

3. 4. 147

Do mesmo modo, mais tarde, Hamlet compara a desnecessária luta entre Noruega e Polônia a uma espécie de tumor que nasce da excessiva prosperidade. Ele vê tanto o país quanto o povo como um corpo doente necessitado de remédio ou do bisturi do cirurgião. Quando surpreende Cláudio rezando, exclama,

4. 4. 27

> Este remédio apenas prolonga teus dias doentios;

3. 3. 96

e descreve a ação da consciência na inesquecível figura da compleição saudável e corada empalidecendo com a doença. Um cisco no olho, uma "marca viciosa", uma frieira irritada, um ferimento furado e purgado também estão entre as imagens de Hamlet; e a mente de Cláudio também se ocupa dos mesmos temas.

3. 1. 84
1. 1. 112
1. 4. 24; 5. 1. 148;
2. 2. 622; 3. 2. 312

Quando tem notícia do assassinato de Polônio, o rei declara que sua fraqueza por não ter trancafiado Hamlet mais cedo é como a ação covarde de um homem com alguma "doença imunda" que,

> Para mantê-la sem divulgação, deixa-a alimentar-se
> Da própria essência da vida;

4. 1. 21

e, mais tarde, ao providenciar a ida de Hamlet para a Inglaterra e sua morte, ele o justifica pelo dito proverbial:

> os males desesperados são aliviados
> Com remédios desesperados,
> Ou, então, não têm alívio;

4. 3. 9

e insta o rei inglês a executar o que pede, em palavras de um paciente febril que busca um sedativo:

Ham., 4. 3. 68

> Pois como a febre ele queima no meu sangue,
> E tu tens de curar-me.

Ao manipular Laertes para que este se una com facilidade a seu plano para o duelo, sua fala é saturada com a idéia de um corpo doente ou mal disposto:

4. 7. 118

> a bondade, transformada em pleurisia,
> Morre do seu próprio excesso;

e, finalmente, ele resume a essência e a urgência da situação com a vivacidade de um relâmpago em uma breve frase médica:

4. 7. 124

> Vamos, porém, ao âmago da úlcera:
> Hamlet está de volta.

Em marcante contraste com o *Rei Lear*, embora as doenças do corpo sejam enfatizadas, a ação e a tensão corporais são pouco utilizadas; de fato, só na grande fala de Hamlet é que elas são colocadas diante de nós (*ser alvo de um tiro* de funda ou flecha, *tomar armas contra* problemas e *opor-se* a eles, *sofrer*[1] choques, *aturar* chicotadas, *resistir* a golpes, *grunhir* e *suar* debaixo de cargas, e assim por diante), e aqui, como em *Rei Lear*, servem para intensificar a sensação de angústia mental. Em *Hamlet*, no entanto, a angústia não é o pensamento dominante, mas sim a *podridão*, a doença, a corrupção, o resultado da *sujeira*; o povo está "enlameado",

3. 1. 56-88

4. 5. 82

> Confuso e insalubre em seus pensamentos e sussurros;

e a corrupção é, nas palavras de Cláudio, "profunda" e "fede aos céus", de modo que o estado de coisas na Dinamarca que choca, paralisa e finalmente avassala Hamlet é semelhante ao repulsivo tumor que vaza para dentro e envenena o corpo todo, sem manifestar

4. 4. 28

> por fora
> A causa da morte do paciente.

▼

1. No original, *suffer*, também com o sentido de "admitir" ou "aturar". (N. da T.)

Essa imagem retrata e reflete não só a situação externa que causa a doença espiritual de Hamlet, mas também seu próprio estado. De fato, o choque causado pela descoberta do assassinato de seu pai e pela visão da conduta de sua mãe é tal que, quando a peça começa, Hamlet já começou a morrer, a morrer interiormente; porque todas as fontes de vida – amor, riso, alegria, esperança, confiança nos outros – estão sendo congeladas em sua fonte e gradativamente infectadas pela doença do espírito que o vai – sem que ele o saiba – matando.

Para a imaginação pictórica de Shakespeare, portanto, o problema em *Hamlet* não é predominantemente de vontade e razão, de uma mente excessivamente filosófica ou de uma natureza cujo temperamento não é equipado para uma ação rápida; ele não o concebe *como um problema individual*, mas como algo maior e até mesmo mais misterioso, como uma *condição* pela qual o próprio indivíduo aparentemente não é responsável, assim como o homem doente não é culpado pela infecção que o atinge e devora, mas que, mesmo assim, em seu curso e desenvolvimento, de modo imparcial e implacável, aniquila a ele e a outros, tanto os inocentes quanto os culpados. Essa é a tragédia de *Hamlet*, assim como talvez seja o principal mistério trágico da vida.

Não é necessário ressaltar, em peça tão conhecida e de tão rica qualidade imaginativa, o quanto a feiúra da imagem dominante (doença, úlcera) é contrastada com o todo iluminado pelos clarões da pura beleza da imagística; beleza de figura, de som e de associação, e particularmente por imagens clássicas e personificações. Assim, a atmosfera trágica e tenebrosa da entrevista de Hamlet com sua mãe, com sua insistência na repetição de doenças físicas e moléstias revoltantes, é iluminada pelo brilho de sua descrição do retrato do pai, pelas associações de beleza evocadas por Hipérion, Zeus e Marte, ou o requintado quadro evocado pela contemplação da graça da postura do pai:

> qual o arauto Mercúcio *Ham., 3. 4. 58*
> Recém-pousado em uma colina que beija o céu.

Essas belezas são notadas particularmente nas muitas personifica-

Ham., 1. 1. 166 ções, como quando, com Horácio, vemos "a manhã, vestida com manto ruivo", quando "caminha sobre o orvalho daquela alta colina no leste", ou, com Hamlet, quando vemos Laertes saltar na cova de Ofélia e perguntar de quem são as

5. 1. 267
> Frases de aflição que
> Conjuram as estrelas errantes e as fazem parar
> Como ouvintes feridos por maravilhas?

A paz, com sua guirlanda de trigo, Niobe toda em prantos, as rou-
5. 2. 41; 1. 2. 149 pas de Ofélia "pesadas com o que beberam", que a puxam de seu
4. 7. 182 "ninho melodioso" para a morte na lama, ou o magnífico retrato dos dois lados da natureza da rainha em guerra, tal como visto pelo Hamlet pai:

3. 4. 112
> Mas olhe, o espanto pousa em sua mãe:
> Oh, ponha-se entre ela e sua alma que luta;

essas, como muitas outras, são inolvidáveis, radiosos toques de beleza em uma peça que tem, como imagens, muito do que é sombrio e desagradável.

TRÓILO E CRÉSSIDA

Tróilo e Créssida e *Hamlet* estão intimamente ligadas em sua imagística (ver Gráfico VII). Não o soubéssemos nós por outras razões, poderíamos ter certeza, graças à similaridade e continuidade do simbolismo nas duas peças, de que elas foram escritas quase juntas e num momento em que o autor estava sofrendo com alguma desilusão, repulsão e perturbação da natureza, que não sentimos em nenhuma outra peça com tamanha intensidade.

Os mesmos dois grupos de imagens percorrem e dominam ambas as peças: doença e comida. Em *Hamlet* prepondera a primeira, e em *Tróilo e Créssida* a segunda (ver Gráfico VII).

O principal tema emocional de *Tróilo e Créssida* – amor apaixonado, idealista, seguido por desilusão e desespero – é retratado com avassaladora vivacidade, por meio do paladar físico: a requintada antecipação de um palato sensível por comida e vinho deliciosos, e o enjôo da revolta e da repugnância ao se sentir na língua apenas "relíquias gordurosas" ou frutas podres.

A repugnância pela devassidão da mulher parece expressar-se instintivamente, para Shakespeare, em particular nessas duas peças e em *Antônio e Cleópatra*, em termos de apetite físico e comida. "Céu e terra!" exclama Hamlet,

> vivia a ele agarrada, *Ham., 1. 2. 143*
> Como se seu apetite dele aumentasse
> À medida que se satisfazia! E mesmo assim, ao fim de um mês…
> Não quero pensar nisto!

E assim a luxúria, diz Hamlet pai, "embora a um anjo radioso ligada", há de "alimentar-se de lixo". *1. 5. 55*

Cleópatra, como Créssida, é concebida como um pedaço de comida tentador e delicioso, "um prato para os deuses":

> outras mulheres saciam *A&C, 2. 2. 239*
> Os apetites que alimentam, porém ela deixa mais faminto
> O que mais satisfaz;

e, em momentos de repugnância, ambas se tornam um resto frio e gorduroso: "Eu a encontrei", diz Antônio,

> como um petisco frio na *3. 13. 116*
> Bandeja de César morto.

Do mesmo modo, antes de Tróilo ser desiludido, ele pensa em seu doce amor como "comida para o dente da fortuna", e, quando a revolta do nojo segue-se à traição dela, ele exclama com amargura, *T&C, 4. 5. 293*

> Os despojos de sua fé, restos do próprio amor, *5. 2. 157*
> Os fragmentos, as migalhas, os pedaços e as relíquias gordurosas
> De sua fidelidade, roídas até os ossos, estão entregues a Diomedes.

Na espantosa imagem da espera por seu amor, é o sentido do paladar que acorre naturalmente aos lábios de Tróilo como meio de expressá-la:

> Sinto-me aturdido. A espera me faz ficar tonto. *3. 2. 17*
> O prazer imaginário é tão doce

> Que encanta meus sentidos. Que será, então,
> Quando o paladar umedecido de fato provar
> O néctar três vezes refinado do amor?

É uma imagem vinda do mesmo sentido, aplicada agora à "pobre criatura, a cerveja comum", que Créssida usa, quando Pândaro insiste para que ela modere sua emoção diante do pensamento de se separar de Tróilo:

T&C, 4. 4. 5

> como posso moderá-la?
> Se pudesse moderar minha afeição,
> Ou fermentá-la para paladar mais fraco e frio,
> Igual atenuação poderia eu dar à minha dor.

2. 2. 37-50, 61-96

Tróilo, em suas falas vívidas e apaixonadas, cujas metáforas tanto iluminam seu caráter, duas vezes recorre à comida para tornar mais claro seu pensamento. Assim, por exemplo, quando ele parece fulminar os conselhos prudentes de seus irmãos, que têm base na razão, para que deixem Helena ir-se embora, ele usa uma curiosa metáfora de uma lebre apanhada ou recheada, que é nitidamente associativa. Ele despreza a timidez deles e, de modo verdadeiramente shakespeariano, expressa essa característica por meio do exemplo concreto do animal mais tímido dos campos ingleses, transformando-o em adjetivo; isso, por sua vez, evoca a lembrança do suculento prato que continua sendo um favorito entre a gente do campo inglesa, e ele aplica o processo de cobrir o animal de banha e cozinhá-lo (que obviamente conhece muito bem) ao embotamento da mente do homem e ao enfraquecimento de sua virilidade com excesso de razão e cuidado:

2. 2. 46

> Não, se falamos de razão,
> Fechemos nossas portas e durmamos. A virilidade e a honra
> Deveriam ter corações de lebre se engordassem seus
>   [pensamentos
> Com esse recheio de razão.

E, um pouco mais tarde, quando ele novamente os insta a ficarem firmes em sua honra, embora não seja o caminho mais fácil, ou o mais conveniente no momento, ele toma um exemplo da mais comum e econômica administração da casa para ilustrá-lo:

> nem atiramos fora
> os restos que sobram de uma refeição,
> Pelo fato de estarmos satisfeitos.

T&C, 2. 2. 69

A força desse símbolo dominante é tão grande que veremos quatorze dos personagens fazendo uso de imagens de comida, paladar ou cozimento, e que há nada menos que quarenta e quatro dessas imagens na peça: aferventar, ensopar, picar, assar, cobrir de banha, rechear, grelhar, regar, fermentar, fritar, amassar, ferver e mexer os ingredientes de um pudim estão entre as várias espécies de cozimento descritas ou mencionadas, às vezes prolongadamente, como nas metáforas sobre moer o trigo, peneirar, usar fermento, amassar, fazer o bolo, aquecer o forno, assar e esfriar, desenvolvidas com conhecimento especializado por Pândaro e total compreensão por Tróilo, na abertura da peça (1. 1. 14-26).

Uma "fornada crocante" (de pão), queijo servido como aperitivo, ou seco e roído por ratos, um ovo estragado, carne picada temperada com especiarias e sal e assada como uma torta, mingau depois da carne, um prato de *fool* (frutas cozidas amassadas com creme), uma noz bolorenta, um biscoito duro de marinheiro, belas frutas apodrecendo intactas em prato contaminado e restos gordurosos de comida são, também, imagens utilizadas; como o são a fome, o apetite, o comer com voracidade, a digestão, o jejum, o alimentar, o provar, o beber até a borra do vinho, o improvisar um brinde e, ainda, molho, tempero, sal e o agridoce.

De fato, imagens do ato de cozinhar aparecem com tal constância nas falas de todos os personagens que eles não conseguem sequer impedir-se de usá-las até mesmo dos modos mais recônditos; por exemplo, quando Pândaro descreve como, ao ver Helena brincando com Tróilo, a rainha Hécuba riu até seus olhos transbordarem, e Cassandra também riu; Créssida então rapidamente responde:

> Mas não era mais moderado o fogo sob o pote dos olhos dela...
> Será que os olhos de Cassandra também transbordaram?

1. 2. 151

	ou quando Ulisses se refere a Aquiles como o orgulhoso senhor,
T&C, 2. 3. 186

Que rega sua arrogância com a própria banha,

e declara que, se, como foi sugerido, Ájax fosse até ele,

2. 3. 197   Isso cobriria de banha seu orgulho já engordurado.

MACBETH

A imagística em *Macbeth* parece-me mais rica e variada, mais altamente imaginativa, mais inacessível a qualquer outro escritor do que a de qualquer outra peça. Isso acontece mais particularmente, a meu ver, no uso contínuo feito das coisas mais simples, humildes e cotidianas, tiradas da vida cotidiana em uma casa modesta, como veículo para a poesia sublime. Porém isso, no momento, não será abordado.

As idéias da imagística são em si mais imaginativas, mais sutis e mais complexas do que em outras peças, e há um número maior delas, entrelaçadas umas às outras, ocorrendo novamente e repetindo-se. Existem pelo menos quatro idéias principais e muitas outras subsidiárias.

Uma é o retrato do próprio Macbeth.

Poucas coisas simples – inofensivas em si mesmas – têm efeito tão curiosamente humilhante e degradante quanto o espetáculo de um homem notadamente pequeno envolto num casaco grande demais para ele. Os comediantes sabem disso muito bem – Charlie Chaplin, por exemplo – e é por meio dessa figura familiar que Shakespeare nos mostra sua visão imaginativa do herói e expressa o fato de que as honras pelas quais os assassinatos foram cometidos têm, afinal, bem pouco valor para ele.

Reaparece constantemente a idéia de que as novas honrarias de Macbeth não caem bem nele, como um traje largo e mal ajustado, que pertence a outra pessoa. O próprio Macbeth o exprime, bem no início da peça, quando, logo a seguir da primeira aparição das bruxas e suas profecias, Ross chega, vindo do rei, e o saúda como barão de Cawdor, ao que Macbeth replica

McB., 1. 3. 108   O barão de Cawdor ainda está vivo? Por que me vestis
Com roupas emprestadas?

E alguns minutos mais tarde, quando está embevecido com pensamentos ambiciosos sugeridos pela confirmação de duas das três "saudações proféticas", Banquo, ao observá-lo, murmura:

> As novas honrarias lhe assentam *McB., 1. 3. 144*
> Como roupas que acabaram de ser feitas: só com o uso
> Tomarão a forma do seu corpo.

Quando Duncan já está seguro no castelo, a natureza melhor de Macbeth por um momento se afirma e, em debate consigo mesmo, ele se revolta contra o feito contemplado por três razões: por causa de seus resultados imprevisíveis; pela traição de tal ato contra alguém que é seu parente e hóspede, e pelas próprias virtudes de Duncan como rei.

Quando sua mulher se junta a ele, sua repugnância em relação ao ato continua igual, porém é significativo que ele dá três razões bem diferentes para não continuar com o plano, razões com que ele espera comovê-la, sabendo que as outras não o fariam. Ele lembra que foi recentemente honrado pelo rei, que as pessoas pensam bem dele, e que portanto ele deveria colher as recompensas dessas circunstâncias de imediato, e não derrubar tudo com o assassinato que planejaram.

Há ironia no fato de que, para expressar sua posição, ele use a mesma metáfora de roupas:

> Eu comprei *1. 7. 32*
> Opiniões douradas de toda espécie de gente,
> Que deveriam ser usadas agora no seu brilho ainda tão recente,
> Ao invés de rejeitá-las tão depressa.

Ao que Lady Macbeth, nada comovida, responde com desprezo:

> Estava bêbada a esperança *1. 7. 36*
> Com a qual você se vestia?

Depois do assassinato, quando Ross diz que vai a Scone para a coroação de Macbeth, Macduff usa o mesmo símile:

McB., 2. 4. 37   Bem, desejo que veja essas coisas bem-feitas. Adeus!
Que nossos novos trajes sejam mais cômodos do que os antigos!

E, no final, quando o tirano está acuado em Dunsinane, e as tropas inglesas avançam, os nobres escoceses ainda têm em mente essa imagem. Caithness o vê como um homem tentando inutilmente amarrar uma vestimenta grande em si com um cinto muito pequeno:

5. 2. 15   Ele não pode afivelar sua causa insana
Dentro do cinto da disciplina;

enquanto Angus, em imagem semelhante, resume vividamente a essência do que todos eles vêm pensando desde que Macbeth subiu ao poder:

5. 2. 20   agora ele sente seu título
Pendurado em volta dele, como o manto de um gigante
Em um ladrão nanico.

Esse imaginativo retrato de um homem pequeno, ignóbil, atrapalhado e degradado por roupagens que não lhe caem bem deveria ser colocado contra a visão enfatizada por alguns críticos (notadamente Coleridge e Bradley) da semelhança entre Macbeth e o Satã de Milton em grandeza e sublimidade.

Não há dúvida de que Macbeth é construído em grandes linhas e proporções heróicas, com grande potencial – de outro modo não haveria tragédia. Ele é grande, magnificamente grande, em coragem, em ambição apaixonada e indomável, em imaginação e capacidade para sentir. Mas ele jamais poderia ser posto ao lado de Hamlet ou Otelo em nobreza de natureza; e *existe* um aspecto no qual ele é apenas uma criatura pobre, vaidosa, cruel, traidora, arrancando sem piedade dos corpos mortos de parentes e amigos uma posição e um poder que ele não é absolutamente equipado para ter. Vale a pena lembrar que é assim que Shakespeare, com sua inabalável clareza de visão, repetidamente o *vê*.

Outra imagem ou idéia que atravessa *Macbeth* é a da reverberação do som por vastas regiões, até mesmo nos espaços sem limites para além dos confins do mundo. O som que ecoa, como a luz refletida, sempre interessou Shakespeare; ele o nota muito depressa, e nas primeiras peças muitas vezes o registra, muito simples e diretamente, como o reverberante rufar dos tambores em *Rei João*, o estalar do beijo de Petruchio pela igreja, o delicado retrato que faz Julieta do Eco em sua língua etérea repetindo "Romeu", a declaração de Viola de que, se ela fosse Orsino, ela faria

> os falantes mexericos do ar
> Gritar "Olívia!" *N.R., 1. 5. 283*

ou seu comentário mais fantasioso ao duque de que a melodia que ele gosta

> empresta verdadeiro eco ao assento
> Onde está entronizado o amor. *2. 4. 21*

Ele ama em particular, e descreve repetidamente (em *Sonho de uma noite de verão*, *Tito Andrônico* e *A megera domada*), o rebôar do som de cães e trompas,

> a confusão musical
> De cães e eco em conjunto; *S.N.V., 4. 1. 115*

sua qualidade duplicada e zombeteira o atrai:

> o eco tagarela zomba dos cães,
> Respondendo agudamente às trompas afinadas,
> Como se uma caça dupla fosse ouvida a um só tempo; *Tito, 2. 3. 17*

e é tal qualidade que Warwick utiliza muito corretamente quando, tendo levantado nas primeiras horas para acalmar o rei insone e perturbado, finalmente perde a paciência diante dos temores de Henrique de que os revolucionários devam ter força de cinqüenta mil homens, e retruca, um pouco amargo,

> não pode ser, senhor;
> O boato duplica, como a voz do eco,
> O número dos temidos. Queira Vossa Graça
> Voltar para a cama. *2H.IV, 3. 1. 96*

Não é antes de 1600, e mais notadamente em *Tróilo e Créssida*, que Shakespeare torna a usar essa mesma idéia de reverberação para ilustrar pensamento sutil e filosófico. A mente de Ulisses é cheia dela, e ele a aplica constantemente; Kent, em *Rei Lear*, aproveita um fato análogo natural para apontar a verdade de que ruído e protestos não são por si indicações de sentimentos profundos; enquanto, em *Macbeth*, a qualidade peculiar do som do eco e sua repetição é usada para enfatizar, do modo mais altamente imaginativo e impressionante, um pensamento sempre presente no Shakespeare dos anos centrais de sua carreira, o efeito incalculável e sem limites do mal na natureza de um homem.

R.L., 1. 1. 155

O próprio Macbeth, como Hamlet, é plenamente consciente do quão impossível é "trancar as conseqüências" de seu ato, e por magníficas imagens de anjos a implorar com línguas de trompa,

McB., 1. 7. 3

1. 7. 21
E a piedade, como um bebê nu, recém-nascido,
Cavalgando na tempestade, ou os querubins do céu montados
Nos corcéis invisíveis do ar,

que

1. 7. 24
Soprarão o horrível feito em todos os olhos,
até que as lágrimas afoguem o vento;

ele enche nossa imaginação com o quadro do feito sendo irradiado através do espaço como o som que reverbera.

A idéia é retomada por Macduff, quando ele exclama,

a cada manhã
4. 3. 4
Novas viúvas gritam, novos órfãos berram, novas dores
Golpeiam o rosto do céu, que retumba,
Como se sofrendo com a Escócia lançasse
Com ela um mesmo grito de dor;

e novamente por Ross, quando está tentando dar as terríveis novas dos mais recentes assassinatos de Macbeth a Macduff – a destruição de sua mulher e de seus filhos –

> tenho palavras
> Que deveriam ser uivadas num deserto,
> Onde nenhum ouvido pudesse ouvi-las!

McB., 4. 3. 193

Mal se poderia conceber retrato mais vívido da vastidão do espaço do que esse, e da natureza avassaladora e sem fim das conseqüências ou reverberações de um ato maléfico.

Outra idéia constante na peça tem origem no simbolismo de que a luz representa a vida, a virtude e a bondade; e a escuridão, o mal e a morte. "Os anjos são brilhantes", as bruxas são "secretas, pretas e megeras da meia-noite" e, como diz Dowden, o movimento da peça inteira poderia ser resumido nas palavras "as coisas boas do dia começam a baixar e a ficar sonolentas".

4. 3. 22
4. 1. 48

3. 2. 52

Isso, é claro, é muito óbvio, porém daí desenvolve-se um novo pensamento que passa a ser pressuposto ao longo de toda a peça, o de que o mal que está sendo perpetrado é tão horrível que destruiria a visão se fosse contemplado; de modo que a escuridão, ou uma cegueira parcial, é necessária para executá-lo.

Como muita coisa na peça, é irônico que seja Duncan o primeiro a iniciar tal símile, cuja idéia transforma-se no motivo principal na tragédia. Quando está conferindo a nova honra a seu filho, tem o cuidado de dizer que outros, parentes e barões, também serão recompensados:

> sinais de nobreza, como estrelas, vão brilhar
> Sobre todos os que os hajam merecido.

1. 4. 41

Mal o rei acaba de falar, e Macbeth compreende que Malcolm, agora príncipe do reino, é mais um obstáculo em seu caminho, e repentinamente, retraindo-se do horror flamejante do pensamento mortífero que se segue, exclama para si mesmo,

> Estrelas, ocultai vossos lampejos;
> Que a luz não veja meus negros e fundos desejos.

1. 4. 50

Desse momento em diante, a idéia de que só na escuridão podem ser realizados esses feitos maléficos está sempre presente em Macbeth e em sua mulher, como se vê em suas duas diferentes porém muito características invocações à escuridão: o grito dela que congela o sangue,

McB., 1. 5. 51

> Vem, noite tenebrosa,
> Envolve-te com a mais soturna fumaça do inferno,

5. 1. 23

que fica mais forte ainda quando mais tarde ouvimos as pungentes palavras "Ela tem uma luz continuamente consigo"; e o apelo mais suave de Macbeth na linguagem da falcoaria,

3. 2. 46

> Vem, noite pestanejante,
> Cobre com um véu o delicado olho do dia patético.

E quando Banquo, insone, inquieto, com o coração pesado como chumbo, atravessa o pátio na noite fatídica e enquanto Fleance segura a tocha que brilha à sua frente, olha para o céu e murmura,

2. 1. 4

> Há economia no céu,
> As velas estão todas apagadas,

sabemos que o cenário está pronto para traição e assassinato.

2. 4. 7

Assim, é justo que no dia seguinte "a noite escura estrangula a lâmpada que viaja", e

2. 4. 9

> a escuridão cobre o rosto da terra,
> Quando a viva luz deveria beijá-la.

2. 2. 53

A idéia de atos terríveis demais para o olhar humano também é constante; Lady Macbeth faz pouco dela – "os adormecidos e os mortos", argumenta ela, "são apenas imagens":

> os olhos das crianças
> É que temem diabos pintados;

porém Macduff, tendo visto o rei morto, sai correndo do quarto e grita para Lennox:

2. 3. 76

> Aproximai-vos do quarto e ficareis cego
> Diante de uma nova Górgona.

Macbeth corajosamente declara que ousa olhar o "que poderia aterrorizar o diabo", mas quando vê alguém "por demais igual ao espírito de Banquo" na procissão dos reis ele toma consciência do amargor da derrota, expressando-o em sua agoniada exclamação, *McB., 3. 4. 60*

> Tua coroa calcina minhas pupilas; *4. 1. 113*

enquanto em suas amargas e lindas palavras no final o pensamento dominante e as imagens são o apagar das luzes e a reverberação vazia do som e da fúria, "sem sentido nenhum". *5. 5. 28*

A quarta idéia simbólica na peça, muito constante em Shakespeare e encontrada em todas as suas obras, é a de que o pecado é uma doença – a Escócia está doente.

Macbeth, recusando remédios para si mesmo, volta-se para o médico e diz que se ele pudesse, por meio de uma análise, descobrir qual a doença da Escócia

> E restituir-lhe por meio de um purgante sua boa e primitiva *5. 3. 52*
>   [saúde,
> Eu vos aplaudiria até que todos os ecos
> repetissem meus aplausos...
> Que ruibarbo, sene, ou que droga purgativa
> Poderia livrar-nos dos ingleses?

Malcolm fala de seu país como um ser que chora, sangra e está ferido, e mais adiante insiste em que Macduff

>   faça de nossa grande vingança o remédio *4. 3. 214*
> Que cure essa tristeza mortal;

enquanto Caithness chama o próprio Malcolm de "remédio da comunidade doente", "purgante do país". *5. 2. 27*

Vale a pena notar que todas as imagens de doença usadas por Macbeth têm caráter de remédio ou de calmante: bálsamo para uma ferida, sono depois da febre, purgação, remédio para dor, um "antídoto de doce *oblívio*"; isso intensifica para o leitor ou espectador sua ânsia constante e apaixonada pelo bem-estar e repouso e, acima de tudo, pela paz de espírito. *5. 3. 43*

Outros motivos subsidiários na imagística, que operam na peça e ao longo de toda ela, afetam profundamente a imaginação do leitor. Um deles é a idéia de que o crime de Macbeth é *antinatural*, ou seja, um abalo da natureza. Essa idéia é repetidamente ressaltada pelas imagens, como o são também as terríveis conseqüências de se ir contra a natureza.

O próprio Macbeth diz que os ferimentos de Duncan

McB., 2. 3. 118
                pareciam uma brecha na natureza,
Para a entrada da ruína devastadora,

2. 3. 71 e Macduff fala de seu assassinato como o sacrilégio de se violar o templo do ungido de Deus. Os acontecimentos que acompanham e seguem-se ao fato são terríveis porque antinaturais; uma coruja mata um falcão, cavalos comem-se uns aos outros, a terra ficou febril e treme, o dia vira noite; tudo isso, diz o ancião, é contra a natureza,

2. 4. 10   Assim como o ato que foi praticado.

2. 2. 36 O maior problema de Macbeth é o ato antinatural de ele haver assassinado o sono, e toda a sensação de deslocamento é reforçada por ima-
3. 2. 16 gens como "que se desarme a moldura das coisas", ou pela conjuração de Macbeth às bruxas com a terrível lista de convulsões da natureza que podem resultar das respostas delas a ele. De fato, se de um ângulo o movimento da peça pode ser resumido nas palavras de Macbeth,

3. 2. 52   As coisas boas do dia começam a baixar e a ficar sonolentas,

de outro ele é integralmente descrito pelo doutor em sua diagno-
5. 1. 10 se da doença da rainha maldita como "uma grande perturbação da natureza".

Além dessas imagens contínuas simbolizando ou expressando uma idéia, há grupos de outras, que poderiam ser chamadas de atmosféricas por seu efeito, ou seja, ampliam ou diminuem certos sentimentos e emoções.

É desse tipo a ação de cavalgar rápido, que contribui para um certo senso de pressa, de movimento espicaçado e implacável, dando-lhe maior ênfase, e de que temos consciência ao longo da peça. Isso é simbolizado externamente pela rápida cavalgada do mensageiro que busca Lady Macbeth, chegando "quase morto de falta de fôlego", antes de Macbeth, que também cavalgou mais rápido do que Duncan. O rei comenta, com ironia inconsciente:

McB., 1. 5. 37

> ele cavalga bem,
> E seu grande amor, afiado como sua espora, ajudou-o
> A chegar em casa antes de nós.

1. 6. 22

Pode-se notar que é grande o papel que o cavalgar desempenha nas imagens que pululam no cérebro fervilhante de Macbeth, quando ele está pesando os *prós* e os *contras* de seu plano: o bebê recém-nascido "cavalgando na tempestade", os querubins do céu montados

1. 7. 1-28

> Sobre os corcéis invisíveis do ar,

1. 7. 23

e, finalmente, a visão de seu "intento", seu alvo, como um cavalo ao qual falta ser esporeado o suficiente para agir, que se desfaz em um retrato de sua ambição como um cavaleiro saltando na sela, com tal energia que "salta mais do que quer" e cai no outro lado.

Os sentimentos de medo, horror e dor são ampliados pelas imagens constantes e recorrentes de sangue; essas imagens são muito marcantes e já foram notadas por outros, especialmente Bradley, sendo a mais terrível a descrição que faz Macbeth de si próprio a andar em um rio de sangue, enquanto a mais provocante para a imaginação, quiçá em toda a obra de Shakespeare, é a descrição dele olhando, rígido de horror, as próprias mãos, e vendo-as tingir de vermelho todo o vasto oceano verde.

3. 5. 136

2. 2. 60

As imagens de animais, quase todos predadores, desagradáveis ou ferozes, aumentam essa mesma sensação; por exemplo o ninho de escorpiões, uma serpente venenosa e uma cobra, um "milhafre do inferno" comendo galinhas, um abutre devorador, um enxame de insetos, um tigre, um rinoceronte e um urso, a pequenina cambaxirra a lutar com a coruja pela vida de seus filhotes, pequenos passarinhos com medo da rede, do visgo, alçapão ou laço usados com efeito irônico tão amargo por Lady Macduff e seu filho pouco antes de serem assassinados, o pio da coruja e o urso amarrado ao poste em luta selvagem até o fim.

Já foi dito o bastante, a meu ver, para indicar quão complexos e variados são o simbolismo e a imagística de *Macbeth*, e deixar claro que parte apreciável das emoções de piedade, medo e horror se deve à sutil porém repetida ação dessa imagística em nossas mentes, da qual, em nossa preocupação com o tema central, permanecemos em grande parte inconscientes.

OTELO

A principal imagem de *Otelo* é a de animais em ação, cada um espreitando o outro, malévolos, lascivos, cruéis ou sofredores, e por meio dessas características a sensação geral de dor e desagrado é muito ampliada e mantida constantemente diante de nós.

Mais de metade das imagens de animais na peça pertencem a Iago, e todas essas são de desprezo ou repugnância: uma praga de moscas, um cachorro briguento, a recorrente imagem da captura de passarinhos, a condução de asnos pelo nariz, uma aranha apanhando uma mosca, o espancamento de um cão que não fez nada de mal, gatos selvagens, lobos, bodes e macacos.

Ote., 3. 3. 107

A esses, Otelo acrescenta os retratos de sapos repulsivos procriando numa cisterna, moscas de verão num matadouro, o corvo de mau agouro sobre a casa infectada, um sapo num calabouço, o monstro "horrendo demais para ser mostrado", novamente passarinhos em armadilhas, línguas de áspide, lágrimas de crocodilos, e sua reiteração de "bodes e macacos". Além disso, Lodovico muito adequadamente chama Otelo "aquela víbora", e o monstro de olhos verdes "gerado em si mesmo, nascido de si mesmo", é descrito ou mencionado por Iago, Emília e Desdêmona.

3. 3. 403; 4. 1. 265

3. 3. 166; 3. 4. 161, 163

É interessante comparar a imagística de animais de *Otelo* com a de *Rei Lear*. As peças têm algumas semelhanças; foram escritas próximas uma da outra (*Otelo* provavelmente em 1604, *Rei Lear* por volta de 1605), são as mais dolorosas das grandes tragédias, e ambas estudos de tortura. A tortura em *Rei Lear*, no entanto, é de escala tão vasta e desumana, a crueldade dos filhos para com os pais no enredo duplicado é de tal modo implacável e feroz, que a malignidade ciumenta e mesquinha de Iago fica muito reduzida se comparada ao tipo de crueldade em *Lear*.

Essa diferença de escala é expressa na imagística de animais. Em *Otelo* vemos um tipo baixo de vida, um enxame de insetos e répteis caçando-se uns aos outros, não por qualquer ferocidade especial, mas simplesmente de acordo com seus instintos naturais, gatos selvagens moleques e irresponsáveis, bodes e macacos, ou o animal inofensivo e inocente preso ou espancado. Isso reflete e repete o espetáculo da devassa tortura de um ser humano por outro, que testemunhamos na tragédia, a aranha humana e sua mosca; enquanto em *Rei Lear* nossa imaginação é saturada de quadros de ferocidade ativa, de lobo, tigre, javali selvagem, abutre, serpente e monstro marinho, todos animais de uma certa dignidade e grandeza, embora vistos aqui apenas quando seus desejos

> São lupinos, sangrentos, afaimados e vorazes.   *M.V., 4. 1. 137*

Isso representa a tremenda escala de sofrimento em *Rei Lear*, que nos faz sentir – como nunca o faremos em *Otelo* – que a vileza da humanidade é tão grande, tão incontrolada e universal que, se os deuses não intervierem, o fim de tais horrores tem de chegar e

> A humanidade devorará a si mesma,   *R.L., 4. 2. 49*
> Como os monstros das profundezas.

Mas os deuses que "guardam essa apavorante confusão" não intervêm, e as mais terríveis linhas de Shakespeare são as ditas por Gloucester em sua agonia, quando ele atribui aos próprios deuses, em seu trato com os homens, não só indiferença e empedernimento, mas até mesmo o puro e desordenado prazer na tortura que, em *Otelo*, vemos exercida apenas por um ser humano contra outro.   *4. 1. 37*

Se os animais em ação simbolizam o tema principal em *Otelo*, há uma outra imagem recorrente que fornece a atmosfera e o cenário. Como deve ser, com a ação se passando em dois famosos portos marítimos, o mar, suas imagens e linguagem desempenham papel importante ao longo de toda a peça.

Iago, como soldado de uma cidade que deve sua posição de dominância ao poder marítimo, usa com facilidade a imagística do mar; ao queixar-se que Otelo passou por cima dele em favor de Cássio, ele descreve a si mesmo como "a sotavento" e "em calmaria"; ele sabe que o Estado não tem mais ninguém do "calado" de Otelo; diz que ele precisa "mostrar uma flâmula e um sinal de amor"; que Brabâncio *oporá todos os entraves possíveis a Otelo, todos os rigores para os quais a lei "lhe dará corda"*; mais tarde, grosseiramente, ele descreve o casamento de seu general como um pirata conquistando um galeão; declara a Rodrigo que ele é ligado a seus méritos "com cabos de dureza duradoura"; e, quando vê sua trama tomando forma satisfatória, murmura com satisfação:

Ote., 1. 1. 30
1. 1. 153
1. 1. 157
1. 2. 17

1. 2. 343

2. 3. 63
Meu barco veleja livremente, com vento e correnteza.

A abertura do Ato 2, quando os habitantes de Chipre aguardam ansiosamente a chegada de Desdêmona e Otelo, é plena de imagens e personificações do mar, o vento rufião sobre o mar, as "ondas repreendidas", de modo que há um perfeito ajuste com o ambiente e a atmosfera quando Cássio, em termos altamente retóricos, retrata o mar e as rochas como traidores escondidos para emboscar o navio que, ao ter a visão da beleza de Desdêmona, "omitem suas naturezas mortíferas" e permitem que ela veleje adiante com segurança.

É digno de nota o uso de imagens de mar por Otelo; elas lhe vêm com naturalidade, pois em cada ocasião marcam um momento de intensa emoção. A primeira, no auge de sua felicidade, quando ele reencontra Desdêmona, é uma exclamação que para nós, que sabemos o que os espera, é, em sua abertura, uma das mais pungentes de toda a peça:

2. 1. 186
Oh, alegria de minha alma!
Se depois de cada tempestade vierem tais calmarias,
Que os ventos soprem até que tenham despertado a morte!

A seguinte vem no auge de sua tortura, quando, tendo sido o lenço mostrado a ele, a suspeita torna-se certeza e ele jura vingança. Para culminar, Iago insiste em que Otelo tenha paciência, e sugere que talvez seja possível ele mudar de idéia; ao que Otelo retruca imediatamente tal qual pretende seu torturador, e afirma a qualidade inalterável de sua resolução, comparando-a à "corrente gelada e curso compulsivo" do mar Pôntico, que nunca perde forças. *Ote., 3. 3. 453*

E no final, quando executou seu intento, e sofreu e compreendeu tudo, novamente é na linguagem do mar que ele expressa a determinação igualmente inabalável de seguir Desdêmona:

> Este é o fim de minha jornada, aqui meu objetivo *5. 2. 267*
> E o próprio farol de minha vela maior.

A intensidade de sentimento e emoção em *Rei Lear* e a precisão de seu foco são reveladas pelo fato de, na imaginação de Shakespeare, e ao longo de toda a peça, termos apenas uma imagem contínua, avassaladora e dominante. Essa imagem tem tal força que até imagens diferentes e subsidiárias são recrutadas a seu serviço e usadas para ampliá-la e enfatizá-la. REI LEAR

Na peça temos consciência o tempo todo da atmosfera de luta, tensão e rivalidade, bem como, em certos momentos, de tensão corporal a ponto da agonia. Isso flui de modo tão natural das circunstâncias do drama e do sofrimento mental de Lear, que mal nos damos conta de até que ponto tal sensação é ampliada em nós pela imagem geral "flutuante" – mantida a todo momento diante de nós, principalmente por meio dos verbos, mas também das metáforas – de um corpo humano em angustiado movimento, puxado, retorcido, surrado, perfurado, aferroado, chicoteado, desconjuntado, espancado, retalhado, escaldado, torturado e, finalmente, quebrado na roda.

É difícil abrir uma página qualquer da peça sem ser atingido por tais imagens e verbos, pois toda espécie de movimento corporal, de modo geral incluindo dor, é usada para exprimir fatos mentais e abstratos, tanto quanto físicos. Vou mencionar apenas alguns. Lear, em seu agoniado remorso, retrata a si mesmo como um homem *torcido* e torturado por uma "máquina", batendo no portão (sua cabeça) que deixou entrar a loucura. Goneril tem poder bastante para *abalar* sua masculinidade; ele se queixa de que ela o *gol-*

peou com sua língua; lágrimas quentes *se precipitam* dele; seu coração, diz ele, *irá partir-se em cem mil pedacinhos*. Albany se indaga até onde os olhos de Goneril poderão *penetrar*. O "*coração defeituoso*" de Gloucester é partido e, no final, "*estoura* sorrindo". Kent sonha em "*pisotear*" Oswald até transformá-lo em argamassa, e em sua acalorada descrição do caráter do mordomo evoca imagens de ratos *roendo* cordas, cata-ventos *girando*, cães *seguindo* e gansos sendo *tangidos*. "*É pior que assassinato*", exclama Lear, esse *violento ultraje* de prender Kent no cepo, e sua emoção ao testemunhá-lo *expande-se* e *sobe*, enquanto o bobo acrescenta o quadro de um homem que é arrastado, agarrado a uma grande roda *que rola morro abaixo*, só a *soltando* a tempo de impedir que *seu pescoço seja quebrado*.

Do mesmo modo, em cenas não ligadas diretamente a Lear, tais como as conversas entre Gloucester e Edmund, encontramos iguais características. Quando Edmund, tendo provocado a ira de seu pai contra Edgar que tudo ignora, deseja impedi-lo de agir antes que tenha tempo de poder oferecer mais provas da culpa deste último, é assim que usa as palavras para argumentar: Se suspender sua indignação até ter "melhores testemunhos de seu intento, o senhor estará *correndo em curso certo*; ao passo que, se *proceder violentamente contra ele*, enganando-se sobre seus objetivos, isso *abriria uma grande fenda* em sua honra e *sacudiria em pedaços o coração* da obediência dele!". E, um pouco mais tarde, Gloucester, efetivamente abalado até o fundo do coração pelas revelações de Edmund, em uma passagem de dez linhas usa os seguintes verbos, adjetivos e substantivos: *chicoteado, esfria, cai, divide, quebrado, perde o viés, segue inquieto, amotina-se, discórdia, maquinações, vazio, desordem ruinosa*.

Esse uso de verbos e de imagens de movimento corporal e angustiado é quase contínuo, e é reforçado por palavras semelhantes usadas em descrições diretas, como no tratamento de Gloucester: ele é *amarrado* a uma cadeira, *puxado* pela barba, seus cabelos são *raptados* de seu queixo, ele é *preso a um poste*, como um urso tem de *resistir ao curso*, e com seus olhos cegados e sangrando ele é *atirado para fora* dos portões para *farejar* o caminho para Dover.

Ao longo de toda a peça, as coisas abstratas mais simples são descritas em termos semelhantes. Até mesmo numa cena agradável em si mesma, tal como a ornada mas belíssima descrição que o cavalheiro faz de como Cordélia recebeu suas novas (4. 3), essa sensação de movimento e tensão corporais é constante. As cartas a *penetraram* a ponto de provocar uma demonstração de tristeza, sua paixão

> muito semelhante a um rebelde
> Procurava dominá-la como rei;

R.L., 4. 3. 15

comoveu-se, a paciência e a dor *lutavam, suspirou arquejante* o nome "pai", como se lhe *apertasse o coração*; ela *sacudiu* as lágrimas de seus olhos, e imediatamente *começou*

> A enfrentar sozinha a própria dor.

4. 3. 33

Examinem os seis versos que se seguem, nos quais Kent, tendo declarado que Lear não *cederá* a ver a filha, descreve o sofrimento mental e emocional de seu amo numa série de descrições de golpes físicos, dor e oposição, que, acrescidas às suas imagens de cães brutais e serpentes venenosas, têm um efeito cumulativo e quase avassalador sobre a mente:

> Uma vergonha soberana o *coíbe*: A *dureza* com que a
> despojou de sua bênção, *entregando-se*
> Às vicissitudes estrangeiras, ...
> . . . . tudo isso *traspassa-lhe*
> O espírito com um dardo tão venenoso, que uma vergonha *abrasadora*
> O *afasta* de Cordélia.

4. 3. 43-8

A idéia de horrores antinaturais, de seres humanos devorando uns aos outros como "monstros das profundezas", ou como lobos ou tigres arrancando a carne uns dos outros, também aparece constantemente diante de nós. Lear tem certeza de que Regan, ao saber como ele foi maltratado, irá *esfolar* com "suas unhas" a *face lupina* de Goneril; a ingratidão filial é como se *a boca arrancasse a mão*

> Que lhe trouxe comida.

3. 4. 16

Gloucester ousadamente confirma a Regan que mandou Lear para Dover porque

R.L., 3. 7. 56

> Eu não queria ver tuas unhas cruéis
> *Arrancar-lhe os pobres olhos velhos, nem tua irmã feroz*
> *enfiar-lhe na carne ungida suas presas de javali;*

e Albany, gritando a Goneril que ela e Regan são "tigres", não filhas, declara que se fosse seguir sua inclinação haveria de *deslocar* e *estraçalhar a carne e os ossos dela.*

O grande número de imagens animais, bem como o seu efeito na peça, já foram notados muitas vezes (especialmente por Bradley em *Shakespearean Tragedy*, pp. 266 ss.). Eu gostaria de salientar apenas que além da sensação que as imagens nos dão de que "a humanidade" está "resvalando de volta para o bestial", elas também, por serem retratadas principalmente em ações iradas ou angustiadas, muito claramente aumentam a sensação de horror e de dor corporal. Além dos lobos selvagens, tigres e outros animais, há também serpentes *rapidíssimas*, um abutre *com dentes afiados* e o milhafre *detestado*, víboras e insetos que *picam*, ratos que *roem*, o urso *acuado*, bem como cães *chicoteados, uivando, latindo, loucos* e que *mordem.* Tudo isso ajuda a criar e ampliar uma atmosfera sem paralelos de rapina, crueldade e dor corporal.

A isso é acrescentado um tom superposto, o da fúria dos elementos, que perpassa toda a crise da tragédia e que é descrito, é preciso que se note, totalmente em função do corpo humano. Eles são *selvagens, irritadiços, inquietos*; o vento e a chuva *vão e vêm em conflito*; com esses, o velho rei, com suas *injúrias que golpeiam o coração, está lutando, arrancando* seus cabelos brancos

3. 1. 8

> Que as rajadas impetuosas, com raiva cega,
> Apanham em sua fúria;

3. 2. 7

e implorando aos ventos que soprem e *arrebentem seus rostos*, até que, no "auge de sua paixão meio demente, ordena ao trovão *que tudo abala*" que "*bata até tornar plana* a grossa rotundidade do mundo". Esta última e espantosa imagem é uma das várias em Shakespeare, notadamente em *Antônio e Cleópatra*, que evocam o espetáculo de ação corporal devastadora em escala tão estupenda que as emoções que a ocasionam são elevadas a uma intensidade igualmente terrível e vasta. Assim, o quadro que se segue, de grandes deuses, em meio às explosões do trovão e aos gemidos estrondosos da chuva e do vento, perseguindo sem piedade e encontrando seus inimigos, enquanto "culpas cuidadosamente *presas*" *rasgam* os invólucros que as ocultam e *imploram*

> a graça destes terríveis justiceiros[2], *R.L., 3. 2. 59*

parece natural e se harmoniza com o sentimento, provocado na imaginação, de um ser ou força com poder bastante para mudar a forma do globo com um golpe tonitruante.

A sensação de tortura corporal continua até o fim. Gloucester toma para si o tema recorrente da tragédia e o cristaliza para sempre no terrível quadro em que homens são desmembrados por deuses por brincadeira, para os quais eles são apenas "como moscas para meninos travessos". Lear diz a Cordélia que está amarrado *4. 1. 37*

> A uma roda de fogo, de modo que minhas lágrimas *4. 7. 46*
> Escaldam como chumbo derretido;

Edgar vê os deuses fazendo instrumentos de tortura com os quais perseguem os homens; e no final, quando Kent, que o ama, murmura o único adeus possível ao corpo de seu amo morto, ainda é a mesma metáfora que lhe vem aos lábios:

> Oh, deixem-no passar! Odeia-o *5. 3. 313*
> o que quiser, na roda deste mundo duro,
> Esticá-lo ainda mais.

O efeito que tem em nós o estudo das imagens de *Tímon de Atenas* é tão confuso e insatisfatório quanto o da peça como um todo. Elas se distribuem aproximadamente nas proporções usuais, TÍMON DE ATENAS

▼

2. Literalmente, *summoner*, que era na verdade um funcionário encarregado de convocar os acusados para se apresentarem a cortes eclesiásticas. (N. da T.)

e, com algumas exceções marcantes, cada uma delas é tão clara e caracteristicamente de Shakespeare como se ele houvesse assinado seu nome em seguida. E mesmo assim há qualquer coisa de estranho e contraditório a respeito dos efeitos que têm sobre nós quando estudadas como um grupo.

É possível que isso se deva ao fato de que, ao lado de algumas das mais "sofisticadas" imagens de Shakespeare, encontramos na peça certo número de imagens de animais grosseiras e de estilo rude, parecidas com aquelas que se supõe terem sido inseridas por Greene ou outros nas primeiras peças históricas (como por exemplo *1H.VI*, 1. 5. 23-6, 30-2, 2. 2. 30; possivelmente 2. 4. 11-4); e elas ocorrem em grande parte numa cena (4. 3) que foi quase inteiramente escrita por Shakespeare, e a partir da continuidade de sentido da passagem (4. 3. 327-53) também pareceriam ser dele. Por outro lado, encontramos imagens perfeitamente shakespearianas em certas cenas, e até mesmo em determinadas passagens, que é impossível acreditar tenham sido integralmente escritas por ele, no estado em que existem. De modo que a coisa toda é um enigma que nos deixa confusos.

Examinarei com detalhe essa questão da autoria em outro lugar, afirmando aqui apenas que minhas evidências levam-me a atribuir a Shakespeare uma parte muito maior dessa peça incoerente e insatisfatória do que até aqui o tem sido de modo geral.

Nossa preocupação no momento é com a imagem dominante.

Um crítico recente[3], em ensaio muito profundo e sugestivo a respeito de *Tímon de Atenas*, disse que o "simbolismo do ouro" é persistente e dominante ao longo de toda a peça. Esse é um bom exemplo de o quanto um estudo desse tipo pode enganar-se ao confiar em impressões e não em fatos. Sem dúvida o ouro é constantemente mencionado e mantido diante de nossas mentes; em uma única cena (4. 3), a palavra é repetida vinte vezes, bem mais que no total de qualquer outra peça; há um número de imagens (dez para sermos exatos) nas quais o ouro é o tema, tais como o "cortejador

T.A., 4. 3. 388, 390

▼

3. G. Wilson Knight, em *The Wheel of Fire*, 1930, p. 256.

delicado", "deus visível", "toque dos corações", "escravo amarelo", *T.A., 4. 3. 393,*
"forte ladrão", entre outras; os símbolos de metal, "metal vil", "co- *32, 45; 3. 3. 6;*
ração de ferro", "humanidade de pedra", todos duros e sem valor, *3. 4. 84; 4. 3.*
são claramente usados em contraste com a idéia da qualidade pre- *492*
ciosa do ouro puro; *porém só há uma única imagem tirada do ouro
na peça inteira.* Essa ocorre no final da primeira cena, quando a riqueza e o brilho do que fica em volta de Tímon nos são retratados com o clarão das jóias e a beleza da arte, culminando na descrição de sua generosidade:

> Ela jorra dele; Pluto, o deus do ouro, *1. 1. 275*
> Não passa de seu mordomo;

que nos deixa com a visão de um fluxo sem fim de ouro jorrando de suas mãos em abundância incomensurável.

Mas o ouro, por mais que seja enfatizado, não é a *figura* que estava constantemente diante dos olhos de Shakespeare quando ele se voltou para essa história de ganância e ingratidão. Era uma figura muito diferente, porém extraordinariamente característica. Já a descrevi em detalhe (pp. 187-9). Trata-se da imaginativa figura sempre ligada na mente de Shakespeare com o tema dos falsos amigos e bajuladores, que é o assunto da peça em questão: cães, agradando e comendo com voracidade, com "buchos de glutões" a devorar a *3. 4. 52* "carne de seu amo", comendo restos, lambendo doces e derretendo o açúcar. Esse é o quadro que atravessa como um baixo contínuo a peça inteira, do modo que descrevi nas páginas 187-9.

A diferença de imagística nas três peças romanas chama a atenção e é muito indicativa do clima emocional em que foram escritas. Todas três devem muito à tradução de North de *Plutarco*, mas a diferença no modo pelo qual o material é tratado recompensaria plenamente um estudo mais detalhado.

Júlio César é uma peça direta, de andamento lento, contida, JÚLIO CÉSAR
quase despida de estilo; contém relativamente poucas imagens (menos da metade que *Coriolano*; e menos de um terço que *Antônio e Cleópatra*), e o que as caracteriza é o fato de serem claras, definidas e desenvolvidas de modo tranqüilo.

A comparação que Antônio faz de Lépido com um burro solto no pasto é um bom exemplo da amplificação e do movimento lento peculiares a tais símiles:

J.C., 4. 1. 19

> E embora cubramos com tais honras esse homem,
> Para nos livrarmos de várias cargas caluniosas,
> Ele só poderá carregá-las como um burro carrega ouro,
> Gemendo e suando debaixo do fardo,
> Conduzido ou guiado pelo caminho que indicamos.
> Quando tiver levado nosso tesouro para onde quisermos,
> Então nós retiraremos sua carga e,
> Como um burro descarregado, o mandaremos embora, para que
> [possa sacudir as orelhas
> E pastar nos campos comunais.

2. 1. 21
2. 1. 66
1. 3. 107
4. 2. 22
3. 1. 204
5. 3. 60
4. 3. 216
3. 1. 60

Outras da mesma natureza são a escada da ambição, o Estado e o reino do homem, a fogueira, a semelhança de "homens vazios" e cavalos fogosos que não param de saltar, o veado ferido, o sol poente, a mudança das marés e a estrela do norte.

Não há nenhuma imagem dominante ou flutuante na peça; podemos sentir que não foi escrita premida por nenhuma tensão, emoção ou excitação que desse lugar a uma imagem dominante. Existe, no entanto, uma certa insistência na comparação de personagens com animais: César é um lobo, um leão, um falcão, um ovo de serpente, uma víbora, um veado ferido; os romanos são carneiros, lebres e abelhas; os conspiradores são macacos e cães de caça; Bruto é um cordeiro; Lépido, um burro, um cavalo; Metelo e Casca são viralatas; Cássio é um cavalo fogoso e exibido que fracassa nos momentos cruciais; e Otávio e Antônio são ursos amarrados ao poste. Porém essa imagística animal não é nem de longe tão elaborada quanto o é em *Rei Lear* ou *Otelo*, e lhe falta completamente qualquer coerência de caráter, de modo que ela não chega a produzir o efeito cumulativo tão fortemente sentido em ambas aquelas peças.

CORIOLANO

Coriolano, no entanto, tem um símbolo central e muito definido, mas é significativo que não tenha nascido dos sentimentos do autor sobre a tragédia; ele foi simplesmente transplantado na íntegra, com muita coisa mais, do *Plutarco*, de North.

É a velha história, com a qual a peça abre, enunciada por Menênio, sobre a rebelião dos vários membros do corpo, os cidadãos, contra a barriga, o senado, que eles acusam de ficar ocioso enquanto eles fazem todo o trabalho, e a resposta da barriga, um tanto desenvolvida por Shakespeare, que, muito pelo contrário, é "o depósito e o armazém do corpo inteiro", distribuindo, pelos rios de sangue, o sustento de todos. *Cor., 1. 1. 136*

São muitas as imagens que se originam desse tema central do corpo e da doença, quase um quinto do todo; e com elas brinca-se durante toda a peça, embora de modo um tanto lânguido e artificial.

Rei, estadista, soldado, cavalo e trombeteiro são comparados com cabeça, olhos e coração, braço, perna e língua, e, rindo, Menênio provoca um dos mais humildes cidadãos dizendo ser ele o dedão do pé da rebelião. O povo são as mãos, os tribunos as "línguas da boca comum", ou são as próprias bocas, como quando Coriolano, voltando-se contra eles, indaga: *3. 1. 21*

> Se vocês são suas bocas, por que não governam seus dentes? *3. 1. 36*

Essa concepção é uma constante com o próprio Coriolano, como quando ele fala do "umbigo" do estado, ou pergunta

> Como haverá este peito múltiplo[4] de digerir *3. 1. 131*
> A cortesia do senado?

e continua dizendo aos tribunos que estão arriscando dar uma droga perigosa a um corpo "que tem morte certa sem ela", recomendando-lhes que imediatamente arranquem

> A língua da multidão; não deixem que ela lamba *3. 1. 156*
> O doce que é seu veneno.

Sua ações em relação a Roma são descritas por sua mãe como "arrancando para fora as entranhas do país", e imagem semelhante de *5. 3. 102*

▼

---

4. A idéia do "peito múltiplo" é ligada ao uso, um pouco antes, das cabeças da Hidra, e, logo depois, de fera de muitas cabeças. É uma passagem discutível, mas essa sugestão é a mais aceita. (N. da T.)

ferimento nas partes vitais do corpo é usada por Aufídio quando, após dar as boas-vindas a Coriolano, ele configura os volscos

Cor., 4. 5. 132
>jorrando guerra
>Nos intestinos da ingrata Roma.

Coriolano refere-se ao povo como

3. 1. 78
>lepra
>Que não queremos nos cubra de pústulas, mas buscamos
>O próprio meio de apanhá-la;

1. 1. 168
e ao seu descontentamento como feridas auto-impostas no corpo, produzidas por "esfregar a pobre coceira" de suas opiniões, e assim torna-nos cobertos de cascas de ferida.

3. 1. 222, 295, 310
O próprio Coriolano é representado pelos tribunos como uma doença "violenta", que espalha infecção e tem de ser amputada, enquanto Menênio argumenta ser ele um membro

3. 1. 296
>que tem apenas uma doença,
>Mortal se amputada, facilmente curada;

e ao comentário de Bruto que, quando Coriolano amava seu país, este o honrava, ele retruca, seco,

3. 1. 306
>O serviço do pé
>Uma vez gangrenado, não é mais respeitado
>Pelo que era antes.

3. 2. 33
3. 1. 235
A condição da época é um "ataque violento" que anseia por remédio, uma ferida que precisa de médico, pois não pode curar-se sozinha, e assim por diante; será tedioso continuar a examinar a metáfora, pois ela é muito óbvia, e um tanto forçada e elaborada demais na melhor das hipóteses.

Ela chama a atenção para si em todo lugar na peça; qualquer um numa primeira leitura a nota e a lembra, embora seja possível chegar a conhecer *Rei Lear* e *Macbeth* muito bem sem tomar consciência dos motivos simbólicos dominantes das duas peças. Isso acontece porque nelas os símbolos são o resultado da imaginação em brasa, tornando-se assim unificadas ao movimento e aos personagens, não podendo ser diferentes do que são.

De modo que o leitor sente, por exemplo, que Coriolano é chamado de membro doente ou pé gangrenado porque isso se encaixa em um esquema predeterminado, enquanto Kent, em sua agoniada dor, vê a morte de Lear como a libertação de um corpo torturado na roda, não porque a luta e a tortura corporais foram o símbolo dominante o tempo todo, mas porque, após a experiência de se sentir queimar em função

> da disputa feroz
> Entre a danação e o barro apaixonado[5],

não há outra maneira de vê-lo.

Em *Antônio e Cleópatra* nos encontramos, emocionalmente, em um outro mundo, em uma atmosfera inteiramente diversa da das duas outras peças romanas. A diferença em fogo poético entre *Coriolano* e *Antônio e Cleópatra* é como se, em um caso, a imaginação do poeta só pegasse fogo três ou quatro vezes, e ao queimar salpicasse fagulhas pela vizinhança, enquanto, na outra, é uma chama pura que o conduz o tempo todo, abanada pela emoção, cujo calor purifica e transmuda em ouro toda espécie de material, sendo esse feroz calor atmosférico que cria as figurações, dominando-as e orientando-as.

ANTÔNIO E CLEÓPATRA

O grupo de imagens em *Antônio e Cleópatra* que, com a análise, imediatamente chama a atenção como peculiar à peça, consiste em imagens do mundo, do firmamento, do oceano e da vastidão de modo geral. Essa é a nota dominante da peça, a magnificência e a grandiosidade, expressas de muitos modos e configuradas por um contínuo estímulo à nossa imaginação no sentido de ver a figura colossal de Antônio, "semi-Atlas desta terra", "triplo pilar do mundo", construída em escala tão vasta que todo o mundo habitado

A&C, 1. 5. 23; 1. 1. 12

▼

5. Tomado do soneto de Keats "On sitting down to read King Lear once again".

não passa de um brinquedo para ele, como se fosse uma bola ou uma maçã que ele partiu em quatro com sua espada, a brincar com "metade do volume dela" como lhe dá na cabeça, "fazendo e destruindo fortunas".

A&C, 3. 11. 64

O próprio Antônio fere imediatamente essa nota em suas reais demonstrações de amor, quando diz a Cleópatra que, se ela quisesse determinar limites à medida de seu amor, teria "necessariamente de encontrar um novo céu, uma nova terra".

1. 1. 17

De fato, nada menos que todo o universo basta para uma comparação com Antônio; e nas líricas elegias que concentram toda a paixão e toda a poesia da mais apaixonada e poética de todas as peças, Cleópatra o compara a alguém cujo rosto fosse como os céus,

5. 2. 79

         e lá estivessem presos
Um sol e uma lua, que mantivessem seu curso e iluminassem
O pequeno O, a Terra.

Nesses lamentos amorosos que voam alto ela o vê e nos faz vê-lo como um superser estupendo, a "coroa da terra", cujas pernas "cruzam os mares", cujo "braço erguido é a crista do mundo" e cujas qualidades podem ser comparadas às vastas forças dos elementares da natureza; sua voz, para os amigos,

4. 15. 63
5. 2. 81

5. 2. 83

         era dotada
dos tons de todas as esferas,...
Porém, quando pretendia dominar e abalar o orbe,
Parecia o tonitroar do trovão.

Até mesmo os verbos usados para seu aspecto são aqueles que se aplicam ao sol e aos planetas; ao sorrir, ele *luzia* sobre aqueles

1. 5. 56

       Que modelam seus olhares pelo dele;

1. 5. 37

e Alexas, recentemente vindo da parte dele, está *dourado* com sua *tonalidade.*

As próprias estações do ano, com sua riqueza de associações, tornam-se meros adjetivos para expressar a magnífica escala de sua generosidade:

> Não havia inverno nela; era um outono *A&C, 5. 2. 87*
> Que mais crescia com a colheita.

Quando, mortalmente ferido, ele é carregado até ela, no alto, Cleópatra pede ao sol que queime a esfera em que é fixado e assim mergulhe a terra em escuridão, e, quando ele morre, ela sabe que não

> restou nada de notável *4. 15. 67*
> Sob a lua que nos visita.

Não só Cleópatra o julga assim; por instinto comum, todos os que o conhecem comparam-no aos grandes fenômenos naturais. Ele é uma "mina de generosidade", diz Enobarbo; em temperamento, informa Alexas, *4. 6. 32*

> Como a época do ano entre extremos *1. 5. 51*
> De quente e frio, ele não estava nem triste nem alegre;

os defeitos nele, exclama Lépido,

> parecem como pontos no céu, *1. 4. 12*
> Mais resplandecentes no negror da noite;

e seu mensageiro, Eufrônio, tem tamanha consciência de sua inferioridade diante de seu amo, que confessa ter sido

> ultimamente tão mesquinho diante de seus objetivos *3. 12. 8*
> Quanto a gota de orvalho na folha da murta
> Perante o grande oceano.

Quando a batalha vai contra ele, comenta Escaro

> A maior parte do mundo foi perdida. *3. 10. 6*
> . . . . . . nós desperdiçamos em um beijo
> Reinos e províncias;

e, quando ele morre, é tamanha a convulsão da terra que César declara,

A&C, 5. 1. 15

> o mundo redondo
> Deveria ter arrastado leões para as ruas das cidades,
> E os cidadãos para as tocas. A morte de Antônio
> Não é uma simples fatalidade. Neste nome estava encerrada
> A metade do mundo.

Essa vastidão de escala é constantemente mantida diante de nós pelo uso da palavra "mundo", que ocorre quarenta e duas vezes, ou quase o dobro, talvez mais que o dobro, das vezes que aparece na maioria das peças[6], e ela é continuamente empregada de modo que amplie a sensação de grandeza, poder e espaço, e encha a imaginação com o conceito de seres tão grandes que o tamanho físico é aniquilado e todo o mundo habitado encolhe em comparação com eles. César, lamentando suas diferenças com Antônio, exclama

2. 2. 115

> se eu soubesse
> Que aro nos seguraria presos, de uma extremidade do mundo à
> [outra,
> Eu o buscaria;

e Otávia declara que a guerra entre aqueles dois poderosos, seu marido e seu irmão, seria

3. 4. 31

> Como se o mundo se partisse,
> E fosse preciso soldar a rachadura
> com um montão de cadáveres.

O efeito emocional de um símile como esse é incalculável, com seu espantoso quadro da gigantesca rachadura aberta no globo redondo entulhada com os corpos dos mortos. Não fora a intensidade do sentimento, e ele beiraria o grotesco, como acontece com algumas das outras imagens de mundo. É o caso, por exemplo, da espécie de imensa gárgula retratada pelo saturnino Enobarbo quando ouve que César depôs Lépido, deixando assim apenas Antônio e ele mesmo no poder. Ele os imagina como as duas poderosas mandíbulas no

▼

---

6. Em *Júlio César* aparece 17 vezes; em *Lear*, 18; em *Coriolano*, 19; em *Otelo*, 23; em *Hamlet*, 29.

rosto do mundo, moendo e destruindo tudo que se puser entre elas, e exclama:

> Então, mundo, tu tens um par de mandíbulas, não mais;   A&C, 3. 5. 14
> E, se jogares entre as duas toda a comida que tiveres,
> Elas a moerão, uma contra a outra.

A imaginação de Antônio move-se nesse mesmo vasto plano, e os quadros que cria estimulam nossa visão e nos deixam conscientes do tamanho insignificante dos maiores príncipes do mundo, poderes e espaços, se comparados com sua força estupenda. E a sensação se torna ainda mais forte quando o poder começa a lhe escapar, quando o velho leão está morrendo, e a tragédia fica ampliada pelo contraste. Com que sublime ímpeto de palavras simples ele resume suas atividades de tempos idos:

>   eu, que com minha espada   4. 14. 57
> Cortei em quatro o mundo, e nas costas de Netuno verde
> Com navios fiz cidades;

e como é vívido o quadro dos reis da terra a atenderem à voz dele, como meninos pequenos em uma competição, a gritar para saber o que ele queria! Quando zangado, a magnífica insolência de suas imagens supera a de qualquer outra em Shakespeare. Assim, após sua derrota no mar, quando, furioso com o mensageiro de César, ordena que aquele seja fortemente chicoteado e manda-o de volta a seu amo, ele oferece um quadro característico, quanto ao estilo e à escala, das razões por que é particularmente fácil irá-lo naquele momento, pois suas "boas estrelas", que foram seus "antigos guias",

> Deixaram vazias suas órbitas e lançaram seus fogos   3. 13. 143-7
> No abismo do inferno;

e quando, antes, Cleópatra travessamente sugere que César o mandou chamar, o trovão de sua resposta em ímpeto e cadência majestosos ainda ecoa pelos séculos:

> Que Roma derreta no Tibre, e caia o grande arco   1. 1. 33
> Ordenado do império! Aqui é o meu espaço.

Ao longo de todas as tragédias já detectei as imagens recorrentes que servem como "*motivos*" nas peças. Minha análise talvez seja suficiente para mostrar o quão definidas e potentes são essas imagens dentro de imagens, e o quão profundamente nós somos influenciados pelo cenário emocional que elas criam. Nenhum outro escritor, que eu saiba, e por certo nenhum outro dramaturgo, faz uso tão constante do símbolo contínuo ou recorrente quanto o faz Shakespeare. Shelley, em seu *Prometheus Unbound*, é quem talvez tenha chegado mais perto[7], quando ressalta e enfatiza, por meio de sua imagística da natureza, certos pensamentos filosóficos e éticos; porém o *Prometheus*, embora nominalmente um drama, é na realidade um poema lírico de um único clima, que se presta melhor para tal continuidade de simbolismo do que os dramas variados e tremendos de Shakespeare.

Esse método de trabalhar por meio da sugestão, nascido de uma sucessão de vívidos quadros e detalhes concretos, faz parte, evidentemente, da própria essência da arte "romântica"; e, no caso de Shakespeare, a mente do poeta, ao contrário da mão do tintureiro, submete a si o material com que trabalha e colore com sua emoção dominante todo o variegado material que lhe aparece no caminho, tingindo-o de modo tão sutil e delicado que durante a maior parte do tempo não temos consciência do que está acontecendo, e conhecemos apenas o resultado total de seu efeito em nossa imaginação.

Parece-me, portanto, que um estudo das imagens de Shakespeare do ponto de vista com que as examinamos na última parte deste livro nos ajuda a compreender com um pouco mais de abrangência e precisão uma das maneiras pelas quais ele agita com tanta magia as nossas emoções e nos excita a imaginação.

Creio que esse tipo de estudo não faz só isso, mas por vezes até projeta um novo raio de luz no significado da peça em questão e – mais importante do que tudo – no modo pelo qual o próprio Shakespeare a via.

▼

7. Ver meu artigo "De l'emploi du symbole dans la Poésie de Shelley", em *La Revue Germanique*, julho-agosto de 1912, p. 426.

APÊNDICES

    I. Dificuldades ligadas à contagem e à classificação das imagens
   II. Número total de imagens em cada uma das peças de Shakespeare
  III. Obras dos doze dramaturgos seus contemporâneos que foram examinadas e cujas imagens foram reunidas, classificadas e comparadas com as de Shakespeare
  IV. Análise detalhada do tema das imagens em *Romeu e Julieta* e *Hamlet*
   V. Notas sobre os Gráficos
  VI. Uma nota sobre a imagem da "andorinha-da-casa"
 VII. Nota sobre as imagens como revelação de caráter nos dramas
VIII. O badalar dos sinos

APÊNDICE I
Dificuldades ligadas à contagem e à classificação das imagens

As dificuldades e os problemas ligados à contagem e à classificação das imagens dificilmente seriam acreditáveis para alguém que nunca os vivenciou. É provável que não haja sequer duas pessoas em total acordo quanto ao número de imagens encontrado em qualquer uma das peças. Primeiro, há a questão de saber se o que está sendo examinado é ou não uma "imagem". Segundo, aquele exemplo forma uma imagem, ou duas, ou três? Terceiro, trata-se de uma imagem com uma idéia subsidiária, e, se for esse o caso, como a devemos classificar?

À medida que fui trabalhando, ficou logo claro para mim que algumas imagens, embora formem apenas uma imagem, devem ser registradas, para fins de referência, sob dois títulos, um principal e um subsidiário, sendo este último chamado de "referência cruzada". Por exemplo,

> essas lagartas da comunidade[1], *R.II, 2. 3. 166*
> Que jurei catar e arrancar como ervas daninhas

tem um título principal, "insetos, lagartas", e um título subsidiário ou referência cruzada, "jardinagem, limpeza de ervas daninhas". Porém, na contagem das imagens da peça como um todo (nos gráficos ou tabulações), ela é contada como apenas uma imagem, sob o título "insetos". Ao mesmo tempo, ao examinar os "temas principais" das imagens, fiz amplo uso dessas "referências cruzadas". Por exemplo, em *Hamlet*, citei como reveladoras do interesse imaginativo de Shakespeare em doença ou moléstia imagens como

> Oh! meu delito atroz! seu fedor chega até o céu! *Ham., 3. 3. 36*

▼

1. Vale a pena lembrar que *commonwealth*, como no original, ou comunidade, literalmente quer dizer "riqueza comum". (N. da T.)

que é na verdade classificada em "sentidos, olfato"; ou

Ham., 4. 3. 9
>Os males desesperados são
>aliviados com remédios desesperados ou, então,
>não têm alívio,

que leva, como título principal, "proverbial".

Há, portanto, alguns casos nos quais, quando a imagem é dividida em duas partes, torna-se difícil determinar qual, ou se alguma das duas, é mais importante. Nesses casos, escolhi arbitrariamente um elemento, geralmente o primeiro a ser nomeado, e o listei sob seu título. Assim, o que se segue,

Pér., 2. 3. 36
> A mim ele parece como o *diamante* para o *vidro*,

é registrado, como tema principal, sob "jóias, diamantes", e tem uma referência cruzada em "substâncias, vidro".

Algumas imagens são, é claro, muito complicadas quanto aos diferentes elementos contidos nelas; uma delas é a indagação de Lady Macbeth:

McB., 1. 7. 35
> Estava bêbada a esperança
> Com a qual se vestiu? Será que dormiu depois
> E agora desperta, parecendo verde e pálida
> Ante o que fez tão livremente?

Isso se enquadra no título principal de "personificação", e assim é registrado, porém tem referências cruzadas em "embriaguez", "roupas", "sono" e "empalidecer".

Só posso explicar o mais claramente possível o método que segui lembrando que a contagem de imagens é tarefa esquiva e intangível, totalmente diferente da contagem de objetos concretos, e apresento, pelo que possam valer, os números que se seguem como resultado da minha contagem pessoal. É preciso lembrar que contagem dessa espécie, por mais cuidadosamente que seja feita, tem de ser até certo ponto aproximada, dependendo do julgamento literário e dos métodos da pessoa que a compila. A garantia desta contagem em particular é que ela foi toda feita pela mesma pessoa e pelo mesmo método. No todo, portanto, podemos supor que os resultados e as proporções gerais sejam confiáveis.

APÊNDICE II
Número total de imagens em cada uma das peças de Shakespeare

As peças de Shakespeare, em ordem cronológica aproximada, mostrando o número total de imagens em cada uma.

	Nº de imagens	Nº de linhas[2]
Trabalhos de amor perdidos	204	2651
Os dois Cavalheiros de Verona	102	2193
A comédia dos erros	60	1753
Romeu e Julieta	204	2989
1 Henrique VI	152	2676
2 Henrique VI	185	3069
3 Henrique VI	200	2904
Ricardo III	234	3600
Ricardo II	247	2755
Tito Andrônico	151	2522
O mercador de Veneza	136	2554
Rei João	248	2570
Sonho de uma noite de verão	133	2102
Bom é o que bem acaba	151	2738
A megera domada	92	2552
1 Henrique IV	207	2968
2 Henrique IV	235	3180

▼

2. Segundo a contagem de Hart para a edição Cambridge de 1863-6, na *Review of English Studies*, janeiro de 1932, p. 21.

As alegres comadres de Windsor	103	2634
Henrique V	224	3166
Muito barulho por nada	164	2535
Como quiserem	180	2608
Noite de reis	131	2429
Júlio César	83	2450
Hamlet	279	3762
Tróilo e Créssida	339[3]	3329
Otelo	192	3229
Medida por medida	136	2660
Macbeth	208	2084
Rei Lear	193	3205
Tímon de Atenas	139	2299
Péricles	118	2331
Antônio e Cleópatra	266	3016
Coriolano	189	3279
Cimbelino	187	3264
Conto de inverno	155	2925
A tempestade	103	2015
Henrique VIII	182	2807
Sonetos	296	
Vênus e Adônis	229	
O rapto de Lucrécia	305	

APÊNDICE III

Obras dos 12 dramaturgos seus contemporâneos que foram examinadas e cujas imagens foram reunidas, classificadas e comparadas com as de Shakespeare:

▼

3. O número mais alto em qualquer das peças.

MARLOWE (Clarendon Press. Ed. Tucker Brooke)
    Primeira e segunda partes de *Tamburlaine*
    Edward II
    Hero and Leander
    The Jew of Malta (omitida toda a prosa)
    Dr. Faustus (omitida toda a prosa)
    Dido (as partes mais autenticadas)
    The Massacre at Paris (só a longa fala inicial de Guise)

KYD (Temple edition. Clarendon Press)
    The Spanish Tragedy   *Soliman and Perseda*

LYLY (Clarendon Press. Ed. Warwick Bond)
    The Woman in the Moon   *Endimion*
    Midas

GREENE (Clarendon Press. Ed. Collins)
    James IV   *Alphonsus King of Arragon*
    Friar Bacon and Friar Bungay   *Orlando Furioso*

PEELE (1-3, Routledge. 4 Malone Society)
    The Arraignment of Paris   *David and Bethsabe*
    The Old Wives Tale   *Edward the First*

DEKKER (Mermaid Edition)
    The Shoemaker's Holiday
    Old Fortunatus
    The Honest Whore, partes I e II
    The Witch of Edmonton

BEN JONSON (Mermaid Edition)
    Every Man in his Humour   *Sejanus*
    Every Man Out of his Humour   *Cynthia's Revels*
    Volpone

HEYWOOD (Mermaid Edition)
    A Woman Killed with Kindness   *The English Traveller*
    The Fair Maid of the West   *Lucrece*
    The Wise Woman of Hogsden

CHAPMAN (Mermaid Edition)
    Bussy d'Ambois   *Byron's Tragedy*

The Revenge of Bussy   *All Fools*
Byron's Conspiracy

BEAUMONT AND FLETCHER (Mermaid Edition)
Philaster   *Valentinian*
The Maid's Tragedy   *The Faithful Shepherdess*
Bonduca

MASSINGER (Mermaid Edition)
The Duke of Florence   *The Fatal Dowry*
The Duke of Milan   *The Guardian*
The Roman Actor

APÊNDICE IV

Análise detalhada do tema das imagens
em *Romeu e Julieta* e *Hamlet*

Creio que possa ser interessante oferecer a análise detalhada do tema das imagens em duas das peças aqui discutidas (*Romeu e Julieta* e *Hamlet*), já que poderá servir de amostra do modo pelo qual cada peça foi analisada.

Pode-se notar que em cada uma das duas peças, como em quase todas as de Shakespeare, imagens tiradas da "natureza" e de "animais" aparecem em número muito grande (os animais via de regra ocupam o segundo lugar, sob esse aspecto, porém perdem o lugar em *Romeu e Julieta* para o alto número de personificações, muitas delas de "luz e escuridão"). Em *Hamlet*, "doença e remédios" respondem por nada menos de vinte exemplos (oito em *Romeu e Julieta*). Em *Romeu e Julieta* imagens tiradas de "fogo e luz" aparecem logo depois de "animais", em número.

ROMEU E JULIETA. 204 imagens

NATUREZA 39:

Jardinagem 11: cancro 3 (com o cancro da paz, botão mordido por verme invejoso, o cancro da morte), botões 2 (frescos botões femininos, botão do amor), rosa, flor, maturidade, nêspera, espinho, mandrágora.

Mar 9: o amor é um mar, ilimitado e profundo como o mar, mais inexorável, guiar um navio, aventurar-se por mercadoria, gávea, nau em tempestade, casco nas rochas, ver até o fundo.

Tempo 7: relâmpago 2, nuvens e orvalho, ronda do vento, tempestade, névoa, geada em flores.

Corpos celestes 7: estrelas 3 (que pisam o chão, as mais lindas estrelas no céu, cortá-lo em pequenas estrelas), nascente, raios de sol, meteoro, poente e orvalho.

Elementos 3: profundo como um poço, fontes, tão fino de substância quanto o ar.

Estações 1: abril depois do inverno.

Agricultura 1: espantalho (guarda de corvos).

PERSONIFICAÇÃO 23 (notem quantas são sobre "luz e escuridão"):
Ventos soprando com desprezo, *sol espiando da janela do leste*, o amor vê sem olhos, põe máscara na fronte de damas que beijam, o vento cortejando o norte congelado, desejo em seu leito de morte, a etérea língua do eco, *manhã de olhos cinzentos sorri para a noite de cenho franzido, escuridão como um bêbado, olho do sol*, cuidados fazendo vigília, a noite uma matrona de trajes sóbrios, a felicidade em seu melhor traje, o dia jucundo fica nas pontas dos pés, a seca tristeza bebe nosso sangue, a morte é um amante 3, o coração o senhor do peito, a dor tem prazer em companhia, *o sol escondendo a cabeça*, a palavra "banido" matou dez mil Teobaldos, sol e lua invejosa.

ANIMAIS 21:
Pássaros 10: cisne e gralha, pomba marchando com corvos, frango, ganso selvagem, passarinho preso por um cordão, corvo 2, águia, asas do amor, pedir emprestadas as asas de Cupido.

De quatro patas 4: ovelha 2, fera, tigres.

Insetos 3: teia de aranha, moscas varejeiras, moscas.

Da fábula 2: dragão, basilisco.

Répteis 2: sapo, serpente.

Fogo e Luz 12:
   Um fogo faiscando, apagar fogo com fontes, amor é uma fumaça, cinzas 2, amantes vêem por suas próprias belezas, lâmpadas de dia, a luz do dia traz vergonha à lâmpada, as velas da noite, lanterna, olhos irradiando luz, "Romeu... tu luz na noite".

Comida e Cozinhar 11:
   Amargor, doces em conserva, doce e amargo, agridoce, arenque seco, torta de lebre, mel, leite, bater até ficar confuso como um ovo, fartar e saturar, temperar com sal.

Classes e Tipos 11:
   Prisioneiro 2 (em grilhões contorcidos, "para a prisão, olhos"), hereges, peregrinos, idiota (o amor babando como um grande débil mental), tolo, louco, usurário, pecadores, arautos, carrasco.

Guerra e Armas 10:
   Sítio 2 (de termos amorosos, de dor), acampamentos opostos, general, bandeira, fogo e pólvora, arma de fogo, pólvora no polvarinho de soldado sem preparo, canhão, dardo.

Doença e Remédio 8:
   Cegueira 2, o amor uma loucura, curar uma dor com outra, infecção e veneno, ferida ("ri-se das cicatrizes"), apunhalar e atirar, veneno.

Doméstico 7:
   Balança, banco, cortina, lavar, pano de prato, janela, porta.

Esportes e Jogos 7:
   Arco e flecha 2, pesca (roubar a isca do amor de anzóis medrosos), falcoaria 2 (atrair o falcão peregrino, cobrir com capuz meu sangue desmasculinizado), caçar ninhos de pássaros, tênis (ação tão rápida quanto uma bola ... trocada entre mim e o meu doce amor).

Corpo e Ação Corporal 5:
   Ação 4: carga 2 (afundar sob, pacote de bênçãos), livrar-se de uma canga sacudindo-se, tropeçam os que correm depressa.
   Partes do corpo 1: selar a boca.

PROVERBIAIS 5:
: Fogo apaga fogo queimando, virar-se para trás a fim de curar tonteira, são mendigos os que podem contar seu mérito, tão cheio quanto um ovo com carne, molho cortante para ganso doce.

RELIGIÃO E SUPERSTIÇÃO 5:
: Anjo (mensageiro alado do céu), demônio angelical, demônio em paraíso mortal, largo como uma porta de igreja, verme redondo arrancado do dedo preguiçoso de uma mocinha.

CLÁSSICOS 4:
: Cupido, Aurora, Febo e Faeton, Vênus.

RELAÇÕES HUMANAS 4:
: Estudantes, criança com roupas novas, infância, casamento (casado com a calamidade).

LIVROS E LEITURA 4:
: Volume do rosto do jovem Páris, ler decorado, livro vil lindamente encadernado, escrito no amargo livro dos infortúnios humanos.

LEI 3:
: Assinar um documento 2, posse total.

CONSTRUÇÃO 3:
: Mansão 2 (comprei a mansão de um amor, saquear a mansão odiosa), o engano em palácio belíssimo.

SUBSTÂNCIAS 3:
: Cera, chumbo 2 (alma de chumbo, pesado ... como chumbo).

ROUPAS 3:
: A capa da noite, um espírito de napa (luvas?), pálido como qualquer trapo.

JÓIAS 2:
: Ágata, jóia rica na orelha de uma etíope.

MÚSICA 2:
: Línguas de amantes como a mais suave das músicas, balada do rei Copétua.

TEATRO 2:
Prólogo e ponto, máscara da noite.
JOGOS DENTRO DE CASA 2:
Levantar a tora[4], jogos de azar (perder uma partida ganha por um par de virgindades sem mácula).
UMA DE CADA 8:
Nascimento: terra mãe da natureza, etc.
Morte: dobre.
Realeza: a honra coroada como único monarca.
Ciência: centro (volte para trás, terra opaca, e descobre o teu centro).
Tópico: cano.
Fatos de Livros: Laura uma ajudante de cozinha, Dido uma andrajosa, etc.
Dinheiro: tributo.
Emblema: Cupido com seu arco.

HAMLET. 279 imagens

NATUREZA 32:
Jardinagem 11: ervas daninhas (jardim não capinado, "não espalhe o adubo sobre as ervas daninhas para fazê-las ainda pior"), violeta, rosa, cancro 2, espinhos ("picam e ardem"), inocular o velho cepo, sacudir as frutas das árvores ("como fruta não madura fica presa à árvore mas cai sem ser sacudida quando está madura"), palmeira, cortada em flor.
Tempo 8: vento 2 (redemoinho, vento da culpa), nuvens e sol, céu, chuva, geada, neve, gelo.
Mar 4: "revezamento e perturbação", puxar para um golfo, "o oceano não come os baixios com pressa mais impetuosa", vela rápida.
Corpos celestes 2: estrelas 2.
Estações 2: "isto terá de se seguir, como a noite ao dia", "vigoroso como maio".

▼

4. Jogo de Natal. (N. da T.)

Elementos 2: correntes desviadas, "ele é invulnerável como o ar!".
Sombra 1: "a sombra de uma sombra".
Agricultura 1: "uma espiga bolorenta".
Acidentes naturais 1: "um promontório estéril".

ANIMAIS 27:
Pássaros 11: pelicano, pomba, gralha, ventoinha, gavião e garça, pássaros implumes, muda, asa 2 (amor quente em asas[5], asas tão rápidas quanto a meditação, etc.).
De quatro patas 9: cães 2 (incitá-los à controvérsia, agradar abanando o rabo, etc.), porco-espinho, toupeira, burro, macaco, tigre da Hircânia, controlar com guia, alimentar na charneca.
Répteis 2: serpente, víbora.
Insetos 2: moscas ("zumbindo para infectar seus ouvidos"), moscas de água.
Peixes 2: caranguejo, tubarão.
Da fábula: semelhante à sereia.

ESPORTES E JOGOS 22:
Arco e flecha 3 (atirei minha flecha sobre a casa, flechas pesadas com pouca madeira, "penetrar à altura de seu julgamento"), caça 4 (grita ataque, grita contra, recobra o vento, caça a trilha da política), cavalgar (tirar o fôlego), esgrima ("pontas malditas e irritadas"), pesca 2 (pescar com anzol, usar isca), perseguir a caça (ultrapassou), apanhar pássaros 3 (alçapões para pegar galinholas, alma com visco, "como uma galinhola em minha própria armadilha"), falcoaria 3 (mergulhar sobre, altura, falcoeiros franceses), luta livre, futebol, boliche 2 (obstáculo, jogar em viés).

CORPO, SENTIDOS E SONO 21:
Ação 9: rasgar uma paixão em trapos, empurrar, rachar e jogar fora, levar um fardo, chorar, espiar, subir (o íngreme e espinhoso caminho do céu), andar 2 (sair com ímpeto, o caminho batido).

▼
5. *On the wing*, "alçando vôo". (N. da T.)

Partes 7: "umedecer os olhos do céu que queimam", cabeça e mão, dentes e testa para nossas falhas, útero da terra, o cenho da dor, corpo e alma, alma e membros ("a brevidade é a alma do espírito").

Sentidos 3: olfato 2 (meu delito é atroz ... seu fedor chega até o céu, perfume), som (raspando asperamente).

Sono 2: sono da morte ... que sonhos poderão vir, sonho.

DOENÇAS E REMÉDIOS 20:

Pragas contagiosas, curativos, purgação, remédio, apoplexia, úlcera 2 ("pele e membrana sobre o local ulcerado", "o vivo sobre a úlcera"), moléstia imunda, abcesso que rompe por dentro, cicatriz, pleurisia, febre no sangue, nome ferido, pústula na testa, cisco para perturbar o olho da mente, frieira inflamada, pontada (suspiro perdulário), "adoentada com a sombra pálida do pensamento", veneno da tristeza profunda.

(Ver também sob outros títulos, Ossa como uma verruga (Clássicos), doenças desesperadas (Proverbial), doente de pensamento (Personificação), delito atroz (Sentidos).)

COMIDA E BEBIDA 18:

Apetite, desmanchado em geléia, essa gota de mal, saturar-se e pilhar lixo, leite coalhado, caviar, petiscos, tempero amargo, cobrir de açúcar, chupar mel, ensopar, assar (carne e bolo), digerir, fruta para festejo, saudável como doce, cerveja fermentando ("uma espécie de coleção fermentosa").

CLASSES E TIPOS 13:

Prisioneiro 3 (uma prisão, envolver em grilhões, tomar prisioneiro), mendigos, escravo, amotinados em grilhões, ladrões (batedor de carteira), soldados, sargento, guarda-noturno, diarista, imperador, arautos.

GUERRA, ARMAS E EXPLOSIVOS 12:

Cerco 2, espiões sozinhos, armadura, adagas 2, bodoques e flechas, tiros, canhões 2, gatilho, "o engenheiro levantado com seu próprio petardo".

PERSONIFICAÇÃO 12:
Manhã vestida com manto avermelhado, sepulcro abriu as mandíbulas, o monstro Hábito, Surpresa, Mar e Vento em contenda, Céu enrubescido e a Terra doente de pensar, as roupas de Ofélia pesadas com suas bebidas, estrelas como ouvintes feridos por maravilhas, a Morte festejando, Paz com sua guirlanda de trigo, a Culpa se soltando do canil, Tristezas pisando nos calcanhares umas das outras.

CLÁSSICOS 12:
"Hipérion comparado a um Sátiro", "Niobe toda em prantos", Hércules, leão de Neméia, cais do Lete, Ciclopes e Marte, bigorna de Vulcão, Hipério e Zeus, Marte, "o arauto Mercúrio", Pélion e Olimpo, Ossa.

DOMÉSTICO 12:
Balança 2 (virar o travessão, balanças iguais), espelho 2 (o espelho da moda, segurar o espelho defronte da natureza), lavar (torcer), sujeira 3 (o povo enlameado, "sujar nem enganar", "suja ligeiramente"), derramar, trancar à chave, pôr trava na porta.

SUBSTÂNCIAS E METAIS 7:
Esponja 2, cera. Metal 3 (metal não aprimorado, metal mais atraente, minério entre metais vis), mercúrio.

RELAÇÕES HUMANAS 7:
Bebê 3, prostituta, vagabunda, cáftens, amor de mulher.

OFÍCIOS E FERRAMENTAS 7:
Fora de quadro, círculo de aço, verniz, cortar de modo bruto, tingir, fio rombudo, afiar.

RELIGIÃO, BÍBLICO E SUPERSTIÇÃO 6:
Inferno 2 (preto como o inferno, solto do inferno para vir falar de horrores), templo, Jefté, roda atirada ladeira abaixo 2.

LEI 6:
Selo 3, auditoria, convocação, corretores.

Música 6:
: Marcar tempo, flauta 2 (tocar flauta para os dedos da fortuna, tocar-me como se conhecesse minhas chaves), melodia, trompa, doces guizos tocados.

Fogo e Luz 5:
: Chamas, fogo falso, salpicar água em, extinguir, espevitar.

Teatro 4:
: Prólogo 2, audiência, vício.

Dinheiro 4:
: Moedas não de prata, cunhar, defeituosas, bolsa vazia.

Estradas e Viagens 4:
: Posta (muda de cavalos), país não descoberto, chicotes 2.

Arte 3:
: Heráldica (todo em goles), pano pintado, pintura de uma tristeza.

Ciência 3:
: Estrela fora da esfera, "fora de tua estrela", geometria.

Proverbial 3:
: Falso como juras de jogador de dados, cavalo com biles, doenças desesperadas precisam de remédios desesperados.

Roupas 2:
: Botão no barrete, fita no barrete.

Jogos dentro de Casa 2:
: Cabra cega, jogos de azar.

Jóias 2:
: Broche, carbúnculos.

Livros 2:
: Tábuas de minha memória, vírgula.

Uma de cada 6:
: Tópico: "a primavera que torna madeira em pedra".
Vida: "meu cabelo acamado, como vida em excrementos".
Morte: "preto como a morte".
Edificações: telhado.
Fatos de livros: o famoso macaco.
Vida urbana: portões e vielas.

APÊNDICE V
Notas sobre os Gráficos

Os GRÁFICOS I, II e III devem ser examinados em conjunto. Eles foram elaborados a fim de mostrar ao leitor, em forma visual facilmente apreendida, as principais diferenças nos assuntos e interesses que mais prontamente vinham à mente e à imaginação de Shakespeare, Marlowe e Bacon. Para situar a obra dos três escritores em proporções mais aproximadas, o assunto ou tema das imagens de apenas cinco das peças de Shakespeare foi comparado com toda a obra de Marlowe e praticamente com toda a obra de Bacon. Notem a diferença na proporção de imagens criadas por Shakespeare e Marlowe em assuntos tais como "Clássicos", "Esportes e Jogos", "Doenças", "Jóias", "Plantas e Coisas que Crescem", "Pássaros" e assim por diante. E também a diferença entre Shakespeare e Bacon na quantidade criada a partir de "Animais" (em especial "Pássaros"), "Ciência", "Comida", "Classes e Tipos de Pessoas". Quando se pensa que a obra de Bacon é em prosa, o pequeno número de suas imagens "imaginativas" fica fácil de compreender.

O GRÁFICO IV foi feito com o objetivo de mostrar as diferentes proporções de interesses na mente de Shakespeare e de cinco dramaturgos contemporâneos seus, encontradas em um pequeno grupo de imagens relacionadas sob "Vida Cotidiana". As cinco peças de Shakespeare, com imagens aqui observadas, são *Romeu e Julieta*, *Macbeth*, *Como quiserem*, *Conto de inverno* e *Ricardo III*; as imagens dos outros dramaturgos são tiradas de suas peças relacionadas no Apêndice III. Sob o título "Vida Cotidiana" aparecem:

1. *Esportes e Jogos*, que incluem imagens de apanhar passarinhos (alçapões, visgo e redes), apanhar coelhos, falcoaria, caça, pesca, provocação de ursos, justas, luta livre, esgrima, arco e flecha (quando fica sugerido o esporte de se tentar alcançar um alvo a distância e não o uso do arco e flecha na guerra), cavalgar e jogos ao ar livre.

2. *Classes e Tipos*. Esse grupo inclui imagens tiradas de várias classes e tipos de seres humanos, tais como mascates, ciganos e men-

digos, escravos, prisioneiros e ladrões, oradores, embaixadores e pregadores, pecadores, bobos e traidores, soldados e marinheiros. Esse é um tipo favorito de imagem entre os elisabetanos e muitas vezes de grande efeito, como quando Hastings em sua amarga desilusão assemelha o homem que confia no belo aspecto de Gloucester ao

R.III, 3. 4. 101

> marinheiro bêbado em um mastro,
> Pronto, a cada subida e descida, a despencar
> Nas entranhas fatais das profundezas;

ou Romeu quando descreve seus lábios como "dois peregrinos enrubescidos" e Julieta declara que não quer que ele se afaste mais dela do que o passarinho de uma rameira preso a um cordão,

R&J, 1. 5. 96

2. 2. 180

> Como um pobre prisioneiro em seus grilhões torcidos.

3. *Ofícios e Profissões*, tidas como distintas de "Classes" (funileiro, alfaiate, ferreiro etc.), representam, de modo geral, imagens que se referem a um processo ou à característica de alguma ocupação especial ou habilidade; assim como em "a teia de nossa vida é feita de distintos fios, bons e maus juntos", "pelo molde de meus próprios pensamentos eu recorto a pureza dos dele".

B.B.A., 4. 3. 75
C.I., 4. 4. 387

4. *Guerra e Armas*. Sob esse título recai o grande número de imagens de sítio (o sítio do amor, o sítio "dos dias de ataque", o "sítio da tristeza"), de brecha em uma fortificação, de tropas e soldados em campo de batalha, de prisioneiros de guerra, sentinelas, espiões, barricadas, defesas, emboscadas, fortes e fortificações, bandeiras e estandartes, e de toda espécie de armas, flechas, aríetes, adagas, lanças, espadas etc., de armaduras, de explosivos, canhões, minas, balas e pólvora.

5. *Substâncias* são imagens que se referem a qualquer objeto do ponto de vista de sua qualidade, consistência ou textura: cristal, cera, escova, palha, mármore e outros semelhantes. Isso é também, e em particular nas mãos de Shakespeare, um tipo comum e muito eficaz de imagem, "meu reino é baseado em vidro quebradiço", "corações falsos como escadas de areia", "esta mão é tão suave quanto a penugem de uma pomba" etc.

R.III, 4. 2. 63
M.V., 3. 2. 83
C.I., 4. 4. 368

6. *Dinheiro e Mercadorias.*

7. *Tópicos* e (11) *Vida Urbana* são, naturalmente, aliados muito próximos. De modo geral, sob "Tópicos" reuni referências a algum acontecimento, local ou contemporâneo, lugar, costume ou pessoa, que seriam conhecidos das platéias elisabetanas. Entre esses estão monstros pintados em um mastro, o cheiro de Bucklersbury, a falta de pagamento nos barbeiros, e assim por diante. Será notado que Ben Jonson tem o maior número de imagens "tópicas", Dekker e Shakespeare vindo a seguir, enquanto os quatro outros dramaturgos não têm nenhuma.

8. *Estradas e Viagens.* Esse título cobre todas as coisas que poderiam ser vistas ou experimentadas em ruas ou em viagens: uma estrada, a poeira que sopra no rosto, a posta (troca de cavalos), arreios, chicotes e bridões, perder-se o caminho, entre outras.

9. *Edificações.*

10. *Estado e Realeza.*

11. *Vida Urbana.* Sob esse título vêm coisas vistas com maior freqüência nas ruas, tais como vitrinas de lojas, multidões e ajuntamentos de pessoas, letreiros, tavernas e cervejarias.

GRÁFICO V. O âmbito e os temas das imagens de Shakespeare. O agrupamento, *grosso modo*, a meu ver se explica por si mesmo. Há certos pontos que podem parecer estranhos ao leitor, tais como "Guerra" sob "Vida Cotidiana". "Guerra" inclui "Armas"; e, como as "adagas" e as "flechas" parecem ter feito parte da vida cotidiana elisabetana, pareceu não haver localização mais adequada para colocá-las – a não ser possivelmente em "Artes", o que poderia ser enganoso de outra maneira.

APÊNDICE VI

Uma nota sobre a imagem da
"andorinha-da-casa"

A imagem da "andorinha-da-casa", ou mais simplesmente da andorinha, é um bom exemplo do modo pelo qual um exame das imagens talvez possa levar-nos mais adiante, à descoberta não só das idéias operando na mente de Shakespeare, mas também a fatos ou incidentes em sua vida. Permitam-me relatar a história das andorinhas. A partir de minha experiência com os métodos de Shakespeare eu estava convencida de que o vívido quadro da quantidade de ninhos de andorinhas do lado de fora das muralhas do castelo de Macbeth não era pura imaginação da parte dele, mas que em algum lugar ele *vira* tais ninhos nas muralhas de um castelo, e que eles haviam evocado em sua mente reflexões sobre o contraste entre o passarinho, seu frágil ninho e as maciças muralhas da fortaleza acastelada que o pássaro, com tanta ousadia e confiança, escolhera para seu lar. Comecei portanto a procurar um castelo que Shakespeare pudesse ter visto em sua juventude. Tentei Kenilworth e Warwick sem sucesso; as andorinhas não construíam ninhos em um ou outro, nem há nenhuma tradição de que o tivessem feito no passado. Depois pensei em um outro castelo, não tão longe de Stratford, que Shakespeare dá provas incontestáveis de haver visto e reparado.

Trata-se do Castelo de Berkeley, em Gloucestershire. Holinshed, em sua história de Ricardo II, só faz leve referência ao "castell of Berkelie", onde o duque de York ficou para receber o rei em sua volta da Irlanda pelo país de Gales. Shakespeare, em sua peça, deliberadamente situa uma cena nos "campos selvagens de Gloucestershire" (*R.II*, 2. 3), através dos quais Bolingbroke e Northumberland com seus soldados fazem seu caminho vindos do norte em direção ao Castelo de Berkeley. O caminho e a paisagem são descritos, as "selvagens e altas colinas e as estradas ruins e de altos e baixos", e logo Northumberland indaga: "A que distância estamos de Berkeley?", ao que Henry Percy responde: "Ali fica o castelo, junto àquele capão de árvores", o que deixa claro que Shakespeare conhecia o aspecto do castelo tal como ele se apresentava a quem vinha do norte na direção de Berkeley, "de Ravenspurgh para Cotswold" (2. 3. 9). O capão é até hoje marco da localização do castelo.

Seria quase certo, segundo as cenas em Gloucestershire em *2 Henrique IV*, que Shakespeare tivesse familiaridade com a vizinhança de Berkeley, pois ele fala de "William Visor of Woncot" (Woodmancote) e "Clement Perkes o' the Hill" (como é chamada localmente

Stinchcombe Hill). Vizor ou Vizard é o nome de uma família local, e em Stinchcombe Hill está localizada uma casa outrora pertencente a uma família chamada "Purchase" ou "Perkes". (Para mais detalhes a respeito, ver *The Diary of Master William Silence*, de Madden, 1897, pp. 86-7 e 372-4, nota vii, "Shakespeare and Gloucestershire". Também *A Glossary of the Cotswold (Gloucestershire) Dialect*, de Richard Webster-Huntley, 1868, nota, pp. 22-3.) É por certo muito interessante que uma das mais persistentes crenças a respeito de Shakespeare é a tradição local de que ele passou alguma parte do início de sua vida – provavelmente com primos – em Dursley, uma pequena cidade a cerca de cinco milhas de Berkeley do outro lado de Stinchcombe Hill (ver Madden, p. 88). Um considerável corpo de evidências foi coletado a respeito da ligação de Shakespeare com Gloucestershire e seu conhecimento do condado, resumido por Madden (pp. 372-4), e parece existir boa base para se acreditar que ele viu o Castelo de Berkeley e tinha familiaridade com suas cercanias.

Tendo chegado a tal conclusão, perguntei a seguir, no próprio Castelo de Berkeley, para *Mr.* O'Flynn, secretário particular do atual lorde Berkeley, se as andorinhas costumam fazer ninhos na frente do castelo. Ele respondeu que não, e que nem existia nenhuma tradição afirmando que o fizessem. Fiquei muito desapontada, mas persistia minha sensação de que Berkeley seria o lugar que eu procurava. Nesse meio tempo expliquei a *Mr.* O'Flynn as razões de minha indagação, e ele ficou muito interessado. Algumas semanas mais tarde ele tornou a me escrever, e disse que por acaso estivera lendo a vida de Edward Jenner, o grande médico e descobridor do sistema da inoculação; e nessa biografia ele encontrara referência a um registro nos *Note Books* de Jenner, no qual, em uma visita a Berkeley, ele nota, no dia 9 de junho de 1787, que, examinando os ninhos de andorinha-da-casa no castelo, repara que "exibem toda espécie, segundo o testemunho dos ovos". Edward Jenner, nativo de Berkeley, onde seu pai fora vigário, era um cientista e observador arguto de pássaros (foi ele quem relatou à Royal Society em 1787 as atividades assassinas dos filhotes de cucos nos ninhos), de modo que podemos aceitar seu registro sobre os ninhos das andorinhas-da-casa como prova confiável de que até 1787, de qualquer modo, havia grande número de ninhos de andorinhas-da-casa nas muralhas do castelo. Em vista de tal testemunho, voltei com entusiasmo renovado à minha teoria de que Shakespeare havia visitado o Castelo de Berkeley e ficado impressionado com a quantidade de ninhos de andorinhas em suas muralhas.

Quanto aos motivos para que ele fosse lá, várias possibilidades se apresentam. Henry, o lorde Berkeley do tempo de Shakespeare, era um nobre importante que morava em seu magnífico castelo com grande pompa e em estilo feudal. Ele mantinha uma impressionante criadagem, viajava com cento e cinqüenta criados, trezentas pessoas jantavam todos os dias no castelo. Ele tinha um parque com belos veados-vermelhos e tinha paixão pela caça à raposa, caça aos veados e falcoaria. Também gostava muito de drama, e sustentava uma companhia de atores, "Lord Berkeley's Men", que representavam em diferentes pontos do país, uma vez em Londres em 1581, e em Bristol, Bath e Barnstaple. Eles também se apresentaram em Stratford-on-Avon em 1580-81, e novamente em 1582-83[6], quando Shakespeare estava entre os quinze e os dezesseis anos de idade, e depois entre dezessete e dezoito. Berkeley fica apenas a umas cinqüenta milhas de Stratford, uma fácil cavalgada ou até mesmo caminhada para um homem jovem e ativo. Note-se que a segunda visita dos atores de lorde Berkeley coincide com o ano do casamento de Shakespeare e o ano depois deste, quando é bem possível que ele estivesse preocupado com seus meios de ganhar a vida e estivesse se sentindo inquieto e descontente. Não parece impossível que ele tenha acompanhado os atores em sua volta a Berkeley e passado algum tempo lá. A pompa e a magnificência da vida no Castelo de Berkeley lhe forneceria a ampla experiência de uma grande casa, um patrono e a sociedade culta que ficam sempre buscando os biógrafos de Shakespeare. (Ver, por exemplo, a argumentação de *Mr.* Gray em favor de Shakespeare ter sido pajem da casa de *Sir* Henry Goodere em Polesworth. *A Chapter in the Early Life of Shakespeare*, de Arthur Gray, Cambridge University Press, 1926.)

▼

6. Ver *The Elizabethan Stage*, de E. K. Chambers, vol. II, pp. 103-4.

Tudo isso, certamente, é mera suposição e conjectura, baseadas na frágil evidência dos ninhos de andorinhas; porém, a mim, essa parece uma possibilidade plausível, que nada há de sério contra ela.

Tinha esperanças de ter a oportunidade de examinar pessoalmente os registros da casa, que ainda existem no Castelo de Berkeley, mas infelizmente não pude obter permissão para fazê-lo, de modo que tenho de deixar a questão ainda em aberto.

APÊNDICE VII

Notas sobre as imagens como revelação de caráter nos dramas

Existem, é claro, outros modos (a par de sua pura qualidade estética) pelos quais as imagens, consideradas exclusivamente do ponto de vista de assunto ou tema, acrescentam em tom e qualidade à riqueza e ao significado das peças de Shakespeare, porém os "temas dominantes", enfatizados pela repetição de certas espécies de imagens, são de tal modo os mais importantes que dediquei todo o meu espaço à sua descrição.

Outras funções interessantes das imagens que posso apenas fazer notar aqui são (1) seu efeito cumulativo na transmissão de emoção ou tensão, no qual toquei ao falar do agrupamento de imagens no *Mercador de Veneza* (pp. 262-6); (2) sua ajuda na revelação do temperamento e caráter do personagem que as usa. Isso é muito interessante e pode ser mais desenvolvido. Por exemplo, tomemos as imagens de Falstaff nas duas partes de *Henrique IV*. Não creio estar sendo fantasiosa quando digo que elas indicam distintamente uma mudança no caráter do gordo cavaleiro.

Na primeira parte de *Henrique IV* pode-se argumentar, só a partir das imagens que ele usa, que Falstaff seja um homem talentoso, de espírito, bom humor e charme, e de alguma leitura e cultura. Raramente se encontram fatos tirados de livros na imagística de Shakespeare, no entanto quatro dessas imagens, em um total de cinco nessa peça, são de Falstaff. Ele chama *Mrs.* Quickly de

1H.IV, 3. 3. 57	"Dame Partlet, a galinha" (ou de Reynard the Fox ou de Chaucer),
5. 3. 45	compara-se ao turco Gregório (provavelmente da *History* de Fox,
2. 4. 413	mas possivelmente de alguma tragédia antiga), e fala "no tom do rei Câmbises" (alusão à velha peça de Preston, *Cambyses*, 1570). Ele tem também algum conhecimento dos romances, pois seu nome
3. 3. 30	para Bardolfo, "o Cavaleiro da Lâmpada que Queima" é uma paródia (como, mais tarde, *O cavaleiro do almofariz que queima*) dos heróis dos velhos romances, sendo essa uma referência ao Cavaleiro do Sol de um romance espanhol (*1H.IV*, 1. 2. 16), e quando, brin-
1. 2. 26	cando, recomenda ao príncipe que, quando for rei, "não permita que nós, que somos escudeiros do corpo da noite, sejamos chamados ladrões de tesouros do dia. Que sejamos chamados de guarda-florestais de Diana, gentis-homens das sombras, favoritos da lua", ele revela não só sensibilidade e conhecimento em relação à cavalaria e desfiles cívicos, como também um dom encantador de expressão poética. Ele tem certo conhecimento dos clássicos, declarando
2. 4. 290	que é "tão valente quanto Hércules". Além de sua imagem buscada nas vacas magras do faraó, sua linguagem deixa claro que ele conhece bem a Bíblia (*1H.IV*, 2. 4. 456, etc.). Ele também conhece Lyly e diverte-se com o humor de comparações recônditas, que copia (*1H.IV*, 2. 4. 427, 439); aprecia "o zumbido de uma gaita de foles de Lincolnshire" (*1H.IV*, 1. 2. 82); também nota quadros, traço raro em todo Shakespeare, e refere-se com conhecimento íntimo a Lázaro no pano pintado, e a Dives, que vivia em púrpura, queimando em seus mantos. São dele, também, as únicas imagens de
5. 1. 142	heráldica da peça, a honra é um "mero brasão", e sua meia-camisa
4. 2. 45	de soldado é apenas "dois trapos amarrados e jogados sobre os ombros como o casaco de arauto que não tem mangas".

Notamos nas imagens de Falstaff em ambas as partes de *Henrique IV* marcas do desportista e do amante dos animais, sensível a seus sentimentos e consciente de seus pontos de vista, conhecendo os modos do pato medroso (*1H.IV*, 2. 2. 104) e a "ave atingida" que tem medo do estouro de uma arma (*1H.IV*, 4. 2. 19), o bando de gansos selvagens assustados (*1H.IV*, 2. 4. 148) e sua tendência para se juntar (*2H.IV*, 5. 1. 75), o peixinho pequeno que serve de isca para o peixe grande (*2H.IV*, 3. 2. 350), o comportamento da galinha da Barbária (*2H.IV*, 2. 4. 104), o amor do gato por creme (*1H.IV*, 4. 2. 61) e a delicadeza e o encanto de um filhote de galgo (*2H.IV*, 2. 4. 103).

Não creio ser por mero acaso que as imagens de Falstaff na segunda parte mostrem menos traços de sentimento autêntico, cultivo e leitura, e compartilhem mais do grotesco e do obsceno que na primeira parte. Espirituosas elas são sempre, pois de outro modo Falstaff não seria mais Falstaff, porém creio que, no decorrer das duas peças, Shakespeare positivamente retratou uma certa deterioração de espírito no gordo cavaleiro, sutilmente refletida em suas imagens.

Pode-se comparar, por exemplo, o encanto do tom em sua referência brincalhona ao romance e à lua (*1H.IV*, 1. 2. 26), já citada, com a grosseria de sua semi-satírica ameaça ao príncipe John, de que se seu valor não for reconhecido ele mandará compor uma balada comemorando seus feitos "com meu próprio retrato ao alto e Coleville beijando meu pé. Se me vir forçado a tal decisão, se os senhores não aparecerem perto de mim como moedas douradas de dois *pences*[7], e eu no claro céu da fama não brilhar mais que todos, como a lua cheia faz com a escória dos elementos que, perto dela, parecem cabeças de alfinetes, jamais acreditem na palavra de um nobre" (*2H.IV*, 4. 3. 49).

Como na primeira parte, as únicas duas imagens bíblicas da peça são dele (uma comparação com Jó e com os glutões do inferno) e ele alude a Shallow como a "adaga do Vício", porém de outro modo, exceto quando ele chama seu alfaiate "um Aquitofel filho da mãe", não encontramos em suas imagens em *2H.IV* nenhuma referência a livros, drama, cavalaria ou pintura.

2H.IV, 3. 2. 337
1. 2. 39

Por outro lado, há um considerável número de símiles grotescos – se não "de mau gosto" (*1H.IV*, 1. 2. 85), pelo menos rudes e um tanto grosseiros – como os de sua raiva contra o alfaiate que,

▼

7. Moedas falsificadas. (N. da T.)

em vez de lhe mandar cetim, teve a ousadia de lhe pedir "garantias",
2H.IV, 1. 2. 38 provocando a maldição de Falstaff: "Que ele seja maldito como o glutão, queira Deus sua língua fique ainda mais quente!", e mais tarde sua ambígua descrição de como ele pode "dormir em segurança" (*2H.IV*, 1. 2. 50). Seus pungentes retratos do temperamento e da aparência de Shallow, bem como do rosto de Bardolph (*2H.IV*, 2. 4. 350) também são dessa mesma natureza.

As brilhantes cintilações de espírito que iluminam toda uma cena estão na segunda tanto quanto na primeira parte, como quando ele descreve a si mesmo caminhando na frente de seu pequenino
1. 2. 13 pajem como "uma porca que destruiu toda a sua ninhada menos
3. 2. 280 um", ou escolhe Shadow como o soldado ideal porque "o inimigo poderá com a mesma facilidade mirar no fio de um canivete"; e também seus toques inimitáveis de vívida descrição, como a do
5. 1. 91 príncipe Hal, que riu "até seu rosto parecer uma capa molhada mal dobrada"; porém não há mais o espírito de sabor doce da qualidade da cena imortal na Taverna Boar's Head quando no tom do rei Câmbises ele desempenha o papel do rei a reprovar os desmandos de seu filho.

Do mesmo modo, um exame das imagens usadas por outros personagens revela muito de suas individualidades e gostos, e o uso que fazem delas deve, claro que inconscientemente, afetar sutilmente nossa impressão de suas personalidades. A esse respeito, as imagens de Macbeth e Lady Macbeth bem como as de Hamlet são de interesse especial.

APÊNDICE VIII

O badalar dos sinos

Já disse que os ruídos produzidos pelo homem numa cidade medieval (e Londres estava apenas emergindo de tal condição) devem ter sido insignificantes se comparados com os de uma cidade moderna, com a torturante britadeira e as buzinas e freios do tráfego de automóveis, mas havia na época mais antiga o clamor de um som especial, quase contínuo e muito insistente, do qual felizmente agora somos quase que totalmente poupados, o do badalar dos sinos.

Um ponto interessante a respeito desse constante badalar é que ele é o símbolo de uma atitude mental fundamental que, como salientou Spengler[8], é uma das diferenças básicas entre a visão de mundo do homem clássico e do moderno: a presença aguda e permanente da consciência do Tempo, de passado e futuro.

Essa sensação – tão profunda nas mais antigas civilizações do Egito e da Babilônia – o homem ocidental moderno, a partir do início da Idade Média, desenvolveu com imensa força, simbolizando-o pelos sinos e mais tarde pelos cucos e despertadores.

O homem grego, ao contrário, parece não ter tido de todo tal sensação, ou se haver deliberadamente afastado dela; ele vivia no momento, sem nenhum cálculo para tempo ou comemoração recorrente, nenhuma preservação do passado ou ação econômica para o futuro parecem ter entrado em sua vida cotidiana, e a forma de seu drama – uma situação ou crise única em um determinado momento – bem como seu conceito de tragédia – um golpe cego do Destino – são o resultado natural dessa atitude.

Nosso drama, por outro lado, e o shakespeariano em particular, preocupa-se acima de tudo com o desenvolvimento ou com a deterioração de uma alma, a história da vida de um homem ou de uma nação, enquanto a sensação da passagem do Tempo, irreversível como é, é o tema trágico constante dos poetas, do Renascimento em diante.

Essa aguda consciência do Tempo, que hoje é regulada por relógios e pontuada pela partida de trens ou por encontros marcados, era expressa exteriormente na Londres de Shakespeare – como na Europa da Idade Média de modo geral, porém mais especialmente na Inglaterra – pelo badalar dos sinos.

Para os elisabetanos, portanto, seu som era um lembrete constante da passagem do tempo e de tudo o que isso implica. Ele pro-

▼

8. Em capítulo muito sugestivo, "Destino e causalidade", em *The Decline of the West* (tradução de Atkinson, 1926), em particular pp. 131-4.

vocava, também, muitas outras associações e emoções, pois o dobrar dos sinos permeava a vida cotidiana das pessoas de modo que muito dificilmente conseguimos conceber hoje em dia.

O sino marcava não só a passagem regular das horas, como também os acontecimentos de toda espécie, muitos dos quais conduziam a mente, de modo subconsciente, a refletir sobre passado ou futuro.

Os sinos tocavam, como hoje em dia, para chamar os fiéis à adoração e às preces, como aviso de incêndio e celebração de casamento; mas soavam também como alarme de perigo, sinal para ação e chamado à rebelião, como proteção contra ventanias, tempestades e contra a peste, bem como para reunir os cidadãos (como em *Otelo*, 2. 3. 159-60, 173-4); prenunciavam massacres e proclamavam vitórias, soavam para aniversários, comemorações e coroações, para enforcamentos, proclamações e sermões, para os doentes, moribundos e mortos.

A vida prática cotidiana na cidade e no campo era regulada pelo som dos sinos, os repicares de "colheita", "plantio" e "recolher" dirigiam o trabalho, o forno do senhor era declarado pronto para ser usado e o mercado de manteiga aberto, as crianças chamadas para a escola, enquanto o guarda-noturno anunciava sua presença tocando um sino. A reverberação de repiques, toques e dobres era, portanto, contínua nos ouvidos do londrino, pois a cidade tinha cento e quatorze igrejas, cheias de torres, agulhas e campanários, alguns dos quais estariam provavelmente sempre tocando (cp. *Pér.*, 2. 1. 45). Somos informados de que esse contínuo "badalar" incomodava e muito os doentes, e em setembro de 1592 "o badalar extraordinário" foi proibido. "Durante o dia", escreve o autor de *Lachrymae Londinenses*, "o que mais temos se não quase que só o toque de dobres? E à noite (quando deveríamos descansar) somos interrompidos pelo contínuo dobre dos Sinos de Passamento, e logo adiante o toque do nascer do sol."

É natural que encontremos referências a esse enervante ruído na obra dos dramaturgos, como em *The Silent Woman*, I, i, e também símiles baseados nele, como quando Volpone, torturado pelo "granizo de palavras" de Lady Politick, exclama:

> Os sinos, em tempo de pestilência, jamais fizeram *Volpone, 3. 2*
> Barulho igual, ou ficaram em tal movimento perpétuo!

e Hodge, em *Shoemaker's Holiday*, declara que as moedas tintilam *Sh. Hol., 3. 1*
em seu bolso como "os sinos de St. Mary Overy".

É estranho, tendo em vista o sensível ouvido de Shakespeare, não acharmos nada, a não ser a referência em *Péricles* (2. 1. 45), que pode ser interpretado como uma queixa relacionada a esse ruído, sendo interessante notar que, de todos esses vários sons de sino em ocasiões graves ou alegres, foi o sino de passamento (morte) ou o dobre de funerário que mais impressionou sua imaginação e permaneceu em sua memória.

Ele menciona sinos tocando para chamar para a igreja (*C.Q.*, 2. 7. 114), e os sinos de St. Bennet (*N.R.*, 5. 1. 37), duas vezes cria um símile com sinos discordantes, a descrição de Ofélia da "nobre e muito soberana razão" de Hamlet,

> Como sinos doces em discórdia, desafinados e ríspidos, *Ham., 3. 1. 163*

e a mímica de Pátroclo que, quando fala,

> É como carrilhão sendo consertado; *T&C, 1. 3. 159*

ele se refere várias vezes ao "sino da meia-noite" que

> com sua língua de ferro e boca de bronze *R.J, 3. 3. 37 e cp. também A&C, 3. 13. 185*

soa

> entrando pelo ouvido sonolento da noite;

mas quase todas as suas outras referências são aos toques de morte e *S.N.V., 5. 1. 370*
de funeral. Fica claro que seu dobre lento e triste o impressionou *2H.IV, 3. 2. 224*
profundamente, e toda a força do efeito emocional particular de sua pesada e entristecedora repetição é resumida no adjetivo "soturno" (*sullen*, adotado por Milton para o toque de recolher[9]), que usa

▼

---

9. O sino tocava para todos apagarem o fogo e se recolherem. (N. da T.)

três vezes para descrevê-lo. O dobre para ele simboliza tristeza, irrevogabilidade, perdição.

Cor., 5. 4. 21
T.A, 4. 2. 25
Shakespeare ouve nele o tom de implacável finalidade das palavras de Coriolano, a lamentosa dor dos criados fiéis de Tímon e a dor sem esperanças do pai que matou seu filho em guerra civil, quando exclama:

3H.VI, 2. 5. 117
O suspiro do meu peito será seu sino funerário.

C.I., 1. 2. 189
B.B.A., 5. 3. 67
R.J., 1. 1. 27
Leontes, em seu ciúme insano, vê-se a si mesmo como empurrado para a cova pela desgraça, "desprezo e clamor" soando o seu dobre, a mais que tardia expressão de amor de Bertram é ouvida pelo rei como "o dobre pela doce Helena", e Chatillon, mandado de volta à França com a mensagem de desafio do rei inglês, é imaginado por João como alguém que é ao mesmo tempo a trombeta de sua ira e seu próprio dobre de morte, o "soturno presságio" de sua "própria decadência".

O som ecoa nos primeiros poemas de Shakespeare:

V&A, 701
E agora sua dor pode ser bem comparada
A um doente ao ouvir o sino da morte;

Luc., 1493
Pois a tristeza, como o sino que pende pesado,
Uma vez levado a tocar, continua com seu próprio peso;
E então pouca força faz soar o dobre doloroso;

o som forma o estímulo lírico que dá origem à emoção do lindo *Soneto* 71:

Quando eu morto estiver, não chore por mais tempo
Do que ouvirá o soturno e carrancudo sino
Avisar ao mundo que eu fugi;

em sua primeira peça histórica (numa cena incontestavelmente sua) ele vibra uma nota dramática e agourenta:

1H.VI, 4. 2. 39
Escute! Escute! É o tambor do Delfim, o sino do alarme
Canta uma sinistra música para a tua alma medrosa;

e em sua primeira tragédia o sino é um símbolo de tristeza e morte, "transformem nossos instrumentos", grita o velho Capuleto, "em sinos melancólicos", "essa visão de morte", diz Lady Capuleto, *R&J, 4. 5. 86; 5. 3. 206*

> é como um sino
> Que conclama a minha velhice para o sepulcro.

Talvez o mais vívido uso, e também o mais precisamente acurado, do som como um símile seja a comparação que dele faz Northumberland com o portador de notícias indesejadas, cuja voz

> Ressoa sempre desde então, como o sino fúnebre *2H.IV, 1. 1. 102*
> Que nos recorda o dobre de finados de um amigo desaparecido,

e seu uso mais dramático vem no momento em que Macbeth, ouvindo o sino de Lady Macbeth, vai matar seu parente e rei, resmungando:

> Eu vou, e está feito: o sino me convida. *McB., 2. 1. 62*
> Não o ouça, Duncan, pois esse é o toque
> Que te chama para o céu, ou para o inferno.

Pode-se bem perguntar: foi o acaso ou foi um sentido extraordinário de justeza o que levou Thomas Hardy a selecionar o momento do dobre de finados de Shakespeare em Stratford para o cenário de seu delicioso poema "To Shakespeare after 300 years", publicado em *A Book of Homage to Shakespeare*, 1916?

ÍNDICE REMISSIVO

Todos os registros, com exceção daqueles em que aparece o nome do autor, referem-se a Shakespeare. Os registros mais importantes são dados em negrito, os menos em tipo mais leve.

Quando mencionados em referências, os títulos das peças de Shakespeare estão em sua forma abreviada (ver p. XVI).

Ação
 idéias sobre as conseqüências da, 224-6
Açougueiro e abatedouro
 imagens tiradas de, nas peças históricas, 214-5
Agricultura
 conhecimento de, e imagens tiradas de, 41, 341, 345, gráficos I, V
 usadas por Bacon, 21
Alegres comadres de Windsor, As
 atmosfera e imagística de, 249
 imagens usadas em: navios, 249; esportes e jogos, 249; tópicas e urbanas, 250
 passagens citadas: 63, 74-5, 109, 111-2, 129, 131, 140, 249-50
Amizade
 falsa, em *T.A.*, 187-9, 323; simbolizada como erva daninha, 210-1; sob imagens de cão, 185-8
 necessidade de auxílio mútuo na, 160

Amor
 desejo como distinto do, 64-5, 113, 138-9
 guerra e armas de, usado por dramaturgos elisabetanos, 34-5
 imagens e qualidades do, 137-44
 qualidades e imagens específicas: ardor e beleza do, 291; imagens convencionais do, 137-8; quatro principais qualidades do, 139; infinitude e vastidão do, 22-2, 139, 142-4, 327-9; radiância do, 292; paixão e idealismo do, 300; velocidade e qualidade de elevação do, 139-42, 251, 291-2; intemporalidade do, 166-70; qualidades de transformação e formação do, 139, 141-2, 292; transitoriedade do, 251; capricho e incerteza do, 139-40, 250-1
 medo é a qualidade oposta do, 145-8
 tema do, em *T.A.*, 170 *n*. 7

visões do: como criança, sombra e primavera, 139-40; como contraste do ódio, 144-5; como comida e fome, 138, 300-2; como luz, 16-7, 291-5; como música, 65, 68-9; como asas, 140-1, 251
visão pessoal do, 143
Analogia
função e significado da, 6
idéia de Shelley de, 7
uso da, pelo poeta, 7
verdades transmitidas à mente por meio da, 7
Ver também Imagística; Metáfora
Andorinhas-da-casa
imagens tiradas de, 177-8
ninhos de, no castelo de Berkeley, 354
podem esclarecer dúvidas sobre a vida de Shakespeare, 351-4
Animais
observação dos, e imagens tiradas dos, 12, 202, 218-9, 231-2, 251-2, 314-5, 341, 355-7, gráficos I, V
assuntos específicos:
personagens dramáticos comparados com animais, 324-5; animais domésticos, 214-5, 216-7, 324; *ver também* Cães, Cavalos; em ação, 314-5, 320; personificações de, 156-7; feras selvagens, 215-6, 218-9, 314-5, 319-20
usadas em obras de autores contemporâneos:
usadas por Bacon, 15, 24-5, gráfico III; usadas por Marlowe, 12, gráfico II; usadas por dramaturgos elisabetanos, 29-30

usadas nas peças:
em *C.Q.*, 260-1; em *H.VI*, 215-7; em *J.C.*, 323-4; em *R.L.*, 219-21; em *T.A.P.*, 254-5; em *McB.*, 313-4; em *M.B.N.*, 248-9; em *Ote.*, 314-5
solidariedade para com, *ver* Shakespeare, características; Dramaturgos elisabetanos
Ver também Pássaros; Imagens, animais; Répteis; *e* nome de cada animal
Antônio (o homem)
concepção shakespeariana da vastidão e grandiosidade do caráter de, em *A&C*, 327-32; vitalidade de, 49
Antônio e Cleópatra (a peça)
atmosfera e pano de fundo de, 327-8
idéias: de amor em, 328; de vastidão e grandiosidade de Antônio em, 327-32
imagens usadas em: de astronomia, 327-9; comida, 300-1; movimento, 47-50; natureza, 328-30; oceano, 327; mundo, 327, 329-32
imagística predominante de magnificência e vastidão em, 327-9
passagens citadas: 14, 20-1, 46, 48-50, 54, 66-7, 76-7, 95, 96 *n*. 7, 98, 108-9, 114, 119, 123, 129, 131-2, 138-9, 144, 155, 163, 172-4, 174 *n*. 10, 175, 186, 301, 327-31, 361
Apanhar pássaros
conhecimento de, e imagens tiradas de, 24-5, 28-9, 98-9, (*M.B.N.*), 247-8, (*Ote.*), 314, gráficos I, V

usadas por escritores contemporâneos:
por Bacon, 24-5; por dramaturgos elisabetanos, 28
Aparências
ilusão das, em *McB.*, em *M.V.*, 178
Arco e flecha
conhecimento de, e imagens tiradas de, 24-5, 28-9, 102, 248
usadas por escritores contemporâneos:
por Bacon, 24-5; por dramaturgos elisabetanos, 28
Aristóteles
sobre a poesia, 47
Artes,
imagens de, 41, 348, gráficos I, V, (Bacon) III, (Marlowe) II
Asas
de pássaros, *ver em* Pássaros, movimentos de; de Cupido, imagens tiradas das, 140-2, 251
Astronomia
imagens tiradas da, gráficos I, V
aspectos e tipos específicos:
luar e luz das estrelas, influência das, 243-5; estrelas, influências das, no homem, 20-1, 256-7, movimentos das, em suas esferas, 19-21
usadas nas peças:
em *B.B.A.*, 256-8; em *A&C*, 327-9; em *Ham.*, 20; em *1H.VI.*, 212-3; em *T.A.P.*, 258; em *S.N.V.*, 243-5; em *R&J*, 291-4, 340
usadas por escritores contemporâneos:
por Bacon, 19-21, gráfico III; por Marlowe, 12-3, gráfico II
Ver também Luz; Sol

Atmosfera e pano de fundo
imagística contínua usada para transmitir, 242-3
transmitidos pelas imagens, 9-10, 203-4
Ver também peças por título
Aubrey, John
sobre Shakespeare em *Brief Lives*, 45, 193-4
Autoria
das peças: de *H.VI*, 212; de *H.VIII*, 241, 242 n. 3; de *Pér.*, 273; de *T.A.*, 321-3
de Shakespeare e Bacon, 25-6
imagística contínua útil como prova de, 211-2
individualidade da, mostrada por diferenças na imagística, 25-6
teste confiável de, 189
Avon, rio (Stratford)
observação do, e imagens tiradas do, 86-93
peculiaridades de sua corrente, 90-3
Ver também Rio

Bacon, Francis
familiaridade de, com a Bíblia, 17-9; com processos agrícolas, 21; com jardinagem, 85; com navios, 22-4
imagens e idéias:
âmbito e assuntos das, 15, gráfico III; diferenças entre as de Shakespeare e Bacon, 15-26, 33-4, resumo das, 15, 26
assuntos específicos:
animais, 15, 24-5; astronomia, 19-21; Bíblia, 18-9; pássaros, 24-5; corpo e ação corporal, 18; agricultura, 21; jardinagem, 85; cavalos e equi-

tação, 25; luz, 15-8; natureza, 15, 21-2; mar e navios, 22-4; esportes e jogos, 24; tempo, 25; guerra, 26
mente, prática e científica de, 23
obras, passagens citadas: *Advancement of Learning, The*, Livro I, 16-7, 24, 25, Livro II, 16, 85; Ensaios, Da verdade, 16, Da unidade da religião, 19, Da adversidade, 18, 23, Da simulação e dissimulação, 23, Da inveja, 17, Das sedições e perturbações, 20, 22, 24, Da superstição, 20, Dos reinos e Estados, 22, 26; Henrique VII, 15, 24; *New Atlantis, The*, 15

Bajulação
imagens, grupos de, de cachorro, usada como simbolismo de, 184-9; em *T.A.*, 187-9, 323
as de sonhos relacionadas a, 180-1

Barulho
Hentzner sobre o amor dos ingleses pelo, 71 *n.* 7
idéias de, e imagens tiradas do, 69-72

Bear-baiting
conhecimento de, e imagens tiradas de, 102, 248, 313, 318, 320, 324
usadas por dramaturgos contemporâneos (nenhuma achada), 102

Beaumont, Francis e Fletcher, John
imagens de rio em, 89
obras, passagens citadas: *Faithful Shepherdess, The*, 89; *Philaster*, 89; *Valentinian*, 85, 89

Beleza
doutrina platônica, tal como concebida na imaginação de Shakespeare, 161
imagística (contrastante) de, em *Ham.*, 299-300

Bergson, Henri
sobre as funções da memória, 11

Berkeley, castelo de, em Gloucestershire
ninhos de andorinhas-da-casa em, 352-5; Jenner (nos *Note Books*), sobre, 353-4

Bíblia
conhecimento da, e imagens tiradas da, 18-9, 356-7, gráficos I, V
usadas por Bacon, 18-9

Biografia
revelada pela escolha de imagens, 4-5, 354-5, 358
Ver também Personalidade; Poeta; Escritores

Blake, William
livros proféticos de, e função das ilustrações em, 290

Boliche
imagens tiradas de, e conhecimento de, 3, 24, 30, 103-4, 194
usadas por escritores contemporâneos:
por Bacon, 24; por Dekker, 30; por dramaturgos elisabetanos, 103 *n.* 12, 104 *n.* 13
mira indireta em, 3, 103

Bom é o que bem acaba
idéias sobre a influência dos astros sobre o homem, 257
imagística contínua de astronomia em, 20-1, 256-8
passagens citadas: 21, 68, 95, 111-2, 116, 120, 142, 144-5, 158,

165-6, 173, 228, 256-8, 350, 362
Bondade
doutrina de Platão usada em idéias de, 161
idéias sobre, e imagens de, 158-61
idéias e imagens específicas: qualidade de frutificação e reverberação, 159-60; mal disfarçado como, 155; misturada com o mal, 158-9; simbolizada como luz, 309-11; tempo, a ama e geradora da, 163; valor das palavras bondosas, 159
Bradley, A. C.
Shakespearean Tragedy, 157 n. 4, 320
sobre o mal nas tragédias, 157
Brigas de galo
imagem tirada de, usada por Massinger, 29
Brooke, Arthur
dívida de Shakespeare para com, por idéias e imagens de *R&J*, 295-6
obras, *R&J*, 295-6
Brown, Stephen J.
World of Imagery, The, 8 n. 4
Burke, Edmund
obras, *Thoughts on the... Present Discontents*, 9

Caça
conhecimento de, e imagens tiradas de, 94-8, 247-8
usadas por outros dramaturgos elisabetanos, 28-9
Caça de aves selvagens
imagem de, usada por Massinger, 29
Cães
conhecimento de, e imagens tiradas de, 94-8, 156, 320, gráfico V

idéias, grupos de, associadas com, 185-8, 323; lamber e bajular, 185-8, 323; derreter (doces), 184-6, 188, 323; doces e balas, 185-7, 323
Cães de caça
conhecimento de, e imagens tiradas de, 94-8, 96 n. 7
Caracóis
conhecimento de, e imagens tiradas de, 99-101
Carpintaria e marcenaria
conhecimento de, e imagens tiradas de, 32, 118-21
assuntos específicos: encaixar, 119; cinto metálico em barris, 119-20; ferramentas, 118-20; cunhas, ação das, 119
Casa, interior da
conhecimento de, e imagens tiradas de, 14, 40-1, 105-9, 116-8, 342, 347, gráficos I, V
assuntos específicos: cozinha, trabalho da mulher na, 107, 194-5; lâmpadas e fogo, 105-7; objetos na, 107-9; "forno fechado", 105; lavagem de roupas, processos usados na, 107
usadas em obras de escritores contemporâneos: usadas por Bacon, 15-6, gráfico III; usadas por dramaturgos elisabetanos, 106-7, 109-10, (Marlowe) gráfico II
Cavalos
conhecimento de, e imagens tiradas de, 101-2; movimentos dos, 194
usadas por dramaturgos contemporâneos, 101-2
Céu e inferno
conceitos imaginativos de, 72

Chambers, *Sir* E. K.
Elizabethan Stage, The, (vol. II), 354 *n*. 6

Chapman, George
imagens e interesses de, comparados com os de Shakespeare: vida cotidiana, 27, gráfico IV; casa, interior da, 109-10; pessoas, classes e tipos de, 30-1; rio, 89-90; esportes, 28-9; guerra e armas (assunto favorito), 34-5
obras, passagens citadas: *All Fools*, 31, 106; *Bussy d'Ambois*, 35; *Byron's Conspiracy*, 31, 89; *Byron's Tragedy*, 89, 106

Ciência natural
imagens tiradas da, 41, 344, 348, gráfico I

Cimbelino
atmosfera e pano de fundo de, 273-4, 278
imagens usadas em:
tiradas de pássaros, sons e movimentos de, 274, 276-8; simbolismo de, 276-7; cor, 62-3; flores, 274-6; dinheiro e notas, 280-2; natureza (geral), 274-8, 278 *n*. 2; compra e valor, 278-82; árvores, 274-5; ventos, 274-5
passagens citadas: 14, 63, 76, 81, 103, 108-9, 116, 120, 127, 133, 139, 141, 154, 171, 174-5, 174 *n*. 10, 183, 274-82

Clássicos
imagens tiradas dos, 41, 299, 343, 347, gráficos I, V
usadas por Marlowe, 12, gráfico II

Clopton, *Sir* Hugh
ponte de, sobre o Avon, 86, 90, 90 *n*. 4

Coleridge, Samuel Taylor
sobre a capacidade do poeta de transpor a vida, 6-7
sobre a imagística criativa, 202-3

Comédia dos erros, A
estudo da loucura em, 128
imagens, distribuição desigual das, em, 264
passagens citadas: 96, 109-11, 116, 128, 131, 134, 155, 182, 264

Comédias, As
espírito nas, 254-9
imagística contínua nas, 204, 211, 254
função da, 243
Ver cada comédia

Comida, paladar e cozinhar
conhecimento de, e imagens tiradas de, 77-9, 110-7, 300-4, 342, 346, gráficos I, V, VII; vários estágios usados na imagística, análise dos, 110-2
assuntos específicos:
servir mal a comida, 112; cozinhar e preparar a comida, 112-6, 302-4; farinha, 111; comida gordurosa, 111-3, 301; fome, 110; temperos e gostos, 77-8, 111, 115-6; comer em excesso e seus efeitos, 78, 110, 113-4, 123-4, 138-9
usadas em obras de dramaturgos contemporâneos, 77
usadas nas peças:
em *A&C*, 301; em *C.Q.*, 112; em *Ham.*, 301; em *T&C*, 112, 300-4

Como quiserem
atmosfera e pano de fundo de, 261-2
espírito em, 259-60

imagens usadas em: de animais, 261-2; comida e paladar, 111-2; natureza e vida campestre, 260-3; tópicas, 260-1
passagens citadas: 65 *n*. 4, 95, 108, 112, 116, 119, 125, 127, 132, 135-6, 138, 143, 151, 165-6, 173, 194, 258-62, 361

Compra e valor
imagens tiradas de (em *Cim.*), 278-82; dinheiro, 281-2; pagamento, 278, 281; razões para, 278; peso, 280-1

Construção
conhecimento de, e imagens tiradas de, 32, 278 *n*. 3, gráficos I, V
usadas por escritores contemporâneos:
por Jonson, 33-4, gráfico IV; por Massinger, 37

Conto de inverno
idéia dominante (expressa repetidamente em imagens) de vida, suas leis e ritmo, operando nos homens e na natureza, 286-9
imagens usadas em: de cor, mudanças de, no rosto, 54-5, 288-9, sugeridas por flores, 63-4; jardim, 287-8; doença e remédios, 287
passagens citadas: 29, 54-5, 64, 74, 76, 82, 94, 102, 120, 129, 131-2, 153, 159, 180, 287-9, 350, 362

Cor
interesse em, e imagens tiradas da, 52-64
assuntos específicos:
mudança de, 47, 53-8; mudança no rosto humano de, 47, 53-6, 288; *contraste* de, 53, 55, 57-63; uso especial de contrastes: preto e branco, 58-61; vermelho e branco, 59-61; verde, 60; grupos de, nos *Sonetos*, 63-4
pele humana, tons de, 60-1
sugestão usada para transmitir, 53-4, 57, 62-4

Coriolano
imagística principal, do corpo e seus membros em, 231, 325-7; doença do corpo, 325-7
passagens citadas: 43, 66, 68, 73, 87, 96, 100, 104, 108, 111, 113, 116-8, 120, 123, 126, 129, 131, 135, 324-7, 362

Corpo humano
influência da mente no, 127-8
interesse no, e imagens tiradas do, 12, 17-8, 44-5, 238, 342, 345, gráficos I, V, VI
assuntos específicos:
costas curvadas, 238-41; membros do corpo, 231, 233-5, 238, 325-6; movimentos do, 40-1, 44-5, 231-40, 247-8, 342, 345-6; número desses usadas nas peças, gráfico VI
usadas nas obras de escritores contemporâneos:
usado por Bacon, 18, gráfico III; usado por Marlowe, gráfico II; usado por dramaturgos elisabetanos, 44-5
usadas nas peças:
em *Cor.*, 324-7; em *H.VIII*, 237-42; em *R.J.*, 231-7; em *R.L.*, 317-21; em várias peças, 238
Ver também Rosto; Mãos; Doença e remédio

Corrida
 (da Lebre), 97-8
Corridas de cavalos
 uso por Massinger de imagens tiradas das, 28-9
Costas curvadas, imagens de
 Ver Corpo humano
Cozinha
 Ver Casa
Cozinhar
 Ver Comida
Crianças e natureza da criança
 observações de, e imagens tiradas de, 128-33, gráfico V
 Ver Pessoas *para detalhes*

Davies, John, de Hereford
 sobre Shakespeare, 45
Dekker, Thomas
 imagens e interesses comparados com os de Shakespeare:
 pássaros, asas de, 36; vida cotidiana, 27, 36, gráfico IV; jogos, 30; boliche, 30, 103 *n.* 12; casa, interior da, 109; pessoas, classes e tipos de, 31-2, 36; personificação, 236 *n.* 1; qualidades de suas imagens, 36-7; rio, 88; esportes, 28-9; pesca (esporte favorito), 28-30; substâncias, 35; metais, 35; tópicos, 351; ofícios, 35; fabricação de sapatos, 35-6; guerra e armas (tópico favorito), 34-5
 obras, passagens citadas: *Gull's Hornbook, The*, 31; *Honest Whore, The*, Partes I e II, 30-1, 36-7; *Old Fortunatus*, 36, 236 *n.* 1; *Shoemaker's Holiday, The*, 35-6, 361

solidariedade, para com animais, 30; para com mendigos e prisioneiros, 31-2, 36; para com pobres e loucos, 31
Dinheiro
 imagens tiradas do, 269-82, 344, 348, gráficos I, IV, V
Doença e remédio
 interesse em e imagens tiradas de, 121-8, 342, 346, gráficos I, V, VII
 assuntos específicos:
 contra-irritantes, 127; inoculação, 127; peste, 122-3; veneno, uso medicinal de, 126; excesso de comida, causa de má saúde, 124; tumor ou úlcera, 73, 125, 150-1, 296-8
 usadas nas peças:
 em *Cor.*, 126, 325-7; em *Ham.*, 73, 125-6, 296-300, 346; em *McB.*, 311; em *T&C*, 126, 300; em *C.I.*, 287
 mente, influência da, sobre a saúde do corpo, 127-8
Dois cavalheiros de Verona, Os
 atmosfera e imagística de, 250-1
 imagens de animais, 251; amor, retratos do, 250-1; pessoas, classes e tipos de, 250-1
 passagens citadas: 42, 67, 86, 120, 122, 129-31, 134-5, 139-40, 142-3, 163, 250-1
Dor
 estudo da em *R.L.* e *Ote.*, 314-5, 317-21
 idéias sobre, 100; a maior cura a menor, 127; tortura, imagens de, gráfico V
Dowden, Edward
 sobre *Macbeth*, 308-10

Drama
   personalidade do escritor revelada no, 4-5
   tema do, 359
Dramaturgos elisabetanos
   amor, idéias sobre, de, 34-5, 137-40
   imagens e interesses de, comparados com os de Shakespeare: bear-baiting, 102; apanhar passarinhos, 99; corpo e ação corporal, 44-5; boliche, 103; vida cotidiana, 27, 349-50, gráfico IV; comida, 77; jardinagem, 84-5; cavalos, 101; casa, interior da, 106-7, 109-10; pessoas, tipos de, 30-3; rio, 88-90; esportes e jogos, 27-30; substâncias, 33-5, 76; guerra e armas, 33-5
   lista de obras de doze, cujas imagens foram comparadas com as de Shakespeare, 339-40
   solidariedade com animais, 29-30
   Ver também nome de cada dramaturgo

Elementos, os
   imagens tiradas dos, e interesse em, 283-6, 320, 341, 345, gráficos I, V
   Ver também Tempo (condições climáticas)
Emoções
   denotadas por mudança de cor no rosto, 47, 53-6, 288-9
   infinitude de certas, 142
   medidas por vôo de pássaros, 230
   personificações de, em R.J., 233-7
   Ver também Natureza humana; e cada emoção por nome

Equitação
   conhecimento de, e imagens tiradas da, 28-9, 50, 194, 247-8; em McB., 312-3
   usadas por Bacon, 25; por dramaturgos elisabetanos, 28
Escritores
   temperamento e características dos, refletidas em suas imagens, 4-5, 12, 24-5, 27, 354-5
   Ver também Biografia; Personalidade; Poeta
Escuridão
   contrastada com a luz, em H.VI, 212-2; em McB., 309-10; em R&J, 59-60, 201, 291, 293-5, 341
   usada por Bacon, 15-8
Esgrima
   conhecimento de, e imagens tiradas da, 248
   usadas por dramaturgos elisabetanos, 28-9
Espírito
   Comédias, o espírito nas, 254-6, 258-60
   "guerra civil de espíritos", 201, 254-6
   personagens dramáticos, espírito de: Falstaff, 357-8; Touchstone, 259-60
Esporte
   conhecimento de, e imagens tirada do, 24, 27-30, 40, 248-9, 342, 345; assunto do, 349, gráficos I, V
   usadas por escritores contemporâneos:
      usadas por Bacon, 23-4; usadas por dramaturgos elisabetanos, 27-30

Ver também Jogos *e* esportes por nome
Estações
  observação das, e imagens tiradas das, 15, 40, 41, 249, 264-5, 341, 344, gráfico V
Estética
  Ruskin sobre a ciência da, 161
Explosivos
  imagens tiradas dos, 202, 293, 342, 346, gráfico V

Faetonte (o mito)
  usado na imagística, 19
Falcoaria
  conhecimento de, e imagens tiradas de, 24, 28-9, 310, 357, gráficos I, V
  usadas por autores contemporâneos:
    por Bacon, 24; por Massinger, 29
Falstaff
  imagens usadas por, em *1H.IV*, 355-7; em *2H.IV*, 356-8; indica seu caráter, 355-8; espírito de, 357-8
Ferramentas
  conhecimento de, e imagens tiradas de, 118, 120-1
Fletcher, John
  imagens de amor de, 138
  Ver também Beaumont, Francis
Fortuna
  estrelas, influência das, sobre os homens, 256-7
  personificações da, em *R.J.*, 232
França
  personificações da, em *R.J.*, 232-3
Fuller, Thomas
  sobre os combates de espírito em Shakespeare, 45

Geração
  Ver Nascimento
Goethe, Johann Wolfgang von
  Conversas com Eckermann, 192 *n*. 2
Gosson, Stephen
  School of Abuse, The, 103
Gráficos
  Notas sobre I, II e III, 349; sobre IV, 349; sobre V, 351
  Ver também cada assunto
Gray, Arthur
  Chapter in the Early Life of Shakespeare, A, 354
Greene, Robert
  imagens de rios, 88
Guerra e armas
  barulho associado com, em imagens, 26, 70-1
  "guerra civil de espíritos", 201, 254-6
  guerra civil, herança deixada pela, 227
  imagística dominante de, em *R.J.*, 232-3; em *T.A.P.*, 201, 254-5; em *M.B.N.*, 256
  interesse em, e imagens tiradas de, 9-10, 26, 342, 346, gráficos I, V
  assuntos de imagens sob, 350
  imagens convencionais, 33, 41
  usadas em obras de escritores contemporâneos:
    em Bacon, 26; usadas por dramaturgos elisabetanos, 35
  personagens de Shakespeare sobre, 70-1

Hamlet
  idéias: idéia principal de corrupção e mal vistos como doença e sujeira em, 73-4, 150, 296-9

imagística de, comparada com a de *R&J*, 340; ligada a *T&C*, 300; contraste de beleza e doença em, 299-300; tema de, analisado, 344-8
assuntos subsidiários de imagística:
astronomia, 20-1; clássicos, 299; comida, 300-1; personificação, 299-300, 347
imagística dominante de úlcera e doença em, 73, 125-6, 201, 296-300, 346; palavras usadas descritivas de doenças, 201, 296
problemas de, na imaginação de Shakespeare, 298-300
passagens citadas: 20-1, 50, 64, 67, 75, 77, 93, 96, 98, 104, 108-9, 112, 115-6, 119-21, 125-6, 129, 131, 141, 146, 149, 151, 153, 156, 164, 170-1, 173, 186, 296-301, 335-6, 361
Hardy, Thomas
To Shakespeare after 300 years, 363
Henrique IV
imagens: ausência de imagens contínuas em, 203, 229; sol (simbólica do rei), 222, raios do sol, 223; usadas por Falstaff, 355-8
Henrique IV, Parte 1
passagens citadas: 42, 46, 57, 65-6, 76, 93, 101, 111-2, 115-6, 129, 131, 146, 162, 167 *n.* 4, 173-4, 186, 209, 222-3, 228, 356-7
Henrique IV, Parte 2
cenas em Gloucestershire, 352
imagens em (de Falstaff), 356-8; de construção, 278 *n.* 3; de doença, 124

passagens citadas: 64, 65 *n.* 4, 67, 76-7, 83-4, 93, 113, 115-6, 119, 124, 126, 129, 131, 150, 155, 163-4, 172, 174, 174 *n.* 10, 223, 278 *n.* 3, 307, 357-8, 361, 363
Henrique V
atmosfera dominante e imagística de movimento rápido e de alto vôo em, 229-31, 242
cinco prólogos, tema principal de, 229
imagens tiradas do vôo dos pássaros, 229-30; "rei-sol", 223-5
passagens citadas: 49, 54, 73, 84, 96, 101, 108, 116, 131, 134-5, 145, 156, 159, 184, 223-4, 229-31
Henrique VI, Parte 1
imagística contínua de jardim, seu crescimento e decadência em, 204-5, 213
imagens subsidiárias tiradas de astronomia, 212-3; luz em contraste com escuridão, 212-3; personificações da morte em, 213-4
passagens citadas: 72, 94-7, 109, 129, 136, 145, 162, 172, 174 *n.* 10, 175, 204, 212-4, 322, 362
Henrique VI, Partes 1-3
autoria de, 211-2
imagens de "rei-sol" em, 221-2
imagística dominante de jardim e pomar em, 204-6, 212-4
Henrique VI, Parte 2
imagens tiradas de animais (cobras, escorpiões e feras), 215-6; açougueiro e matadouro, 214-5; jardim e trabalho do jardineiro, 204-5; árvores e galhos, 204-5

passagens citadas: 67, 83, 99, 129, 146, 174 *nn.* 10 e 11, 183, 204-5, 214-6, 222
Henrique VI, Parte 3
imagens de animais (feras e cordeiros), 216; açougueiro e matadouro, 214-5; jardim e jardinagem, 205-6; mar e navios, 216-8
passagens citadas: 9, 42, 58, 96, 98-9, 103, 121, 134, 163, 174, 174 *nn.* 10 e 11, 205-6, 214-8, 222, 227, 362
Henrique VIII
autoria de, 241-2, 242 *n.* 3
imagística dominante, do corpo e ação corporal em, 237-42, gráfico VI
tipos específicos:
costas curvadas, 238, 240-2; membros do corpo, 238-9; movimentos do corpo, 238-40; três aspectos do corpo, 238
temas subsidiários:
personificações, 238; "Trégua" (adiamento), 241; sol, 224
passagens citadas: 43, 113, 116, 123-4, 131, 135, 159, 161, 174, 181, 224, 238-42
Hentzner, Paul
sobre o amor dos ingleses por barulho, 71 *n.* 7
Heywood, Thomas
imagens de rio, 88
Holinshed, Raphael
sobre o castelo de Berkeley, 352
sobre Ricardo II, 219-20
Homem
lei da natureza e do homem, como tema de *C.I.*, 289

relação do, com seus semelhantes, na visão simbólica de Shakespeare, 196-7
Ver também Natureza humana; Vida humana
Honra
infinitude da, 142-3
Honras
simbolizadas como roupagens, 179, 304-6
Humanidade, tipos de
Ver Pessoas, classes e tipos de

Idéias
associação de, na imagística, 176-89; em peças e poemas, 176-7; uso de uma palavra única em, 176
grupos de, em torno de: morte, 181-4; cão e açúcar, 184-9; sonhos, 180-1; andorinha-da-casa, 177-9; nascer do sol e rosto humano, 56-7
idéias específicas simbolizadas por imagens: morte, 170-5; mal, 148-57, 161, 196, 307-9; medo, 145-9; bajulação e falsas amizades, 184-9, 323; bondade, 158-61; ódio, 69, 144-5; honra, 142-3; honrarias, 179, 304-6; natureza humana, 87-8, 105-6, 271-2; infinitude de determinadas emoções, 142-3; herança, 224-7; realeza, glória da, 180-1, 212-3, 221-4; vida do homem, 61-2, 158-9, 161-2, 195-7, 286-9, 299-300; amor, 23, 137-44, 167-70, 250-1, 292-3, 300, 328-9; silêncio e quietude, 68-9, 72; tempo, 25, 161-70, 177; horrores

antinaturais, 312, 319; vastidão e grandeza, 327-32
Ver também Shakespeare, idéias e cada assunto
IMAGENS DE WILLIAM SHAKESPEARE
características das, 201-3, 211-2
conteúdo das, usadas aqui como documentos, 10
contrastantes: de beleza e doença, 299-300; de cor, 53-64; de luz e escuridão, 58-60, 212-3, 291, 293-5, 341-2
dois grupos principais de, 40
espírito das, 254-6, 258-9
estilo e método das, 46-7, 50
estudo das, 137-8, 192, 332
exemplos dos efeitos de algumas imagens, 8-10
funções das, 355; *ver também* Imagens recorrentes
hábitos e caráter vistos na escolha de, 10, 137, 192-3, 195-6
nas peças: peças romanas, 323; nos romances, 273; *ver também* Comédias; Peças históricas; Romances, Tragédias; *e em* título de cada peça
número de, em peças e poemas, 337-8, gráficos VI, VII
poéticas, número de e uso nas peças: em *C.E.*, 264; em *Cim.*, 271-2; em *T.A.P.*, 258; em *M.p.M.*, 269-70; em *M.V.*, 262-3; em *S.N.V.*, 244-5; em *M.D.*, 268-9; em *N.R.*, 251-2
possivelmente afetadas por suas experiências, 278 *n*. 3
problemas e indagações no trato das, 335-6
proporções e âmbito das, nas obras de Shakespeare, 202, 349; em Marlowe e Bacon, 349
sugestão do uso das, em 53-4, 56-7, 62, 64, 77
termos esportivos e técnicos usados nas, 94
usadas por personagens dramáticos demonstrando seus gostos e mentalidades, 358
uso por Falstaff de, indicando seu temperamento, 355-8
valor e sugestão das, 5-6
Imagens recorrentes
definição de, 201; funções das, nas imagens e poemas, 201, 241-3, 256, 290-1; hábito de Shakespeare, 211-2
nas peças: 17, 20-1, 201-4, 290; nas comédias, 203-4, 211, 243, 254; em *Cor.*, em contraste com outras peças, 327; nas peças históricas, 202, 211, 242; nos romances, 203; nas tragédias, 203-4, 211, 290-1, 326-7, 332; *ver também* peças por título; índice de seus gostos e aversões; imagens contínuas ao longo de uma passagem, 203; ao longo de uma peça, 203; que iluminam atitude em relação aos problemas nas peças, 211; úteis como prova de autoria, 211-2; *ver* imagens ligadas *em* Idéias, associação de
Imagens, assuntos das
13, 39, 355, gráficos, I, V; omissões no âmbito dos, 41; dois exemplos de análise dos, (*R&J*), 340-1, (*Ham.*) 344-8
assuntos específicos:
animais, (geral) 100-3, 202,

248-9, 251, 313-4, 319-20, 324
tipos específicos:
pássaros, 24-5, 43-4, 67-8, 98-9, 245-6, 276-8, 313-4, vôo dos, 44, 229-30, 276-8; cães, 94-8, 184-9; animais domésticos, 214-7, 324; animais de caça, 24, 94-8; em ação, 314-5, 320; insetos, 314-5, 320, 341, 345, gráficos I, V; répteis, 215-6, 313-4, 319-20; caracóis, 99-100; feras, 215-6, 219, 314-5, 319
artes: arte, 41, 348; música, 41, 64-6, 68-70, 253, instrumentos musicais, 64-5; teatro, (drama), 41, 344, 348, gráficos I, V
sangue, 313
corpo humano, seus movimentos e processos: comida, bebida e cozimento, 77-9, 110-6, 300-4, gráficos I, V; dor (tortura), 126-7, 314-21, gráfico V; peste, 122-3; doença e remédio, 121-8, 342, 346; pele e mãos, 61, 76; cheiros, 72-5; três tipos de movimento corporal: costas curvadas, 238, 240-1; membros do, 231, 233-5, 238, 325-6; movimentos do, 18, 40-1, 44-6, 231-41, 247-8, 317-21, 342, 345
cor, 53-64
vida cotidiana, 27, 40-1, 349-51; *dentro de casa*, 12, 40-1, 44, 105, 107-9; *ao ar livre*, 40-5, 80 ss.
assuntos específicos:

açougueiro e abatedouro, 214-5; jogos, 24, 30, 103-4, 213; boliche, 3, 30, 103-4; jogos dentro de casa, 344, 348, gráficos I, V; dinheiro e compras, 278-82, 348, gráficos I, V; pessoas, classes e tipos de, 30, 41, 128-36, 250-1, 349-50, crianças, 128-33, viajantes e gente nas estradas, 348, 351, gráficos I, V; esportes, 24, 27-30, 40, 94-9, 101-3, 248, 349; substâncias e metais, 33-4, 76-7, 343, 347, 350, gráficos I, V; tópicos e da vida urbana, 250, 252, 343-4, 348, 351; ofícios, construção, artesanato, 32, 118-21, 278 *n.* 3; guerra, armas, explosivos, 9-10, 25-6, 41, 70-1, 202, 232-3, 254-6
domésticas: roupas, 179, 304-6, 343, 348; casa, interior da, 40-1, 105, 107-9, 116-8, 342, 347
relações humanas, 343, 347, gráfico V; jóias, 227-9; cozinha, objetos e trabalho na, 105, 107-8, 195; vida e morte, gráficos I, V, *ver* Vida; Morte; luz e fogo, 105; trabalhos de agulha, 116-8
imaginativas: fantasiosas e imaginativas, 6, 40-1, gráficos I, V; *ver também* Personificações
erudição: livros, 343-4, 348, 355; clássicos, 41, 299; lei, 41, 343, 347; provérbios e ditos populares, 41, 348; religião e superstição, 343, 347, gráficos I, V; Bíblia, 18-9;

ciência, 41, 344, 348, gráficos I, V
natureza, (geral) 12, 15, 40-5, 80 ss., 245-7, 262-3
assuntos específicos:
corpos celestes, 19-21, 212-3, 256-8, 291-4, sol, 56-8, 221-5; agricultura, 41, 341, 345; jardim e coisas que crescem, 12, 15, 40-2, 80-5, 204-11, 287-8, gráficos I, V; rio, 86-8, 92-3; mar e navios, 22-4, 40, 42-3, 216-8, 315-7; estações, 15, 40-1, 249; tempo e os elementos, 12, 15, 40-1, 249, 283-6, 320, 341, 344-5
som, 65-72, 282-6; sinos, 361-3, reverberação (em *McB.*), 306-9, 311
comparação de imagens usadas por escritores contemporâneos:
Bacon, 15-9, 21-6, gráfico II
Marlowe, 12-4, gráfico III
outros dramaturgos elisabetanos, 27-35, 37, 44-5, 84-5, 88-90, 106-7
Ver também escritores por nome
Ver assuntos específicos *para mais detalhes*
Imagens domésticas
Ver Casa, interior da
Imagens tópicas
assuntos de, 351, gráficos I, V
usadas nas peças:
em *C.Q.*, 260-1; em *A.C.W.*, 250; em *N.R.*, 252
usadas por dramaturgos elisabetanos, 351
Imaginação e fantasia
imagens de, 6, 40, gráficos I, V

Imagística na literatura
âmbito da, peculiar a cada escritor, 12
criativa, Coleridge sobre, 202-3
definição de, 5-6, 8-9
escolha da, chave para a personalidade do poeta, 11
funções da, 7-9, 355
métodos de classificação, 335-6
Murry, J. M., sobre imagística, 7-8
referências a e diferença entre, 39
revelação da personalidade do escritor por seu uso da, 4-5, 10, 27, 355
Imagística recorrente
Ver Imagens recorrentes
Infinitude
de certas qualidades, 142-3
Inglaterra
Guerras civis na, simbolizadas sob imagística de jardim malcuidado, 210-1
personificações de, em *R.J.*, 231-2
Inimigos
imagens simbólicas de. *Ver* Rei
Inundação, imagens de
Ver Rios

Jaggard, capitão William
comentários de, sobre o Avon, 90-1
Jardim e pomar
conhecimento de, e imagens de crescimento e apodrecimento, 12, 15, 17, 40-2, 80-5, 204-8, 213, gráficos I, V
assuntos específicos:
flores, 17, 74-5, 275-6, 288; geadas e ventos fortes, 41-2, 82-3, 85, 274-5; enxertos, 40, 82, 84-5, 262, 288; poda, 40, 204, 210-1, 262; árvores,

plantas e galhos, 12, 17, 80-4, corte de, 205-9, 274-5; jardim descuidado, 5, 155, 205, 210-1; ervas daninhas, arrancadas, 17, 40, 82, 155-7, 204, 208, 211, 262; mau cheiro das ervas daninhas, 75
usadas nas peças:
em *Ham.*, 344; nas peças históricas, 155, 204-8; em *H.VI* (1-3), 204-6, 212-4; em *R.II*, 5, 80, 204, 208-9; em *R.III*, 206-7; em *R&J*, 340-1
usadas em obras de escritores contemporâneos, 84-5
termos e processos tirados de, 80-5, 208-9

Jeans, *Sir* James
Mysterious Universe, The, 286-7

Jenner, Edward
sobre andorinhas-da-casa no castelo de Berkeley, 353

Jogos
conhecimento de, e imagens tiradas dos, 24, 30, 103-4, 349, gráficos I, IV, V; em *A.C.W.*, 249
usadas em obras de escritores contemporâneos:
usadas por Bacon, 23-4; usados por dramaturgos elisabetanos, 30
Ver também Esporte *e* nomes dos jogos

Jóias
conhecimento de, e imagens tiradas das, 227-9, gráficos I, V; montagem de gemas, 228-9

Jonson, Ben
imagens e interesses comparados com os de Shakespeare:
corpo e ação corporal, 44-5; vida cotidiana, 27, gráfico IV;

pessoas, classes e tipos de, 31; rio, 88-9; esporte e jogos, 28-9; substâncias, 34; imagens tópicas, número de, 351; ofícios e construção, 34; guerra, 34
obras e passagens citadas: *Cynthia's Revels*, 31; *Every Man in His Humour*, 28, 29 *n.* 3, 31, 88, 104 *n.* 13; *Every Man Out of His Humour*, 33, 88-9; *Sad Shepherd, The*, 29 *n.* 4; *Silent Woman, The*, 360; *Volpone*, 361

Júlio César
imagens características de, 323; imagens de animais, 324; ausência de imagem flutuante, 324
passagens citadas: 58, 65 *n.* 5, 71, 73, 94, 97, 116, 123, 131, 135, 153, 171, 185-6, 254, 324

Justa
conhecimento de, e imagens tiradas da, 103, 248

Keats, John
obras mencionadas: *Carta a Woodhouse*, 191 *n.* 1; "On sitting down to read King Lear once again" (Soneto), 327 *n.* 5
sobre a natureza do poeta, 191
sobre o conhecimento de Shakespeare sobre caracóis, 100
sua capacidade para penetrar na vida de um pardal, 100, 191
sua sensibilidade ao movimento, 50-1
suas notas sobre *S.N.V.*, 247

Knight, G. Wilson
sobre idéia de "tempestade", 22
sobre *T.A.*, 170 *n.* 7, 322
Wheel of Fire, The, 146 *n.* 1, 170 *n.* 6, 170 *n.* 7, 322 *n.* 3

Kyd, Thomas
  imagens de rios, 88

Lachrymae Londinenses
  citado, 360
Lebres
  observação das, e imagens tiradas da caça de, 97-8
Lei
  imagens da, 41, 343, 347, gráficos I, V
Leland, John
  Itinerary (vol. II), 86 *n*. 1
Livros
  imagens de, 343-4, 348, 355-6, gráficos I, V
  usadas por Marlowe (assunto favorito), 12, gráfico II
Loucos, os
  imagens sobre, 30, 127
Luxúria
  diferenciada do amor, em imagens, 113, 138-9, 301
Luz
  interesse em, e imagens tiradas da, gráficos I, V
  em peças: em *Ham.*, 348; em *H.VI*, 212-3; em *McB.*, 309-11; em *R&J*, 17, 59-60, 201, 291-5, 342
  usadas por Bacon, 16-7, gráfico III
  Ver também Astronomia; Escuridão; Sol
Lyly, John
  imagens de rio de, 88

Macbeth (a peça)
  atmosfera criada por grupos de imagens recorrentes, 146, 312-4
  idéias: principais e suas características, 304; comparação de 1.6 em *McB.* com 2.9 em *M.V.*, 177-80; do mal, 150, 308-11; do medo, 145-8; conceito antinatural do crime, 312
  imagens contínuas, quatro principais, 304-11; qualidade e variedade das, 201-2, 304, 312-4, 336-7
  imagens subsidiárias, 312-4; animais (ferozes e desagradáveis), 313; provocação de ursos, 102-3; pássaros, 98; sangue, 313; escuridão, 309-10; vestimentas, 304-6; luz, 309-11; andorinhas-da-casa, 177-8; movimento, 50; cavalgada, 312-3; andar, 50; doença e remédio, 311; som, reverberação do, 306-9, 311; várias, 6
  sugestão, o uso da, em, 77, 313
  passagens citadas: 6, 14, 22, 46-7, 50, 54, 62, 74, 76-7, 81, 87, 92, 93 *n*. 6, 98, 103, 108, 117, 120, 124, 129-30, 146-8, 153-4, 163, 174 *n*. 10, 178-80, 304-6, 308-13, 336, 363
Macbeth (o homem)
  caráter de, 146-7
  concepção imaginativa de Shakespeare de, 179, 304-7
  efeito das honrarias sobre, 304-6
  idéias (suas próprias) sobre seu medo, 146-8
  vestimentas de, que não servem, 179, 304-6
Madden, Dodgson H.
  Diary of Master William Silence, The, 94, 353

Mal
concepção do, na imaginação de Shakespeare, 148-57, 161; nas tragédias, 157, resumo de Bradley do mal nas, 157; pontos de vista pessoais em, 196, 308-9
qualidades especiais:
como doença e úlcera, 150-1, 156-7, 161, 311; mau cheiro do, 73-4, 152-4; sujeira e negror do, 148-51, 153, 156-7; disfarçado de bondade, 155; grande peso do, 154-5; qualidade infecciosa do, 150-1, 155-6, 159-60
herança de, gerada por guerra civil, 227
imagens usadas como símbolo do, 148-57
tipos específicos:
animais (personificações), 156-7; escuridão, 309-10; plantas, doenças das, 179; som, reverberação do, 308-9; ervas daninhas, 155-7
relação do, com o bem, 158-9, 161
tempo, ama e geradora do, 163
Malone, Edmund
Shakespeare (editado por Boswell), (vol. VII), 121
Mãos
dos personagens de Shakespeare, qualidades das, 76
Marcenaria
Ver Carpintaria
Mar e navios
idéias de "tempestade" na mente de Shakespeare, 22
interesse em, e imagens tiradas de, 22-4, 42-3, 341, 344, gráficos I, V

tipos específicos:
barco em mar tempestuoso, 23; personagens dramáticos vistos como navios, 216-9; tempestades e naufrágios, 22-3, 42, 284; profundezas insondadas do, 23, 143-4, 327
usadas em obras de escritores contemporâneos:
usadas por Bacon, 21-4; usadas por Marlowe, 88
usadas nas peças:
em *A.C.W.*, 249; em *Ote.*, 315-6
simbólicas de vida humana e do homem, 23
Marlowe, Christopher
emoções de, contrastadas com as de Shakespeare, 14-5
imagens e interesses de, contrastados com os de Shakespeare, 12-5, 349, gráfico II
assuntos específicos:
astronomia (favorito), 12-3, 106-7; pássaros, 99; livros (favorito), 99; vida cotidiana, 27, gráfico IV; jardinagem, 85; amor, 138; oceano, 88; pessoas, classes e tipos de, 32; esporte e jogos, 28-9; substâncias e metais, 33
mente, principais tendências de sua, 14
obras e passagens citadas: *Doctor Faustus*, 12; *Edward II*, 32; *Hero and Leander*, 13, 32, 99; *Jew of Malta, The*, 32, 85, 260; *Tamburlaine the Great*, Parte I, 12-3, Parte II, 13, 32
Massinger, Philip
imagens e interesses de, comparados com os de Shakespeare:

vida diária, 27, 37, gráfico
IV; casa, 109; amor, 138; pessoas, classes e tipos de, 32;
rio, 88; esporte e jogos, 28-9;
ofícios e artesanatos, 37, maquinaria, 37
obras e passagens citadas: *Great Duke of Florence, The*, 38; *Fatal Dowry, The*, 37; *Roman Actor, The*, 37

Medida por medida
atmosfera de, 272
humor e pensamentos de Shakespeare em, 269-72
idéias sobre nossa relação com nossos semelhantes em, 197
imagens, características de, 269-70, 272
passagens citadas: 62, 76, 114, 129-32, 155, 160, 162, 170-1, 173, 174 *n*. 10, 198, 269-71
personificações em, 269-70

Medo
concepção imaginativa de, 145-8; o mal maior é, 145, 196; *Macbeth*, visão simbólica do medo em, 146-8; visto como qualidade oposta ao amor, 145-8
imagens de, 145-8

Megera domada, A
personalidade de Petruchio, e imagens em, 268-9
passagens citadas, 67, 83, 104, 111-2, 115-6, 268-9

Memória
uma máquina de seleção, 11

Mendigos,
imagens de, 30, 133-4
Ver também Pessoas

Mente
Influência da, sobre o corpo, 127-8

Mercador de Veneza, O
atmosfera e imagística dominante de, 252-4, 262-3
cenas: arcas, 264-5; julgamento, 266-7
idéias, comparação de, em 2.9, com *McB.*, 1.6, 177-80
imagens, distribuição das, 263-6; repetidas, 266-7
assuntos específicos:
arco e flecha, 102; vida cotidiana na cidade, 263; andorinhas-da-casa, 177-8; música, 253; natureza, 263
passagens citadas: 49, 54, 58, 65-6, 65 *n*. 5, 69, 76, 78, 93, 102, 111, 124, 135-6, 146, 159, 162, 176-80, 253-4, 262-8, 315, 350

Metáfora na literatura
definição e significação da, 5-6
função da, 7
Murry, J. Middleton, sobre, 7-8
nas obras de Shakespeare, 5, 14

Metais
imagens tiradas de, e interesse em, 34, 347, gráficos I, V
usadas por outros dramaturgos elisabetanos, 33-5
simbolismo dos, em *T.A.*, 322-3

Milton, John
Paraíso perdido, Livro III, 19

Morte
idéias, grupo de, associadas com morte, 181-4; canhão, 181; olho, 182-3; globo ocular, 181; órbitas, 182, 184; vazio, 182, 184; boca, 181-4; lágrimas, 181-3; abóbada, 181-4; útero, 181, 184
imagens e personificações da, 170-5, 214, 233, gráfico V; vida contrastada com morte, 174

usadas nas peças:
em *1H.VI*, 213-4; em *R.J.*, 232-4; em *McB.*, 308-11; em *Tito*, 68
qualidades da, em imagens: fim de todas as coisas conhecidas, 174-5; ganância e destrutibilidade, 171; força libertadora da, 175; medo e apreensão físicos, 170-1; força da, e desamparo do homem, 173
visões da, em imagens: como ator, 171-2; como nuvem, 174; como escuridão, 174, 308-11; como chave que abre, 174-5; como amante e noivo, 172-3; como um sono, 174
visões pessoais sobre, 173-5, em *Soneto* CXLVI, 175

Motivos principais
nas peças, efeito dos, 354-5
Ver Imagens recorrentes

Movimento
interesse no, e imagens tiradas do, 43-50
assuntos específicos:
animais em ação, 314-5, 320; pássaros, vôo dos, 43-4, 229-30; curso do rio, 90; golfinhos brincando, 49; corar e empalidecer, 48, 54-5; corpo humano, ações do, 44-5, 231-7, 237-40, 247-8, 342, 345, gráficos I, V, VI; objetos inanimados personificados, 46-7; fazer reverências, 50; cavalgar e caminhar, 50, 312-3; remar, 46-7, 49; sargaços errantes levados pela corrente, 48-9
usadas nas peças:
em *A&C*, 47-50; em *H.V*, 229-31, 242; em *H.VIII*, 238-40; em *R.J.*, 235; em *M.B.N.*, 247-8
verbos que expressam, 46-8

Muito barulho por nada
atmosfera e pano de fundo de vida campestre ao ar livre, 247-9
imagens, características de, 247-8: de animais, 248-9; comida, 113; movimento, 247-8; natureza, 248-9; som, 247-8; esporte e jogos, 248; sol e raios de sol, 223-4; guerra e armas, 256
imagística dominante de vida campestre ao ar livre e esportes, 248
passagens citadas: 68, 75, 108, 111-2, 117, 119, 122, 130-1, 136, 142, 154, 165, 223, 247-9, 256

Mulher
idéia da devassidão da, 301

Mundo
imagens tiradas do, em *A&C*, 327, 330-2

Murry, John Middleton
sobre a imaginação de Shakespeare, 7
sobre a metáfora, 7-8
Countries of the Mind (1931), 7 n. 3

Música
atmosfera e efeitos da, em *M.V.*, 252-4, 262
conhecimento de, e imagens tiradas da, 41, 64-6, 68, 70, 253 (*R&J*), 343 (*Ham.*), 348, gráficos I, V; instrumentos usados em, 64-5
idéias sobre, 68-9

Natação
conhecimento de, e imagens tiradas de, 93
Natureza
conhecimento da, e imagens tiradas da (gerais), 12, 15, 21-2, 40-2, 80 ss., gráficos I, V
assuntos específicos:
ver assunto por nome (gráficos I, V) *e* imagens da natureza usadas em obras de outros escritores:
usada por Bacon, 15, 21-2, gráfico III; usada por Marlowe, 12-3, 88, 99, gráfico II; usada por Shelley, 332
usadas nas peças:
em *A&C*, 328-9; em *C.Q.*, 260-2; em *Cim.*, 274-8; em *Ham.*, 344-5; em *R.J.*, 231; em *R.L.*, 320; em *T.A.P.*, 254, 258; em *McB.*, 311-2; em *M.V.*, 263; em *S.N.V.*, 245-7; em *M.B.N.*, 247-9; em *R&J*, 340-1; em *Tem.*, 283-6
vida e lei da, comparada com a vida do homem, 286-9
Natureza humana
concebida como sementes e ervas, 82, 155-6, 207-8, 210-1; árvores e plantas, 17, 80-4, 210-1
contradições na, consideradas em *M.p.M.*, 271-2
paixões da, comparadas com enchente de um rio, 87-8, 90, 105; com um "forno fechado", 105; com mar tempestuoso, 22-3
vista, por *Bacon*, em símbolos de luz e sombra, 16-8

Ver também Vida humana; Homem
Nascimento e geração
idéias sobre, e imagens tiradas de, em *R.II*, 224-6
Navios
Ver Mar e navios
Naylor, Edward W.
Shakespeare and Music, 64
North, *Sir* Thomas
Plutarch's Lives of the Noble Grecians and Romans, 50, 323-4
Noite de reis
atmosfera e imagística de, 251-2
imagens tópicas em, 252
passagens citadas: 66-7, 76, 83, 95-6, 109, 112, 116, 118, 120, 122-4, 136, 144, 146, 162, 251-2, 307

Ódio
amor contrastado com, 145
idéias e imagens de, 69-70, 144-5
Ofícios e profissões
conhecimento de, e imagens tiradas de, 32, 118-21, 350, gráficos I, V
usadas por dramaturgos contemporâneos, 34-5, 37, gráfico IV
Olfato
agudeza do sentido do, e imagens tiradas do, 72-6, 105
imagens específicas:
maus cheiros, 72-4; flores, 74-5; perfume, 75; repugnante cheiro do mal (flores e ervas daninhas), 73-4, 152-4; cheiros da cidade, 72, 75
Otelo
atmosfera e pano de fundo de dor, 314
comparadas com a de *R.L.*, 314-5

idéias: mal, cheiro repugnante do, 74, 152-3; sujeira e negror do mal, 149-50, 152-3; tortura gratuita, 314-5
imagens subsidiárias tiradas de armadilhas para pássaros, 314; mar e navios, 315-7
imagística dominante de animais em ação em, 314-5
simbolismo de preto e branco em, 58
passagens citadas: 17, 58, 65, 65 n. 4, 70, 74, 76, 81-2, 86, 88, 96, 98, 113-4, 138, 144-5, 149-50, 152-3, 163, 314, 316-7, 360

Ouro
tema das imagens de *T.A.*, 322-3

Palavras
adjetivos usados para expressar ódio, 145
"amor" e "medo", uso de, em *McB.*, 146-7
de astronomia em *S.N.V.*, 244
doença, verbos e adjetivos que descrevem a, 201, 296
movimento, palavras expressando o rápido, 47-8; "espiar" (peep), seu verbo favorito, 47-8, seu uso de peer, 47
"mundo", uso de em *A&C*, 330; em outras peças, 330 n. 6
"ouro" em *T.A.*, 322
poder de uma única, para evocar um grupo de idéias, 176
termos de jardinagem em *R.II*, 208-9
termos técnicos e esportivos, 94
"trégua" (adiamento), uso de em *H.VIII*, 241
uso recorrente de uma única, 201

valor bondoso da, 159
verbos e adjetivos concretos e vívidos em *M.p.M.*, 270
verbos, em *A&C*, 328; em *McB.*, 6; que descrevem ações corporais em *R.L.*, 236, 317-9; em *R.J.*, 320

Pássaros
observação dos, e imagens tiradas dos, 9-12, 15, 24-5, 43-4, 341, 345, gráficos I, V
assuntos específicos:
movimento dos, 43-4, 229-30, 275-6; canto dos, 67-8
características da imagística, 98-9
usadas em obras de escritores contemporâneos:
usados por Bacon, 24-5; usados por Dekker, 36; usados por Marlowe, 99
usadas nas peças:
em *Cim.*, 276-8; em *Ham.*, 345; em *H.V*, 229-30; em *McB.*, 147-8, 313-4; em *S.N.V.*, 245-6; em *R&J*, 341
Ver também Apanhar pássaros; Falcoaria; Andorinhas-da-casa

Passionate Pilgrim, The
65 n. 4, 90

Pecado
idéias e imagens tiradas do, 73-4, 151-3, 311
Ver também Mal

Peças
caráter de Shakespeare revelado em suas, 191-2; sua concepção imaginativa das peças, 332
idéias, associação de, em, 176-89; *ver também* Idéias
imagens:
diferença de, em peças romanas, 323; exemplos de análise

de, em peças, 340-9; nova luz sobre cada peça individual, 12; movimento predominante em, 46-50; número de, em cada peça, 337-8; alcance e assunto das, em, 202, gráficos I, V; imagens contínuas em, 201-4, 371; som, eco, em, 306-8

Peças históricas
imagística contínua das, 203-4, 227; funções da, 242
assuntos especiais:
jardins e trabalho do jardineiro nos, 155, 204-5, 211-2; movimento do corpo, 231-8, gráfico VI; rei-sol, 221-5
o mal nas, 150-1, 227
Ver também cada peça histórica

Peele, Robert
imagens de rio, 88

Péricles
autoria de, 273
imagens, não contínuas, em, 273; assuntos e qualidades das, 273
passagens citadas: 63, 65, 150, 173, 273, 336, 360

Personagens dramáticos de Shakespeare
comparados a animais, 324-5; a pássaros, 277; a navios, 216-8; a árvores, 274-5
idéias de: sobre o ódio, 144-5; sobre o amor, 139-44; sobre o movimento, 47-50; sobre plantas e árvores, 80-2; sobre a guerra, 70-2; *ver também* Idéias
individualidade de, mostrada em suas imagens, 358
seu conhecimento de instrumentos musicais, 64-5
objetivos em seus pontos de vista, 4

sensíveis a: mau cheiro do mal, 152-4; voz humana, 65-6; música, 68-9; barulho, 70-1
pele e mãos, qualidades de suas, 61, 76
falas de, 190

Personalidade
as imagens de Shakespeare revelam sua, 10, 137, 192
revelada nas obras de um escritor, 4-5; especialmente na escolha das imagens, 11, 30-3, 37-8, 355-8

Personificações
na imagística, 41, 44, 231, 340-1, 347
assuntos específicos:
animais, 156; países, 232, 236; morte, 214, 232-3; emoções, 235-7; fortuna, 232-3; mar, 315-6; guerra, 232-3
usadas nas peças:
Ham., 299-300, 347; em *H.VIII*, 238; em *R.J.*, 231-8; em *R.L.*, 236; em *McB.*, 6, 308-10; em *M.p.M.*, 269-71; em *Ote.*, 316; em *R&J*, 341

Pesca
conhecimento de, e imagens tiradas da, 24, 28, 92-4, 248
usadas por Bacon, 24; por dramaturgos elisabetanos, 28-9

Pessoas, classes e tipos de
conhecimento de, e imagens tiradas de, 30, 41, 128-36, 342, 346, 349, gráficos I, IV, V
classes e tipos específicos:
mendigos, 30, 134; crianças, 128-33, gráfico V, bebês, 128-9, meninos, 130-2, pais e filhos, 129-30; jovens, 132-3; vida na cidade na corte,

136; sociedade elisabetana, 133-4; loucos, 30, 127; ruas de Londres, tipos nas, 136, 263; pobres e oprimidos, 30, 134; prisioneiros, 30, 134-5; estradas, tipos encontrados nas, 135-6, 351; criados e dependentes, 135; ladrões, 134; moradores de aldeias, 136
usadas por escritores contemporâneos:
por dramaturgos elisabetanos, 30-3, gráfico IV
Ver também Natureza humana; Vida humana; Homem
Petruchio
imagens usadas por, 268-9
personalidade de, 268
Platão
doutrina de, sobre a beleza, na mente de Shakespeare, 161
Pobres e oprimidos
Ver Pessoas
Poemas
cor, uso da, em, 60-1
idéias associadas (primeiros exemplos de) em, 176-7
imagens, número de, em, 338
símiles de amor e guerra em, 34-5
Poesia
função da metáfora em toda grande, 7
imagística de Shakespeare na, 14-5, 203
Poeta, O (geral)
analogia, uso da, por, 6
imagística usada por, uma revelação de sua própria personalidade, 4-5, 11, 40
Murry, J. Middleton, sobre as qualidades necessárias ao grande, 7-8

natureza de um, 190-1
sentido da visão, seu uso do, 52
Prisioneiros
Ver Pessoas
Provérbios e ditos populares
imagens tiradas de, 41, 343, 348, gráficos I, V
Ptolomeu, sistema de
seu conceito do *primum mobile* como usado por Shakespeare e Bacon, 19-21

Quietude
Ver Silêncio

Rapto de Lucrécia, O
imagens de cor, 61; apanhar pássaros, 99
passagens citadas: 25, 56, 66-7, 86-7, 91, 93, 95-6, 98-9, 109, 111, 126, 128, 130, 134-5, 138, 145-6, 149, 155-6, 161-2, 165-6, 177, 362
Referências e imagens
diferenças entre, 39
Rei
conceito imaginativo da condição de um, 180-1, 204-9, 212-3, 221-5

conceitos específicos:
brilho e glória da realeza (imagens astronômicas), 212-3, 221-4; inimigos ou pretendentes à coroa (vistos como animais e répteis), 215-7; favoritos de um rei amadurecidos pelos raios do sol, 223-4; família real e o rei (vistos como árvores, ramos, e plantas), 204-9; condição de realeza e sonho, 180-1

Rei João
atmosfera e pano de fundo de, 231, 235, 242
imagens subsidiárias tiradas da morte, 232-3; natureza, 231-2; guerra, 232-4
imagística dominante de corpo e movimento corporal em, 231-8, gráfico VI; função da imagem "flutuante", 242; membros do corpo, 233-5; palavras usadas para ações corporais, 236
João, retratado como uma parte, 233-5
pecado, o mau cheiro do, em, 152
personificação de países e emoções em, 232-8
passagens citadas: 42, 46-7, 49, 70-1, 73, 76, 86-7, 95, 104, 117-8, 134, 150-2, 156, 166, 171, 173, 182, 184, 232-7, 361-2

Rei Lear
atmosfera e pano de fundo de, 317-8, 320
idéia de tortura e dor corporal em, 316-21
imagens dominantes de, e movimentos dolorosos do corpo em, 317-21; palavras usadas para descrever tal imagística, 236, 317-20
imagens subsidiárias de animais, 202, 319-20, comparadas com *Ote.*, 314-5; fúria dos elementos em, 320; horrores antinaturais em, 319
loucura em, 127-8
passagens citadas: 5, 42, 66, 76, 81, 117, 123-5, 127-8, 131-3, 136, 151, 161-2, 173, 183, 308, 314-5, 319-21

Religião e superstição
imagens tiradas de, 343, 347, gráficos I, V

Répteis
observação de, e imagens tiradas de, 313-5, 319-20, 341, 345, gráficos I, V; cobras e lagartos (*2H.VI*) 215, 320

Reverberação
Ver Som

Ricardo II (a peça)
idéias: resultados de ações, 225-6; guerra civil, 227; amor, concepção do, em, 227-8
imagens subsidiárias em, 224-8
tiradas de nascimento e geração, 224-6; herança, 225, 227; jóias, 227-9; rei-sol, 219-22, 225
imagística dominante de jardim e pomar, 5, 80, 204, 208-11
passagens citadas: 47, 54, 58, 65-7, 71, 86-8, 101, 104, 108-9, 111-3, 129-30, 134-6, 145, 151, 153-4, 158-9, 172-3, 180, 184, 208-11, 219-21, 225-9, 232, 335, 352

Ricardo II (o homem)
qualidades físicas e mentais de, concebidas pela visão mental de Shakespeare, 219-20

Ricardo III (a peça)
imagens subsidiárias:
de animais, 218-9; açougueiro e abatedouro, 214; rei e casa real em, 206-8
imagística dominante de jardim e árvores em, 206-8
passagens citadas: 58, 72, 116, 129, 131, 146, 149, 153-5, 162, 166, 173-4, 173 *nn*. 10, 11, 206-8, 219, 228, 349-50

Ricardo III (o homem)
 caráter de, simbolizado em formas animais, 218-9
Rios
 observação dos, e imagens tiradas dos, 86-8, 89-93, gráfico V
 assuntos específicos:
  corrente, movimento peculiar da, 90; enchente, 86-8; nadar em, 92; vadear, 87, 93
  usadas por dramaturgos contemporâneos, 88-90
 Ver também Avon; Mar e navios
Romances, Os
 imagística contínua nos, 203-4, 273-89; qualidades dos, 273
 Ver também cada peça
Romeu e Julieta
 amor, qualidades e imagística do, em, 140-2, 291-3; asas do, 140-2
 idéia e imagens de, tomadas a Arthur Brooke, 295-6
 imagens:
  análise do assunto das, 340-4, comparadas com *Ham.*, 340
 assuntos específicos:
  astronomia, 291-4; cor, 58-61; comida, gráfico VII
 imagística dominante de luz em, 17, 59-60, 201, 291-5, 342; formas de luz, 293-4
 rapidez de ação em, 293
 passagens citadas: 6, 22, 33, 58-60, 66, 72, 78, 81, 83, 85, 111, 116, 127-8, 130-1, 134, 136, 138, 140-1, 144-5, 171-2, 174-5, 181, 183-4, 291-6, 349, 363
Rosto humano
 observação de, e imagens sobre, 53-7

 aspectos especiais:
  cor ou aspecto do rosto associados com o sol, 56-7; emoções denotadas por mudanças de cor no rosto, 53-6, 288-9
Roupas
 imagens tiradas de, 179, 343, 348, gráficos I, V
 largas e mal ajustadas (*McB.*), 304-6
Ruskin, John
 obras, *Aratra Pentelici*, 161 *n*. 1
 sobre ciência da estética, 161

Sangue
 imagens tiradas de, em *McB.*, 313
Severn, Joseph
 sobre Keats, 50
SHAKESPEARE, WILLIAM
(As várias categorias deste item são iniciadas no físico, passando depois para o mental: o plano foi concebido para oferecer um retrato completo de Shakespeare)
Personalidade
 qualidades físicas:
  aparência, 192, como jovem, 56, Aubrey sobre, 45; habilidade no uso das mãos, 194; agilidade, 45, 192, 194; saúde, 193
 sentidos:
  agudeza de seus, 14, 192
  audição, 64-72, 194; interesse em música e instrumentos musicais, 64-5; sensibilidade de ouvido, 64-7, 194; sensibilidade em relação às qualidades da voz humana, 65-7
  visão, 52-64; deleite na cor, 53, 57-8, 61
  olfato, 73-6; sensibilidade em relação aos maus cheiros, 72-

6, 105, 192-3
paladar, 77-9, na comida, 79, 111-7
tato (sensibilidade às substâncias), 33, 76-7
caráter:
    hábitos de, 192-3; amante da vida campestre ao ar livre, 28, 40-1, 194; qualidades do seu, 93-4, 191-7, cinco qualidades notáveis de, 195; requinte, 187; Goethe sobre seu caráter, 192 *n.* 2
    em contraste com escritores contemporâneos:
    com Bacon, 25-6; com Dekker, 31; com Marlowe, 14-5
características:
    apreciação de palavras bondosas, 159, de bondade e misericórdia, 196; associação de idéias, aspecto marcante de pensamento, 176-7, 189 (*ver* Idéias); ódio à hipocrisia e à injustiça, 196; conhecimento de, por intermédio do estudo de sua imagística, 110, 192, 332; amor e percepção da humanidade, 30; memória, vívida e retentiva, 52, exemplos de, de sua juventude, 86, 107-8; movimento, deleite em, 45-7, 50-3, 93-4, susceptibilidade a, em comparação com Keats, 50-1, com Wordsworth, 51; qualidades (cinco) que se destacam, 100, 192, 195; religião convencional, falta de, 196; sensível a e agudamente observador, 193, de desconfortos domésticos, 107, de beleza humana, 53, 61, 76, de sons, 67; bom nadador, 92; *solidariedade para com as pessoas*: com os mendigos, 30, 133, com crianças e natureza infantil, 128-33, com os loucos, 30, 127, com os prisioneiros, 134, com os desafortunados e os pobres, 30-1, 134, com as posições das outras pessoas, 100-1; *para com animais*: 25, 29-30, 94, 99-102, com ursos, 103, com pássaros, 43, 98-9, com veados, 94, 97, com cavalos, 25, 29, 194, com caracóis, 99-100; dá valor ao amor altruísta, 185, 196; espírito, tal como este aparece na imagística, 254-6, 258-9, 357-8; Davies, John, de Hereford, sobre, 45; Fuller, sobre, 45
gostos e aversões:
    gostos: gosto por boliche, 194; amor às cores, 53, 57-63; animais favoritos, 25; gostos pessoais em comida, 111, 116; jardinagem e vida campestre, 80, 193-4; gosto por cavalos, 194; deleite em movimento veloz e ágil, 45-7, 53, no vôo dos pássaros, 44, no movimento da água, 86-90; imagens contínuas como indício de seus gostos, 211
    aversões: cachorros, 187, 194; comida, 116, gordurosa e mal servida, 79, 111-3, 300, repugnância pelo excesso no comer, 78, 113, 127; aversão a barulho e a sons agressivos, 26, 65-7, 69-72, 193; aversão a perfumes, 75; intensa aver-

são a maus cheiros, 72-5; aversão à guerra, 26, 70-1
interesses:
interesses principais, sumário de, 40-1, 80, 349; comparados com os de cinco dramaturgos contemporâneos, 349, com os de Marlowe e Bacon, 349
em ambientes fechados: 14, 105-21
carpintaria, 118-21; ocupações domésticas, 194-5; cozinha e o trabalho da mulher na, 105, 107-8, 195; remédios, 121, 127-8; música e instrumentos musicais, 65; trabalhos de agulha, 116-8; objetos no lar, 105-6, 194-5
ao ar livre: animais – ursos, 103, pássaros, 43-4, 98-9, veados e cães de caça, 94-7, lebres, 97-8, cavalos, 25, 29, 101, caracóis, 99-101; jardim, crescimento e cultivo do, 41, 80-5, 194, 211; natureza da vida campestre (interesses principais), 12, 14-5, 27, 40-2, 80 ss., 193-4; rio (o Avon), 86-7, 90; *esportes e jogos*, 3, 24, 27-8, 92-4, 102-3, 194, 247-8 – arco e flecha, 24, 28-9, 102, 194, prender pássaros em armadilhas, 24-5, 28-9, 98-9, boliche, 3, 24, 30, 102-4, 194, meninice, 92, 98-9, falcoaria, 24, 28, 310, esgrima, 103, pesca (desinteressado em), 24, 28, 94, futebol, 24, 103, caça, 24, 94-7, equitação, 28, 101-2, 194, esportes de rio, 92, tênis, 24, 103, justas, 103, 248, luta livre, 103
vários: sinos, 360-2; cor, mudança e contrastes de, 53, 62-3; vida cotidiana, aspectos e objetos da, 13-4; rosto humano, 53-6; luz, refletida e cambiante, 42, 307; pessoas, classes e tipos de, 30, 128-36; som, 67-8, ecoando, 306-8

Mente e imaginação
representação artística:
atitude para com os problemas das peças vista pelas imagens contínuas, 211, 291; autoria em Shakespeare e Bacon examinada em estudo de suas imagísticas, 25-6; seu caráter, revelado nas peças, 190-2, 332; características no uso das imagens contínuas, 201, 211, 256, 295; do uso subsidiário de imagens contínuas, 212; pensamentos característicos de, 159, 164; desenvolvimento de sua arte, 176-8; suas emoções, estimuladas por sensações, 14; hábito de ver situações mentais por meio de imagem física recorrente, 241; instinto para selecionar a verdade característica, 283; método de trabalho, 235, 332; objetivo em seus personagens dramáticos, 4, 190; a maior poesia expressa nas mais simples metáforas, 14; estilo e método de imagística, 46-7, 50; assuntos dos quais mais se ocupa, 40-1; sugestão, uso da, 53-4, 57, 62-4, 77; visão simbólica revela-

da nas imagens flutuantes de cada peça, 202; tendência para volta a um grupo de idéias associadas, 176, 180, 189; temas de seu drama, 359
imaginação:
cativada pelo sistema ptolomaico, 19-21; *concepção imaginativa de*: Antônio, 327-32; o problema em *Ham.*, 299; Rei João, 233-5; Macbeth, 304-7; Ricardo II, 219-21; Ricardo III, 218-9; *R&J*, 293; imagística da "andorinha-da-casa", acontecimentos na vida possivelmente deduzidos das, 351-5; sua *mente*, revelada na imagística, 39-40, 137, qualidades de sua, 190-1; mente perturbada revelada pela imagística de *T&C*, e *Ham.*, 300; funcionamento de sua, tal como vista nas tragédias, 291; qualidades de sua imaginação, 62, 190-1, Murry, J. Middleton sobre, 7; estado da, quando escreveu *R.J.*, 231, *M.p.M.*, 271-2
idéias:
sobre fenômenos físicos:
cor, 52-64, comida, 77-9, 110-6, 300-4; música, 64-5, 68-9, 254; reflexão e reverberação, 308; doença, 125-8, 193; silêncio e quietude, 68, 72; som, 68-72; nascer do sol e poente, 57-8; idéia de "tempestade", 22; guerra, 26, 70-1
sobre temas abstratos:
ação, conseqüências da, 225-6; nascimento e geração, 225-7; morte, 170-5, sua própria visão da, 173-5; mal, 73-4, 83-4, 148-57, 161, 308-9, sua própria visão do, 196, 308-9; medo, 145-8, 196, sua própria visão do, 145-6; bajulação, 184-8; amizade, 160, 185, 210-1; bondade, 158-61; ódio, 144-5; céu e inferno, 72; vida humana e ação, 17, 22-3, 50-1, 80-5, sua própria visão de, 195-7; herança, 225-7; realeza, 204-9, 212-3, 221-5; amor, 17, 137-44, sua própria visão do, 143 (falso), 184, 196; luxúria, 64-5, 113, 138-9, 301; homem, sua natureza, 17-8, 80, sua posição na sociedade humana, 69-70, a relação com seus semelhantes, 196-8; dor, 100, 126-7, 314-5; temperança, 124, 127-8; tempo, 25, 161-70, sua própria visão do, 166-70; vastidão, 327-32
crença central e filosofia, 196-8
imagística:
características da, 201-3, 211-2, 256, 269-71; contrastante, seu uso da, 53, 55, 57-63, 291-5, 299-300; eventos da vida e experiências possivelmente vistas em, 90, 92-3, 278 *n.* 3, 351-2; exemplos dos efeitos da, 8-10; favoritas (de corpo e suas ações), 238 (*ver corpo e movimento para detalhes*); seus hábitos e caráter vistos em sua, 192-3, 195-6; infinitude de certas qualidades em, 142-3; número de imagens em peças e poemas,

337-8; omissões no âmbito da, 41; principais características da, 45; proporção de, comparada com Bacon e Marlowe, 349
imagens recorrentes, um hábito dele, 211-2 (*ver* imagens recorrentes); estudo das, e seus resultados, 137, 192, 332
assuntos da, 14, 39-41, 355, gráficos I, V; exemplos da análise das, 340-8; dois grupos principais de, 40; *ver* Imagens, assuntos das; valor e sugestão das, 5-6

Comparação com escritores de sua época:
com Bacon, 15-26, 349; sumário, 25-6
com Chapman, 27, 29, 34-5, 89, 109-10
com Dekker, 27, 31, 34-7, 109, 236 *n*. 1
com Jonson, 27-31, 33-4, 45, 88, 104, 351
com Marlowe, 12-4, 106, 349
com Massinger, 37
com doze dramaturgos (obras de), 338-40
com vários dramaturgos, 88-90
Ver também Dramaturgos elisabetanos *e* dramaturgos por nome

Shakespeare's England
(vol. II) 29 *n*. 4, 64

Sharp, William
Life and Letters of Joseph Severn, 50 *n*. 6

Shelley, Percy Bysshe
citado, sobre imagens e analogia, 7
Prometheus Unbound, natureza da imagística de, 332

Silêncio e quietude
imagens e atitudes em relação a, 68-9, 72

Sinos
de finados e de funerais, 67, 360-1
dobre de, simbólico da consciência do tempo, 359-60
imagens tiradas de, 361-3
usos de, na Inglaterra elisabetana, 359-61

Sociedade humana
idéias de Shakespeare sobre, 69-70

Sol
observação do, e imagens tiradas do, 56-8, 221-4
assuntos específicos:
rosto humano, comparado com, 56-7; rei visto sob forma do sol, 221-5; favoritos de rei visto como raios de sol, 223-5; sol nascente (mudança de cores do), 53, 247, significado do, 57-8; sol poente, significado do, 58, 225

Solidariedade
de Shakespeare, para com pessoas e animais; *ver* Shakespeare, características, de escritores contemporâneos: de Bacon, 25; de Dekker, *ver* Dekker; de dramaturgos elisabetanos, 29-30

Som
interesse em e imagens tiradas do, 68-72 (em *Tem*.), 69, 282-6
assuntos específicos:
sinos, de finados ou de funerais, 67, 361-3; clamor dos elementos, 284-6; reverberação por vastas regiões, 67, 306-9, 311; três classes de som nas imagens, 67

Ver também Pássaros; Música; Barulho; Voz humana
Sonetos
cores, uso de em, 62-4
idéias de tempo e amor em, 166-7
morte, visão da, no *Soneto CXLVI*, 175
pássaros, canto de, em, 67
passagens citadas: V, 165; VII, 58; VIII, 68; XII, 63; XV, 82, 166; XVIII, 83; XIX, 165-6; XXII, 129; XXIX, 67; XXXIII, 57; LIV, 74; LVI, 138; LX, 166; LXIII, 166; LXIV, 166; LXV, 136, 166; LXIX, 75; LXXI, 362; LXXIII, 63, 68, 174 *n*. 10; LXXV, 110, 138; LXXXV, 136; LXXXVII, 181; XC, 14; XCIV, 75; XCVII, 68; XCVIII, 74; XCIX, 63; C, 166; CII, 67; CVIII, 166-7; CXIV, 142; CXV, 139, 166-7; CXVI, 146, 166-7; CXVIII, 74, 115, 127, 138; CXXIII, 165-6; CXXV, 111; CXXXII, 57; CXLIII, 129; CXLVI, 175

Sonhar
grupo de idéias associadas com, 180-1

Sonho de uma noite de verão
atmosfera e pano de fundo de, 243, 245
imagens da natureza, 245-7; pássaros, som e movimento dos, 245-6; cor, 62; sol, 247
lua, influência da, em, 243-4; tempo medido pela, 243, 245
palavras astronômicas usadas em, 244
tempo, medida do, em, 243, 245-6
passagens citadas: 20, 57, 62, 65-6, 65 *n*. 4, 76, 101, 110-1, 124, 130-1, 136, 140, 142, 164-5, 194, 243-7, 307, 361

Spengler, Oswald
Decline of the West, The, citado, 359

Stowe, John
Survey of London, A, 103, 260

Substâncias, aparência e textura das
interesse em e imagens tiradas de, 33-4, 76-7, 343, 347, 350, gráficos I, V
assunto específico:
pele humana, cor de, 60-1, textura de, 76
usadas por dramaturgos elisabetanos, 33-5
Ver também Metais

Sugestão
cores indicadas por, 53-4, 56-7, 62-4
uso da, em *McB.*, 77, 313

Svartengren, T. H.
Intensifyinf Similes in English, 8 *n*. 4

Teatro
imagens tiradas do, 41, 344, 348

Temperança
idéias sobre, 124, 127, 193

Tempestade, A
ação dominante e atmosfera de som expressa por grupos de imagens, 282-6; uso do som em, 69
formas especiais:
clamor dos elementos, 284-6; sons da ilha, 282-3; sinfonia de sons, 282
passagens citadas: 6, 42, 49, 65-6, 65 *n*. 4, 69, 83, 96, 108, 116-7, 129, 183, 282-6

Tempo
idéias sobre e imagens a respeito
de, 25, 161-70, 177; em *T&C*,
166-70
funções específicas e aspectos:
poder de destruição, 165-9;
efeito do tempo na vida humana, 162; amor sob o domínio do, 143, 167-70; alimentador e gerador, 163-4;
revelador da verdade, 25, 161;
processo de amadurecimento
do, 162; funções formadoras
do, 164-5; duas características notáveis do, 165; velocidade variável de, 165-6
usadas por Bacon, 25
medição do, em *S.N.V.*, 243-6
passagem do, indicada por sinos,
359-60
Tempo (condições climáticas)
imagens tiradas do, e interesse no,
12, 15, 40-2, 249 (*R&J*), 341
(*Ham.*), 344, gráficos I, V
Tênis
conhecimento de, e imagens tiradas do, 24, 103
usadas por Bacon, 24
Tímon de Atenas
amor, aspectos do, em, 170 *n*. 7
autoria de, 321-2
idéia de amigos falsos e bajuladores em, 187-9, 323
imagem dominante de cachorros,
lambendo e bajulando, em
187-8, 323
imagens de animais, 322; qualidades de, 321-2
ódio, a emoção do, em 145
ouro e metais, simbolismo em,
322-3
passagens citadas: 23, 26, 70, 113,
118, 135, 144, 160, 170, 170
n. 7, 183, 187-9, 193, 197,
322-3, 362
Tito Andrônico
passagens citadas: 10, 56, 68, 76,
86, 95, 97, 105, 118, 129,
163, 307
Touchstone
espírito e símiles de, 259-60
imagens de comida e paladar usadas por, 112
Trabalho na floresta
imagens tiradas do, 96-7
Trabalhos de agulha
conhecimento de, e imagens tiradas do, 116-8, gráfico I; tricô,
117; cerzir e remendar, 116-8
Trabalhos de amor perdidos
espírito em, 254-5, 258
imagem subsidiária de astronomia, 258; natureza, 254, 258
imagística dominante de guerra e
armas em, 201, 254-5
tema principal de conflito entre falso idealismo e vida real, 254
passagens citadas: 9, 64, 69, 75-6,
83, 95, 97, 100, 112, 115,
117, 122, 130, 135-6, 155,
166, 254-5, 258
Tragédias, As
dois estudos de tortura, 314
imagística contínua em, 202-4,
211; como "*motivos*" em,
332; comparação da, 326-7;
função da, em, 290-1
mal, concepção do, em, 157
visão pessoal de Shakespeare dos
problemas nas, 291
Ver cada tragédia
Tróilo e Créssida
idéias: sobre a ordem social em, 70;
sobre o tempo em, 166-70

imagens, grupos de, ligados a *Ham.*, 300
imagística dominante de comida e cozimento em, 113-4, 300-4, gráfico VII
principal tema emocional em, 300
passagens citadas: 6, 21, 49, 70, 76, 78, 82, 101, 104, 111-7, 119, 122-3, 126, 129, 134, 138, 141-3, 148, 154, 156, 160, 164-6, 168-70, 170 *n.* 6, 177, 197, 301-4, 361

Valor e compra
imagens; *ver* Compra e valor
Vastidão
idéias e imagística (mundo, firmamento, e oceano) de, em *A&C*, 327-32
Veados
observação de, e imagens tiradas de, 94-7; caça aos, 24, 94-7, 96 *n.* 7
Vênus e Adônis
imagens tiradas de cor, mudança e contraste das, 55-6, 61; caçada à lebre, 97-8; caracol, 100; sol, 56-7
passagens citadas: 55-6, 58, 61, 66-7, 76, 83, 87, 95, 100, 105, 108, 113, 124, 129, 136, 138-9, 143, 145, 165, 171, 173, 197, 362
Verdade
grande, só transmitida à mente humana por meio de analogias, 7
tempo como revelador da, 161
Vida campestre inglesa
pano de fundo da, e imagens tiradas da, nas peças: em *C.Q.*, 260-2; em *Cim.*,

273-4, 278; em *S.N.V.*, 243, 245-8; em *M.B.N.*, 247-9
Ver também Natureza
Vida cotidiana
assunto das imagens tiradas da, 27, 32, 40-1, 349-51, gráficos I, IV, V; de vida dentro de casa, 12, 40, 44, 105, 107-9; de vida ao ar livre, 40-4
usadas por cinco dramaturgos elisabetanos, 27, 349-51, gráfico IV
Ver também nome do assunto
Vida dentro de casa
imagens tiradas da, 12, 40-1, 105-21
Vida humana
consciência de Shakespeare dos contrastes que formam a, 61; sua visão pessoal sobre, 195-6
imagens da, 22-3, 174, 308-9, gráfico V
mistura de bem e mal na, 158-9
movimento na, 45-51; *ver também* Movimento
principal mistério trágico da, na mente de Shakespeare, 299
problemas da, e tempo, 161-2
processos e ritmo da, comparados com os da natureza, 287-9
Ver também Natureza humana; Homem
Voz humana
personagens de Shakespeare que são sensíveis à, 65-7
qualidades da, na imagística, 65-7
Ward, John
sobre a morte de Shakespeare (de livros de notas, 1661-1663), 193 *n.* 4
Webster-Huntley, Richard
Glossary of the Cotswold, A (Gloucestershire) Dialect, A, 353

Wells, H.W.
   Poetic Imagery, 8 *n*. 4
Wolsey
   uso de palavras e imagens tiradas do corpo e da ação corporal por, 239

Wordsworth, William
   idéias sobre vida e movimento, comparadas com as de Shakespeare, 51
   Prelude, The, artigo de Helen Darbishire sobre, 51 *n.* 7

GRÁFICOS

I

GRÁFICO MOSTRANDO A INCIDÊNCIA E OS TEMAS
DAS IMAGENS EM CINCO PEÇAS DE SHAKESPEARE

Romeu e Julieta, Ricardo III, Como quiserem, Macbeth, Conto de inverno

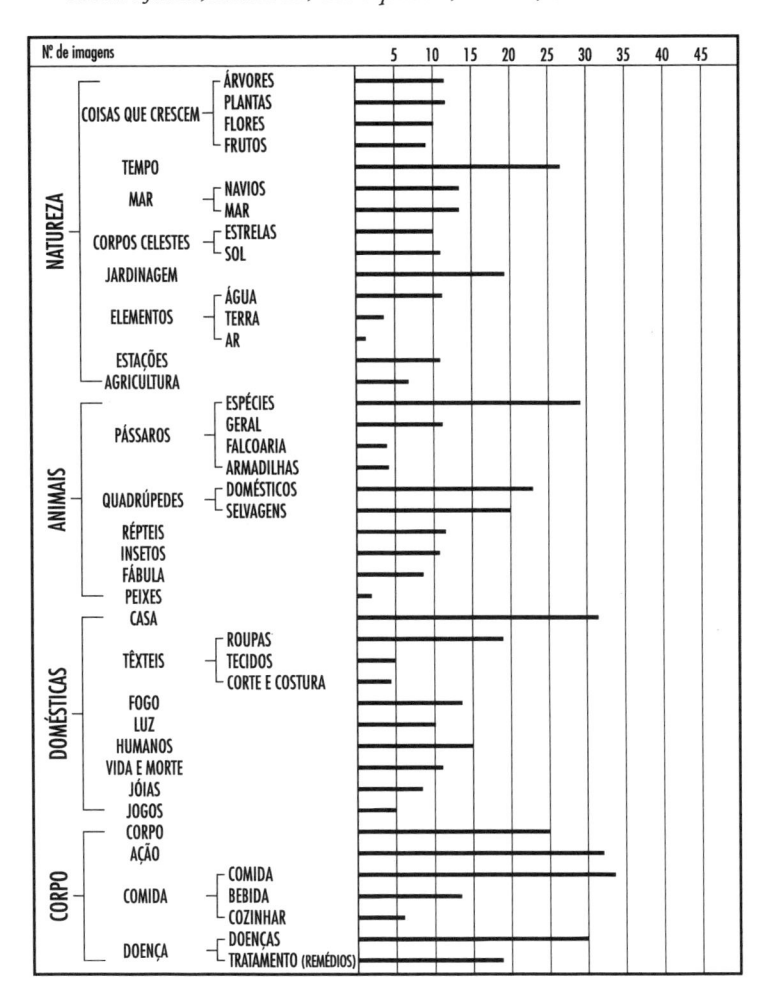

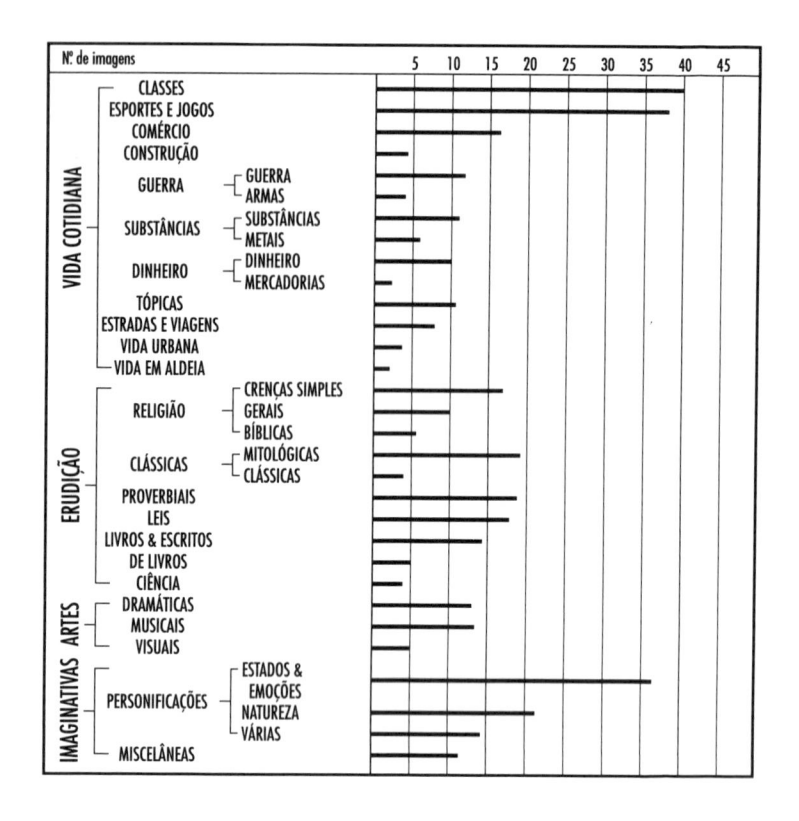

II

A INCIDÊNCIA E OS TEMAS DAS IMAGENS
DE MARLOWE EM SUA PROPORÇÃO EXATA

Em Marlowe é a erudição (principalmente clássica) que predomina, com a natureza (principalmente os corpos celestes) vindo em segundo lugar, enquanto em Shakespeare predominam a natureza e os animais, com a erudição vindo apenas em quarto lugar. Em Marlowe, as figuras imaginativas (principalmente as personificações) formam grupo maior que as imagens buscadas na vida cotidiana, enquanto em Shakespeare as imagens da vida cotidiana são quase o dobro do grupo imaginativo.

II

GRÁFICO MOSTRANDO A INCIDÊNCIA E OS TEMAS DAS
IMAGENS DE MARLOWE EM SUA PROPORÇÃO EXATA

Estão representadas aqui 690 imagens, encontradas em *Tamburlaine I & II*, *Edward II*, *Hero and Leander*, e os trechos mais autenticados de *Dr. Faustus*, *The Jew of Malta*, *The Massacre of Paris* e *Dido*.

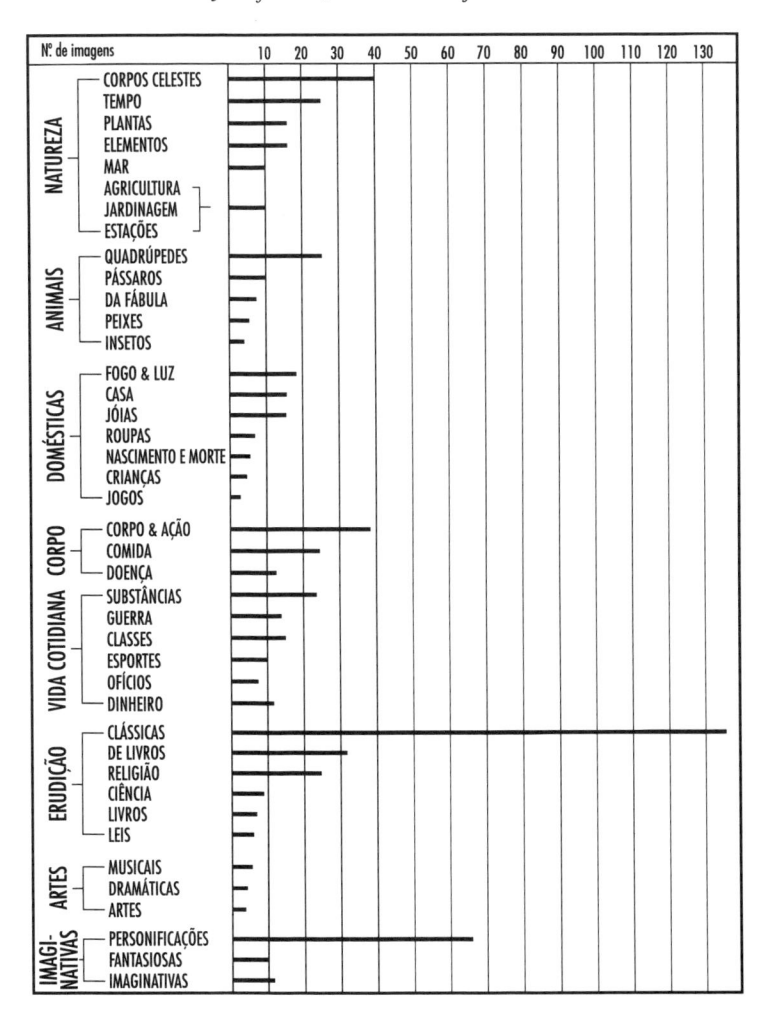

N.º de imagens	10	20	30	40	50	60	70	80	90	100	110	120	130

NATUREZA
- CORPOS CELESTES
- TEMPO
- PLANTAS
- ELEMENTOS
- MAR
- AGRICULTURA
- JARDINAGEM
- ESTAÇÕES

ANIMAIS
- QUADRÚPEDES
- PÁSSAROS
- DA FÁBULA
- PEIXES
- INSETOS

DOMÉSTICAS
- FOGO & LUZ
- CASA
- JÓIAS
- ROUPAS
- NASCIMENTO E MORTE
- CRIANÇAS
- JOGOS

VIDA COTIDIANA
- CORPO
  - CORPO & AÇÃO
  - COMIDA
  - DOENÇA
- SUBSTÂNCIAS
- GUERRA
- CLASSES
- ESPORTES
- OFÍCIOS
- DINHEIRO

ERUDIÇÃO
- CLÁSSICAS
- DE LIVROS
- RELIGIÃO
- CIÊNCIA
- LIVROS
- LEIS

ARTES
- MUSICAIS
- DRAMÁTICAS
- ARTES

IMAGINATIVAS
- PERSONIFICAÇÕES
- FANTASIOSAS
- IMAGINATIVAS

III
GRÁFICO MOSTRANDO A INCIDÊNCIA
E OS TEMAS DAS IMAGENS DE BACON

Essays, New Atlantis, Henry VII e *Advancement of Learning*

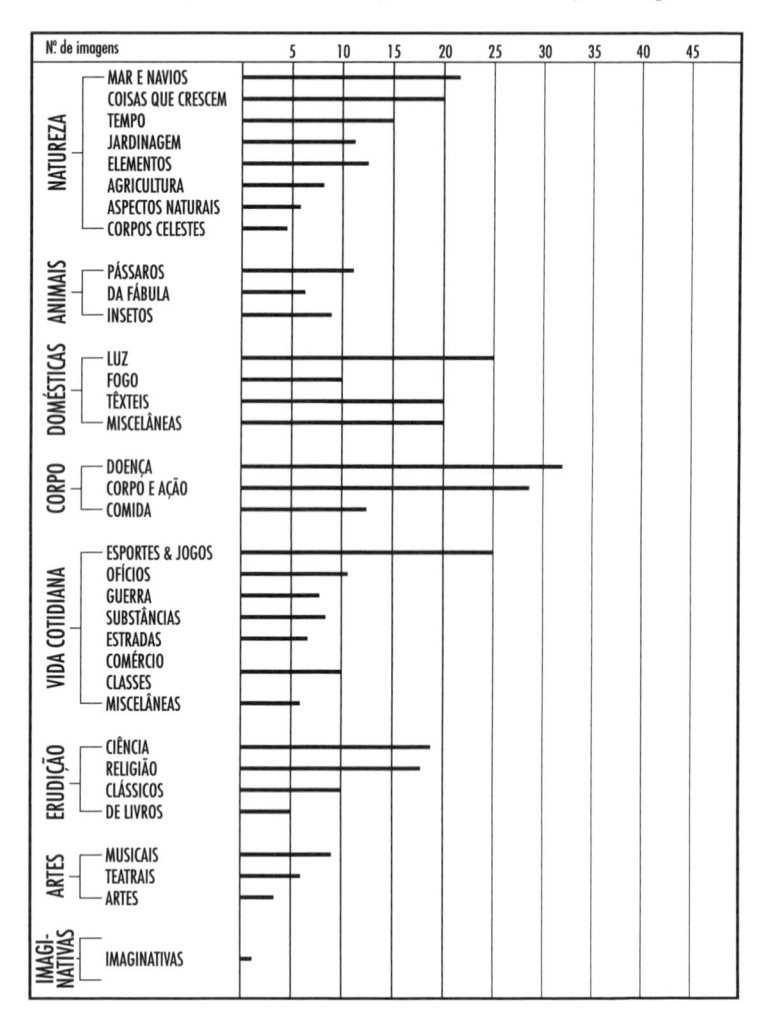

N.º de imagens	5	10	15	20	25	30	35	40	45

NATUREZA
- MAR E NAVIOS
- COISAS QUE CRESCEM
- TEMPO
- JARDINAGEM
- ELEMENTOS
- AGRICULTURA
- ASPECTOS NATURAIS
- CORPOS CELESTES

ANIMAIS
- PÁSSAROS
- DA FÁBULA
- INSETOS

DOMÉSTICAS
- LUZ
- FOGO
- TÊXTEIS
- MISCELÂNEAS

CORPO
- DOENÇA
- CORPO E AÇÃO
- COMIDA

VIDA COTIDIANA
- ESPORTES & JOGOS
- OFÍCIOS
- GUERRA
- SUBSTÂNCIAS
- ESTRADAS
- COMÉRCIO
- CLASSES
- MISCELÂNEAS

ERUDIÇÃO
- CIÊNCIA
- RELIGIÃO
- CLÁSSICOS
- DE LIVROS

ARTES
- MUSICAIS
- TEATRAIS
- ARTES

IMAGINATIVAS
- IMAGINATIVAS

IV

GRÁFICO DETALHADO DAS IMAGENS DO COTIDIANO EM
SHAKESPEARE E EM CINCO DRAMATURGOS CONTEMPORÂNEOS,
MOSTRANDO SUAS PROPORÇÕES E DISTRIBUIÇÃO

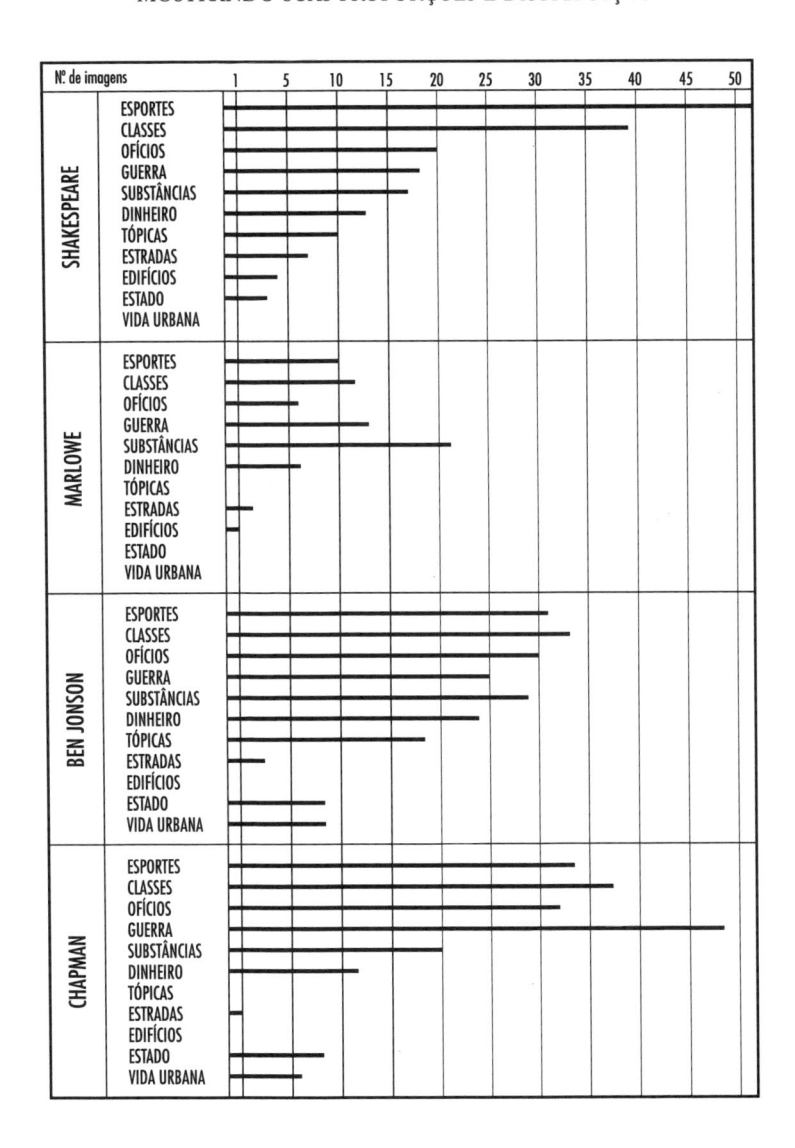

N.º de imagens		1	5	10	15	20	25	30	35	40	45	50
SHAKESPEARE	ESPORTES											
	CLASSES									40		
	OFÍCIOS					20						
	GUERRA					18						
	SUBSTÂNCIAS				15							
	DINHEIRO				13							
	TÓPICAS			8								
	ESTRADAS			7								
	EDIFÍCIOS			6								
	ESTADO			5								
	VIDA URBANA											
MARLOWE	ESPORTES			6								
	CLASSES				13							
	OFÍCIOS			9								
	GUERRA			10								
	SUBSTÂNCIAS					18						
	DINHEIRO			8								
	TÓPICAS		3									
	ESTRADAS		1									
	EDIFÍCIOS		2									
	ESTADO											
	VIDA URBANA											
BEN JONSON	ESPORTES								35			
	CLASSES								38			
	OFÍCIOS						25					
	GUERRA						23					
	SUBSTÂNCIAS							30				
	DINHEIRO						25					
	TÓPICAS					20						
	ESTRADAS			5								
	EDIFÍCIOS			8								
	ESTADO			8								
	VIDA URBANA		3									
CHAPMAN	ESPORTES								35			
	CLASSES									40		
	OFÍCIOS							30				
	GUERRA											50
	SUBSTÂNCIAS					20						
	DINHEIRO			7								
	TÓPICAS											
	ESTRADAS		2									
	EDIFÍCIOS											
	ESTADO			7								
	VIDA URBANA		3									

Nº de imagens	1	5	10	15	20	25	30	35	40	45	50
DEKKER											
ESPORTES										44	
CLASSES									40		
OFÍCIOS					18						
GUERRA											50
SUBSTÂNCIAS			10								
DINHEIRO			10								
TÓPICAS				15							
ESTRADAS		5									
EDIFÍCIOS		5									
ESTADO		4									
VIDA URBANA		6									
MASSINGER											
ESPORTES							30				
CLASSES									40		
OFÍCIOS										45	
GUERRA						22					
SUBSTÂNCIAS				15							
DINHEIRO		4									
TÓPICAS											
ESTRADAS	1										
EDIFÍCIOS											
ESTADO		3									
VIDA URBANA											

Em cada um dos casos, com exceção de Marlowe, as imagens foram buscadas em cinco peças selecionadas. As imagens de Marlowe são do todo de sua obra: ou seja, *Tamburlaine I & II, Edward II, Hero and Leander,* e os trechos mais autenticados de quatro outras peças.

V

GRÁFICO MOSTRANDO A INCIDÊNCIA E OS TEMAS DAS
IMAGENS DE SHAKESPEARE EM SUA PROPORÇÃO EXATA

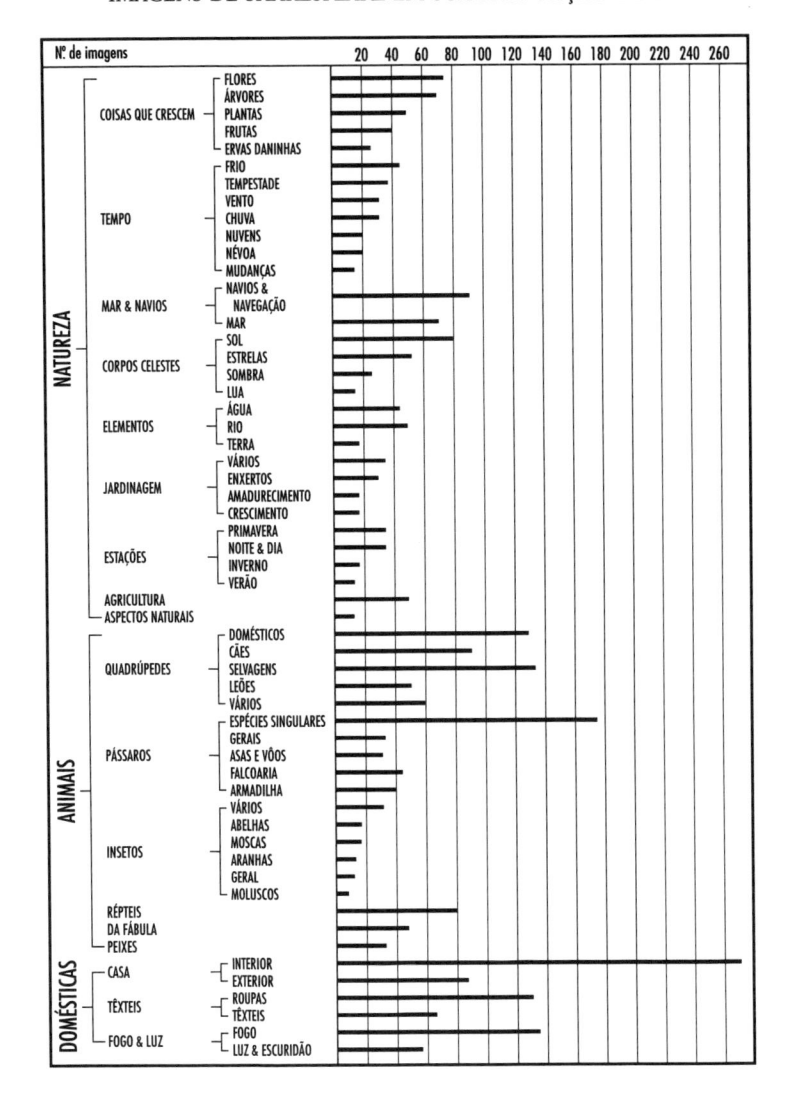

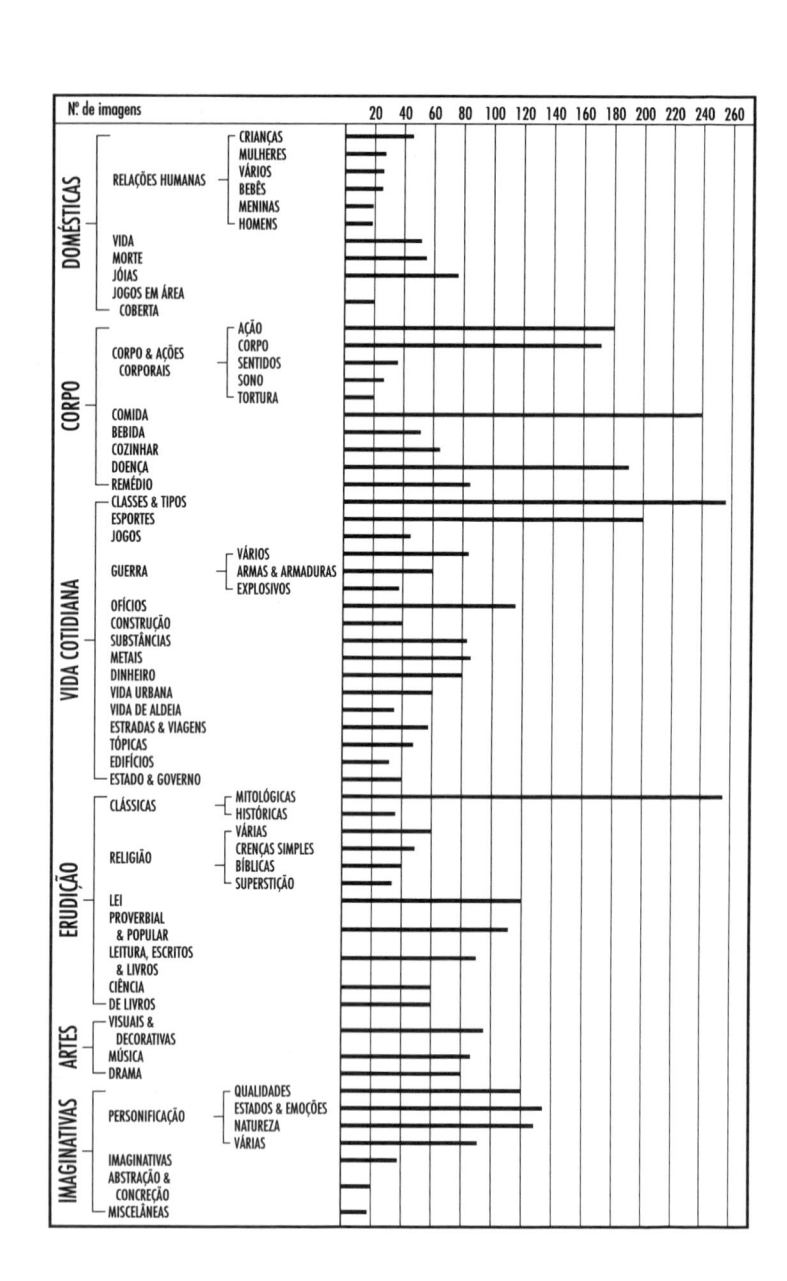

| Nº de imagens | | | 20 40 60 80 100 120 140 160 180 200 220 240 260 |

DOMÉSTICAS
- RELAÇÕES HUMANAS
  - CRIANÇAS
  - MULHERES
  - VÁRIOS
  - BEBÊS
  - MENINAS
  - HOMENS
- VIDA
- MORTE
- JÓIAS
- JOGOS EM ÁREA COBERTA

CORPO
- CORPO & AÇÕES CORPORAIS
  - AÇÃO
  - CORPO
  - SENTIDOS
  - SONO
  - TORTURA
- COMIDA
- BEBIDA
- COZINHAR
- DOENÇA
- REMÉDIO

VIDA COTIDIANA
- CLASSES & TIPOS
- ESPORTES
- JOGOS
- GUERRA
  - VÁRIOS
  - ARMAS & ARMADURAS
  - EXPLOSIVOS
- OFÍCIOS
- CONSTRUÇÃO
- SUBSTÂNCIAS
- METAIS
- DINHEIRO
- VIDA URBANA
- VIDA DE ALDEIA
- ESTRADAS & VIAGENS
- TÓPICAS
- EDIFÍCIOS
- ESTADO & GOVERNO

ERUDIÇÃO
- CLÁSSICAS
  - MITOLÓGICAS
  - HISTÓRICAS
- RELIGIÃO
  - VÁRIAS
  - CRENÇAS SIMPLES
  - BÍBLICAS
  - SUPERSTIÇÃO
- LEI
- PROVERBIAL & POPULAR
- LEITURA, ESCRITOS & LIVROS
- CIÊNCIA
- DE LIVROS

ARTES
- VISUAIS & DECORATIVAS
- MÚSICA
- DRAMA

IMAGINATIVAS
- PERSONIFICAÇÃO
  - QUALIDADES
  - ESTADOS & EMOÇÕES
  - NATUREZA
  - VÁRIAS
- IMAGINATIVAS
- ABSTRAÇÃO & CONCREÇÃO
- MISCELÂNEAS

VI

UMA APRESENTAÇÃO VISUAL DAS IMAGENS DOMINANTES EM *REI JOÃO* E *HENRIQUE VIII*

CORPO & AÇÃO CORPORAL ▭
PERSONIFICAÇÕES ▬

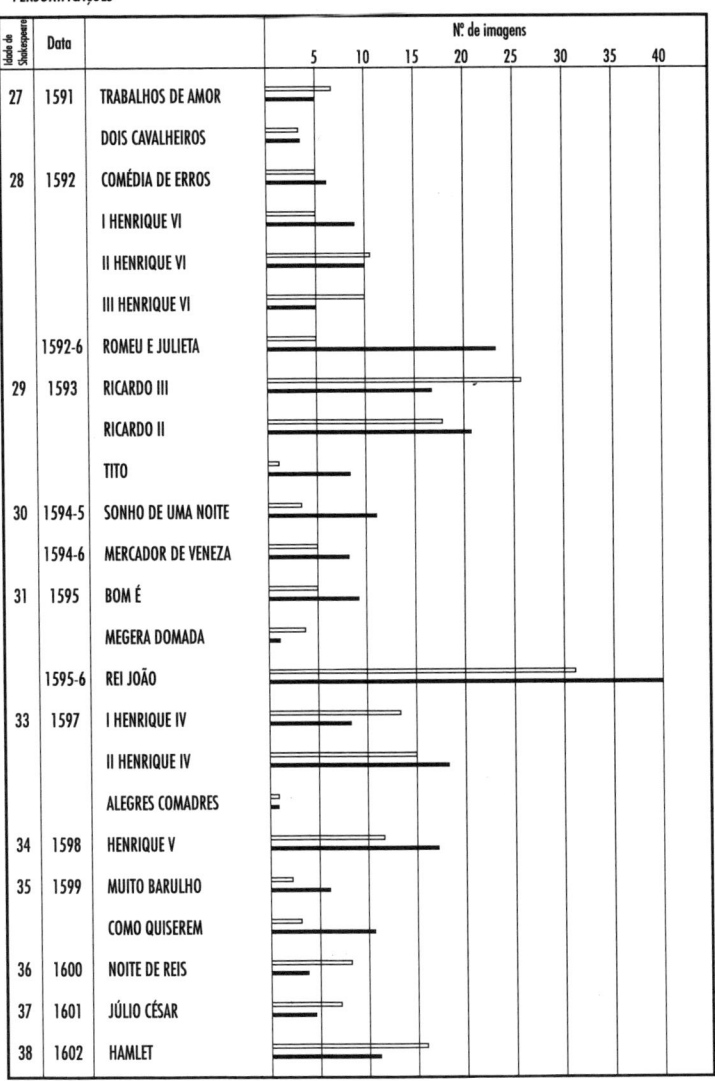

Idade de Shakespeare	Data	Peça	N.º de imagens
27	1591	TRABALHOS DE AMOR	
		DOIS CAVALHEIROS	
28	1592	COMÉDIA DE ERROS	
		I HENRIQUE VI	
		II HENRIQUE VI	
		III HENRIQUE VI	
	1592-6	ROMEU E JULIETA	
29	1593	RICARDO III	
		RICARDO II	
		TITO	
30	1594-5	SONHO DE UMA NOITE	
	1594-6	MERCADOR DE VENEZA	
31	1595	BOM É	
		MEGERA DOMADA	
	1595-6	REI JOÃO	
33	1597	I HENRIQUE IV	
		II HENRIQUE IV	
		ALEGRES COMADRES	
34	1598	HENRIQUE V	
35	1599	MUITO BARULHO	
		COMO QUISEREM	
36	1600	NOITE DE REIS	
37	1601	JÚLIO CÉSAR	
38	1602	HAMLET	

Idade de Shakespeare	Data		Nº de imagens
			5 10 15 20 25 30 35 40
39	1603	TRÓILO & CRÉSSIDA	
40	1604	MEDIDA POR MEDIDA	
41	1604-5	OTELO	
42	1606	MACBETH	
43	1607	REI LEAR	
44	1608	TÍMON DE ATENAS	
		ANTÔNIO E CLEÓPATRA	
		PÉRICLES	
45	1609	CORIOLANO	
46	1610	CIMBELINO	
47	1611	CONTO DE INVERNO	
		A TEMPESTADE	
49	1613	HENRIQUE VIII	

O ponto mais notável aqui é o número extraordinário de personificações em *Rei João*. É o único caso, no conjunto das peças, no qual imagens de Natureza ou Animais aparecem em número menor que em qualquer outra classe. *Rei João* tem também outro número maior de imagens de "corpo" do que qualquer outra peça a não ser *Henrique VIII*, e os dois grupos em conjunto, somando um total de 71 imagens, ajudam a dar a intensa sensação de vida vívida e movimento tão característicos da peça.

Não é possível separar inteiramente imagens de corpo e ação corporal e de personificação, pois um número considerável poderia igualmente ser classificado sob um ou outro título. Isso é ainda mais verdadeiro no caso de uma peça como *Rei João*. Em tais casos meu costume de modo geral é o de colocar a imagem sob "Personificação" quando esse me parece ser o aspecto mais notável, e sob "Corpo" quando algum movimento em particular parece ser salientado. Assim, classifico "Confrontem os olhos de sua cidade, seus portões que piscam" na segunda categoria, e

> "os corações
> De todo o seu povo irão revoltar-se contra ele
> E beijar os lábios da mudança desconhecida"

na primeira. Mas, embora em *Rei João* e em algumas outras peças essas duas categorias de imagens se encontrem e até mesmo se superponham, em *Romeu e Julieta*, onde naturalmente – por ser uma peça tão altamente poética – as personificações são muitas, o movimento corporal não é particularmente enfatizado, embora haja, por outro lado, oito personificações de luz e escuridão.

O grande número de imagens de ação corporal em *Henrique VIII* também pode ser visto aqui, embora nesse caso o ímpeto imaginativo seja completamente diverso do de *Rei João* e as personificações sejam muito poucas.

O alto número de imagens de corpo em *Hamlet* é estreitamente ligado com o motivo principal de doença, como também em *Tróilo e Créssida*. Em *Rei Lear* e em *Coriolano* elas são também ligadas aos temas imaginativos dominantes de tortura e partes do corpo, respectivamente.

Afora essas peças, é interessante notar a quantidade maior dessa classe de imagem (ação corporal e personificação) nas peças históricas de modo geral que nas outras peças.

Sinais de sua presença aparecem nas duas últimas partes de *Henrique VI*, nos dois *Ricardos* ela já é forte, culminando em *Rei João*, continuada em *2 Henrique IV* e *Henrique V*, e culminando novamente de modo diverso e em apenas um grupo em *Henrique VIII*.

É como se o vigor prático, o movimento e as ações de um drama histórico despertassem no poeta, com naturalidade, uma abundância desse tipo de imagem.

GRÁFICO VII

É de notar o número extraordinário de imagens de comida e cozimento em *Tróilo*, o que reduz a um mínimo todas as outras de sua espécie ao longo das outras peças, mostrando o quanto a imaginação do poeta discorria sobre esse assunto nesta peça, assim como em *Hamlet*.

O número aparente de imagens de comida em *Romeu e Julieta* engana, pois é quase sempre de gostos contrastantes – doce e amargo, fel e doce, construindo a idéia de contrastes nítidos e repentinos que é simbolizada por toda a peça.

O número de imagens de doença em *Hamlet* é maior do que em qualquer outra peça, e o número delas em *Tróilo* só é superado (depois de *Hamlet*) pelas de *Coriolano*, onde têm origem nas imagens gerais dominantes do corpo e seus membros.

Imagens de comida e doença são bastante constantes em toda a obra de Shakespeare, e vale a pena notar que, onde o número de uma ou de ambas cai muito abaixo da média, isso se dá ou em peça de relativamente poucas imagens (*A comédia dos erros* e *Júlio César*) ou em peças duvidosas (as 3 partes de *Henrique VI*, *A megera domada*, *Péricles*).

Embora, no entanto, tais imagens sejam constantes, elas mudam muito de caráter. As imagens de comida nas primeiras peças, ou seja, nas 3 partes de *Henrique VI*, e nas primeiras comédias, são muito mais primárias e simples do que as variadas e sofisticadas das peças mais tardias. Saturação, fome, festa, jejum e bebida são os assuntos principais nas imagens iniciais, enquanto nas mais tardias há muitas menções individuais de vários tipos de comida; em *Tróilo e Créssida* nada menos que doze processos diferentes de cozimento são mencionados ou descritos.

E o mesmo se dá com as imagens de doença. As primeiras são principalmente as de corrosivos ou bálsamos aplicados a feridas, membros partidos e machucados, ou referências leves a peste ou a pestilências. Só nas peças mais tardias aparece a sensação de horror e repugnância ante a doença imunda, e em *Hamlet* ficamos quase assustados com o constante conceito de tumor ou câncer corrupto e oculto, que é o símbolo imaginativo central da tragédia.

As datas das peças são, é claro, apenas aproximadas. Os gráficos foram elaborados antes do aparecimento do livro de *Sir* E. K. Chambers, pois de outro modo eu teria usado as datas propostas por ele.

VII

UMA APRESENTAÇÃO VISUAL DAS IMAGENS DOMINANTES EM *HAMLET* E *TRÓILO E CRÉSSIDA*

COMIDA, BEBIDA & COZIMENTO
INDISPOSIÇÃO, DOENÇA & REMÉDIOS

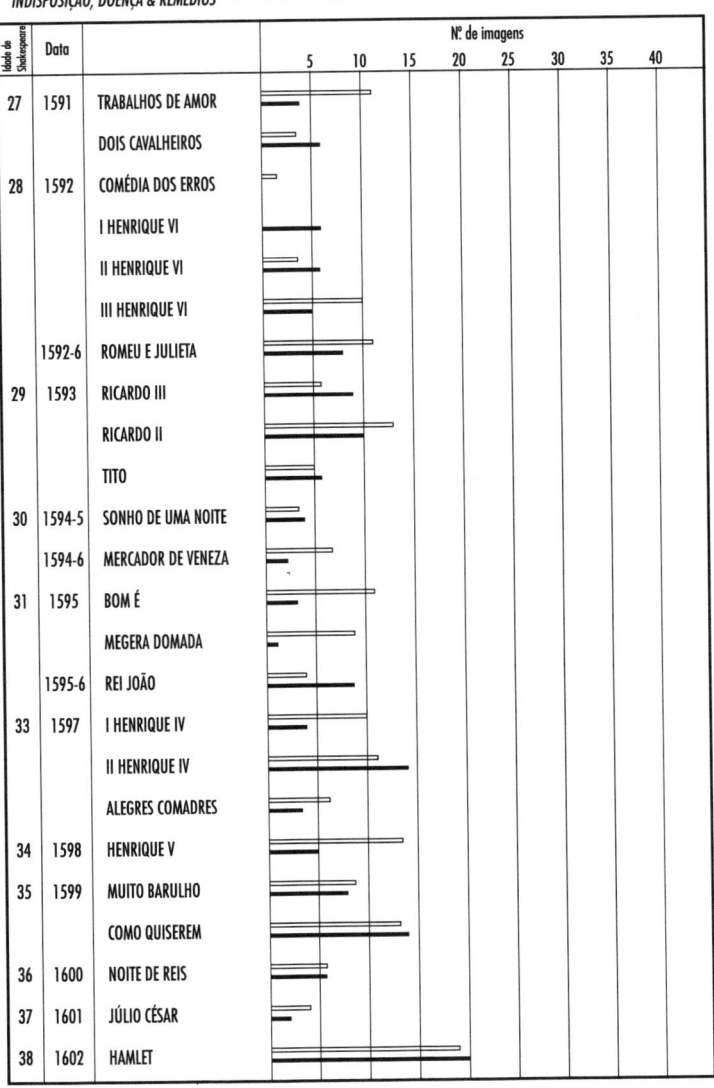

Idade de Shakespeare	Data	Peça	Nº de imagens (5, 10, 15, 20, 25, 30, 35, 40)
27	1591	TRABALHOS DE AMOR	
		DOIS CAVALHEIROS	
28	1592	COMÉDIA DOS ERROS	
		I HENRIQUE VI	
		II HENRIQUE VI	
		III HENRIQUE VI	
	1592-6	ROMEU E JULIETA	
29	1593	RICARDO III	
		RICARDO II	
		TITO	
30	1594-5	SONHO DE UMA NOITE	
	1594-6	MERCADOR DE VENEZA	
31	1595	BOM É	
		MEGERA DOMADA	
	1595-6	REI JOÃO	
33	1597	I HENRIQUE IV	
		II HENRIQUE IV	
		ALEGRES COMADRES	
34	1598	HENRIQUE V	
35	1599	MUITO BARULHO	
		COMO QUISEREM	
36	1600	NOITE DE REIS	
37	1601	JÚLIO CÉSAR	
38	1602	HAMLET	

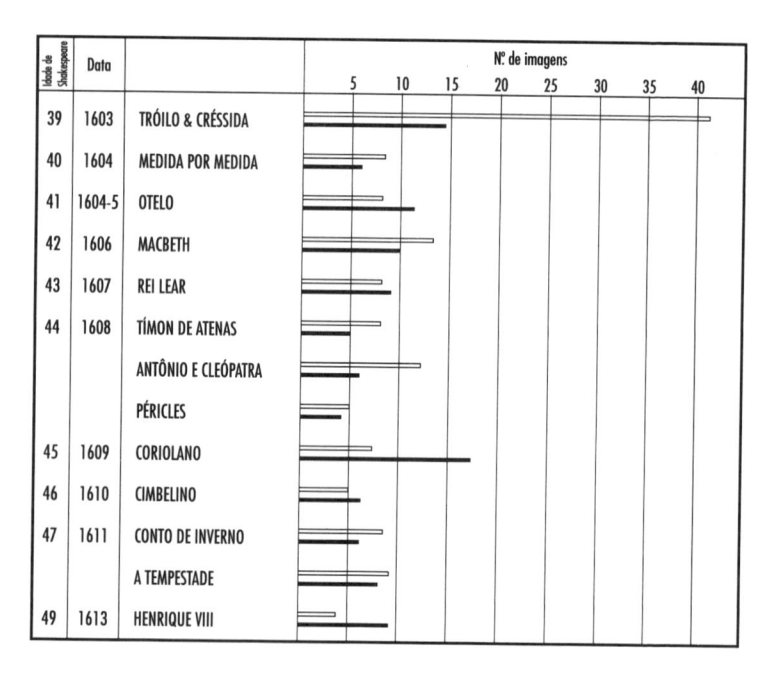

Idade de Shakespeare	Data		Nº de imagens							
			5	10	15	20	25	30	35	40
39	1603	TRÓILO & CRÉSSIDA								
40	1604	MEDIDA POR MEDIDA								
41	1604-5	OTELO								
42	1606	MACBETH								
43	1607	REI LEAR								
44	1608	TÍMON DE ATENAS								
		ANTÔNIO E CLEÓPATRA								
		PÉRICLES								
45	1609	CORIOLANO								
46	1610	CIMBELINO								
47	1611	CONTO DE INVERNO								
		A TEMPESTADE								
49	1613	HENRIQUE VIII								

Cromosete
Gráfica e editora Ltda.

Impressão e acabamento
Rua Uhland, 307 - Vila Ema
03283-000 - São Paulo - SP
Tel/Fax: (011) 6104-1176
Email: adm@cromosete.com.br